Het recht van de macht

Van dezelfde auteur

Op eigen gezag

David Baldacci

Het recht van de macht

A.W. Bruna Uitgevers B.V., Utrecht

Oorspronkelijke titel
Absolute Power
© 1996 by Columbus Rose, Ltd.
Published by agreement with Lennart Sane Agency AB.
Vertaling
Martin Jansen in de Wal
© 1996 A.W. Bruna Uitgevers B.V., Utrecht

ISBN 90 229 8342 0
NUGI 331

Hij hield het stuur losjes vast terwijl de auto, met de lichten gedoofd, langzaam uitreed en tot stilstand kwam. Een paar laatste stukjes grind sprongen van de loopvlakken van de banden en toen omhulde de stilte hem. Hij nam even de tijd om aan de omgeving te wennen en haalde vervolgens een oude maar nog goede verrekijker te voorschijn. Langzaam verscheen het huis in beeld. Hij verschoof soepel en vol zelfvertrouwen op zijn stoel. Zijn tengere gestalte was nog net zo gespierd als vroeger. Op de stoel naast hem lag een rugzak. Het interieur van de auto was verschoten maar schoon.

De auto was gestolen. Van een zeer onwaarschijnlijke plek.

Aan de achteruitkijkspiegel hingen een paar minipalmboompjes. Hij glimlachte boosaardig toen hij ernaar keek. Binnenkort zou hij zelf naar het land van de palmbomen gaan. Rustig, doorschijnend blauw water, zalmkleurige zonsondergangen en 's morgens laat opstaan. Hij moest weg. Het was tijd. Bij alle gelegenheden dat hij dat tegen zichzelf had gezegd, had hij zich nooit zo zeker gevoeld als nu.

Met zijn zesenzestig jaar kwam Luther Whitney in aanmerking voor een uitkering, hij was lid van de ouderenbond. De meeste mannen van zijn leeftijd legden zich toe op tweede carrières als grootvaders, part-time opvoeders van hun kleinkinderen, zittend in huiselijke fauteuils om hun versleten gewrichten te ontzien, terwijl hun aderen dichtslibden met de rommel van het leven dat achter hen lag.

Luther had in zijn hele leven maar één carrière gehad. Die bestond uit het binnendringen van woonhuizen en bedrijfspanden van anderen, meestal 's nachts, zoals nu, en het wegnemen van hun bezittingen, zoveel hij maar kon dragen.

Hoewel hij zich duidelijk aan de verkeerde kant van de wet bevond, had Whitney, behalve in de verwarrende oorlog in het grensgebied tussen Noord- en Zuid-Korea, nooit een pistool afgevuurd of uit woede of angst een mes getrokken. En de enige klappen die hij ooit had uitgedeeld, vielen in bars, en dan alleen nog uit zelfverdediging, als het bier mannen moediger maakte dan ze behoorden te zijn.

En hij nam alleen van hen die zich konden permitteren het kwijt te raken. Hij vond zichzelf niet verschillen van de legers mensen die zich koesterden in de nabijheid van de rijken en die hen voortdurend probeerden over te halen dingen te kopen die ze niet nodig hadden.

Een aanzienlijk deel van zijn ruim zestig jaren had hij doorgebracht in diverse halfopen en streng bewaakte heropvoedingsinrichtingen langs de oostkust. Drie eerdere veroordelingen voor ernstige misdrijven in drie verschillende staten hingen als blokken graniet om zijn nek. Jaren waren uit zijn leven gesneden. Belangrijke jaren. Maar daar kon hij niets meer aan veranderen.

Hij had zijn vaardigheden verfijnd tot een niveau dat de kans op een vierde veroordeling tot een minimum beperkte. Want er bestond absoluut geen twijfel over de gevolgen die een vierde arrestatie zou hebben: hij zou de volle twintig jaar krijgen. En op zijn leeftijd was twintig jaar hetzelfde als de doodstraf. Dan konden ze hem net zo goed op de stoel zetten, wat de manier was waarop de staat Virginia gewoonlijk met uitzonderlijk slechte mensen omging. De burgers van deze staat, die een enorm historisch verleden had, waren in het algemeen godvrezende mensen en het geloof steunde de opinie dat misdadigers met gelijke munt moesten worden terugbetaald. De staat Virginia slaagde erin meer criminelen tot de doodstraf te veroordelen dan alle andere staten, op twee na: Texas en Florida; en de leiders deelden de morele sentimenten van hun zuidelijke zusterstaten. Maar niet in het geval van een simpele inbraak; zelfs de brave burgers van Virginia kenden hun grenzen.

Ondanks alle risico's die hij liep, kon hij zijn ogen niet van het huis afhouden. Landhuis, zou men natuurlijk moeten zeggen. Het had hem al verscheidene maanden geïntrigeerd. Vannacht zou die fascinatie eindigen.

De Coppers, heette het.

Huizen in deze omgeving namen zoveel grond in beslag en verspreidden zoveel pracht en praal, dat ze hun eigen naam verdienden. De ironie van de naam van zijn doelwit ontging hem niet.

Middleton, Virginia. Drie kwartier rijden van Washington D.C., over een bochtige weg in westelijke richting. Een woongebied met uitgestrekte landgoederen, plichtmatige Jaguars en paarden met prijskaartjes waarvan de inwoners van een heel appartementengebouw in de binnenstad een jaar lang konden eten.

De adrenalinestroom die elke klus begeleidde, was iets wat nergens anders mee te vergelijken was. Hij stelde zich voor dat de slagman zich zo moest voelen terwijl hij in een nonchalante draf langs de honken liep, rustig de tijd nemend, nadat het zojuist geraakte leer ergens buiten het stadion was beland. De toeschouwers waren opgestaan, vijftigduizend paar ogen gericht op één menselijk wezen; alle lucht van de hele wereld leek de ruimte in te worden gezogen, om plotseling vervangen te worden door de boogbal die het resultaat was van de glorieuze zwaai met de knuppel van één enkele man.

Met zijn nog steeds scherpe blik nam hij de omgeving zorgvuldig in zich op. Een enkel vuurvliegje knipoogde naar hem. Verder was hij alleen. Hij luisterde enige tijd naar het aanzwellende en afnemende gezang van de krekels, en toen verdween ook dat geluid naar de achtergrond.

Hij startte de auto, reed nog een klein stukje door en draaide vervolgens achteruit een kort grindpad op dat eindigde bij een groot aantal dikke bomen. Zijn staalgrijze haar werd bedekt door een zwarte skimuts. Zijn gelooide gezicht was ingesmeerd met zwarte camouflagecrème; groene ogen bewogen rustig heen en weer boven hoekige kaken. Hij zag eruit als de commando die hij ooit geweest was. Luther stapte uit de auto.

Gehurkt achter een boom observeerde hij zijn doelwit. Zoals veel buiten-verblijven die geen echte boerderijen waren, had De Coppers een enorm smeedijzeren hek vol ornamenten tussen twee bakstenen zuilen. Maar het landgoed zelf was niet door een hek omgeven. Het terrein was direct toegankelijk vanaf de weg of vanuit het nabijgelegen bos. Luther naderde vanuit het bos. Het kostte hem twee minuten om de rand van het maïsveld naast het huis te bereiken. De eigenaar hoefde vast niet zelf groenten te verbouwen, maar blijkbaar had hij zich aangepast aan de gewoonten van het platteland. Luther vond het best, want het bood hem een vrijwel onzichtbare route naar de voordeur. Hij wachtte enige tijd en verdween toen in de omarmende massa van de maïsstengels.

Gelukkig lag er geen rommel op de grond en zijn tennisschoenen maakten geen geluid, wat belangrijk was omdat elk geluid hier ver droeg. Hij hield zijn blik recht vooruit gericht; zijn voeten, na veel training, zochten voorzichtig hun weg door de dunne rijen, en compenseerden de lichte oneffenheden in de bodem. De nachtlucht voelde koel aan na de afmattende hitte van de zoveelste windstille zomerdag, maar bij lange na niet koel genoeg om zijn adem te veranderen in dunne condenswolkjes die van een afstand gezien konden worden door de rusteloze blikken van hen die niet slapen konden.

Luther had deze operatie de afgelopen maand al verscheidene keren getimed, altijd stoppend bij de rand van het maïsveld voordat hij het terrein voor het huis op stapte en het niemandsland overstak. In zijn hoofd was elk detail honderden keren uitgewerkt, totdat een compleet scenario van bewegingen, wachten, gevolgd door meer bewegingen, vast in zijn geheugen verankerd zat.

Aan de rand van het open terrein hurkte hij neer en keek nog eens goed om zich heen. Hij hoefde zich niet te haasten. Geen honden waar hij zich zorgen over hoefde te maken, gelukkig maar. Want geen mens, hoe jong en snel ook, kon harder lopen dan een hond. Maar het was vooral het geluid dat ze maakten, dat mannen als Luther schrik aanjoeg. Er was ook geen omgevingsalarmsysteem, waarschijnlijk vanwege de ontelbare malen vals alarm dat veroorzaakt zou worden door herten, eekhoorns en wasberen, die in grote aantallen in dit gebied voorkwamen. Straks zou Luther echter geconfronteerd worden met een zeer geavanceerd binnenalarm dat hij binnen drieëndertig seconden onschadelijk moest maken, met inbegrip van de tien seconden die hij nodig had om het controlepaneel te verwijderen.

De privé-bewakingsdienst had twintig minuten geleden door de omgeving gesurveilleerd. Van die nepagenten werd verwacht dat ze elk uur een sector controleerden en dat ze hun routes varieerden. Maar na een maand observeren had Luther vrij eenvoudig een patroon kunnen ontdekken. Hij had ten minste drie uur voordat ze weer langskwamen. Die tijd zou hij bij lange na niet nodig hebben.

Het terrein was aardedonker, en dichte struiken, van levensbelang voor het inbrekersgilde, zaten tegen de bakstenen entree gekleefd, als rupsennesten tegen een boomtak. Hij controleerde elk raam van het huis; ze waren allemaal donker en niets bewoog. Twee dagen geleden had hij gezien hoe de bewoners in een karavaan het huis verlieten om naar het zuiden te vertrekken, waarbij hij zorgvuldig had bijgehouden of ook al het personeel was vertrokken. Zelfs hun reisroute was hem bekend. Het meest nabijgelegen landgoed lag bijna twee kilometer verderop.

Hij haalde diep adem. Hij had alles zorgvuldig gepland, maar het was een feit dat je in deze bedrijfstak nooit met alles rekening kon houden.

Hij stelde de draagriemen van zijn rugzak wat ruimer, toen gleed hij het maïsveld uit, liep in grote soepele passen over het gazon en na tien seconden stond hij tegenover de dikke, massief houten voordeur die was verstevigd met een stalen frame en voorzien van een afsluitsysteem dat bovenaan stond op de lijst van onkraakbare sloten. Beide feiten verontrustten Luther niet in het minst.

Een kopie van de voordeursleutel kwam uit zijn jaszak te voorschijn en werd in het sleutelgat gestoken, zonder echter te worden omgedraaid.

Hij luisterde nog een paar seconden. Toen deed hij zijn rugzak af en trok hij andere schoenen aan, zodat er geen moddersporen in het huis terecht zouden komen. In zijn hand hield hij een elektrische schroevedraaier waarmee hij het schakelschema dat hij moest misleiden, tien keer zo snel kon blootleggen als met een handschroevedraaier. Het volgende apparaat dat hij voorzichtig uit zijn rugzak haalde, woog precies 175 gram en was nauwelijks groter dan een zakrekenmachine, en afgezien van zijn dochter was het de beste investering die hij ooit had gedaan. Het apparaatje, dat hij de bijnaam 'Wijsneus' had gegeven, had Luther geholpen bij zijn laatste drie klussen, zonder mankeren.

De vijf getallen die de code van het beveiligingssysteem van dit huis vormden, waren Luther al bekend en hij had ze in zijn computer geprogrammeerd. De juiste volgorde was nog steeds een raadsel voor hem, maar dat obstakel zou moeten worden weggenomen door zijn kleine kameraad vol micro-elektronica, als hij tenminste het oorverdovende gekrijs wilde voorkomen dat onmiddellijk zou opklinken uit de vier geluidskanonnen op de hoeken van het duizend vierkante meter grote fort dat hij wilde binnendringen. Daarop zou het telefoontje naar de politie volgen, gedaan door de naamloze computer waarmee hij straks de strijd zou aanbinden. Het huis had ook drukgevoelige ramen en vloerplaten, en niet-verwijderbare deurmagneten. Al deze zaken zouden niets voorstellen als Luther de strijd won.

Hij keek naar de sleutel in de deur en met een geoefende beweging haakte hij Wijsneus aan zijn riem, zodat hij bewegingloos tegen zijn zij hing. De sleutel draaide moeiteloos rond in het slot en Luther bereidde zich voor op het volgende geluid dat hij zou horen: de lage pieptoon van het beveiligingssysteem, die de naderende ondergang van de insluiper aankondigde als deze niet binnen de toegestane tijd – en geen milliseconde meer – het correcte antwoord intoetste.

Hij trok plastic handschoenen aan met een extra laagje op de vingertoppen en de handpalm. Het was niet zijn gewoonte sporen achter te laten. Luther haalde één keer diep adem, draaide de sleutel om in het slot en opende de deur. Onmiddellijk werd hij geconfronteerd met het doordringende gepiep van het alarmsysteem. Snel begaf hij zich door de enorme foyer naar het schakelpaneel van het beveiligingssysteem.

De elektrische schroevedraaier draaide geluidloos rond; zes stukjes metaal vielen in Luthers hand en werden in een draagtasje aan zijn riem gedaan. De dunne draden die aan Wijsneus waren bevestigd lichtten op in het maanlicht dat door het raam naast de deur naar binnen viel, en toen vond Luther, als een chirurg rondtastend in de borstholte van een patiënt, de juiste plek. Hij klemde de draden vast en zette zijn kameraad aan.

Vanaf de overkant van de hal staarde een karmozijnrood oog hem aan. De infrarood-detector had zich al geconcentreerd op Luthers lichaamswarmte. Terwijl de seconden wegtikten, wachtte het apparaat rustig af tot het brein van het beveiligingssysteem hem tot vriend of tot vijand zou verklaren.

Sneller dan het oog kon waarnemen schoten de oranje-gele cijfers over Wijsneus' display; de resterende tijd lichtte op in een klein vierkantje rechtsboven. Na vijf seconden verschenen de getallen 5, 13, 9, 3 en 11 op het kleine display en ze bleven daar staan.

De pieptoon stopte abrupt, het rode licht doofde en werd vervangen door een vriendelijk groen licht, en Luther kon aan de slag. Hij maakte de draden los, schroefde de afdekplaat weer op zijn plaats, pakte zijn apparatuur in en deed zorgvuldig de voordeur dicht.

De slaapkamer van de heer en de vrouw des huizes was op de derde verdieping, bereikbaar met een lift in de vestibule rechts van hem. Maar Luther besloot de trap te nemen. Hoe minder afhankelijk hij was van zaken die hij niet volledig onder controle had, hoe beter. Een paar weken vastzitten in een lift was geen onderdeel van zijn strijdplan.

Hij keek naar de detector in de hoek van het plafond; de rechthoekige mond glimlachte naar hem en de detectiestraal was in diepe slaap. Toen begon hij de trap op te lopen.

De deur van de slaapkamer was niet op slot. In een paar seconden had hij zijn energiezuinige softlight-werklamp opgezet en hij nam even tijd om rond te kijken. De groene gloed van een tweede controlepaneel naast de deurpost van de slaapkamer was zichtbaar in de duisternis.

Het huis was minder dan vijf jaar geleden gebouwd. Luther had op het provinciehuis de akten gecontroleerd en het was hem zelfs gelukt bij de planologische dienst toegang te krijgen tot de plattegronden van het huis. Het was groot genoeg om een speciale vergunning van de lokale overheid te vereisen en die had men natuurlijk graag verstrekt. Alsof men de rijken ooit iets zou weigeren.

Op de plattegronden waren geen verrassingen te zien. Het was een groot, degelijk huis dat zijn prijskaartje van enkele miljoenen dollars – cash betaald door de eigenaar – meer dan waard was.

Luther had dit huis al eens eerder bezocht, bij daglicht, terwijl overal mensen rondliepen. Hij was zelfs in deze kamer geweest en hij had gezien wat hij moest zien. Dat was de reden waarom hij nu hier was.

Vijftien centimeter dikke kroonlijsten keken op hem neer toen hij neerknielde naast het gigantische hemelbed. Naast het bed stond een nachtkastje met daarop een klein, zilveren klokje, een onlangs verschenen paperback en een antieke, verzilverde briefopener met een dik lederen handvat.

Alles in het huis was groot en kostbaar. Er waren drie inloop-kasten in de slaapkamer, elk met het formaat van Luthers woonkamer. Twee ervan werden in beslag genomen door dameskleding, schoenen, tassen en elk ander vrouwelijk attribuut waaraan men bewust of onbewust geld kon uitgeven. Luther keek naar de ingelijste foto's op het nachtkastje en met een grimmige blik staarde hij naar de twintig-en-nog-wat jaar oude vrouw des huizes die naast haar zeventig-en-nog-wat jaar oude echtgenoot stond. Die ouwe had het aardig voor elkaar, vond Luther. Enkele van de foto's gaven een niet mis te verstaan beeld van de proporties van de vrouw des huizes en een snelle blik door de kast leerde hem dat haar smaak tegen het hoerige aanleunde.

Hij keek naar de manshoge spiegel en bestudeerde de gebeeldhouwde lijst eromheen. Vervolgens onderzocht hij de zijkanten. Het was een zwaar, vernuftig stuk werk, verzonken in de muur, zo leek het tenminste, maar Luther wist dat er scharnieren waren, heel zorgvuldig verborgen in de smalle uitsparing, vijftien centimeter van de boven- en onderkant. Hij keek weer naar de spiegel. Hij had het grote voordeel dat hij een dergelijk model een paar jaar geleden al eens had gezien, hoewel hij toen niet van plan was hem open te breken. Maar je mocht een tweede gouden ei niet afslaan omdat je er al een had, en dat was ongeveer vijftigduizend dollar waard geweest. De prijs die hem aan de andere kant van deze spiegel wachtte, zou wel eens het tienvoudige daarvan kunnen zijn.

Met gebruik van een breekijzer en brute kracht zou hij het afsluitsysteem in de lijst wel de baas kunnen, maar dat zou hem veel kostbare tijd kosten. En, wat belangrijker was, het zou duidelijke aanwijzingen achterlaten dat er ingebroken was. En hoewel het de bedoeling was dat er de komende weken geen mensen in het huis kwamen, je kon nooit weten. Als hij vertrokken was zou er geen duidelijk bewijs zijn dat hij er ooit geweest was. Het was zelfs mogelijk dat ze na hun terugkeer de kluis pas na enige tijd zouden controleren. In elk geval was het niet nodig de brute methode te volgen.

Hij liep snel naar het grote tv-scherm tegen de ene wand van de ruime kamer. Dit deel was ingericht als zitkamer, met enkele met chintz beklede stoelen en een grote salontafel. Luther keek naar de drie afstandsbedieningen die op de tafel lagen. Eén voor de tv, één voor de video en één die hem negentig procent van zijn nachtelijke arbeid zou besparen. Op elk ervan stond een merknaam en ze leken tamelijk veel op elkaar, maar een kort experiment toonde aan dat twee afstandsbedieningen de bijbehorende apparaten in werking stelden en de derde dat niet deed.

Hij liep terug door de kamer, richtte het apparaat op de spiegel en drukte op het eenzame rode knopje onderaan. Voor de meeste mensen betekende deze handeling dat hun videorecorder nu een programma opnam, maar vannacht, in deze kamer, betekende het dat de bank haar deuren opende voor haar enige, gelukkige cliënt. Luther zag de deur soepel openzwaaien, geluidloos draaiend op de onderhoudsvrije scharnieren die nu zichtbaar werden. Uit gewoonte legde hij de afstandsbediening op exact dezelfde plek waar ze had gelegen. Vervolgens trok hij een opvouwbare plunjezak uit zijn rugzak en ging de kluis binnen.

Toen hij het licht van zijn lamp door het duister bewoog, was hij erg verrast toen hij in het midden van het kamertje, dat ongeveer twee bij twee meter groot was, een fauteuil zag staan. Op de leuning lag een soortgelijke afstandsbediening, vermoedelijk om te voorkomen dat men ooit per ongeluk ingesloten werd. Daarna ging zijn blik naar de legplanken langs de beide zijmuren.

Het contante geld, in nette bundeltjes, verdween als eerste in zijn plunjezak en daarna volgde de inhoud van de smalle dozen die zeker geen namaakjuwelen bevatten. Luther telde ongeveer tweehonderdduizend dollar aan verhandelbare waardepapieren en twee kleine dozen, de ene vol antieke munten en de andere vol postzegels, waarvan er een, met een afbeelding in spiegelbeeld, Luther deed slikken. Hij negeerde de blanco cheques en de dozen vol documenten, die waardeloos voor hem waren. Met een eerste snelle schatting kwam hij op bijna twee miljoen dollar, misschien meer.

Hij keek nog een keer om zich heen, erop lettend dat hij geen verborgen plekjes over het hoofd zag. De muren waren dik. Ze moesten wel brandveilig zijn, bedacht hij, of zo brandwerend als maar mogelijk was. De ruimte was niet hermetisch afgesloten; de lucht was fris, niet bedompt. Iemand zou het hier dagenlang uit kunnen houden.

De limousine reed in flinke vaart over de weg en ze werd gevolgd door een bestelwagen. Beide chauffeurs waren ervaren genoeg om hun weg te vinden zonder hun koplampen aan te doen.

In het ruime zitgedeelte van de limousine zaten een man en twee vrouwen. Een van de vrouwen was tamelijk dronken en ze deed verwoede pogingen zichzelf en de man uit te kleden, ondanks de lichte tegenstribbelingen van haar slachtoffer. De andere vrouw zat tegenover hen, met stijf op elkaar geknepen lippen. Ogenschijnlijk deed ze haar best het belachelijke spektakel, waarbij veel gehijgd en gegiecheld werd, te negeren, maar in werkelijkheid observeerde ze nauwkeurig elke beweging van het paar. Haar aandacht schoot voortdurend heen en weer van het grote boek dat open op haar schoot lag, waarin afspraken en notities elkaar verdrongen, naar de man die tegenover haar zat en die, terwijl de vrouw naast hem haar naaldhakken uittrok, van de gelegenheid gebruik maakte om zichzelf nog een drankje in te schenken. Zijn vermogen om alcohol te consumeren was enorm. Hij kon twee keer zoveel drinken als hij vanavond al op had zonder uiterlijke verschijnselen te tonen: geen moeite met spreken of oncontroleerbare bewegingen, wat fataal kon zijn voor een man in zijn positie.

Ze moest hem wel bewonderen, om zijn obsessies en zijn ware ruwe kanten, terwijl hij tegelijkertijd in staat was de buitenwereld een beeld van zichzelf te geven dat puurheid en kracht uitstraalde, trivialiteit en op hetzelfde moment grootsheid. Iedere vrouw in Amerika was verliefd op hem; zowel jongere als oudere vrouwen waren dol op zijn klassieke knappe uiterlijk en zijn immense zelfverzekerdheid, en bovenal, op wat hij vertegenwoordigde. En hij beantwoordde die universele bewondering met een passie die, hoewel zij misplaatst was, haar altijd verbijsterd had.

Jammer genoeg werd die passie nooit op haar gericht. Ondanks al haar subtiele signalen: de aanrakingen die net iets te lang duurden, hoe ze zich 's morgens, als ze er op haar best uitzag, altijd meteen bij hem meldde, alle seksuele zinspelingen tijdens hun strategiebesprekingen; ze bleef gewoon een van de 'jongens'. Maar daar was nog tijd genoeg voor. Tot dat moment aanbrak – en dat zou ooit gebeuren, prentte ze zichzelf in – zou ze geduldig moeten zijn.

Ze keek naar buiten. Dit duurde te lang. Ze haatte dit soort impulsieve daden. Haar mondhoeken krulden op van ongenoegen.

Luther hoorde de auto's de oprijlaan aan de voorkant oprijden. Zijn ogen bevestigden de mededeling die zijn oren hem al hadden gedaan. Het kostte hem een seconde om te bedenken dat zijn ontsnappingsroute was afgesneden en wat zijn alternatieve plan moest zijn. Hij liep naar een ander raam en volgde de karavaan die om het huis naar de achterkant reed, waar ze vanaf de weg niet te zien was. Hij zag vier mensen uit de limousine stappen en één uit de bestelwagen. Zijn hersens zochten razendsnel naar de mogelijke identiteit van de personen. Het was een te klein gezelschap om de bewoners van het huis te zijn. En te groot voor een gewoon controlebezoek. Hij kon geen gezichten onderscheiden. Heel even bekroop hem de ironische mogelijkheid dat er dezelfde nacht misschien twee keer ingebroken zou worden. Maar toen schudde hij zijn hoofd. Dat zou een te groot toeval zijn. In dit soort zaken, net als veel andere zaken, werkte je met percentages. Trouwens, inbrekers naderden hun doelwit niet in een optocht, in kleding die meer geschikt leek voor een avondje stappen.

Hij dacht snel na, terwijl gedempte geluiden, vermoedelijk afkomstig van achter het huis, zijn oren bereikten. Hij nam een besluit, pakte zijn tas, zette het binnenalarm weer aan, dankbaar voor zijn goede geheugen voor getallen, en sloop naar de kluis. Hij trok zorgvuldig de deur achter zich dicht totdat deze in het slot viel, en vervolgens drukte hij zich zo dicht mogelijk tegen de achterwand van het kleine kamertje. Nu moest hij wachten.

Hij vervloekte zijn pech; alles leek zo soepel te gaan. Toen schudde hij die gedachte van zich af en dwong zichzelf regelmatig adem te halen. Het was net als vliegen. Hoe vaker je het deed, des te groter was de kans dat er iets ergs gebeurde. Hij moest gewoon afwachten en hopen dat de zojuist binnengekomen bezoekers het niet nodig vonden een storting te doen in de privé-bank waarin hij zich bevond.

Gelach en gedreun van stemmen bereikten hem, tezamen met het harde gepiep dat klonk als een straaljager die vlak over zijn hoofd scheerde. Er scheen enige verwarring te bestaan over de code die moest worden ingetoetst. Een zweetdruppel verscheen op Luthers voorhoofd toen hij bedacht wat er zou gebeuren als het alarm afging en de politie voor de zekerheid elke centimeter van het huis zou willen controleren, te beginnen met zijn kleine schuilplaats.

Hij vroeg zich af hoe hij zou reageren als hij hoorde dat de deur werd geopend en het licht naar binnen stroomde, zonder de geringste kans dat hij onopgemerkt bleef. De vreemde gezichten die naar binnen keken, de getrokken wapens, het voorlezen van zijn rechten. Hij moest bijna lachen. In de val als een verdomde rat, geen enkele uitweg. Hij had al bijna dertig jaar niet gerookt, maar op dit moment snakte hij naar een sigaret. Zonder geluid te maken zette hij zijn tas neer, ging zitten, strekte langzaam zijn benen zodat ze niet in slaap zouden vallen, en wachtte.

Zware voetstappen op de blank eiken traptreden. Wie ze ook waren, het kon hun weinig schelen dat iemand hoorde dat ze er waren, wat zowel een goed als een slecht teken was. Hij telde er vier, mogelijk vijf. Ze sloegen linksaf en kwamen zijn kant op.

De deur van de slaapkamer ging open met een licht geknars. Luther dacht na. Alles was weggehaald of teruggelegd op zijn plaats. Hij had alleen de afstandsbediening aangeraakt en die had hij precies in het stofpatroon teruggelegd. Hij kon nu nog maar drie stemmen onderscheiden, een man en twee vrouwen. Een van de vrouwen klonk dronken, de andere was een en al zakelijkheid. Toen verdween mevrouw Zakelijkheid, de deur werd dichtgedaan maar niet op slot gedraaid, en mevrouw Dronken en de man waren alleen. Waar waren de anderen? Waar was mevrouw Zakelijkheid naartoe? Het gegiechel ging door. Voetstappen kwamen in de richting van de spiegel. Luther maakte zich zo klein mogelijk en hoopte dat de stoel hem aan het zicht zou onttrekken, maar hij wist dat dat onmogelijk was.

Een golf licht trof hem recht in de ogen en hij hapte naar adem toen zijn kleine inktzwarte wereldje plotseling in een helder daglicht werd gezet.

Hij knipperde snel met zijn ogen om ze aan te passen aan het licht, en in enkele seconden vernauwden zijn pupillen zich tot speldeknopjes. Daarna niets, behalve het licht; het was er nog steeds, maar geen geschreeuw, geen gezichten, geen wapens.

Uiteindelijk, nadat er een volle minuut was verstreken, gluurde Luther om de hoek van de stoel en toen schrok hij opnieuw. De kluisdeur was verdwenen; hij keek recht die verdomde kamer in. Hij viel bijna achterover maar herstelde zich. Plotseling begreep Luther waar die stoel voor diende.

Hij herkende beide mensen in de kamer. De vrouw had hij vanavond al eerder gezien, op de foto. De vrouw des huizes, met haar hoerige kleedgewoonten. De man herkende hij om een geheel andere reden; hij was in elk geval niet de heer des huizes. Verbijsterd bewoog Luther zijn hoofd heen en weer en langzaam liet hij zijn adem ontsnappen. Hij kon het niet geloven. Zijn handen trilden en een gevoel van walging trok door hem heen. Hij probeerde zijn misselijkheid te onderdrukken en keek de slaapkamer in.

De kluisdeur diende als doorkijkspiegel. Met het licht aan de buitenkant en het duister in zijn kleine hokje was het net of hij naar een enorm tv-scherm keek.

Opeens zag hij het en het leek of alle lucht uit zijn longen werd geknepen: het collier om de hals van de vrouw. Tweehonderdduizend dollar, volgens zijn ervaren blik, misschien meer. En precies het soort snuisterij dat men 's avonds voor het naar bed gaan altijd in een kluis opbergt. Maar zijn longen ontspanden zich toen hij zag dat ze het collier afdeed en het achteloos op de vloer liet vallen.

Zijn angst nam zodanig af dat hij overeind kwam, om de stoel heen liep en zich er langzaam in liet zakken. Dus dit was de plek waar de oude man zat toe te kijken hoe zijn kleine vrouwtje sufgeneukt werd door een aanhoudende stoet jongemannen met een minimumloon of genietend van hun vrijheid bij de gratie van een uitkering.

Hij keek om zich heen en spitste zijn oren om een geluid op te vangen van een van de andere aanwezigen in het huis. Maar wat kon hij in feite doen? In de meer dan dertig jaar dat hij in het vak zat, had hij nog nooit zoiets meegemaakt, dus hij besloot het enige te doen wat hij kon doen. Met slechts een paar centimeter glas tussen hem en zijn absolute ondergang maakte hij het zich gemakkelijk in het zachte leer en wachtte.

•2•

Drie blokken van de grote witte kolos van het Amerikaanse Capitool opende Jack Graham zijn voordeur. Even later liet hij zijn overjas op de vloer vallen en liep rechtstreeks naar de koelkast. Met een blikje bier in de hand liet hij zich op de tot de draad toe versleten bank in de voorkamer vallen. Hij nam een slok en liet zijn blik door de kleine kamer gaan. Een heel verschil met waar hij zojuist was geweest. Hij hield het bier enige tijd in zijn mond voordat hij het doorslikte. De spieren van zijn hoekige kaken spanden zich en even later ontspanden ze zich weer. Het zeurende gevoel van twijfel trok langzaam weg, maar het zou weer terugkeren, zoals het altijd deed.

Het zoveelste belangrijke diner met zijn aanstaande echtgenote, haar familie en een kring van kennissen en zakenrelaties. Mensen op dat niveau hadden klaarblijkelijk geen gewone vrienden. Iedereen in dit gezelschap had een bepaalde functie, waarbij het geheel groter was dan de som der delen. Tenminste, dat was de bedoeling, hoewel Jack daar zijn eigen opvattingen over had.

Hun namen kwam Jack regelmatig tegen op de pagina 'Industrie en Finan ciën' van de *Wall Street Journal*, voordat hij de sportpagina opsloeg om te zien hoe de Skins of de Bullets het deden. De politici onder hen trokken zwaarbewapend ten strijde, op zoek naar toekomstige stemmen en hedendaagse dollars. De groep werd afgerond met de altijd aanwezige advocaten van wie Jack er een was, een enkele dokter om de banden met 'de goeie ouwe tijd' te tonen en een paar types die in de publieke belangstelling stonden, om te demonstreren dat de machthebbers van morgen ook sympathie hadden voor gewone zaken.

Jack dronk zijn biertje leeg en zette de tv aan. Hij trok zijn schoenen uit en hing de gedessineerde sokken van veertig dollar, die zijn verloofde voor hem had gekocht, zorgvuldig over de rand van de lampekap. Als ze de kans kreeg, liep hij binnenkort rond met bretels van tweehonderd dollar, met een bijpassende, handbeschilderde das. Verdomme! Hij wreef over zijn tenen en dacht serieus na over een tweede biertje. De tv deed een poging zijn aandacht vast te houden maar slaagde daar niet in. Hij veegde het dikke, donkere haar uit zijn ogen en dacht voor de duizendste keer na over de richting die zijn leven had genomen, schijnbaar met de snelheid van een space-shuttle.

De limousine van de zaak had hem en Jennifer Baldwin naar haar huis in het noordwestelijke deel van Washington D.C. gebracht, waar Jack, nadat ze waren getrouwd, waarschijnlijk zou gaan wonen. Jennifer haatte zijn huis. Toch was hij vanavond naar zijn eigen huis gegaan, omdat hij het echt niet meer kon verdragen nog een minuut langer bij haar te zijn. Het huwelijk zou binnen zes maanden worden voltrokken – naar het gedrag van de bruid te oordelen, wàs het al voltrokken – en hier zat hij nu met ernstige twijfels.

Jennifer Ryce Baldwin bezat een schoonheid die zo opvallend was, dat vrouwen haar even vaak nastaarden als mannen. Ze was intelligent en bekwaam, kwam uit een schatrijke familie en had zich voorgenomen met Jack te trouwen. Haar vader was een van de grootste projectontwikkelaars van de Verenigde Staten. Winkelcentra, kantoorgebouwen, radiostations, hele lappen grond, je kon het zo gek niet bedenken of hij zat erin, en het ging hem beter dan vrijwel ieder ander. Haar grootvader van vaderskant was een onvervalste industriemagnaat uit het Midwesten en haar moeders familie had ooit een groot deel van de binnenstad van Boston bezeten. De goden waren Jennifer Baldwin zeer welgezind geweest. En Jack kende geen enkele man die niet stinkend jaloers op hem was.

Hij ging verzitten en probeerde een spierknoop uit zijn schouder te wrijven. Hij had al een week niet getraind. Zelfs op tweeëndertigjarige leeftijd had zijn een meter drieëntachtig lange lichaam nog dezelfde stevige contouren als toen hij nog op school zat, waar hij zich als een man tussen de jongens bewoog en uitblonk in vrijwel elke sport. Op de middelbare school, waar het er in de competitie een stuk ruiger aan toeging, lukte het hem toch om als zwaargewicht worstelaar het eerste schoolteam en het tweede nationale team te bereiken. Die combinatie bracht hem op de universiteit van Virginia, waar hij rechten studeerde en afstudeerde bij de besten van zijn jaar. Meteen daarna vestigde hij zich als pro-deo-advocaat strafrecht in dienst van de staat Columbia.

Zijn studiegenoten hadden allemaal hun kans gegrepen om voor grote advocatenkantoren te gaan werken. Ze belden hem nog regelmatig op en gaven hem telefoonnummers van psychiaters die hem van zijn gekte konden verlossen. Vijf jaar als pro-deo-advocaat. Hij pakte nog een biertje. De koelkast was nu leeg.

De meeste mensen wisten niet dat de advocaten die pro-deozaken behandelden, zeer competent waren en Jack vond het een eer om rechtstreeks van de universiteit tot hun gelederen te worden toegelaten. Het gevolg daarvan was dat als een ervaren pro-deo-advocaat het in de rechtszaal moest opnemen tegen een procureur van het Openbaar Ministerie, het meestal een eerlijke, gelijke strijd was.

Jacks eerste jaar, waarin hij de kneepjes van het vak moest leren, was zwaar en hij verloor meer zaken dan hij won. Na verloop van tijd had hij zich echter opgewerkt tot de meer serieuze strafzaken. Toen hij al zijn jeugdige energie, zijn ongepolijste talent en zijn gezonde verstand in die zaken ging stoppen, begon het tij te keren.

Vanaf dat moment begon hij in de rechtszaal pas echt rake klappen uit te delen.

16

Hij ontdekte dat hij een natuurtalent was in het houden van slotpleidooien en dat hij in het kruisverhoor net zo goed was als in het tegen de vijf centimeter dikke mat werpen van mannen die veel groter waren dan hij. Hij voelde zich alsof hij weer terug was op de middelbare school, als een man onder jongens, zelfs tegen de meest ervaren openbare aanklagers. Het begon ook de rechters op te vallen. Hij werd gerespecteerd en was geliefd als advocaat, voor zover je dat mocht geloven.

Hij had Jennifer ontmoet tijdens een rechtszaak. Ze was vice-president van de afdeling Ontwikkeling en Marketing bij Baldwin Enterprises. Het was makkelijk te zien dat ze erg goed was in wat ze deed. Ze was een dynamische verschijning en ze had het vermogen om iedereen tegen wie ze sprak zich belangrijk te laten voelen; naar hun meningen werd geluisterd, ook al werden ze niet altijd gedeeld. Ze was een schoonheid die het niet nodig had daar gebruik van te maken.

Als je dat oogverblindende uiterlijk even buiten beschouwing liet, was er nog veel meer te zien. Zo leek het tenminste. Jack zou absoluut onmenselijk zijn geweest als hij zich niet tot haar aangetrokken had gevoeld. En zij maakte hem al vrij snel duidelijk dat die aantrekking wederzijds was. Hoewel ze ogenschijnlijk onder de indruk was van de toewijding waarmee hij de rechten verdedigde van hen die in de hoofdstad van een misdaad werden beschuldigd, had Jennifer hem er beetje bij beetje van overtuigd dat hij genoeg had gedaan voor de armen, dommen en ongefortuneerden, en dat hij nu maar eens moest beginnen te denken aan zichzelf en zijn toekomst. En misschien wilde zij wel deel uitmaken van die toekomst. Toen hij uiteindelijk ontslag nam als pro-deo advocaat, hadden de procureurs van het Openbaar Ministerie een flink afscheidsfeest voor hem georganiseerd, compleet met drank en lovende toespraken. Dat had hem moeten doen beseffen dat er nog veel meer armen, dommen en ongefortuneerden waren die zijn hulp nodig hadden.

Jack verwachtte niet dat hij ooit meer opwinding zou ervaren dan hij als pro-deo-advocaat had gedaan; hij was ervan overtuigd dat je zulke momenten maar één keer in je leven meemaakte, en dat ze daarna voorgoed verdwenen waren. Maar het was tijd om verder te gaan; zelfs kleine jongens als Jack Graham moesten ooit volwassen worden. Misschien was zijn tijd gewoon gekomen.

Hij zette de tv af, pakte een zak chips, liep naar zijn slaapkamer en stapte over de berg vuil wasgoed die voor de deur lag. Eigenlijk kon hij Jennifer niet kwalijk nemen dat ze een hekel aan zijn huis had, want hij was een sloddervos. Maar wat hem meer dwarszat, was dat het absoluut uitgesloten was dat Jennifer hier ooit zou willen wonen, ook al was het hele huis kraakhelder. Ten eerste stond het huis in de verkeerde buurt; Capitol Hill weliswaar, maar niet het goede gedeelte ervan, er zelfs niet vlakbij.

En dan was er de grootte. Haar huis in de stad had een oppervlakte van meer dan vijfhonderd vierkante meter, en dan waren de vertrekken van het inwonende personeel niet meegerekend. Naast het huis was een garage die ruimte bood aan haar twee auto's: een Jaguar en een gloednieuwe Range Rover, alsof iemand die in Washington D.C. woonde, ooit behoefte zou hebben aan een voertuig waarmee je verticaal een zeshonderd meter hoge berg op kon rijden.

Jack had, als je de badkamer meetelde, vier kamers. Hij liep zijn slaapkamer in, trok zijn kleren uit en liet zich op het bed vallen. Op de muur tegenover hem, op een kleine plaquette die ooit in zijn kantoor hing, totdat hij zich ging schamen als hij ernaar keek, stond de aankondiging dat hij in dienst was getreden bij Patton, Shaw & Lord. PS&L was het toonaangevende advocatenkantoor van de hoofdstad. Wettig vertegenwoordiger van honderden bedrijven die op de financiële markt opereerden, waaronder het bedrijf van zijn aanstaande schoonvader; een miljoenenopdracht die Jack had binnengebracht en waardoor hij bij zijn volgende beoordeling gegarandeerd in de maatschap zou worden opgenomen. Maatschappen bij PS&L waren gemiddeld minstens een half miljoen dollar per jaar waard. Voor Baldwin was dat een fooi, maar Jack was Baldwin niet. Tenminste, nog niet.

Hij trok de deken over zich heen. De isolatie van het gebouw liet veel te wensen over. Hij nam een paar aspirines, spoelde ze weg met een slok cola uit een blikje, dat nog op zijn nachtkastje stond en keek de benauwde, rommelige slaapkamer rond. Deze deed hem denken aan zijn kamer toen hij nog jong was. Het was een warme, vriendelijke herinnering. Je moest aan huizen kunnen zien dat erin werd geleefd; er moest altijd ruimte zijn voor schreeuwende kinderen die van de ene naar de andere kamer renden, op zoek naar nieuwe avonturen en nieuwe voorwerpen om kapot te maken.

Dat was een ander probleem met Jennifer. Ze had hem duidelijk gemaakt dat het geluid van kindervoetjes toekomstmuziek was en nog verre van zeker. Haar carrière bij het bedrijf van haar vader kwam op de eerste plaats. Hij vermoedde dat ze die zelfs belangrijker vond dan hem. Jack van zijn kant voelde er echter weinig voor om naar zijn honkballende kinderen te kijken vanuit een rolstoel.

Hij draaide zich om en probeerde zijn ogen dicht te houden. De wind sloeg tegen het raam en zijn blik ging die richting uit. Hij wilde een andere kant op kijken, maar ongewild ging zijn blik weer naar de doos.

In de doos bewaarde hij een deel van zijn verzameling bekers en prijzen uit zijn schooltijd. Maar dat waren niet de voorwerpen die zijn aandacht trokken. In het halfduister strekte hij zijn arm uit naar de doos, trok hem weer terug en veranderde toen opnieuw van gedachten.

Hij pakte de ingelijste foto uit de doos. Het was niet de eerste keer. Het was bijna een ritueel geworden, zeker sinds hij met Jennifer Baldwin verloofd was. Hij hoefde nooit bang te zijn dat zijn verloofde in de doos zou rondneuzen, want ze weigerde ronduit langer dan een minuut in zijn slaapkamer te blijven. Als ze met elkaar naar bed gingen, was dat in haar huis, waar Jack op het bed lag te staren naar het vier meter hoge plafond, beschilderd met middeleeuwse ruiters en jonge maagden, terwijl Jennifer zich boven op hem amuseerde totdat ze haar hoogtepunt bereikte, waarna ze ging liggen om Jack hetzelfde te laten doen. Of in het buitenhuis van haar ouders, waar de plafonds zelfs nog hoger waren en de beschilderingen afkomstig leken van een of andere dertiende-eeuwse kerk in Rome, zodat Jack het gevoel kreeg dat God toekeek terwijl hij bereden werd door de beeldschone, spiernaakte Jennifer Ryce Baldwin en dat hij eeuwig zou branden in de hel voor die paar momenten van lichamelijk genot.

De vrouw op de foto had zijdeachtig, bruin haar waarvan de uiteinden licht krulden. Ze keek Jack glimlachend aan en hij herinnerde zich de dag dat de foto was genomen. Een lange fietstocht over het platteland van het statige Albemarle County. Hij was net aan zijn rechtenstudie begonnen en zij was tweedejaars op Jeffersons University. Het was pas hun derde afspraakje, maar het was alsof ze nooit zonder elkaar waren geweest.

Kate Whitney.

Hij sprak haar naam langzaam uit. Instinctief gleed zijn vinger over de lijnen van haar glimlach, naar dat ene moedervlekje boven op haar linkerwang, dat haar gezicht een enigszins scheve aanblik gaf. De amandelvormige jukbeenderen omsloten een delicaat neusje dat eindigde boven een paar sensuele lippen. De kin was scherp en de koppigheid straalde ervan af. Jack liet zijn blik weer naar boven gaan en stopte bij de grote, traanvormige ogen met die ondeugende blik die vertelde dat Kate Whitney altijd met iets bezig was, en altijd met haar hart erbij betrokken.

Jack ging op zijn rug liggen en zette de foto op zijn borst zodat ze hem recht in de ogen keek. Hij kon nooit aan Kate denken zonder in gedachten haar vader te zien, met zijn sluwe blik en zijn kwajongensachtige glimlach. Jack had Luther Whitney vaak opgezocht in zijn kleine rijtjeshuis in een buurt van Arlington, die betere tijden had gekend. Urenlang zaten ze bier te drinken en elkaar verhalen te vertellen, waarbij Luther meestal vertelde en Jack luisterde.

Kate bezocht haar vader nooit en hij deed ook nooit pogingen contact met haar te zoeken. Jack had bijna bij toeval ontdekt wie hij was en ondanks Kate's protesten had Jack erop gestaan de man te leren kennen. Hoewel het bijna nooit voorkwam dat er op Kate's gezicht geen glimlach te zien was, was dit het enige waar ze nooit grapjes over maakte.

Na zijn studie verhuisden ze naar Washington D.C. Kate ging rechten studeren in Georgetown en het leven leek idyllisch. Ze kwam naar zijn eerste rechtszaken kijken, toen hij nog moeite moest doen om de vlinders in zijn buik en de brok in zijn keel onder controle te houden en zich te herinneren achter welke tafel hij moest gaan zitten. Maar toen de ernst van de misdaden van zijn cliënten steeds verder toenam, verdween haar enthousiasme. Tijdens zijn eerste praktijkjaar als advocaat waren ze uit elkaar gegaan.

De reden was simpel: ze kon niet begrijpen waarom hij ervoor had gekozen mensen te vertegenwoordigen die de wet hadden overtreden, en ze kon niet toestaan dat hij haar vader graag mocht.

Hij herinnerde zich dat ze tijdens de allerlaatste stuiptrekkingen van hun

19

relatie samen hier in deze kamer zaten en dat hij haar vroeg, haar smeekte om niet weg te gaan. Maar ze was vertrokken en dat was vier jaar geleden. Sindsdien had hij haar nooit meer gezien en niets meer van haar gehoord. Hij wist dat ze als openbaar aanklager in Alexandria in Virginia werkte, waar ze ongetwijfeld erg haar best deed zijn vroegere cliënten achter de tralies te krijgen. Dat was alles wat hij wist; verder was ze een onbekende voor hem geworden.

Maar nu hij hier lag en zij hem aanstaarde met een glimlach die hem miljoenen dingen vertelde die hij nooit had gehoord van de vrouw met wie hij binnen een halfjaar zou trouwen, vroeg Jack zich af of ze voor hem altijd een onbekende zou blijven, en of zijn leven was voorbestemd veel gecompliceerder te worden dan hij ooit had gewild. Hij greep de telefoon en draaide een nummer.

Het toestel ging vier keer over en toen hoorde hij de stem. Ze klonk scherper dan hij zich herinnerde, of misschien was dat nieuw. De pieptoon klonk en hij wilde een bericht inspreken, iets grappigs, zomaar uit het blote hoofd, maar net op dat moment werd hij zenuwachtig en hij hing snel op. Zijn handen trilden en hij hapte naar adem. Hij schudde zijn hoofd. Jezus Christus! Hij had vijf moordzaken gedaan en nu trilde hij verdomme als een zestienjarige jongen die eindelijk moed had verzameld om voor het eerst in zijn leven een afspraakje te maken.

Jack legde de foto weg en probeerde zich voor te stellen wat Kate op dit moment aan het doen was. Waarschijnlijk zat ze nog steeds op kantoor en overwoog ze hoeveel jaar ze van iemands leven zou afnemen.

Toen dacht hij aan Luther. Zou hij zich op dit moment aan de verkeerde kant van iemands voordeur bevinden? Of vertrok hij net met een zak vol kostbaarheden?

Wat een familie, Luther en Kate Whitney. Zo verschillend en tegelijkertijd zo hetzelfde. Hij had nog nooit zo'n scherpzinnig en toegewijd stel ontmoet, hoewel de respectievelijke brandpunten van hun toewijding zich in verschillende melkwegstelsels bevonden. Die laatste avond, nadat Kate uit zijn leven was verdwenen, was hij bij Luther langsgegaan om afscheid te nemen en een laatste biertje met hem te drinken. Ze waren in de goed onderhouden tuin gaan zitten en keken naar de clematis en de klimop tegen de bakstenen muur; de geur van bloeiende seringen en rozen lag als een deken over hen heen.

De oude man had het goed opgevat. Hij stelde weinig vragen en wenste Jack het beste. Niet alles in het leven lukte, dat begreep Luther net zo goed als ieder ander. Maar toen Jack die avond vertrokken was, had hij een vochtige glans in de ogen van de oude man gezien, en toen was ook dat gedeelte van zijn leven afgesloten.

Uiteindelijk deed Jack het licht uit en hij sloot zijn ogen in de wetenschap dat over niet al te lange tijd de volgende dag zich zou aandienen. Zijn pot met goud, de kans van zijn leven op het grote geld was weer een dag dichterbij gekomen. Het zorgde er niet voor dat hij gemakkelijk in slaap viel.

Luther staarde door het glas en bedacht dat de twee een zeer aantrekkelijk stel vormden. Het was een belachelijk idee onder deze omstandigheden, maar dat deed niets af aan de juistheid ervan. De man was halverwege de veertig, groot, knap en zeer gedistingeerd. De vrouw kon niet veel ouder zijn dan twintig, met dik, goudkleurig haar, een mooi ovalen gezicht en een paar enorme, diepblauwe ogen die nu liefhebbend opkeken naar het elegante gelaat van de man. Hij raakte haar zachte wang aan en zij beroerde zijn hand met haar lippen.

De man had twee glazen in zijn hand, die hij volschonk uit een fles die hij had meegebracht. Hij gaf de vrouw een glas. Nadat ze hadden geklonken, keken ze elkaar diep in de ogen, waarna de man zijn glas in één teug leegdronk, terwijl de vrouw alleen maar van het hare nipte. Ze zetten de glazen neer en omhelsden elkaar midden in de kamer. Zijn handen gleden omlaag over haar rug en vervolgens weer omhoog naar haar blote schouders. Haar armen en schouders waren zongebruind en licht gespierd. Vol bewondering greep hij haar armen vast en hij boog zich voorover om haar hals te kussen.

Luther wendde zijn blik af, beschaamd door de aanblik van deze intieme ontmoeting. Een raar gevoel om te ervaren terwijl hij duidelijk nog steeds gevaar liep gesnapt te worden. Maar hij was niet te oud om onbewogen te blijven voor de tederheid en de passie die langzaam tussen de twee opbloeide. Toen hij weer opkeek, moest hij glimlachen. De twee waren bezig met een langzame dans door de kamer. De man was zichtbaar bedreven op dat gebied; zijn partner minder, maar hij leidde haar met rustige, eenvoudige danspassen door de kamer, tot ze weer naast het bed stonden. De man nam even tijd om zijn glas vol te schenken en het snel leeg te drinken. De fles was nu leeg. Opnieuw nam hij haar in zijn armen en ze drukte zich tegen hem aan, trok aan zijn jasje en begon zijn das los te maken. Zijn handen gingen naar de ritssluiting van haar jurk, die hij langzaam naar beneden trok. De zwarte jurk gleed van haar lichaam en ze stapte eruit. Nu droeg ze alleen nog een zwart slipje en nylonkousen, maar geen beha.

Ze had het soort lichaam dat andere vrouwen, die het niet hadden, onmiddellijk jaloers maakte. Elke ronding zat op de juiste plaats. Haar middel had Luther met zijn beide handen kunnen omvatten. Toen ze zich opzij draaide om haar kousen uit te trekken, zag Luther dat haar borsten groot, rond en vol waren. Haar benen waren slank en licht gespierd door vele uren tennis en aerobics.

De man kleedde zich snel uit en ging in zijn boxershort op de rand van het bed zitten kijken hoe de vrouw haar slipje uittrok. Haar achterwerk was rond en stevig en stak roomwit af tegen de gebruinde huid die haar minstens een vakantie van twintigduizend dollar op Hawaï had gekost. Toen ze zich van haar laatste stukje kleding had ontdaan, verscheen er een glimlach op het gezicht van de man. Zijn tanden waren regelmatig en wit. Ondanks de alcohol stonden zijn ogen helder.

Ze beantwoordde zijn blik met een glimlach en liep langzaam op hem toe. Toen ze binnen zijn bereik kwam, greep hij haar met zijn lange armen vast en trok haar tegen zich aan. Ze duwde haar bovenlichaam tegen het zijne. Opnieuw wendde Luther zijn ogen af en meer dan ooit wenste hij dat dit gedoe gauw afgelopen was en ze zouden vertrekken. Het zou hem maar een paar minuten kosten om naar zijn auto te lopen en dan kon hij deze nacht in zijn geheugen opslaan als een absoluut unieke ervaring, met mogelijk rampzalige gevolgen.

Op dat moment zag hij de man hard in de billen van de vrouw knijpen en hij begon haar te slaan, steeds weer opnieuw. Luther stelde zich de pijn van de aanhoudende klappen voor en huiverend keek hij toe hoe de witte huid rood begon te worden. Maar of de vrouw was te dronken om de pijn te voelen, of ze hield ervan zo behandeld te worden, want ze bleef glimlachen. Luther voelde zijn maag samentrekken toen hij de vingers van de man diep in de zachte huid zag dringen.

De tong van de man danste over haar borsten; ze liet haar vingers door zijn dikke haar gaan en wrong haar lichaam tussen zijn benen. Ze sloot haar ogen, haar mond plooide zich in een tevreden glimlach en ze wierp haar hoofd achterover. Toen opende ze haar ogen en drukte haar mond op de zijne.

Zijn sterke vingers gleden weg van haar mishandelde billen en begonnen zachtjes haar rug te masseren. Opeens kneep hij haar zo hard dat ze ineenkromp en terugdeinsde. Haar glimlach verstrakte en hij stopte toen haar vingers de zijne raakten. Hij richtte zijn aandacht weer op haar borsten en zoog aan haar tepels. Ze sloot opnieuw haar ogen en haar ademhaling ging over in een zacht gekreun. De man verplaatste zijn aandacht weer naar haar hals. Zijn ogen waren wijd open en hij keek naar de plek waar Luther zat, zonder enig idee te hebben van zijn aanwezigheid.

Luther staarde naar de man, naar die ogen, en wat hij zag, beviel hem niet in het minst. Duistere poelen, omgeven door rood, als een of andere sinistere planeet, gezien door een telescoop. De gedachte trof hem dat de naakte vrouw in de greep was van iemand die helemaal niet zo zachtaardig en liefhebbend was als ze vermoedelijk dacht.

Uiteindelijk werd de vrouw ongeduldig en ze duwde haar minnaar neer op het bed. Ze spreidde haar benen, wat Luther een beeld opleverde dat normaliter alleen werd gegund aan haar echtgenoot en gynaecoloog. Ze hees zichzelf boven op hem, maar met een plotselinge uitbarsting van energie duwde hij haar ruw opzij, hij ging op haar liggen, greep haar benen vast en tilde ze op totdat ze recht omhoog wezen.

Luther verstijfde in zijn stoel door de volgende beweging van de man. Hij greep haar bij de nek, rukte haar omhoog en trok haar hoofd tussen zijn benen. Het onverwachte van die handeling deed haar naar adem happen, met haar mond vlak bij zijn onderlichaam. Toen begon hij te lachen en hij wierp haar weer achterover. Ze duizelde even en ten slotte verscheen er een zwak glimlachje om haar mond, waarna ze overeind kwam en steunend op haar ellebogen bleef zitten terwijl hij op haar ging liggen. Hij nam zijn stijve lid in de ene hand en spreidde haar benen met de andere. Ze bleef rustig liggen om hem te ontvangen, terwijl hij met een verwilderde blik naar haar keek.

Maar in plaats van tussen haar benen te duiken greep hij haar borsten vast en kneep erin, waarschijnlijk een beetje te hard, want Luther hoorde de vrouw een kreet van pijn slaken, waarop ze de man een klap in het gezicht gaf. Hij liet haar los en gaf haar ook een klap, gemeen hard. Luther zag in haar mondhoek een druppel bloed verschijnen die over haar volle, geverfde lippen liep.

'Jij vuile klootzak.' Ze liet zich van het bed rollen en ging op de vloer zitten. Ze wreef over haar mond en proefde haar bloed, waardoor haar dronken hersens onmiddellijk weer nuchter waren. De eerste woorden van de hele avond die Luther duidelijk had horen uitspreken, troffen hem als een voorhamer. Hij stond op en liep naar de glazen deur.

De man grinnikte. Luther verstijfde toen hij dat zag. Het was eerder de gemene grijns van een wild beest dat op het punt stond om aan te vallen, dan die van een menselijk wezen.

'Vuile klootzak.' zei ze weer, iets zachter nu en minder duidelijk. Ze stond op, maar hij greep haar arm beet en draaide hem om, waarna ze hard tegen de vloer sloeg. De man ging op de rand van het bed zitten en keek triomfantelijk op haar neer.

Jachtig ademhalend stond Luther achter het glas. Steeds opnieuw kneep hij zijn handen dicht en opende ze weer, terwijl hij bleef toekijken en zich afvroeg waar die andere mensen waren gebleven, hopend dat ze gauw terug zouden komen. Zijn blik ging naar de afstandsbediening op de stoelleuning en schoot vervolgens weer terug naar de slaapkamer.

De vrouw was half overeind gekomen van de vloer en kreeg geleidelijk weer lucht. De romantische gevoelens die ze had gehad, waren verdwenen. Luther kon dat zien aan haar bewegingen, die nu behoedzaam en weloverwogen waren. Haar metgezel had deze verandering blijkbaar niet opgemerkt, anders was hij niet opgestaan en had hij haar niet zijn hand aangeboden, die ze aanpakte.

De glimlach van de man en zijn gevoelens van opwinding verdwenen abrupt toen haar knie hem keihard tussen de benen trof. Hij sloeg dubbel en kroop over de vloer, en afgezien van zijn moeizame ademhaling kon hij geen geluid uitbrengen. Ondertussen pakte zij haar slipje op en begon het vervolgens aan te trekken. Het zat halverwege haar benen toen hij haar enkel vastgreep en haar opnieuw tegen de vloer gooide. 'Jij kleine slet.' De woorden kwamen in korte stoten naar buiten en hij hapte naar lucht, maar hij bleef haar enkel vasthouden en begon haar naar zich toe te trekken. Ze schopte naar hem, en nog eens en nog eens. Haar voet raakte zijn ribbenkast, maar hij bleef vasthouden. 'Kleine, smerige hoer,' zei hij.

Door de dreiging in die woorden deed Luther een stap naar de glazen deur en hij ging met zijn hand over het gladde oppervlak, alsof hij hem erdoorheen wilde steken en de man wilde beetpakken om hem te dwingen haar los te laten.

De handen van de man sloten zich om de keel van de vrouw. Haar hersens, beneveld door de alcohol, schakelden over naar een hogere versnelling. Haar ogen, die nu doodsbang stonden, schoten heen en weer. De druk op haar keel nam toe en ze kreeg bijna geen adem meer. Haar vingers klauwden naar zijn armen, en haar nagels lieten diepe krassen achter.

Luther zag bloed verschijnen op de plekken waar ze hem had opengekrabd, maar de greep van zijn handen werd niet losser.

Ze schopte naar hem en wrong haar lichaam in allerlei bochten, maar haar aanvaller was bijna twee keer zo zwaar als zij en hij gaf geen krimp.

Luther keek weer naar de afstandsbediening. Hij kon de deur opendoen. Hij kon hier een eind aan maken. Maar zijn benen wilden niet bewegen. Machteloos staarde hij door het glas, zweetdruppels stroomden over zijn voorhoofd, en uit elke porie van zijn lichaam scheen vocht te spuiten. Zijn adem kwam in korte stoten naar buiten en zijn borstkas ging jachtig op en neer. Hij zette zijn beide handen tegen het glas. Zijn adem stokte toen hij de blik van de vrouw naar het nachtkastje zag gaan. En toen, met een onbesuisde beweging, greep ze de briefopener vast en met één woeste uithaal sneed ze zijn arm open.

Hij brulde van pijn, liet haar los en greep naar zijn bloedende arm. Eén beangstigend moment lang keek hij naar de snee in zijn arm, alsof hij niet kon geloven dat hij gewond was geraakt. Aangevallen door deze vrouw.

Toen de man weer opkeek, kon Luther het moordlustige gegrom bijna voelen voordat het de man over de lippen kwam.

En toen sloeg hij haar, harder dan Luther een man ooit een vrouw had zien slaan. Zijn keiharde vuist werd één met het zachte vlees, en bloed vloog uit haar neus en mond, waarschijnlijk tezamen met een paar tanden.

Of het nu kwam door alle drank die ze op had of door iets anders wist Luther niet, maar de klap, hard genoeg om iemand buiten westen te slaan, scheen haar nauwelijks iets te doen. Met schokkende bewegingen kwam ze weer overeind. Ze draaide zich naar de spiegel toe en Luther zag het afgrijzen op haar gezicht verschijnen, toen ze opeens de abrupte destructie van haar schoonheid aanschouwde. Haar ogen werden groter met haar groeiend ongeloof. Ze raakte haar gezwollen neus aan en met één vinger betastte ze voorzichtig enkele loszittende tanden. Ze was nog slechts een bezoedelde beeltenis; het meest waardevolle had ze verloren.

Terwijl ze zich weer naar de man omdraaide, zag Luther dat haar rugspieren zich zo aanspanden, dat het wel smalle latjes leken; ze gaf hem een keiharde trap in zijn kruis. Meteen was de man weer machteloos. Hij had geen controle meer over zijn ledematen en kokhalzend sloeg hij tegen de vloer, waar hij kreunend op zijn rug bleef liggen. Hij had zijn knieën opgetrokken en met beide handen probeerde hij zijn kruis te beschermen.

Met een van bloed druipend gezicht en een blik die van doodsbang in moordlustig was veranderd, viel de vrouw op haar knieën naast hem en hief de briefopener hoog boven haar hoofd.

Luther greep de afstandsbediening en deed een stap naar de deur, met zijn vinger op de knop.

De man, die het einde van zijn leven zag naderen, schreeuwde met het laatste beetje kracht dat hij nog in zich had. Zijn noodkreet bleef niet onbeantwoord.

Luther bleef als versteend staan, terwijl zijn blik naar de openvliegende slaapkamerdeur schoot.

Twee mannen met kortgeknipt haar en zakelijke kostuums die hun indrukwekkende lichaamsbouw niet konden verhullen, stoven met getrokken wapens de kamer in. Voordat Luther nog een stap kon doen, hadden ze de situatie beoordeeld en hun beslissing genomen.

Beide wapens vuurden vrijwel op hetzelfde moment.

Kate Whitney zat in haar kantoor en las het dossier nog een keer door.

De man was al vier keer veroordeeld en hij was al zes keer gearresteerd zonder dat daar een veroordeling op volgde, omdat getuigen te bang waren om hun mond open te doen of voortijdig hun einde hadden gevonden in vuilcontainers. Deze smeerlap was een wandelende tijdbom, klaar om nieuwe slachtoffers te maken. Tot nu toe waren zijn slachtoffers allemaal vrouwen geweest.

De huidige tenlastelegging was moord tijdens het begaan van een beroving en verkrachting, wat volgens de criteria van het strafrecht van Virginia voldoende was voor moord met voorbedachten rade. En deze keer besloot ze tot het uiterste te gaan: de doodstraf. Die had ze nog nooit eerder geëist, maar als iemand hem verdiende, was het deze knaap wel; en de gemeenschap zou niet te teergevoelig zijn om haar eis in te willigen. Waarom zou hij mogen blijven leven, nadat hij wreed en meedogenloos een eind had gemaakt aan het leven van een negentienjarige studente, die op een zonnige middag de fout had gemaakt naar een winkelcentrum te gaan om een paar nieuwe schoenen en nylonkousen te kopen?

Ze wreef in haar ogen, pakte een elastiekje van het hoopje op haar bureau en bond haar haar in een paardestaart. Ze liet haar blik door haar kleine, sobere kantoor gaan; overal stonden stapels dossiers en voor de zoveelste keer vroeg ze zich af of daar ooit een eind aan zou komen. Natuurlijk niet. Het zou eerder erger worden en het enige wat zij kon doen, was proberen nieuw bloedvergieten te voorkomen. Ze zou beginnen met de doodstraf voor Roger Simmons junior, tweeëntwintig jaar oud, als crimineel even meedogenloos als al die anderen waarmee ze in haar korte carrière was geconfronteerd, en dat waren er heel wat. Ze dacht terug aan de blik waarmee hij haar die dag in de rechtszaal had aangekeken. Het was een onverstoorbare blik zonder een spoortje spijt of bezorgdheid of welke andere positieve emotie dan ook. Een gezicht zonder hoop, een gelaatsuitdrukking die een bevestiging was van de achtergrondinformatie over zijn jeugd, die gelezen kon worden als een thriller. Maar dat was haar probleem niet. Het scheen het enige probleem te zijn dat niet het hare was.

Ze schudde haar hoofd en keek op haar horloge: het was al na middernacht. Ze stond op om nog een kop koffie in te schenken, want ze kon zich niet meer zo goed concentreren. Haar laatste collega was vijf uur geleden vertrokken. De schoonmaakploeg was al drie uur weg. Op kousevoeten liep ze door de gang naar het keukentje. Als Charles Manson nog actief zou zijn, zou hij een van haar minder ernstige zaken zijn, een amateur vergeleken bij de monsters die tegenwoordig vrij rondliepen.

Met een kop koffie in de hand liep ze terug naar haar kantoor, waar ze enige tijd naar haar spiegelbeeld in het raam bleef kijken. In haar werk was uiterlijk niet belangrijk. Verdomme, ze had al meer dan een jaar geen afspraakje gehad. Toch kon ze haar blik niet van zichzelf losmaken. Ze was lang en slank, misschien een beetje te mager op bepaalde plekken, doordat ze nog steeds elke dag zes kilometer hardliep, terwijl ze geleidelijk aan steeds minder calorieën was gaan eten. Ze leefde voornamelijk op slechte koffie en crackers, en hoewel ze zichzelf twee sigaretten per dag gunde, hoopte ze er ooit helemaal mee te stoppen.

Ze voelde zich schuldig over de wijze waarop ze haar lichaam misbruikte, door de lange werktijden en de stress van de ene huiveringwekkende zaak na de andere, maar wat moest ze anders? Ontslag nemen? Omdat ze er niet uitzag als de vrouwen op de cover van de *Cosmopolitan*? Ze troostte zich met de gedachte dat het hun werk was ervoor te zorgen dat ze er vierentwintig uur per dag goed uitzagen. En het was haar werk ervoor te zorgen dat mensen die de wet overtraden, die anderen kwetsten en benadeelden, werden gestraft. Hoe ze het ook bekeek, ze vond toch dat ze een zinnige invulling aan haar leven gaf.

Ze streek met haar hand door haar haar; het moest geknipt worden, maar wanneer had ze daar tijd voor? Haar uiterlijk had nog niet echt geleden onder de last die steeds zwaarder op haar drukte. Haar negenentwintig jaar oude gezicht had na vier jaar van talloze rechtszaken en werkdagen van negentien uur geen opvallende veranderingen ondergaan. Ze zuchtte en realiseerde zich dat dat waarschijnlijk niet zo zou blijven. Op de middelbare school had ze altijd volop in de belangstelling gestaan bij haar mannelijke studiegenoten; het bevallige mikpunt van hoofden die werden omgedraaid, verhoogde hartslagen en koude zweetdruppels. Maar nu ze bijna dertig was, besefte ze dat ze datgene wat ze al die jaren als vanzelfsprekend had beschouwd, en wat haar bij bepaalde gelegenheden zelfs had geërgerd, niet veel langer meer met zich mee zou dragen. En zoals met veel dingen die je als vanzelfsprekend of onbelangrijk beschouwt, wist ze dat het stilvallen van een kamer vol mensen als jij daar binnenkwam, een van de dingen zou zijn die ze zou missen.

Dat haar uiterlijk in de afgelopen jaren had standgehouden, was opmerkelijk, zeker als je in aanmerking nam dat ze er vrij weinig aan had gedaan. Goede genen, dat moest het zijn; ze had gewoon geluk gehad. Maar toen dacht ze aan haar vader en vond dat ze op het gebied van genen helemaal niet zo gelukkig was. Een man die stal van anderen en die de schijn ophield een normaal leven te leiden. Een man die iedereen bedroog, zelfs zijn vrouw en dochter. Een man op wie je nooit kon rekenen.

Ze ging achter haar bureau zitten, nam een slokje koffie, deed er nog een schepje suiker in en concentreerde zich weer op meneer Simmons, terwijl ze de duistere diepten van haar nachtelijke gedachten afzocht.

Ze pakte de telefoon en belde naar huis om haar antwoordapparaat af te luisteren. Er waren vijf berichten: twee van andere advocaten, een van een politieman die ze tegen meneer Simmons wilde laten getuigen, en een van een onderzoeksmedewerker die haar op de vreemdste tijdstippen belde, meestal met waardeloze informatie. Ze zou haar telefoonnummer moeten veranderen. De laatste beller had opgehangen. Ze kon iemand heel zacht horen ademhalen en zelfs een paar woorden onderscheiden. Iets in de klank kwam haar bekend voor, maar ze kon het niet plaatsen. Zeker iemand die niets beters te doen had.

De koffie stroomde door haar aderen en ze richtte haar aandacht weer op het dossier. Maar even later ging haar blik omhoog. Op een kleine boekenplank stond een oude foto van haar overleden moeder, samen met een elf jaar oude Kate. Luther Whitney was van de foto geknipt. Een grote leegte naast moeder en dochter. Een groot niets.

'Jezus Christus!' De president van de Verenigde Staten kwam overeind, met één hand zijn gekneusde edele delen bedekkend en in de andere de briefopener die zojuist bijna een eind aan zijn leven had gemaakt. Er zat nu meer bloed op dan alleen het zijne.

'Jezus Christus, Bill, je hebt haar doodgeschoten!' Het doelwit van zijn tirade boog zich voorover om hem overeind te helpen, terwijl zijn collega de toestand van de vrouw bekeek; een overbodig onderzoek als je in aanmerking nam dat ze door twee kogels van een zwaar kaliber in het hoofd was geraakt.

'Het spijt me, meneer, er was niet genoeg tijd. Het spijt me echt.'

Bill Burton was al tien jaar agent bij de geheime dienst en daarvoor had hij acht jaar bij de politie van Maryland gewerkt. Hij had geschiedenis gestudeerd op de middelbare school, beschikte over een universitaire graad in strafrecht, en zojuist had een van zijn kogels het hoofd van een beeldschone, jonge vrouw geraakt. Ondanks al zijn intensieve training stond hij te trillen als een kleuter die net uit een nachtmerrie is ontwaakt.

Hij had eerder gedood tijdens uitvoering van zijn plicht. Een gewone verkeerscontrole op een route naar het zuiden. Maar in dat geval was het slachtoffer een eeuwige verliezer met een bloedhekel aan geüniformeerde agenten, die met een semi-automatisch Glock-pistool liep te zwaaien en de oprechte bedoeling had Burtons kop van zijn romp te knallen.

Hij keek neer op het kleine, naakte lichaam en voelde dat hij misselijk begon te worden. Zijn partner, Tim Collin, keek hem van opzij aan en pakte hem bij de arm. Burton slikte moeizaam en knikte. Hij redde het wel.

Voorzichtig hielpen ze Alan J. Richmond overeind, de vierenveertigste president van de Verenigde Staten, politiek leider en held in de ogen van zowel jongeren als ouderen, maar nu alleen maar naakt en dronken. De president keek op. Zijn aanvankelijke schrik werd door het effect van de alcohol geleidelijk aan minder. 'Is ze dood?' Hij praatte een beetje binnensmonds en zijn ogen rolden als knikkers heen en weer in hun kassen.

'Ja, meneer,' antwoordde Collin zakelijk. Je liet de vragen van de president niet onbeantwoord, of hij nu dronken was of niet.

Burton leek zich hersteld te hebben. Hij keek weer naar de vrouw en vervolgens naar de president. Dat was hun taak, zijn taak. Die verdomde president beschermen. Wat er ook gebeurde, dat leven mocht niet eindigen, niet op die manier. Niet doodgestoken worden als een beest door een of andere dronken slet.

Om de mond van de president verscheen iets wat op een glimlach leek, hoewel noch Collin noch Burton het zich later zo zou herinneren. De president begon overeind te komen.

'Waar zijn mijn kleren?' vroeg hij op dwingende toon.

'Hier, meneer.' Burton, die zijn hoofd er weer bij had, bukte zich om de kleren op te rapen. Ze zaten vol spetters. Alles in de kamer leek vol spetters te zitten, van haar.

'Nou, help me overeind en kleed me aan, verdomme. Ik moet ergens voor iemand een speech houden, is het niet?' Hij lachte schril. Burton en Collin keken elkaar aan. Meteen daarna keken ze weer naar de president, die flauwviel op het bed.

Op het moment dat de schoten klonken, bevond stafchef Gloria Russell zich in de badkamer op de eerste verdieping, zo ver mogelijk verwijderd van de kamer van de president.

Ze had de president vergezeld op veel van dit soort rendez-vous, maar in plaats van eraan gewend te raken, vervulden ze haar met steeds meer afkeer. Stel je voor, haar baas, de machtigste man van de hele wereld, die met allerlei peperdure hoeren en politieke groupies in bed dook, het was bijna niet te bevatten; en toch was ze bijna zover geweest dat ze het van zich af kon zetten. Bijna.

Ze trok haar panty op, gooide de deur open, rende de gang door en stoof ondanks haar naaldhakken met twee treden tegelijk de trap op. Toen ze bij de deur van de slaapkamer kwam, hield agent Burton haar tegen.

'Mevrouw, ik denk niet dat u dit wilt zien. Het is geen prettige aanblik.'

Ze wrong zich langs hem heen en bleef vervolgens uit eigen beweging staan. Haar eerste gedachte was weer naar buiten te rennen, de trap af, de limousine in, en dan weg van hier, de staat uit, dit beroerde land uit. Ze had geen medelijden met Christy Sullivan; de kleine slet verdiende niet beter. Ze wilde toch zo graag door de president geneukt worden? Dat was de afgelopen twee jaar haar doel geweest. Nou, soms krijg je niet alleen wat je wilt, maar krijg je zelfs meer dan dat.

Russell herstelde zich en richtte haar blik op agent Collin. 'Wat is er verdomme gebeurd?'

Tim Collin was jong, moedig en honderd procent toegewijd aan de man die hij moest beschermen. Hij was opgeleid om de president met zijn leven te verdedigen en als het ooit zover kwam, zou hij geen seconde aarzelen. Het was bijna vier jaar geleden dat hij op een parkeerplaats van een winkelcentrum een aanvaller tackelde, toen presidentskandidaat Alan Richmond daar zijn opwachting maakte. Collin had de potentiële moordenaar met zijn neus op het asfalt gedrukt en buiten gevecht gesteld voordat de man zelfs maar zijn pistool helemaal uit zijn zak had gehaald, voordat wie dan ook zelfs maar gereageerd had. Collin had één levensdoel, en dat was Alan Richmond beschermen.

Het kostte agent Collin een minuut om Russell in korte, zakelijke zinnen van alle feiten op de hoogte te stellen. Burton bevestigde het relaas met een ernstig knikje.

'Het was hem of haar, mevrouw Russell. Er was geen andere manier om ze uit elkaar te halen.' Instinctief ging Burtons blik naar de president, die nog steeds buiten bewustzijn op het bed lag. Ze hadden zijn geslachtsdelen afgedekt met een laken.

'Wilden jullie me wijsmaken dat jullie niets gehoord hebben? Geen geluiden die duidden op gewelddadigheden, voordat dit plaatsvond?' Ze gebaarde naar het slagveld in de kamer.

De agenten keken elkaar aan. Ze hadden zo vaak geluiden gehoord uit slaapkamers waarin hun baas zich ophield. Sommige konden als gewelddadig worden geïnterpreteerd, andere misschien niet. Maar tot nu toe was iedereen altijd ongeschonden naar buiten gekomen. De vrouwen daalden de trap af terwijl ze hun blouses en rokken in orde brachten, en ze glimlachten alsof ze zojuist de paus hadden aangeraakt. En even later kwam dan de president te voorschijn, met de borst vooruit, als de haan die net bij de kippen is geweest.

'Niets ongewoons,' antwoordde Burton, 'tot we de president hoorden schreeuwen en we naar binnen gingen. Dat mes was nog geen tien centimeter van zijn borst af. Het enige wat we konden doen, was schieten.' Hij maakte zich groot, bleef onbeweeglijk voor haar staan en keek haar recht in de ogen. Collin en hij hadden hun werk gedaan en ze zouden zich door deze vrouw niets anders laten wijsmaken. Niemand zou hem de schuld in de schoenen schuiven.

'Was er een mes in deze verdomde kamer?' Ze keek Burton verbijsterd aan. 'Als het aan mij lag, zouden we dit soort excursies niet maken. Vaak laat de president ons vooraf niet eens iets controleren. We kregen nauwelijks de kans om de kamer te checken.' Hij keek haar aan. 'Hij is de president, mevrouw,' voegde hij eraan toe, alsof dat alles verklaarde. En voor Russell was dat meestal zo, iets waarvan Burton zich heel goed bewust was.

Russell keek de kamer rond en nam alles in zich op. Voordat ze inging op Alan Richmonds aanbod, toen hij drie jaar geleden een gooi naar het presidentschap deed, was ze professor in de politieke wetenschappen op Stanford University, met een uitstekende reputatie. Maar hij was zo'n krachtige persoonlijkheid; jong, succesvol, dynamisch, en iedereen wilde zijn graantje meepikken. Hij was echter naar haar toe gekomen en zij had volmondig ja gezegd. Hoe had ze kunnen weigeren?

Al drie jaar stafchef, met een serieuze kans om minister van Buitenlandse Zaken te worden als Richmond de verkiezingen opnieuw won, en iedereen verwachtte dat hij dat met gemak zou doen. Wie weet? Misschien zou het ooit zelfs tot een Richmond-Russell-regering komen. Ze vormden een briljant koppel. Zij was de strateeg en hij was de volmaakte campagnevoerder. Hun toekomst begon er met de dag zonniger uit te zien. En nu? Nu zat ze met een lijk en een dronken president in een huis dat leeg behoorde te zijn. Ze voelde dat de sneltrein tot stilstand kwam. Ze kon weer nadenken. Dit kleine hoopje menselijk vuilnis zou haar carrière niet verpesten. Nooit!

Burton kwam in beweging. 'Zal ik nu de politie bellen, mevrouw?' Russell keek hem aan alsof hij zijn verstand had verloren.

'Burton, laat me je eraan herinneren dat het jouw taak is onder alle omstandigheden de belangen van de president te beschermen, en niets, absoluut niets mag daar verandering in brengen. Is dat duidelijk?'

'Mevrouw, de dame is dood. Ik denk dat we...'

'Dat klopt. Collin en jij hebben op haar geschoten en nu is ze dood.' De woorden bleven in de lucht hangen. Collin wreef zijn vingertoppen tegen elkaar en instinctief ging zijn ene hand naar het wapen in de holster. Hij staarde naar de dode mevrouw Sullivan alsof hij haar met zijn blik weer tot leven kon wekken. Burton spande zijn brede schouders en ging iets dichter bij haar staan, zodat het lengteverschil maximaal was.

'Als we niet hadden geschoten, zou de president nu dood zijn. Dat is onze taak. Te zorgen dat de president niets overkomt.'

'Weer juist, Burton. En nu je zijn dood hebt voorkomen, hoe wilde je nu uitleggen aan de politie en de vrouw van de president en je meerderen en de advocaten en de media en het congres en de financiële markten en de inwoners van de Verenigde Staten en de rest van de hele godverdomde wereld wat de president hier te zoeken had? Wat hij hier aan het doen was? En wat de omstandigheden waren die jou en agent Collin dwongen de vrouw van een van de rijkste en invloedrijkste mannen van de Verenigde Staten dood te schieten? Want als jij de politie belt, als je wie dan ook belt, is dat precies wat je zult moeten doen. Als jij bereid bent de volle verantwoordelijkheid voor de gevolgen te dragen, dan pak je nu die telefoon en bel je de politie.'

Burtons gezicht verschoot van kleur. Hij deed een stap achteruit; zijn enorme postuur kwam hem nu niet van pas. Collin stond als versteend naar het tweetal te kijken. Hij had nog nooit iemand op die manier tegen Bill Burton horen praten. De grote man zou Russells nek kunnen breken met een enkele, achteloze armbeweging. Maar aan die speciale vaardigheid had hij nu ook niets.

Burtons blik ging nogmaals naar het lijk. Hoe kon je dat verklaren zonder dat iemand in de problemen kwam? Het antwoord was simpel: dat kon je niet.

Russell bleef aandachtig naar zijn gezicht kijken. Hij keek terug. Zijn oogleden trilden zichtbaar; hij kon haar op dit moment niet recht in de ogen kijken. Ze had gewonnen. Russell glimlachte minzaam en knikte. Nu had zij de touwtjes in handen.

'Ga koffie zetten, een hele pot vol,' droeg ze Burton op, onmiddellijk haar leidinggevende rol in praktijk brengend. 'En dan blijf je bij de voordeur staan, voor het geval we nog nachtelijk bezoek krijgen. Collin, jij gaat naar de bestelwagen en praat met Johnson en Varney. Vertel ze niet wat er is gebeurd. Zeg voorlopig alleen dat er sprake was van een ongelukje, maar dat de president oké is. Dat is alles. En dat ze daar blijven. Begrepen? Als ik je nodig heb, roep ik je wel. Ik moet een plan bedenken.'

Burton en Collin knikten en vertrokken. Geen van hen had geleerd orders te negeren die met een dergelijke autoriteit werden gegeven. En Burton was niet van plan in deze situatie de leiding op zich te nemen. Daar betaalden ze hem niet genoeg voor.

Luther had zich niet bewogen vanaf het moment dat hij het hoofd van de vrouw uiteen zag spatten. Hij durfde niet. Zijn eerste schrik was ten slotte verdwenen, maar hij merkte dat hij nog steeds naar de vloer stond te kijken, naar wat eens een levend menselijk wezen was geweest. In al die jaren als misdadiger had hij maar één mens gedood zien worden. Een drievoudig veroordeelde pedofiel, wiens wervelkolom werd blootgelegd door het tien centimeter lange mes van een celgenoot die hem niet mocht. De emoties waaraan hij nu ten prooi viel, waren totaal anders, alsof hij de enige passagier was op een schip dat een onbekende haven binnenvoer. Niets leek of scheen hetzelfde. Elk geluid dat hij nu maakte, zou fataal kunnen zijn, maar desondanks liet hij zich voorzichtig in de stoel zakken voordat zijn trillende benen het begaven.

Hij zag hoe Russell de kamer doorliep en neerhurkte naast de dode vrouw, zonder haar echter aan te raken. Met een zakdoek pakte ze de briefopener aan het uiteinde van het lemmet vast. Langdurig staarde ze ingespannen naar het voorwerp dat bijna een eind aan het leven van haar baas had gemaakt en dat een hoofdrol had gespeeld in de dood van iemand anders. Voorzichtig legde ze de briefopener op het nachtkastje, waarna ze de zakdoek weer in haar zak stak. Ze wierp een kortstondige blik op de rommelige vleesmassa, die tot voor kort Christine Sullivan heette.

Ze moest wel bewondering opbrengen voor de wijze waarop Richmond zijn buitenechtelijke activiteiten organiseerde. Al zijn 'vriendinnen' waren rijke vrouwen met een hoge sociale status, en ze waren allemaal getrouwd. Dat garandeerde hem dat er van zijn overspelige gedrag niets in de openbaarheid zou komen. De vrouwen met wie hij naar bed ging, hadden net zoveel te verliezen als hij, misschien zelfs wel meer, en dat begrepen ze maar al te goed.

En de pers. Russell glimlachte. Vandaag de dag stond de president voortdurend bloot aan nieuwsgierige blikken. Hij kon geen plasje doen, sigaar roken of boer laten zonder dat het volk van alle intieme details op de hoogte werd gebracht. Tenminste, dat dacht het volk. En dat idee was voornamelijk gebaseerd op een overschatting van de pers en haar vermogens om elk verhaal boven water te krijgen en in hapklare brokken op te dienen. Wat men niet kon begrijpen, was dat, hoewel de presidentiële staf in de loop der jaren iets van zijn enorme macht was kwijtgeraakt en de problemen die de wereld teisterden, niet door één enkel persoon konden worden opgelost, de president werd omringd door uiterst bekwame en absoluut loyale mensen. Mensen van wie het vakbekwaamheidsniveau op het gebied van geheime operaties ver uitsteeg boven dat van de gladde, stroopsmerende journalisten, die primeurs boven tafel probeerden te krijgen door misleidende vragen te stellen aan congresleden die maar al te graag bereid waren antwoord te geven, zolang ze maar op televisie kwamen. Het was een feit dat president Alan Richmond, als hij dat wilde, zich vrij kon bewegen zonder dat hij bang hoefde te zijn dat iemand erin zou slagen erachter te komen waar hij naartoe was. Hij kon zelfs geheel uit beeld verdwijnen, zolang als hij wilde, hoewel dat meestal het tegenovergestelde was wat een succesvolle politicus met zijn werk beoogde. Deze vorm van vrijheid werd mogelijk gemaakt door een enkele groep mensen. De geheime dienst. De beste agenten ter wereld. Deze elitegroep had in de loop der jaren keer op keer haar vakmanschap bewezen, net zoals ze deze laatste ontmoeting had gepland.

Iets na twaalf uur 's middags had Christy Sullivan haar favoriete schoonheidssalon in het uiterste noordwesten van de stad verlaten. Eén blok verderop was ze de hal van een appartementengebouw binnengewandeld en een paar seconden later weer naar buiten gekomen, gekleed in een lange cape met capuchon, die ze in haar tas had meegebracht. Een zonnebril bedekte haar ogen. Ze had een paar blokken gelopen en was vervolgens in de metro richting centrum gestapt. Nadat ze was uitgestapt, liep ze nog twee blokken en verdween in een steeg tussen twee gebouwen die later dat jaar zouden worden afgebroken. Twee minuten later reed een auto met getinte ruiten de steeg uit. Collin zat achter het stuur. Christy Sullivan zat achterin. Ze werd ondergebracht op een geheim adres, waar ze met Bill Burton wachtte tot de president 's avonds laat naar haar toe kon komen.

Het landgoed van de Sullivans was een perfecte keuze voor deze geplande ontmoeting, omdat haar huis op het platteland ironisch genoeg op dat moment de laatste plek was waar iemand Christy Sullivan zou verwachten. En Russell wist dat het huis geheel verlaten zou zijn en bewaakt werd door een beveiligingssysteem dat geen barrière vormde voor hun plannen. Russell ging in een stoel zitten en sloot haar ogen. Ja, twee van de meest vakbekwame agenten van de geheime dienst waren bij haar in dit huis. En voor het eerst baarde dat feit de stafchef zorgen. De vier agenten die de president en haar vannacht vergezelden, waren door de president persoonlijk uitgekozen voor dit soort activiteiten, uit de ongeveer honderd agenten die hem ter beschikking stonden. Ze waren allemaal loyaal en uiterst vakbekwaam. Ze zorgden voor de president en hielden hun mond dicht, ongeacht wat hun gevraagd werd. Tot vannacht had president Richmonds fascinatie voor getrouwde vrouwen geen onoverkomelijke problemen opgeleverd. Maar de gebeurtenissen van vannacht dreigden daar een eind aan te maken. Russell schudde haar hoofd.

Luther keek aandachtig naar haar gezicht. Het was intelligent en aantrekkelijk, maar ook erg hard. Aan het komen en gaan van de rimpels op haar voorhoofd kon je haar bijna zien nadenken. De tijd verstreek en ze bewoog niet. Toen opende Gloria Russell haar ogen, keek de kamer rond en nam elk detail in zich op.
Onwillekeurig deinsde Luther achteruit toen haar blik als een zoeklicht over de binnenplaats van een gevangenis langs hem schoot. Toen viel haar blik op het bed, en een minuut lang staarde ze naar de slapende man; op haar gezicht verscheen een uitdrukking die Luther niet kon plaatsen. Iets tussen een glimlach en een grimas.
Ze stond op, liep naar het bed en keek neer op de man. Een man van het volk, tenminste, dat dacht het volk. Een groot man, de man van de eeuw. Op dit moment zag hij er niet zo groots uit. Hij lag half op het bed, de benen gespreid en zijn voeten iets boven de vloer; een tamelijk gênante houding, aangezien hij geen kleren droeg.
Haar blik ging van boven naar beneden over het lichaam van de president en bleef op sommige punten even rusten, iets wat Luther verbaasde, als je in aanmerking nam dat er naast het bed een lijk op de vloer lag. Hij had sirenes verwacht en een kamer vol agenten, rechercheurs, lijkschouwers en andere paniekzaaiers, terwijl voor het huis bestelwagens vol tv-reporters elkaar verdrongen. Blijkbaar had deze vrouw andere plannen.
Luther had Gloria Russell gezien op CNN en andere belangrijke nieuwszenders, talloze malen in de kranten en één keer zelfs in levenden lijve, bij een Fourth of July-viering op de Mall. Haar uiterlijk was opvallend. De lange, iets gebogen neus tussen de hoge jukbeenderen was een erfenis van haar Cherokee-voorouders. Ze had ravezwart haar, dat recht naar beneden tot op haar schouders hing. Haar ogen waren groot en zo donkerblauw, dat ze deden denken aan de diepten van de oceaan, waar het gevaar op de loer lag voor de argelozen en onoplettenden.
Luther bewoog zich voorzichtig in zijn stoel. De aanblik van deze vrouw,

gezeten in een antieke fauteuil voor een statige open haard in het Witte Huis, pratend over de huidige politieke situatie, was één ding, maar haar zien in een kamer met een lijk, terwijl ze een dronken, naakte man die de leider van de vrije wereld bleek te zijn onderzoekend bekeek, was iets heel anders. Het was een tafereel waar Luther eigenlijk niet langer naar wilde kijken. Maar hij kon zijn ogen er niet van losmaken.

Russell keek naar de deur, liep er in snelle passen naartoe, haalde haar zakdoek te voorschijn en draaide de sleutel om. Ze haastte zich weer terug naar het bed en staarde opnieuw naar de president. Luther kromp ineen toen ze haar hand uitstak, maar ze streelde alleen het gezicht van de president. Luther ontspande zich, maar hij verstijfde weer toen haar hand naar de borst van de president ging, even met het dikke borsthaar speelde en vervolgens afdaalde naar de platte maag, die in zijn diepe slaap rustig op en neer bewoog.

Toen liet ze haar hand nog verder zakken, trok langzaam het laken weg en liet het op de vloer vallen. Haar hand ging naar zijn kruis en bleef daar. Ze keek opnieuw naar de deur en ging vervolgens op haar knieën voor de president zitten. Uiteindelijk moest Luther zijn ogen sluiten. Hij deelde de typische voyeuristische interesse van de huiseigenaar niet.

Enkele minuten verstreken voordat Luther zijn ogen weer opende. De president was nog lang niet bij bewustzijn; zijn ogen waren nog dicht, maar een bepaald deel van zijn anatomie was klaarwakker geworden. Gloria Russell had juist haar panty uitgetrokken, die ze netjes over een stoel hing. Toen klom ze voorzichtig boven op de president.

Luther sloot zijn ogen weer en vroeg zich af of ze beneden het gekraak van het bed zouden horen. Hij verwachtte het niet, want het was een erg groot huis. En zelfs al hoorden ze het, wat konden ze doen?

Er verstreek enige tijd en ten slotte hoorde Luther een korte, onbewuste snik van de man en een laag gekreun van de vrouw. Toch hield Luther zijn ogen dicht. Hij wist niet zeker waarom. Het leek een combinatie te zijn van oprechte angst en walging van het gebrek aan respect voor de dode vrouw.

Toen hij uiteindelijk zijn ogen opende, staarde Russell hem recht in het gezicht. Zijn hart sloeg een slag over, maar zijn hersens vertelden hem dat er niets kon gebeuren. Snel trok ze haar panty weer aan. Vervolgens bracht ze al kijkende in de spiegel met zelfverzekerde, gelijkmatige bewegingen haar lippenstift weer aan.

Er lag een glimlach op haar gezicht en haar wangen gloeiden. Ze zag er jonger uit. Luther keek naar de president. Hij was weer in diepe slaap; het afgelopen half uur zou vermoedelijk in zijn geheugen gegrift blijven als een realistische, bijzonder aangename droom. Luther keek weer naar Russell. Het was zenuwslopend om deze vrouw recht in zijn gezicht te zien glimlachen, in deze kamer des doods, zonder dat ze wist dat hij er was. Er ging kracht schuil in het gezicht van deze vrouw. En de blik die ze op dit moment in haar ogen had, had Luther vannacht in deze kamer al eens eerder gezien. Ook deze vrouw was gevaarlijk.

'Ik wil dat deze hele kamer wordt schoongemaakt, behalve dat,' zei Russell en ze gebaarde naar wijlen mevrouw Sullivan. 'Wacht even. Waarschijnlijk heeft hij haar overal aangeraakt. Burton, ik wil dat jij elke vierkante centimeter van haar lichaam controleert en alles laat verdwijnen wat er niet op thuishoort. Daarna kleed je haar aan.'

Burton trok handschoenen aan en stapte naar voren om zijn opdracht uit te voeren.

Collin zat naast de president en dwong hem de zoveelste kop koffie te drinken. De cafeïne zou hem ontnuchteren, maar het zou nog wel enige tijd duren voordat hij weer helemaal de oude was. Russell ging naast hem zitten. Ze nam zijn hand in de hare. Hij was weer volledig gekleed, hoewel zijn haar nog in de war zat. Zijn arm deed pijn, maar ze hadden hem zo goed mogelijk verbonden. De president had een uitstekende conditie, dus de wond zou snel genezen.

'Meneer de president? Alan? Alan!' Russell nam zijn gezicht in beide handen en draaide het in haar richting.

Had hij gevoeld wat ze met hem had gedaan? Ze betwijfelde het. Hij was er zo wanhopig op gebrand geweest om vannacht met een vrouw in bed te duiken. Om bij een vrouw binnen te dringen. Zij had hem haar lichaam gegeven, zonder vragen te stellen. In feite had ze hem verkracht. In feite. Maar in werkelijkheid was ze ervan overtuigd dat ze de droom van vele mannen had vervuld. Het maakte haar niet uit dat hij zich niet bewust was van haar daad, van haar opoffering. Hij zou snel genoeg te weten komen wat ze nu voor hem ging doen.

De president opende zijn ogen en sloot ze weer. Collin masseerde zijn nek. Hij kwam bij bewustzijn. Russell keek op haar horloge. Twee uur in de ochtend. Ze moesten terug. Ze gaf hem een klap in het gezicht, niet hard, maar hard genoeg om zijn aandacht te trekken. Ze voelde Collin verstijven. Mijn god, wat waren die kerels beperkt in hun denken.

'Alan, ben je met haar naar bed geweest?'

'Wat?'

'Heb je met haar geneukt?'

'Eh... nee, ik geloof het niet. Ik weet het niet meer.'

'Geef hem meer koffie. Al moet je het verdomme rechtstreeks in zijn strot gieten, maar zorg dat hij nuchter wordt.' Collin knikte en ging aan de slag.

Russell liep naar Burton, wiens gehandschoende handen bezig waren met een minutieus onderzoek van wijlen mevrouw Sullivan.

Burton was betrokken geweest bij talloze politie-onderzoeken. Hij wist precies waar rechercheurs naar zochten en op welke plaatsen zij dat deden. Hij had nooit gedacht dat hij deze specialistische kennis ooit zou gebruiken om een onderzoek te dwarsbomen. Maar hij had ook nooit kunnen voorzien dat hij ooit in een situatie als deze zou belanden.

Hij keek de kamer rond en ging na welke plaatsen gecontroleerd moesten worden en welke andere kamers ze hadden gebruikt. Ze konden niets doen aan de plekken op de hals van de vrouw, en de andere microscopisch kleine sporen die ongetwijfeld op haar huid waren achtergebleven. Een lijkschouwer zou ze zeker vinden, wat ze ook deden om dat te voorkomen. Geen van die sporen zou echter naar de president leiden, tenzij de politie hem als verdachte beschouwde, maar dat lag niet in de lijn der verwachtingen. De ongerijmdheid van poging tot wurging van een kleine vrouw en dood ten gevolge van een pistoolschot, was iets wat ze aan de verbeelding van de politie moesten overlaten.

Burton wendde zich weer tot het slachtoffer en begon voorzichtig haar ondergoed langs haar benen omhoog te schuiven. Hij werd op zijn schouder getikt.

'Controleer haar.'

Burton keek op. Hij wilde iets zeggen.

'Controleer haar!' Russells blik ging dwars door hem heen. Burton had haar al talloze keren zo zien kijken naar personeelsleden van het Witte Huis. Ze waren allemaal doodsbang van haar. Hij was niet bang van haar, maar hij was slim genoeg om zich gedeisd te houden als zij in de buurt was. Langzaam deed hij wat hem was opgedragen. Daarna legde hij het lichaam exact neer zoals het gevallen was. Hij rapporteerde zijn bevindingen met een enkele hoofdbeweging.

'Weet je het zeker?' Russell leek niet overtuigd, hoewel ze door haar intermezzo met de president wist dat de kans bestond dat hij de vrouw niet was binnengedrongen, of als hij dat wel had gedaan, niet zijn hoogtepunt had bereikt. Maar er zouden sporen kunnen zijn. Het was om bang van te worden wat ze tegenwoordig konden afleiden uit de geringste spoortjes.

'Ik ben geen verdomde gynaecoloog. Ik heb niets gevonden en als er iets was, zou ik het gezien hebben, maar ik heb geen microscoop bij me.'

Russell moest het wel accepteren. Er was nog een heleboel te doen en ze hadden niet veel tijd meer.

'Hebben Johnson en Varney iets gezegd?'

Collin keek op terwijl hij de president dwong zijn vierde kop koffie te drinken. 'Ze vroegen zich af wat er aan de hand was, als u dat bedoelt.'

'Je hebt ze toch niet verteld...'

'Ik heb ze alleen verteld wat u me hebt opgedragen en dat is alles, mevrouw.' Hij keek haar aan. 'Het zijn goede mannen, mevrouw Russell. Ze zijn al bij de president sinds zijn campagne. Ze zullen heus geen gekke dingen doen, oké?'

Russell beloonde Collin met een glimlach. Een aantrekkelijke jongen, en, wat belangrijker was, een loyaal lid van de persoonlijke staf van de president. Hij zou voor haar heel nuttig kunnen zijn. Burton kon een probleem worden. Hij was ouder en wijzer en Russell vond hem iets te bijdehand. Maar ze had een sterke troefkaart. Hij en Collin hadden geschoten, misschien tijdens de uitvoering van hun plicht, maar wie wist dat? Ze zaten er net zo diep in als zij, tot hun nek.

Luther bekeek de activiteiten met een bewondering waarover hij zich onder deze omstandigheden schuldig zou moeten voelen. Deze lui waren goed: methodisch, zorgvuldig, doordacht, en ze vergaten niets. Eigenlijk verschillen toegewijde wetsdienaren en professionele misdadigers niet zoveel van elkaar. De vaardigheden en technieken waren praktisch dezelfde, alleen het einddoel was anders. Maar dat maakte het grote verschil, nietwaar?

De vrouw was nu helemaal aangekleed en ze lag precies op de plek waar ze gevallen was. Collin was net klaar met haar nagels. Onder elke nagel had hij een vloeistof geïnjecteerd en met een klein zuigertje had hij alle huiddeeltjes en andere belastende restanten verwijderd.

Het bed was afgehaald en verschoond; de lakens vol bewijsmateriaal werden in een tas gestopt en zouden later verbrand worden. Collin had de benedenverdiepingen al gecontroleerd. Alles wat ze hadden aangeraakt, behalve één voorwerp, was schoongeveegd. Burton was bezig delen van de vloerbedekking te stofzuigen en hij zou als laatste vertrekken, achteruitlopend en onderwijl uiterst zorgvuldig hun sporen uitwissend.

Luther keek toe hoe ze de kamer doorzochten. Wat ze van plan waren bracht een spijtig glimlachje op zijn gezicht. Diefstal. Haar collier en al haar ringen werden in een tas gestopt. Ze wilden de indruk wekken dat de vrouw een inbreker had betrapt en dat hij haar had vermoord, zonder te weten dat twee meter bij hen vandaan een echte, levende inbreker zat te kijken en te luisteren naar alles wat ze deden.

Een ooggetuige.

Luther was nooit ooggetuige van een inbraak geweest, behalve die van hemzelf. Criminelen haatten ooggetuigen. Deze mensen zouden Luther ook haten als ze wisten dat hij er was. Ze zouden hem vermoorden; daar bestond geen enkele twijfel over. De president. Er was veel te verliezen. Een oudere crimineel, een eeuwige verliezer zou geen te groot offer zijn voor hun zaak. Voor de man van het volk.

De president, nog steeds halfdronken, stond op en met Burtons hulp liep hij langzaam de trappen af. Russell keek hen na toen ze de kamer verlieten. Collin pakte voorzichtig de briefopener op en wilde hem schoonvegen. Onwillekeurig schrok Luther toen hij zag dat Russell Collins hand vastgreep.

'Niet doen.'

Collin was niet zo scherpzinnig als Burton, en voor Russell was hij helemaal geen partij. Hij keek verbaasd. 'Dit ding zit vol vingerafdrukken van hem, mevrouw. Van haar ook, plus nog wat andere zaken, als u begrijpt wat ik bedoel. Het is leer. Het zuigt alles op.'

'Agent Collin, ik ben door de president aangewezen als zijn strategisch en tactisch adviseur. Wat jou voorkomt als een duidelijke zaak, is voor mij iets waar ik eerst over wil nadenken. Totdat ik tot een besluit ben gekomen, veeg je dat voorwerp niet schoon. Je doet het in een schoon zakje en je geeft dat aan mij.'

Collin wilde protesteren, maar Russells dreigende blik weerhield hem. Gehoorzaam deed hij de briefopener in een zakje en gaf het aan haar.

'Wees er alstublieft voorzichtig mee, mevrouw Russell.'

'Tim, ik ben altijd voorzichtig.'

Ze beloonde hem opnieuw met een glimlach. Hij glimlachte terug. Ze had hem nooit eerder bij zijn voornaam genoemd. Hij was er niet eens zeker van geweest of ze die wel kende. Ook realiseerde hij zich voor de eerste keer dat de stafchef een bijzonder aantrekkelijke vrouw was.

'Ja, mevrouw.' Hij begon zijn spullen in te pakken.

'Tim?'

Hij keek haar weer aan. Ze liep naar hem toe, sloeg haar ogen neer en toen ontmoette haar blik de zijne. Ze sprak zacht; het leek wel of ze zich schaamde, Collin voelde het.

'Tim, dit is een heel unieke situatie. Ik heb even tijd nodig om te bedenken wat we moeten doen. Begrijp je dat?'

Collin knikte. 'Een unieke situatie kun je dit wel noemen. Ik schrok me het lazarus toen ik die briefopener vlak boven de borst van de president zag.'

Ze legde haar hand op zijn arm. Haar nagels waren verrassend lang en perfect gemanicuurd. Ze hield het zakje met de briefopener omhoog. 'Dit moeten we tussen ons houden, Tim. Oké? De president hoeft het niet te weten. Zelfs Burton niet.'

'Ik weet niet...'

Ze pakte zijn hand vast. 'Tim, hierbij heb ik echt jouw hulp nodig. De president heeft geen idee van wat er gebeurd is. En ik denk dat Burton op het ogenblik niet objectief tegen de zaak aan kijkt. Ik heb iemand nodig op wie ik kan vertrouwen. Ik heb jou nodig, Tim. Dit is te belangrijk. Dat weet je toch, nietwaar? Ik zou het je niet vragen als ik niet zeker wist dat je het aankon.'

Hij glimlachte om het compliment en vervolgens keek hij haar recht in de ogen.

'Oké, mevrouw Russell. Wat u wilt.'

Russell bekeek het bebloede, achttien centimeter lange stuk metaal dat bijna een eind had gemaakt aan haar politieke aspiraties. Als de president gedood was, had er niets in de doofpot gestopt kunnen worden. Doofpot, een akelig woord, maar vaak onmisbaar in hoge politieke kringen. Ze huiverde licht bij de gedachte aan de krantekoppen. PRESIDENT DOOD AANGETROFFEN IN SLAAPKAMER VAN HUIS VAN GOEDE VRIEND. ECHTGENOTE VERDACHT VAN MOORD. STAFCHEF GLORIA RUSSELL VERANTWOORDELIJK GEHOUDEN DOOR PARTIJLEIDING. Maar dat was niet gebeurd. Zou ook niet gebeuren.

Het voorwerp dat ze in haar hand hield, was meer waard dan een berg plutonium, meer dan de totale olieproduktie van Saoedi-Arabië.

Met dit in haar bezit, wie zou het zeggen? Misschien een Russell-Richmond-regering? De mogelijkheden waren absoluut onbegrensd.

Ze glimlachte, deed het zakje in haar tas en zette die op het nachtkastje.

Door de schreeuw draaide Luther met een ruk zijn hoofd om. Een pijnscheut trok door zijn nek en bijna had hij een kreet geslaakt.

De president rende de slaapkamer binnen. Zij ogen waren wijd open, maar hij was nog steeds halfdronken. De herinnering aan de afgelopen paar uur was teruggekeerd, in volle hevigheid. Burton kwam hem achterna. De president rende naar het lichaam toe, maar stuitte halverwege op Russell en Collin.

'Godverdomme! Ze is dood. Ik heb haar vermoord. O, Jezus, help me. Ik heb haar vermoord!' Hij schreeuwde, begon toen te huilen en vervolgens weer te schreeuwen. Hij probeerde zich door de muur te werken die voor hem stond, maar hij was nog te zwak. Burton greep de president van achteren vast. Met een explosie van kracht rukte de president van de Verenigde Staten zich echter los en lanceerde zichzelf door de kamer, waar hij tegen een muur kwakte, over het nachtkastje rolde en ten slotte in elkaar zakte. Op de vloer, naast de vrouw met wie hij vannacht zo graag naar bed had gewild, rolde hij zich op als een foetus en begon te jammeren.

Vol walging keek Luther toe. Hoofdschuddend wreef hij met zijn hand over zijn nek. De ongeloofwaardigheid van al deze nachtelijke gebeurtenissen begon hem te veel te worden.

De president kwam langzaam overeind; hij was een compleet wrak. Burton keek zoals Luther zich voelde, maar hij zei niets. Collin keek naar Russell voor instructies. Russell ving de blik op en zelfvoldaan accepteerde ze deze subtiele wisseling van de wacht.

'Gloria?'

'Ja, Alan?'

Luther had gezien hoe Russell naar de briefopener keek. Hij wist nu ook iets wat niemand anders in de kamer wist.

'Komt het allemaal in orde? Zorg dat het in orde komt, Gloria. Alsjeblieft. O God, Gloria!'

Ze legde haar hand op zijn schouder, zo geruststellend als ze maar kon, zoals ze zo vaak had gedaan tijdens de honderdduizenden kilometers van de verkiezingscampagne. 'Alles is onder controle, Alan. Ik heb àlles onder controle.'

De president was nog te beneveld om de betekenis van die woorden te begrijpen, maar dat kon haar niets schelen. Het kon haar echt niets meer schelen wat hij dacht.

Burton legde een vinger op zijn oortelefoon en luisterde enige tijd aandachtig toe. Hij draaide zich naar Russell.

'We kunnen beter maken dat we wegkomen. Varney heeft zojuist een patrouillewagen gesignaleerd die deze kant op komt.'

'Het alarm?' Russell keek verbaasd.

Burton schudde zijn hoofd. 'Vermoedelijk een beveiligingsman op surveillance, maar als hij iets ziet...' Meer hoefde hij niet te zeggen.

In dit land van weelde was wegrijden in een limousine ironisch genoeg de beste dekmantel die ze konden hebben. Ze dankte God voor de gewoonte die ze zich had aangeleerd om voor dit soort avontuurtjes alleen gehuurde limousines zonder chauffeur te gebruiken. Zelfs al werden ze gezien, de namen op alle formulieren waren vals, de huur en de borg waren contant betaald en de auto werd opgehaald en teruggebracht na sluitingstijd van het kantoor. Er waren geen gezichten die men met deze transactie in verband kon brengen. De auto zou gesteriliseerd worden. Als de politie ooit in die richting zou zoeken, wat hoogst onwaarschijnlijk was, zouden ze op een doodlopend spoor terechtkomen.

'Laten we gaan!' Russell raakte enigszins in paniek.

De president werd overeind geholpen en Russell liep met hem de kamer uit. Collin pakte de tassen. Toen bleef hij staan.

Luther hield zijn adem in.

Collin draaide zich om, pakte Russells tas van het nachtkastje en liep de kamer uit.

Burton zette de kleine stofzuiger aan, maakte de kamer af, deed het licht uit, liep de kamer uit en deed de deur achter zich dicht.

Luthers wereld werd weer in inktzwarte duisternis gehuld.

Dit was de eerste keer dat hij alleen met de dode vrouw in de kamer was. De anderen waren blijkbaar gewend geraakt aan het bebloede lichaam op de vloer, zoals ze er achteloos langs en overheen waren gestapt. Maar Luther had geen tijd gehad om te wennen aan de aanwezigheid van de dood, nog geen twee meter bij hem vandaan.

Hij kon de hoop bebloede kleren en het levenloze lichaam erin niet meer zien, maar hij wist dat het er was. 'Hoerige, rijke slet', zou haar officieuze grafschrift waarschijnlijk worden. En ja, ze had haar man bedrogen, hoewel dat hem schijnbaar weinig kon schelen. Maar ze had niet verdiend op deze manier te sterven. Hij zou haar gedood hebben, daar bestond geen enkele twijfel over. Als ze niet in de tegenaanval was gegaan, zou de president een moord hebben begaan.

De mannen van de geheime dienst viel eigenlijk niet veel te verwijten. Het was hun werk en dat hadden ze gedaan. De vrouw had gewoon de verkeerde man uitgezocht om te vermoorden, of wat ze in de hitte van dat moment ook van plan was geweest. Misschien was het beter zo. Als haar hand iets sneller naar beneden was gegaan of de agenten iets langzamer hadden gereageerd, zou ze de rest van haar leven in de gevangenis hebben doorgebracht. Alhoewel, vermoedelijk kreeg je voor het vermoorden van de president de doodstraf.

Luther ging in de stoel zitten. Zijn benen waren vermoeid. Hij probeerde zich te ontspannen. Straks zou hij moeten zorgen dat hij hier wegkwam. Hij moest klaar zijn voor de vlucht.

Hij had veel om over na te denken, want zonder het te weten hadden ze Luther Whitney tot belangrijkste verdachte gemaakt van een misdaad die ongetwijfeld als gruwelijk en afgrijselijk zou worden beschouwd. De rijkdom van het slachtoffer eiste dat alle justitiële bronnen zouden worden aangeboord om de dader op te sporen. Maar er bestond geen enkele kans dat ze voor het antwoord naar Pennsylvania Avenue 1600 zouden kijken.

Ze zouden in andere richtingen zoeken en ondanks Luthers intensieve voorbereidingen was het heel goed mogelijk dat ze hem vonden. Hij was goed, heel goed zelfs, maar hij had het nog nooit hoeven opnemen tegen de macht en de krachten die als gevolg van deze misdaad zouden vrijkomen.

Snel ging hij in gedachten zijn hele plan voor deze nacht na. Hij kon geen duidelijke zwakke punten ontdekken, maar meestal waren het de minder duidelijke zwakke punten die je de das omdeden. Hij slikte, boog en strekte zijn vingers en zijn benen om zichzelf te kalmeren. Eén ding tegelijk. Voorlopig was hij nog niet weg. Er kon nog veel misgaan en iets zou dat ongetwijfeld doen.

Hij zou nog twee minuten wachten. Hij telde de seconden af en stelde zich voor hoe de anderen in de auto's stapten. Voordat ze wegreden, zouden ze zeker wachten tot ze een blik of geluid van de patrouillewagen hadden opgevangen.

Voorzichtig opende hij zijn tas. Er zat een groot deel van de inhoud van deze kluis in. Hij was bijna vergeten dat hij hiernaartoe was gekomen om te stelen en dat hij dat in feite ook had gedaan. Zijn auto stond ruim vierhonderd meter verderop. Hij dankte God dat hij lang geleden met roken was gestopt, want hij zou elke kubieke centimeter longinhoud waarover hij beschikte, nodig hebben. Met hoeveel agenten van de geheime dienst had hij te maken? Op zijn minst vier. Verdomme!

De spiegeldeur zwaaide langzaam open en Luther stapte de kamer in. Hij drukte nog een keer op het knopje van de afstandsbediening en gooide die terug in de stoel, terwijl de deur zich weer langzaam sloot.

Zijn blik ging naar het raam. Hij had al een alternatieve ontsnappingsroute gepland via die weg. In zijn tas zat een dertig meter lang koord van ijzersterk nylon, met knopen om de vijftien centimeter.

Luther liep in een grote boog om het lichaam en lette goed op dat hij niet in het bloed ging staan waarvan hij de juiste plaats in zijn geheugen had geprent. Hij wierp een kortstondige blik op de overblijfselen van Christine Sullivan. Hij kon haar het leven niet teruggeven. Het was nu zaak dat hij zijn eigen leven redde.

Binnen enkele seconden stond hij naast het nachtkastje en liet zijn hand erachter glijden.

Luthers vingers sloten zich om het plastic zakje. Door de botsing van de president met het meubilair was Gloria Russells tas omgevallen. Het plastic zakje met zijn buitengewoon waardevolle inhoud was eruit gegleden en achter het nachtkastje terechtgekomen.

Luther streelde het lemmet van de briefopener door het plastic heen en vervolgens borg hij het zakje zorgvuldig op in zijn rugzak. Hij liep snel naar het raam en gluurde voorzichtig naar buiten. De limousine en de bestelwagen stonden er nog. Dat was geen goed teken.

Hij liep naar de andere kant van de kamer, haalde het nylon koord te voorschijn en knoopte het vast aan de poot van een loodzware ladenkast. Daarna leidde hij het koord naar het raam, waardoor hij aan de andere kant van het huis terecht zou komen, zonder dat iemand hem vanaf de weg zou kunnen zien. Biddend om goed geoliede scharnieren opende hij voorzichtig het raam. Zijn gebed werd verhoord: er klonk nauwelijks enig geluid. Hij liet het koord vieren en keek toe hoe het langs de bakstenen muur van het huis naar beneden zakte.

Gloria Russell liet haar blik over de indrukwekkende voorgevel van het huis gaan. Er zat echt geld daar. Geld en status die Christine Sullivan niet verdiende. Die ze had bereikt met haar tieten, haar geraffineerd tentoongestelde achterwerk en de vieze woordjes die ze de oudere Walter Sullivan in het oor fluisterde, waardoor ze op een of andere manier emoties opriep die diep in zijn complexe geest verborgen lagen. Over een halfjaar zou hij haar niet meer missen. Zijn leven, rotsvast gebaseerd op rijkdom en macht, zou dan weer gewoon doorgaan.
Opeens dacht ze eraan.
Russell was al half uit de limousine gestapt toen Collin haar arm vastpakte. Hij hield de lederen tas op die ze voor honderd dollar in Georgetown had gekocht en die nu onvoorstelbaar veel meer waard was. Ze ging weer zitten; haar ademhaling werd weer normaal. Ze glimlachte naar Collin en begon bijna te blozen.
De president, die nog steeds half bewusteloos was, merkte niets van deze handeling.
Toen keek Russell in haar tas, alleen om zichzelf gerust te stellen. Haar mond viel open en haar handen zochten wanhopig tussen de weinige dingen die ze in haar tas bewaarde. Het vergde al haar wilskracht om niet luidkeels te gaan schreeuwen; ze staarde de jonge agent met een ontzette blik aan. De briefopener zat niet in haar tas. Hij moest nog steeds in het huis zijn.
Collin rende de trappen van het huis op; een uiterst verbaasde Burton kwam hem achterna.
Luther was halverwege de muur toen hij ze hoorde.
Nog drie meter.
Ze wierpen de slaapkamerdeur open.
Nog twee meter.
Verbijsterd keken de twee agenten naar het koord; Burton dook ernaartoe.
Een meter boven de grond liet Luther het koord los en begon te rennen.
Burton vloog naar het raam. Collin wierp het nachtkastje opzij: niets. Hij rende naar Burton bij het raam. Luther was al om de hoek verdwenen. Burton wilde uit het raam klimmen, maar Collin hield hem tegen. Zoals ze gekomen waren, zou sneller zijn.
Ze renden de slaapkamer uit.

Luther stormde door het maïsveld. Het kon hem niets schelen dat hij een spoor achterliet; het enige waar hij zich zorgen over maakte, was of hij deze nacht zou overleven. Door de tas moest hij iets langzamer lopen, maar hij had de afgelopen maanden te hard gewerkt om met lege handen te vertrekken.

Als een raket kwam hij uit de dekking van de maïsstengels te voorschijn en bereikte het gevaarlijkste gedeelte van zijn vluchtroute: honderd meter open terrein. Maar de maan was achter de donkere wolken verdwenen en er waren geen straatlantaarns in deze omgeving. Door zijn zwarte kleding zou hij bijna onmogelijk te traceren zijn. Toch was het menselijk oog in staat in de duisternis bewegingen waar te nemen, dus hij bewoog zich zo snel als hij kon.

De twee agenten van de geheime dienst hielden even stil naast de bestelwagen. Agent Varney stapte uit en met zijn drieën renden ze het veld in.

Russell draaide het portierraam naar beneden en met een geschokte uitdrukking op haar gezicht keek ze hen na. Zelfs de president kwam enigszins tot leven, maar ze kalmeerde hem snel, waarna hij weer indutte.

Collin en Burton trokken de kijkers over hun ogen en meteen leek hun blikveld op dat van een computerspelletje. Thermische beelden werden in rood weergegeven, al het andere was donkergroen.

Agent Travis Varney, lang en slank en zich maar vaag bewust van wat er aan de hand was, rende voor hen uit. Hij liep met het gemak van de marathonloper die hij in zijn schooltijd was geweest.

Varney zat nu drie jaar bij de geheime dienst. Hij was vrijgezel, volledig toegewijd aan zijn beroep, en hij beschouwde Burton als een soort vaderfiguur, die de plaats innam van zijn eigen, in Vietnam gesneuvelde vader. Ze zochten naar iemand die iets had gedaan in dat huis. Iets waarbij de president – en daarom ook hij – betrokken was geraakt. Varney bewonderde en respecteerde Alan Richmond, en als hij degene die hij achternazat te pakken kreeg, zou hij niet graag in zijn schoenen staan.

Luther kon de mannen die hem achtervolgden, horen. Ze hadden zich sneller hersteld dan hij had gedacht. Zijn voorsprong was kleiner geworden, maar hij zou nog steeds voldoende zijn. Ze hadden een grote fout gemaakt door hem niet met de bestelwagen achterna te komen. Ze namen zeker aan dat hij vervoer had. Misschien dachten ze dat hij per helikopter was gekomen. Hij was dankbaar dat ze lang niet zo slim waren als ze eigenlijk behoorden te zijn, want dan zou hij waarschijnlijk nooit meer de zon zien opkomen.

Via een pad door het bos, dat hem op de heenweg was opgevallen, sneed hij een stuk weg af. Het leverde hem ongeveer een minuut winst op. Zijn adem kwam in korte, snelle stoten naar buiten. Zijn kleren voelden zwaar aan en zijn benen leken in slow motion te bewegen, als in een kinderdroom. Eindelijk kwam hij bij de rand van het bos. Hij zag zijn auto staan en was blij dat hij de tijd had genomen om hem met zijn neus in de juiste richting te zetten.

Honderd meter achter hem kregen Burton en Collin een tweede thermische gestalte in beeld. Het was een man die hard voor Varney uit rende. Hun handen vlogen naar hun schouderholsters. Hun wapens waren niet geschikt voor de lange afstand, maar dat interesseerde hun op dit ogenblik weinig.

Toen hoorden ze een motor starten en Burton en Collin begonnen te rennen alsof de duvel hen op de hielen zat. Links van hen, met een lichte voorsprong, liep Varney. Hij was in een betere positie om te vuren, maar zou hij dat doen? Iets zei hun dat hij dat niet zou doen. Hij was niet opgeleid om te schieten op vluchtende personen die geen rechtstreekse bedreiging vormden voor de man die hij gezworen had te beschermen. Maar Varney wist niet dat hier veel meer op het spel stond dan een rennende man die in de kraag gevat moest worden. Het ging hier om een heel instituut dat nooit meer hetzelfde zou zijn, plus twee agenten van de geheime dienst die ervan overtuigd waren dat ze niets verkeerds hadden gedaan, maar intelligent genoeg om te beseffen dat de schuld uiteindelijk op hun schouders zou komen te liggen.

Burton was nooit zo'n hardloper geweest, maar terwijl al deze gedachten door zijn hoofd vlogen, versnelde hij zijn pas; de jongere Collin moest zijn best doen om hem bij te houden. Maar Burton wist dat ze te laat waren. Zijn benen begonnen net vermoeid te raken op het moment dat de auto als een raket te voorschijn kwam, draaide en van hen wegreed. Binnen enkele seconden was de afstand al meer dan tweehonderd meter.

Burton stopte, liet zich op een knie vallen en richtte zijn pistool, maar alles wat hij kon zien was het stof dat opwaaide achter de wegrijdende auto. Toen gingen de achterlichten uit en verloor hij zijn doelwit helemaal uit beeld. Hij draaide zich naar Collin, die naast hem stond; de ernst van de gebeurtenissen van die nacht begon tot hem door te dringen. Langzaam kwam Burton overeind en stopte zijn pistool weg. Hij zette zijn infraroodkijker af; Collin deed hetzelfde. Ze keken elkaar aan.

Burton zoog lucht in zijn longen; zijn armen en benen trilden. Nu de adrenaline niet meer door zijn aderen stroomde, begon zijn lichaam eindelijk te reageren op alle inspanningen van zojuist. Het was afgelopen, nietwaar? Toen kwam Varney naar hen toe rennen. Burton was niet te moe om op te merken dat de jongeman niet eens buiten adem was, wat hem niet alleen met enige jaloezie vervulde, maar ook met een zeker gevoel van trots. Hij zou ervoor zorgen dat Varney en Johnson niets verweten kon worden. Dat verdienden ze niet.

Hij en Collin zouden ten onder gaan, dat was alles. Hij vond het rot voor Collin, maar hij zou er niets aan kunnen veranderen. Maar toen zei Varney iets waardoor er in zijn inktzwarte gedachten aan de toekomst een klein sprankje hoop begon te gloeien.

'Ik heb het nummer van de auto genoteerd, chef.'

'Waar was hij, verdomme!' Ziedend van woede keek Russell de slaapkamer rond. 'Lag hij onder het bed?'

Haar blik bleef op Burton rusten. De man had niet onder het bed gelegen en hij had evenmin in een van de kasten gezeten. Burton had al die ruimtes gecheckt toen hij de kamer controleerde. Hij vertelde haar dat in niet mis te verstane woorden.

Burton keek naar het koord en vervolgens naar het open raam.

'Jezus, het is net of die kerel de hele tijd naar ons heeft zitten kijken. Hij wist precies wanneer we weggingen.' Burton keek om zich heen, op zoek naar andere mogelijke schuilplaatsen. Zijn blik bleef op de spiegel rusten, ging verder opzij, stopte en ging weer terug naar de spiegel.

Hij keek naar de vloerbedekking voor de spiegel. Hij had dat gedeelte van de kamer heel zorgvuldig gestofzuigd, net zo lang tot de peperdure, hoogpolige vloerbedekking bijna een centimeter dikker had geleken. Er had nog niemand op gelopen sinds ze waren teruggekeerd in de kamer. Maar toen hij op zijn hurken ging zitten, ontdekte hij de ruwe omtrekken van voetafdrukken. Ze waren hem niet eerder opgevallen omdat dit hele gedeelte geplet was, alsof er iets langs had gestreken... Hij trok snel zijn handschoenen aan, liep naar de spiegel en begon aan de lijst te trekken. Hij riep naar Collin dat hij zijn gereedschap moest pakken. Russell keek hem met grote ogen aan.

Burton wrong het breekijzer achter de rand van de lijst en Collin en hij zetten al hun gewicht erachter. Het slot begaf het; het systeem was gebaseerd op misleiding, niet op brute kracht. Er klonk een krakend geluid, gevolgd door een tik, en toen zwaaide de deur open.

Burton stormde naar binnen en Collin ging hem achterna. Op de muur zat een lichtschakelaar. Burton deed het licht aan en de mannen keken om zich heen.

Russell gluurde naar binnen en zag de stoel staan. Ze liet haar blik door de ruimte gaan, en toen ze naar de binnenkant van de spiegeldeur keek, verstrakte haar gezicht. Ze zag het bed erdoorheen. Het bed, waar nog niet zo lang geleden... Ze wreef over haar slapen toen een felle pijnscheut door haar schedel trok.

Een doorkijkspiegel.

Ze draaide zich om en zag dat Burton over haar schouder naar de spiegel keek. Zijn vermoeden dat iemand hen had bespied, bleek juist te zijn.

Burton keek Russell met een hulpeloze blik aan. 'Hij moet hier de hele tijd gezeten hebben. Ik kan het verdomme niet geloven. Ik vermoed dat hij het een en ander heeft gestolen; contant geld en niet-traceerbare papieren.'

'Dat kan me niets schelen!' barstte Russell uit, terwijl ze naar de spiegel wees. 'Die kerel heeft alles gezien en gehoord, en jullie hebben hem laten ontsnappen.'

'We hebben het nummer van zijn auto.' Collin hoopte op een goedkeurende glimlach, maar die kreeg hij niet.

'Nou en? Denk je nu echt dat hij gaat zitten wachten tot wij zijn nummer zijn nagegaan en bij hem komen aanbellen?'

Russell ging op het bed zitten. Haar hoofd tolde. Als die kerel in de kluis had gezeten, had hij alles gezien. Ze schudde haar hoofd. Een moeilijke, maar controleerbare situatie was plotseling omgeslagen in een onafwendbare ramp, waar ze absoluut geen vat meer op had. Vooral door de informatie die Collin haar had toevertrouwd, toen ze de slaapkamer binnenging.

Die schoft had de briefopener! Vingerafdrukken, bloed, alles; een rechtstreeks spoor naar het Witte Huis.

Ze keek naar de spiegel vanaf de plek waar ze nog niet zo lang geleden boven op de president had gezeten. Instinctief trok ze haar jasje strakker om haar lichaam. Plotseling kreeg ze een vreemd gevoel in haar maag. Ze drukte zichzelf tegen de stijl van het bed.

Burton kwam de kluis uit lopen. 'Hé, hij heeft een misdaad begaan door hier te zijn. Als hij naar de politie gaat, komt hij in grote problemen.' Die gedachte was hem te binnen geschoten, toen hij rondkeek in de kluis. Hij had iets langer moeten nadenken.

Russell moest zich bedwingen om niet te gaan braken. 'Hij hoeft zich heus niet aan te geven om dit openbaar te maken. Godallemachtig, Burton, heb je wel eens van de telefoon gehoord? Waarschijnlijk zit hij op dit moment de *Washington Post* te bellen. Verdomme! En daarna de sensatiebladen en tegen het eind van de week kunnen we zijn uitgestreken gezicht bij Oprah Winfrey zien, gefilmd op een of ander klein eilandje waar hij zich heeft teruggetrokken. En dan komt het boek en daarna de film. Verdomme!'

Russell stelde zich voor hoe een zeker pakketje bij Donald Graham van de *Washington Post* zou worden bezorgd, of bij de FBI, of het Openbaar Ministerie, of het partijkantoor van de oppositie, allemaal mogelijkheden die een eind zouden maken aan hun politieke carrières, om nog maar te zwijgen van de maatregelen die justitie tegen hen zou nemen.

In een begeleidend briefje zou hij hun verzoeken het bloed en de vingerafdrukken te vergelijken met die van de president van de Verenigde Staten. Iedereen zou in eerste instantie denken dat het een grap was, maar ze zouden het doen. Natuurlijk zouden ze het doen. Richmonds vingerafdrukken zaten al in het archief. Daarna zou een DNA-vergelijking volgen. Haar lijk zou worden gevonden, haar bloedgroep zou worden bepaald en zij zouden met meer vragen geconfronteerd worden dan ze konden beantwoorden.

Ze waren ten dode opgeschreven, allemaal. En die schoft had gewoon in de kluis gezeten, wachtend op zijn kans. Niet wetende dat hij vannacht de grootste slag van zijn leven zou slaan. Het ging niet alleen om dollars. Hij kon de president ten val brengen, definitief, zonder dat hij zich zou kunnen verweren. Hoe vaak kreeg iemand de kans om dat te doen? Bernstein en Woodward waren wereldberoemd geworden en konden nooit meer iets fout doen. Maar dit overtrof Watergate op alle fronten. Dit was niet meer recht te zetten.

Russell haalde het maar net naar de badkamer. Burton keek naar het lijk en vervolgens naar Collin. Ze zeiden niets. Hun harten klopten sneller dan normaal en de absolute enormiteit van de situatie hing als een loodzware deken over hen heen. Omdat ze niets beters wisten te doen, begonnen ze plichtmatig hun spullen op te ruimen, terwijl Russell in de badkamer de inhoud van haar maag uitbraakte. Binnen een uur was alles ingepakt en waren ze vertrokken.

Voorzichtig deed hij de deur achter zich dicht. Hij schatte dat hij hooguit een paar dagen had, misschien zelfs minder. Ondanks het risico deed hij het licht aan; hij liet zijn blik snel over het interieur van de woonkamer gaan.

Zijn leven was van redelijk normaal in een soort griezelfilm veranderd.

Luther deed zijn rugzak af, deed het licht uit en sloop naar het raam. Niets, alles was rustig. Zijn vlucht uit dat huis was een van de meest zenuwslopende ervaringen van zijn leven geweest, erger nog dan de confrontaties met schreeuwende Noordkoreanen. Zijn handen trilden nog steeds. De hele rit terug leken de lichten van elke passerende auto zich in zijn gezicht te boren, alsof ze op de hoogte waren van zijn geheim. Twee keer werd hij gepasseerd door een politieauto; het zweet was hem uitgebroken en hij had zijn adem ingehouden.

De auto werd teruggezet op de plek waar Luther hem eerder die avond had 'geleend'. De nummerplaat zou hen niets wijzer maken, maar iets anders kon dat wel.

Hij betwijfelde of ze hem hadden gezien. En zelfs al was dat zo, dan konden ze alleen een schatting maken van zijn lengte en bouw. Zijn leeftijd, huidskleur en gelaatstrekken waren nog steeds een raadsel voor hen en zonder die gegevens konden ze hem niets maken. Omdat hij zo hard kon lopen, zouden ze hem vermoedelijk voor een jongere man houden. Eén ding was nog niet duidelijk, en daar had hij tijdens de terugrit over nagedacht. Maar voorlopig probeerde hij zoveel mogelijk uit zijn leven van de afgelopen dertig jaar in twee tassen te stouwen, want hij zou hier niet meer terugkeren.

Morgenochtend zou hij al het geld van zijn bankrekening halen; dat zou hem de middelen verschaffen om ver weg te vluchten. Hij had tijdens zijn lange leven al meer dan genoeg gevaarlijke situaties ervaren. Over de keuze tussen verdwijnen en het opnemen tegen de president van de Verenigde Staten hoefde hij niet na te denken.

De buit van vannacht was veilig opgeborgen. Drie maanden werk voor een hoofdprijs die hem zijn leven zou kunnen kosten. Hij deed de deur achter zich op slot en verdween in de nacht.

•4•

Om zeven uur 's morgens gingen de goudkleurige liftdeuren open en stapte Jack de overdreven zorgvuldig ingerichte receptiehal van Patton, Shaw & Lord binnen.

Lucinda was er nog niet, zodat de vijfhonderd kilo wegende receptiebalie van massief teakhout, à veertig dollar per kilo, onbemand was.

Hij liep de brede gang door, die zacht verlicht werd door neoklassieke muurlampen, en sloeg eerst rechtsaf en daarna linksaf; een minuut later opende hij de zware eikehouten deur van zijn kantoor. Op de achtergrond was het geluid van rinkelende telefoons hoorbaar, als een teken dat de stad klaar was om zaken te doen.

Zes verdiepingen, meer dan tienduizend vierkante meter professioneel ingerichte kantoorruimte op een van de beste lokaties van de stad, boden onderdak aan ruim tweehonderd goedbetaalde advocaten, een bibliotheek die twee verdiepingen besloeg, een compleet ingerichte sportzaal met sauna en gescheiden kleedruimtes voor mannen en vrouwen, tien conferentiezalen, enkele honderden onderzoeksmedewerkers en, wat het belangrijkste was, een cliëntenlijst die door elk ander advocatenkantoor in de Verenigde Staten werd benijd; dat was het koninkrijk van Patton, Shaw & Lord.

De firma had het miserabele einde van de jaren tachtig overleefd, en toen de recessie afgelopen was, begon er echt vaart in te komen.

Veel concurrenten waren failliet gegaan en de cliënten stroomden toe. De firma beschikte over de beste advocaten op vrijwel elk rechtsgebied, althans de gebieden die het meeste geld opleverden. Veel van deze advocaten kwamen van andere vooraanstaande kantoren, weggelokt met bonussen en beloftes dat kosten noch moeite zouden worden gespaard om nieuwe zaken aan te trekken.

De drie oudste maten hadden allemaal topposities bekleed in het Amerikaanse congres. De firma had voor ieder van hen een transfersom van twee miljoen dollar betaald, in de wetenschap dat ze door hun contacten en relaties in de binnen- en buitenlandse politiek voor tientallen miljoenen dollars aan nieuwe cliënten zouden binnenbrengen.

Het was binnen de firma een ongeschreven, maar strikt gehanteerde regel dat nieuwe cliënten alleen geaccepteerd werden als er ten minste honderdduizend dollar in rekening kon worden gebracht. Alle zaken die minder opleverden, zo had het leidinggevende comité besloten, waren voor PS&L niet de moeite waard. En ze hadden nooit moeite hoeven doen om zich aan die regel te houden, want de firma floreerde uitstekend. In de hoofdstad van de Verenigde Staten wilden de mensen alleen het allerbeste en ze vonden het niet erg voor dat privilege te betalen.

Het waren goede opdrachten, vond Jack, als je ze tenminste kon krijgen. De firma maakte maar één uitzondering op die regel en de ironie wilde dat dat gold voor Jacks enige cliënt die hij naast Baldwin had. Hij had zich voorgenomen om die regel in de toekomst vaker te overtreden. Als hij hier bleef werken, wilde hij proberen dat zoveel mogelijk op zijn eigen voorwaarden te doen. Hij wist dat zijn successen dan bescheiden zouden zijn, maar dat gaf niet.

Hij ging achter zijn bureau zitten, haalde het dekseltje van zijn beker koffie en keek naar de voorpagina van de *Washington Post*. PS&L beschikte over vijf keukens en een full-time staf van drie mensen huishoudelijk personeel. Jack schatte dat er per dag wel vijfhonderd potten koffie doorheen gingen, maar zelf kocht hij zijn koffie in een klein zaakje om de hoek, want hij vond de troep die ze hier gebruikten, niet te drinken. Dit was een speciaal geïmporteerde melange die een fortuin kostte, maar smaakte naar stof vermengd met zeewier.

Hij leunde achterover in zijn stoel en liet zijn blik door zijn kantoor gaan. Voor een medewerker bij een grote firma had het een redelijk formaat, ongeveer vijf bij vijf meter, met een leuk uitzicht op Connecticut Avenue.

Als pro-deo-advocaat had Jack een kantoor gedeeld met een collega. Er was geen raam geweest, alleen een reusachtige poster van een Hawaïaans strand, die Jack op een ijskoude morgen tegen de wand had geniet. In elk geval had Jack de koffie bij de PD lekkerder gevonden.

Als hij maat was, zou hij een nieuw onderkomen krijgen, twee keer zo groot als dit; misschien nog niet meteen op een hoek, maar dat lag zeker in de lijn der verwachtingen. Met Baldwin als cliënt was hij de op drie na grootste *rainmaker* van de firma. De andere drie waren allemaal rond de zestig en ze waren vaker op de golfbaan te vinden dan in hun kantoor. Hij keek op zijn horloge. Tijd om de meter aan te zetten.

Meestal was Jack als een van de eersten binnen, maar al gauw zou het hele kantoor gonzen van bedrijvigheid. PS&L hanteerde net zulke hoge honoraria als de topfirma's in New York, maar voor het grote geld werd ook een maximale inzet verwacht. De cliënten waren van het allerhoogste niveau en de eisen die ze stelden, waren van gelijke hoogte. Een fout op dit niveau betekende een defensie-order van vier miljard dollar die je neus voorbijging, of een hele stad die bankroet werd verklaard.

Jack wist dat iedere medewerker en jongste maat bij de firma maagproblemen had en dat een kwart van hen in therapie was. Elke dag zag hij hun bleke gezichten en kwabbige lichamen, als ze door de gangen van PS&L marcheerden, op weg naar de zoveelste zware juridische klus. Dat was de prijs die betaald moest worden om bij de vijf procent van de bestbetaalde beroepskrachten van het land te horen.

Jack was blij dat hij geen spitsroeden hoefde te lopen om maat te worden. Hij werkte nu ongeveer een jaar bij PS&L, als beginnend bedrijfsjurist, en hij werd met respect behandeld door de oudere, meer ervaren medewerkers van de firma. Eigenlijk zou hij zich schuldig moeten voelen omdat hij hun respect nog niet verdiend had, en hij zou dat ook gedaan hebben als de rest van zijn leven hem niet zo had tegengestaan.

Hij propte de laatste mini-doughnut in zijn mond, boog zich voorover in zijn stoel en sloeg een dossier open. Bedrijfszaken waren vaak hetzelfde en het niveau van zijn bekwaamheden was zodanig, dat de zaken die hij kreeg, niet de meest opwindende ter wereld waren. Herzieningen van grondpachtcontracten, voorbereidende werkzaamheden voor het UCC-archief, het opzetten van bv's, het opstellen van aktes van oprichting en documenten in de privaatrechtelijke sfeer; dat was zo'n beetje zijn dagtaak, en die dagen leken steeds langer te worden. Maar hij leerde snel; dat moest hij wel om te overleven, aangezien zijn talent om zich voor de rechtbank te manifesteren hem hier vrijwel niet van pas kwam.

Gewoontegetrouw voerde de firma geen processen. In plaats daarvan hield ze zich liever bezig met de veel lucratievere bedrijfsjuridische zaken en belastingzaken. Als procederen noodzakelijk was, werd dat uitbesteed aan zorgvuldig geselecteerde firma's die procesvoering als specialiteit hadden en die op hun beurt procesloze zaken doorschoven naar PS&L. Dat was een overeenkomst die in de loop der jaren had bewezen zeer goed te werken.

Tegen lunchtijd had hij twee dikke dossiers afgewerkt, drie checklists en een paar brieven gedicteerd en was hij vier keer gebeld door Jennifer, die hem eraan herinnerde dat ze vanavond naar een diner in het Witte Huis moesten.

De vader van Jennifer zou door een of andere organisatie gekozen worden tot zakenman van het jaar. Dat de president een dergelijke gebeurtenis belangrijk genoeg vond om in het Witte Huis te laten plaatsvinden, sprak boekdelen over de banden die hij had met de zakenwereld. Maar Jack zou de man ten minste eens van dichtbij kunnen zien. Van hem de hand schudden zou waarschijnlijk geen sprake zijn, hoewel, je wist maar nooit!

'Heb je een momentje?' Barry Alvis stak zijn kalende hoofd om de hoek van de deur. Hij was een oudere stafmedewerker, wat inhield dat hij al meer dan drie keer was gepasseerd als er maten werden benoemd en dat het hem niet meer zou lukken die stap ooit te maken. Omdat hij hard werkte en erg intelligent was, zou elke andere firma hem graag als advocaat in dienst nemen. Maar hij was niet zo goed van de tongriem gesneden en daardoor was zijn vermogen om nieuwe cliënten te werven nihil. Hij verdiende honderdveertigduizend dollar per jaar en werkte hard genoeg om daar elk jaar nog voor vijftienduizend dollar bonussen aan toe te voegen. Zijn vrouw werkte niet, zijn kinderen gingen naar privé-scholen, hij reed in een nieuw model Bimmer; niemand verwachtte van hem dat hij een hogere positie zou bereiken dan die hij nu had, en in feite had hij dus weinig om over te klagen. Als advocaat met tien jaar ervaring in zware transactieprocedures van hoog niveau, zou het echter normaal zijn dat hij de pest aan Jack Graham had, en dat had hij ook.

Jack gebaarde hem binnen te komen. Hij wist dat Alvis hem niet mocht, hij begreep waarom en dreef de zaken niet op de spits. Hij kon wel een stootje hebben en was niet van plan zich uit zijn tent te laten lokken.

'Jack, we moeten die Bishop-fusie van de grond zien te krijgen.' Jack keek hem verwonderd aan. Die zaak, een echte rotzaak, was vastgelopen. Tenminste, dat dacht hij. Hij haalde een blocnote te voorschijn en strekte zijn vingers.

'Ik dacht dat Raymond Bishop niet met TCC in zee wilde.'

Alvis ging zitten, legde het vijfendertig centimeter dikke dossier dat hij bij zich had, op Jacks bureau en leunde achterover.

'Zaken lopen vast en daarna blijven ze je achtervolgen. We hebben jouw commentaar op de secundaire financieringsrapporten morgenmiddag nodig.'

Jack liet zijn pen vallen. 'Dat zijn veertien contracten. Bij elkaar meer dan vijfhonderd pagina's. Hoe lang wist je dit al?'

Alvis stond op en Jack zag het begin van een glimlach om de mond van de man.

'Vijftien contracten en het officiële aantal pagina's, zonder de bewijsstukken, is zeshonderddertien, op enkele regelafstand. Bedankt, Jack. Patton, Shaw & Lord zijn je zeer dankbaar.' Hij draaide zich om. 'O ja, veel plezier bij de president vanavond. En doe de groeten aan mevrouw Baldwin.'

Alvis liep het kantoor uit.

Jack keek naar de berg papier op zijn bureau en wreef over zijn slapen. Hij vroeg zich af wanneer die kleine etter had gehoord dat de Bishop-zaak weer uit de kast werd gehaald. Iets zei hem dat dat niet vanmorgen was.

Hij keek op zijn horloge en belde zijn secretaresse. Hij liet de rest van zijn programma voor vandaag schrappen, pakte het vier kilo zware dossier op en ging naar conferentiekamer negen, de kleinste en meest afgelegen van het kantoor, de enige plek waar hij ongestoord zou kunnen werken. Hij zou zes uur hard doorwerken, dan naar het feest gaan, terugkomen, de hele nacht doorwerken, even in de sauna, zich douchen en scheren, zijn commentaren uitschrijven en ze om een uur of drie, vier op Alvis' bureau leggen. De vuile smeerlap.

Na vier contracten at Jack zijn laatste restjes chips op, dronk zijn blikje cola leeg, trok zijn jasje aan en rende de tien trappen naar beneden af.

Een taxi zette hem af bij het appartementengebouw waar hij woonde. Jack stapte uit en bleef als versteend staan.

De Jaguar stond voor het gebouw geparkeerd. De speciaal voor haar gemaakte nummerborden – 'Succes' stond erop – vertelden hem dat zijn aanstaande echtgenote hier op hem zat te wachten. Ze was zeker boos op hem. Ze kwam immers nooit naar zijn huis, tenzij ze ergens boos over was en hem dat wilde laten weten.

Jack keek op zijn horloge. Hij was wat aan de late kant, maar hij zou het nog redden. Hij deed de voordeur open en wreef over zijn kin; misschien hoefde hij zich niet eens te scheren. Ze zat op zijn bank, waar ze eerst een laken overheen had gelegd. Hij moest toegeven dat ze er oogverblindend uitzag; een echte dame met blauw bloed, wat dat tegenwoordig ook nog mocht betekenen. Ze stond op en keek hem aan; ze glimlachte niet.

'Je bent laat.'

'Ik weet het. Maar ik ben geen eigen baas.'

'Dat is geen excuus. Ik werk ook.'

'Ja, maar het verschil is dat jouw baas dezelfde achternaam heeft en dat hij precies doet wat dochterlief zegt.'

'Papa en mama zijn alvast vertrokken. Over twintig minuten staat onze limousine voor de deur.'

'Tijd genoeg.' Jack kleedde zich uit en ging onder de douche staan. Hij trok het gordijn opzij. 'Jenn, wil je mijn blauwe pak uit de kast pakken?'

Ze kwam de badkamer in en keek met onverholen walging om zich heen. 'Op de uitnodiging stond black tie.'

'Bij voorkeur,' corrigeerde hij haar, terwijl hij de zeep uit zijn ogen veegde.

'Jack, doe dat nu niet. In godsnaam, het is het Witte Huis, de president.'

'Ze geven je de keuze tussen een smoking en iets anders, en ik maak gebruik van het recht iets anders aan te trekken. Bovendien, ik heb niet eens een smoking.' Hij grijnsde naar haar en trok het douchegordijn dicht.

'Je zou er een kopen.'

'Dat ben ik vergeten. Jezus, Jenn, niemand zal naar me kijken. Het kan ze geen barst schelen wat ik aanheb.'

'Je wordt bedankt, Jack Graham, hartelijk bedankt. Ik zal je nog eens iets vragen.'

'Heb je enig idee wat die dingen kosten?'

De zeep prikte in zijn ogen. Hij dacht aan Barry Alvis en dat hij de hele nacht moest doorwerken. Hij zou het aan Jennifer moeten uitleggen en vervolgens aan haar vader. Hij begon boos te worden. 'En hoe vaak zal ik dat verdomde ding dragen? Eén of twee keer per jaar?'

'Als we getrouwd zijn, zullen we regelmatig ergens naartoe moeten waar een smoking niet de voorkeur heeft, maar verplicht is. Het is een goede investering.'

'Ik zet mijn spaargeld liever om in kaartjes voor honkbalwedstrijden.' Hij stak zijn hoofd weer naar buiten om te laten zien dat hij een grapje maakte, maar ze was er niet meer.

Hij wreef zijn haar droog met een handdoek, knoopte deze om zijn middel en liep de kleine slaapkamer in. Aan de deur hing een gloednieuwe smoking. Jennifer kwam glimlachend de slaapkamer binnen.

'Met de complimenten van Baldwin Enterprises. Het is een Armani. Hij zal je heel goed staan.'

'Hoe wist je mijn maat?'

'Je hebt een perfecte maat 42. Je zou model kunnen zijn. Jennifer Baldwins privé-fotomodel.' Ze kwam achter hem staan en sloeg haar geparfumeerde armen om zijn schouders. Hij voelde haar borsten tegen zijn rug duwen en vloekte inwendig omdat er geen tijd was om van de gelegenheid gebruik te maken. Eén keer zonder die verdomde plafondschilderingen, zonder engeltjes en strijdwagens, misschien zou het anders zijn.

Met een verlangende blik keek hij naar het kleine, onopgemaakte bed. En hij moest de hele nacht doorwerken. Dank zij die verdomde Barry Alvis en die wispelturige Raymond Bishop.

Waarom hoopte hij elke keer als hij Jennifer Baldwin zag dat het tussen hen anders zou worden? Anders, in de betekenis van beter. Dat zij veranderd zou zijn, of hij, of dat ze elkaar ergens halverwege tegemoet zouden komen? Ze was zo beeldschoon, en de hele wereld lag aan haar voeten. Jezus, wat was er eigenlijk met hem aan de hand?

De limousine gleed soepel door het weinige verkeer. Het spitsuur was al voorbij en na zeven uur op een door-de-weekse avond was de binnenstad van Washington D.C. vrijwel uitgestorven.

Jack keek naar zijn verloofde. Haar lichte, maar peperdure jas liet haar mooie halslijn vrij. Perfecte gelaatstrekken en een smetteloze huid, die zich af en toe in een volmaakte glimlach plooiden. Haar dikke, kastanjebruine haar was hoog opgestoken; meestal droeg ze het los. Ze zag eruit als een van die wereldberoemde supermodellen.

Hij schoof naar haar toe. Ze glimlachte naar hem, controleerde haar make-up, die zoals altijd onberispelijk was, en klopte hem zachtjes op de hand.

Hij streelde haar been en duwde haar jurk omhoog, maar ze duwde zijn hand weg.

'Straks, misschien,' fluisterde ze zo zacht, dat de chauffeur het niet zou horen. Jack glimlachte en fluisterde dat hij straks misschien hoofdpijn zou hebben. Ze lachte, en toen herinnerde hij zich dat er vanavond geen 'straks' zou zijn.

Hij liet zich terugvallen in de dikke kussens van de achterbank en staarde uit het portierraam. Hij was nog nooit in het Witte Huis geweest; Jennifer al twee keer. Ze leek niet nerveus; Jack was het wel. Terwijl de limousine Executive Drive op draaide, friemelde hij aan zijn vlinderdas en haalde zijn hand door zijn haar.

Door de bewakingsdienst van het Witte Huis werden ze aan een systematische controle onderworpen en zoals altijd werd Jennifer extra goed bekeken. Toen ze zich bukte om iets aan haar hooggehakte schoen te verschikken, bezorgde ze enkele stafleden van het Witte Huis een gedenkwaardige avond door hun een blik te gunnen in haar avondjapon van vijfduizend dollar. Jack kreeg van de mannen de gebruikelijke knikjes en knipoogjes en een enkele jaloerse blik. Toen gingen ze het gebouw binnen en overhandigden hun gegraveerde uitnodigingen aan een marineofficier, die hen via de ontvangsthal en een trap naar de oostelijke vleugel escorteerde.

'Verdomme!' De president bukte zich om zijn speech voor vanavond op te pakken; een felle pijn trok door zijn arm omhoog naar zijn schouder. 'Ik geloof dat er een pees geraakt is, Gloria.'

Gloria Russell zat in een van de brede, luxueuze fauteuils waarmee de vrouw van de president het Oval Office had ingericht.

De vrouw had een goede smaak, maar daar hield het mee op. Ze was leuk om te zien en deed het goed in opiniepeilingen, maar wat intelligentie betreft vormde ze geen enkele uitdaging voor de president.

Haar achtergrond was onberispelijk: een familie met een lang verleden en veel geld. De relatie tussen de president en de rijkdom en invloed van de conservatieven had zijn positie bij de liberalen lang geen kwaad gedaan, en dat had hij voornamelijk te danken aan zijn charisma en zijn vermogen om de eensgezindheid te bevorderen. Maar ook aan zijn uiterlijk, wat belangrijker was dan iemand zou durven toegeven.

Een succesvolle president moest over goede verbale kwaliteiten beschikken, en deze president behoorde tot de allerbesten.

'Ik denk dat ik naar de dokter moet.' De president was niet in een opperbeste stemming, evenmin als Russell.

'O ja, Alan? En hoe wil je dan die wond verklaren aan de pers van het Witte Huis?'

'Is er tegenwoordig geen vertrouwelijkheid meer tussen arts en patiënt?' Russell rolde met haar ogen. Afgezien van zijn oratorische kwaliteiten kon hij af en toe knap stom zijn.

'Je weet net zo goed als ik dat alles wat met jou te maken heeft, publieke informatie is.'

'Nou, niet alles.'

'Dat valt nog te bezien, is het niet? Dit is nog lang niet voorbij, Alan.' Sinds de afgelopen nacht had ze drie pakjes sigaretten gerookt en twee potten koffie leeggedronken. Elk moment kon hun wereld instorten, kon het afgelopen zijn met haar carrière, kon de politie voor de deur staan. Roken en koffie drinken was het enige wat ze kon doen om te voorkomen dat ze gillend de deur uit zou rennen. Ze werd voortdurend gekweld door een gevoel van misselijkheid, dat in een golfbeweging door haar heen trok. Ze klemde haar tanden op elkaar en haar handen grepen de armleuningen van de fauteuil vast. Ze kon het beeld niet uit haar hoofd zetten.

De president las zijn speech. Een paar zinnen leerde hij uit het hoofd; de rest zou hij voor de vuist weg doen. Zijn geheugen was fenomenaal, iets wat hem altijd goed van pas was gekomen.

'Daarom heb ik jou, Gloria, is het niet? Om te zorgen dat alles goed komt.'

Hij keek haar aan.

Heel even vroeg ze zich af of hij het wist. Of hij wist wat ze met hem had gedaan. Haar lichaam verstijfde en ontspande zich weer. Hij kon het onmogelijk weten. Ze dacht terug aan zijn dronken gelal. Wat kon iemand toch veranderen na een fles whisky.

'Natuurlijk komt het goed, Alan, maar er moeten een paar beslissingen worden genomen. We moeten een alternatieve strategie bedenken, voor het geval dat de zaken een andere wending nemen.'

'Ik kan niet mijn hele programma omgooien. Bovendien, ik denk niet dat die kerel iets kan doen.'

Russell schudde haar hoofd. 'Dat weten we niet.'

'Denk toch eens na. Als hij wil aantonen dat hij daar was, zal hij moeten toegeven dat hij daar heeft ingebroken. Probeer je eens voor te stellen wat er gebeurt als hij met zo'n verhaal in het avondnieuws probeert te komen. Dan zit hij in een mum van tijd in een isoleercel.' De president schudde zijn hoofd. 'Ik ben veilig, Gloria. Deze kerel kan me niets maken, in geen miljoen jaar.'

Tijdens de terugrit naar de stad hadden ze een voorlopige strategie uitgedacht. Die was doodeenvoudig: gewoon categorisch blijven ontkennen. Het absurde van de beschuldiging, als die ooit zou komen, zou de rest doen. Het was tenslotte een absurd verhaal, afgezien van het feit dat het de waarheid was. En het Witte Huis zou zijn medeleven betuigen aan de familie van die arme, labiele man, die bovendien toegaf dat hij inbreker was.

Er was natuurlijk nog een andere mogelijkheid, maar Russell had besloten de president daar voorlopig niets over te vertellen. Ze was er zelfs van overtuigd dat die mogelijkheid meer voor de hand lag.

'Niets is onmogelijk.' Ze keek hem aan.

'Alles is toch goed schoongemaakt? Er is toch niets achtergebleven, afgezien van haar?'

'Dat is waar.' Russell liet haar tong over haar lippen gaan. De president wist niet dat de briefopener met zijn bloed en vingerafdrukken in handen was van een ooggetuige. En hij zou dat ook nooit te weten komen.

Ze stond op en begon door het kantoor te ijsberen. 'Natuurlijk weet ik niet of er geen sporen van seksueel contact gevonden zullen worden. Maar als dat zo is, zullen ze in elk geval niet naar jou leiden.'

'Jezus, ik kan me niet eens herinneren of we het hebben gedaan of niet. Het lijkt erop dat we het hebben gedaan.' Ze kon niet helpen dat ze moest glimlachen om deze opmerking. De president draaide zich om en keek haar aan.

'Hoe zit het met Burton en Collin?'

'Hoe zit wat?'

'Heb je met ze gepraat?' Wat hij bedoelde was duidelijk genoeg.

'Ze hebben net zoveel te verliezen als jij, Alan, nietwaar?'

'Als wij, Gloria, als wij.' Hij ging voor de spiegel staan en knoopte zijn strikje om. 'Al iets bekend over onze gluurder?'

'Nog niet. Zijn nummerbord wordt nagegaan.'

'Wanneer denk je dat ze haar zullen vinden?'

'Binnenkort, hoop ik, als het zo warm blijft als vandaag.'

'Erg grappig, Gloria.'

'Ze zullen haar missen en naar haar op zoek gaan. Haar echtgenoot zal opbellen en dan gaan ze naar het huis. Morgen, misschien overmorgen, hooguit drie dagen.'

'En dan gaat de politie de zaak onderzoeken.'

'Daar kunnen we niets aan veranderen.'

'Maar je blijft er wel bovenop zitten, hè?' In de ogen van de president werd iets van ongerustheid zichtbaar toen hij bedacht wat hun eventueel nog te wachten stond. Was hij met Christy Sullivan naar bed geweest? Hij hoopte van wel. Dan was die nacht tenminste niet voor niets op een totale ramp uitgedraaid.

'Zoveel als mogelijk is zonder argwaan te wekken.'

'Dat zal niet moeilijk zijn. Je kunt zeggen dat Walter Sullivan een goede vriend en een politieke bondgenoot van me is. Ze zullen het niet vreemd vinden wanneer ik persoonlijke interesse in die zaak toon. Denk toch eens na, Gloria. Daar betaal ik je voor.'

Maar je ging wel met zijn vrouw naar bed, dacht Russell. Mooie vriend ben jij.

'Die mogelijkheid had ik al overwogen, Alan.'

Ze stak een sigaret op, nam een trekje en blies de rook langzaam uit. Daar knapte ze van op. Ze moest zorgen dat ze hem een stap voor bleef. Gewoon één klein stapje, dan kon haar niets gebeuren. Het zou niet eenvoudig zijn, want hij was slim. Maar hij was ook arrogant. En arrogante mensen hebben nu eenmaal de neiging zichzelf te overschatten en anderen te onderschatten.

President Gloria Russell, dat klonk goed. Misschien de facto president Russell maar in elk geval president.

'En niemand wist dat ze jou zou ontmoeten?'

'Ik denk dat we kunnen aannemen dat ze discreet was, Gloria. Christy was niet al te intelligent; haar talenten lagen meer op het fysieke vlak, maar van geld begreep ze net zoveel als ieder ander.' De president knipoogde naar zijn stafchef. 'Ze had ongeveer achthonderd miljoen dollar te verliezen als haar echtgenoot ontdekte dat ze met andere mannen in bed dook, zelfs al was het de president.'

Russell wist dat Walter Sullivan de vreemde gewoonte had om zijn vrouw vanuit een stoel door een doorkijkspiegel te begluren, maar als hij van al haar overspelige afspraakjes op de hoogte was geweest, hoe zou hij dan in dit geval gereageerd hebben? God zij dank was het niet Walter Sullivan geweest die hen vanuit de donkere kluis had begluurd. Want het was geen tachtigjarige man geweest die zich langs de muur naar beneden had laten zakken en die drie agenten van de geheime dienst te snel af was geweest.

'Ik heb je al vaker gewaarschuwd, Alan, dat jouw buitenechtelijke excursies ons op een dag in de problemen zouden brengen.'

Richmond keek haar aan terwijl er een geërgerde uitdrukking op zijn gezicht verscheen. 'Hoor eens, denk je dat ik de eerste man op deze post ben die van een beetje actie houdt? Wees niet zo verdomde naïef, Gloria. Ik ben tenminste een stuk discreter dan sommige van mijn voorgangers. Ik draag de verantwoordelijkheden van deze taak, dus maak ik ook gebruik van de voordelen. Is dat duidelijk?'

Russell wreef nerveus met haar hand langs haar nek. 'Volkomen, meneer de president.'

'Het gaat maar om één man, en die kan niets doen.'

'Er is ook maar één man voor nodig om een kaartenhuis te laten instorten.'

'Ja? Nou, in dat huis wonen toevallig nog een paar mensen. Denk daar maar eens over na.'

'Dat doe ik, baas, elke dag.'

Er werd op de deur geklopt. Russells assistent stak zijn hoofd naar binnen. 'Vijf minuten, meneer.' De president knikte en wuifde hem weg.

'Deze presentatie komt zeer ongelegen.'

'Ransome Baldwin heeft veel bijgedragen aan je campagne, evenals al zijn vrienden.'

'Je hoeft mij niet op mijn politieke plichten te wijzen, schat.' Russell stond op en liep naar hem toe. Ze pakte hem bij zijn goede arm en keek hem met een strakke blik aan. Op zijn linkerwang zat een klein litteken. Een aandenken aan een granaat tijdens de korte periode dat hij met het Amerikaanse leger in Vietnam zat. Toen zijn politieke carrière een vlucht nam, bleken zijn vrouwelijke aanhangers te vinden dat die kleine onvolmaaktheid enorm bijdroeg tot zijn aantrekkingskracht. Russell merkte dat ze naar het litteken stond te staren.

'Alan, ik zal alles doen wat nodig is, om jouw belangen te beschermen. Je komt er wel doorheen, maar we moeten samenwerken. We zijn een team, Alan, een ijzersterk team. Ze kunnen ons niets maken, niet als we samenwerken.'

De president keek haar even aandachtig aan en beloonde haar toen met de glimlach die hij altijd voor de voorpagina's van de kranten reserveerde. Hij kuste haar op de wang, sloeg zijn armen om haar heen en drukte haar tegen zich aan; zij klemde zich aan hem vast.

'Ik hou van je, Gloria. Je bent een kanjer.' Hij pakte zijn speech op. 'De show kan beginnen.' Hij draaide zich om en liep het kantoor uit. Russell keek hem na, streek zachtjes over haar wang en liep hem vervolgens achterna.

Jack liet zijn blik over het overdadige interieur van de immens grote oostkamer gaan. De ruimte werd gevuld door enkele van de machtigste mannen en vrouwen van de Verenigde Staten. Rondom hem werden op vakkundige wijze nieuwe contacten gelegd, en alles wat hij kon doen, was hier staan en toekijken. Aan de overkant van de kamer zag hij zijn verloofde staan met een congreslid van een of andere westelijke staat. Ongetwijfeld probeerde ze namens Baldwin Enterprises de steun van de goede man te krijgen om de wet op de waterrechten door het congres te krijgen.

Zijn verloofde besteedde een groot deel van haar tijd aan het leggen van contacten met machthebbers op alle niveaus; van staatscommissieleden tot en met de voorzitter van de senaat. Jennifer streelde altijd de juiste ego's, schudde de juiste handen en zorgde ervoor dat alle belangrijke spelers op hun plaats stonden als Baldwin Enterprises weer eens een monsterproject van de grond probeerde te krijgen. In vijf jaar tijd was de winst van haar vaders bedrijf verdubbeld, en dat was voor een niet onbelangrijk deel te danken aan haar uitstekende werk. Het was waar, welke man was nu echt veilig voor haar?

Ransome Baldwin, één meter vijfennegentig lang, met dik, spierwit haar en een bariton die befaamd was, schudde ontspannen de handen van alle politici die hij al in zijn zak had en de enkeling die daar binnenkort aan zou worden toegevoegd.

De huldigingsceremonie was gelukkig kort geweest. Jack keek op zijn horloge. Straks moest hij terug naar kantoor. Op de heenweg had Jennifer gezegd dat ze waren uitgenodigd voor een besloten party om elf uur in het Willard-hotel. Hij schudde zijn hoofd. Wat een pech.

Hij wilde net zijn glas neerzetten en Jennifer apart nemen om haar uit te leggen dat hij vroeg weg moest, toen de president naar haar toe liep, haar vader zich bij hen voegde en ze even later met zijn drieën zijn kant op kwamen.

Jack zette zijn glas neer en schraapte zijn keel, want hij wilde niet als een complete dwaas klinken als hij zijn antwoorden stamelde. Jennifer en haar vader praatten met de president alsof ze oude vrienden waren. Lachend en babbelend alsof hij neef Ned uit Oklahoma was. Maar dit was neef Ned niet, dit was de president van de Verenigde Staten!

'Dus jij bent de gelukkige?' De glimlach van de president was oprecht en aangenaam. Ze schudden elkaar de hand. De president en Jack waren even groot, en vol bewondering stelde Jack vast dat de man er ondanks zijn veeleisende functie fit en afgetraind uitzag.

'Jack Graham, meneer de president. Het is een eer u te ontmoeten.'

'Ik heb het gevoel of ik je al jaren ken, Jack. Jennifer heeft me veel over je verteld. Het meeste klonk goed.' Hij grinnikte.

'Jack is een maat bij Patton, Shaw & Lord.' Jennifers hand lag nog steeds op de arm van de president. Ze keek Jack aan en glimlachte ondeugend naar hem.

'Nou, maat ben ik nog niet.'

'Dat is alleen een kwestie van tijd,' bulderde Ransome Baldwin. 'Met Baldwin Enterprises als cliënt rolt elk advocatenkantoor in het land de rode loper voor je uit. Vergeet dat niet. Laat je niet door Sandy Lord in de luren leggen.'

'Luister naar hem, Jack. Hij spreekt uit ervaring.' De president hief zijn glas, maar trok abrupt zijn arm terug. Jennifer aarzelde en liet zijn arm los. 'Het spijt me, Jennifer. Te veel getennist. Die verdomde arm speelt weer op. Nou, Ransome, het lijkt erop dat je een prima protégé hebt gevonden.'

'Als hij het koninkrijk wil hebben, zal hij het tegen mijn dochter moeten opnemen. Misschien kan ik Jack koningin maken en Jennifer koning. Als dat geen gelijke rechten zijn.' Ransome begon zo luidkeels te lachen, dat het aanstekelijk op de anderen werkte.

Jack voelde dat hij bloosde. 'Ik ben maar een advocaat, Ransome. En ik ben niet bepaald op zoek naar een lege troon om op plaats te nemen. Er zijn nog meer dingen in het leven.'

Jack pakte zijn glas op. Dit ging minder goed dan hij gewild had; hij was in de verdediging gegaan. Hij kauwde een ijsblokje fijn. En wat dacht Ransome Baldwin in werkelijkheid van zijn aanstaande schoonzoon? Op dit moment? Jack merkte dat het hem niet echt kon schelen.

Ransome hield op met lachen en keek hem doordringend aan. Jennifer sloeg haar ogen neer, zoals ze altijd deed als ze vond dat hij iets had gezegd wat ongepast was, wat bijna voortdurend zo was. De president keek hen stuk voor stuk aan, glimlachte en excuseerde zich. Hij liep naar de hoek van de kamer, waar een vrouw stond.

Jack keek hem na. Hij had de vrouw op tv gezien – net als iedereen in Washington – altijd de positie van de president verdedigend als er problemen waren. Gloria Russell zag er op dit moment niet erg gelukkig uit, maar met al die wereldproblemen was geluk in haar beroep waarschijnlijk een zeldzaam voorkomend verschijnsel.

Het was een gedachte die hem nu pas inviel. Jack had de president ontmoet en hem de hand geschud. Hopelijk zou zijn arm snel genezen. Hij nam Jennifer apart en verontschuldigde zich. Ze was er niet blij mee.

'Dit is absoluut onaanvaardbaar, Jack. Heb je enig idee hoe belangrijk deze avond voor papa is?'

'Hé, ik ben maar een gewone werknemer, weet je nog? Ik moet mijn uren maken.'

'Dat is belachelijk! En dat weet je. Niemand bij die firma kan dat van je eisen, zeker geen gewone stafmedewerker.'

'Jenn, het is niet zo belangrijk. Ik heb me prima vermaakt. Je vader heeft zijn prijsje ontvangen en nu is het weer tijd om aan de slag te gaan. Alvis is oké. Hij maakt het me wel eens moeilijk, maar hij werkt net zo hard als ik, misschien wel harder. Iedereen moet zijn steentje bijdragen.'

'Het is niet eerlijk, Jack. Dit komt heel ongelegen voor mij.'

'Jenn, het is mijn werk. Ik zei toch dat je je geen zorgen hoeft te maken? Tot morgen. Ik neem wel een taxi.'

'Papa zal erg teleurgesteld zijn.'

'Je papa zal me niet eens missen met al die grootindustriëlen die hem lof staan toe te zwaaien. Hé, drink een glaasje op me. En weet je nog wat je zei over straks? Dat moet ik een dagje uitstellen, maar misschien kunnen we voor de verandering eens naar mijn huis gaan.' Ze stond toe dat hij haar kuste. Maar toen Jack weg was, haastte ze zich meteen naar haar vader.

•5•

Kate Whitney zette haar auto op het parkeerterrein van het appartementengebouw waar ze woonde. Een tas met boodschappen bonkte tegen het ene been en een overvolle aktentas tegen het andere, terwijl ze de vier trappen op rende. Gebouwen in haar prijsklasse beschikten wel over liften, maar die werkten helaas niet altijd.

Ze trok snel haar sportkleding aan, luisterde het antwoordapparaat af en liep weer naar buiten. Voor het standbeeld van Ulysses S. Grant deed ze een paar rek- en strekoefeningen om de stijfheid uit haar lange ledematen te verdrijven en vervolgens begon ze te rennen.

Ze liep in westelijke richting, langs het Museum voor Lucht- en Ruimtevaart en vervolgens langs Smithsonian Castle, dat met zijn torens, kantelen en twaalfde-eeuwse, Italiaanse bouwstijl sprekend leek op het huis van een waanzinnige geleerde. Met soepele, regelmatige passen bereikte ze het breedste punt van de Mall, waarna ze twee keer om het Washington Monument rende.

Haar ademhaling begon nu iets te versnellen; zweetdruppels sijpelden door haar T-shirt en maakten vochtplekken op het Georgetown Law-sweatshirt dat ze droeg. Ze rende langs het getijdebassin en kwam in een steeds dichter wordende mensenmassa terecht. De vroege lente had vliegtuigen, bussen en auto's vol mensen uit het hele land naar de hoofdstad gebracht, die op deze manier de zomerdrukte en de hitte waar Washington berucht om was, wilden vermijden.

Toen ze een spelend kind probeerde te ontwijken, botste ze tegen een jogger aan die van de andere kant kwam. Wild zwaaiend met armen en benen gingen ze tegen de grond.

'Verdomme.' De man liet zich opzij rollen en stond weer op. Kate begon overeind te komen, keek hem aan, wilde net haar excuses aanbieden en ging toen abrupt weer op de grond zitten. Er verstreek geruime tijd, terwijl horden toeristen uit Arkansas en Iowa, allen met camera's om hun nek, zich om hen verdrongen.

'Hallo, Kate.' Jack hielp haar overeind en nam haar mee naar een bankje onder een van de nog kale kersebomen die langs de oevers van het getijdebassin stonden. Aan de overkant van het kalme water stond het grote, imposante Jefferson Memorial en vanaf de plek waar ze zaten, was het enorme silhouet van de derde president van de Verenigde Staten duidelijk zichtbaar.

Kate's enkel begon op te zwellen. Ze trok haar schoen en sok uit en begon haar enkel te masseren.

'Ik had niet gedacht dat je nog tijd had om te joggen, Jack.'
Ze keek naar hem. Geen terugwijkende haarlijn, geen buikje en geen rimpels op zijn gezicht. De tijd had stilgestaan voor Jack Graham. Ze moest toegeven dat hij er heel goed uitzag. En zij, daar was ze van overtuigd, zag eruit als een absolute ramp. In stilte vervloekte ze zichzelf omdat het er nooit van gekomen was haar haar in dat nieuwe model te laten knippen, en meteen daarna vervloekte ze zichzelf opnieuw omdat ze dat dacht. Een zweetdruppel gleed langs haar neus naar beneden; met een geïrriteerd handgebaar veegde ze hem weg.
'Ik vroeg me hetzelfde af over jou. Ik dacht dat openbare aanklagers nooit voor middernacht naar huis mochten. Ben je aan het spijbelen?'
'Ja.' Ze wreef over haar enkel, die echt pijn deed. Jack zag het. Hij boog zich voorover en nam haar voet in zijn handen. Ze wilde haar voet terugtrekken. Hij keek haar aan.
'Je weet toch dat ik hier bijna mijn beroep van had gemaakt en dat jij mijn beste en enige patiënt was? Ik heb nog nooit een vrouw gezien met zulke fragiele enkels, terwijl je er verder zo gezond uitziet.'
Ze ontspande zich en liet hem haar enkel en voet masseren, en ze merkte al gauw dat hij het nog niet verleerd was. Wat bedoelde hij met er gezond uitzien? Ze fronste haar wenkbrauwen. Zij had hem tenslotte gedumpt. En het was absoluut terecht geweest dat ze dat had gedaan. Of niet soms?
'Ik heb het gehoord over Patton, Shaw & Lord. Gefeliciteerd.'
'Ach wat. Dat was iedere advocaat gelukt die zo'n cliënt binnenbracht.' Hij glimlachte.
'Ja, ik heb ook in de krant gelezen dat je je verloofd hebt. Nogmaals gefeliciteerd.' Nu glimlachte hij niet. Ze vroeg zich af waarom niet.
Heel voorzichtig deed hij haar sok en schoen weer aan. Hij keek haar aan. 'Je zult een dag of twee niet kunnen rennen, want je enkel is flink opgezwollen. Mijn auto staat vlakbij. Ik zal je naar huis brengen.'
'Ik neem wel een taxi.'
'Heb je meer vertrouwen in een taxichauffeur dan in mij?' Hij deed of hij beledigd was. 'Trouwens, ik zie geen zakken. Ga je proberen een gratis ritje te versieren? Veel succes.'
Ze keek naar haar sportbroekje. Haar sleutel zat in haar sok. Dat had hij al gezien. Hij glimlachte om haar dilemma. Ze kneep haar lippen op elkaar en liet haar tong toen over haar onderlip gaan. Hij herinnerde zich die gewoonte van lang geleden. Hoewel hij het al jaren niet had gezien, leek het of het er altijd was geweest.
Jack strekte zijn benen voor zich uit. 'Ik had je wel geld willen lenen, maar ik ben ook blut.'
Ze stond op en steunend op zijn schouder probeerde ze of ze op haar voet kon staan.
'Ik dacht dat bedrijfsjuristen zo goed werden betaald?'
'Dat is ook zo, maar ik heb nooit met geld kunnen omgaan, dat weet je

toch?' Dat was maar al te waar. Ze had altijd moeten bijspringen. Niet dat er veel was om haar terug te betalen.

Hij hield haar ene arm vast, terwijl ze naar zijn auto hinkte, een tien jaar oude Subaru-stationcar. Ze keek er verbaasd naar.

'Heb je die oude bak nog steeds?'

'Hé, die gaat nog wel een paar duizend kilometer mee. Bovendien is het een auto met een geschiedenis. Zie je die vlek daar? Jouw Dairy Queen-ijsje met caramelsaus, 1986, de avond voor mijn eindexamen. Jij kon niet slapen en ik wilde niet meer studeren. Weet je nog? Je nam die bocht te scherp.'

'Je hebt wel een heel selectief geheugen. Ik herinner me nog dat je een milkshake in mijn kraag leeggoot, toen ik klaagde dat het zo warm was.'

'O ja, dat herinner ik me ook.' Lachend stapten ze in de auto.

Ze bekeek de vlek van dichtbij en liet haar blik toen door het interieur van de auto gaan. Beelden kwamen terug in grote, woelige golven. Ze gluurde naar de achterbank. Haar wenkbrauwen gingen omhoog. Als die eens zou kunnen praten. Ze draaide zich om, merkte dat hij naar haar keek en begon te blozen.

Ze reden weg in oostelijke richting. Er was niet veel verkeer. Kate was een beetje zenuwachtig, maar ze voelde zich niet echt ongemakkelijk, hoewel het vier jaar geleden was geweest dat ze in de auto sprongen om ergens koffie te gaan drinken, een krant te kopen of te ontbijten in de Corner in Charlottesville of in een van die andere cafeetjes die over Capitol Hill verspreid lagen. Maar dat was vier jaar geleden, probeerde ze zichzelf voor te houden, en niet het heden. Het heden was heel anders. Ze draaide het portierraam een stukje omlaag.

Jack hield met één oog het verkeer in de gaten en keek met het andere naar haar. Hun ontmoeting was geen toeval geweest. Ze had die route over de Mall gelopen sinds ze naar Washington D.C. waren verhuisd en in een kleine flat bij Eastern Market in het zuidoosten van de stad waren gaan wonen.

Die morgen was Jack wakker geworden met een gevoel van wanhoop dat hij niet meer had gehad sinds Kate hem vier jaar geleden verliet en hij pas na een week besefte dat ze nooit meer terug zou komen. Nu de dag dat hij zou trouwen steeds dichterbij kwam, vond hij dat hij Kate, hoe dan ook, nog één keer moest zien. Hij kon niet verdragen dat het licht dat ooit tussen hen had geschenen, voorgoed werd gedoofd. Nog niet. Hoewel het heel waarschijnlijk was dat hij de enige van de twee was die nog een sprankje hoop zag oplichten. En hoewel hij geen bericht op haar antwoordapparaat had durven inspreken, had hij besloten dat, als het zo moest zijn, hij haar hier, tussen al die toeristen en inwoners van de stad, zou vinden. Met dat idee was hij van huis gegaan.

Tot het moment van hun botsing had hij een uur lang gejogd, onderwijl de menigte afspeurend, op zoek naar het gezicht van die ingelijste foto. Ongeveer vijf minuten voor hun abrupte weerzien had hij haar ontdekt. Als zijn hart door het joggen al niet twee keer zo snel had geklopt, zou het dat zeker gedaan hebben toen hij haar soepel voorbij zag lopen. Het was niet de bedoeling geweest dat ze haar enkel bezeerde, hoewel dat wel de reden was waarom ze nu in zijn auto zat en hij haar naar huis bracht.

Kate trok haar haar naar achteren en bond het met het zweetbandje dat om haar pols gezeten had in een paardestaart. 'En? Hoe gaat het met je werk?'

'Best.' Hij wilde niet over zijn werk praten. 'Hoe is het met je vader?'

'Dat weet jij beter dan ik.' Kate wilde niet over haar vader praten.

'Ik heb hem al heel lang niet gezien.'

'Bofkont.' Ze zweeg. Jack schudde zijn hoofd en vervloekte zichzelf omdat hij over haar vader was begonnen. Hij had gehoopt dat vader en dochter zich na al die jaren verzoend hadden. Blijkbaar was dat niet het geval.

'Ik heb veel goeds gehoord over jou als openbaar aanklager.'

'Fijn.'

'Ik meen het serieus.'

'Sinds wanneer ben jij serieus?'

'Iedereen wordt ooit volwassen, Kate.'

'Behalve Jack R. Graham. Alsjeblieft, doe me een lol.'

Hij draaide Constitution op en reed in de richting van Union Station. Toen aarzelde hij. Hij wist waar ze woonde, maar hij wilde niet dat zij dat wist.

'Help me eens, Kate. Welke kant moet ik op?'

'Sorry. Om het Capitool heen, richting Maryland en bij Third Street links-af.'

'Bevalt die wijk je?'

'Voor iemand met mijn salaris is het goed genoeg. Laat me raden. Jij woont vast in Georgetown, in een van die statige herenhuizen met inwonend personeel?'

Hij haalde zijn schouders op. 'Ik ben niet verhuisd. Ik woon nog steeds in hetzelfde appartement.'

Ze keek hem aan. 'Jack, wat doe je dan met al dat geld?'

'Ik koop waar ik zin in heb, maar ik heb niet zoveel nodig.' Hij keek haar in de ogen. 'Wat dacht je van een Dairy Queen-ijsje met caramelsaus?'

'Ik heb overal gezocht, maar die zijn in deze stad niet te vinden.'

Hij maakte een U-bocht, grijnsde naar de toeterende auto's en gaf gas.

'Blijkbaar hebt u niet hard genoeg gezocht, mevrouw de procureur.'

Een half uur later reed hij het parkeerterrein voor haar huis op. Hij liep om de auto heen om haar te helpen met uitstappen. De zwelling van haar enkel was iets erger geworden. Ze had haar ijsje bijna op.

'Ik zal je naar boven helpen.'

'Dat is niet nodig.'

'Kate, ik heb je getackeld. Geef me een kans om het goed te maken.'

'Ik red me wel, Jack.' De toon van haar stem kwam hem bekend voor, zelfs na vier jaar. Hij glimlachte schaapachtig en deed een stap achteruit. Langzaam strompelde ze de trap op en Jack stapte weer in zijn auto. Ze was halverwege toen ze zich omdraaide. 'Jack?'

Hij keek op.

'Bedankt voor het ijsje,' zei ze en ging naar binnen.

Toen Jack wegreed, had hij de man bij het kleine groepje bomen naast de ingang van het parkeerterrein niet zien staan.

Luther stapte uit de schaduw van de bomen en keek naar het appartementengebouw.

Zijn uiterlijk was in de afgelopen twee dagen drastisch gewijzigd. Hij was blij dat zijn baard zo snel groeide. Zijn haar was heel kort geknipt en wat er nog van over was, werd bedekt door een hoed. Zijn ogen met die opvallende, zeer intense blik gingen schuil achter een zonnebril, en een ruime overjas verhulde zijn slanke postuur.

Hij had gehoopt dat hij haar nog één keer kon zien voordat hij vertrok. Hij was geschrokken toen hij Jack zag, maar hoe lang was het niet geleden dat hij voor het laatst iets van Kate had gehoord? Toch deed het hem genoegen; hij mocht Jack.

Hij zette de kraag van zijn jas op. Het was gaan waaien en het was bijna net zo kil als het normaal gesproken in september was. Hij staarde omhoog naar het raam van het appartement van zijn dochter.

Appartement nummer veertien. Hij kende het goed; hij was zelfs al een paar keer binnen geweest, natuurlijk zonder dat zijn dochter het wist. Het slot van de voordeur was kinderspel voor hem. Sommige mensen hadden meer tijd nodig om de deur met een sleutel te openen. Als hij binnen was, zou hij in de woonkamer in een stoel gaan zitten en om zich heen kijken naar wel honderd verschillende dingen die allemaal herinneringen aan vroegere tijden vertegenwoordigden; een paar goede, maar over het algemeen teleurstellende.

Soms deed hij zijn ogen dicht en concentreerde hij zich alleen op de verschillende geuren die in de lucht hingen. Hij kende haar favoriete parfum; een onopvallende geur waarvan ze maar weinig gebruikte. Haar meubels waren groot, solide en een beetje versleten. Haar koelkast was vrijwel leeg. De weinige levensmiddelen in de keukenkastjes, allemaal tamelijk ongezonde artikelen, deden de rillingen over zijn rug lopen. Ze hield het huis netjes, maar niet overdreven, en je kon zien dat erin geleefd werd, zoals het hoorde.

En ze kreeg veel telefoontjes. Soms luisterde hij naar de berichten op het antwoordapparaat en dan wenste hij dat ze een ander beroep had gekozen. Hoewel hij zich aan de verkeerde kant van de wet bevond, was hij zich goed bewust van het aantal zwaar gestoorde criminelen dat nog vrij rondliep. Maar het was voor hem nu te laat om de carrière van zijn enige kind in een andere richting te sturen.

Luther dacht vaak na over de ongewone relatie die hij met haar had, maar hij besefte heel goed dat hij niet beter verdiende. Een beeld van zijn vrouw verscheen in zijn gedachten; een vrouw die van hem had gehouden en die

64

al die jaren aan zijn zijde had gestaan. En wat had ze ervoor teruggekregen? Alleen maar pijn en verdriet. En toen ze eindelijk bij zinnen kwam en zich van hem liet scheiden, overleed ze korte tijd later. Voor de honderdste keer vroeg hij zich af waarom hij zijn criminele activiteiten al die jaren had doorgezet. Het was in elk geval niet om het geld. Hij had altijd heel eenvoudig geleefd, en veel van de opbrengsten van zijn inbraken had hij in de loop der jaren weggegeven. Zijn levenswijze had zijn vrouw gek van bezorgdheid gemaakt en zijn enige dochter uit zijn leven verdreven. En voor de honderdste keer had hij geen sluitend antwoord op de vraag waarom hij het niet kon laten om te stelen van de ogenschijnlijk zo goed beschermde rijken. Misschien wilde hij alleen maar bewijzen dat hij het kon.

Hij keek nog één keer omhoog naar het appartement van zijn dochter. Hij was er nooit voor haar geweest, dus waarom zou zij er voor hem zijn? Maar hij had de banden nooit helemaal kunnen verbreken, zelfs al had zij dat wel gedaan. Hij wilde er voor haar zijn, als zij het ook wilde. Maar hij wist dat het te laat was.

Luther liep snel de straat uit. Hij rende het laatste stukje en was nog net op tijd voor de metrobus naar Union Station. Hij was altijd heel zelfstandig geweest en had anderen slechts tot op zekere hoogte vertrouwd. Hij was een eenling en dat beviel hem, hoewel hij zich op dit moment wel erg alleen voelde en dat als heel onaangenaam ervoer.

Het was gaan regenen. Luther staarde door het donkere raam van de bus naar buiten. De bus ging op weg naar het reusachtige metrostation dat bijna was gesloopt om plaats te maken voor een ambitieus winkelcentrum. Het water droop langs het raam naar beneden en vertekende het beeld van de plek waar hij zojuist was geweest. Hij wou dat hij het kon, maar hij wist dat hij nu niet meer terug kon gaan.

Luther wendde zijn hoofd van het raam af, trok zijn hoed diep over zijn ogen en snoot zijn neus. Hij raapte een verkreukelde krant van de vloer, keek naar de oude koppen en vroeg zich af wanneer ze haar zouden vinden. Als dat gebeurde, zou hij het onmiddellijk weten; iedereen in de stad zou weten dat Christine Sullivan dood was. Als rijke mensen de dood vonden, was dat voorpaginanieuws. Arme mensen en Jan Modaal moesten het doen met kleine berichtjes onderaan op pagina vijf. Christy Sullivan zou ongetwijfeld op de voorpagina staan, bovenaan in het midden.

Hij gooide de krant weer op de vloer en leunde achteruit in zijn stoel. Hij moest eerst een advocaat spreken en dan zou hij vertrekken. De bus vervolgde dreunend zijn weg. Luther had zijn ogen gesloten, maar hij sliep niet. Heel even bevond hij zich in de woonkamer van zijn dochter en deze keer was zij bij hem.

Luther zat aan een kleine vergadertafel in een vrij sober gemeubileerde kamer. De tafel zat vol krassen en de stoelen waren oud. Het vloerkleed was van dezelfde leeftijd en niet erg schoon. Afgezien van zijn dossier was een houder met visitekaartjes het enige voorwerp op tafel. Hij pakte er een kaartje uit en tikte er met zijn nagel op. LEGAL SERVICES N.V. Deze mensen waren geen grootheden op juridisch gebied, niet vergelijkbaar met de machtige advocatenkantoren in de binnenstad. Als pas afgestudeerde advocaten van derderangs universiteiten, met geen enkel uitzicht op een carrière bij een van de gevestigde kantoren, deden ze gewoon hun werk en hoopten dat er ooit een wonder zou gebeuren. Maar hun dromen over grote kantoren, grote cliënten en wat het belangrijkste was, het grote geld, waren met het verstrijken der jaren steeds meer verflauwd. Luther had echter geen topadvocaat nodig. Hij had alleen maar behoefte aan iemand met juridische bevoegdheid en de juiste formulieren.

'Alles is in orde, meneer Whitney.' De jongeman was ongeveer vijfentwintig en hij blaakte nog van hoop en energie. Dit kantoor was niet zijn eindbestemming, daar was hij van overtuigd. Op het vermoeide, kwabbige gezicht van de oudere man die achter hem stond was echter geen hoop meer te zien. 'Dit is Jerry Burns, compagnon van ons kantoor. Hij zal als tweede getuige optreden bij uw testament. We zijn beëdigd, dus we hoeven niet voor de rechtbank te bewijzen dat we als getuige bij het vastleggen van uw testament zijn opgetreden.' Een ernstig kijkende vrouw van iets over de veertig kwam de kamer binnen; ze had een pen en een lakstempel in haar hand. 'Phyllis hier is onze notaris, meneer Whitney.' Ze gingen allemaal zitten. 'Zal ik u alle bepalingen van uw testament voorlezen?'

Jerry Burns zat met een dodelijk verveelde uitdrukking op zijn gezicht voor zich uit te staren, dromend van de talloze plaatsen waar hij liever zou zijn. Jerry Burns, compagnon. Hij zag eruit alsof hij liever koemest ruimde op een boerderij in het Midwesten. Nu keek hij zijn jongere collega met een hooghartige blik aan.

'Ik heb ze gelezen,' antwoordde Luther.

'Mooi,' zei Jerry Burns. 'Zullen we dan maar beginnen?'

Een kwartier later verliet Luther het kantoor van Legal Services met twee originele exemplaren van zijn testament in zijn jaszak.

Verdomde advocaten. Je kon tegenwoordig geen scheet laten zonder dat er een advocaat aan te pas moest komen. Zij maakten alle wetten, daarom hadden ze iedereen in hun macht. Hij dacht aan Jack en begon te glimlachen. Jack was niet zo; hij was anders. Toen dacht hij aan zijn dochter en zijn glimlach verdween weer. Kate was ook niet zo. Maar Kate haatte hem. Hij ging een fotozaak binnen en kocht een Polaroid-camera en een film. De foto's die hij ging maken, mochten niet door iemand anders ontwikkeld worden. Luther liep terug naar zijn hotel. Een uur later had hij tien foto's gemaakt. Hij wikkelde ze in papier en deed ze in een envelop, die hij zorgvuldig opborg in zijn rugzak.

Luther ging zitten en staarde uit het raam. Het duurde bijna een uur voordat hij zich weer bewoog. Hij liet zich op het bed vallen en deed zijn ogen dicht. Een mooie crimineel was hij. Toch niet hard en onverschillig genoeg om niet aangegrepen te worden door de dood, door die weerzinwekkende gebeurtenis die het leven had weggerukt uit een jonge vrouw die nog heel lang te leven had. En wat alles nog erger maakte, was het feit dat de president van de Verenigde Staten erbij betrokken was. Een man die Luther had gerespecteerd, op wie hij had gestemd. De man die de hoogste positie van het land bekleedde, had in zijn dronkenschap bijna een vrouw gewurgd. Als hij zijn beste vriend iemand zo had zien aftuigen, zou hij zich niet misselijker en geschokter hebben gevoeld. Het was alsof hij zelf het slachtoffer was, alsof die moordlustige handen om zijn eigen keel hadden gezeten.

Maar er was nog iets dat hem bezighield; iets waar hij nog geen raad mee wist. Hij duwde zijn gezicht in het kussen en kneep zijn ogen dicht, in een vergeefse poging om in slaap te vallen.

'Het is fantastisch, Jenn.' Jack keek naar het bakstenen landhuis dat van hoek tot hoek minstens zestig meter breed was en meer kamers had dan een studentenflat, en hij vroeg zich af wat ze hier in godsnaam deden. De bochtige oprijlaan kwam uit bij een garage die groot genoeg was voor vier auto's. De gazons waren zo perfect bijgehouden, dat Jack de indruk had dat hij naar een biljartlaken keek. Het terrein achter het huis was terrasgewijs in drie niveaus verdeeld, met elk een eigen vijver. Het huis beschikte over alle standaardvoorzieningen voor de zeer rijken: tennisbanen, stallen en zes hectare land, wat naar de maatstaven van Noord-Virginia een heus koninkrijk betekende.

De makelaarster wachtte bij de voordeur. Haar nieuwe Mercedes stond geparkeerd naast een grote, granieten fontein vol vuistgrote, gebeeldhouwde rozen. Ze stond uit te rekenen wat haar commissie zou bedragen. Vormden ze geen fantastisch jong stel? Ze had het zo vaak gezegd, dat Jack zijn slapen voelde kloppen.

Jennifer Baldwin nam hem bij de arm en twee uur later hadden ze alles bezichtigd. Jack liep het gazon op en keek vol bewondering naar de groepjes iepen, sparren, esdoorns, dennen en eiken, die elkaar om het huis verdrongen. Het najaar had zijn intrede gedaan en Jack zag de eerste rode, gele en oranje bladeren dwarrelen langs de voorgevel van het huis waarop Jennifer haar zinnen had gezet.

'Nou, wat kost het?' Hij vond dat hij het recht had die vraag te stellen, hoe-

67

wel hij zeker wist dat dit buiten hun financiële mogelijkheden lag. De zijne in elk geval wel. Hij moest toegeven dat de lokatie uitstekend was; nog geen half uur rijden van zijn kantoor. Maar dit huis konden ze niet betalen. Afwachtend keek hij naar zijn verloofde.

Ze leek een beetje nerveus en speelde met haar haar. 'Drie komma acht.'

Jacks gezicht werd asgrauw. 'Drie miljoen achthonderdduizend? Dollar?'

'Jack, het is drie keer zoveel waard.'

'Waarom verkopen ze het dan voor drie komma acht? Dat kunnen we ons niet veroorloven, Jenn. Vergeet het maar.'

Ze rolde met haar ogen als antwoord. Ze wuifde geruststellend naar de makelaar die in haar auto het contract zat uit te schrijven.

'Jenn, ik verdien honderdtwintigduizend per jaar. Jij ongeveer hetzelfde, misschien iets meer.'

'Als je eenmaal maat bent...'

'Ja, dan ga ik meer verdienen. Maar niet genoeg voor zoiets. Zo'n hypotheek kunnen we niet betalen. Trouwens, ik dacht dat we in jouw huis zouden trekken?'

'Dat is niet geschikt voor een getrouwd stel.'

'Niet geschikt? Het is verdomme een paleis.' Hij liep naar een grasgroene tuinbank en ging zitten.

Ze kwam voor hem staan, met haar armen over elkaar en een vastberaden uitdrukking op haar gezicht. Haar zongebruinde huid begon iets lichter te worden. Ze droeg een donkerbruine gleufhoed; haar lange haar kwam eronder vandaan en viel tot over haar schouders. Haar broek was van perfecte snit en accentueerde haar elegante, slanke benen. Aan haar voeten droeg ze glanzend leren laarzen die onder haar broekspijpen verdwenen.

'We hoeven geen hypotheek te nemen, Jack.'

Hij keek op. 'O, echt waar? Ze geven ons het huis gewoon, omdat we zo'n fantastisch jong stel zijn?'

Ze aarzelde een ogenblik en zei toen: 'Papa betaalt het contant. En wij betalen hem terug.'

Jack had erop zitten wachten.

'Betalen hem terug? Hoe moeten we hem verdomme terugbetalen, Jenn?'

'Hij heeft een heel soepele regeling voorgesteld, gebaseerd op wat we in de toekomst gaan verdienen. In godsnaam, Jack, ik had dit huis kunnen betalen van de samengestelde interest van een van mijn trusts, maar ik wist dat je daar bezwaar tegen zou maken.' Ze kwam naast hem zitten. 'Ik dacht dat je je prettiger zou voelen als we het op deze manier deden. Ik weet hoe je denkt over het geld van de Baldwins. Maar we moeten papa terugbetalen. Het is geen cadeau. Het is een lening, met rente. Ik ga mijn huis verkopen. Daar krijg ik ongeveer acht ton voor. En jij zult ook wat geld moeten ophoesten. We krijgen het niet voor niets.' Plagend zette ze haar wijsvinger tegen zijn borst om haar standpunt duidelijk te maken. Ze draaide zich om en keek naar het huis. 'Is het niet prachtig, Jack? We zullen hier zo gelukkig zijn. Dit huis is voor ons bedoeld.'

Jack keek naar het huis zonder het echt te zien. Het enige wat hij zag, was de weerspiegeling van Kate Whitney, in elk raam van de hele verdomde voorgevel.

Jennifer kneep in zijn arm en drukte zich tegen hem aan. Jacks hoofdpijn begon steeds erger te worden. Zijn hersens weigerden te functioneren. Zijn keel was droog en zijn ledematen voelden stijf aan. Rustig maakte hij zijn arm los uit de greep van zijn verloofde; hij stond op en liep zonder iets te zeggen terug naar de auto.

De makelaarster, die vanuit haar Mercedes het gesprek tussen de twee aandachtig had gevolgd, stopte met schrijven. Teleurgesteld perste ze haar lippen op elkaar.

Vroeg in de ochtend verliet Luther het kleine hotel dat weggestopt lag in een drukbevolkte wijk in het noordwesten van Washington. Hij nam een taxi naar het metrostation en vroeg de chauffeur langs alle bezienswaardigheden van de stad te rijden. Dat verzoek verbaasde de chauffeur niet in het minst en op de automatische piloot reed hij de route die hij voor het officiële einde van het toeristenseizoen, voor zover dat ooit afgelopen was, al duizenden keren had gereden.

De lucht hing vol dreigende regenwolken, maar het was onmogelijk te voorspellen of ze hun buien boven de stad zouden lossen of dat ze zouden overdrijven in de richting van de Atlantische Oceaan. Luther keek op naar de duisternis, waar de pas opgekomen zon niet doorheen kon breken.

Zou hij over een half jaar nog leven? Misschien niet. Ondanks al zijn voorzorgen was het heel goed mogelijk dat ze hem vonden. Maar hij zou de tijd die hem nog restte, op een aangename manier doorbrengen.

De metro bracht hem naar Washington National Airport. Hij nam de shuttle-bus naar de vertrekhal. Zijn bagage bevond zich al in het American Airlines-vliegtuig dat hem naar Dallas-Fort Worth zou brengen. Vandaaruit zou hij met een andere luchtvaartmaatschappij naar Miami vliegen. Daar zou hij overnachten en de volgende morgen het vliegtuig naar Puerto Rico nemen, waarna een laatste vlucht hem naar Barbados zou brengen. Hij had al zijn tickets cash betaald. Zijn paspoort vermeldde dat hij Arthur Lanis was, vijfenzestig jaar oud, geboren in Michigan. Hij had zes van zulke paspoorten. Ze waren heel vakkundig gemaakt en zagen er heel officieel uit, maar ze waren allemaal even vals. Dit paspoort, waarin te zien was dat hij veel reisde, was nog minstens acht jaar geldig.

Luther ging in het wachtgedeelte zitten en deed net of hij de krant las. Het was druk en rumoerig in de vertrekhal, een typische door-de-weekse dag voor dit drukke vliegveld. Af en toe keek Luther over zijn krant heen om te zien of iemand meer dan gewone belangstelling voor hem had, maar niemand viel hem op. En hij deed dit soort dingen al lang genoeg om onmiddellijk te merken als er iets mis was. Zijn vlucht werd omgeroepen, hij kreeg zijn instapkaart uitgereikt en vervolgens beklom hij moeizaam de vliegtuigtrap naar het slanke toestel dat hem binnen drie uur in het hart van Texas zou afleveren.

Dallas-Fort Worth was voor American Airlines een vlucht die bijna altijd vol zat, maar tot Luthers verbazing bleef de stoel naast hem leeg. Hij trok zijn jas uit en legde die op de stoel om te voorkomen dat iemand naast hem kwam zitten. Hij installeerde zich in zijn stoel en keek uit het raam.

Toen ze de startbaan op taxieden, kon hij het topje van het Washington Monument boven de klamme mist van deze septemberochtend zien uitsteken. Op nog geen twee kilometer afstand zou zijn dochter straks opstaan om naar haar werk te gaan, terwijl haar vader iets eerder dan gepland tussen de wolken verdween om ergens een nieuw leven te beginnen, iets waar hij het niet bepaald gemakkelijk mee had.

Terwijl het vliegtuig snelheid maakte, keek Luther naar beneden, waar de bochtige Potomac langzaam uit het zicht verdween. Zijn gedachten gingen eerst even terug naar zijn lang geleden overleden vrouw en vervolgens naar zijn nog zeer levende dochter.

Hij keek op naar het glimlachende, bekwame gezicht van de stewardess, vroeg om een kop koffie en pakte een minuut later het eenvoudige ontbijt aan dat ze hem aanbood. Hij dronk de gloeiend hete koffie op, draaide zich naar het raam en streek met zijn vingers over het glas, dat vol vegen en krassen zat. Toen hij zijn bril schoonmaakte, merkte hij dat de tranen uit zijn ogen liepen. Hij keek snel om zich heen; de meeste passagiers waren nog met hun ontbijt bezig of deden nog snel een dutje.

Luther klapte het blad omhoog, maakte zijn veiligheidsriem los en liep naar het toilet. Hij bekeek zichzelf in de spiegel. Zijn ogen waren opgezet en bloeddoorlopen, met zware wallen eronder. Hij was in de afgelopen zesendertig uur zichtbaar ouder geworden.

Hij plensde wat water in zijn gezicht, likte de druppels van zijn lippen en herhaalde dat enkele keren. Opnieuw wreef hij in zijn ogen. Ze deden zeer. Hij leunde tegen de kleine wastafel en probeerde zijn trillende spieren onder controle te krijgen.

Ondanks al zijn wilskracht gingen zijn gedachten terug naar de kamer waar hij die vrouw mishandeld had zien worden. De president van de Verenigde Staten was een overspelige dronkelap die vrouwen sloeg. Hij glimlachte tegen de pers, zoende kleine kinderen en flirtte met bekoorlijke oude dames, hij zat belangrijke vergaderingen voor, vloog de hele wereld over als leider van zijn land, en tegelijkertijd was hij een verdomde klootzak die getrouwde vrouwen neukte, ze mishandelde en ze uiteindelijk liet vermoorden. Wat een combinatie.

Het was meer informatie dan één persoon kon bevatten.

Luther voelde zich erg alleen. En heel boos. En het ergste van alles was dat de schoft vrijwel onaantastbaar was.

Luther bleef zichzelf wijsmaken dat hij de strijd met hem zou zijn aangegaan als hij dertig jaar jonger was geweest. Maar dat was hij niet. Zijn zenuwen waren nog steeds sterker dan die van de meeste andere mensen, maar toch niet meer wat ze vroeger waren. In de loop der jaren waren ze gaan slijten, net als keien op een rivierbodem. Op zijn leeftijd was strijd iets voor anderen, want hij had zijn beste tijd gehad. Hier kon hij niet tegenop. Zelfs hij moest dat begrijpen en hij moest zich bij die realiteit neerleggen.

Luther bekeek zichzelf opnieuw in de kleine spiegel. Een snik bleef in zijn keel steken en het gedempte geluid vulde het kleine kamertje.

Maar hij had geen excuses voor wat hij had gedaan, of beter gezegd: voor wat hij had nagelaten. Hij had die spiegeldeur niet opengedaan. Hij had die man niet van Christine Sullivan afgetrokken. Hij had de dood van die vrouw kunnen voorkomen, dat was de simpele waarheid. Ze zou nog steeds in leven zijn, als hij had gehandeld. Hij had zijn vrijheid, en misschien zijn leven, geruild voor dat van een ander. Het leven van iemand die zijn hulp nodig had, die vocht voor haar eigen leven, terwijl hij alleen maar toekeek. Een vrouw die nog geen derde van Luthers leeftijd had geleefd. Het was een laffe daad geweest en dat feit hield hem in een greep die zo sterk was, dat elk orgaan in zijn lichaam dreigde te ontploffen.

Zijn benen begonnen het te begeven en hij boog zich diep over de wastafel. Eigenlijk was hij blij dat hij instortte, want hij kon zijn eigen spiegelbeeld niet meer verdragen. Toen het vliegtuig heen en weer werd geschud door de luchtdrukverschillen, voelde Luther zijn maag omdraaien.

Er gingen een paar minuten voorbij. Hij maakte een handdoek nat onder de koude kraan en hield die enige tijd tegen zijn gezicht. Uiteindelijk lukte het hem om naar zijn plaats terug te strompelen. Terwijl het vliegtuig ronkend zijn weg vervolgde, leek Luthers schuldgevoel met elke kilometer groter te worden.

De telefoon rinkelde. Kate keek op de klok. Het was elf uur. Meestal nam ze 's avonds nooit op, maar om een of andere reden schoot haar hand naar het toestel en griste ze de hoorn van de haak voordat het antwoordapparaat kon reageren.

'Hallo?'

'Ben je nu al klaar met werken?'

'Jack?'

'Hoe is het met je enkel?'

'Weet je wel hoe laat het is?'

'Alleen even mijn patiënt controleren. Dokters slapen nooit.'

'Je patiënt maakt het uitstekend. Bedankt voor je bezorgdheid.' Ongewild glimlachte ze.

'IJsjes met caramelsaus, dat recept heeft me nog nooit in de steek gelaten.'

'O. Dus je hebt nog meer patiënten?'

'Mijn advocaat raadt me aan die vraag niet te beantwoorden.'

'Heel slim.'

Jack kon zich voorstellen hoe ze daar zat, spelend met haar haar. Hij wist zeker dat ze de uiteinden om haar vinger wikkelde, zoals ze altijd had gedaan toen ze nog allebei studeerden; hij worstelend met wetsartikelen, en zij met haar Franse grammatica.

'Je haar krult al genoeg aan de uiteinden zonder dat je dat doet.'

Ze trok haar vinger terug, glimlachte en fronste toen haar wenkbrauwen. Die opmerking bracht een heleboel herinneringen terug, en niet alleen goede.

'Het is al laat, Jack. Ik heb morgen een rechtszaak.'

Hij stond op en begon met zijn draadloze telefoon door de kamer te ijsberen, terwijl hij razendsnel nadacht. Hij wilde haar hoe dan ook nog even aan de telefoon houden. Hij voelde zich schuldig, alsof hij iets onbehoorlijks deed. Onwillekeurig keek hij achterom. Er was niemand, tenminste, niet iemand die hij kon zien.

'Het spijt me dat ik zo laat heb gebeld.'

'Geeft niet.'

'En het spijt me dat ik je enkel heb bezeerd.'

'Je hebt je verontschuldigingen al aangeboden.'

'Ja. Nou, hoe gaat het met je? Afgezien van je enkel, bedoel ik.'

'Jack, ik moet nu echt gaan slapen.'

Hij had gehoopt dat ze dat zou zeggen.

'Nou, misschien kunnen we morgen lunchen en dan verder praten.'

'Ik heb je verteld dat ik morgen een zaak heb.'

'Daarna.'

'Jack, ik weet niet of dat zo'n goed idee is. Eerlijk gezegd lijkt het me zelfs een heel slecht idee.'

Hij vroeg zich af wat ze daarmee bedoelde. Hij had altijd de slechte gewoonte gehad haar uitspraken te letterlijk te nemen.

'Jezus, Kate, het is maar een lunch. Ik vraag je niet om met me te trouwen,' zei hij lachend, maar hij wist dat hij het al verknoeid had.

Kate speelde niet langer met haar haar. Ze was ook opgestaan. Ze zag zichzelf in de spiegel in de hal en trok het kraagje van haar nachthemd omhoog. De denkrimpels op haar voorhoofd waren duidelijk zichtbaar.

'Het spijt me,' zei Jack snel. 'Ik bedoelde het niet zo. Hoor eens, ik trakteer. Hoe kom ik anders van al dat geld af?' Hij kreeg geen antwoord. In feite wist hij niet eens zeker of ze nog wel aan de lijn was.

Twee uur lang had hij dit gesprek gerepeteerd. Over elke mogelijke vraag, elke reactie en elke verandering van onderwerp had hij nagedacht. Hij was zo overtuigend en zij zo begrijpend. Ze hadden het zo goed kunnen vinden. Maar tot nu toe was er van zijn plan nog absoluut niets terechtgekomen. Jack viel terug op zijn alternatieve plan: hij besloot haar te smeken.

'Alsjeblieft, Kate. Ik wil zo graag nog eens met je praten.'

Ze ging weer zitten, vouwde haar benen onder zich, wreef over haar tenen en haalde diep adem. De jaren hadden haar niet zoveel veranderd als ze had gedacht. Was dat goed of slecht? Op dit moment had ze geen antwoord op die vraag.

'Wanneer en waar?'

'Morton?'

'Om te lunchen?' Hij zag de verbijstering die het noemen van dat peperdure restaurant op haar gezicht teweegbracht voor zich. Vermoedelijk vroeg
ze zich af in wat voor wereld hij tegenwoordig leefde.
'Goed dan. Wat dacht je van de lunchroom bij Founders Park in het oude
stadscentrum? Om een uur of twee, na de middagdrukte?'
'Dat klinkt beter. Maar ik kan niets beloven. Als ik het niet haal, bel ik je
op.'
Jack liet langzaam zijn adem ontsnappen. 'Bedankt, Kate.'
Hij legde de telefoon neer en liet zich op de bank vallen. Nu zijn plan was
gelukt, begon hij zich af te vragen waar hij in godsnaam mee bezig was.
Wat moest hij zeggen? Wat zou zij zeggen? Hij wilde geen ruzie maken. Hij
had niet tegen haar gelogen, want hij wilde echt alleen maar met haar praten, haar nog eens zien. Dat was alles, bleef hij zichzelf wijsmaken.
Jack liep naar de badkamer, hield zijn hoofd onder de koude kraan, pakte
een biertje en ging naar het zwembad op het dak van het gebouw. Daar
bleef hij enige tijd in het donker zitten en keek hij naar de vliegtuigen die
boven de Potomac hun landing op National Airport inzetten. De twee felrode lichten van het Washington Monument knipoogden bemoedigend
naar hem. Acht verdiepingen onder hem was het stil op straat, afgezien
van een enkele sirene van een politieauto of ambulance.
Jack keek naar het rimpelloze wateroppervlak van het zwembad, stak zijn
voeten in het koele water en zag hoe het rustig begon te kabbelen. Toen hij
zijn blikje bier had leeggedronken, ging hij weer naar beneden, waar hij
in een stoel in de woonkamer in slaap viel. De tv stond nog aan, zodat hij
de telefoon niet hoorde overgaan. Er werd geen bericht ingesproken.
Bijna vierduizend kilometer ten zuiden van hem legde Luther Whitney de
hoorn op het toestel en stak hij zijn eerste sigaret sinds dertig jaar op.

De bestelwagen van Federal Express reed langzaam de afgelegen landweg
op en de chauffeur zocht op de roestige, scheefhangende brievenbussen
naar het juiste huisnummer. Hij had hier nog nooit iets afgeleverd. Zijn
bestelwagen nam de hele breedte van de smalle weg in beslag.
Hij reed de oprit van het laatste huis op, stopte en begon een achterwaart-
se draai te maken. Het was toeval dat hij opkeek en op een klein houten
plankje naast de voordeur het huisnummer zag staan. Hij schudde zijn
hoofd en glimlachte. Soms had je gewoon geluk.
Het huis was klein en niet erg goed onderhouden. De verweerde alumini-
um raamhorren, die twintig jaar geleden zo populair waren – hij was toen
nog niet eens geboren – hingen scheef, alsof ze vermoeid waren en met
rust gelaten wilden worden.
De oudere vrouw die de deur opendeed, was gekleed in een vormloze bloe-
metjesjurk en om haar schouders had ze een dikke trui geknoopt. Haar
dikke, rode enkels wezen op een slechte bloedcirculatie en vermoedelijk
nog een aantal andere kwalen. Het pakje verbaasde haar, maar ze was
bereid ervoor te tekenen.

De chauffeur keek naar de naam op zijn bon: Edwina Broome. Toen stapte hij weer in zijn bestelwagen en reed weg. De vrouw keek hem na, voordat ze de deur dichtdeed.

De walkie-talkie kraakte. Fred Barnes deed dit werk nu zeven jaar. Hij reed rond in buurten van welgestelde mensen en hield hun grote huizen en perfect onderhouden tuinen in de gaten, en soms zag hij dure auto's met inzittenden die allemaal op fotomodellen leken, de smetteloze oprijlaan afrijden en door de indrukwekkende poorten naar buiten komen. Hij was nooit binnen geweest in een van de huizen die hij moest bewaken, en verwachtte ook niet dat dat ooit zou gebeuren.

Hij keek omhoog naar de imposante voorgevel. Vier à vijf miljoen dollar, schatte hij. Meer geld dan hij in vijf levens zou kunnen verdienen. Soms leek het gewoon niet eerlijk verdeeld.

Hij meldde zich via zijn walkie-talkie. Hij zou om het huis heen lopen. Wat er precies aan de hand was, wist hij niet. Alleen dat de eigenaar had gebeld en om een controle had verzocht.

Door de koude wind in zijn gezicht kreeg Barnes trek in een kop koffie met een puddingbroodje, gevolgd door acht uur slaap, waarna hij weer een nacht in zijn Saturn zou zitten om de bezittingen van de rijken te beschermen. Hij verdiende niet slecht, maar de opbrengst was toch onbevredigend. Zijn vrouw werkte ook full-time, en met drie kinderen en hun beider inkomen konden ze net rondkomen. Maar iedereen had het moeilijk. Hij keek naar de grote garage achter het huis, het zwembad en de tennisbaan. Nou, misschien niet iedereen.

Toen hij de hoek om kwam, zag hij het nylon koord uit het raam bengelen en meteen waren zijn gedachten aan koffie en puddingbroodjes verdwenen. Hij dook ineen en zijn hand schoot naar zijn wapenstok. Hij greep zijn walkie-talkie en meldde zich, een beetje beschaamd omdat zijn stem zo onvast klonk. De politie zou binnen een paar minuten hier zijn. Hij kon wachten tot ze er waren of zelf een kijkje nemen. Voor acht dollar per uur besloot hij te blijven waar hij was.

Barnes' chef arriveerde als eerste in een blinkend witte stationcar met het logo van het bedrijf op het portier. Een halve minuut later reed de eerste van vijf patrouillewagens de oprijlaan op, tot ze alle vijf achter elkaar als een wachtende trein voor het huis stonden.

Twee agenten hielden het raam onder schot. Het was aannemelijk dat de daders het huis allang verlaten hadden, maar afgaan op vermoedens kon voor politiemensen erg gevaarlijk zijn.

Vier agenten naderden de voorkant en twee liepen om het huis heen naar de achterkant. De vier agenten, die in paren werkten, kwamen bij de voordeur. Ze merkten dat die niet op slot zat en dat het alarm niet aan stond. Nadat ze hadden vastgesteld dat er op de begane grond niemand aanwezig was, slopen ze behoedzaam, met al hun zintuigen gespitst op de geringste geluiden of bewegingen, de brede trap op. Tegen de tijd dat ze de overloop van de tweede verdieping hadden bereikt, had de dienstdoende brigadier al geroken dat het hier niet om een gewone inbraak ging.

Vier minuten later stonden ze in een cirkel om wat tot voor kort een jonge, beeldschone vrouw was geweest. Alle gezichten hadden dezelfde asgrauwe tint gekregen.

De brigadier, die de vijftig al gepasseerd was en drie kinderen had, keek naar het open raam. Godzijdank, dacht hij bij zichzelf. Maar zelfs met het raam open was de atmosfeer in de kamer om te snijden. Hij wierp nog een blik op het lijk en liep toen snel naar het raam, waar hij dankbaar de frisse buitenlucht inademde.

Hij had een dochter van die leeftijd. Heel even stelde hij zich voor dat zij daar op de vloer lag; haar gezicht niet meer dan een herinnering, en haar leven bruut beëindigd. De zaak zou hem meteen uit handen worden genomen, maar hij hoopte één ding: dat hij erbij zou zijn als degene die deze afschuwelijke misdaad had gepleegd, werd gepakt.

•7•

Op het moment dat het telefoontje kwam, had Seth Frank net een stuk toost in zijn mond gestopt en probeerde hij tegelijkertijd de haarlinten van zijn zes jaar oude dochter te strikken. De blik op het gezicht van zijn vrouw zei hem voldoende; zij ging verder met de haarlinten. Seth klemde de hoorn met zijn schouder tegen zijn oor en deed zijn stropdas om, ondertussen aandachtig luisterend naar de kalme, efficiënt klinkende stem van de beller. Twee minuten later zat hij in zijn auto; hij was verplicht het blauwe zwaailicht op het dak van zijn dienst-Ford aan te zetten, maar eigenlijk was dat overbodig, want de plattelandswegen waar hij overheen scheurde, waren vrijwel uitgestorven.

Franks grote lichaam met zware botten had niet meer de hoekige vormen die het enkele jaren geleden had gehad, en ook zijn zwarte krulhaar had betere dagen gekend. Hij was nu eenenveertig jaar, vader van drie dochters die met de dag complexer en chaotischer werden, en hij was tot het besef gekomen dat er in het leven nogal wat dingen waren waar hij niets van begreep. Toch was hij een gelukkig mens. Het leven had hem geen zware klappen uitgedeeld. Nog niet. En hij zat al lang genoeg bij de politie om te weten hoe plotseling dat kon veranderen.

Frank stak een stukje Juicy Fruit in zijn mond en kauwde het langzaam fijn, terwijl dichte rijen naaldbomen langs de zijramen van zijn auto vlogen. Hij was zijn carrière bij de politie begonnen als straatagent in een van de slechtste wijken van New York City, waar 'de waarde van een mensenleven' een volkomen onbekend begrip was en waar hij met vrijwel alle manieren waarop de ene persoon de andere kon vermoorden, had kennisgemaakt. Uiteindelijk had hij het tot rechercheur gebracht, wat voor zijn vrouw een hele opluchting was. Als hij nu arriveerde op de plaats van een misdaad, waren de daders tenminste al vertrokken. Ze sliep beter 's nachts, omdat ze wist dat het telefoontje dat haar leven zou verwoesten, waarschijnlijk niet zou komen. Meer kon ze niet verwachten; ze was tenslotte met een politieman getrouwd.

Frank was uiteindelijk bij moordzaken terechtgekomen, wat op zijn vakgebied ongeveer de ultieme uitdaging betekende. Na een paar jaar was hij tot de conclusie gekomen dat zijn baan hem goed beviel, maar dat hij zeven lijken per dag toch wel wat veel vond. Daarom waren ze verhuisd naar Virginia.

Hij werd hoofdinspecteur moordzaken in het district Middleton, wat beter klonk dan het in werkelijkheid was, omdat hij ook de enige inspecteur moordzaken in het hele district was. Maar de relatief onschuldige bevolking van het rustieke Virginia had hem in de afgelopen jaren niet veel uitdagend werk bezorgd. Het inkomen per hoofd van de bevolking van zijn district lag een stuk boven het landelijk gemiddelde. Er werden wel mensen vermoord, maar afgezien van vrouwen die hun mannen doodschoten (of vice versa) en kinderen die hun ouders om zeep hielpen vanwege de erfenis, was er nooit veel opwindends gebeurd. Het telefoontje dat hij een paar minuten geleden had ontvangen, beloofde daar verandering in te brengen.

De weg slingerde zich door een bebost gebied en leidde vervolgens naar afgerasterde groene weilanden waar slanke volbloeden loom de nieuwe dag aanschouwden. Achter imposante poorten en lange, bochtige oprijlanen lagen de woningen van de welgestelden, die in Middleton ruimschoots vertegenwoordigd waren. Frank wist nu al dat hij in deze zaak niet op hulp van de buren hoefde te rekenen. Eenmaal teruggetrokken in hun respectievelijke bastions, hadden ze vermoedelijk geen idee van wat zich buiten de omheiningen van hun landgoederen afspeelde, wat ongetwijfeld de manier was waarop ze wensten te leven en voor welk voorrecht ze flink in de buidel hadden moeten tasten.

Frank naderde het huis van de Sullivans. Hij keek in zijn achteruitkijkspiegel of zijn das recht zat en fatsoeneerde zijn haar een beetje. Hij had geen speciale affiniteit met de rijken, maar hij had ook geen hekel aan hen. Ze waren gewoon stukjes van de puzzel. Een raadsel waarop hij het antwoord schuldig moest blijven. En dat bracht hem bij het meest bevredigende deel van zijn werk. Want tussen alle vragen, aanwijzingen, dwaalsporen en fouten die een onderzoek met zich meebracht, bevond zich één onomstotelijke waarheid: als je iemand vermoordde, kwam je op zíjn terrein en zou je je straf niet ontlopen. Wat die straf precies inhield, kon Frank niet zoveel schelen. Maar wat hem wel kon schelen, was dat als iemand terechtstond en veroordeeld werd, hij de straf kreeg die hij verdiende, of hij nu rijk was of arm. Zijn bekwaamheden mochten in de loop der jaren dan iets afgenomen zijn, maar hij had nog steeds het juiste instinct. En op de lange termijn had hij daar altijd het meeste profijt van gehad.

Hij reed de oprijlaan op en zag uit een ooghoek hoe een combine het aangrenzende maïsveld maaide. De bestuurder volgde belangstellend de bezigheden van de politie. Die informatie zou zich razendsnel door de omgeving verspreiden. De man had geen idee dat hij bezig was belangrijk bewijsmateriaal uit te wissen; sporen van een vluchtweg. Seth Frank wist dat evenmin. Hij stapte uit zijn auto, trok zijn jasje aan en liep door de voordeur het huis binnen.

Met zijn handen diep in zijn broekzakken liet Frank zijn blik langzaam door de kamer gaan, alle details van de vloer, de wanden en het plafond in zich opnemend, voordat zijn blik terugging naar de spiegeldeur en uiteindelijk bleef rusten op de plek waar de overledene al een paar dagen lag.

'Neem maar veel foto's, Stu,' zei Seth Frank. 'Het ziet ernaar uit dat we ze nodig zullen hebben.'

De fotograaf van de technische dienst bewoog zich discreet door de kamer en legde alle bezienswaardigheden van de kamer op film vast, ook het lijk. Daarna zou hij video-opnames maken van de plaats van het misdrijf en er zijn commentaar bij inspreken. Voor de rechtbank waren dergelijke opnames niet toelaatbaar, maar voor het onderzoek konden ze van grote waarde zijn. Net als voetballers, die de opnames van hun wedstrijden bekeken, maakten de rechercheurs van moordzaken steeds meer gebruik van video opnames om die ene doorslaggevende aanwijzing te vinden die ze soms pas na de achtste, tiende of honderdste keer kijken ontdekten.

Het nylon koord zat nog steeds om de poot van de ladenkast geknoopt en hing nog steeds uit het raam, alleen was het nu bedekt met zwart vingerafdrukpoeder. Maar ze zouden er niet veel op vinden. Mensen die langs touwen naar beneden klommen, zelfs al zaten er knopen in, droegen meestal handschoenen.

Sam Magruder, de dienstdoende adjudant, kwam naar Frank toe lopen. Hij had net een paar minuten uit het raam gehangen om frisse lucht in te ademen. Magruder, in de vijftig, met een wilde bos rood haar boven een dik, haarloos gezicht, moest zijn uiterste best doen zijn ontbijt binnen te houden. Er was een grote, draagbare ventilator in de kamer neergezet en alle ramen stonden open. Alle politiemensen droegen maskers, maar de stank drong overal doorheen. De dood lachte de levenden uit. Het ene moment was je beeldschoon en het volgende moment rotte je weg.

Frank bekeek Magruders aantekeningen en merkte bovendien op dat het gezicht van de man een groenige tint had gekregen.

'Sam, als je was weggebleven bij het raam, was je reukvermogen in ongeveer vier minuten verdoofd geraakt. Je maakt het alleen maar erger.'

'Ik weet het, Seth. Ik zeg het ook steeds tegen mezelf, maar mijn neus wil niet luisteren.'

'Wanneer heeft haar echtgenoot gebeld?'
'Vanmorgen. Kwart voor acht plaatselijke tijd.'
Frank probeerde Magruders handschrift te ontcijferen. 'En waar zit hij?'
'Op Barbados.'
Frank keek op. 'Hoe lang al?'
'Dat gaan we na.'
'Doe dat.'
'Hoeveel afdrukken hebben ze achtergelaten, Laurie?' Frank keek naar Laurie Simon, zijn identificatietechnicus.
Ze keek op zonder dat haar blik de zijne ontmoette. 'Er is niet veel te vinden, Seth.'
Frank liep naar haar toe. 'Kom nou, Laurie, de hele kamer moet vol afdrukken van haar zitten. En van haar echtgenoot? En het dienstmeisje? Er moeten toch ergens bruikbare afdrukken zitten?'
'Dan kan wel zijn, maar ik zie ze niet.'
'Je neemt me in de maling.' Simon, die haar werk heel serieus nam en die de beste vingerafdrukkenexpert was met wie Frank ooit had gewerkt, de Newyorkse politie meegerekend, keek hem bijna verontschuldigend aan. De hele kamer zat vol koolstofpoeder, en er was niets te vinden? In tegenstelling tot wat men tegenwoordig denkt, laten de meeste criminelen op de plaats van het misdrijf vingerafdrukken achter. Als je maar weet waar je moet zoeken. Laurie Simon wist dat, maar jammer genoeg vond ze helemaal niets. Hopelijk kwam er bij de analyse in het laboratorium nog iets te voorschijn. Veel latente afdrukken konden gewoon niet zichtbaar gemaakt worden, uit welke hoek je ze ook belichtte. Daarom werden ze ook latente afdrukken genoemd. Je moest gewoon alles waarvan je dacht dat de daders het hadden aangeraakt, met poeder bestuiven en tapen, want je kon geluk hebben.
'Ik heb een paar plaatjes die ik in het lab wil bekijken. Als ik die met ninhydrine heb behandeld en de rest met superlijm te lijf ben gegaan, heb ik misschien iets voor je,' zei Simon, en ze ging weer aan het werk.
Frank schudde zijn hoofd. Superlijm, een cyanoacrylaat, was vermoedelijk het beste middel om vingerafdrukken te lichten. Je kon ze ermee van de meest onwaarschijnlijke oppervlakken afhalen. Het enige probleem was dat deze methode zo verdomd veel tijd vergde. En tijd hadden ze niet.
'Doe je best, Laurie. Naar dat lichaam te oordelen hebben de daders al genoeg voorsprong op ons.'
Ze keek hem aan. 'Ik heb een nieuwe cyanoacrylaat-oplossing die ik wil uitproberen. Die werkt sneller. Of anders kan ik de superlijm nog altijd aansteken,' zei ze glimlachend.
Frank grijnsde. 'Juist ja. De laatste keer dat je dat probeerde, konden we het hele verdomde gebouw evacueren.'
'Soms moet je dat ervoor overhebben, Seth.'
Magruder schraapte zijn keel. 'Het lijkt erop dat we met een paar echte profs te maken hebben.'

Seth keek zijn adjudant met een nijdige blik aan. 'Het zijn geen profs, Sam. Het zijn misdadigers, moordenaars. Ze zijn verdomme niet naar de universiteit geweest om dit soort dingen te leren.'

'Nee, meneer.'

'Weten we zeker dat dit de vrouw des huizes is?' informeerde Frank.

Magruder wees naar de foto op het nachtkastje. 'Christine Sullivan. Een positieve identificatie, dat weet ik zeker.'

'Zijn er getuigen?'

'Nog niet. Ik heb nog niet met de buren gesproken. Dat ga ik straks doen.'

Frank maakte een uitvoerige beschrijving van de kamer en de toestand waarin ze het lichaam hadden aangetroffen en vervolgens maakte hij een gedetailleerde schets van de kamer en de inhoud ervan. Een goede advocaat kon gehakt maken van iedere onvoorbereide getuige à charge. En onzorgvuldigheid kon betekenen dat schuldige mensen vrijuit gingen.

Frank had zijn lesje geleerd toen hij ooit als onervaren politieman als eerste op de plaats van een misdrijf arriveerde. Nog nooit in zijn leven had hij zich zo geschaamd en zich zo ellendig gevoeld als toen. Hij had de getuigenbank verlaten nadat zijn verklaring aan stukken was gescheurd en hij ongewild de basis had gelegd voor de vrijspraak van de verdachte. Het was dat je in de rechtszaal geen wapens mocht dragen, anders was er vanaf die dag één advocaat minder geweest.

Frank liep de kamer door naar de lijkschouwer, een dikke man met wit haar, die ondanks de ochtendkilte hevig transpireerde, en die op dat moment net de rok van het slachtoffer naar beneden trok. Frank ging op zijn hurken zitten en onderzocht een van de kleine handen, waar nu plastic zakjes omheen zaten. Vervolgens keek hij naar het gezicht van de vrouw. Het zag eruit alsof het bont en blauw geslagen was. De kleding was drijfnat van al haar lichaamsvloeistoffen. Als de dood intreedt, volgt vrijwel meteen daarop een ontspanning van de sluitspieren. De combinatie van geuren die dat tot gevolg had, was bijzonder onaangenaam. Hoewel het raam al die tijd open had gestaan, waren er gelukkig weinig insekten.

'Kun je al iets zeggen over het tijdstip van overlijden?' vroeg Seth Frank aan de lijkschouwer.

'Aan een rectale temperatuurmeting zullen we weinig hebben, als je begrijpt wat ik bedoel. Ik schat tweeënzeventig tot vierentachtig uur. Ik heb een exacter tijdstip voor je als ik sectie op haar heb verricht.' De lijkschouwer stond op. 'Schotwonden in het hoofd,' voegde hij eraan toe, alsof iemand in de kamer nog twijfelde aan de doodsoorzaak.

'Ik zie dat er plekken op haar hals zitten.'

De lijkschouwer keek Frank even met een scherpe blik aan en haalde toen zijn schouders op. 'Ik heb ze ook gezien. Ik weet alleen nog niet wat ze te betekenen hebben.'

'Ik zou het op prijs stellen als je snel met een rapport kwam.'

'Je ziet het wel verschijnen. Ik weet heus wel dat ik dit soort moorden voorrang moet geven.'

Frank schrok een beetje van die stekelige opmerking. De lijkschouwer keek hem aan. 'Veel plezier met de pers. Ze zullen erbovenop duiken als een zwerm bijen.'

'Wespen, bedoel je.'

De lijkschouwer haalde zijn schouders op. 'Jij liever dan ik. Ik ben veel te oud voor die onzin. Je kunt haar laten weghalen, als je dat wilt.' Hij pakte zijn spullen in en vertrok.

Frank pakte de hand van het slachtoffer vast, boog zijn gezicht ernaartoe en bekeek de perfect gemanicuurde nagels. Hij zag meerdere scheurtjes in de nagelriemen van twee van haar vingers, wat niet ongewoon was als je ervan uitging dat er een worsteling had plaatsgevonden voordat ze werd doodgeschoten. Het lichaam was al in verregaande staat van ontbinding; het was al flink opgezwollen en bacteriën hadden vrij spel. De lijkstijfheid was alweer verdwenen, wat betekende dat ze minstens vierentachtig uur dood moest zijn. De gewrichten konden weer gebogen worden, omdat het zachte lichaamsweefsel begon op te lossen. Frank zuchtte. Ze had hier inderdaad al een hele tijd gelegen. Dat was gunstig voor de moordenaar, maar ongunstig voor de politie.

Het bleef hem verbazen hoe de dood een mens veranderde. Een opgezwollen karkas, nauwelijks herkenbaar als menselijk wezen, terwijl ze enkele dagen geleden... Het was dat zijn reukvermogen al niet meer functioneerde, anders had hij niet kunnen doen wat hij nu deed. Het was onlosmakelijk verbonden met zijn beroep: alle cliënten van een inspecteur bij de afdeling moordzaken waren nu eenmaal dood.

Heel voorzichtig tilde hij het hoofd van het slachtoffer op en draaide het naar het licht. Aan de rechterkant zaten twee ingangswonden en aan de linkerkant één grote, gekartelde uitgangswond. Ze hadden hier te maken met een zwaar kaliber. Stu had de wonden al van diverse kanten gefotografeerd, ook van bovenaf. De vorm van de ingangswonden en de afwezigheid van verbranding en verkleuring van het huidoppervlak bracht Frank tot de conclusie dat de schoten van een afstand van meer dan zestig centimeter waren afgevuurd.

Een wapen met een klein kaliber, dat met de loop tegen de schedel werd gedrukt of werd afgevuurd van een afstand van minder dan vijf centimeter, leverde hetzelfde soort contactwonden op als hij in de schedel van het slachtoffer had aangetroffen. Maar als er sprake was van een contactwond, zouden er tot diep in het weefsel langs de kogelbaan kruitsporen worden aangetroffen. De autopsie zou op die vraag een definitief antwoord geven.

Vervolgens bekeek Frank de kneuzing aan de rechterkant van haar kaak. Deze werd gedeeltelijk aan het oog onttrokken door de natuurlijke verkleuring ten gevolge van de ontbinding van het lichaam, maar Frank had genoeg lijken gezien om het verschil te kunnen onderscheiden. Het huidoppervlak op die plek vertoonde een raadselachtige combinatie van groene, bruine en zwarte tinten. Een harde vuistslag had dat gedaan. Een man?

Dat was vreemd. Hij riep Stu bij zich en vroeg hem dat gedeelte te fotograferen met een kleurschaal ernaast. Toen legde hij haar hoofd weer neer, zo voorzichtig alsof ze zojuist een hersenoperatie had ondergaan. Bij de autopsie zou het er waarschijnlijk minder zachtzinnig aan toegaan.

Langzaam schoof Frank haar rok naar boven. Het ondergoed was nog intact. Het autopsierapport zou antwoord geven op de voor de hand liggende vraag.

Frank ijsbeerde door de kamer en keek naar zijn collega's van moordzaken, die druk aan het werk waren. Een voordeel van het rijke, landelijke Virginia was dat de belastingtarieven zo hoog waren, dat er geld genoeg was om een relatief kleine, maar eersteklas afdeling moordzaken te bekostigen en deze uit te rusten met alle apparatuur en nieuwste technologische snufjes die het in theorie mogelijk moesten maken de daders sneller te pakken.

Het slachtoffer was op haar linkerzij gevallen, van de deur af. Ze had haar knieën een stukje opgetrokken. De linkerarm was gestrekt en de rechter lag tegen haar heup. Haar gezicht lag naar het oosten gekeerd, evenwijdig aan de rechterzijde van het bed. Frank zag dat haar lichaam in een foetushouding lag. Hij wreef over zijn neus. Geboorte en dood, het begin en het einde, en dan weer terug naar het begin. Je kon nooit voorspellen hoe je uiteindelijk afscheid zou nemen van het leven, of wel soms?

Samen met Simon maakte hij een driehoeksprojectie van de ligging van het lichaam. Het afrollen van het meetlint maakte een krassend geluid, dat in deze 'kamer des doods' op een of andere manier heel oneerbiedig klonk. Franks blik ging van de deur naar het lichaam. Simon en hij probeerden het vermoedelijke traject van de kogels vast te stellen. Daaruit bleek dat de schoten waarschijnlijk vanuit de deuropening waren gelost, maar als er sprake was van een inbreker die werd betrapt, dan zou dat precies andersom moeten zijn. Er was echter nog een stukje bewijsmateriaal dat met vrij grote zekerheid zou aantonen welke baan de kogels hadden afgelegd.

Frank knielde weer neer naast het lichaam. Er zaten geen sleepsporen op de vloerbedekking en de bloedvlekken en het druppelpatroon bevestigden dat het slachtoffer was doodgeschoten op de plek waar ze was neergevallen. Heel voorzichtig draaide hij het lichaam om en opnieuw trok hij de rok omhoog. Als de dood is ingetreden, verzamelt het bloed zich in de laagst gelegen delen van het lichaam, een verschijnsel dat *livor mortis* wordt genoemd. Na vier tot zes uur verandert het bloed niet meer van plaats. Daaruit volgt dat het verslepen van het lichaam dan geen verplaatsing van het bloed meer tot gevolg heeft. Frank legde het lichaam weer zoals het had gelegen. Alles wees erop dat Christine Sullivan op deze plek was gestorven.

Het druppelpatroon sterkte ook het vermoeden dat het slachtoffer naar het bed keek op het moment dat haar einde kwam. Als dat zo was, waar keek ze verdomme dan naar? Normaal kijkt iemand die op het punt staat doodgeschoten te worden, in de richting van zijn moordenaar en smeekt hij om zijn leven. Christine Sullivan zou dat ook gedaan hebben, daar was Frank van overtuigd. Hij liet zijn blik door de weelderig ingerichte kamer gaan. Ze had heel veel om voor te leven.

Heel zorgvuldig, met zijn gezicht een paar centimeter van de vloer, onderzocht Frank de vloerbedekking. Het druppelpatroon werd plotseling onderbroken, alsof er iets voor of naast het slachtoffer had gelegen. Dat zou later een belangrijke aanwijzing kunnen zijn. Er was veel geschreven over druppelpatronen. Frank was zich bewust van het belang ervan, maar hij zou zich er niet op blindstaren. Als iets echter had voorkomen dat het bloed op die plek op de vloerbedekking terechtkwam, zou hij toch wel graag willen weten wat dat was. Ook de afwezigheid van bloeddruppels op haar jurk stelde hem voor vragen. Hij maakte er een notitie van, want het zou ook iets kunnen betekenen.

Simon opende haar 'verkrachtingskoffertje' en met Franks hulp maakte ze een uitstrijkje van de vagina van het slachtoffer. Daarna kamden ze zowel het hoofd- als het schaamhaar, maar dat leverde geen zichtbare, onbekende stoffen op. Vervolgens trokken ze de kleren van het slachtoffer uit.

Frank onderwierp het hele lichaam aan een minutieus onderzoek. Hij keek naar Simon. Ze las zijn gedachten.

'Je zult ze niet vinden, Seth.'

'Stel me tevreden, Laurie.'

Simon maakte gehoorzaam haar koffertje met materiaal voor sporenonderzoek open en begon de polsen, borsten en binnenzijden van de bovenarmen van het slachtoffer met koolstofpoeder te bestuiven. Even later keek ze Frank aan en schudde langzaam het hoofd. Daarna deed ze de afdrukken die ze eerder deze morgen had gevonden, in haar koffertje.

Frank keek toe hoe het lichaam in een wit laken werd gewikkeld, in een lijkzak werd gedaan en naar buiten werd gebracht, waar een ambulance zonder sirene haar naar een plek zou brengen waar niemand ooit terecht hoopte te komen.

Daarna wierp hij een blik in de kluis, waar hij de stoel en de afstandsbediening opmerkte. Het stofpatroon op de vloer was verstoord. Simon had de kluis al onderzocht. Ze had wat stof aangetroffen op de stoelzitting. De kluis was opengebroken. Aan de sporen op de deur en de muur was duidelijk te zien dat het slot geforceerd was. Ze zouden een stuk uit de deur zagen om in het laboratorium te proberen een afdruk van het gebruikte gereedschap te vinden. Frank keek achterom door de kluisdeur en schudde zijn hoofd. Een doorkijkspiegel. In de slaapkamer nog wel. Hij kon nauwelijks wachten de heer des huizes te ontmoeten.

Frank liep de slaapkamer weer in en keek naar de foto op het nachtkastje. Hij keek Simon aan.

'Die heb ik al gedaan, Seth,' zei ze. Hij knikte en pakte de foto op. Een aantrekkelijke vrouw, dacht hij bij zichzelf, heel aantrekkelijk. Kom, pak me, leek ze te zeggen. De foto was in deze kamer genomen. Het slachtoffer zat in de stoel naast het bed. Toen zag hij de plek op de muur. De slaapkamer had gepleisterde muren, waardoor de plek goed zichtbaar was. Frank zag dat het nachtkastje iets was verschoven; de dikke vloerbedekking gaf de oorspronkelijke stand aan. Hij draaide zich om naar Magruder.

'Volgens mij is er iemand tegenaan gevallen.'

'Waarschijnlijk tijdens de worsteling.'

'Ik denk het.'

'Heb je de kogel al gevonden?'

'Die ene zit nog in haar hoofd, Seth.'

'Ik bedoel die andere, Sam.' Geërgerd schudde Frank zijn hoofd. Magruder wees naar een nauwelijks zichtbaar gaatje in de muur naast het bed.

Frank knikte. 'Blijf ervan af. Markeer de plek en laat de jongens van het lab de kogel eruit halen.' In het afgelopen jaar had de afdeling ballistiek al twee keer niets kunnen doen omdat een overijverige agent een kogel uit een muur had gepeuterd en daarbij de groeven had beschadigd.

'Nog hulzen gevonden?'

Magruder schudde zijn hoofd. 'Als het moordwapen hulzen heeft uitgeworpen, zijn die opgeraapt.'

Frank draaide zich om naar Simon. 'Heb je al iets opgezogen?' Ze hadden de beschikking over een speciale, zeer krachtige stofzuiger met verschillende filters, waarmee ze de vloerbedekking en andere oppervlakken konden nazoeken op vezels, haren en deeltjes die zo klein waren, dat de daders ze achterlieten omdat ze ze doodeenvoudig niet konden zien, en die in veel gevallen belangrijke bewijsstukken bleken te zijn.

Magruder maakte een grapje. 'Ik wou dat mijn tapijt zo schoon was.'

Frank keek de leden van zijn team aan. 'Mensen, hebben we al iets gevonden?' Ze keken elkaar aan en vroegen zich af of Frank nu een grapje maakte of niet. Ze wisten het nog steeds niet, toen hij de kamer uit liep en naar beneden ging.

Bij de voordeur stond een agent in uniform te praten met een vertegenwoordiger van het beveiligingsbedrijf. Iemand van moordzaken deed net de afdekplaat en een paar draden in plastic zakjes. Hij liet Frank de fijne krasjes in de verf van de afdekplaat zien en het bijna microscopisch kleine metaaldeeltje dat aantoonde dat de afdekplaat verwijderd was. Op de draden waren minuscule tandvormige inkervingen zichtbaar. De vertegenwoordiger keek vol bewondering naar het werk van de wetsovertreder. Magruder kwam bij hen staan; zijn gezicht had weer wat kleur gekregen.

De vertegenwoordiger knikte. 'Ja. Ik vermoed dat ze een teller hebben gebruikt. Tenminste, daar lijkt het op.'

Seth keek hem aan. 'Wat is dat?'

'Een computergestuurde methode om enorme hoeveelheden cijfercombinaties in het systeemgeheugen te rammen, net zo lang tot ze de juiste combinatie hebben gevonden. U weet wel, net als bij die kraak bij de ATM.'

Frank keek naar het binnenwerk van het paneel en vervolgens weer naar de man. 'Het verbaast me dat een huis als dit niet een wat meer geavanceerd alarmsysteem heeft.'

'Dit is een geavanceerd systeem,' zei de vertegenwoordiger. Hij klonk een beetje beledigd.

'Veel misdadigers gebruiken tegenwoordig computers.'

'Ja, maar dit schatje heeft een vijftiencijferig programma in plaats van een tiencijferig, en het is afgesteld op drieënveertig seconden. Als je dan de juiste combinatie niet hebt ingetoetst, ben je de pineut.'

Frank wreef over zijn neus. Hij wilde naar huis om een douche te nemen. De stank van een lijk dat meerdere dagen in een warme kamer had gelegen, drong in je kleding, je haar, je huid en, niet te vergeten, je neusholten.

'Dus?' vroeg Frank.

'Het portable model dat je voor een klus als deze nodig hebt, kan nooit binnen ongeveer dertig seconden genoeg combinaties leveren. Jezus, als je uitgaat van een vijftiencijferige configuratie, heb je het over meer dan een miljoen tot de vierde macht aan mogelijkheden. En het lijkt me sterk dat die knaap een zware PC bij zich had.'

'Waarom dertig seconden?' vroeg Magruder.

'Ze moeten eerst die afdekplaat losschroeven, Sam,' antwoordde Frank. Hij wendde zich weer tot de beveiligingsman. 'Nou, wat houdt dat in?'

'Als hij dit systeem met een cijferkraker te lijf wilde gaan, durf ik te beweren dat hij vooraf al over een deel van de getallen beschikte. De helft, denk ik, misschien meer. Ik bedoel, het is best mogelijk dat er een apparaat bestaat dat deze klus kan klaren, maar dan heb je het over zeer kostbare apparatuur, niet over apparaatjes die derderangs inbrekers in elkaar flansen met rommel die ze verkopen in winkels voor radio-amateurs. Natuurlijk worden computers met de dag sneller en kleiner, maar het punt is dat de snelheid van je apparatuur geen garantie is voor succes. Je moet weten hoeveel tijd je hebt voordat de computer van het alarmsysteem reageert op al die cijfercombinaties die je erin stampt. Er bestaat een grote kans dat die computer een stuk langzamer is dan jouw apparaat. En daar zit het grote probleem. Als ik inbreker was, zou ik heel graag willen weten hoeveel speelruimte ik had. Ik bedoel, in dat soort werk krijg je nooit een tweede kans.'

Frank keek naar het uniform van de man en vervolgens weer naar het paneel. Als die kerel gelijk had, wist hij wat dat betekende. Hij had al in die richting gedacht, toen hij had vastgesteld dat de voordeur niet geforceerd was en er zelfs niet met het slot was geknoeid.

De vertegenwoordiger vervolgde: 'Misschien moeten we die mogelijkheid helemaal vergeten. We hebben systemen die weigeren te reageren op de enorme hoeveelheden cijfercombinaties die ze door hun strot geduwd krijgen. In dat geval heb je geen donder aan snelle computers. Het probleem met die systemen is dat ze zo gevoelig zijn, dat ze regelmatig alarm slaan als de huiseigenaar niet meteen de juiste cijfercombinaties intoetst. Jezus, er kwam zo vaak vals alarm, dat de politiebureaus maatregelen tegen ons wilden nemen. Nou, dan weet je het wel.'

Frank bedankte hem en ging nog een kijkje nemen in de rest van het huis. Wie de daders ook waren, ze wisten verdomd goed wat ze deden. Een goede planning vooraf betekende meestal ook een goede planning achteraf. Maar ze hadden er vast niet op gerekend dat ze de vrouw des huizes over-hoop moesten knallen.

Frank leunde tegen een deurpost en dacht plotseling aan het woord dat zijn vriend de lijkschouwer had gebruikt: schotwonden. Meervoud.

<h1 align="center">•8•</h1>

Hij was vroeg. Zijn horloge wees vijf over half twee aan. Hij had een vrije dag genomen, waarvan hij het grootste deel had gebruikt om na te denken over wat hij zou aantrekken; iets wat hem nooit eerder had beziggehou-den, maar wat nu ineens van doorslaggevend belang leek.

Jack trok zijn jasje van grijze tweed recht, frunnikte aan de manchet van zijn witte, katoenen overhemd en schoof voor de tiende keer de knoop van zijn das op zijn plaats.

Hij wandelde over de kade en keek naar de matrozen die het dek van een nagebouwde Mississippi-rivierboot boenden. Het was de Cherry Blossom, waarmee Kate en hij in hun eerste jaar in Washington, op een van hun zeldzame vrije middagen, een rondvaart hadden gemaakt. In die tijd had-den ze zoveel mogelijk toeristische attracties bezocht. Het was een warme dag geweest, net als vandaag, maar dan met een helderblauwe lucht. Van-daag dreven grijze wolken binnen vanuit het westen en zware onweers-stormen in de namiddag waren in deze tijd van het jaar eerder regel dan uitzondering.

Hij ging zitten op de verweerde bank naast het kleine huisje van de haven-meester en keek naar de meeuwen die traag boven het onrustige water cir-kelden. Vanaf dit punt kon hij net het Capitool zien. Vrouwe Justitia, onlangs ontdaan van de aanslag van de afgelopen honderddertig jaar, stond heerszuchtig boven op het beroemde koepeldak. De inwoners van deze stad werden met het verstrijken der jaren ook steeds vuiler, dacht Jack bij zichzelf, dat lag gewoon aan de omgeving.

Jack dacht aan Sandy Lord, de meest produktieve *rainmaker* van het advo-catenkantoor, en de grootste persoonlijkheid die PS&L ooit had gekend. In de politieke en justitiële kringen van Washington werd Sandy bijna als een instituut beschouwd. De andere maten spraken zijn naam uit alsof hij zojuist van de berg Zion was afgedaald met zijn eigen versie van de Tien Geboden, die begonnen met 'Gij zult Patton, Shaw en Lord zoveel mogelijk geld laten verdienen'.

De ironie wilde dat Sandy Lord voor Jack een belangrijk deel van de aantrekkingskracht vormde, toen Ransome Baldwin hem op het kantoor attent maakte. Lord was een van de beste, zo niet de meest briljante bedrijfsjurist die Washington te bieden had; en de stad beschikte over tientallen topadvocaten. Dit was het allerhoogste niveau, de eredivisie van de advocatuur. Jacks mogelijkheden waren onbegrensd. Maar of dat ook betekende dat hij nu gelukkig zou worden, wist hij niet zeker.

Wat hij ook niet zeker wist, was wat hij van deze lunch moest verwachten. Het enige wat hij wel wist, was dat hij Kate Whitney wilde zien. Hij wilde dat heel graag. Naarmate zijn trouwdatum dichterbij kwam, leek hij zich emotioneel steeds meer terug te trekken. En bij wie kon hij zich beter terugtrekken dan bij de vrouw die hij meer dan vier jaar geleden ten huwelijk had gevraagd? Met een snelle hoofdbeweging schudde hij die herinnering van zich af. De gedachte dat hij met Jennifer Baldwin ging trouwen, bezorgde hem koude rillingen. Hij was doodsbang dat hij kort daarna zijn eigen leven niet meer zou herkennen.

Jack wist niet precies wat het was, maar iets deed hem achteromkijken. En daar stond ze, aan de rand van de pier, naar hem te kijken. Door de wind wapperde haar lange rok om haar benen. De zon deed haar best om door de donkere wolken heen te breken, maar gaf toch nog genoeg licht om een schittering over haar gezicht te leggen toen ze haar lange haar uit haar ogen streek. Haar kuiten en enkels waren zongebruind. Ze droeg een wijde blouse die haar schouders vrijliet, zodat de sproetjes en de kleine, halvemaanvormige moedervlek, waarnaar Jack altijd op zoek ging als Kate in slaap was gevallen nadat ze de liefde hadden bedreven, zichtbaar waren.

Hij glimlachte toen ze naar hem toe kwam lopen. Ze was vast naar huis geweest om zich om te kleden. Dit was duidelijk niet haar gerechtshof-outfit; deze kleren toonden meer van haar vrouwelijke kant dan haar collega's ooit zouden mogen aanschouwen.

Ze wandelden naar de kleine lunchroom, namen plaats aan een tafeltje en deden hun bestelling. De eerstvolgende minuten bleven ze uit het raam staren naar de naderende onweersbui die de bomen deed buigen, en ze wisselden hulpeloze blikken met elkaar, alsof dit hun eerste afspraakje was en ze te bang waren om elkaar aan te kijken.

'Ik ben blij dat je tijd kon vrijmaken, Kate.'

Ze haalde haar schouders op. 'Ik vind het hier leuk. Ik ben hier lang niet geweest. Het is leuk om weer eens uit eten te gaan. Meestal eet ik aan mijn bureau.'

'Crackers en koffie?' Hij glimlachte en keek naar haar tanden. Die ene leuke, die een beetje scheef stond, alsof hij zijn buurman wilde omhelzen, van die tand hield hij het meest. Het was de enige onvolmaaktheid die hem ooit aan haar was opgevallen.

'Ja. Crackers en koffie.' Ze beantwoordde zijn glimlach. 'En nog maar twee sigaretten per dag.'

'Gefeliciteerd.' Op hetzelfde moment dat hun lunch werd geserveerd, begon het te regenen.

Kate keek op van haar bord, draaide haar hoofd naar het raam en keek Jack plotseling recht in de ogen. Ze zag dat hij naar haar staarde. Jack glimlachte onhandig en nam snel een slok van zijn drankje.

Ze legde haar servet op tafel.

'De Mall is wel groot om iemand per ongeluk tegen het lijf te lopen.'

Jack had zijn blik afgewend. 'Ik heb veel geluk de laatste tijd.' Toen keek hij haar aan. Ze wachtte. Uiteindelijk gaf hij het op.

'Goed dan; het was meer opzet dan toeval. Maar op het resultaat valt niets af te dingen.'

'Wat is het resultaat dan? Deze lunch?'

'Ik loop niet op de zaken vooruit. Dat is mijn nieuwe levenshouding. Een mens moet soms veranderen.'

'Nou, je verdedigt ten minste geen verkrachters en moordenaars meer.' De minachting was duidelijk hoorbaar in haar stem.

'En inbrekers?' kaatste hij terug, en hij had er onmiddellijk spijt van.

Kate's gezicht betrok.

'Het spijt me, Kate. Dat meende ik niet.'

Ze pakte een sigaret, stak hem aan en blies de rook in zijn gezicht.

Jack wuifde de rook weg. 'Is dat de eerste of de tweede van vandaag?'

'Mijn derde. Om de een of andere reden word ik altijd overmoedig als jij in de buurt bent.' Ze sloeg haar benen over elkaar en begon uit het raam te staren. Haar voet raakte zijn knie aan en ze trok hem snel terug. Ze drukte haar sigaret uit, stond op en pakte haar tas.

'Ik moet echt terug naar kantoor. Hoeveel ben ik je schuldig?'

Hij staarde haar aan. 'Ik heb jou uitgenodigd voor de lunch. Waar je trouwens nog geen hap van hebt gegeten.'

Kate gooide een biljet van tien dollar op tafel en ging op weg naar de uitgang.

Jack gooide nog een biljet op tafel en rende haar achterna.

'Kate!'

Voor de deur van de lunchroom had hij haar ingehaald. Het regende flink en hoewel Jack zijn jasje boven hun hoofden hield, waren ze al snel drijfnat. Kate scheen er niets van te merken. Ze stapte in haar auto. Jack haastte zich naar de andere kant van de auto en stapte ook in. Ze keek hem aan. 'Ik moet echt weg.'

Jack haalde diep adem en veegde het vocht van zijn gezicht. De grote regendruppels roffelden op het dak van de auto. Hij voelde dat hij zijn grip op de situatie begon te verliezen. En hij had geen idee wat hij moest doen. Maar hij moest iets zeggen.

'Kom nou, Kate. We zijn drijfnat, het is bijna drie uur, laten we iets droogs aantrekken en naar de bioscoop gaan. Nee, laten we een stukje gaan rijden door de natuur. Herinner je je de Windsor Inn nog?'

Ze keek hem aan; de verbijstering was van haar gezicht af te lezen. 'Jack, bestaat er een mogelijkheid dat je de vrouw met wie je gaat trouwen, hebt verteld wat je vanmiddag ging doen?'

Jack sloeg zijn ogen neer. Wat moest hij zeggen? Dat hij niet verliefd was op Jennifer Baldwin, ondanks het feit dat hij haar ten huwelijk had gevraagd? Op dit moment kon hij zich niet eens herinneren of hij dat wel had gedaan.

'Ik wilde alleen maar even bij je zijn, Kate. Dat is alles. Daar is toch niets mis mee?'

'Daar is een heleboel mis mee, Jack. Alles.' Ze wilde de sleutel in het contactslot doen, maar hij greep haar hand vast.

'Ik ben er niet op uit om ruzie te maken.'

'Jack, je hebt je beslissing genomen. Het is nu te laat voor dit soort gesprekken.'

Een uitdrukking van puur ongeloof verscheen op zijn gezicht. 'Pardon? Mijn beslissing? Vier jaar geleden heb ik mijn beslissing genomen, om met jou te trouwen. Dat was mijn beslissing. En het was jouw beslissing om een eind aan onze relatie te maken.'

Ze streek haar natte haar uit haar ogen. 'Oké, het was mijn beslissing. En nu?'

Hij draaide zich naar haar toe en greep haar schouders vast.

'Luister, afgelopen nacht werd het me plotseling duidelijk. Ach, wat kan mij het eigenlijk verdommen. Elke nacht sinds je bij me weg bent, denk ik aan je. Ik weet verdomme dat het een vergissing was! Maar ik ben geen pro-deo-advocaat meer. Je hebt gelijk, ik verdedig geen misdadigers meer. Ik verdien een goede, fatsoenlijke boterham. Ik, we...' Hij keek naar haar verbijsterde gezicht en plotseling wist hij absoluut niet meer wat hij moest zeggen. Zijn handen trilden. Hij liet haar los en leunde achterover in zijn stoel.

Hij knoopte zijn kletsnatte stropdas los, propte hem in de zak van zijn jasje en begon naar het kleine dashboardklokje te staren. Kate keek naar de kilometerteller en vervolgens keek ze hem aan. Hoewel de pijn in haar ogen duidelijk zichtbaar was, klonk haar stem een stuk vriendelijker.

'Jack, ik vond het heel leuk om met je te lunchen. Het was goed je weer eens te zien. Maar verder dan dat kunnen we niet gaan. Het spijt me.' Ze beet op haar lip, wat Jack niet zag omdat hij uit de auto stapte.

Hij stak zijn hoofd weer naar binnen. 'Het ga je goed, Kate. Als je ooit iets nodig hebt, bel me dan.'

Ze keek naar zijn brede schouders terwijl hij door de stromende regen naar zijn auto liep, instapte en wegreed. Ze bleef nog een paar minuten zitten. Een traan zocht zijn weg over haar wang. Met een nijdig gebaar veegde ze hem weg, ze startte haar auto en reed weg in de tegenovergestelde richting.

De volgende morgen nam Jack de hoorn van het telefoontoestel en legde hem toen weer langzaam terug. Wat had het eigenlijk voor zin? Hij was die ochtend al om zes uur naar kantoor gegaan om belangrijke zaken weg te werken die gisteren waren blijven liggen, en nu was hij toe aan de projecten die al weken op de waakvlam hadden gestaan. Hij keek uit het raam. Het felle zonlicht weerkaatste tussen de betonnen en bakstenen gebouwen. Hij wreef in zijn ogen en trok de jaloezieën naar beneden.

Kate zou niet terugkeren in zijn leven en dat moest hij even verwerken. Hij had de hele nacht liggen nadenken over hoe hij haar opnieuw moest benaderen, maar het ene plan was nog onrealistischer dan het andere. Hij haalde zijn schouders op. Dergelijke dingen gebeurden nu eenmaal, elke dag, overal ter wereld. Soms klikte het gewoon niet tussen een man en een vrouw. Zelfs al wilde je haar liever dan wat ook ter wereld. Je kon iemand niet dwingen van je te houden. Dan moest je het van je afzetten en de draad van je leven weer oppakken. Hij had genoeg om naar uit te kijken. Misschien was voor hem het moment aangebroken om zijn aandacht te richten op de toekomst die hem te wachten stond.

Jack ging achter zijn bureau zitten en werkte nog twee projecten af: een fusie waarvoor hij wat saai en onbelangrijk graafwerk had gedaan en een project voor Tarr Crimson, de enige andere cliënt die hij naast Ransome Baldwin had.

Crimson had een klein bedrijfje in audiovisuele apparatuur. Hij was een genie op het gebied van computergestuurde grafieken en verdiende een zeer goed belegde boterham met audiovisuele bedrijfs- en produktpresentaties in hotels in de omgeving. Hij reed op een motor, droeg een afgeknipte spijkerbroek, rookte ongeveer alles wat hij in handen kreeg – soms zelfs sigaretten – en zag eruit als de grootste drugsverslaafde van de hele wereld.

Jack had Tarr ontmoet toen hij terechtstond wegens dronkenschap en ordeverstoring. Een vriend van Jack trad op als openbare aanklager, en verloor de zaak. Tarr was voor de rechtbank verschenen in een driedelig kostuum, hij droeg een attachékoffertje en zijn haar en baard waren keurig geknipt. Op zeer overtuigende wijze verweerde hij zich tegen de tenlastelegging van de politie. Hij verklaarde dat hij was opgepakt tijdens een Grateful Dead-concert, dat de blaastest ongeldig was aangezien hij door de betreffende politieagent niet vooraf van de procedure op de hoogte was gesteld en dat er gebruik was gemaakt van slecht functionerende apparatuur.

De rechter, die nog ruim honderd van dit soort zaken moest behandelen, seponeerde de zaak, nadat hij de agent erop had gewezen dat hij zich in de toekomst aan de juiste procedure moest houden. Vol verbazing had Jack de hele zaak gevolgd. Tarr had indruk op hem gemaakt. Jack was samen met hem de rechtszaal uit gelopen, had 's avonds een biertje met hem gedronken en al snel waren ze goede vrienden geworden.

Afgezien van wat kleine schermutselingen met de wet was Crimson, die zijn eigen advocaat ontslagen had, voor Jack altijd een prima cliënt geweest. PS&L wilde hem liever niet als cliënt, maar Jack had erop gestaan dat hij hem zou blijven vertegenwoordigen, en een advocaat die net een cliënt van vier miljoen dollar per jaar had binnengebracht, kon je moeilijk iets weigeren, of wel soms?

Jack legde zijn pen neer en ging weer bij het raam staan, terwijl zijn gedachten opnieuw afdwaalden naar Kate Whitney. Ergens diep in zijn geest was zojuist een idee ontstaan. Toen Kate hem vier jaar geleden had verlaten, was hij bij Luther op bezoek gegaan. De oude man kon hem echter geen enkele goede raad geven, noch een pasklare oplossing voor zijn probleem. Natuurlijk niet, de man was wel de laatste persoon om een antwoord te bedenken dat het hart van zijn dochter zou raken. Toch had Jack altijd goed met Luther kunnen praten. Over van alles en nog wat. De man kon luisteren, echt goed luisteren. Hij wachtte gewoon tot je uitgepraat was voordat hij zijn eigen problemen te berde bracht. Maar Jack zou op dit moment niet weten wat hij tegen de man moest zeggen. Toch was hij ervan overtuigd dat Luther naar hem zou luisteren. En op dit moment zou dat waarschijnlijk al voldoende zijn.

Een uur later begon Jacks elektronische agenda te piepen. Jack keek op zijn horloge en trok zijn jasje aan.

Hij liep snel de gang in. Over twintig minuten lunch met Sandy Lord. Jack voelde zich altijd ongemakkelijk als hij alleen was met de man. Er werd veel gepraat over Sandy Lord en Jack nam aan dat het merendeel waar was. Lord wilde met hem lunchen, had zijn secretaresse hem vanochtend laten weten. En wat Sandy Lord wilde, dat gebeurde. Jacks secretaresse had hem ook daaraan herinnerd, op een fluistertoon die Jack een beetje onpasselijk maakte.

Twintig minuten, maar Jack moest eerst nog even bij Alvis langs om te vragen hoe het met de Bishop-documenten stond. Jack glimlachte bij de herinnering aan Barry's gezicht, toen hij een half uur voor de deadline zijn rapporten op zijn bureau legde. Alvis had ze doorgekeken, terwijl de verbijstering van zijn gezicht af te lezen viel.

'Dit ziet er goed uit. Ik realiseer me nu dat ik je wel een hele strakke deadline heb gegeven. Dat doe ik niet graag.' Hij wendde zijn ogen af. 'Ik waardeer het echt dat je zoveel moeite hebt gedaan. En het spijt me dat ik je plannen heb gedwarsboomd.'

'Maak je niet druk, Barry. Daar word ik voor betaald.' Jack had zich omgedraaid en wilde het kantoor uit lopen. Alvis was opgestaan en kwam achter zijn bureau vandaan.

'Jack, eh, sinds je hier bent, hebben we eigenlijk nooit de kans gehad om eens met elkaar te praten. Het is hier ook zo verdomd groot. Laten we een keer gaan lunchen, binnenkort.'

'Klinkt goed, Barry. Laat jouw secretaresse de mijne maar een paar data geven.'

Op dat moment besefte Jack dat Barry Alvis helemaal niet zo'n rotvent was. Hij had Jack het vuur na aan de schenen gelegd, maar wat dan nog? Als je dat vergeleek met hoe de oudere maten met hun ondergeschikten omsprongen, was hij er nog goed van afgekomen. Bovendien was Barry een eersteklas bedrijfsjurist en kon Jack een hoop van hem leren.

Jack passeerde het bureau van Barry's secretaresse, maar Sheila was er niet. Toen zag hij de opgestapelde dozen tegen de muur staan. De deur van Barry's kantoor was dicht. Jack klopte, maar er kwam geen antwoord. Hij keek om zich heen en deed vervolgens de deur open. Toen hij de lege boekenkasten zag, kneep hij zijn ogen even dicht en opende ze weer. Op het verschoten behang waren rechthoekige plekken zichtbaar, waar al zijn diploma's en certificaten hadden gehangen.

Wat was er verdomme aan de hand? Hij deed de deur dicht, draaide zich om en liep tegen Sheila op. Barry's gewoonlijk zo professionele en goedverzorgde secretaresse, met haar perfect gekapte haar en haar bril stevig op haar neus, zag eruit als een wrak. Ze werkte al tien jaar voor Barry. Ze staarde Jack aan en heel even leken haar lichtblauwe ogen vuur te spuwen. Ze draaide zich om, liep terug naar haar bureau en ging door met dozen inpakken. Jack keek haar met een wezenloze blik aan.

'Sheila, wat is er aan de hand? Waar is Barry?' Ze gaf geen antwoord. Haar handen begonnen steeds sneller te bewegen, totdat ze de voorwerpen letterlijk in de doos begon te smijten. Jack ging naast haar staan en keek naar haar tengere gestalte.

'Sheila? Wat is er verdomme aan de hand? Sheila!' Hij greep haar hand vast. Ze gaf hem een klap in zijn gezicht en schrok daar zo van, dat ze abrupt weer ging zitten. Haar hoofd zakte langzaam naar beneden tot het op het blad van haar bureau lag; toen begon ze zachtjes te snikken.

Jack keek nog eens om zich heen. Was Barry dood? Was er een vreselijk ongeluk gebeurd en had niemand de moeite genomen het hem te vertellen? Was dit godverdomde kantoor dan zo groot, zo onpersoonlijk? Zou hij het pas te weten komen, als ze een memo rondstuurden? Hij keek naar zijn handen; ze trilden.

Hij ging op de hoek van het bureau zitten, legde zijn hand voorzichtig op Sheila's schouder en probeerde haar te troosten, maar hij had geen succes. Hulpeloos keek Jack om zich heen, terwijl het gesnik doorging en steeds heftiger begon te worden. Uiteindelijk kwamen er twee secretaresses de hoek om lopen, die Sheila rustig overeind hielpen en haar met zich meenamen. Ze wierpen Jack allebei een niet erg vriendelijke blik toe.

Wat had hij verdomme gedaan? Hij keek op zijn horloge. Hij had nog tien minuten. Plotseling verheugde hij zich op zijn lunch met Lord. Die wist altijd precies wat er op kantoor gebeurde, meestal al voordat het in feite gebeurd was. Toen begon er in de uithoeken van zijn geest een gedachte vorm te krijgen, een werkelijk vreselijke gedachte. Hij dacht terug aan het diner op het Witte Huis en zijn geïrriteerde verloofde. Hij had haar verteld over Barry Alvis en haar zijn naam genoemd. Ze zou toch niet...? Jack sprintte zo hard de gang door, dat zijn jasje achter hem aan fladderde.

De Fillmore was een begrip in Washington, die weliswaar nog een tamelijk kort verleden had. De deuren waren van massief mahonie met zwaar koperbeslag, en de tapijten en gordijnen waren handgeweven en uiterst kostbaar. Elk tafeltje vormde een centrum van intense produktiviteit tijdens de maaltijd. Er werd druk gebruik gemaakt van telefoons, faxen en kopieerapparaten. De comfortabele stoelen rondom de antieke tafels met gebeeldhouwde poten werden bezet door politici en zakenlieden die de crème de la crème van de hoofdstad vormden. De prijzen van de Fillmore garandeerden dat die klantenkring zo zou blijven.

Hoewel het druk was in het restaurant, hing er een rustige, ontspannen sfeer, waaruit bleek dat de gasten gewend waren hun eigen tempo te bepalen. Alleen hun aanwezigheid aan een bepaald tafeltje, een opgetrokken wenkbrauw, een beschaafd kuchje of een begrijpende blik was voor hen soms al voldoende om een heel maandsalaris te verdienen of enorme geldbedragen te laten bijschrijven op de bankrekeningen van hen die ze vertegenwoordigden. Geld en pure macht golfden door het restaurant in duidelijk waarneembare patronen, die elkaar af en toe kruisten.

Op gezette tijden meldden obers met gesteven boorden en zwarte strikjes zich bij de tafels en trokken zich vervolgens weer discreet terug. Gasten werden vertroeteld en bediend, er werd naar hen geluisterd of ze werden met rust gelaten, al naar gelang de situatie. En uit de fooien bleek de waardering voor hen.

De Fillmore was Sandy Lords favoriete lunchplek. Hij gluurde met zijn levendige, grijze ogen over zijn menu heen en zocht het restaurant af naar potentiële klanten of bekende gezichten. Op elegante wijze verschoof hij zijn zware lichaam in zijn stoel terwijl hij zorgvuldig een paar grijze haren op hun plaats duwde. Het probleem was dat er met het verstrijken der jaren steeds meer bekende gezichten verdwenen. Een aantal was weggerukt door de dood en anderen hadden zich na hun pensionering in het zuiden gevestigd. Hij verwijderde een stofje van een van zijn gemonogrammeerde manchetten en zuchtte. Lord had al zijn oude bekenden hier, misschien wel in de hele stad, overleefd.

Hij toetste een nummer in op zijn draadloze telefoon en luisterde zijn antwoordapparaat af. Walter Sullivan had nog niet gebeld. Als Sullivans deal lukte, zou Lord een heel voormalig oostblokland als cliënt krijgen.

Godallemachtig, een heel land! Hoeveel zou je een heel land in rekening kunnen brengen voor juridische adviezen? Een heleboel natuurlijk. Het enige probleem was dat die ex-communisten geen geld hadden, tenzij je hun roebels en kopeken en bonnen, die je net zo goed als toiletpapier kon gebruiken, meetelde.

Maar daar maakte Lord zich geen zorgen over. Waar die ex-communisten wel over beschikten, waren de ruwe grondstoffen waar Sullivan zijn zinnen op had gezet. Dat was de reden waarom Lord drie maanden lang in dat godverlaten oord had doorgebracht. Maar het zou het waard zijn, als Sullivan succes had.

Lord had er een gewoonte van gemaakt niet te veel op anderen te vertrouwen, maar als iemand deze deal kon sluiten, was het Walter Sullivan. Tot nu toe was alles wat de man had aangeraakt, in goud veranderd, en de bedragen die voor zijn trawanten overbleven, waren altijd bijzonder inspirerend geweest. Hoewel Sullivan de tachtig naderde, was hij het niet rustig aan gaan doen. Hij werkte vijftien uur per dag en was getrouwd met een beeldschone vrouw van iets over de twintig. Op dit moment bevond hij zich op Barbados, waar hij drie oostblok-politici van het allerhoogste niveau naartoe had gevlogen voor een beetje zakendoen en wat ontspanning in westerse stijl. Sullivan zou zeker bellen. En dan zou Sandy's korte, maar zeer exclusieve cliëntenlijst met één naam worden uitgebreid, maar wat een cliënt zou het zijn.

Lord keek op toen een jonge vrouw met een pijnlijk kort rokje en duizelingwekkend hoge naaldhakken zijn tafel passeerde. Ze glimlachte naar hem en Lord beantwoordde haar blik met licht opgetrokken wenkbrauwen, wat vanwege de dubbelzinnigheid ervan een van zijn favoriete gezichtsuitdrukkingen was. Ze onderhield de contacten tussen het Congres en een van de grote advocatenkantoren in Sixteenth Street, maar in feite kon het hem niet zoveel schelen wat ze deed. Ze was heel goed in bed, dat kon hem schelen!

Het zien van de vrouw bracht een aantal prettige herinneringen in hem naar boven. Hij moest haar gauw weer eens opbellen, dacht hij, en typte een notitie in zijn elektronische agenda. Vervolgens richtte hij, net als de meeste vrouwen in het restaurant, zijn aandacht op de grote, hoekige gestalte van Jack Graham, die op hem af kwam lopen.

Lord stond op en stak zijn hand uit. Jack pakte hem niet aan.

'Wat is er verdomme met Barry Alvis gebeurd?'

Lord keek hem met een uitdrukkingsloze blik aan en ging weer zitten. Een ober verscheen, maar werd door Lord met een kort handgebaar weggewuifd. Hij keek naar Jack, die nog steeds stond.

'Je geeft iemand niet veel kans om op adem te komen, is het wel? Je houdt meer van recht voor z'n raap. Soms is dat een goede strategie, maar soms ook niet.'

'Ik maak geen grapjes, Sandy. Ik wil weten wat er aan de hand is. Barry's kantoor is leeg en zijn secretaresse kijkt me aan alsof het allemaal mijn schuld is. Ik eis een antwoord.' Jacks stem was in volume toegenomen en in het restaurant werden al een paar hoofden in hun richting gedraaid.

'Waar je ook mee zit, ik weet zeker dat we het kunnen bespreken met iets meer waardigheid dan je nu tentoonspreidt. Ga toch zitten en probeer je verdomme te gedragen als een maat van het beste advocatenkantoor van de stad.'

Ze bleven elkaar minstens vijf seconden strak in de ogen kijken en uiteindelijk ging Jack zitten.

'Iets drinken?'

'Bier.'

De ober verscheen opnieuw en nam Sandy's bestelling voor een biertje en een gin-tonic op. Sandy stak een sigaret op, keek enige tijd uit het raam en richtte zijn blik vervolgens weer op Jack.

'Dus je weet het van Barry?'

'Ik weet alleen dat hij weg is. Waarom dat is, wil ik graag van jou horen.'

'Er valt niet veel over te zeggen. We hebben hem laten gaan, met ingang van vandaag.'

'Waarom?'

'Wat kan jou dat schelen?'

'Barry en ik werkten samen.'

'Maar jullie waren niet bepaald vrienden.'

'We hebben nooit de kans gehad om vriendschap te sluiten.'

'Waarom zou je in godsnaam bevriend willen zijn met Barry Alvis? De man had de grens van zijn mogelijkheden allang bereikt, en ik heb er genoeg gezien om te weten waar ik over praat.'

'Hij was een kanjer van een advocaat.'

'Nee. Technisch gezien was hij een zeer kundig jurist, met de nodige ervaring op het gebied van zakelijke transacties en belastingzaken. En hij was gespecialiseerd in zaken uit de zorgsector. Maar hij heeft voor nog geen dubbeltje handel binnengebracht, en hij zou dat ook nooit doen. Dus was hij geen kanjer van een advocaat.'

'Verdomme, je weet best wat ik bedoel. Hij leverde een heel waardevolle bijdrage aan het kantoor. Er zijn ook mensen nodig om het rotwerk te doen.'

'We hebben ongeveer tweehonderd juristen in dienst die heel goed in staat zijn het rotwerk te doen. Daar staat tegenover dat we maar een stuk of twaalf maten hebben die cliënten van betekenis kunnen binnenbrengen. Het moet niet de kant op gaan dat we straks alleen nog maar soldaten hebben en geen generaals meer. Jij ziet Barry Alvis als een aanwinst, maar wij zien hem als een dik betaalde lastpost die niet het talent heeft om zichzelf op te werken. Hij bracht genoeg in rekening om zijn eigen salaris te rechtvaardigen, maar dat is niet de manier waarop wij, de maten, het geld binnenbrengen. Daarom hebben we besloten de samenwerking te beëindigen.'

'En jij beweert dat Baldwin je niet een duwtje in die richting heeft gegeven?'

Lords gezicht straalde pure verbazing uit. Als advocaat, met meer dan vijfendertig jaar ervaring in het optrekken van rookgordijnen, was hij een onverbeterlijke leugenaar. 'Waarom zouden de Baldwins zich verdomme druk maken over Barry Alvis?'

Een volle minuut lang staarde Jack naar het dikke gezicht tegenover hem en toen liet hij langzaam zijn adem ontsnappen. Hij liet zijn blik door het restaurant gaan; hij schaamde zich en voelde zich plotseling onnozel. Had hij dit allemaal voor niets gedaan? Maar wat als Lord loog? Hij keek hem opnieuw aan, maar zijn gezicht stond onbewogen. Waarom zou hij liegen? Jack kon meerdere redenen bedenken, maar ze waren geen van alle steekhoudend. Zou hij het toch mis hebben? Had hij zich zojuist compleet belachelijk gemaakt tegenover de machtigste advocaat van het kantoor?

Lords stem klonk nu vriendelijker, bijna troostend. 'We hebben Barry Alvis laten gaan omdat we van tijd tot tijd op topniveau wat dood hout moeten wegkappen. Wij willen meer advocaten die het werk aankunnen en het ook centjes kunnen laten regenen, zoals jij. Zo simpel is het. Barry was de eerste niet en zal ook de laatste niet zijn. We hebben dit altijd al gedaan, Jack, al lang voordat jij bij ons kwam.' Lord wachtte even en keek Jack toen met een scherpzinnige blik aan. 'Is er iets wat je me nog niet hebt verteld? Binnenkort zijn we associés, collega's, en voor je collega's mag je niets verzwijgen.'

Sandy grinnikte inwendig. Van alle dingen die belangrijk voor hem waren, was niet één maat van PS&L op de hoogte.

Jack ging er bijna op in, maar besloot het toch niet te doen.

'Ik ben nog geen maat, Sandy.'

'Dat is alleen nog een formaliteit.'

'Ik wacht wel tot het zover is.'

Lord verschoof ongemakkelijk in zijn stoel en wuifde de rook van zijn sigaret weg. Dus misschien waren die geruchten, dat Jack overwoog het schip te verlaten, toch waar. Die geruchten waren de reden dat Lord hier met de jonge advocaat zat. Ze keken elkaar aan. Er verscheen een glimlach om Jacks mond. Jacks cliënt van vier miljoen dollar per jaar kon hij niet laten lopen. Zeker niet omdat die cliënt vierhonderdduizend dollar voor de bankrekening van Sandy Lord betekende. Hij had het niet echt nodig, maar hij zou het ook niet afslaan. Hij had de reputatie dat hij nogal veel geld uitgaf. En advocaten gingen niet met pensioen. Die werkten net zo lang door tot ze erbij neervielen. De beste advocaten verdienden veel geld, maar het waren fooien vergeleken bij de salarissen van beursmakelaars, rocksterren en acteurs.

'Ik dacht dat ons kantoor je beviel?'

'Dat doet het ook.'

'Dus?'

'Dus wat?'

Sandy's blik dwaalde weer door het restaurant. Hij merkte nog een van zijn vrouwelijke kennissen op; ze was gekleed in een kostbaar, slank afkledend mantelpakje, waarvan hij een goede reden had aan te nemen dat ze er niets onder droeg. Hij dronk de rest van zijn gin-tonic op en keek weer naar Jack. Lord raakte steeds geïrriteerder. Die onnozele, naïeve klootzak.

'Ben je hier al eens eerder geweest?'

Jack schudde zijn hoofd en bekeek het omvangrijke menu, op zoek naar een hamburger met friet, die hij niet vond. Toen werd het menu uit zijn hand gerukt. Lord boog zich naar hem toe en Jack rook zijn zware, muffe adem.

'Nou, waarom kijk je dan niet eens rond?'

Lord stak zijn vinger op en even later werd een whisky met water gebracht. Jack leunde achteruit in zijn stoel, maar Lord boog zich steeds dichter naar hem toe, tot zijn bovenlichaam bijna op de antieke tafel lag.

'Ik ben al vaker in restaurants geweest, Sandy, of je het gelooft of niet.'

'Maar niet hier, is het wel? Zie je die juffrouw daar?' Lords verrassend slanke vingers bewogen door de lucht. Jacks blik viel op de vrouw die de contacten met het Congres onderhield. 'In het afgelopen halfjaar heb ik haar al vijf keer geneukt.' Lord moest wel glimlachen toen hij Jack zag nadenken en merkte dat hij onder de indruk was.

'Vraag je nu eens af waarom zo'n hemels wezen zelfs maar zou overwegen in bed te kruipen met een dikke, oude vetzak als ik.'

'Misschien heeft ze medelijden met je.' Jack glimlachte.

Lords glimlach was verdwenen. 'Als je dat echt gelooft, geef je blijk van een naïviteit die grenst aan domheid. Denk je echt dat de vrouwen in deze stad een haar beter zijn dan de mannen? Waarom zouden ze? Dat ze borsten hebben en rokjes dragen betekent nog niet dat ze niet alles zullen pakken wat ze pakken kunnen en daarvoor alle middelen zullen gebruiken die hun ter beschikking staan. Weet je, knul, ze doet het omdat ik haar kan geven wat ze wil, en dan bedoel ik niet tussen de lakens. Zij weet dat en ik weet dat. Ik kan in deze stad deuren openen die maar een handvol mannen kunnen openen. En als tegenprestatie daarvoor laat ze zich door mij neuken. Het is een strikt zakelijke transactie tussen twee weldenkende, zeer beschaafde partijen. Wat vind je daarvan?'

'Wat moet ik daarvan vinden?'

Lord leunde achteruit in zijn stoel, stak een nieuwe sigaret op en begon perfect gevormde rookkringetjes naar het plafond te blazen. Hij plukte iets van zijn lip en begon te grinniken.

'Wat is er zo grappig, Sandy?'

'Ik probeerde me voor te stellen hoe jij vermoedelijk dacht over mensen als ik, toen je nog rechten studeerde. Eén ding wist je toen zeker: je wilde nooit zo worden als ik. Je wilde je inzetten voor illegale vluchtelingen die politiek asiel wilden, of de doodstraf ongedaan maken van die arme sukkels die een paar mensen te veel hadden afgeslacht en hun moeder daar de schuld van gaven, omdat die hun een pak rammel gaf als ze stout waren geweest. Kom nou, zeg eens eerlijk, dat dacht je, is het niet?'

Jack trok zijn das een beetje los en nam een slokje bier. Hij had Lord eerder in actie gezien en voelde dat hij in de val werd gelokt.

'Je bent een van de beste advocaten in het land, Sandy. Dat zegt iedereen.'

'Shit, ik heb in geen jaren voor een rechtbank gestaan.'

'Het schijnt je goed af te gaan.'

'Wat gaat jou goed af, Jack?' Door de manier waarop Lord zijn naam uitsprak, voelde Jack zijn maag een beetje samentrekken. Het was een vorm van intimiteit die hem beangstigde. Zijn toekomstige maatschap? Jack haalde diep adem en haalde zijn schouders op.

'Wie weet nu precies wat hij wil worden als hij volwassen is?'

'Maar jij bent al volwassen, Jack, en het moment is aangebroken dat er afgerekend moet worden. Dus wat wordt het?'

'Ik kan je niet volgen.'

Lord boog zich weer naar hem toe; zijn vuisten waren gebald, als bij een zwaargewicht bokser die klaar is voor de aanval, op zoek naar de kleinste opening. Het leek er inderdaad even op dat een aanval onafwendbaar was. Jack spande zijn spieren.

'Jij vindt mij een klootzak, is het niet, Jack?'

Jack pakte zijn menu weer op. 'Kun je iets aanbevelen?'

'Kom nou, jongen, jij denkt dat ik een inhalige, egocentrische machtswellusteling ben, die geen reet geeft om wie of wat dan ook en alleen maar geïnteresseerd is in zijn eigen voordeel. Waar of niet, Jack?' Lords stem was in volume toegenomen en zijn dikke lichaam was al half overeind gekomen uit zijn stoel. Hij trok het menu uit Jacks hand en legde het weer op tafel.

Jack keek zenuwachtig het restaurant rond, maar niemand scheen enige aandacht aan hen te besteden, wat inhield dat iedereen elk woord had gehoord. Lords rode ogen keken recht in die van Jack en schenen hem naar zich toe te trekken.

'Weet je, Jack, dat is precies wat ik ben.'

Lord liet zich weer terugzakken in zijn stoel en begon triomfantelijk te grinniken. Ondanks een licht gevoel van walging merkte Jack dat hij begon te glimlachen.

Jack ontspande zich een beetje, maar alsof Lord die opluchting aanvoelde, schoof hij zijn stoel naast die van Jack en boog zich zover naar hem toe, dat Jack zich opnieuw ongemakkelijk voelde worden. Heel even overwoog hij serieus de man een klap te geven. Het was nu genoeg geweest.

'Het is zo. Al die dingen ben ik, Jack, al die dingen en misschien nog veel meer. En weet je wat, Jack? Zo ben ik nu eenmaal. Ik heb nooit mijn best gedaan om dat te verbergen of goed te praten. Iedere klootzak die me ooit heeft ontmoet, weet precies wie en wat ik ben. Ik geloof in wat ik doe en ik hang geen lulverhalen op.' Lord haalde diep adem en blies de lucht weer langzaam uit. Jack schudde zijn hoofd en probeerde na te denken.

'En hoe zit het met jou, Jack?'

'Hoe zit wat met mij?'

'Wie ben je, Jack? Waar geloof je in, als je al ergens in gelooft?'

'Ik heb twaalf jaar op een katholieke school gezeten, dus ik zal heus wel ergens in geloven.'

Lord schudde geërgerd zijn hoofd. 'Je stelt me teleur. Ik hoorde dat je een slimme knul was. Maar of mijn bronnen hebben het mis, of je zit hier te grijnzen als een boer met kiespijn omdat je bang bent dat je iets verkeerds zult zeggen.'

Jack greep Lords pols vast. 'Wat wil je verdomme van me?'

Lord begon te glimlachen en klopte op Jacks hand, tot hij de zijne weer losliet.

'Hou je van dit soort gelegenheden? Met Baldwin als cliënt kun je in dit soort restaurants eten tot al je aderen zo hard zijn als diamantboren. En over een jaar of veertig blaas je je laatste adem uit op een of ander Caribisch eiland en laat je je dertig jaar jongere echtgenote een hoop geld na, maar je sterft als een gelukkig mens, geloof me.'

'Het maakt mij niet uit waar ik woon.'

Lords hand kwam hard neer op het tafelblad. Nu werden er wel een paar hoofden hun kant op gedraaid. De bedrijfsleider wierp een blik in hun richting en probeerde zijn ongerustheid te verbergen achter zijn grote snor en zwijgzame professionalisme.

'Jezus Christus! Dat is nou precies waar ik me zo druk over maak, knul, die verdomd ongeïnteresseerde houding van je!' Lord ging zitten, maar drong zich weer tegen Jack aan, hem verder onder druk zettend. 'De ene plaats is absoluut niet hetzelfde als de andere. Jij hebt de sleutel in je hand, weet je dat? Jouw sleutel is Baldwin en die mooie dochter van hem. Nu is de vraag: maak je die deur open of niet? Wat mij weer terugbrengt bij de vraag die ik je zojuist stelde. Waar geloof je in, Jack?' Lord spreidde zijn armen. 'Wat als je hier niet in gelooft, als je niet de Sandy Lord van de toekomst wilt worden, als je 's nachts wakker wordt en me uitlacht om mijn eigenaardigheden, of me vervloekt om mijn ploerterigheid, als je echt gelooft dat je daarboven staat, als je in feite de pest hebt aan mevrouw Baldwin en op deze hele verdomde kaart geen enkel gerecht ziet staan waar je trek in hebt, waarom vertel je mij dan niet dat ik kan oprotten? En daarna sta je op en loop je die deur uit, met een opgeheven hoofd, een rein geweten en je geloof nog ongeschonden. Want eerlijk gezegd is dit spel veel te belangrijk en vergt het te veel inzet om gespeeld te worden door mensen die er geen interesse in hebben.'

Lord leunde achteruit in zijn stoel en al snel nam zijn uitpuilende vleesmassa de hele zitruimte van het brede meubelstuk in beslag.

Buiten het restaurant begon het echt een prachtige herfstdag te worden. Geen enkel regenwolkje in de egaal blauwe lucht en ook de luchtvochtigheid was lager dan gewoonlijk. Een vriendelijk briesje beroerde een paar weggegooide kranten. Het jachtige stadsleven was tijdelijk in een lagere versnelling gezet. In LaFayette Park lagen in het gras een paar zonaanbidders, die hoopten nog wat kleur op te doen voordat de herfst definitief inzette. Stadskoeriers op fietsen zochten de omgeving af naar onbedekte benen en open blouses.

In het restaurant staarden Jack Graham en Sandy Lord elkaar nog steeds aan.

'Je windt er geen doekjes om, hè?'

'Daar heb ik geen tijd voor, Jack. Daar heb ik de afgelopen twintig jaar geen tijd meer voor gehad. Als ik geloofde dat jij de directe benadering niet aankon, zou ik al die moeite niet hebben gedaan.'

'Wat wil je dat ik zeg?'

'Ik wil alleen maar weten of ik op je kan rekenen of niet. Kijk, met Baldwin ben je bij elk advocatenkantoor welkom. Ik neem aan dat je ons hebt gekozen omdat ons kantoor je beviel.'

'Baldwin heeft jou aanbevolen.'

'Baldwin is slim. Veel mensen zullen zijn voorbeeld volgen. Je bent nu een jaar bij ons. Als je ervoor kiest te blijven, benoemen we je tot maat. Eerlijk gezegd, die proefperiode van twaalf maanden was maar een formaliteit, om eens te kijken of we bij elkaar pasten. Als je maat bent, hoef je je nooit meer zorgen te maken over je financiën, en ben je volkomen onafhankelijk van het aanzienlijke kapitaal van je aanstaande echtgenote. Het wordt jouw taak het Baldwin naar de zin te maken, om die business uit te breiden en iedereen binnen te brengen die je te pakken kunt krijgen. Want laten we eerlijk zijn, Jack, de enige zekerheid die een advocaat heeft, is een cliënt die doet wat hij zegt. Dat leren ze je niet op de universiteit en toch is het de belangrijkste les die je moet leren. Verlies dat nooit en te nimmer uit het oog. Zelfs het feitelijke juridische werk is daar ondergeschikt aan. We hebben advocaten genoeg om dat soort werk te doen. Je krijgt de vrije hand om achter nieuwe cliënten aan te gaan. Niemand zal je op je vingers kijken, alleen Baldwin. En je hoeft het juridische werk dat voor Baldwin wordt gedaan, niet in de gaten te houden; we hebben genoeg mensen die dat voor jou kunnen doen. Al met al is het toch niet zo'n vreselijk slecht leven?'

Jack keek naar zijn handen. Hij zag Jennifers gezicht voor zich. Wat was ze toch mooi. Hij voelde zich schuldig omdat hij had gedacht dat zij verantwoordelijk was voor Alvis' ontslag. Toen dacht hij aan alle geestdodende uren die hij als pro-deo-advocaat had gewerkt. Zijn gedachten dwaalden ten slotte af naar Kate, en toen dwong hij zichzelf op te houden met denken. Wat was er nog tussen hen? Niets. Jack keek op.

'Domme vraag. Dus ik blijf praktizerend advocaat?'

'Als je dat wilt.' Lord observeerde hem aandachtig. 'Kan ik daaruit opmaken dat je antwoord ja is?'

Jack bestudeerde zijn menu. 'Die krabsoufflés lijken me wel lekker.'

Sandy blies een rookwolk naar het plafond en er verscheen een brede glimlach op zijn gezicht. 'Ik ben er gek op, Jack. Jezus Christus, wat ben ik daar gek op.'

Twee uur later stond Sandy uit het raam van zijn enorme kantoor naar de drukke straat onder hem te staren, terwijl hij via de luidsprekertelefoon een bespreking voerde.

Dan Kirksen kwam zijn kantoor binnenlopen; een kraakhelder overhemd met gesteven boord omhulde zijn slanke joggerslichaam. Kirksen was de leidinggevende van de firma. Hij voerde het gezag over iedereen bij PS&L, behalve over Sandy Lord. En nu misschien ook Jack Graham.

Lord keek hem met een ongeïnteresseerde blik aan. Kirksen ging zitten en wachtte geduldig tot de telefonische bespreking afgelopen was. Lord zette de telefoon uit en liet zich in zijn zware bureaustoel vallen. Hij stak een sigaret op, leunde achterover en keek naar het plafond. Kirksen, die een gezondheidsfanaat was, schoof zijn stoel een stukje van het bureau weg.

'Wil je iets?' Eindelijk had Lord zijn blik op Kirksens magere, haarloze gezicht gericht. De man was al jaren goed voor een omzet van zeshonderd-duizend dollar, wat hem een veilige positie bij PS&L garandeerde, maar zulke bedragen waren kinderspel voor Lord en hij deed dan ook geen enkele moeite om zijn afkeer van Kirksen te verbergen.

'We vroegen ons af hoe de lunch is verlopen.'

'Hou op met die onzin, Danny. Daar heb ik geen tijd voor.'

'We hoorden verontrustende geruchten, nadat mevrouw Baldwin had gebeld over Alvis.'

Lord zwaaide met zijn hand door de lucht. 'Dat is geregeld. Hij is gek op ons, dus hij blijft. En ik heb twee uur verspild.'

'Met de bedragen die op het spel staan, Sandy, dachten we allemaal dat het beter zou zijn...'

'Ja. Ik weet wat er op het spel staat, Kirksen. Ik weet beter dan jij om wat voor bedragen het gaat, oké? Nou, onze Jack blijft zitten waar hij zit. Met een beetje geluk verdubbelt hij in tien jaar zijn omzet en dan kunnen we allemaal met vervroegd pensioen.' Lord keek naar Kirksen, die onder de felle blik van de grote man steeds kleiner leek te worden. 'Die jongen heeft kloten, weet je? Meer kloten dan alle andere maten bij elkaar.'

Kirksen schrok.

'Weet je, ik mag die knul wel.' Lord keek weer uit het raam en zag tien verdiepingen lager een groep kleuters die hand in hand de straat overstaken.

'Dus ik kan een positief rapport uitbrengen aan het comité?'

'Het zal me een rotzorg zijn wat je rapporteert. Maar knoop één ding goed in je oren: jullie moeten het niet wagen me nog eens met dit soort dingen lastig te vallen, tenzij het echt belangrijk is. Heb je me goed begrepen?'

Lord keek Kirksen nog eens aan en begon vervolgens weer uit het raam te staren. Sullivan had nog steeds niet gebeld. Dat was geen goed teken. Hij moest toezien hoe zijn voormalige oostblokland langzaam uit beeld verdween, net als die rij kleine mensjes, die zojuist de hoek om waren verdwenen. Weg.

'Bedankt, Sandy.'

'Ja.'

•9•

Walter Sullivan staarde naar het gezicht, of wat daar nog van over was. Aan de voet die onder het laken uitstak, hing een officieel label van het lijkenhuis. De formele identificatie was al achter de rug. De politie was vertrokken om hun rapporten bij te werken en de reporters om hun verhalen in te leveren. Maar Walter Sullivan, een van de machtigste mannen van deze eeuw, die sinds hij veertien jaar oud was vrijwel alles wat hij had aangeraakt, in goud had veranderd, voelde zich plotseling beroofd van al zijn energie en daadkracht.

De pers was massaal komen opdraven toen hij, nadat zijn eerste huwelijk na zevenenveertig jaar was geëindigd door de dood van zijn vrouw, met Christy was getrouwd. Hij had behoefte gehad aan iemand die nog jong en levenslustig was. Omdat hij bijna tachtig was en al zijn vrienden en dierbaren uit zijn omgeving begonnen weg te vallen, wilde hij iemand die hem in elk geval zou overleven. Tja, oud worden was niet eenvoudig, zelfs niet voor de zeer rijken.

Maar Christy Sullivan had hem niet overleefd. En hij was vast van plan om daar iets aan te doen.

Als Walter Sullivan vertrokken was, zou er een medewerker binnenkomen en de dode mevrouw Sullivan naar de autopsiekamer rijden. Daar zou ze gewogen worden en haar lengte gemeten. Ze zou gefotografeerd worden; eerst volledig gekleed en vervolgens naakt. Ze zouden röntgenfoto's van haar maken en haar vingerafdrukken nemen. Er zou een uitgebreid medisch onderzoek worden verricht, met de bedoeling zoveel mogelijk bruikbare aanwijzingen van het lichaam te halen. Er zouden lichaamsvloeistoffen worden afgenomen die in het gerechtelijk laboratorium onderzocht zouden worden op drugs, alcohol en nog een aantal stoffen. Met een Y-incisie zouden ze haar hele romp blootleggen, van schouder tot schouder, van hals tot geslachtsdelen. Het zou een afgrijselijk beeld opleveren, zelfs voor de meest doorgewinterde toeschouwer. Alle inwendige organen zouden worden geanalyseerd en gewogen, haar geslachtsdelen zouden worden gecontroleerd op sporen van seksueel contact en beschadigingen, en van elke onbekende haar en elk spoortje sperma en bloed zou een DNA-analyse worden gemaakt.

Dan was haar schedel aan de beurt. Eerst zouden de positie en richting van de wonden worden vastgesteld. Daarna zou met een zaag het bot worden doorgezaagd en de voorste schedelhelft worden getrepaneerd, waarna de hersenmassa zou worden losgesneden en gelicht. Na onderzoek hiervan zou de kogel eruit verwijderd worden, als bewijsstuk genoteerd en naar de afdeling ballistiek van het gerechtelijk laboratorium gezonden worden.

Als dit hele proces voltooid was, zou Walter Sullivan zijn echtgenote terugkrijgen.

Het gerechtelijk laboratorium zou de inhoud van haar maag analyseren en haar bloed en urine onderzoeken op sporen van onbekende substanties.

In een autopsierapport zou de doodsoorzaak vermeld worden, de manier waarop de dood was ingetreden en alle andere relevante feiten die uit het onderzoek te voorschijn kwamen, waarna het geheel voorzien zou worden van het deskundige commentaar van de lijkschouwer.

Het autopsierapport zou ten slotte samen met alle foto's, röntgenfoto's, vingerafdrukken, analyses van het gerechtelijk laboratorium en alle andere informatie die verband hield met deze zaak, op het bureau van de dienstdoende inspecteur terechtkomen.

Uiteindelijk stond Walter Sullivan op, hij bedekte het stoffelijk overschot van zijn echtgenote met het laken en liep de kamer uit.

Van achter een doorkijkspiegel keek Seth Frank toe hoe de diepbedroefde echtgenoot de kamer verliet. Toen zette hij zijn hoed op en vertrok eveneens.

Conferentiekamer nummer één, de grootste van het kantoor, lag meteen achter het receptiegedeelte. Achter de robuuste schuifdeuren was zojuist een bespreking begonnen waarbij alle maten aanwezig waren.

Tussen Sandy Lord en Al Bund zat Jack Graham. Officieel was hij nog geen maat, maar op dit moment was dat niet van belang. Bovendien had Lord erop gestaan dat hij erbij zou zijn.

De huishoudelijke staf had koffie geserveerd, puddingbroodjes en plakken cake rondgedeeld en zich vervolgens discreet teruggetrokken achter de schuifdeuren.

Alle blikken waren gericht op Dan Kirksen. Hij nam een slokje vruchtesap, bette overdreven netjes zijn lippen met zijn servet en stond op.

'Zoals jullie ongetwijfeld vernomen zullen hebben, is een van onze belangrijkste cliënten,' Kirksen wierp snel een blik op Lord, 'of zal ik zeggen onze allerbelangrijkste cliënt, het slachtoffer geworden van een verschrikkelijke tragedie.' Jack liet zijn blik rondgaan over het twintig meter lange, marmeren tafelblad. De meeste blikken waren op Kirksen gericht; een enkeling werd op fluistertoon van de feiten op de hoogte gesteld door zijn buurman. Jack had de krantekoppen gelezen. Hij had nog nooit aan een van Sullivans zaken gewerkt, maar hij wist dat ze omvangrijk genoeg waren om veertig advocaten van het kantoor full-time bezig te houden. Zonder enige twijfel was hij de belangrijkste cliënt van PS&L.

'De politie is begonnen met een diepgaand onderzoek, maar tot nu toe zijn er nog geen resultaten te melden.' Kirksen wachtte even, keek opnieuw naar Lord en vervolgde: 'Jullie zult je kunnen voorstellen dat Walter op dit ogenblik een heel moeilijke periode doormaakt. Om hem op zakelijk gebied zoveel mogelijk last van de schouders te nemen, zullen we al onze juristen vragen speciale aandacht te besteden aan Sullivans zaken, in de hoop eventuele problemen, voordat ze escaleren, in de kiem te smoren. Hoewel we niet geloven dat het hier gaat om iets anders dan een ordinaire inbraak met een uiterst ongelukkige afloop – en niets wijst op een verband met een van Walters zakelijke transacties – willen we jullie toch vragen alert te blijven op ongewone details in alle zaken die we namens Walter behandelen. Iedere verdachte actie moet onmiddellijk gemeld worden aan mij of aan Sandy.' Een paar hoofden draaiden naar Lord, die zoals gebruikelijk naar het plafond zat te kijken. In de asbak voor hem lagen drie sigarettepeuken en daarnaast stond een glas met de restanten van een bloody mary.

Ron Day, van de afdeling internationaal recht, stond op. Zijn keurig geknipte haar omlijstte een uilachtig gezicht, welke indruk nog werd versterkt door zijn lichte brilmontuur met ovalen glazen. 'Er is toch geen sprake van een terroristische actie? Ik heb een reeks bv's opgezet in het Midden-Oosten voor Sullivans dochteronderneming in Koeweit, en die lui houden er andere regels op na dan wij, dat kan ik je wel vertellen. Moet ik me zorgen maken over mijn persoonlijke veiligheid? Ik vlieg vanavond naar Riyad.'

Lord draaide zijn hoofd tot zijn blik op Day viel. Soms verbaasde het hem hoe kortzichtig, zo niet volkomen dwaas velen van de maten waren. Day was een jurist wiens voornaamste en – volgens Sandy – enige kracht school in het feit dat hij zeven talen sprak en er geen problemen mee had de hielen van de Arabieren te likken.

'Daar zou ik me geen zorgen over maken, Ron. Als dit een internationale samenzwering is, ben jij lang niet belangrijk genoeg, en als ze je als doelwit kiezen, ben je al dood voordat je het in de gaten hebt.'

Day frunnikte aan zijn stropdas, terwijl een ingehouden gegniffel opklonk.

'Bedankt voor je opheldering, Sandy.'

'Graag gedaan, Ron.'

Kirksen schraapte zijn keel. 'Rest mij nog te zeggen dat al het mogelijke gedaan zal worden om deze gruwelijke misdaad op te lossen. Er gaan zelfs geruchten dat de president zelf een onderzoeksteam wil inzetten. Zoals jullie weten, heeft Walter Sullivan verscheidene, belangrijke taken vervuld in een aantal opeenvolgende regeringen van dit land en is hij een zeer goede vriend van de president. Ik geloof wel dat we kunnen aannemen dat de daders snel gearresteerd zullen worden.' Kirksen ging weer zitten.

Lord keek de tafel rond, trok zijn wenkbrauwen op en drukte zijn sigaret uit. Iedereen stond op.

Seth Frank zat te draaien in zijn bureaustoel. Zijn kantoor was een hokje van twee bij twee, omdat de sheriff de enige grotere kamer van het kleine hoofdkwartier had ingepikt. Vóór hem op zijn bureau lag het rapport van de lijkschouwer. Het was pas half acht in de ochtend, maar Frank had het rapport al drie keer woord voor woord doorgelezen.

Hij was bij de autopsie aanwezig geweest. Dat was iets wat je als rechercheur gewoon moest doen, om diverse redenen. Hoewel hij er al meer dan honderd had bijgewoond, had hij zich altijd ongemakkelijk gevoeld door de manier waarop met de doden werd omgesprongen. En hoewel hij niet langer misselijk werd bij de aanblik ervan, moest hij na een autopsie meestal eerst een paar uur doelloos rondrijden in zijn auto, voordat hij weer aan het werk kon gaan.

Het rapport was dik en keurig getypt. Christy Sullivan was ten minste tweeënzeventig uur dood geweest, vermoedelijk langer. De opgezwollen toestand en verkleuring van het stoffelijk overschot en de bacteriën en gasvorming die in haar organen waren aangetroffen, bevestigden dat die tijdsduur redelijk accuraat was. Het was echter erg warm geweest in de slaapkamer, wat de ontbinding van het stoffelijk overschot aanzienlijk had bespoedigd. Dat gegeven maakte het in feite heel moeilijk om het exacte tijdstip te bepalen waarop de dood was ingetreden. Maar ze was minstens drie dagen dood, daar was de lijkschouwer van overtuigd. Frank vermoedde dat Christine Sullivan haar moordenaar in de nacht van maandag op dinsdag was tegengekomen, wat ook weer een bevestiging was van het tijdsbestek van drie à vier dagen.

Hij fronste zijn wenkbrauwen. Een minimum van drie dagen; dat betekende dat elk spoor ijskoud was. Iemand die wist wat hij deed, kon in drie à vier dagen geheel van de aardbodem verdwijnen. Daar kon nog aan toegevoegd worden dat het op dit moment bijna twee weken geleden was dat Christine Sullivan was vermoord, en dat hij met zijn onderzoek in feite nog net zover was als toen hij begon. Hij kon zich niet herinneren dat hij ooit een zaak had gehad met zo'n absoluut gebrek aan sporen en aanwijzingen.

Voor zover ze hadden kunnen vaststellen, waren er buiten het slachtoffer en degene die haar had vermoord geen ooggetuigen geweest van de gebeurtenissen in Sullivans landhuis. Er waren oproepen in kranten geplaatst en in banken en winkelcentra waren affiches opgehangen, maar niemand had zich gemeld.

Ze hadden gepraat met iedere huiseigenaar in een straal van vijf kilometer. Deze waren allemaal geschokt, woedend en bang geweest. Dat laatste had Frank opgemaakt uit het optrekken van een wenkbrauw, het krommen van schouders en het nerveus over elkaar wrijven van handen. De beveiliging van dit kleine stukje platteland zou vanaf nu nog meer worden verscherpt dan ooit tevoren. Al die emoties en geen bruikbare informatie. Het personeel van alle buren was ook grondig ondervraagd. Zonder resultaat. Sullivans huishoudelijk personeel, dat hem had vergezeld naar Barbados, werd telefonisch ondervraagd, maar ook dat leverde geen wereldschokkende feiten op. Bovendien hadden ze allemaal perfecte alibi's. Niet dat dat doorslaggevend was. Frank besloot daar later nog eens op terug te komen.

Ze hadden ook geen goed beeld van de laatste dag van het leven van Christine Sullivan. Ze werd in haar eigen huis vermoord, waarschijnlijk 's avonds laat of 's nachts. Maar als ze inderdaad in de nacht van maandag op dinsdag was vermoord, wat had ze dan overdag gedaan? Frank geloofde dat die informatie hem iets zou geven om op voort te borduren.

Op die maandag, om half tien 's morgens, was Christine Sullivan gezien in een schoonheidssalon in het noordwestelijk deel van Washington. Het zou Frank twee weken salaris kosten als hij zijn vrouw daar liet behandelen. Of Christine Sullivan ernaartoe ging omdat ze 's avonds een afspraak had, of dat rijke mensen dit soort dingen regelmatig deden, was iets wat hij nog moest uitzoeken. Hun onderzoek had niets opgeleverd over waar de vrouw was geweest nadat ze de salon rond het middaguur had verlaten. Ze was niet teruggekeerd naar haar appartement in de binnenstad en voor zover ze hadden kunnen nagaan, had ze ook geen taxi ergens naartoe genomen.

Als het kleine vrouwtje besloot achter te blijven terwijl de anderen naar het zonnige zuiden vertrokken, moest ze daar een reden voor hebben, nam Frank aan. Als ze die maandagavond iemand had ontmoet, zou Frank graag met die persoon willen praten, om hem later misschien in de boeien te slaan.

Vreemd genoeg werd moord in combinatie met inbraak in de staat Virginia niet beschouwd als moord met voorbedachten rade, terwijl moord tijdens een gewapende beroving dat wel werd. Als je een roofoverval pleegde en iemand vermoordde, kon je de doodstraf krijgen. Maar als je ergens inbrak en iemand vermoordde, kreeg je hoogstens levenslang, wat gezien de barbaarse toestanden in de meeste staatsgevangenissen ook zeker geen pretje was. Maar Christine Sullivan had veel sieraden gedragen. Alle rapporten die hij had ontvangen, bevestigden dat ze een groot liefhebster was van juwelen: diamanten, smaragden, saffieren, je kon het zo gek niet opnoemen of ze droeg het. Op het lijk werden geen sieraden aangetroffen, hoewel aan de sporen op de huid gemakkelijk te zien was dat ze ringen had gedragen. Walter Sullivan had ook bevestigd dat het diamanten collier van zijn vrouw verdwenen was. En de eigenaar van de schoonheidssalon herinnerde zich dat hij haar dat collier die maandag had zien dragen.

Een goede openbare aanklager kon op die gegevens een tenlastelegging van roof in combinatie met moord baseren, daar was Frank van overtuigd. Maar de daders maakten een goede kans dat voorbedachten rade niet aangetoond kon worden. En waarom zouden de brave burgers van Virginia twintigduizend dollar per jaar moeten betalen om een koelbloedige moordenaar van voedsel, kleding en onderdak te voorzien? Inbraak of roof? Zou het iemand echt een bal kunnen schelen? De vrouw was dood. Overhoop geknald door een of andere zieke griezel. Frank had de pest aan zulk soort juridische details. Zoals veel wetsdienaren had hij de indruk dat het strafrechtelijke systeem vaak doorsloeg in het voordeel van de daders. Vaak scheen men tijdens een strafrechtelijk proces, met de deals die werden gemaakt, de juridische valstrikken en de glibberige strafpleiters, het feit uit het oog te verliezen dat de wet was overtreden. Dat iemand leed was aangedaan, of verkracht of gedood was. En dat vond hij ronduit verkeerd. Frank was niet in staat het systeem te veranderen, maar hij zou zijn uiterste best doen om te zorgen dat de daders op gepaste wijze werden gestraft. Hij trok het rapport naar zich toe, zette zijn leesbril op en nam nog een slokje van zijn sterke, zwarte koffie. Doodsoorzaak: zijwaartse schotwonden in de schedel, veroorzaakt door het met hoge snelheid binnendringen van kogels van zwaar kaliber; één dumdumkogel, die een gekartelde wond veroorzaakte, en een tweede kogel van onbekende samenstelling, die een penetratiewond veroorzaakte. Wat in begrijpelijke taal betekende dat ze voor haar kop was geschoten met zwaar materiaal. Het rapport stelde ook dat de dood was ingetreden als gevolg van die schoten, wat het enige duidelijk vaststaande feit was dat Frank tot nu toe in de zaak was tegengekomen. Hij zag dat hij het aan het juiste eind had gehad met zijn conclusie over de afstand vanwaaraf de schoten waren gelost. Er waren geen kruitsporen in de wonden aangetroffen. De schoten waren van een afstand van meer dan zestig centimeter gelost. Frank vermoedde dat die afstand eerder een meter of twee was geweest, maar meer dan een vermoeden was dat niet. Niet dat hij ook maar één moment aan zelfmoord had gedacht. Huurmoordenaars daarentegen plaatsten meestal de loop tegen het hoofd van het slachtoffer, een methode die het maken van fouten tot een minimum beperkte.

Frank schoof zijn stoel een stukje naar zijn bureau. Waarom meer dan één schot? Het was vrijwel zeker dat de eerste kogel haar had gedood. Was de moordenaar een sadist die kogels pompte in een lichaam dat al dood was? Toch hadden ze maar twee ingangswonden kunnen vinden, wat niet direct duidde op een waanzinnige wildeman. En dan was er het punt van de kogels: een dumdumkogel en een onbekende kogel.

Hij hield het plastic zakje met zijn naam erop omhoog. Er was maar één kogel in het stoffelijk overschot aangetroffen. De kogel was onder de rechterslaap het hoofd binnengedrongen, was platgeslagen en in de breedte uitgezet bij de inslag, had de schedelwand doorboord en was in de hersenen terechtgekomen, waar hij een schokgolf veroorzaakte die te vergelijken was met het oprollen van een vloerkleed.

Hij keek aandachtig naar het ingepakte voorwerp, of wat daar nog van over was. Een kwaadaardig projectiel dat was ontworpen om plat te slaan bij de inslag en vervolgens alles wat het op zijn pad tegenkwam uiteen te rukken. Nou, bij Christine Sullivan had het zijn werk goed gedaan. Het probleem was dat dumdumkogels tegenwoordig overal te krijgen waren. En de misvorming was zo groot, dat ballistiek vrijwel niets had kunnen doen.

De tweede kogel was iets meer dan een centimeter lager het hoofd binnengedrongen, had de hele hersenmassa doorboord en had het hoofd aan de andere kant weer verlaten, waarbij hij een gat achterliet dat een flink stuk groter was dan de ingangswond. De schade aan bot en weefsel was aanzienlijk geweest.

De plaats waar deze kogel uiteindelijk was beland, had hen allemaal verrast. In de muur achter het bed zat een gat met een doorsnede van ruim een centimeter. Zoals gebruikelijk hadden ze een stuk pleisterkalk uit de muur gezaagd, waarna medewerkers van het laboratorium daar met speciaal gereedschap heel voorzichtig de kogel uit zouden halen, om de groeven die erop zaten, niet te beschadigen. Door deze werkwijze zouden ze het soort wapen waarmee de kogel was afgevuurd, kunnen vaststellen, en met een beetje geluk zouden ze uiteindelijk het bijpassende wapen vinden. Vingerafdrukken en ballistische identificatie waren in deze bedrijfstak van onschatbare waarde.

Het enige probleem was, dat hoewel er een kogelgat in de muur zat, er in

106

dit geval geen kogel in zat en dat er ook nergens anders in de kamer een kogel te vinden was. Toen het lab hem gebeld had om hem daarvan op de hoogte te stellen, was hij opnieuw naar het huis gegaan om zichzelf te overtuigen. Hij kon zich niet meer herinneren wanneer hij voor het laatst zo kwaad was geweest.

Waarom zou je de moeite nemen om één kogel uit de muur te peuteren, terwijl er nog een tweede in het lijk zat? Wat was er op de tweede kogel te zien wat niet op de eerste te zien was? Er waren meerdere mogelijkheden. Frank maakte een paar aantekeningen. De ontbrekende kogel kon van een ander soort of kaliber zijn, wat erop duidde dat er vermoedelijk sprake was van ten minste twee daders. Hoewel hij over voldoende verbeeldings- kracht beschikte, kon Frank zich onmogelijk voorstellen dat de vrouw was vermoord door één persoon die met twee wapens liep te zwaaien. Dus had hij nu waarschijnlijk te maken met twee verdachten. Dat zou ook de ver- schillende in- en uitgangswonden en inwendige kogelbanen verklaren. De ingangswond van de draaiende dumdumkogel was een stuk groter dan die van de andere kogel. Dus de tweede kogel was geen dumdum- of holle puntkogel. Hij was dwars door haar hoofd gegaan en had een tunnelvor- mige baan achtergelaten met de doorsnede van een halve pinkdikte. De misvorming van het projectiel was waarschijnlijk minimaal, maar daar hadden ze niets aan omdat ze die verdomde kogel niet hadden.

Frank bekeek de aantekeningen en schetsen die hij ter plekke had gemaakt. Hij bevond zich nog in het stadium van het verzamelen van gege- vens. Hij hoopte alleen dat hij niet eeuwig in dit stadium zou blijven ste- ken. Gelukkig hoefde hij zich geen zorgen te maken dat hij slechts een bepaalde tijd aan deze zaak zou mogen besteden.

Hij las het rapport nog een keer door en fronste opnieuw zijn wenkbrau- wen. Hij pakte de telefoon op en draaide een nummer. Tien minuten later zat hij tegenover de lijkschouwer in diens kantoor. De grote man zat zijn nagels schoon te maken met een oud scalpel en het duurde even voor hij opkeek naar Frank.

'Sporen van wurging. Of ten minste poging tot wurging. Begrijp me goed, de luchtpijp was niet ingedrukt, maar ik heb wel wat lichte zwellingen aangetroffen in het weefsel, en bovendien vond ik sporen van een lichte kneuzing van het tongbeen. En ik heb ook sporen van petechie aangetrof- fen op het bindvlies van de oogleden. Geen afbinding van de bloedvaten. Het staat allemaal in mijn rapport.'

Frank dacht hierover na. Petechie, ofwel kleine, puntvormige bloedingen op de bind- en slijmvliezen van oogleden en ogen, kon veroorzaakt wor- den door wurging of als gevolg van druk op de hersenen.

Frank leunde naar voren in zijn stoel en keek naar de diploma's aan de wand, die verklaarden dat de man tegenover hem een toegewijde beoefe- naar was van de forensische pathologie.

'Man of vrouw?'

De lijkschouwer haalde zijn schouders op. 'Moeilijk te zeggen. Zoals je weet, is de menselijke huid geen geschikte ondergrond voor vingerafdrukken. Het is vrijwel onmogelijk een behoorlijke vingerafdruk van de huid te halen. Er zijn een paar plekken op het lichaam waar dat wel kan, maar als daar iets zit, is het na een halve dag alweer verdwenen. Ik kan me echter moeilijk voorstellen dat een vrouw met haar blote handen een andere vrouw probeert te wurgen, hoewel het eerder is gebeurd. Er is niet veel kracht voor nodig om de luchtpijp te verbrijzelen, maar in het algemeen is wurging met blote handen een macho-methode. In de honderd wurgingszaken die ik ooit onder ogen heb gehad, was er niet één waarbij bewezen kon worden dat de dader een vrouw was. Deze wurging vond trouwens plaats vanaf de voorkant,' voegde hij eraan toe. 'Oog in oog. Dan moet je wel verdomde zeker zijn van voordeel in kracht. Ik denk dat het een man was, voor wat een vermoeden je waard is.'

'Ik las ook in het rapport dat er kneuzingen en bloeduitstortingen op de linkerkant van de kaak zijn aangetroffen, en loszittende tanden en ontvellingen in haar mond?'

'Het lijkt erop dat iemand haar een flinke dreun heeft verkocht. Een van de kiezen was bijna door haar wang gedrongen.'

Frank wierp een blik in zijn dossier. 'De tweede kogel?'

'Te oordelen naar de schade die hij heeft aangericht, denk ik dat het gaat om een zwaar kaliber, net als de eerste kogel.'

'Heb je vermoedens over die eerste?'

'Niet meer dan dat. Misschien een .357 Magnum, of een .41. Het kan ook een 9-mm geweest zijn. Jezus, je hebt de kogel gezien. Dat ding was verdomme zo plat als een pannekoek en de helft ervan had zich verspreid in haar hersenweefsel. Geen draaisporen en groeven te bekennen. Zelfs als je een wapen vindt, zul je geen vergelijking kunnen maken.'

'Maar als we de andere kogel vinden, komen we misschien ergens.'

'Dat valt nog te bezien. Degene die hem uit de muur heeft gepeuterd, heeft waarschijnlijk de groeven verpest. Daar zal ballistiek niet blij mee zijn.'

'Nee, maar misschien vinden we in de holle punt haar, bloed en huid van het slachtoffer. Dat zou een aanwijzing zijn waar ik graag achteraan zou gaan.'

Peinzend wreef de lijkschouwer over zijn kin. 'Dat is waar. Maar dan moet je hem eerst zien te vinden.'

'Wat waarschijnlijk niet zal gebeuren,' zei Frank glimlachend.

'Je kunt nooit weten.'

De twee mannen keken elkaar aan en waren zich terdege bewust dat er geen enkele kans was dat die andere kogel ooit gevonden zou worden. En zelfs al vonden ze hem, dan konden ze hem alleen met de moord in verband brengen als er sporen van het slachtoffer op zaten, of als ze het wapen vonden waarmee hij was afgevuurd en dat in verband met de moord konden brengen. Die kans was nul komma nul.

'Zijn er hulzen gevonden?'

Frank schudde zijn hoofd.

'Dan heb je ook geen afdruk van de slagpen, Seth.'

'Ik heb nooit beweerd dat het eenvoudig zou zijn. Trouwens, geven die lui van de staatspolitie je een beetje bewegingsvrijheid in deze zaak?'

De lijkschouwer glimlachte. 'Het blijft opvallend stil in die hoek. Ik vraag me af wat er gebeurd zou zijn als Walter Sullivan voor zijn kop geknald was. Ik heb mijn rapport al naar Richmond gestuurd.'

Toen stelde Frank de vraag waar hij in feite voor gekomen was.

'Waarom twee schoten?'

De lijkschouwer hield op met het schoonmaken van zijn nagels, legde het scalpel neer en keek Frank aan.

'Waarom niet?' Hij kneep zijn ogen een beetje dicht. Hij bevond zich in de weinig benijdenswaardige positie dat hij eigenlijk te deskundig was voor het werk dat de rustige staat Virginia hem te bieden had. Ooit had hij een bloeiende huisartsenpraktijk gehad, maar al gauw was hij gefascineerd geraakt door zowel politieonderzoeken als de forensische pathologie. Voordat hij zich in het vredige Virginia vestigde, had hij bijna twintig jaar als patholoog-anatoom voor de staat Los Angeles gewerkt. En wat betreft moordzaken was Los Angeles niet te overtreffen. Maar dit was tenminste een zaak waar hij zijn tanden in kon zetten.

Frank keek hem aandachtig aan. 'Elk van beide schoten was dodelijk, daar bestaat geen twijfel over. Dus waarom zou je een tweede schot lossen? Er pleit meer voor om dat juist niet te doen. Ten eerste het lawaai. Ten twee- de, waarom zou je tijd verspillen om een tweede schot te lossen terwijl je beter kunt maken dat je wegkomt? En daar komt nog bij, waarom zou je een kogel achterlaten die later geïdentificeerd zou kunnen worden? Heeft Christine Sullivan hem betrapt? En als dat zo is, waarom werd er dan van- uit de deuropening in de kamer geschoten, en niet andersom? Waarom liep de baan van de kogel schuin naar beneden? Zat ze op haar knieën? Waarschijnlijk wel, of anders was de schutter meer dan tweeënhalve meter lang. Als ze op haar knieën zat, waarom? Werd ze geëxecuteerd? Maar er waren geen contactwonden. En dan die plekken op haar hals. Waarom probeert hij haar eerst te wurgen, houdt daar dan mee op, pakt vervolgens een pistool en schiet haar in haar hoofd? Dan schiet hij haar nog een keer in haar hoofd en neemt de tweede kogel mee. Waarom? Is er sprake van een tweede wapen? Waarom proberen ze dat te verbergen? Wat is de betekenis daarvan?'

Frank stond op en begon door het kantoor te ijsberen. Hij had zijn handen diep in zijn zakken gestoken, zoals hij altijd deed als hij diep nadacht. 'En de kamer waarin de moord plaatsvond, was zo verdomde schoon, dat je het bijna niet kunt geloven. Er werd niets achtergelaten. Ik bedoel echt niets. Geen vezels, geen vloeistoffen, geen haren, niets. Het verbaast me dat ze haar niet geopereerd hebben om die kogel uit haar hoofd te halen. Ik bedoel, laten we eerlijk zijn, deze kerel was een inbreker, of misschien wil hij die indruk wekken. Maar de kluis was leeggehaald. Er is vier en een half mil- joen dollar verdwenen. En wat deed mevrouw Sullivan daar? Zij werd verondersteld in de zon te liggen op Barbados. Kende ze die kerel? Ging ze vreemd met hem? En als dat zo was, houden die twee gebeurtenissen dan op een of andere manier verband met elkaar? En waarom komt iemand verdomme door de voordeur binnen, schakelt het alarmsysteem uit en gebruikt dan een touw om via een raam naar beneden te klimmen? Elke keer als ik mezelf de ene vraag stel, doemt de volgende alweer op!' Frank ging weer zitten. Door zijn uitbarsting zag hij er een beetje verwilderd uit.

De lijkschouwer leunde achterover in zijn stoel, draaide het dossier om en nam even de tijd om iets na te lezen. Hij zette zijn bril af, wreef hem schoon langs zijn mouw en trok met zijn duim en wijsvinger zijn onderlip naar voren.

Franks neusgaten trilden. 'Wat?'

'Je zei dat er niets was achtergelaten op de plaats van de moord. Daar heb ik over nagedacht. Je hebt gelijk. Het was te schoon.' De lijkschouwer nam even de tijd om een sigaret op te steken. Pall Mall zonder filter, zag Frank. Iedere patholoog-anatoom met wie hij ooit had gewerkt, had gerookt. De lijkschouwer blies rookkringetjes uit en genoot zichtbaar van deze mentale training.

'Haar nagels waren te schoon.'

Frank keek verbaasd.

De lijkschouwer vervolgde: 'Ik bedoel, er was geen vuil, geen nagellak, hoewel ze die droeg, helderrood spul, geen enkele substantie die je daar normaliter aantreft. Helemaal niets. Het leek net alsof ze schoongemaakt waren, begrijp je wat ik bedoel.' Hij wachtte even. 'Ik heb ook minutieuze spoortjes van een oplossing gevonden.' Hij wachtte weer even. 'Een soort reinigingsvloeistof.'

'Ze was die morgen naar een of andere chique schoonheidssalon geweest. Ze had haar nagels laten manicuren.'

De lijkschouwer schudde zijn hoofd. 'Dan zou je juist meer resten aantreffen, met al die chemicaliën die ze gebruiken.'

'Wat wil je daarmee zeggen? Dat ze haar nagels met een bepaalde bedoeling hebben schoongemaakt?'

De lijkschouwer knikte. 'Iemand heeft heel goed zijn best gedaan om geen identificatiemateriaal achter te laten.'

'Wat inhoudt dat ze doodsbang zijn om op een of andere manier door fysiek bewijsmateriaal geïdentificeerd te worden.'

'Dat zijn de meeste daders, Seth.'

'Tot op zekere hoogte. Maar het schoonzuigen van vingernagels en de kamer zo schoon achterlaten dat zelfs onze speciale stofzuiger niets vindt, gaat me een beetje te ver.'

Frank keek naar het dossier. 'Ik las dat je ook sporen van olie op haar handpalmen hebt aangetroffen?'

De lijkschouwer knikte en keek de inspecteur vervolgens aandachtig aan. 'Een conserverende, beschermende substantie. Je weet wel, zoals voor bepaalde weefsels en leersoorten wordt gebruikt.'

'Dus ze heeft misschien iets vastgehouden, waardoor die stof op haar handen kwam?'

'Ja. Alleen kan ik niet met zekerheid zeggen wanneer die olie op haar handen is gekomen.' De lijkschouwer zette zijn bril weer op. 'Denk je dat ze de dader kent, Seth?'

'Ik heb geen gegevens die daarop wijzen, tenzij ze hem heeft uitgenodigd om de kluis leeg te halen.'

Plotseling kreeg de lijkschouwer een idee. 'Misschien heeft zij die inbraak georganiseerd. Dat kan toch? Misschien was ze doodziek van die oude man en kreeg ze haar nieuwe bedvriendje zover haar appeltje voor de dorst te stelen, om daarna samen met hem naar sprookjesland te vertrekken?'

Frank overwoog die theorie. 'Behalve dat de zaak niet helemaal verliep zoals ze in gedachten had.'

'Het sluit wel aan bij de feiten, Seth.'

Frank schudde zijn hoofd. 'Uit onze gegevens blijkt dat het slachtoffer het heerlijk vond om mevrouw Walter Sullivan te zijn. En niet alleen om het geld, als je begrijpt wat ik bedoel. Ze kreeg de kans zich met haar fraaie fysiek te bewegen in kringen van allerlei wereldberoemde personen. Wat niet gek is voor iemand die gewend was hamburgers te bakken in een cafetaria.'

De lijkschouwer staarde hem aan. 'Dat meen je toch niet?'

De inspecteur glimlachte. 'Jazeker. Tachtig jaar oude miljardairs houden er soms vreemde ideeën op na. En hij was iemand die altijd kreeg wat hij wilde.'

De lijkschouwer grinnikte en schudde zijn hoofd. Miljardair? Wat zou hij doen met een miljard dollar? Zijn blik ging naar de inktpot op zijn bureau. Toen drukte hij zijn sigaret uit, keek opnieuw naar het rapport en vervolgens naar Frank. Hij schraapte zijn keel.

'Ik denk dat de tweede kogel uit een automatisch of half-automatisch wapen afkomstig was.'

Frank trok de knoop van zijn stropdas een stukje los en zette zijn ellebogen op het bureau. 'Oké.'

'Hij doorboorde beide schedelwanden en liet een uitgangswond achter die ruim twee keer zo groot was als de ingangswond.'

'Dus jij denkt ook dat het om twee wapens gaat?'

'Tenzij die kerel in hetzelfde wapen verschillende soorten munitie gebruikte.' Hij keek Frank heel aandachtig aan. 'Het schijnt je niet te verbazen, Seth?'

'Dat zou het een uur geleden wel hebben gedaan. Nu niet meer.'

'Dus we vermoeden dat er sprake is van twee daders.'

'Twee gewapende daders. En een dame die hoe groot is?'

De lijkschouwer hoefde zijn aantekeningen niet te raadplegen. 'Eenzevenenvijftig lang, tweeënvijftig kilo zwaar.'

'Dus een klein, licht vrouwtje en twee, vermoedelijk mannelijke daders met zware wapens, die haar eerst proberen te wurgen, haar vervolgens in

elkaar slaan en dan allebei het vuur op haar openen en haar doodschieten.'
De lijkschouwer schoot bijna in de lach. De feiten waren op z'n minst verwarrend te noemen.

Frank keek weer naar het rapport. 'Weet je zeker dat de wurging en het slaan plaatsvonden voor de dood intrad?'

De lijkschouwer keek beledigd. 'Absoluut. Een mooi rommeltje, vind je niet?'

Frank bladerde het rapport door en maakte een paar aantekeningen. 'Dat kun je wel zeggen. Geen poging tot verkrachting? Helemaal niets in die richting?'

De lijkschouwer antwoordde niet.

Ten slotte keek Frank hem aan, nam zijn leesbril af en legde hem op het bureau. Achteroverleunend in zijn stoel nam hij een slokje van de zwarte koffie die hem eerder was aangeboden.

'Het rapport zegt niets over seksueel contact,' herinnerde hij zijn vriend.

Eindelijk reageerde de lijkschouwer. 'Het rapport is juist. Er is geen seksueel contact geweest. Geen sporen van sperma, geen bewijzen van penetratie en geen zichtbare bloeduitstortingen. Dat brengt mij tot de gerechtvaardigde conclusie dat er geen seksueel contact heeft plaatsgevonden.'

'Maar? Ben je niet tevreden met die conclusie?' Frank keek hem verwachtingsvol aan.

De lijkschouwer nam een slokje koffie en strekte vervolgens zijn lange armen uit, totdat hij diep in zijn ouder wordende lichaam een geruststellend knakje hoorde.

'Laat jouw vrouw zich weleens onderzoeken door een gynaecoloog?'

'Natuurlijk, dat doet toch iedere vrouw?'

'Dat zou je verbazen,' antwoordde de lijkschouwer droog. 'Waar het om gaat, is het volgende. Hoe goed en voorzichtig een gynacoloog ook is, er ontstaan bij een onderzoek altijd lichte zwellingen en ontvellingen in de geslachtsorganen. Zo is het nu eenmaal. Want als hij haar goed wil onderzoeken, moet hij naar binnen en daar een beetje rondkijken.'

Frank zette zijn koffiekop neer en verschoof op zijn stoel. 'Dus je wilt beweren dat ze midden in de nacht, vlak voordat ze om zeep werd geholpen, haar gynaecoloog op visite heeft gehad?'

'De sporen waren nauwelijks te zien, maar ze waren er wel degelijk.' De lijkschouwer wachtte even, en toen hij weer begon te praten, koos hij zijn woorden heel zorgvuldig. 'Ik zit er al over na te denken sinds ik het rapport heb geschreven. Begrijp me goed, het hoeft niets te betekenen. Misschien heeft ze het zelf wel gedaan, als je begrijpt wat ik bedoel. Ieder z'n meug. Maar zoals het eruitziet, geloof ik dat niet. Ik denk dat iemand haar heeft gecontroleerd kort na haar dood. Een uur of twee erna, misschien iets minder.'

'Haar gecontroleerd op wat? Om te kijken of er iets gebeurd was?' Frank deed geen moeite zijn verbijstering te verbergen.

De lijkschouwer nam hem met een kalme blik op. 'Wat zouden ze bij een vrouw op die plek anders te zoeken hebben?'

112

Frank bleef de man enige tijd aanstaren. Deze informatie deed zijn opkomende hoofdpijn geen goed. Hij schudde zijn hoofd. Weer een ballontheorie. Als je de ene kant naar binnen drukt, begint hij aan de andere kant uit te puilen. Hij krabbelde nog een paar notities neer, fronste zijn voorhoofd zo diep, dat zijn wenkbrauwen elkaar bijna raakten en nam zonder erbij na te denken nog een slok koffie.

De lijkschouwer observeerde hem. Dit was geen eenvoudige zaak, maar tot nu toe had de inspecteur op de juiste knoppen gedrukt en de juiste vragen gesteld. Hij was aangeslagen, maar dat was normaal in deze fase van het onderzoek. Goede speurders konden nooit alle vragen beantwoorden. Uiteindelijk, als je volhardend was en een beetje geluk had – in de ene zaak had je dat meer nodig dan in de andere – zou je de zaak openbreken en zouden alle stukjes op hun plaats vallen. De lijkschouwer hoopte dat het zo'n soort zaak was. Maar op dit moment zag het er heel slecht uit.

'Ze was nogal dronken toen ze de pijp uitging.' Frank bekeek het toxicologisch rapport.

'Twee-komma-een promille. Zelf heb ik een dergelijk promillage niet meer gehad sinds mijn studietijd.'

Frank glimlachte. 'Nou, ik vraag me af waar ze die twee-komma-een genuttigd heeft.'

'In zulk soort huizen is meestal genoeg drank te vinden.'

'Ja, maar er waren nergens vuile glazen en open flessen en bij het vuilnis was ook niets te vinden.'

'Nou, dan is ze ergens anders dronken geworden.'

'Maar hoe is ze dan thuisgekomen?'

De lijkschouwer dacht even na en wreef de slaap uit zijn ogen. 'Met de auto. Ik heb mensen met hogere promillages achter het stuur zien zitten.'

'Vlak voordat je ze op de autopsietafel kreeg zeker?' zei Frank droog. 'Het probleem met die hypothese is dat er met geen van de auto's die in de garage staan, is gereden sinds ze naar Barbados zijn vertrokken.'

'Hoe weet je dat? Een motorkap is na drie dagen heus niet warm meer.'

Frank bladerde door zijn aantekenboekje, vond wat hij zocht en liet het aan zijn vriend zien.

'Sullivan heeft een full-time chauffeur. Een oude kerel die Bernie Kopeti heet. Hij kent zijn auto's beter dan zijn kinderen en houdt van elke auto uiterst nauwkeurige statistieken bij. Je kunt het geloven of niet, maar twee keer per dag noteert hij van elke auto de kilometerstand in een logboek. Op mijn verzoek heeft hij alle auto's gecontroleerd. Het waren de enige auto's die in de garage stonden toen we het lijk vonden en we mogen aannemen dat het de enige auto's waren waarover de vrouw beschikking had. Bovendien bevestigde Kopeti dat er geen voertuigen ontbraken. Geen van de auto's had een hogere kilometerstand; er was niet mee gereden sinds de hele familie naar Barbados was vertrokken. Dus als Christine Sullivan niet met een van die auto's is thuisgekomen, hoe dan wel?'

'Een taxi?'

Frank schudde zijn hoofd. 'We hebben met elke taxi-onderneming gepraat die in deze omgeving opereert. Die avond of nacht is er geen vrachtje afgeleverd op Sullivans adres. En zo'n huis vergeet je niet snel.'

'Tenzij de taxichauffeur zich aan haar vergrepen heeft en zijn mond dicht houdt.'

'Wil je beweren dat ze een taxichauffeur in haar huis heeft uitgenodigd?'

'Ik beweer dat ze hartstikke dronken was en waarschijnlijk geen flauw idee had wat ze deed.'

'Dat sluit niet aan bij het feit dat er met het alarmsysteem is gerotzooid en dat er een touw uit het raam hing, noch het feit dat er vermoedelijk sprake is van twee daders. Ik heb nog nooit een taxi met twee chauffeurs gezien.'

Er schoot Frank iets te binnen en hij begon in zijn aantekenboekje te schrijven. Hij was ervan overtuigd dat Christine Sullivan was thuisgebracht door iemand die ze kende. Aangezien die persoon of personen zich niet hadden gemeld, kon Frank wel raden waarom niet.

De lijkschouwer leunde achteruit in zijn stoel en wist niet goed wat hij moest zeggen. Hij spreidde zijn handen voor zich uit. 'Mogelijke verdachten?'

Frank stopte met schrijven. 'Misschien.'

De lijkschouwer keek hem met een scherpe blik aan. 'Wat is het verhaal van haar echtgenoot? Hij is een van de rijkste mannen van de Verenigde Staten.'

'Van de wereld.' Frank stopte zijn aantekenboekje weg, sloeg het dossier weer open en dronk zijn laatste restje koffie op. 'Ze waren op weg naar het vliegveld, toen ze plotseling besloot niet mee te gaan. Haar echtgenoot neemt aan dat ze naar haar appartement in de stad is gegaan. Dat feit is bevestigd. Ze hadden afgesproken dat hun privé-vliegtuig haar drie dagen later zou oppikken en haar naar het verblijf van de Sullivans bij Bridgetown op Barbados zou brengen. Toen ze niet op het vliegveld verscheen, ging Sullivan zich zorgen maken en heeft hij hiernaartoe gebeld. Dat is zijn verhaal.'

'Heeft ze hem een reden gegeven waarom ze niet meeging?'

'Daar heeft hij niets over gezegd.'

'Die rijke jongens kunnen zich de allerbesten permitteren. Misschien wilde hij het doen lijken op een inbraak, terwijl hij zelf zesduizend kilometer zuidelijker in een hangmat lokale vruchtesapjes met parapluutjes erin lag te drinken. Verdenk je hem?'

Frank bleef enige tijd naar de muur staren. Zijn gedachten gingen terug naar Walter Sullivan die onbeweeglijk naast zijn vrouw in het lijkenhuis zat. Naar hoe hij eruit had gezien toen hij geen reden had om aan te nemen dat iemand hem observeerde.

Frank keek de lijkschouwer aan en stond op. 'Nee, dat doe ik niet,' zei hij, en hij vertrok.

114

•10•

Bill Burton zat in het kwartier van de geheime dienst in het Witte Huis. Langzaam legde hij zijn krant neer, de derde van die ochtend. In alle drie werd uitvoerig aandacht besteed aan de moord op Christine Sullivan. De feiten waren vrijwel dezelfde als in eerdere artikelen, dus blijkbaar waren er geen nieuwe ontwikkelingen te melden.

Het afgelopen weekend had hij met Varney en Johnson gepraat, tijdens een etentje bij hem thuis. Alleen hij, Collin en hun twee collega's. De man had in de kluis gezeten toen hij de president met mevrouw Sullivan zag. Hij was eruit gekomen, had de president buiten westen geslagen, de vrouw doodgeschoten en was ondanks de pogingen van Burton en Collin om hem in de kraag te vatten, ontsnapt. Dat verhaal strookte niet bepaald met de werkelijke gebeurtenissen van die nacht, maar de twee agenten slikten Burtons versie. Beide mannen hadden uiting gegeven aan hun woede, omdat iemand het had gewaagd de man aan te raken die zij met zoveel toewijding beschermden. De dader zou nog niet van hen af zijn. En niemand zou van hen iets horen over de betrokkenheid van de president bij het incident. De president was het slachtoffer geweest en zij waren trotse, loyale mannen. In hun ogen was de president net zo belangrijk als God, misschien nog wel belangrijker. Hij zou absoluut veilig zijn, alsof er nooit iets gebeurd was.

Toen ze vertrokken waren, had Burton in de achtertuin een biertje gedronken. Ze moesten eens weten. Het probleem was dat hij het wel wist. Bill Burton was zijn hele leven een eerlijk en oprecht man geweest en zijn nieuwe rol van leugenaar beviel hem helemaal niet.

Burton dronk zijn tweede kop koffie leeg en keek op zijn horloge. Toen schonk hij zich nog een kop in en keek het kwartier van de geheime dienst rond.

Hij had deze baan altijd al gewild. Lid van het elitekorps dat de belangrijkste persoon op deze aardbol beschermde. Het vakmanschap, de kracht en intelligentie van de geheime-dienstagenten, de hechte vriendschap tussen hen. De wetenschap dat op elk willekeurig moment van je verwacht kon worden dat je jouw leven opofferde voor dat van iemand anders, in het algemeen belang, maakte het tot bijzonder nobel werk, in een wereld waarin dit soort begrippen steeds zeldzamer werd. Al deze gevoelens hadden er altijd voor gezorgd dat agent William James Burton 's nachts goed sliep en 's morgens glimlachend wakker werd. En nu was dat gevoel verdwenen. Hij had alleen maar zijn werk gedaan, maar toch was het gevoel verdwenen. Hoofdschuddend stak Burton een sigaret op.

Ze zaten op een berg dynamiet, allemaal. Gloria Russell had hem al meerdere malen uitgelegd dat hij zich geen zorgen hoefde te maken, maar zijn geloof in een goede afloop was steeds kleiner geworden.

De auto was een ramp geweest. Via zeer discrete bronnen waren ze te weten gekomen dat hij van een parkeerplaats van een politiebureau in Washington was gestolen en daar weer was teruggezet. Het was veel te gevaarlijk om daar te gaan rondneuzen. Russell was woedend geweest. Van hem mocht ze. Zij beweerde dat ze alles onder controle had. Gelul.

Burton vouwde de krant weer netjes op en legde hem op tafel.

Russell kon de klere krijgen. Hoe meer Burton erover nadacht, hoe kwader hij werd. Maar het was nu te laat om nog iets te doen. Ze zaten er allemaal tot hun nek in. Zijn hand ging naar de linkerkant van zijn jasje. Zijn .357 en Collins 9 mm lagen allebei op de bodem van Severn River. Ze hadden ze gevuld met cement en op de meest afgelegen plek die ze konden vinden, in de rivier gedumpt. Voor sommigen misschien een overbodige voorzorg, maar voor Burton was geen enkele voorzorg overbodig. De politie beschikte over één onbruikbare kogel en die andere zouden ze nooit vinden. Zelfs al vonden ze hem, de loop van zijn nieuwe Magnum was brandschoon. Nee, Burton was niet bezorgd dat de afdeling ballistiek van de lokale politie van Virginia het hem moeilijk zou maken.

Toch zou het vroeg of laat gebeuren. De man zou vast en zeker naar buiten treden en op de een of andere manier aan de wereld openbaren wat er gebeurd was. Het was alleen een kwestie van tijd. De president van de Verenigde Staten was een overspelige sadist die zijn bedvriendinnetje zo erg had toegetakeld, dat ze geprobeerd had hem te vermoorden, waardoor de agenten Burton en Collin verplicht waren geweest haar kop van haar romp te knallen.

En toen hadden ze alles in de doofpot gestopt. Dat was het wat hem elke keer als hij in de spiegel keek, aan het schrikken maakte. De doofpot. Ze hadden gelogen. Door te zwijgen hadden ze gelogen. Maar had hij zelf niet ook steeds gelogen? Waren die nachtelijke excursies niet al langer aan de gang; dus loog hij in feite niet al jaren? Elke dag als hij de *First Lady* goedemorgen wenste? Elke keer als hij met hun twee kinderen op het grasveld achter het Witte Huis speelde? Door te verzwijgen dat haar echtgenoot en hun vader bij lange na niet zo aardig en vriendelijk en goed was als ze dachten? Als iedereen in de Verenigde Staten dacht? De geheime dienst. Burton grijnsde. Een toepasselijke naam, om een minder voor de hand liggende reden. Burton had in de loop der jaren al heel wat vuiligheid gezien. En hij had de andere kant op gekeken. Dat deed iedere agent vroeg of laat. Die speciale instelling eiste het werk van je, ook al was je het daar niet altijd mee eens. Macht maakte mensen gek; macht zorgde ervoor dat ze zich onaantastbaar voelden. En dat kon heel gevaarlijk zijn.

Tijdens de afgelopen weken had Burton al meerdere malen de telefoon opgepakt om de chef van de geheime dienst te bellen. Om hem het hele verhaal te vertellen en zo de schade enigszins te beperken. Maar elke keer had hij de hoorn weer neergelegd, omdat hij niet in staat was de woorden uit te spreken die een eind aan zijn carrière zouden maken, die zijn leven zouden ruïneren. Met elke dag die verstreek groeide Burtons hoop dat het allemaal wel zou overwaaien, hoewel hij zich tegelijkertijd terdege bewust was dat dat niet zou gebeuren. Hij wist dat het nu te laat was om de waarheid te vertellen. Als hij een dag of twee na de ramp had gebeld, zou dat nog te verklaren zijn geweest, maar nu niet meer.

Zijn gedachten gingen terug naar het onderzoek van de doodsoorzaak van Christine Sullivan. Met veel belangstelling had Burton het autopsierapport gelezen dat hem door de lokale politie, op verzoek van de president, die zo geschokt was door de tragedie, ter beschikking was gesteld. De president kon ook de klere krijgen.

Een verbrijzelde kaak en sporen van wurging. De schoten die Collin en hij hadden gelost, hadden die verwondingen niet kunnen verbergen. Ze had een goede reden gehad om hem te vermoorden. Maar Burton mocht dat niet laten gebeuren, onder geen beding mocht hij dat laten gebeuren. Hij had nog maar weinig zekerheden, maar dat was er in elk geval één van.

Hij had juist gehandeld. Voor de duizendste keer hield Burton dat zichzelf voor. Het was die specifieke actie waarvoor hij vrijwel zijn hele volwassen leven had getraind. Een normaal mens zou dat nooit kunnen begrijpen; die zou zich onmogelijk kunnen voorstellen wat een agent dacht en voelde als er tijdens zijn dienst iets ergs gebeurde.

Lang geleden had hij met een van Kennedy's agenten gepraat. De man had Dallas nooit kunnen verwerken. Hij liep vlak naast de limousine van de president, zonder dat hij iets kon doen. En de president was gestorven. Vlak voor zijn eigen ogen was het hoofd van de president uiteengespat. Niets wat hij kon doen, hoewel er altijd wel iets was. Er was altijd wel een voorzorg die hij had kunnen nemen. Naar links draaien in plaats van naar rechts, dat ene gebouw nog zorgvuldiger observeren dan hij had gedaan, de menigte afzoeken met net iets meer aandacht. Kennedy's agent was er nooit overheen gekomen. Hij nam ontslag, scheidde van zijn vrouw en trok zich terug in een of ander obscuur rattehol in Mississippi, waar hij elke dag van de laatste twintig jaar van zijn leven opnieuw die gebeurtenis in Dallas beleefde.

Dat zou Burton niet gebeuren. Daarom had hij zes jaar geleden zijn lichaam voor Alan Richmond geworpen en twee .38 kogels voor hem opgevangen. Hoewel hij een kogelvrij vest droeg, was de ene kogel in zijn schouder gedrongen en de andere in zijn onderarm. Wonder boven wonder werden er geen vitale delen geraakt, zodat Burton er niet meer aan overhield dan een paar littekens en de oprechte dankbaarheid van de bevolking van een heel werelddeel. En, wat belangrijker was, de grenzeloze bewondering van al zijn collega's.

Daarom had hij het vuur geopend op Christine Sullivan. En hij zou het vandaag weer doen. Hij zou haar doden, net zo vaak als nodig was. Hij zou de trekker overhalen en kijken hoe de 180 grams kogel met een snelheid van 350 meter per seconde in de zijkant van haar hoofd drong. Haar jonge leven zou beëindigd worden, maar dat was haar keus, niet de zijne. Dood. Hij ging weer aan het werk. Zolang het nog kon.

Stafchef Gloria Russell liep met kwieke passen de gang door. Ze had zojuist de perschef van het Witte Huis ingelicht over de gunstige kentering in het Russisch-Oekraïense conflict. Door de puur politieke aard van de zaak was het gewenst dat de Verenigde Staten Rusland steunden, maar puur politieke belangen waren in de Richmond-regering zelden van doorslaggevende betekenis. Het grote Rusland beschikte nu over alle intercontinentale nucleaire wapens, maar de Oekraïne bevond zich in een veel betere positie om handelsbetrekkingen aan te knopen met de westerse wereld. Wat de weegschaal in het voordeel van de Oekraïne had doen doorslaan, was het feit dat Walter Sullivan, de dierbare vriend van de president, die nog altijd veel verdriet had, bezig was een omvangrijke deal met de Oekraïne te sluiten. Sullivan en zijn vrienden hadden via verscheidene kanalen om en nabij twaalf miljoen dollar bijgedragen aan Richmonds verkiezingscampagne en zich geen enkele moeite bespaard om hem het presidentschap te bezorgen. Daarom was het absoluut uitgesloten dat Richmond hun deze tegenprestatie weigerde. Met andere woorden: de Verenigde Staten steunden de Oekraïne.

Russell keek op haar horloge en was om meer dan één reden blij dat de Verenigde Staten Kiev boven Moskou hadden verkozen, hoewel ze zeker wist dat Richmond zonder het geringste probleem ook het omgekeerde zou hebben gedaan. Maar loyaliteit vergat hij niet. Gunsten moesten terugbetaald worden. En een president bevond zich toevallig in de prettige positie dat hij dat terugbetalen op wereldomvattende schaal kon doen. Nu dit probleem uit de weg was geruimd, nam ze plaats achter haar bureau en richtte haar aandacht op de groeiende lijst met andere problemen.

Al na een kwartier stond Russell weer op en liep langzaam naar het raam van haar kantoor. Er was nog steeds veel verkeer in de bekendste straat van de hoofdstad. Het leven in Washington ging gewoon verder, zoals het dat al tweehonderd jaar deed. Het politieke bedrijf, vol gewiekste zakenlieden, enorme geldstromen en maatschappelijke zwaargewichten, draaide op volle toeren. Een bedrijf waarin je alleen overeind bleef als je je tegenstander te grazen nam voordat hij jou te grazen nam. Russell wist hoe het spel gespeeld moest worden, beter dan wie ook. Ze hield ervan en was er goed in. Hier was ze in haar element, gelukkiger dan ze in jaren was geweest. Ze had zich zorgen gemaakt dat ze nog steeds ongetrouwd was en geen kinderen had. Haar bestaan was monotoon en hol geweest. En toen verscheen Alan Richmond in haar leven. Dat had haar nieuwe energie gegeven en haar attent gemaakt op de mogelijkheid dat ze zich naar een hoger niveau kon opwerken. Een niveau dat nog geen enkele vrouw ooit had bereikt. Dat idee was zo allesoverheersend, dat ze het soms bijna niet kon geloven.

Totdat een stuk metaal roet in het eten had gegooid. Waar was dat verdomde ding? Waarom was de man niet te voorschijn gekomen? Hij moest weten wat hij in zijn bezit had. Als hij geld wilde, zou hij het krijgen. De fondsen waarover ze beschikte, waren ruimschoots toereikend om aan de meest onredelijke eisen te voldoen. En Russell verwachtte het ergste. Dat was een van de prettige kanten van het Witte Huis. Niemand wist precies hoeveel geld het kostte om de zaak te runnen. Dat kwam doordat zoveel instellingen een deel van hun budget en personeel afstonden om het Witte Huis draaiende te houden. Met zoveel financiële verwarring hoefde de regering zich nooit zorgen te maken over haar financiën, ook al waren de uitgaven soms nog zo exorbitant. Nee, dacht Russell bij zichzelf, over geld hoefde ze zich geen zorgen te maken. Maar ze had nog genoeg andere problemen.

Wist de man dat de president absoluut geen weet had van wat er in feite was gebeurd? Dat was het wat Russell verontrustte. Wat zou er gebeuren als hij niet haar benaderde, maar de president zelf? Plotseling kreeg ze het koud. Ze begon te trillen en liet zich in de stoel bij het raam vallen. Richmond zou onmiddellijk begrijpen wat ze van plan was geweest, daar bestond geen enkele twijfel over. Hij was wel arrogant, maar niet gek. En dan zou hij haar vernietigen. Zomaar. En zij zou zich niet kunnen verweren. Het zou geen zin hebben hem te beschuldigen. Ze kon niets bewijzen. Het zou haar woord tegen het zijne zijn. En dan zou ze worden afgevoerd naar de stortplaats voor politieke mislukkelingen en, wat het ergste van alles was, worden vergeten.

Ze moest hem vinden. Op een of andere manier moest ze hem laten weten dat hij haar moest benaderen. Er was maar één persoon die haar daarbij kon helpen. Ze ging weer achter haar bureau zitten, schudde haar twijfels van zich af en ging weer aan het werk. Dit was geen moment om in paniek te raken. Juist nu moest ze sterker zijn dan ze ooit in haar leven was geweest. Ze zou het nog kunnen redden, als ze haar zenuwen in bedwang hield en vertrouwde op het uitstekende stel hersens dat God haar gegeven had. Ze zou zich uit deze puinhoop kunnen werken en ze wist nu waar ze moest beginnen.

De werkwijze die ze had gekozen, zou iedereen die Gloria Russell goed kende, ten zeerste verbazen. Maar de stafchef had een kant waarvan zelfs haar goede bekenden niets wisten. Haar politieke carrière was altijd op de eerste plaats gekomen, altijd belangrijker geweest dan wat ook in haar privé-leven, zodat er in de afgelopen jaren ook nauwelijks plaats was geweest voor seksuele relaties. Toch beschouwde Gloria Russell zichzelf als een zeer begerenswaardige vrouw, en ze had inderdaad een vrouwelijke kant die een scherp contrast vormde met haar professionele status. Dat de jaren aan haar voorbijgingen, en snel ook, versterkte alleen maar haar ongerustheid over deze leemte in haar leven. Hoewel ze niet direct van plan was om daar op korte termijn iets aan te veranderen, zeker niet nu haar een mogelijke ramp boven het hoofd hing, geloofde ze toch dat ze een goede tactiek had gevonden om haar plan ten uitvoer te brengen. Dan kon ze meteen uitzoeken of ze nog wel begerenswaardig was. Ze kon haar gevoelens niet negeren, net zomin als ze aan haar schaduw kon ontsnappen, dus waarom zou ze er moeite voor doen? Trouwens, ze was ervan overtuigd dat een dergelijke subtiliteit met betrekking tot haar doelwit volkomen verspild zou zijn.

Twee uur later klikte ze haar bureaulamp uit en belde op om haar auto te laten voorrijden. Ze bekeek het dagrooster van de geheime dienst en toetste nogmaals een nummer in. Drie minuten later stond agent Collin voor haar, met zijn handen over elkaar voor zich, zoals alle agenten altijd deden. Ze gebaarde hem even te wachten. Ze controleerde haar make-up, vormde een perfect ovaal met haar lippen en werkte ze bij met lippenstift. Vanuit haar ooghoeken observeerde ze de grote, slanke man die naast haar bureau stond. Het zou iedere vrouw moeite kosten zijn knappe verschijning bewust te negeren. Het feit dat zijn beroep met zich meebracht dat hij zich regelmatig in gevaarlijke situaties moest begeven en dat hij ook zelf heel gevaarlijk kon zijn, maakte hem alleen maar aantrekkelijker. Net als die slechte jongens op de middelbare school, tot wie de meisjes zich altijd aangetrokken voelen, al was het alleen maar om even aan de saaiheid van hun eigen bestaan te ontsnappen. Russell was ervan overtuigd dat Tim Collin in zijn nog relatief korte leven al menig vrouwenhart had gebroken. Ze had voor vanavond niets in haar agenda staan, wat een zeldzaamheid was. Ze schoof haar stoel achteruit en trok haar pumps aan. Ze zag niet dat Collin zijn blik over haar benen liet gaan, om meteen daarna weer recht voor zich uit te staren. Als ze het had gezien, zou ze waarschijnlijk aangenaam verrast zijn geweest, zeker met het oog op haar plan.

'De president geeft volgende week een persconferentie in het gerechtshof van Middleton, Tim.'

'Ja, mevrouw. Om negen uur vijfendertig. We waren al bezig met de voorbereidingen.' Hij bleef recht voor zich uit kijken.

'Vind je dat niet wat ongebruikelijk?'

Collin keek haar aan. 'Hoezo, mevrouw?'

'Het is na werktijd, dus je mag me Gloria noemen.'

Duidelijk niet op zijn gemak verplaatste Collin zijn lichaamsgewicht van de ene voet op de andere. Ze glimlachte naar hem.

'Je weet waar die persconferentie over gaat, is het niet?'

'De president zal een verklaring afleggen,' Collin slikte hoorbaar, 'over de moord op mevrouw Sullivan.'

'Juist. Een president die een persconferentie belegt over de moord op een burger. Vind je dat niet vreemd? Volgens mij is dat de eerste keer in de geschiedenis, Tim.'

'Dat zou ik niet weten, mevr... Gloria.'

'Jij hebt de afgelopen weken veel tijd met hem doorgebracht. Is je iets opgevallen aan de president?'

'Hoe bedoelt u?'

'Maakt hij een gespannen of bezorgde indruk? Meer dan anders, bedoel ik.'

Collin schudde ontkennend zijn hoofd en vroeg zich af welke kant dit gesprek op zou gaan.

'Ik geloof dat we met een klein probleempje zitten, Tim. En ik denk dat de president onze hulp nodig zal hebben. Jij bent bereid hem te helpen, is het niet?'

'Hij is de president, mevrouw. Het is mijn taak om voor hem te zorgen.'

Russell zocht in haar tas en zei: 'Heb je vanavond iets te doen, Tim? Je bent om negen uur vrij, hè? De president blijft thuis vanavond.'

Collin knikte.

'Je weet waar ik woon. Kom naar me toe, om tien uur. Ik wil dit gesprek met je voortzetten, onder vier ogen. Je vindt het toch niet erg om mij en de president te helpen?'

Collins antwoord was duidelijk. 'Ik zal er zijn, Gloria.'

Hij klopte nogmaals op de deur. Geen antwoord. De gordijnen waren dichtgetrokken en nergens in huis brandde licht. Of hij lag te slapen of hij was niet thuis. Jack keek op zijn horloge. Negen uur. Hij herinnerde zich Luther Whitney als iemand die nooit voor twee, drie uur 's nachts in bed lag. De oude Ford stond op de oprit. De deur van de kleine garage was op slot. Jack keek in de brievenbus naast de deur. Hij zat propvol. Het beviel hem niet. Hoe oud was Luther nu? Halverwege de zestig? Zou hij zijn oude vriend liggend op de vloer aantreffen, met zijn koude handen grijpend naar zijn borst? Jack keek om zich heen en tilde toen de terracotta bloembak naast de voordeur een stukje op. De reservesleutel lag er nog steeds. Hij keek nog eens om zich heen, stak de sleutel in het slot en ging naar binnen.

De spaarzaam gemeubileerde voorkamer zag er netjes uit. Alles stond waar het behoorde te staan.

'Luther?' Hij liep de gang door; de simpele indeling van het huis stond hem nog helder voor de geest. Links de slaapkamer, rechts het toilet, aan het eind van de gang een keuken en achter het huis een tuintje met een kleine veranda. Luther was nergens te bekennen. Jack liep de kleine slaapkamer binnen, die net als de rest van het huis netjes en ordelijk was.

Toen hij op de rand van het bed ging zitten, staarde Kate hem aan vanaf een aantal ingelijste foto's op het nachtkastje. Jack draaide snel zijn hoofd om en liep de slaapkamer weer uit.

De kleine kamertjes op de eerste verdieping waren vrijwel leeg. Hij had even ingespannen geluisterd, maar hoorde niets.

Beneden in het kleine keukentje ging Jack op een kunststof stoel met een zitting van waslijndraad zitten en keek om zich heen. Hij had geen lampen aangedaan, maar bleef in het donker zitten. Hij boog zich opzij en trok de deur van de koelkast open. Jack begon te glimlachen. Tweemaal zes blikjes Budweiser glimlachten naar hem terug. Bij Luther kon je altijd terecht voor een koud biertje. Hij pakte een blikje, deed de achterdeur open en stapte naar buiten.

De tuin zag er verwaarloosd uit. Zelfs de varens in de schaduw van de dikke eik waren verdroogd en de clematis die tegen de houten schutting op groeide, was helemaal ineengeschrompeld. Jack keek naar Luthers veel geprezen bloembedden en zag meer slachtoffers dan overlevenden van de Washingtonse zomerhitte.

Hij ging zitten en nam een slokje bier. Het was duidelijk dat Luther hier al een hele tijd niet was geweest. Nou en? Hij was volwassen. Hij kon gaan en staan waar hij wilde, en wanneer hij dat wilde. Maar er klopte iets niet; hoewel het jaren geleden was geweest dat hij hem voor het laatst had gezien. Gewoonten veranderden. Hij overwoog het nogmaals. Nee, Luther zou zijn gewoonten niet veranderen. Zo was de man niet. Hij was onveranderlijk, betrouwbaarder dan wie dan ook. En een brievenbus vol post, dode planten en bloemen, de auto niet in de garage, dat was niet de manier waarop Luther zijn huis zou achterlaten. Niet vrijwillig tenminste. Jack ging weer naar binnen. Op het bandje van het antwoordapparaat stond niets. Hij liep weer naar de kleine slaapkamer; de vochtige hitte kwam hem tegemoet toen hij de deur opendeed. Hij keek nogmaals de kamer rond. Toen begon hij te lachen. Hij was verdomme geen detective. Luther was waarschijnlijk een paar weken op vakantie naar een of ander eiland, terwijl hij hier de bezorgde ouder liep uit te hangen. Luther was een van de handigste mannen die Jack ooit had ontmoet. Bovendien was het zijn zaak niet waar Luther uithing. De hele familie Whitney was zijn zaak niet meer, noch vader noch dochter. Wat deed hij hier eigenlijk? Verlangde hij terug naar de goede, oude tijd? Wilde hij proberen Kate terug te krijgen via haar vader? Dat was wel het meest onwaarschijnlijke scenario dat je je kon voorstellen. Misschien zocht hij wel een schouder om op uit te huilen.

Jack draaide de voordeur achter zich op slot en legde de sleutel weer onder de bloembak. Hij keek nog één keer achterom naar het huis en wandelde toen naar zijn auto.

Gloria Russells huis lag aan het eind van een doodlopende straat achter River Road in de rustige wijk Bethesda. Aangezien ze haar specialistische bekwaamheden jarenlang in dienst had gesteld van de top van het Amerikaanse bedrijfsleven, daarna een aanzienlijk hoogleraarschap had bekleed en uiteindelijk was opgeklommen tot stafchef van het Witte Huis, had ze altijd veel geld verdiend, dat ze met enkele slimme investeringen had doen uitgroeien tot een fors kapitaal. Gloria Russell omringde zich graag met mooie dingen. De entree tot de tuin aan de voorkant werd gevormd door een paar oude eiken die met klimop waren begroeid. De hele tuin werd omgeven door een bochtige, één meter hoge bakstenen muur en de tuin zelf was ingericht met enkele zitjes van tafels, stoelen en parasols. Een kleine fontein borrelde en ruiste zacht in de duisternis; alleen door het grote raam van de erker aan de voorkant van het huis viel wat licht in de tuin. Gloria Russell zat aan een van de tuintafels toen agent Collin uit zijn cabriolet stapte en naar haar toe kwam lopen. Zijn rug was kaarsrecht, zijn pak nog steeds netjes en zijn stropdas keurig geknoopt. De stafchef had zich ook nog niet verkleed. Ze glimlachte naar hem terwijl ze samen door de tuin naar de voordeur wandelden en naar binnen gingen.

'Wat wil je drinken? Je ziet eruit als iemand die bourbon met een scheutje water drinkt.' Russell keek naar de jonge man en dronk langzaam haar derde glas witte wijn leeg. Het was lang geleden dat ze een jonge man over de vloer had gehad. Misschien wel te lang, dacht ze, hoewel ze door de alcohol niet echt helder kon denken.

'Een biertje, als je dat hebt.'

'Komt eraan.' Ze schopte haar pumps uit en liep op blote voeten naar de keuken. Collin liet zijn blik door de ruime woonkamer gaan, met zijn kunstig gedrapeerde gordijnen, peperdure behang en smaakvolle antiquiteiten, en hij vroeg zich af wat hij hier in godsnaam deed. Hij hoopte dat ze zou opschieten met zijn biertje. Als topatleet was hij al vaker door vrouwen verleid. Dat begon al op de middelbare school. Maar hij zat nu niet op school en Gloria Russell was zeker geen *cheerleader*. Hij besefte dat hij de avond niet zou doorkomen zonder een flinke hoeveelheid drank. Hij had Burton erover willen vertellen, maar iets had hem doen besluiten zijn mond dicht te houden. Burton gedroeg zich vreemd de laatste tijd. Wat zij hadden gedaan, was niet verkeerd. Hij wist dat de omstandigheden uitzonderlijk waren, omdat een daad die hun meestal de bewondering van een heel land opleverde, nu geheim gehouden moest worden. Het had hem gespeten dat hij de vrouw moest doden, maar er was geen andere mogelijkheid. Zulke dingen gebeurden nu eenmaal. Het was gewoon Christine Sullivans tijd geweest.

Hij nam een slok bier en wierp een snelle blik op de derrière van de stafchef, die zich vooroverboog om de kussens van de brede bank op te schudden voordat ze ging zitten. Ze glimlachte naar hem en nipte van haar wijn.

'Hoe lang ben je al bij de dienst, Tim?'

'Zes jaar.'

'Je bent snel opgeklommen. De president heeft veel bewondering voor je. Hij is nooit vergeten dat je zijn leven hebt gered.'

'Dat waardeer ik. Echt waar.'

Ze nam nog een slokje wijn en liet haar blik over hem heen gaan. Hij zat rechtop. Zijn zichtbare nervositeit amuseerde haar. Ze beëindigde haar observatie met de conclusie dat ze zeer onder de indruk was. Haar aandacht was niet verspild aan de jonge agent, die zijn onbehaaglijke gevoel probeerde te verbergen door de talloze schilderijen aan de muren te bestuderen.

'Mooi spul.' Hij gebaarde naar de kunstwerken.

Ze keek hem glimlachend aan en zag hoe hij haastig zijn blikje bier leegdronk. Mooi spul. Ze had precies hetzelfde gedacht.

'Laten we ergens gaan zitten waar we het ons wat gemakkelijker kunnen maken, Tim.' Russell stond op en keek hem aan. Ze nam hem mee door een lange, smalle gang naar een paar openslaande deuren die naar een grote zitkamer leidden. De lampen gingen vanzelf aan en Collin zag nog een paar openslaande deuren, waarachter het bed van de stafchef duidelijk zichtbaar was.

'Vind je het erg als ik snel even iets anders aantrek? Ik heb dit mantelpakje de hele dag al aan.'

Collin keek haar na toen ze de slaapkamer binnenliep. Ze deed de deuren niet helemaal achter zich dicht. Vanaf de plek waar hij zat, kon hij een stuk van de slaapkamer zien. Hij wendde zijn hoofd af en richtte al zijn aandacht op de barokke vormen van een antieke open haard, die, naar hij verwachtte, wel snel aangestoken zou worden. Hij dronk zijn blikje bier leeg en had onmiddellijk trek in een tweede. Hij leunde achteruit tegen de dikke, zachte kussens van de bank. Hoewel hij zijn best deed om niet te luisteren, hoorde hij elk geluid dat ze maakte. Ten slotte kon hij de aandrang niet langer weerstaan. Hij draaide zijn hoofd om en keek door de halfopen deuren de slaapkamer in. Even was hij teleurgesteld omdat hij niets zag. Heel even maar, want toen liep ze langs de deuropening.

Het was maar een flits, toen ze zich bij het uiteinde van het bed vooroverboog om een kledingstuk van de vloer te rapen, maar toen Collin besefte dat stafchef Gloria Russell spiernaakt voor hem liep te paraderen, schrok hij, hoewel hij iets dergelijks wel had verwacht.

Nu zijn vermoedens over het programma van die avond waren bevestigd, draaide Collin zijn hoofd om, zij het een stuk langzamer dan hij eigenlijk zou moeten. Hij likte de laatste druppels bier van de bovenkant van het blikje en voelde de kolf van zijn nieuwe wapen tegen zijn borst drukken. Hij had de druk van het metaal tegen zijn huid altijd een geruststellend gevoel gevonden, maar op dit moment deed het alleen maar zeer.

Hij vroeg zich af wat de regels waren met betrekking tot dit soort verbroedering. Het was bekend dat vooraanstaande leden van het Witte Huis erg gehecht konden raken aan de agenten van de geheime dienst. Er waren in de loop der jaren wel eens geruchten geweest over intimiteiten, maar de officiële gedragscodes op dit punt waren glashelder. Als Collin in deze kamer betrapt zou worden, terwijl zijn stafchef poedelnaakt in haar slaapkamer rondliep, zou het gauw afgelopen zijn met zijn carrière.

Hij dacht koortsachtig na. Hij kon nu weggaan en verslag uitbrengen aan Burton. Maar wie zou hem geloven? Russell zou alles ontkennen. Collin zou voor gek staan en vermoedelijk zou het alsnog het einde van zijn carrière betekenen. Ze had hem hier uitgenodigd met een reden. Ze zei dat de president zijn hulp nodig had. Maar nu vroeg hij zich af wie er in feite geholpen moest worden. Voor het eerst voelde agent Collin zich in de val gelokt. In de val, waar zijn atletische postuur, zijn heldere geest en zijn nieuwe 9-mm niets voor hem konden doen. Wat betreft intelligentie was hij geen partij voor de vrouw. En in de formele machtsstructuur stond hij zo ver onder haar, dat hij vanuit een peilloze diepte zelfs met een telescoop nog geen glimp van haar naaldhakken kon opvangen. Het beloofde een lange avond te worden.

Sandy Lord keek toe hoe Walter Sullivan door zijn kantoor ijsbeerde. Op de hoek van zijn bureau nam een fles whisky een prominente plaats in. Buiten werd de duisternis verstoord door het flauwe schijnsel van straatlantaarns. De hitte was tijdelijk teruggekeerd en Lord had opdracht gegeven dat de airconditioning van PS&L de hele avond aan moest blijven, omdat hij een zeer speciale bezoeker zou ontvangen. Die bezoeker bleef stilstaan voor het raam en staarde naar de straat die naar dat bekende witte gebouw leidde, het huis van Alan Richmond, dat een van de sleutels vormde tot hun ingrijpende plannen. Maar Sullivan dacht vanavond niet aan zaken. Lord wel. Hij was echter slim genoeg om daar niets van te laten merken. Vanavond was hij hier voor zijn cliënt als vriend. Om hem zijn verdriet van zich af te laten praten, om hem te laten rouwen om zijn kleine hoer. Als dat gebeurd was, konden ze weer snel overstappen naar de orde van de dag: hun volgende deal.

'Het was een mooie dienst. De mensen zullen er nog vaak aan terugdenken.' Lord koos zijn woorden heel zorgvuldig. Walter Sullivan was een oude vriend van hem, maar het was een vriendschap die gebaseerd was op hun relatie van advocaat en cliënt, waardoor de onderlinge verhoudingen soms plotselinge veranderingen konden ondergaan. Sullivan was ook de enige persoon in Lords vriendenkring die hem nerveus maakte, omdat Lord wist dat hij in zijn bijzijn de situatie nooit helemaal onder controle had en de man met wie hij te maken had, ten minste zijn gelijke en in veel gevallen zijn meerdere was.

'Ja, dat was het.' Sullivan bleef uit het raam kijken. Hij geloofde dat hij er uiteindelijk in was geslaagd de politie ervan te overtuigen dat de doorkijkspiegel geen direct verband had met de misdaad. Of ze geheel overtuigd waren, was een andere zaak. Het was voor hem, die dit soort situaties niet gewend was, in elk geval een heel onaangenaam moment geweest. De inspecteur – Sullivan kon zich zijn naam niet herinneren – had hem niet behandeld met het respect dat hij verdiende, en dat had de oude man heel kwaad gemaakt. Als er iets duidelijk was, was het dat hij ieders respect verdiende. En het feit dat Sullivan er absoluut geen vertrouwen in had dat de plaatselijke politie in staat zou zijn de personen te vinden die verantwoordelijk waren voor de dood van zijn vrouw, maakte de zaken er niet beter op.

Hoofdschuddend dacht hij terug aan de spiegel. Het was tenminste niet uitgelekt naar de pers. Dat zou Sullivan niet kunnen tolereren. De spiegel was Christine's idee geweest. Maar hij moest toegeven dat hij er ook wel iets voor had gevoeld. Nu hij erop terugkeek, leek het allemaal zo banaal. Eerst had het hem gefascineerd zijn vrouw met andere mannen bezig te zien. Zelf was hij nu eenmaal te oud om haar tevreden te stellen en hij kon haar moeilijk het lichamelijke genot ontzeggen dat voor hem verleden tijd was. Eigenlijk was het allemaal belachelijk geweest, ook hun huwelijk. Dat zag hij nu in. Hij had kunnen weten dat de natuur zich naar niemand schikte, ook al was hij nog zo rijk. Hij schaamde zich en hij was boos. Ten slotte wendde hij zich tot Lord.

'Ik geloof niet dat ik veel vertrouwen heb in de inspecteur die deze zaak behandelt. Kunnen we de federale politie er niet bij betrekken?'

Lord zette zijn glas neer, pakte een sigaar uit de doos die hij in een van zijn bureauladen had verstopt, en begon langzaam het cellofaan eraf te halen. 'Moord op een burger biedt geen grond voor een federaal onderzoek.'

'Richmond gaat zich ermee bemoeien.'

'Bluf, als je het mij vraagt.'

Sullivan schudde zijn hoofd. 'Nee. Hij schijnt zich oprecht zorgen te maken.'

'Misschien. Maar reken er niet op dat die bezorgdheid lang duurt. Hij heeft meer te doen.'

'Ik wil dat de mensen die hier verantwoordelijk voor zijn, gepakt worden, Sandy.'

'Dat begrijp ik, Walter. Beter dan wie ook. Ze zullen gepakt worden. Maar je zult geduld moeten hebben. Deze lui waren geen amateurs. Ze wisten heel goed wat ze deden. Maar iedereen maakt ooit een fout. Ze zullen terechtstaan, let op mijn woorden.'

'En dan? Levenslang, zeker?' zei Sullivan minachtend.

'Het zal vermoedelijk geen moord met voorbedachten rade worden, dus ik neem aan dat ze levenslang zullen krijgen. Maar geen enkele kans op strafvermindering, Walter, geloof me. Ze zullen nooit meer één molecule vrije zuurstof inademen. En als ze een paar jaar lang elke avond gebukt hebben gestaan, zullen ze het jammer vinden dat ze geen prikje in hun arm hebben gekregen.'

Sullivan ging zitten en staarde zijn vriend aan. Walter Sullivan wilde niet betrokken worden bij een proces. Dan zouden alle details van de misdaad openbaar worden gemaakt. Hij huiverde bij de gedachte dat alles opnieuw zou worden opgerakeld. Onbekenden zouden alle intieme details van zijn leven en dat van zijn vermoorde vrouw te weten komen. Hij wilde alleen dat de daders gepakt werden. Zelf zou hij voor de rest zorgen. Lord had gezegd dat de staat Virginia de verantwoordelijke personen levenslang zou opsluiten. Op dat moment besloot hij dat hij de staat Virginia de kosten van die langdurige opsluiting zou besparen.

Ze had zich opgerold op het uiteinde van de bank, met haar blote voeten weggestopt onder de wijde, katoenen pullover die tot iets boven haar kuiten reikte. Haar aanzienlijke decolleté gluurde hem tegemoet vanuit de V-hals van haar pullover. Hij had voor zichzelf nog twee biertjes gepakt en had haar nog een glas wijn ingeschonken uit de fles die hij had meegebracht. Zijn hoofd voelde enigszins warm aan, alsof er binnenin een klein vuurtje brandde. Hij had zijn stropdas losgemaakt en zijn jasje en schouderholster lagen op de bank tegenover hem. Ze had zijn wapen vastgepakt toen hij de holster afdeed.

'Wat is dit zwaar.'

'Daar wen je aan.' Ze had hem niet de vraag gesteld die hem meestal werd gesteld. Ze wist dat hij iemand had gedood.

'Zou je echt een kogel opvangen voor de president?' Ze keek hem aan vanonder haar halfgesloten oogleden. Ze moest haar hoofd erbij houden, zei ze keer op keer tegen zichzelf. Dat had haar er echter niet van weerhouden de jonge man mee te lokken tot aan de drempel van haar slaapkamer. Ze voelde dat ze haar greep op de situatie begon te verliezen. Met een laatste krachtsinspanning probeerde ze zich te herstellen. Waar was ze verdomme mee bezig? Haar leven was één grote puinhoop en zij gedroeg zich als een hoer. Ze hoefde de zaak niet op deze manier te benaderen. Dat wist ze. Ze voelde dat ze in een bepaalde richting werd getrokken door een ander deel van haar bewustzijn, het gedeelte dat jarenlang tot het tweede plan was veroordeeld, wat nu haar besluitvaardigheid verstoorde. Ze mocht dat niet laten gebeuren, niet nu.

Ze had zich opnieuw kunnen omkleden en Collin kunnen meenemen naar de woonkamer, of misschien haar studeerkamer, waar de donker eiken lambrizeringen en de wanden vol boeken haar onrustige gevoelens snel tot bedaren zouden brengen.

Hij keek haar recht in de ogen. 'Ja.'

Ze wilde opstaan, maar zover kwam het niet.

'Ik zou er voor jou ook een opvangen, Gloria.'

'Voor mij?' Haar stem trilde. Met wijd open ogen keek ze hem aan en onmiddellijk was ze al haar strategische plannen vergeten.

'Zonder erbij na te denken. De geheime dienst heeft genoeg agenten. Maar slechts één stafchef. Zo werkt dat.' Hij sloeg zijn ogen neer en zei zacht: 'Het is geen spelletje, Gloria.'

Toen hij terugkwam uit de keuken met zijn zoveelste biertje, zag hij dat ze een stukje dichterbij geschoven was, zodat haar knie zijn dij raakte toen hij ging zitten. Ze strekte haar benen, wreef ze langs de zijne en legde vervolgens haar voeten op de salontafel. De pullover was genoeg omhooggeschoven om haar slanke kuiten en volle, roomwitte dijen te onthullen. Goed, het waren de benen van een iets oudere vrouw, maar wel een verdomd aantrekkelijke. Collin liet zijn blik langzaam over haar roomwitte huid gaan.

'Weet je, ik heb je altijd bewonderd. Jullie, bedoel ik, alle agenten.' Ze klonk bijna beschaamd. 'Ik weet dat ze jullie soms als vanzelfsprekend beschouwen. Maar ik wil dat je weet dat ik veel bewondering voor je heb.'

'Het is een prima baan. Ik zou met niemand willen ruilen.' Hij nam weer een slok bier en merkte dat hij zich beter begon te voelen. Zijn ademhaling was rustig en regelmatig geworden.

Ze glimlachte naar hem. 'Ik ben blij dat je vanavond gekomen bent.'

'Ik help je graag, Gloria.' Zijn zelfvertrouwen nam in gelijke mate toe met het alcoholpercentage van zijn bloed. Toen hij zijn laatste blikje had leeggedronken, wees Russell met een onvaste vinger naar de drankkast naast de deuropening. Hij schonk twee drankjes in en kwam weer naast haar zitten.

'Ik voel dat ik je kan vertrouwen, Tim.'

'Dat is ook zo.'

'Ik hoop niet dat je het verkeerd opvat, maar dat gevoel heb ik niet bij Burton.'
'Bill is een prima agent.'
Ze raakte zijn arm aan en liet haar hand daar liggen.
'Zo bedoel ik het niet. Ik weet dat hij goed is. Maar soms kan ik geen hoogte van hem krijgen. Ik weet niet hoe ik het moet uitleggen. Het is gewoon een instinctief gevoel.'
'Je moet op je instinct vertrouwen. Dat doe ik ook.' Hij keek haar aan. Ze zag er jonger uit, een stuk jonger, alsof ze net van school kwam terwijl de hele wereld aan haar voeten lag.
'Mijn instinct vertelt me dat jij iemand bent op wie ik kan rekenen, Tim.'
'Dat kun je ook.' Hij dronk zijn glas leeg.
'Altijd?'
Hij keek haar recht in de ogen en tikte zijn lege glas tegen het hare. 'Altijd.'
Zijn oogleden werden steeds zwaarder. Hij dacht terug aan zijn schooltijd. Hoe hij het winnende punt scoorde tijdens de kampioenschappen van Kansas. Cindy Purket had hem op die manier aangekeken. Die bereidwillige blik in haar ogen.
Hij legde zijn hand op haar dij en wreef er zachtjes overheen. Haar huid was precies zacht genoeg om intens vrouwelijk te zijn. Ze trok niet terug, maar schoof nog iets dichter tegen hem aan. Toen verdween zijn hand onder haar pullover; hij gleed over haar nog altijd stevige buik, raakte even de onderkant van haar borsten en kwam toen weer te voorschijn. Zijn andere arm gleed om haar middel; hij trok haar naar zich toe. Zijn handen zakten naar haar billen, die hij stevig vastgreep. Ze zoog lucht naar binnen, liet die weer langzaam ontsnappen en drukte zich tegen hem aan. Hij voelde haar bovenlichaam tegen zijn bovenarm jachtig op en neer gaan. Haar borsten waren zacht en warm. Ze liet haar hand in zijn harder wordende kruis vallen en kneep, toen duwde ze haar mond op de zijne en boog zich vervolgens weer iets achteruit om hem aan te kijken, terwijl haar oogleden in een traag ritme op en neer gingen.
Ze zette haar glas neer en langzaam, bijna plagend, liet ze de pullover van haar lichaam glijden. Hij duwde zich tegen haar aan, terwijl zijn handen naar de sluiting van haar beha schoten. Toen deze losschoot en Gloria zich in volle glorie aan hem openbaarde, begroef hij zijn gezicht in haar zachte vlees. Meteen daarna werd het laatste stukje textiel van haar lichaam gerukt; ze lachte toen ze het tegen de muur zag vliegen. Ze hield haar adem in toen hij haar moeiteloos optilde en haar naar de slaapkamer droeg.

•11•

Langzaam reed de Jaguar de lange oprijlaan op en stopte. Er stapten twee mensen uit.

Jack zette de kraag van zijn jasje op. Het was een kille avond met een lucht vol loodgrijze regenwolken. Jennifer liep om de auto heen en kwam naast hem staan. Terwijl Jack tegen de auto leunde, keek hij naar de voorgevel van het huis. Een dik pak klimop slingerde zich om de voordeur. Het huis maakte een degelijke, betrouwbare indruk. De bewoners zouden dat na verloop van tijd ook worden. En eigenlijk kwam dat Jack, op dit punt in zijn leven, niet ongelegen. Hij moest toegeven dat het prachtig was. Wat was er trouwens mis met mooie dingen? Vierhonderdduizend dollar per jaar als maat. En wie weet hoeveel het zou worden als hij nog een paar cliënten binnenbracht. Lord verdiende vijf keer zoveel, twee miljoen per jaar, en dat was alleen nog maar zijn basissalaris.

De salarissen van de maten waren strikt vertrouwelijk en er werd binnen de firma nooit over gepraat. Jack had echter het wachtwoord van het computerbestand met salarissen van maten goed geraden. Dat wachtwoord was 'hebzucht'. Degene die dat verzonnen had, moest zich rot gelachen hebben.

Jack liet zijn blik over het uitgestrekte gazon aan de voorkant gaan. Er verscheen een beeld in zijn gedachten. Hij keek zijn verloofde aan.

'Er is ruimte genoeg voor een partijtje voetbal met de kinderen.' Hij glimlachte.

'Ja, dat is waar.' Jennifer beantwoordde zijn glimlach en kuste hem zachtjes op de wang. Ze pakte zijn arm en legde die om haar middel.

Jack keek nog eens naar het huis, zijn aanstaande thuis van drie-komma-acht miljoen dollar. Jennifer bleef hem aankijken en haar glimlach werd breder toen ze zijn hand vastpakte. Hij zag dat haar ogen fonkelden, zelfs in het duister.

Jack keek weer naar de voorgevel en voelde zich enigszins opgelucht, want deze keer zag hij alleen maar ramen.

Op twaalf kilometer hoogte leunde Walter Sullivan achteruit in de zachte kussens van zijn vliegtuigstoel en staarde door het raampje van de 747 de duisternis in. Aangezien ze van oost naar west vlogen, kon Sullivan weer een paar uur aan zijn werkdag toevoegen. Hij had nooit veel last gehad van tijdzones. Naarmate hij ouder werd, had hij steeds minder slaap nodig, en dat was altijd al erg weinig geweest.

De man tegenover hem maakte van de gelegenheid gebruik de oudere man zorgvuldig te observeren. Sullivan stond over de hele wereld bekend als een eerlijke, zij het soms wat autoritaire zakenman. Eerlijk. Dat was het sleutelwoord dat door Michael McCarty's hoofd bleef spelen. Eerlijke zakenlieden hadden meestal geen behoefte aan de diensten die McCarty leverde, noch wensten ze met hem te spreken. Als je echter via uiterst discrete kanalen vernam dat een van de rijkste mannen ter wereld je wilde spreken, dan gaf je daar gehoor aan. McCarty was niet een van 's werelds meest vooraanstaande huurmoordenaars geworden omdat hij zo graag mensen vermoordde. Wat hem vooral beviel, was het geld dat dat opleverde en de luxe die hem dat verschafte.

McCarty had het voordeel dat hij er zelf uitzag als een zakenman. Menigeen scheen te denken dat hij afkomstig was van een van de betere universiteiten en ze zaten er niet eens zover naast, want hij was afgestudeerd in internationale politiek aan Dartmouth University. Met zijn dikke, krullende, blonde haar, zijn brede schouders en regelmatige gezicht kon hij doorgaan voor een succesvolle bemiddelaar of een filmster op de top van zijn carrière. Het feit dat hij mensen vermoordde voor zijn brood, à raison van één miljoen dollar per aanslag, had geen invloed op zijn jeugdige enthousiasme en zijn levenslust.

Eindelijk keek Walter hem aan. Hoewel McCarty beschikte over een enorm zelfvertrouwen in zijn kwaliteiten en het vermogen om onder druk uiterst koel te blijven, werd hij een beetje zenuwachtig van de kritische blik van de miljardair. Hij moest toegeven dat ze weinig voor elkaar onderdeden.

'Ik wil dat u iemand voor me vermoordt,' zei Sullivan ronduit. 'Jammer genoeg weet ik op dit moment nog niet wie die persoon is. Maar met een beetje geluk kom ik dat binnenkort te weten. Ik neem u nu al in dienst, zodat u tot mijn beschikking staat als dat moment aanbreekt.'

Glimlachend schudde McCarty zijn hoofd. 'Ik neem aan dat u op de hoogte bent van mijn reputatie, meneer Sullivan. Er is altijd veel vraag naar mijn diensten. Zoals u vast wel weet, reis ik voor mijn werk de hele wereld over. Als ik full-time bij u in dienst ben totdat die gelegenheid zich voordoet, loop ik andere opdrachten mis. Ik ben bang dat zowel mijn bankrekening als mijn reputatie daaronder zullen lijden.'

Sullivans antwoord was duidelijk. 'Honderdduizend dollar per dag tot die gelegenheid zich voordoet, meneer McCarty. Als u uw taak met succes afrondt, verdubbel ik uw gebruikelijke honorarium. Ik kan helaas niets doen om uw reputatie te ontzien, maar ik vertrouw erop dat deze financiële regeling uw banksaldo geen schade zal berokkenen.'

McCarty's ogen werden even iets groter, maar hij herstelde zich snel.

'Ik geloof wel dat ik met die regeling akkoord kan gaan, meneer Sullivan.'

'U begrijpt natuurlijk dat ik niet alleen volledig vertrouw op uw bekwaamheid om personen te elimineren, maar ook op uw discretie.'

McCarty bedwong zijn glimlach. Om middernacht plaatselijke tijd was hij door Sullivans vliegtuig opgepikt in Istanbul. De bemanning van het vliegtuig had geen idee wie hij was. Niemand had hem ooit geïdentificeerd, dus hij hoefde zich geen zorgen te maken dat iemand hem herkende. Dat Sullivan hem persoonlijk ontmoette, sloot een belangrijk risico uit. Want als er gebruik was gemaakt van een tussenpersoon, zou die Sullivan in zijn macht hebben. McCarty had geen enkele reden om Sullivan te verraden; hij had juist een heel goede reden om dat niet te doen.

'U zult gedetailleerde informatie ontvangen zodra die beschikbaar is,' vervolgde Sullivan. 'Ik wil dat u zich vestigt in de directe omgeving van Washington D.C., hoewel het mogelijk is dat uw opdracht u naar een andere plek op de wereld zal voeren. Het is een vereiste dat u op elk willekeurig moment in actie kunt komen. U zorgt ervoor dat ik voortdurend op de hoogte ben van uw verblijfplaats en u meldt zich dagelijks via de beveiligde lijnen die ik beschikbaar zal stellen. U betaalt uw eigen onkosten van uw voorschot en ik zal uw honorarium telefonisch overboeken naar een rekening van uw keuze. Mijn vliegtuigen zullen tot uw beschikking staan als dat nodig is. Begrepen?'

McCarty knikte en voelde zich enigszins overbluft door de commanderende toon van zijn cliënt. Maar ja, je werd geen miljardair zonder af en toe iemand te commanderen, is het wel? Daar kwam nog bij dat McCarty had gelezen over de moord op Christine Sullivan. Wie had het de oude man kwalijk kunnen nemen?

Sullivan drukte op een knop in de leuning van zijn stoel.

'Thomas? Hoe lang duurt het nog voor we het vasteland bereiken?'

Het antwoord klonk helder en zakelijk. 'Vijf uur en vijftien minuten, meneer Sullivan, als we de huidige koers en snelheid kunnen aanhouden.'

'Zorg ervoor dat dat gebeurt.'

'Ja, meneer.'

Sullivan drukte op een andere knop, waarna een steward verscheen die met efficiënte bewegingen een maaltijd serveerde zoals McCarty nog nooit in een vliegtuig had gekregen. Sullivan zei niets tegen McCarty tot er afgeruimd was en de jonge man opstond om door de steward naar zijn slaapvertrek te worden geëscorteerd. Sullivan maakte een korte handbeweging, waarop de steward zich ijlings terugtrok.

'Nog één ding, meneer McCarty. Hebt u ooit gefaald tijdens een missie?'

McCarty kneep zijn ogen tot spleetjes en keek zijn nieuwe werkgever recht in de ogen. Voor het eerst was duidelijk te zien dat de voormalige student internationale politiek extreem gevaarlijk was.

'Eén keer, meneer Sullivan. De Israëli's. Soms lijken ze wel bovenmenselijk.'

'Alstublieft, zorgt u ervoor dat het geen tweede keer gebeurt. Dank u.'

Seth Frank dwaalde door de gangen van het huis van de Sullivans. Buiten was het huis nog steeds afgezet met geel politielint, dat zacht klapperde in de toenemende wind. De donkere, steeds dikker wordende bewolking beloofde meer zware regenbuien. Sullivan woonde tijdelijk in zijn Watergate-penthouse in de binnenstad. Zijn huishoudelijke personeel verbleef in zijn onderkomen op Fisher Island in Florida, waar het Sullivans familieleden verzorgde. Frank had ze allemaal al ondervraagd. En zeer binnenkort zouden ze nog een keer teruggevlogen worden voor een meer gedetailleerde ondervraging.

Hij nam even tijd om het huis te bewonderen. Het leek wel of hij in een museum rondliep. Al dat geld. Het hele huis rook ernaar, van de uitzonderlijke antieke stukken tot en met de impressionistische schilderijen met echte signaturen in de rechterbenedenhoek, die overal achteloos waren opgehangen. Verdomd als het allemaal geen originele stukken waren.

Hij keek even rond in de keuken en liep vervolgens de eetkamer in. De eettafel stond op een lichtblauw karpet dat een stuk van de parketvloer bedekte. De poten leken weg te zinken in dikke, zware polen. Hij ging aan het hoofd van de tafel zitten; zijn blik dwaalde voortdurend door de kamer. Voor zover ze wisten, was hier niets gebeurd. De tijd verstreek en het onderzoek werd er niet makkelijker op.

Buiten brak de zon even door de loodzware bewolking heen en op hetzelfde moment had Frank voor het eerst in deze zaak een gelukje. Het zou hem niet eens opgevallen zijn als hij het lijstwerk van het plafond niet bewonderd had. Zijn vader was vroeger timmerman geweest. Het stucwerk was volmaakt.

Op dat moment zag hij de regenboog over het plafond dansen. Vol bewondering keek hij naar de kleurbanen en toen begon hij zich af te vragen wat de bron ervan was. Zijn ogen zochten de kamer af, alsof hij op zoek was naar de welbekende pot met goud. Het duurde een paar seconden, maar toen had hij hem gevonden. Hij ging op zijn knieën naast de tafel zitten en bekeek de plek waar de tafelpoot in het karpet verdween. De tafel was een Sheridan van rond 1850, wat betekende dat hij loodzwaar was. Het kostte hem twee pogingen; het zweet parelde op zijn voorhoofd en hij kreeg een druppel in zijn oog, waardoor het begon te tranen, maar uiteindelijk lukte het hem de tafel een centimeter op te tillen en het stukje materiaal eronderuit te trekken.

Hij ging op de grond zitten en bekeek zijn vondst, die misschien wel zijn pot met goud was. Het was een klein stukje van het zilverkleurige materiaal dat wordt gebruikt om houten of beklede poten van tafels en stoelen te beschermen tegen de vloeistof waarmee vloerbedekking en tapijten worden gereinigd. En met behulp van wat zonlicht kon het reflecterende oppervlak ook nog voor een aardige regenboog zorgen. Hij had het in zijn eigen huis gezien, toen zijn vrouw nogal zenuwachtig was geworden omdat er een paar familieleden op bezoek zouden komen en ze besloten had het hele huis een grote beurt te geven.

Hij haalde zijn notitieboekje te voorschijn. De bedienden zouden morgenochtend om tien uur op Dulles aankomen. Frank vroeg zich af wat de betekenis was van het stukje folie dat hij in zijn hand hield. Het kon niets betekenen, maar het kon ook alles betekenen. Als hij heel erg veel geluk had, zou het ergens in passen.

Hij ging weer op zijn knieën zitten, rook aan het karpet en ging er met zijn vingers doorheen. Met het spul dat ze tegenwoordig gebruikten, was het moeilijk te zeggen. Het was reukloos en droogde in enkele uren. Binnenkort zou hij weten hoe lang geleden het was geweest, als dat tenminste iets te betekenen had. Hij kon Sullivan bellen, maar om de een of andere reden hoorde hij het liever van iemand anders. De oude man nam geen belangrijke positie in op zijn lijst van verdachten, maar Frank was slim genoeg om te beseffen dat de man er voorlopig op bleef staan. Of zijn positie al dan niet belangrijker werd, hing af van hetgeen Frank vandaag, morgen en de komende week te weten zou komen. Als hij de grote lijnen kon ontdekken, was het allemaal heel eenvoudig. Dat was een prettig idee, want tot nu toe was er met betrekking tot de moord op Christine Sullivan nog niets eenvoudig geweest. Hij slofte de kamer uit, terwijl hij nadacht over politieonderzoeken in het algemeen en de grillige natuur van regenbogen in het bijzonder.

Burton observeerde de menigte; Collin naast hem deed hetzelfde. Alan Richmond baande zich een weg naar het podium voor het gerechtshof van Middleton, een lompe kolos van ruwe steenblokken met helderwitte cementvoegen en aangeslagen betonnen traptreden, waar op het dak de Amerikaanse vlag en die van de staat Virginia samen wapperden in de ochtendbries. Precies om vijf over half tien begon de president te praten. Achter hem was het onverzettelijke, uitdrukkingsloze gezicht van Walter Sullivan zichtbaar, met naast hem de lompe gestalte van Herbert Sanderson Lord.

Collin schoof wat dichter naar de groep reporters, die zich onder aan de trap van het gerechtshof uitrekten en door elkaar krioelden als basketbalspelers die na een gemist schot de bal probeerden op te vangen. Om drie uur in de ochtend had hij het huis van zijn stafchef verlaten. Wat een nacht was het geweest. Wat een week was het geweest. Gloria Russell mocht in het dagelijks leven dan hard en gevoelloos lijken, Collin had echter een heel andere kant van de vrouw ontdekt, een kant tot welke hij zich sterk aangetrokken voelde. Hij had nog steeds het gevoel dat hij droomde. Hij was naar bed geweest met de stafchef van de president. Dat kon gewoon niet. Maar het was gebeurd. Agent Tim Collin had het gedaan. En hij zou het opnieuw doen. Ze hadden afgesproken dat ze elkaar vanavond weer zouden zien. Ze moesten voorzichtig zijn, maar voorzichtigheid was iets dat ze allebei van nature hadden. Waar dit allemaal echter toe zou leiden, wist Collin niet.

Hij was geboren en opgegroeid in Lawrence, Kansas, en kon terugvallen op enkele degelijke normen en waarden. Je ging uit met een meisje, werd verliefd, trouwde en kreeg vier of vijf kinderen, in die volgorde. Hij zag dat met Gloria Russell niet gebeuren. Het enige wat hij wist, was dat hij weer bij haar wilde zijn. Hij draaide zijn hoofd en zag haar links achter de president staan. Ze had haar zonnebril op, de wind speelde met haar haar en ze leek alles perfect onder controle te hebben.

Burtons ogen waren op de menigte gericht, maar toen hij een korte blik op zijn collega wierp, zag hij dat deze naar de stafchef keek. Burton fronste zijn wenkbrauwen. Collin was een prima agent die zijn werk goed deed. Misschien was hij een beetje overijverig, maar hij was niet de eerste agent die daaraan leed, en bovendien hoefde dat in het soort werk dat zij deden, geen slechte eigenschap te zijn. Maar je hield je ogen op de menigte gericht, op alles wat daar gebeurde. Wat was er verdomme aan de hand? Burton wierp een zijdelingse blik op Russell, maar die keek recht vooruit, zich schijnbaar onbewust van de mannen die tot taak hadden haar te beschermen. Burton keek nogmaals naar Collin. De jonge man observeerde nu weer de menigte. Zijn blik schoot voortdurend heen en weer, van links naar rechts, van rechts naar links, dan weer naar achteren, en af en toe staarde hij recht voor zich uit, zonder een vast patroon waar een mogelijke moordenaar rekening mee kon houden. Maar Burton kon de blik waarmee Collin de stafchef had aangekeken, niet uit zijn hoofd zetten. Van achter zijn zonnebril had Burton iets gezien wat hem niet beviel.

Alan Richmond beëindigde zijn toespraak door onbeweeglijk omhoog te staren naar de wolkeloze lucht, terwijl de wind door zijn perfect gekapte haar streek. Het leek wel of hij God om hulp vroeg, maar in werkelijkheid probeerde hij zich te herinneren of zijn afspraak van die middag met de Japanse ambassadeur om twee of om drie uur was. Maar zijn verre, bijna visionaire blik zou het in het avondnieuws in elk geval goed doen.

Alsof hij zich plotseling weer bewust werd van zijn omgeving, wendde hij zich tot Walter Sullivan, en op een manier die paste bij zijn status, sloeg hij zijn arm om de schouders van de oude man.

'Mijn god, Walter, ik vind het echt vreselijk. Mijn welgemeende condoléances. Als er iets is wat ik kan doen, dan weet je me te vinden.'

Sullivan hield de hand vast die naar hem werd uitgestoken en op dat moment begonnen zijn benen te trillen. Vrijwel onzichtbaar voor het publiek stapten twee van zijn medewerkers naar voren en ondersteunden hem.

'Dank u, meneer de president.'

'Noem me alsjeblieft Alan, Walter. We zijn hier als vrienden.'

'Dank je, Alan. Je hebt geen idee hoe zeer ik waardeer dat je hier tijd voor hebt vrijgemaakt. Christy zou erg onder de indruk zijn geweest van de woorden die je hebt gesproken.'

Alleen Gloria Russell, die het tweetal aandachtig opnam, zag de nauwelijks zichtbare aanzet tot een grijnslach bij de mondhoek van haar baas. Het volgende moment was het alweer verdwenen.

'Ik weet heel goed dat er geen woorden zijn die recht doen aan wat jij voelt, Walter. Het begint er steeds meer op te lijken dat er op deze wereld dingen gebeuren zonder reden. Als Christine niet ziek was geworden, was ze gewoon met jullie meegegaan en dan zou dit allemaal niet gebeurd zijn. Ik kan ook niet verklaren waarom dit soort dingen gebeuren, dat kan niemand. Maar ik wil dat je weet dat als je me nodig hebt, ik er voor je zal zijn. Altijd en overal. We hebben genoeg meegemaakt samen. En jij hebt mij ook door een paar moeilijke periodes heen geholpen.'

'Onze vriendschap is altijd erg belangrijk voor me geweest, Alan. Ik zal dit nooit vergeten.'

Richmond sloeg een arm om de schouders van de oude man. Op de achtergrond bengelden microfoons aan lange stokken, die veel weg hadden van grote vishengels. Ondanks alle pogingen die werden gedaan om hun dat te beletten, probeerden reporters in de buurt van het tweetal te komen.

'Walter, ik ga me hiermee bemoeien. Ik weet dat sommige mensen zullen zeggen dat het niet de taak is van een man in mijn positie om zich persoonlijk met dit soort zaken bezig te houden, maar verdomme, Walter, jij bent mijn vriend en ik ben niet van plan om dit op zijn beloop te laten. De mensen die hier verantwoordelijk voor zijn, zullen ervoor boeten.'

De twee mannen omhelsden elkaar nog eens en de camera's legden het vast. Een zes meter lange antenne die uit een van de bestelwagens van de nieuwsdiensten omhoogstak, zorgde ervoor dat dit tedere moment overal ter wereld te zien was. Alweer een bewijs dat Alan Richmond meer was dan een gewone president, dachten de public relations-medewerkers van het Witte Huis, met de komende verkiezingen in het achterhoofd.

Het beeld op het tv-scherm sprong van MTV naar Oprah Winfrey, van tekenfilms naar QVC, van CNN naar worstelen, en ten slotte weer naar CNN. De man die rechtop in bed zat, drukte zijn sigaret uit en legde de afstandsbediening neer. De president gaf een persconferentie. Met een ernstige blik sprak hij zijn geschoktheid uit over de gruwelijke moord op Christine Sullivan, echtgenote van miljardair Walter Sullivan, een van zijn meest dierbare vrienden, en stelde de moord als voorbeeld voor de groeiende wetteloosheid in het land. Of de president hetzelfde had gedaan als het slachtoffer een arme, zwarte, Spanjaard of Aziaat was geweest, die met een doorgesneden strot in een achterbuurtsteeg in het zuidoostelijke deel van Washington was aangetroffen, werd niet vermeld. De president sprak op krachtige, heldere toon, waar exact de juiste hoeveelheid woede en strijdlust in doorklonk. Het geweld moest gestopt worden. De mensen moesten zich weer veilig voelen in hun huizen, of in dit speciale geval, op hun landgoederen. De bezorgde, meelevende president.

De reporters slikten het en stelden de juiste vragen.

Toen verscheen stafchef Gloria Russell in beeld. Ze was in het zwart gekleed en knikte instemmend toen ze de president punten hoorde scoren met zijn visies op misdaden en strafvervolging. Herstel van het geloof in de politie zou bij de volgende verkiezingen veel stemmen van ouderen opleveren. Veertig miljoen stemmen, dat maakte dit tochtje in de vroege morgen wel de moeite waard. Richmond had dat goed ingeschat.

Ze zou zich minder gelukkig hebben gevoeld als ze wist wie er op dit moment naar haar zat te kijken. Wiens ogen elke centimeter van haar gezicht en dat van de president in zich opnamen, terwijl de herinnering aan die nacht, die nog steeds vrij dicht aan de oppervlakte lag, opwelde als een brandende oliebron die haar vernietigende vlammen alle kanten op slingerde.

De vlucht naar Barbados was probleemloos verlopen. De Airbus was een groot vliegtuig met enorme motoren die het toestel moeiteloos van de startbaan in San Juan op Puerto Rico hadden getild, waarna ze binnen enkele minuten tot een hoogte van twaalf kilometer waren opgeklommen. Aangezien San Juan fungeerde als verzamelplaats voor alle toeristen die hun vakantie gingen doorbrengen op de verspreide groepjes eilanden die te zamen de Cariben vormden, zat het vliegtuig stampvol. Passagiers uit Oregon en New York en alle steden die daartussen lagen, keken omlaag naar de donkere wolken, terwijl het vliegtuig een bocht naar links maakte en zich verwijderde van een vroege tropische storm die nooit de status van orkaan zou bereiken.

Een metalen vliegtuigtrap werd naar het toestel gerold en de passagiers stapten uit. Samen met vier andere passagiers stapte de man in een auto, die naar Amerikaanse begrippen klein genoemd kon worden. Aan de verkeerde kant van de weg reden ze naar Bridgetown, de hoofdstad van de voormalige Britse kolonie, waar in de spraak, kleding en manieren van de bewoners nog steeds sporen te vinden waren van het koloniale verleden. Op melodieuze toon informeerde de chauffeur hen over de vele schoonheden van het kleine eiland, terwijl hij wees naar het piratenschip dat vlak voor de kust een rondvaart maakte over de tamelijk woeste golven. Aan dek waren de bleke, maar steeds roder wordende toeristen zichtbaar, die werden voorzien van zulke enorme hoeveelheden rumpunch, dat ze later die middag, als het schip de haven weer zou binnenvaren, allemaal stomdronken en in veel gevallen ook kotsmisselijk zouden zijn.

Op de achterbank van de taxi zaten twee echtparen uit Des Moines, die opgewonden plannen maakten voor de komende dagen. De oudere man die voorin zat, staarde door de voorruit naar buiten en was ondertussen met zijn gedachten drieduizend kilometer noordelijker. Een paar keer vroeg hij waar ze waren, terwijl hij zich instinctief een beeld probeerde te vormen van de ligging van het eiland. Het had niet zoveel opvallende kenmerken: het was nog geen vijfendertig kilometer lang en op het breedste punt iets meer dan twintig kilometer breed. De temperatuur van dertig graden was heel draaglijk door een constant briesje, waarvan het geruis naar je onderbewustzijn verdween maar toch altijd in de buurt bleef, als een vergeten droom waar je af en toe toch weer aan terugdenkt.

Het hotel was een standaard Amerikaans Hilton-hotel, en het was gebouwd op een strand dat op het ene uiteinde van het eiland was aangelegd. Het personeel was goed opgeleid, beleefd en altijd bereid iemand met rust te laten als hij dat wenste. Terwijl het merendeel van de gasten zich hartstochtelijk overgaf aan de genoegens die het eiland te bieden had, was er één gast die contacten zoveel mogelijk meed. Hij kwam alleen zijn kamer uit om te wandelen langs de verlaten gedeelten van het witte strand of door het heuvelachtige gedeelte aan de kant van de Atlantische Oceaan. De rest van de tijd bracht hij door op zijn kamer, met de lichten gedempt, de tv aan en talloze dienbladen van room service door de kamer verspreid.

Op de eerste dag had Luther voor het hotel een taxi aangehouden en een ritje naar het noorden gemaakt, waar op een van de vele heuvels, op de uiterste rand van het eiland, het vakantieverblijf van de Sullivans stond. Luthers keuze voor Barbados was niet helemaal toevallig geweest.

'U kent meneer Sullivan? Hij is er niet. Hij is terug naar Amerika.'

De melodieuze stem van de taxichauffeur bracht Luther terug tot de werkelijkheid. Door de zware, smeedijzeren poort aan de voet van de met gras begroeide heuvel was een lange, bochtige oprijlaan te zien, die naar boven leidde. Het huis had zalmkleurige, stucwerk muren met zes meter hoge, marmeren zuilen, en het paste opvallend goed in de weelderige begroeiing, als een enorme, roze roos die uit een groene struik te voorschijn komt.

'Ik ben bij hem thuis geweest,' antwoordde Luther. 'In de Verenigde Staten.'

De taxichauffeur keek hem aan met een nieuw soort respect.

'Is er nog iemand? Iemand van het personeel misschien?'

De man schudde zijn hoofd. 'Allemaal weg. Vanmorgen.'

Luther leunde achteruit in zijn stoel. De reden lag voor de hand. Ze hadden de vrouw des huizes gevonden.

Luther bracht de daaropvolgende dagen door op de brede, witte stranden, waar hij keek hoe cruiseschepen hun passagiers dropten bij de tax-free shops die overal te vinden waren. Eilandbewoners met rastahaar sjouwden rond met oude koffers vol horloges, parfums en andere nagemaakte rommel.

Voor vijf dollar kon je zien hoe een eilandbewoner een aloëblad opensneed en de kostbare vloeistof in een klein glazen flesje liet druppelen. Daar kon je je mee insmeren als de tere witte huid, die tot nu toe in pakken, overhemden en blouses was gehuld, aan het felle zonlicht werd blootgesteld. Voor veertig dollar kon je je haar laten vlechten. Het duurde ongeveer een uur en er waren veel vrouwen met dikke, kwabbige armen en opgezwollen voeten die geduldig in het zand lagen om deze operatie te ondergaan.

De schoonheid van het eiland had Luther tot op zekere hoogte moeten bevrijden van zijn neerslachtige gevoel, en uiteindelijk gebeurde dat ook. De warmte van de zon, het lichte briesje en de ontspannen levenshouding van de eilandbewoners verminderden zijn nerveuze onrust tot een punt waarop hij af en toe glimlachte naar een voorbijganger, enkele woorden sprak tegen de barkeeper en hij liggend op het strand, tot diep in de nacht cocktails dronk, luisterend naar de branding, die hem zachtjes wegvoerde van zijn nachtmerrie. Hij nam zich voor over een paar dagen te vertrekken. Waarheen wist hij nog niet.

En toen kwam Luther al zappend terecht bij het nieuws op CNN. Als een moegestreden vis aan een onbreekbare lijn werd hij opnieuw geconfronteerd met datgene waarvoor hij enkele duizenden dollars had uitgegeven en een paar duizend kilometer had gereisd om eraan te ontsnappen.

Russell klauterde uit bed, liep naar de schrijftafel en haalde een pakje sigaretten uit de la.

'Die kosten je tien jaar van je leven.' Collin had zich omgedraaid en keek geamuseerd naar de bewegingen van haar naakte lichaam.

'Dat doet mijn werk al.' Ze stak een sigaret op, inhaleerde diep en blies even later de rook uit. Ze klom weer in bed, drukte haar billen tegen Collin aan en glimlachte tevreden toen hij zijn armen om haar heen sloeg.

'De persconferentie verliep goed, vond je niet?' Ze kon voelen dat hij erover nadacht. Hij was zo doorzichtig. Zonder zonnebril waren ze dat allemaal, vond ze.

'Zolang ze maar niet ontdekken wat er echt is gebeurd.'

Ze draaide haar gezicht naar hem toe, liet haar vinger langs zijn hals gaan en tekende een V op zijn gladde borst. Richmonds borst was behaard geweest; krullend haar, waarvan sommige plukjes al grijs begonnen te worden. Collins borst was zo glad als een spiegel, maar ze kon het harde spierweefsel onder de huid voelen. Hij zou haar nek kunnen breken met één achteloze armbeweging. Heel even vroeg ze zich af hoe dat zou voelen.

'Je weet dat we een probleem hebben.'

Bijna begon Collin luidkeels te lachen. 'Ja, dat kun je wel zeggen. Een vent die een mes heeft met daarop het bloed en de vingerafdrukken van de president en de dode vrouw. Dat voldoet zelfs aan de normen voor een heel groot probleem.'

'Waarom zou hij nog niet te voorschijn gekomen zijn, denk je?'

Collin haalde zijn schouders op. Als hij die vent was geweest, zou hij hem gesmeerd zijn. De buit pakken en pleite. Miljoenen dollars. Hoe loyaal Collin ook was, toch vroeg hij zich af wat hij met zoveel geld zou kunnen doen. In elk geval zou hij verdwijnen, voor een poosje. Hij keek haar aan. Hoeveel geld zou hij moeten hebben voordat zij met hem mee zou gaan? Toen richtte hij zijn aandacht weer op het onderwerp van hun gesprek. Misschien was die kerel lid van de politieke partij van de president, misschien had hij wel voor hem gestemd. Maar waarom zou hij zichzelf in moeilijkheden brengen?

'Ik vermoed dat hij daar te bang voor is,' antwoordde hij ten slotte.

'Er zijn genoeg manieren om anoniem te blijven.'

'Misschien weet hij dat niet. Of misschien ziet hij daar het nut niet van in. Of misschien kan het hem gewoon geen reet schelen. Kies maar uit. Als hij van plan was te voorschijn te komen, had hij dat vermoedelijk al gedaan. Maar als hij het doet, zullen we het snel genoeg weten.'

Russell ging rechtop in bed zitten.

'Tim, ik maak me hier echt zorgen over.' De gespannen ondertoon van haar stem maakte dat hij ook rechtop ging zitten. 'Ik was degene die besloot dat mes achter te houden. Als de president het te weten komt...' Ze keek hem aan. Hij zag de betekenis van die blik, streek met zijn hand door haar haar en legde hem toen tegen haar wang.

'Van mij zal hij het niet horen.'

Ze begon te glimlachen. 'Dat weet ik, Tim. Ik geloof je. Maar als hij, die persoon, nu eens probeert de president rechtstreeks te benaderen?'

Collin keek verbaasd. 'Waarom zou hij dat doen?'

Russell schoof naar de rand van het bed en liet haar voet erbuiten bengelen. Voor het eerst merkte Collin de ovale moedervlek aan de onderkant van haar nek op, ter grootte van een dubbeltje. Ook merkte hij dat ze rilde, hoewel het warm was in de kamer.

'Waarom zou hij dat doen, Gloria?' herhaalde hij en schoof iets dichter naar haar toe.

Ze bleef naar de muur van de slaapkamer kijken en zei: 'Besef je wel dat die briefopener een van de meest waardevolle voorwerpen ter wereld is?' Ze draaide zich om, ging met haar hand door zijn haar en keek glimlachend naar zijn gezicht, waarop te zien was dat hij het begon te begrijpen.

'Chantage?'

Ze knikte naar hem.

'Hoe zou je in godsnaam de president moeten chanteren?'

Ze stond op, sloeg haar kamerjas om haar schouders en schonk zich nog een drankje in uit de bijna lege karaf.

'Het feit dat hij de president is, maakt hem niet immuun voor chantagepogingen. Verdomme, het zorgt er alleen maar voor dat hij meer te verliezen heeft, of te winnen.'

Ze ging op de bank zitten, roerde langzaam haar drankje om en nam een slok; het was lauw en gleed soepel naar binnen. Ze had de laatste tijd meer gedronken dan ze gewend was. Niet dat het haar prestaties beïnvloedde, maar ze zou het in de gaten moeten houden, zeker in dit kritische stadium. Ze besloot daar morgen mee te beginnen. Vanavond, met de last van een politieke ramp op haar schouders en een jonge, knappe man in haar bed, wilde ze drinken. Ze voelde zich vijftien jaar jonger. Elke seconde dat ze bij hem was, voelde ze zich mooier worden. Ze zou haar hoofddoel niet uit het oog verliezen, maar wie beweerde dat ze zich niet zou mogen vermaken?

'Wat wil je dat ik doe?' Collin keek haar aan.

Russell had erop gewacht. Haar jonge, knappe agent van de geheime dienst. De moderne ridder op zijn witte paard, waarover ze had gelezen toen ze nog een klein meisje met grote, onschuldige ogen was. Met haar glas losjes in de hand keek ze naar hem. Met haar andere hand trok ze langzaam haar kamerjas van haar schouders en liet hem op de grond vallen. Er was tijd genoeg, zeker voor een zevenendertigjarige vrouw die nog nooit een echte relatie met een man had gehad. Tijd genoeg voor alles. De drank had haar angst weggenomen, haar paranoia. En daarmee haar behoedzaamheid. Waar ze in grote mate behoefte aan had. Maar niet vanavond.

'Er is iets wat je voor me kunt doen. Maar dat vertel ik je morgenochtend wel.' Glimlachend ging ze achteroverliggen op de bank en ze stak haar hand naar hem uit. Gehoorzaam stond hij op en liep naar haar toe. Even later waren alleen nog maar hun gekreun en het aanhoudende gekraak van de zwaarbeladen bank hoorbaar.

Een half blok van Russells huis zat Bill Burton in de onopvallende Chevrolet Bonneville van zijn vrouw, met een blikje cola-light tussen zijn knieën geklemd. Af en toe wierp hij een blik op het huis waar hij zijn collega vanavond om kwart over tien naar binnen had zien gaan en ving een glimp op van zijn stafchef die gekleed was op een manier die deed vermoeden dat het hier niet om een zakelijk gesprek ging. Met een telelens had hij twee foto's gemaakt van een bijzonder tafereel. Russell zou een moord doen om die foto's in handen te krijgen. In een aantal naast elkaar gelegen kamers sprongen de lichten aan, totdat ze de uiterste oostkant bereikten en vervolgens allemaal werden gedoofd.

Burton keek naar de gedoofde achterlichten van de auto van zijn collega. De jongen had een grote fout gemaakt. Door daar te zijn. Dit kon het einde van zijn carrière betekenen, en misschien ook voor die van Russell. Burton dacht terug aan die bewuste nacht. Collin, die het huis weer in rende. Russell, die zo bleek was als een laken. Waarom? In alle verwarring was Burton vergeten ernaar te vragen. En het volgende moment hadden ze door een maïsveld gerend, achter iemand aan die er niet had mogen zijn, maar er wel degelijk was.

Maar Collin was het huis weer ingegaan met een reden. En Burton vond dat het moment was aangebroken dat hij te weten kwam wat die reden was. Hij begon de indruk te krijgen dat er sprake was van een samenzwering. En aangezien hij was buitengesloten, trok hij daar de logische conclusie uit dat het niet de bedoeling was dat hij mee profiteerde van die samenzwering. Hij geloofde geen seconde dat Russell alleen maar geïnteresseerd was in wat zijn collega achter zijn gulp verborg. Daar was zij niet het type voor, verre van dat. Alles wat zij deed, had een reden, een verdomd goede reden. Een potje neuken met een jonge kerel was voor haar zeker niet belangrijk genoeg.

Er verstreken nog eens twee uur. Burton keek op zijn horloge en verstijfde toen hij Collin de voordeur zag openen en hem langzaam door de tuin naar zijn auto zag wandelen. Toen Collin hem voorbijreed, dook hij in elkaar. Hij voelde zich een beetje schuldig omdat hij zijn collega bespiedde. Hij zag een richtingaanwijzer oplichten en toen reed Collins Ford de dure wijk uit. Burton keek weer naar het huis. Het licht ging aan in wat vermoedelijk de woonkamer was. Het was laat, maar blijkbaar was de dame des huizes nog maar net begonnen. Haar uithoudingsvermogen was legendarisch in het

Witte Huis. Even vroeg Burton zich af of ze die eigenschap ook tussen de lakens tentoonstelde. Twee minuten later was hij vertrokken. Het licht in het huis bleef aan.

•12•

Het vliegtuig landde en taxiede met loeiende motoren naar een van de kortere landingsbanen van National Airport. Een paar honderd meter voor de kleine inham van de Potomac, waar talloze plezierbootjes lagen aangemeerd, maakte het vliegtuig een draai naar links en taxiede naar uitgang nummer negen. Een beveiligingsbeambte van de luchthaven beantwoordde de vragen van een groep ongeruste, met camera's behangen toeristen, zodat hij de man die snel langs hem heen liep, niet opmerkte. Niet dat het veel uitmaakte; hij had hem toch niet kunnen identificeren.
Luthers terugreis was op dezelfde manier verlopen als de heenreis: overstappen in Miami en dan weer via Dallas-Fort Worth naar Washington.
Hij nam een taxi en keek naar het drukke verkeer in zuidelijke richting op George Washington Parkway, waar plichtsgetrouwe forenzen zich door het spitsuur naar huis worstelden. De grauwe lucht beloofde meer regen en er waaide een harde wind over de driebaansweg. De Parkway liep parallel aan de Potomac, zodat Luther om de zoveel tijd vliegtuigen de lucht in zag schieten, die vervolgens een bocht naar links maakten en pijlsnel tussen de wolken verdwenen.
Er wachtte Luther nog één gevecht. Het beeld van de rechtschapen, verontwaardigde president Richmond, die een donderspeech afstak tegen het groeiende geweld, met zijn zelfvoldane stafchef naast zich, was op dit moment het enige belangrijke in Luthers leven. De oude, vermoeide en bange man die het land uit was gevlucht, was niet langer vermoeid en bang. Zijn allesoverheersende schuldgevoel, omdat hij zonder iets te doen had toegekeken hoe een jonge vrouw werd vermoord, was veranderd in een intense haat, een woede die door elke zenuw van zijn lichaam stroomde. Als hij Christine Sullivans engel der wrake moest zijn, dan zou hij zich van die taak kwijten met elke gram energie en vindingrijkheid die hij in zich had.
Luther leunde achteruit in zijn stoel, at een paar crackers die hij had bewaard van de vliegreis, en vroeg zich af of Gloria Russell goed was in blufpoker.

Seth Frank keek uit het raam van zijn auto. Zijn ondervraging van de huishoudelijke staf van Walter Sullivan had hem twee interessante stukjes informatie opgeleverd: ten eerste de naam van het bedrijf waarvoor hij zojuist zijn auto had geparkeerd, en het tweede kon wachten. Metro Steam Cleaner was gehuisvest in een langwerpig, betonnen gebouw in het industriegebied van Springfield, net buiten de ringweg, en het naambord verklaarde dat het bedrijf al sinds 1949 bestond. Dat was een vorm van stabiliteit die Frank op dit moment niet interesseerde. Er waren zoveel erkende bedrijven met lange bestaansgeschiedenissen die nu als dekmantel fungeerden voor de mafia en soortgelijke Chinese en Amerikaanse misdaadorganisaties. En iemand die de tapijten reinigt van welgestelde huiseigenaren, was in een ideale positie om alarmsystemen, bergplaatsen van contant geld en juwelen te lokaliseren en dagelijkse gewoonten van de argeloze slachtoffers te observeren. Of hij te maken had met een misdaadorganisatie of een eenling, wist Frank niet. Het was waarschijnlijker dat hij zich met volle kracht op een dood spoor wierp, maar je kon nooit weten. In de nabije omgeving, op drie minuten afstand, had hij drie patrouillewagens gestationeerd. Voor de zekerheid. Frank stapte uit zijn auto.

'Dat moeten Rogers, Budizinski en Jerome Pettis geweest zijn. Ja, 30 augustus, negen uur 's morgens. Drie verdiepingen. Dat verdomde huis was zo groot, dat ze zelfs met z'n drieën een hele dag nodig hadden.' George Patterson keek in zijn afsprakenboek terwijl Frank zijn blik door het groezelige kantoor liet gaan.

'Kan ik ze spreken?'

'U kunt Pettis spreken. De andere twee zijn weg.'

'Voorgoed?'

Patterson knikte.

'Hoe lang hebben ze hier gewerkt?'

Patterson bekeek zijn papieren. 'Jerome werkt hier nu vijf jaar. Hij is een van mijn beste mensen. Rogers heeft twee maanden voor me gewerkt. Ik geloof dat hij verhuisd is. Budizinski was hier vier weken.'

'Tamelijk korte carrières.'

'Jezus, dat ligt in de aard van het werk. Je geeft duizend dollar uit om die gasten op te leiden en dan zijn ze ineens pleite. Het is niet het soort werk dat je je hele leven doet, snapt u? Het is vies en zwaar werk. En het salaris is ook niet bepaald genoeg voor een huis aan de Rivièra, als u begrijpt wat ik bedoel.'

'Hebt u hun adressen?' Frank haalde zijn notitieboekje te voorschijn.

'Nou, zoals ik al zei, is Rogers verhuisd. Pettis is er vandaag, als u met hem wilt praten. Hij heeft een klus in McLean over een half uur. Hij is bezig zijn bestelwagen in te laden.'

'Wie beslist welke mannen naar welk huis gaan?'

'Dat doe ik.'

'Altijd?'

Patterson aarzelde. 'Nou, ik heb een paar jongens die gespecialiseerd zijn in bepaalde zaken.'

'Wie is er gespecialiseerd in de betere buurten?'
'Jerome. Zoals ik al zei, hij is mijn beste man.'
'Hoe werden die andere twee bij hem ingedeeld?'
'Dat weet ik niet. Dat wisselt. Soms hangt het ervan af wie er komt opdagen.'
'Kunt u zich herinneren of een van die drie speciale interesse toonde voor die klus in Sullivans huis?'
Patterson schudde zijn hoofd.
'En Budizinski? Hebt u van hem een adres?'
Patterson schreef het op een strookje papier. 'Het is in Arlington. Ik weet niet of hij er nog steeds woont.'
'Ik zou graag alle informatie willen hebben die u over hen hebt. Sofinummers, geboortedata, arbeidsverleden, dat soort dingen.'
'Dat kan Lorie wel voor u regelen. Dat is dat meisje bij de receptie.'
'Bedankt. Hebt u toevallig foto's van die mannen?'
Patterson keek hem aan alsof hij gek geworden was. 'Dat meent u toch niet? Jezus Christus, het is hier de FBI niet.'
'Kunt u hun uiterlijk beschrijven?' vroeg Frank geduldig.
'Ik heb vijfenzestig werknemers en een verloop van meer dan zestig procent. Meestal zie ik die gasten alleen als ik ze aanneem. Trouwens, na een tijdje gaan ze allemaal op elkaar lijken. Maar Pettis zal het wel weten.'
'Weet u misschien nog iets waar ik wat aan kan hebben?'
Patterson schudde zijn hoofd. 'Denkt u dat een van hen die vrouw heeft vermoord?'
Frank stond op en rekte zich uit. 'Ik weet het niet. Wat denkt u?'
'Hé, we krijgen hier van alles over de vloer. Mij verbaast niets meer.'
Frank wilde het kantoor uit lopen, maar draaide zich op het laatste moment om. 'O, tussen twee haakjes, ik wil een lijst van alle huizen en gebouwen in Middleton die jullie de afgelopen twee jaar hebben schoongemaakt.'
Patterson schoot omhoog uit zijn stoel. 'Wat krijgen we nou? Waarvoor?'
'Hebt u die gegevens?'
'Ja, die heb ik.'
'Goed, laat me weten als u hem klaar hebt. Prettige dag nog.'

Jerome Pettis was een lange, broodmagere, zwarte man van begin veertig, die voortdurend een sigaret in zijn mondhoek had hangen. Frank keek bewonderend toe terwijl de man met systematische bewegingen de zware reinigingsapparatuur in de bestelwagen laadde. Op zijn blauwe werkpak stond te lezen dat hij hoofd technische dienst van Metro was. Hij keek Frank niet aan, maar hield zijn aandacht bij zijn werk. Overal in de enorme garage werden witte bestelwagens op dezelfde wijze ingeladen. Enkele mannen keken Frank even aan en gingen toen weer snel door met hun werk.
'Meneer Patterson zei dat u een paar vragen had?'

Frank ging op de voorbumper van de bestelwagen zitten. 'Een paar. Je hebt op 30 augustus van dit jaar een klus gedaan in Walter Sullivans huis in Middleton.'

Pettis fronste zijn wenkbrauwen. 'Augustus? Jezus, ik doe vier huizen per dag. Meestal vergeet ik ze meteen weer, omdat ze zo gewoon zijn.'

'Dit huis kostte je een hele dag. Een groot huis in Middleton, Virginia. Je was met Rogers en Budizinski.'

Pettis begon te glimlachen. 'Ik weet het weer. Het grootste verdomde huis dat ik ooit heb gezien, en ik heb er al heel wat gezien.'

Frank glimlachte terug. 'Ik dacht hetzelfde toen ik het zag.'

Pettis kwam overeind en stak zijn sigaret aan. 'Het probleem was al dat meubilair. We moesten alles van zijn plaats halen en sommige stukken waren zo verdomde zwaar. Zo maken ze ze tegenwoordig niet meer.'

'Dus je was daar de hele dag?' De vraag klonk anders dan Frank had bedoeld.

Pettis verstrakte, nam een trekje van zijn Camel en leunde tegen de deur van de bestelwagen. 'Sinds wanneer heeft de politie interesse in de manier waarop tapijten worden gereinigd?'

'Er is een vrouw vermoord in dat huis. Blijkbaar heeft ze een paar inbrekers betrapt. Lees je geen kranten?'

'Alleen de sportpagina. En nu vraagt u zich af of ik een van die kerels ben?'

'Niet echt. Ik verzamel alleen informatie. Iedereen die in de buurt van dat huis is geweest, interesseert me. Misschien ga ik straks met de postbode praten.'

'Voor een politieman hebt u wel humor. Denkt u dat ik haar vermoord heb?'

'Als je dat gedaan had, zou je slim genoeg zijn om niet hier te blijven wachten tot ik je kwam opzoeken. Die twee mannen die bij je waren, kun je me daar iets over vertellen?'

Pettis nam een laatste trekje van zijn sigaret en keek Frank aan zonder hem antwoord te geven. Frank wilde zijn notitieboekje al dichtdoen.

'Wil je een advocaat, Jerome?'

'Heb ik die nodig?'

'Wat mij betreft niet, maar dat is niet mijn beslissing. Ik ben niet van plan om je je rechten te gaan voorlezen, als je je daar soms zorgen over maakt.'

Uiteindelijk keek Pettis naar de betonnen vloer, hij trapte zijn sigaret uit en keek toen Frank weer aan. 'Hoor eens, ik werk al heel lang voor meneer Patterson. Ik kom elke dag naar mijn werk, doe wat ik moet doen, strijk mijn loon op en ga weer naar huis.'

'Zo te horen hoef je je dan nergens zorgen over te maken.'

'Nee. Maar ik heb vroeger wel eens wat uitgehaald. Ik heb een tijdje gezeten. Dat kunt u binnen vijf seconden opzoeken in uw computer. Dus ik ga hier niet zitten liegen, oké?'

'Oké.'

'Ik heb vier kinderen en geen vrouw. Ik heb niet ingebroken in dat huis en ik heb die vrouw met geen vinger aangeraakt.'

'Ik geloof je, Jerome. Maar ik ben veel meer geïnteresseerd in Rogers en Budizinski.'

Pettis staarde de inspecteur enige tijd aan. 'Laten we een wandelingetje gaan maken.'

De twee mannen liepen de garage uit en wandelden naar een oude Buick die zo groot was als een boot en die meer uit roest dan uit metaal bestond. Pettis stapte in. Frank volgde hem.

'De muren kunnen oren hebben, weet u wel?'

Frank knikte.

'Brian Rogers. Hij werd Slick genoemd omdat hij hard werkte en snel leerde.'

'Hoe zag hij eruit?'

'Een blanke man van een jaar of vijftig. Misschien ouder. Niet zo groot. Eenzeventig, schat ik. Ongeveer vijfenzeventig kilo. Kletste de oren van je kop, maar hij werkte hard.'

'En Budizinski?'

'Buddy. Iedereen heeft hier een bijnaam. Mij noemen ze Bolle, omdat ik zo mager ben, weet u wel.' Frank moest erom lachen. 'Hij was ook een blanke. Iets groter en iets ouder dan Slick. Hij was erg op zichzelf. Deed wat hij moest doen en verder niets.'

'Wie deed de grote slaapkamer?'

'Wij allemaal, met z'n drieën. We moesten het bed en de ladenkast van hun plaats halen. Die wogen tonnen. Mijn rug doet er nog pijn van.' Jerome draaide zich om en pakte een koeltas van de achterbank. 'Ik had vanmorgen geen tijd om te ontbijten,' verklaarde hij, en hij haalde er een banaan en een eierkoek uit.

Frank zat ongemakkelijk te draaien op de versleten stoelzitting. Er prikte een stuk metaal in zijn rug en de auto stonk naar sigaretterook.

'Was een van die twee ooit alleen in de slaapkamer of ergens anders in het huis?'

'Er liep altijd wel iemand rond in het huis. Die man had een hoop personeel. Het is mogelijk dat ze alleen naar boven zijn gegaan. Ik heb ze niet voortdurend in de gaten gehouden. Dat is mijn taak niet.'

'Hoe kwam het dat je die morgen met Rogers en Budizinski werkte?'

Jerome dacht een ogenblik na. 'Dat weet ik niet precies. Ik weet wel dat we vroeg moesten beginnen. Het kan zijn dat ze die ochtend de eersten waren die op het werk verschenen. Soms is dat al voldoende.'

'Dus als ze van tevoren wisten dat jij vroeg weg moest en ze zorgden ervoor dat ze er eerder waren dan de anderen, dan konden ze met je mee?'

'Ja, dat is mogelijk. Jezus, we zoeken alleen maar mensen die kunnen werken, begrijpt u? Je hoeft geen hersenchirurg te zijn om dit soort klotewerk te doen.'

'Wanneer heb je ze voor het laatst gezien?'

Pettis nam een hap van zijn banaan en zat enige tijd luidruchtig te kauwen. 'Een paar maanden geleden, misschien iets langer. Buddy vertrok als eerste. Hij heeft nooit gezegd waarom. Het is hier altijd een komen en gaan geweest. Ik werk hier langer dan wie dan ook. Behalve meneer Patterson. Slick is verhuisd, geloof ik.'

'Weet je waarheen?'

'Ik herinner me dat hij iets zei over Kansas. Hij had werk gevonden in de bouw. Eigenlijk was hij timmerman. Maar hij raakte werkloos toen de bouwmaatschappij waar hij voor werkte, failliet ging. Hij was goed met zijn handen.'

Frank maakte daar een aantekening van terwijl Jerome de rest van zijn ontbijt opat. Ze liepen samen terug naar de garage. Frank keek in de bestelwagen, naar alle slangen, elektrische apparaten en flacons met reinigingsmiddel.

'Is dit de bestelwagen die gebruikt is voor het huis van Sullivan?'

'Dit is al drie jaar mijn bestelwagen. Het is de beste van het hele bedrijf.'

'Je hebt altijd dezelfde uitrusting achterin staan?'

'Zeker weten.'

'Dan zul je toch tijdelijk een andere wagen moeten nemen.'

'Wat?' Jerome klom langzaam achter het stuur vandaan.

'Ik zal met Patterson praten. Deze neem ik in beslag.'

'Dat meent u toch niet?'

'Ja, Jerome, ik ben bang van wel.'

'Walter, dit is Jack Graham. Jack, Walter Sullivan.' Sandy Lord liet zich weer in zijn stoel vallen. Jack gaf Sullivan een hand en beide mannen namen plaats aan de kleine tafel in conferentiekamer vijf. Het was acht uur in de ochtend en Jack was al vanaf zes uur op kantoor, nadat hij de twee afgelopen nachten had doorgewerkt. Hij had al drie koppen koffie op en schonk zich een vierde in uit Lords zilveren koffiepot.

'Walter, ik heb Jack verteld over de Oekraïne-deal. We hebben alle punten doorgenomen. Het Hill-rapport ziet er goed uit. Richmond heeft aan de juiste touwtjes getrokken. De Russische beer is dood en Kiev heeft het glazen muiltje. Onze vriend heeft woord gehouden.'

'Hij is een van mijn beste vrienden. Ik verwacht van mijn vrienden dat ze woord houden. Maar ik dacht dat we al genoeg advocaten hadden voor deze deal? Probeer je de rekening op te schroeven, Sandy?' Sullivan plaatste zijn handen op het tafelblad, drukte zichzelf een stukje omhoog en keek door het raam naar de heldere ochtendlucht, die de voorbode was van een prachtige dag in de hoofdstad. Jack wierp de man een zijdelingse blik toe en maakte een paar aantekeningen. Het leek net of Sullivan helemaal niet geïnteresseerd was in de afronding van zijn internationale miljarden-deal. Jack wist niet dat de oude man met zijn gedachten in het lijkenhuis in Virginia was, en dat hij haar gezicht weer voor zich zag.

In eerste instantie was Jack verbijsterd geweest toen Lord hem officieel had benoemd tot tweede man in de grootste transactie die de firma in jaren had opgezet. Hij was verkozen boven meerdere maten en een groot aantal medewerkers met veel meer ervaring dan hij. In de pluchen gangen gonsde het al van de geruchten dat menigeen zich gepasseerd voelde en de pest aan Jack begon te krijgen. Het kon Jack niets meer schelen. Zij hadden Baldwin niet als cliënt. Hoe hij het ook gedaan had, hij was toe aan het grote werk en hij had er genoeg van om zich schuldig te voelen over de positie die hij had verworven. Dit was het moment waarop Jack zijn vakmanschap aan Lord moest bewijzen. Lord had het bijna woordelijk zo gezegd. Nou, als hij wilde dat de deal werd doorgedrukt, dan zou Jack daar zijn bijdrage aan leveren. Op filosofisch en politiek ivoren-toren-gebabbel zat hier niemand te wachten. Alleen op resultaten.

'Jack is een van onze beste advocaten. En hij treedt op voor Baldwin.'

Sullivan draaide zijn hoofd om. 'Ransome Baldwin?'

'Ja.'

Sullivan wierp Jack een korte bewonderende blik toe en begon toen weer uit het raam te staren.

'Het speelveld van onze mogelijkheden,' vervolgde Lord, 'begint echter met de dag kleiner te worden. Het is noodzakelijk dat we de spelers wakker schudden en dat we er verdomd zeker van zijn dat Kiev weet wat er van ze verwacht wordt.'

'Kun jij dat niet regelen?'

Lord keek Jack aan en draaide zijn hoofd toen weer naar Sullivan. 'Natuurlijk kan ik dat, Walter. Maar het is uitgesloten dat jij je op dit moment terugtrekt. Jouw rol is nog steeds van doorslaggevend belang. Jij hebt de deal opgezet. Voor beide partijen is het van het allergrootste belang dat jij je met de deal blijft bezighouden.' Sullivan verroerde nog steeds geen vin. 'Walter, dit is de kroon op je carrière.'

'Dat zei je ook over mijn vorige deal.'

'Kan ik het helpen dat je jezelf blijft overtreffen?' kaatste Lord terug.

En eindelijk, voor het eerst sinds dat telefoontje uit de Verenigde Staten zijn leven aan gruzelementen sloeg, verscheen er een zuinig glimlachje om Sullivans mond.

Lord ontspande zich iets en keek even naar Jack. De volgende stap hadden ze meerdere malen gerepeteerd.

'Ik raad je aan samen met Jack naar Kiev te vliegen. Je schudt de juiste handen, geeft een klopje op de juiste schouders, gewoon, om ze te laten zien dat je nog steeds de touwtjes in handen hebt. Daar hebben ze behoefte aan. Het kapitalisme is nog erg nieuw voor ze.'

'En wat is Jacks rol?'

Lord gaf Jack een teken.

Jack stond op en liep naar het raam. 'Meneer Sullivan, in de afgelopen achtenveertig uur heb ik alle aspecten van deze deal bestudeerd. Alle andere juristen hebben zich alleen beziggehouden met onderdelen ervan. Ik denk dat er, afgezien van Sandy, niemand op dit kantoor is die beter weet wat u wilt bereiken dan ik.'

Sullivan draaide zich langzaam om naar Jack. 'Dat is een gedurfd statement.'

'Nou, dit is ook een gedurfde deal, meneer.'

'Dus jij weet waar ik op uit ben?'

'Ja, meneer.'

'Kijk eens aan. Doe me dan een plezier en vertel me eens wat jij denkt dat dat is.' Sullivan ging zitten, sloeg zijn armen over elkaar en keek Jack vol verwachting aan.

Zonder een moment te aarzelen, begon Jack te praten. 'De Oekraïne beschikt over enorme hoeveelheden ruwe grondstoffen, alle materialen waar zware industrieën overal ter wereld om zitten te springen. Waar het om gaat, is het volgende: hoe halen we, gezien de onzekere politieke situatie daar, die grondstoffen daar weg zonder risico's en tegen minimale kosten.'

Sullivan trok zijn armen weer van elkaar, ging rechtop zitten en nam een slokje koffie.

Jack vervolgde: 'Het punt is dat u Kiev in de waan wilt laten dat de export die uw maatschappij wil opzetten, gepaard zal gaan met investeringen in de toekomst van de Oekraïne. Een lange-termijninvestering waarvan ik aanneem dat u zich daar niet aan wilt houden.'

'Ik ben het grootste deel van mijn leven doodsbang geweest voor die rooie rakkers. Ik geloof net zoveel in *perestroika* en *glasnost* als in elfjes en kabouters. Ik beschouw het als mijn patriottische plicht om die communisten zoveel mogelijk uit te kleden. Om hun de lust en de middelen om de wereld te overheersen voorgoed te ontnemen. Want dat is hun oorspronkelijke plan, ondanks die recente democratische stuiptrekkingen.'

'Precies, meneer,' zei Jack. 'Uitkleden is het sleutelwoord. Vil het monster voordat het zichzelf vernietigt... of aanvalt.' Jack wachtte even om de reacties van beide mannen te peilen. Lord zat met een ondefinieerbare gezichtsuitdrukking naar het plafond te staren.

Sullivan verschoof op zijn stoel. 'Ga door. Je komt nu bij het interessante gedeelte.'

'Het interessante deel is: hoe zetten we de export in werking op een manier dat Sullivan & Company weinig of geen negatieve publiciteit krijgt en toch maximale winsten boekt? Je kunt gebruik maken van tussenpersonen of rechtstreeks kopen van de Oekraïne en hier verkopen aan de multinationals, om vervolgens een klein deel van de opbrengst terug te schenken aan de Oekraïne.'

'Juist. En uiteindelijk zuigen we het hele land leeg en wandel ik weg met ten minste twee miljard netto in mijn zak.'

Jack keek weer naar Lord, die rechtop was gaan zitten en aandachtig toeluisterde. Dit was het grote moment. Jack had het pas gisteren bedacht.

'Maar waarom pakken we de Oekraïne niet af wat ze echt gevaarlijk maakt?' Jack wachtte even. 'En tegelijkertijd verdriedubbelen we uw netto-opbrengst?'

Sullivan staarde hem recht in de ogen. 'Hoe?'

'Middellange-afstandsraketten. De Oekraïne heeft er honderden. En nu

het non-proliferatieverdrag van '94 is opgeheven, beginnen die kruisraketten het Westen weer de nodige kopzorgen te geven.'
'Maar wat stel je dan voor? Dat ik die verdomde dingen opkoop? Wat moet ik ermee?'
Jack zag dat Lord zich iets naar voren boog en vervolgde: 'U koopt ze voor een bodembedrag in dollars, misschien een half miljard, voor welk bedrag u een deel van de verkoopopbrengst van de ruwe grondstoffen gebruikt. U betaalt de Oekraïne met dollars, die zij dan weer kunnen gebruiken om op de wereldmarkten zaken te kopen waar zij behoefte aan hebben.'
'Maar hoe kom je aan dat bodembedrag? Elk land in het Midden-Oosten zal bereid zijn meer te betalen.'
'Maar de Oekraïne mag ze niet aan het Midden-Oosten verkopen. De G-7-landen zullen dat nooit toestaan. Als ze dat doen, dan worden ze uit de Europese Unie gezet en hebben ze geen toegang meer tot de westerse handelsmarkten, en als dat gebeurt, zijn ze er geweest.'
'Dus ik koop die dingen. Maar aan wie verkoop ik ze?'
Jack kon zijn grijns nauwelijks verbergen. 'Aan ons. De Verenigde Staten. Zes miljard is een ruwe schatting van hun waarde. Jezus, die wapens bevatten kapitalen aan plutonium. Ik denk dat de G-7-landen wel met een paar miljard zullen bijspringen. En uw relatie met Kiev maakt dit allemaal mogelijk. Ze zullen u als hun reddende engel beschouwen.'
Sullivan was verbijsterd. Hij wilde opstaan, maar bedacht zich. Zelfs voor hem waren dit indrukwekkende bedragen. Hoewel hij genoeg geld had, meer dan genoeg. Maar het nucleair evenwicht in hun voordeel te veranderen, dat idee sprak hem wel aan.
'En wiens idee was dit?' Sullivan keek naar Lord toen hij die vraag stelde, maar Lord wees naar Jack.
Sullivan leunde achteruit in zijn stoel en nam de jonge man tegenover hem aandachtig op. Toen stond hij op, met een souplesse die Jack verraste. De miljardair nam Jacks hand in een ijzeren greep.
'Jij zult het ver brengen, jongeman. Vind je het goed als ik zover met je meega?' Lord straalde als een trotse vader en Jack kon zijn glimlach niet langer bedwingen. Hij was vergeten hoe het voelde om een bal het stadion uit te slaan.

Nadat Sullivan vertrokken was, namen Jack en Sandy weer plaats.
'Ik besef dat het geen makkelijke opdracht was,' zei Sandy uiteindelijk. 'Hoe voel je je?'
Jack kon alleen nog maar grijnzen. 'Alsof ik net naar bed ben geweest met het mooiste meisje van de hele school. Ik tintel helemaal.'
Lachend stond Lord op. 'Je kunt beter naar huis gaan en een beetje rust nemen. Waarschijnlijk zit Sullivan op dit moment vanuit zijn auto met zijn piloot te bellen. We hebben er ten minste voor gezorgd dat hij niet meer aan die hoer zit te denken.'
Jack hoorde die laatste zin niet, want hij was snel Lords kantoor uit gelo-

149

pen. Voor het eerst sinds lange tijd voelde hij zich echt goed. Geen zorgen, alleen maar vooruitzichten. Zeer goede vooruitzichten.

Hij was die avond nog laat op om het hele verhaal aan een zeer enthousiaste Jennifer Baldwin te vertellen. Naderhand, bij een fles gekoelde champagne en een schaal oesters die ze speciaal had laten bezorgen, had het paar de meest bevredigende gemeenschap die ze ooit hadden gehad. Voor één keer ergerde Jack zich niet aan de hoge plafonds en de schilderingen; het was zelfs zo dat hij ze wel leuk begon te vinden.

•13•

Op het Witte Huis komen jaarlijks miljoenen 'onofficiële' poststukken binnen. Elk poststuk wordt zorgvuldig bekeken en afgehandeld. Dit werk wordt gedaan door een interne afdeling die onder leiding staat en hulp krijgt van de geheime dienst.

De twee brieven die ze hadden ontvangen, leken vrij onschuldig. Het enige opvallende was dat ze aan Gloria Russell waren geadresseerd, terwijl de meeste poststukken altijd gericht waren aan de president of de leden van zijn gezin, en tegenwoordig ook aan het presidentiële huisdier, een golden retriever die luisterde naar de naam Barney.

Het waren gewone, witte enveloppen, die overal te koop waren, en het handschrift erop was in blokletters. Russell ontving ze om een uur of twaalf, op een dag waarop alles – tot dat moment – naar wens leek te gaan. In de ene zat een enkel velletje papier en in de andere zat een voorwerp waar ze nu al enkele minuten naar zat te staren. Op het velletje papier stonden, wederom in blokletters, de volgende woorden geschreven:

Vraag: Wat verstaat men onder de ernstigste misdaden en misdrijven? Antwoord: ik denk niet dat u dat wilt weten. Te koop: waardevol voorwerp. Meer informatie volgt, chef. Getekend: geen stille bewonderaar.

Hoewel ze het had verwacht en er in feite zelfs wanhopig naar had uitgekeken, merkte ze toch dat haar hart zo snel begon te kloppen, dat het uit haar borstkas leek te barsten; haar mond kwam vol speeksel dat ze met twee glazen water moest wegslikken voordat ze de brief kon vasthouden zonder te trillen. Toen keek ze naar het tweede voorwerp. Een foto. De aanblik van de briefopener bracht alle gebeurtenissen van die rampzalige nacht weer bij haar terug. Ze greep de leuningen van haar stoel vast. Eindelijk was de aanval ingezet.

'Hij is tenminste bereid te onderhandelen.' Collin legde het briefje en de

150

foto neer en liep terug naar zijn stoel. Hij had de lijkbleke gelaatstint van de vrouw opgemerkt en vroeg zich af of ze taai genoeg was om zich hier doorheen te slaan.

'Misschien. Maar het kan ook een val zijn.'

Collin schudde zijn hoofd. 'Dat denk ik niet.'

Russell leunde achteruit in haar stoel, wreef met haar vingertoppen over haar slapen en nam nog een Tylenol in. 'Waarom niet?'

'Waarom zou hij ons op deze manier in de val lokken? Waarom zou hij ons überhaupt in de val lokken? Hij heeft de spullen om ons aan de schandpaal te nagelen. Hij wil gewoon geld.'

'Hij heeft al miljoenen van Sullivan.'

'Misschien. Maar we weten niet of het liquide middelen waren. Misschien heeft hij het verstopt en kan hij er niet bij komen. Of misschien is hij een buitengewoon hebzuchtig heerschap. Daar lopen er meer van rond.'

'Ik heb behoefte aan een drankje. Kun je vanavond naar me toe komen?'

'De president heeft een diner op de Canadese ambassade.'

'Verdomme. Kan iemand jouw plaats niet innemen?'

'Misschien, als jij aan een paar touwtjes trekt.'

'Ik regel het wel. Wanneer denk je dat we weer iets van hem zullen horen?'

'Hij lijkt me niet al te gretig, hoewel hij misschien alleen maar behoedzaam is. Dat zou ik zijn, als ik hem was.'

'Fijn. Dus ik kan elke dag twee pakjes mentholsigaretten roken tot we weer iets van hem horen. Tegen die tijd ben ik al overleden aan longkanker.'

'Als hij geld wil, wat doe je dan?' vroeg Collin.

'Het hangt ervan af hoeveel hij wil, maar ik denk dat ik het zonder veel problemen bij elkaar kan krijgen.' Ze leek iets te kalmeren.

Collin maakte aanstalten om te vertrekken. 'Jij bent de baas.'

'Tim?' Russell liep naar hem toe. 'Hou me even vast.'

Hij sloeg zijn armen om haar heen en voelde haar lichaam tegen zijn pistool drukken.

'Tim, als hij nu niet alleen op geld uit is? Als we dat ding niet terug kunnen krijgen?'

Collin keek haar in de ogen. 'Dan zal ik het verder wel regelen, Gloria.' Hij legde zijn vinger op haar lippen, draaide zich om en vertrok.

Collin zag dat Burton hem in de gang opwachtte.

Burton bekeek de jonge man van top tot teen. 'Nou, hoe gaat het met haar?'

'Best.' Collin wilde doorlopen, maar Burton greep hem bij zijn arm en draaide hem om.

'Wat is er verdomme aan de hand, Tim?'

Collin maakte zich los uit de greep van zijn collega. 'Het is nu niet het juiste moment en de juiste plaats, Bill.'

'Nou, zeg dan maar waar en wanneer, dan zal ik er zijn, want we moeten praten.'

'Waarover?'

'Wie denk je dat je godverdomme voor je hebt?' Met een ruk trok hij Collin een nis in. 'Ik wil dat je eens goed nadenkt over die vrouw in dat kantoor. Ze geeft geen reet om jou of om mij of om wie dan ook. Het enige wat ze wil, is haar eigen huid redden. Ik weet niet wat ze je heeft wijsgemaakt en ik weet ook niet wat jullie van plan zijn, maar ik zeg je één ding: wees heel voorzichtig. Ik wil niet dat je alles voor haar weggooit.'

'Ik waardeer je bezorgdheid, Bill, maar ik weet wat ik doe.'

'Is dat zo, Tim? Valt het neuken van de stafchef tegenwoordig ook onder de verantwoordelijkheden van agenten? Waarom laat je me niet zien op welke bladzijde van ons handboek dat staat? Ik zou dat heel graag zelf willen lezen. En nu we het er toch over hebben, waarom vertel je me dan niet meteen waarom we weer dat huis in moesten? Want we hebben het niet gevonden, en ik denk dat ik weet wie dat wel heeft. Mijn carrière staat hier ook op het spel, Tim. En als ik eraan ga, wil ik wel graag weten waarom.'

In de gang kwam een medewerker voorbij die het tweetal argwanend opnam. Burton knikte glimlachend en richtte zijn aandacht toen weer op Collin.

'Kom op, Tim, wat zou jij verdomme doen als je mij was?'

De jonge man keek zijn vriend aan en de harde lijnen die meestal op zijn gezicht te zien waren als hij dienst had, werden wat zachter. Wat zou hij doen als hij Burton was? Het antwoord was simpel. Hij zou hem net zo lang ervan langs geven tot hij begon te praten. Burton was zijn vriend, dat had hij keer op keer bewezen. Wat de man over Russell zei, was waarschijnlijk waar. Collins gezonde verstand was nog niet helemaal aangetast door haar zijden lingerie.

'Zullen we even een kop koffie gaan drinken, Bill?'

Seth Frank daalde de twee trappen af, sloeg rechtsaf en opende de deur van het gerechtelijk laboratorium. Hoewel het klein was en dringend een lik verf nodig had, was het laboratorium verrassend netjes ingericht, wat voornamelijk te danken was aan het feit dat Laurie Simon een zeer ordelijk persoon was. Frank nam aan dat het bij haar thuis, ondanks de aanwezigheid van twee kleuters die haar voortdurend bezighielden, net zo netjes en goed georganiseerd was. Aan de ene kant van het laboratorium hingen de nog ongebruikte sporenonderzoekkoffertjes, die met hun oranje zegels een beetje kleur gaven aan de grauwe, afgebladderde muren. In een hoek stond een aantal kartonnen dozen, allemaal keurig van een etiket voorzien. In een andere hoek was een kleine vloerkluis, waarin bewijsstukken werden bewaard die geheimhouding vereisten.

Hij zag haar smalle rug in de verste hoek van het laboratorium, waar ze over haar microscoop gebogen zat.

'Je had gebeld?' Frank liep naar haar toe en keek waar ze mee bezig was. Op het glasplaatje lagen een paar fragmenten van een of andere stof. Hij kon zich niet voorstellen dat hij dag in dag uit naar dingen moest kijken die

152

alleen door een microscoop zichtbaar waren, maar hij besefte heel goed dat het werk van Laurie Simon enorm belangrijk was bij het tot stand brengen van een veroordeling.

'Kijk hier eens naar.' Simon wenkte hem naar de microscoop. Frank zette zijn bril af, waarvan hij vergeten was dat hij die nog steeds op had. Hij keek door de lens en tilde toen zijn hoofd weer op.

'Laurie, je weet dat ik geen idee heb van waar ik naar kijk. Wat is het?'

'Vezels van de vloerbedekking in Sullivans slaapkamer. We waren ze vergeten bij het eerste onderzoek, dus ik heb ze later opgehaald.'

'En? Wat heb je ontdekt?' Frank had geleerd heel aandachtig te luisteren naar deze deskundige.

'De vloerbedekking in de slaapkamer is een van die heel kostbare soorten, die ongeveer achttienhonderd dollar per vierkante meter kosten. Alleen al de slaapkamer moet ze bijna een kwart miljoen aan vloerbedekking hebben gekost.'

'Jezus Christus!' Frank propte nog een stukje kauwgom in zijn mond. Hij probeerde met roken te stoppen, maar ondertussen rotte zijn gebit weg en werd hij steeds dikker. 'Tweehonderdvijftigduizend voor iets om op te lopen?'

'Het is ongelofelijk duurzaam. Je kunt er met een tank overheen rijden en dan veert het gewoon weer terug. Het ligt er pas een jaar of twee. Ze hebben toen heel wat renovatiewerk gedaan.'

'Renovatie? Het huis is pas een paar jaar oud.'

'Dat was toen het slachtoffer met Walter Sullivan trouwde.'

'O?'

'Vrouwen geven graag een eigen tintje aan het huis waarin ze wonen, Seth. Ik moet zeggen dat ze een goede smaak heeft, zeker wat betreft vloerbedekking.'

'Dat is mooi. Maar waar brengt die goede smaak ons?'

'Kijk nog eens naar die vezels.'

Frank gehoorzaamde zuchtend.

'Zie je de uiteinden? Kijk naar de dwarsdoorsnede. Ze zijn afgeknipt. Vermoedelijk met een niet al te scherpe schaar. Het snijvlak is vrij onregelmatig, maar zoals ik al zei, het materiaal is ijzersterk.'

Hij keek haar aan. 'Afgeknipt? Waarom zou iemand dat doen? Waar heb je ze gevonden?'

'Deze vezels zijn afkomstig van de zijkant van het bed. Degene die ze afknipte heeft waarschijnlijk niet gemerkt dat er vezels aan zijn handen zaten. Toen leunde hij tegen het bed en voilà.'

'Heb je corresponderende vezels op de vloerbedekking gevonden?'

'Ja. Onder de linkerzijkant van het bed, ongeveer tien centimeter van het voeteneinde. Het snijvlak was egaal, maar toch zichtbaar.'

Frank kwam overeind, pakte een kruk en ging naast Simon zitten.

'Dat is niet alles, Seth. Op een van de vezels heb ik sporen van een vloeistof aangetroffen. Een soort reinigingsmiddel.'

'Dat zal het spul zijn dat ze hebben gebruikt toen ze onlangs de vloerbedekking reinigden. Of misschien hebben de schoonmaaksters iets gemorst.'

Simon schudde haar hoofd. 'Nee. Metro stoomt de vloerbedekking schoon. En voor het verwijderen van vlekken gebruiken ze een speciale biologische reinigingsvloeistof. Dat heb ik gecontroleerd. Dit is een middel op petroleumbasis, een doodgewoon schoonmaakmiddel. En de schoonmaaksters gebruiken het middel dat geadviseerd wordt door de leverancier van de vloerbedekking. Dat is ook biologisch. Daar hebben ze een hele voorraad van in huis. En de vloerbedekking is behandeld met chemicaliën die moeten voorkomen dat vlekken erin trekken. Met een schoonmaakmiddel op petroleumbasis zou je het alleen maar erger maken. Ik vermoed dat ze daarom stukken weggeknipt hebben.'

'Dus we mogen aannemen dat de dader die vezels heeft weggeknipt, omdat ze ons iets laten zien. Is dat zo?'

'Deze vezels niet. Maar misschien heeft hij een heel stuk weggeknipt om er zeker van te zijn dat hij niets over het hoofd zag, en zijn dit de schone exemplaren.'

'Wat kan er op de vloerbedekking hebben gezeten dat iemand de moeite zou nemen om één centimeter van de polen af te knippen? Het moet ze wel dwarsgezeten hebben.'

Simon en Frank kwamen tot dezelfde conclusie.

'Bloed,' zei Simon.

'En niet van het slachtoffer. Als ik me goed herinner, was er op die plek geen bloed van haar te vinden,' voegde Frank eraan toe. 'Ik denk dat je nog een test moet doen, Laurie.'

Ze haakte een koffertje van de muur. 'Dat was ik al van plan, maar het leek me beter je eerst even te bellen.'

'Heel slim van je.'

De rit duurde een half uur. Frank had het raampje omlaag gedraaid en liet de wind langs zijn gezicht waaien. Het hielp ook tegen de rook van Simons sigaret. Wat dat betreft, maakte ze het hem altijd erg moeilijk.

In opdracht van Frank was de deur van de slaapkamer verzegeld.

Vanuit de hoek van Walter Sullivans slaapkamer keek Frank toe hoe Simon zorgvuldig haar chemicaliën mengde en in een plastic plantespuit goot. Daarna hielp hij haar met het dichtplakken van de ramen met bruin pakpapier. Ze propten een paar handdoeken onder de deur en trokken de zware gordijnen dicht om zoveel mogelijk daglicht buiten te sluiten.

Frank liet zijn blik nog eens door de kamer gaan. Hij keek naar de spiegel, het bed, het raam, de kasten en toen naar het nachtkastje en het gapende gat in de muur erachter, waar het stucwerk was verwijderd. Toen ging zijn blik terug naar de foto op het nachtkastje. Hij pakte hem op. Opnieuw werd hij eraan herinnerd dat Christine Sullivan een prachtige vrouw was geweest, die hij nauwelijks in verband kon brengen met het stoffelijk

154

overschot dat hij had gezien. Op de foto zat ze in de stoel naast het bed. Links van haar was het nachtkastje duidelijk zichtbaar. Rechts op de foto was nog een stukje van het bed te zien, het enige meubelstuk waar ze veelvuldig gebruik van had gemaakt. De springveren zouden hard toe zijn aan een servicebeurt. Daarna zouden ze vermoedelijk niet veel meer te lijden hebben. Hij dacht terug aan de uitdrukking op het gezicht van Walter Sullivan. Veel levenslust was er niet meer in te zien.

Frank zette de foto neer en richtte zijn aandacht weer op Simons soepele, systematische bewegingen. Toen keek hij weer naar de foto. Er zat hem iets dwars, maar wat het was geweest, was hem op hetzelfde moment alweer ontschoten.

'Hoe heet dat spul ook alweer, Laurie?'

'Luminol. Het wordt ook onder andere namen verkocht, maar het is hetzelfde reagens. Ik ben klaar.'

Ze richtte de spuit op het deel van de vloerbedekking dat weggeknipt was. 'Het is maar goed dat jij de schade aan die vloerbedekking niet hoeft te betalen.' De inspecteur glimlachte naar haar.

Simon draaide haar hoofd om. 'Het maakt mij niets uit. Ik laat me gewoon failliet verklaren. Dan kunnen ze het de komende vijftig jaar van mijn salaris inhouden. Zo gaat dat bij arme sloebers als wij.'

Frank deed het licht uit en plotseling was het aardedonker in de kamer. Hij hoorde het zachte gesis van Simons plantespuit. Vrijwel onmiddellijk kwam er een bleekblauwe glans op een klein stukje van de vloerbedekking, als een zwerm vuurvliegjes, die vrijwel meteen weer verdwenen was. Frank deed het licht aan en keek naar Simon.

'Dus hier hebben we het bloed van iemand anders. Mooi werk, Laurie. Is er genoeg om te analyseren? Om de bloedgroep of het DNA-type te bepalen?'

Simon keek zorgelijk. 'We kunnen de vloerbedekking weghalen om te kijken of er iets doorheen is gelekt, maar ik betwijfel het. Door deze kwaliteit komt niet veel heen. En het is vermengd met een aantal andere stoffen. Dus reken er maar niet op.'

Frank dacht hardop. 'Goed, één gewonde dader. Niet veel bloed, maar toch een beetje.' Hij keek Simon met een vragende blik aan en ze knikte bevestigend. 'Gewond, maar waarmee? Ze had niets in haar hand toen we haar vonden.'

Simon raadde wat hij dacht. 'En omdat de dood zo plotseling intrad, hebben we het waarschijnlijk over verkramping van de handspieren. Ze zouden haar vingers hebben moeten breken om het uit haar hand te halen.'

Frank verwierp die gedachte. 'Bij de autopsie is daar niets van gebleken.'

'Tenzij haar hand openvloog door de inslag van de kogels.'

'Hoe vaak gebeurt zoiets?'

'Voor deze zaak is één keer al genoeg.'

'Oké, laten we aannemen dat ze een wapen had, dat nu weg is. Maar wat voor soort wapen kan het geweest zijn?'

Simon dacht erover na terwijl ze haar spullen inpakte.

'Ik denk dat je een pistool kunt uitsluiten, want ze zou in staat geweest zijn één keer te vuren en er zijn geen kruitsporen op haar hand aangetroffen. Die kunnen ze er niet afschrapen zonder sporen achter te laten.'

'Goed. Bovendien zijn er geen aanwijzingen dat er ooit een wapen op haar naam geregistreerd stond. En we hebben al bevestigd dat er geen wapens in huis waren.'

'Dus geen pistool. Misschien een mes. Ik kan niet met zekerheid zeggen wat voor soort wond ze heeft veroorzaakt, maar ik denk een snee, niet al te diep. Het stukje vloerbedekking dat is weggeknipt, is te klein om over ernstige verwondingen te praten.'

'Dus ze stak een van de daders, vermoedelijk in een arm of been. En toen liepen ze achteruit en schoten haar neer? Of stak ze nadat ze was neergeschoten?' Frank corrigeerde zichzelf. 'Nee. Ze was meteen dood. Misschien stak ze een van de daders in een andere kamer, rende hier naar binnen en werd toen neergeschoten. Daarna boog de gewonde dader zich over haar heen en vielen er een paar bloeddruppels op de grond.'

'Maar de kluis is hier. Een waarschijnlijker scenario is dat ze hen heeft verrast terwijl ze in de kluis bezig waren.'

'Dat kan wel zijn, maar er werd vanuit de deuropening de kamer in geschoten. En de vuurlijn liep schuin naar beneden. Wie verraste wie? Dat is waar ik verdomme niet achter kan komen.'

'Maar waarom zouden ze het mes meenemen, als het dat was?'

'Omdat het iemand op een of andere manier identificeert.'

'Vingerafdrukken?' Simons neusvleugels trilden bij de gedachte aan de betekenis van dergelijk bewijsmateriaal.

Frank knikte. 'Zo denk ik erover.'

'Zou wijlen mevrouw Sullivan gewend zijn geweest een mes bij zich te dragen?'

Frank reageerde door zo hard met zijn hand tegen zijn voorhoofd te slaan, dat Simon schrok. Ze zag hem naar het nachtkastje rennen en de foto oppakken. Hoofdschuddend gaf hij hem aan haar.

'Daar heb je je verdomde mes.'

Simon bekeek de foto. Op het nachtkastje lag een lange briefopener met een leren handvat.

'Dat verklaart ook die olie op haar handpalmen.'

Toen ze op weg naar buiten waren, bleef Frank bij de voordeur staan. Hij keek naar het controlepaneel van de alarminstallatie en begon te glimlachen.

'Laurie, heb jij die fluorescentielamp nog in je kofferbak liggen?'

'Ja, waarom?'

'Zou je hem even willen pakken?'

Ze keek hem vragend aan, maar deed wat hij haar vroeg. Ze kwam de hal weer in en stak de stekker in het stopcontact.

'Schijn eens recht op het controlepaneel?'

156

Wat het fluorescerende licht onthulde, deed opnieuw een glimlach op Franks gezicht verschijnen.

'Verdomme, dat is goed.'

'Wat betekent het?' Simon keek hem met gefronste wenkbrauwen aan.

'Het betekent twee dingen. Ten eerste weet ik nu zeker dat ze hulp van binnenuit hebben gehad en ten tweede dat onze daders heel creatief zijn.'

Frank zat in de kleine verhoorkamer. Hij had trek in een sigaret, maar nam in plaats daarvan een Cherry Tums. Hij keek naar de gasbetonnen muren, de goedkope metalen tafel en de gammele stoelen, en kwam tot de conclusie dat dit wel een heel naargeestige omgeving was om in ondervraagd te worden. En dat was maar goed ook. Gedeprimeerde mensen zijn kwetsbaar en kwetsbare mensen zijn volgens de algemene opinie geneigd tot praten. En Frank wilde graag luisteren. Al was het de hele dag.

De zaak was nog steeds erg onduidelijk, maar sommige elementen werden al wat helderder.

Buddy Budizinski woonde nog steeds in Arlington en werkte nu bij een autowasserette in Fall Church. Hij had toegegeven dat hij in Sullivans huis was geweest en dat hij over de moord had gelezen, maar verder wist hij niets. Frank had de neiging hem te geloven. De man maakte geen bijzonder intelligente indruk, had geen strafblad en deed zijn hele leven al vrij onbenullig werk, wat ongetwijfeld het gevolg was van het feit dat hij niet eens de lagere school had afgemaakt. Zijn appartement was sober, op de rand van het armoedige. Kortom, Budizinski was een dood spoor.

Rogers daarentegen had een slimme truc uitgehaald. Het sofinummer dat hij had opgegeven toen hij werd aangenomen, bestond wel degelijk, alleen behoorde het toe aan een vrouwelijke overheidsambtenaar die twee jaar geleden naar Thailand was overgeplaatst. Hij moest geweten hebben dat Metro Steam Cleaners het nummer niet zou checken. Het adres dat hij had opgegeven, was een motel in Beltsville, Maryland. Niemand met die naam had zich het afgelopen jaar in het motel ingeschreven, en ze hadden daar nooit iemand gezien die aan Rogers' signalement beantwoordde. De staat Kansas had geen dossier van hem. Bovendien had hij nog nooit een salarischeque van Metro geïnd. Dat zei al genoeg.

Verderop in de gang was iemand bezig een compositietekening van hem te maken, gebaseerd op de omschrijving van Jerome Pettis. Als deze klaar was, zou ze door de omgeving verspreid worden.

Rogers was de man, Frank voelde het. Hij was in het huis geweest, was van de aardbodem verdwenen en had alleen een spoor van valse informatie achtergelaten. Simon was op dit moment verwoed bezig om Pettis' bestelwagen uit te kammen, in de hoop ergens een vingerafdruk van Rogers aan te treffen. Ze hadden op de plaats van de moord geen afdrukken gevonden om mee te vergelijken, maar als ze Rogers konden identificeren, kon je er donder op zeggen dat hij eerder veroordeeld was, en dan zou Franks zaak vorm krijgen. Hij zou een grote sprong vooruit kunnen maken als de persoon op wie hij nu zat te wachten, zou besluiten mee te werken.

Walter Sullivan had bevestigd dat er inderdaad een antieke briefopener uit de slaapkamer was verdwenen. Frank hoopte hartstochtelijk dat hij op een dag dat allesbepalende bewijsstuk in handen zou krijgen. Hij had zijn theorie, dat zijn vrouw haar aanvaller met dat voorwerp had gestoken, aan Sullivan voorgelegd; maar het scheen de oude man nauwelijks te interesseren. Frank vroeg zich af of Sullivan aan het eind van zijn krachten begon te raken.

De inspecteur keek de lijst met personeelsleden van Sullivans huis nog eens door, hoewel hij hem eigenlijk wel uit zijn hoofd kende. Er stond maar één persoon op in wie hij werkelijk geïnteresseerd was.

Hij moest steeds weer denken aan de verklaring die de vertegenwoordiger van het beveiligingsbedrijf had afgelegd. Een vijftiencijferige configuratie om een code van vijf getallen te krijgen, die in de juiste volgorde moesten worden ingetoetst, zou een aantal combinatiemogelijkheden opleveren die een kleine portable computer nooit zou kunnen kraken in de korte tijd die hem werd gegund, zeker niet als je de verbluffende snelheid van de computer van het alarmsysteem in aanmerking nam. Om dat voor elkaar te krijgen, moest je een aantal mogelijkheden uitsluiten. Hoe deed je dat?

Het onderzoek van het bedieningspaneel met de fluorescentielamp had aangetoond dat de cijfertoetsen bewerkt waren met een chemische stof – Frank kon zich de exacte naam niet meer herinneren, maar Simon wist wat het was.

Frank leunde achteruit in zijn stoel en probeerde zich de huisknecht voor de geest te halen, of wie het ook was die het alarm inschakelde. Een vinger zou de vijf getallen intoetsen en het alarm zou aan staan. De persoon zou weglopen en niet weten dat hij of zij sporen van een chemische stof, die reukloos was en met het blote oog niet zichtbaar, op zijn of haar vingertop had. En, wat veel belangrijker was, ze zouden zich totaal onbewust zijn van het feit dat ze zojuist de cijfers die de code vormden, hadden onthuld. Met behulp van een fluorescentielamp zou de dader kunnen zien welke toetsen waren ingedrukt, omdat de chemische stof op die toetsen gedeeltelijk weggeveegd zou zijn. Met die gegevens was het verder aan de computer om de juiste volgorde te bepalen, wat volgens de vertegenwoordiger van het beveiligingsbedrijf 99,9 procent kans van slagen had, zolang men vooraf maar over de juiste getallen beschikte.

De vraag bleef echter: wie had de chemische stof aangebracht? In eerste instantie had Frank aangenomen dat Rogers, of wat zijn echte naam ook was, het had gedaan toen hij in het huis aan het werk was, maar er waren te veel feiten die dat tegenspraken. Ten eerste liepen er in het huis altijd mensen rond, en een vreemdeling die rondhing bij het bedieningspaneel van de alarminstallatie, zou zeker argwaan wekken. Ten tweede was de ruime hal de meest open plek van het hele huis. En ten slotte, het aanbrengen van de chemische stof moest zorgvuldig gebeuren en zou dus enige tijd vergen. En tijd was een luxe waarover Rogers niet beschikte. De geringste argwaan, door één vluchtige blik, en zijn hele plan zou in duigen vallen. De persoon die dit had uitgedacht, was niet iemand die dat soort risico's zou nemen. Rogers had het niet gedaan. Frank was er vrijwel van overtuigd wie het wel had gedaan.

Op het eerste gezicht leek de vrouw zo mager, dat hij even dacht dat ze aan een ernstige ziekte leed. Maar toen hij wat beter keek naar de kleur op haar wangen, haar tengere bouw en haar elegante manier van bewegen, kwam hij tot de conclusie dat ze gewoon erg slank was, maar verder wel gezond.
'Gaat u alstublieft zitten, mevrouw Broome. Fijn dat u gekomen bent.'
De vrouw knikte en nam plaats op een van de stoelen. Ze droeg een gebloemde rok die tot halverwege haar kuiten reikte. Om haar hals droeg ze een enkele rij grote namaakparels. Haar haar was keurig opgestoken; hoog op haar voorhoofd waren de eerste zilvergrijze haren zichtbaar. Als hij afging op haar gladde huid en de afwezigheid van rimpels, zou Frank haar ongeveer negenendertig hebben geschat. In werkelijkheid was ze een paar jaar ouder.
'Ik dacht dat u al klaar was met mij, meneer Frank.'
'Noemt u me alstublieft Seth. Rookt u?'
Ze schudde haar hoofd.
'Ik heb nog een paar vraagjes, gewoon routine. U bent de enige niet. Ik heb begrepen dat u uw baan bij meneer Sullivan hebt opgezegd?'
Ze slikte zichtbaar, sloeg haar ogen neer en keek toen weer op. 'Ik was, hoe zeg je zoiets, erg gehecht aan mevrouw Sullivan. Het is nu erg moeilijk, begrijp je?' Ze wendde haar blik af.
'Ik weet het, ik weet het. Het is vreselijk, afgrijselijk.' Frank wachtte even. 'Hoe lang hebt u voor de Sullivans gewerkt?'
'Iets meer dan een jaar.'
'U maakt schoon en...'
'Ik help bij de schoonmaak. We zijn met z'n vieren, Sally, Rebecca, ik, en Karen Taylor, die zorgt voor het eten. Ik zorgde ook voor mevrouw Sullivans spullen. Haar kleding en dergelijke. Je zou kunnen zeggen dat ik haar assistente was. Meneer Sullivan had zijn eigen assistent, Richard.'
'Hebt u trek in koffie?'
Frank wachtte niet tot ze antwoordde. Hij stond op en trok de deur open. 'Hé, Molly, wil je ons een paar koppen koffie brengen?' Hij draaide zich om naar mevrouw Broome. 'Melk? Suiker?'
'Zwart.'
'Twee zonder, Molly. Bedankt.'
Hij deed de deur dicht en ging weer zitten.
'Die verdomde kou in de lucht; ik kan het maar niet warm krijgen.' Hij klopte op de ruwe wand. 'Dat gasbeton maakt het niet veel beter. Wat zei u over mevrouw Sullivan?'

'Ze was echt aardig tegen me. Ik bedoel, ze praatte met me over allerlei din-gen. Ze was niet, ze was niet van dat slag mensen, begrijp je, uit de betere kringen, zou je kunnen zeggen. Ze ging naar dezelfde school als ik, hier in Middleton.'

'En ze zat niet veel jaren lager, neem ik aan?'

Zijn opmerking bracht een glimlach op haar gezicht en met een onbewust gebaar streek ze een paar onzichtbare haren van haar voorhoofd.

'Meer dan ik zou willen toegeven.'

De deur ging open en hun koffie werd binnengebracht. Gelukkig was hij vers en heet. Frank had niet gelogen toen hij zei dat hij het koud had.

'Ik wil niet zeggen dat ze zich niet wilde aanpassen aan dat soort mensen, maar ze bleef toch zichzelf. Ze liet zich door niemand iets aanleunen, als je begrijpt wat ik bedoel.'

Frank had voldoende redenen om te geloven dat dat waar was. Uit alle ver-klaringen die hij had gehoord, bleek dat wijlen mevrouw Sullivan in meer-dere opzichten een rebels type was.

'Hoe zou u de relatie tussen de Sullivans omschrijven? Goed, slecht, ertus-senin?'

Ze aarzelde geen moment. 'Heel goed. O, ik weet wat de mensen zeggen over het leeftijdsverschil en zo, maar ze was goed voor hem en hij was goed voor haar. Dat geloof ik echt. Hij hield van haar, daar ben ik van over-tuigd. Misschien meer zoals een vader van zijn dochter houdt, maar het was toch liefde.'

'En zij van hem?'

Nu was er een merkbare aarzeling. 'U moet begrijpen dat Christy Sullivan een heel jonge vrouw was, in bepaalde opzichten een stuk jonger dan andere vrouwen van haar leeftijd. Meneer Sullivan had voor haar de deur geopend naar een nieuwe wereld en...' Ze wachtte even, duidelijk twij-felend hoe ze verder moest gaan.

Frank schakelde over naar een andere versnelling. 'Hoe zit het met die kluis in de slaapkamer? Wie wist ervan?'

'Dat weet ik niet. Ik in elk geval niet. Ik neem aan dat meneer en mevrouw Sullivan ervan wisten. Misschien dat Richard, meneer Sullivans bediende, ervan wist. Maar dat weet ik niet zeker.'

'Dus Christine Sullivan of haar echtgenoot heeft nooit aan u laten door-schemeren dat er een kluis was achter die spiegel?'

'Grote genade, nee. Ik was dan wel een soort vriendin voor haar, maar ik bleef een gewone werknemer. Ik werkte pas een jaar voor ze. Meneer Sul-livan heeft nooit tegen me gesproken. Ik bedoel, dat is niet iets dat je tegen iemand als ik vertelt, is het wel?'

'Nee, ik neem aan van niet.' Frank was ervan overtuigd dat ze loog, maar hij had geen enkele aanwijzing waarmee hij het tegendeel kon bewijzen. Chris-tine Sullivan was duidelijk een type om op te scheppen over haar rijkdom tegen iemand met wie ze zich kon identificeren, al was het alleen maar om te laten zien hoe ver ze het in korte tijd had geschopt in het leven.

'Dus u wist niet dat de spiegel een doorkijkspiegel was, waardoor je in de slaapkamer kon kijken?'

Deze keer leek de vrouw oprecht verrast. Frank zag dat ze onder haar lichte make-up begon te blozen.

'Wanda, mag ik je Wanda noemen? Wanda, je begrijpt dat het alarmsysteem van het huis gekraakt is door de persoon die kwam inbreken? Hij schakelde het alarm uit door de juiste code in te toetsen. Nou, wie schakelt 's avonds het alarm in?'

'Dat deed Richard,' antwoordde ze meteen. 'En soms deed meneer Sullivan het zelf.'

'Dus iedereen in huis kende de code?'

'O nee, zeker niet. Richard kende hem. Hij werkt al bijna veertig jaar voor meneer Sullivan. Voor zover ik weet, was hij in huis de enige die de code kende, afgezien van de Sullivans natuurlijk.'

'Heb je hem ooit het alarm zien inschakelen?'

'Meestal lag ik al in bed als dat gebeurde.'

Frank staarde haar aan. Dat zal best, Wanda, dat zal best.

Wanda Broome's ogen werden groter. 'U denkt toch niet dat Richard er iets mee te maken heeft?'

'Nou, Wanda, iemand van wie niet kon worden verwacht dat hij daartoe in staat was, heeft dat alarmsysteem uitgeschakeld. En natuurlijk worden zij die de code wisten, als eerste verdacht.'

Wanda Broome keek alsof ze elk moment in tranen kon uitbarsten, maar ze hield zich in. 'Richard is bijna zeventig jaar oud.'

'En daarom heeft hij waarschijnlijk behoefte aan een appeltje voor de dorst. Je begrijpt dat wat wij hebben besproken, strikt vertrouwelijk moet blijven, hè?'

Ze knikte en snoot tegelijkertijd haar neus. Haar koffie, die ze nog niet had aangeraakt, dronk ze op met haastige, kleine, slokjes.

Frank vervolgde: 'En totdat iemand mij kan verklaren hoe dat alarmsysteem onklaar is gemaakt, zal ik mijn onderzoek toch moeten richten op mogelijkheden die mij als enigszins waarschijnlijk voorkomen.'

Hij bleef haar aankijken. Gisteren was hij de hele dag bezig geweest om zoveel mogelijk over Wanda Broome te weten te komen. Het was een tamelijk onopvallend verhaal, afgezien van één ding. Ze was vierenveertig jaar oud, was twee keer gescheiden en had twee volwassen kinderen. Ze woonde in de vleugel van het huis waar ook de rest van het inwonende personeel verbleef. Haar eenentachtigjarige moeder woonde zes kilometer verderop in een bescheiden, enigszins verwaarloosd huis. Dank zij een sociale uitkering en het spoorwegpensioen van haar overleden man, leed ze een redelijk comfortabel leven. Wanda Broome was ongeveer een jaar geleden bij de Sullivans in dienst getreden, zoals ze Frank al had verteld. Dat was wat Franks aandacht had getrokken: van de hele huishoudelijke staf werkte zij er het kortst. Op zichzelf hoefde dat niets te betekenen, hoewel van alle kanten was bevestigd dat de Sullivans hun personeel heel goed behandelden en er toch sprake was van loyale, goedbetaalde werknemers. Wanda Broome wekte de indruk dat zij ook heel loyaal kon zijn. De vraag was alleen: ten opzichte van wie?

De enige oneffenheid in Wanda Broome's verleden was het feit dat ze twintig jaar geleden enige tijd in de gevangenis had doorgebracht, omdat ze geld had verduisterd van een dokter in Pittsburg, voor wie ze de boekhouding deed. Alle andere personeelsleden waren brandschoon. Ze was dus in staat de wet te overtreden en wist hoe een gevangenis er van binnen uitzag. In die tijd heette ze Wanda Jackson. Ze was van Jackson gescheiden toen ze vrijkwam, of liever gezegd: Jackson had haar laten barsten. Sindsdien was ze nooit meer gearresteerd. Als Sullivan haar achtergrond had gecheckt, was het heel goed mogelijk geweest dat hij niets had gevonden, omdat ze nu haar meisjesnaam gebruikte en die veroordeling zo lang geleden was; maar misschien kon het hem gewoon niets schelen. Van alle kanten was bevestigd dat Wanda Broome de afgelopen twintig jaar een eerlijke, hardwerkende vrouw was geweest. Frank vroeg zich af wat daar verandering in had gebracht.

'Kun je iets bedenken of je iets herinneren wat mij verder zou kunnen helpen, Wanda?' Frank keek haar met een zo onschuldig mogelijke blik aan, sloeg zijn notitieboekje open en deed net of hij aantekeningen maakte. Als zij de contactpersoon in het huis was, wilde hij absoluut niet dat ze Rogers zou inlichten, want dan zou hij nog verder van huis zijn. Aan de andere kant, als hij een bekentenis van haar kon loskrijgen, dan zou hij nog iets voor haar kunnen doen.

Hij stelde zich voor hoe ze aan het afstoffen was in de hal. Het zou zo eenvoudig zijn. Ze kon wat chemicaliën op haar stofdoek doen en die met een achteloos gebaar langs het bedieningspaneel van het alarm halen. Het zou er zo normaal uitzien, dat niemand argwaan zou krijgen, zelfs al stonden ze erbovenop. Gewoon een ijverig personeelslid dat haar werk deed. En dan, als iedereen sliep, sloop ze naar beneden, zette er even wat licht op en dan was haar werk gedaan.

Technisch gesproken zou ze medeplichtig zijn aan doodslag, aangezien moord met voorbedachten rade door de combinatie met inbraak een onwaarschijnlijke tenlastelegging zou zijn. Maar Frank was er niet op uit om Wanda Broome voor de rest van haar leven achter de tralies te krijgen; hij wilde de hoofddader te pakken krijgen. De vrouw die tegenover hem zat, had het plan niet uitgedacht. Ze had een rol gespeeld, een kleine, maar zeer belangrijke rol. En Frank wilde de hoofdrolspeler. Hij zou alles in het werk stellen om de openbare aanklager zover te krijgen een deal met Wanda te sluiten, en dan zou hij zijn dader te pakken krijgen.

'Wanda?' Frank boog zich naar voren en legde zijn hand op de hare. 'Kun je helemaal niets bedenken? Niets wat mij kan helpen om de persoon te vinden die jouw vriendin heeft vermoord?'

Het duurde enige tijd, maar toen schudde ze haar hoofd. Frank leunde weer achterover in zijn stoel. Hij had niet veel verwacht van deze poging, maar in elk geval had hij zijn standpunt duidelijk gemaakt. De muur begon af te brokkelen. Ze zou die kerel niet waarschuwen, daar was Frank van overtuigd. En beetje bij beetje begon hij meer vat te krijgen op Wanda Broome. Maar zoals hij spoedig zou ontdekken, was hij al te ver gegaan.

•14•

Jack gooide zijn reistas in de hoek, gooide zijn overjas over de bank en weerstond de aandrang om midden in de kamer op de grond in slaap te vallen. Naar de Oekraïne en terug in vijf dagen was moordend geweest. Het tijdsverschil van zeven uur was al erg genoeg, maar voor iemand die de status van tachtigjarige naderde, was Walter Sullivan absoluut onvermoeibaar geweest.

Ze waren door de douane en andere controles geloodst met het soort enthousiasme en respect dat werd afgedwongen door Sullivans rijkdom en reputatie. Vanaf dat moment waren ze begonnen met een reeks besprekingen en ontmoetingen waaraan geen einde leek te komen. Ze bezochten fabrieken, mijnbouwmaatschappijen, kantoren en ziekenhuizen en ze waren uit eten geweest en dronken geworden met de burgemeester van Kiev. De president van de Oekraïne had hen de tweede dag ontvangen, en binnen een uur had Sullivan hem zo ver dat hij uit zijn hand at. Kapitalisme en ondernemerschap dwongen in de republiek meer respect af dan wat dan ook en Sullivan was een kapitalist met een hoofdletter K. Iedereen wilde met hem praten en hem de hand schudden, in de hoop dat iets van zijn magische kracht om geld te verdienen op hen zou overgaan en hen binnen korte tijd net zo rijk zou maken als hij.

De resultaten waren nog beter dan ze gehoopt hadden, want de Oekraïners waren laaiend enthousiast over hun zakelijke voorstellen; ze gloeiden van bewondering, alsof ze ze zelf verzonnen hadden. De ruil van kernwapens voor dollars zou later plaatsvinden, op het juiste moment. Wat een bezit. Een nutteloos bezit dat te gelde kon worden gemaakt.

Sullivans privé-747 was non-stop van Kiev naar Washington gevlogen en zijn limousine had Jack zojuist voor de deur afgezet. Jack slofte de keuken in. Het enige wat hij in de koelkast vond, was zure melk. Het Oekraïense eten was goed geweest, maar erg zwaar, zodat hij na enkele dagen steeds het grootste deel van zijn maaltijd had laten staan. En ze hadden veel te veel gedronken. Blijkbaar konden er geen zaken worden gedaan zonder forse hoeveelheden alcohol. Daarmee vergeleken waren de lunches met twee martini's die ze in de Verenigde Staten gewend waren, kinderspel.

Jack wreef over zijn gezicht. Hij was de afgelopen dagen zoveel slaap te kort gekomen, dat hij nu te moe was om te slapen. Maar hij had wel honger. Hij keek op zijn horloge. Zijn biologische klok zei hem dat het bijna acht uur 's avonds was, maar zijn horloge gaf aan dat het al ver na middernacht was. Hoewel Washington wat betreft de gelegenheden om elk uur van de dag of nacht iets te eten te krijgen ver achterbleef bij New York, kende Jack toch een paar restaurants waar je op een door-de-weekse avond midden in de nacht iets kon eten. Hij trok net zijn overjas aan toen de telefoon begon te rinkelen. Het antwoordapparaat stond aan. Jack wilde weggaan, maar toch aarzelde hij even. Hij bleef luisteren toen na de pieptoon een bericht werd ingesproken.

'Jack?'

Een stem klonk op uit het verleden, als een bal die onder water wordt gehouden en omhoog schiet als hij wordt losgelaten. Hij rukte de hoorn van het toestel.

'Luther?'

Het restaurant was nauwelijks meer dan een deur in een muur, wat het tot een van Jacks favoriete plekjes maakte. Op elk moment van de dag en de nacht kon je hier een redelijke maaltijd gebruiken. Het was een gelegenheid waar Jennifer nooit een voet binnen zou zetten en waar hij en Kate regelmatig gegeten hadden. Tot voor kort zou die vergelijking hem gestoord hebben, maar hij had zijn besluit genomen en was niet van plan erop terug te komen. Het leven was niet perfect, hoewel sommige mensen hun hele leven besteedden aan het zoeken naar die perfectie. Jack was dat niet van plan.

Hij schrokte een bord roereieren met bacon en vier stukken toost naar binnen. De verse, hete koffie gleed brandend door zijn slokdarm. Na vijf dagen oploskoffie en water uit flessen smaakte het verrukkelijk.

Jack keek naar de man tegenover hem, die kleine slokjes van zijn koffie nam en eerst door het smerige raam de donkere straat in keek en vervolgens zijn blik door het groezelige interieur van het kleine restaurant liet gaan.

Jack zette zijn koffiekop neer. 'Je ziet er moe uit.'

'Jij ook, Jack.'

'Ik ben in het buitenland geweest.'

'Ik ook.'

Dat verklaarde de verwaarloosde tuin en de propvolle brievenbus. Hij had zich voor niets zorgen gemaakt. Jack schoof zijn bord weg en vroeg om een tweede kop koffie.

'Ik ben nog bij je langs geweest.'

'Waarom?'

Jack had die vraag verwacht. Luther Whitney was altijd een voorstander geweest van de directe benadering. Maar iets verwachten was één ding, meteen een antwoord klaar hebben was iets heel anders. Jack haalde zijn schouders op.

'Ik weet het niet. Ik wilde je gewoon weer eens zien; het is zo lang geleden.'

Luther knikte instemmend.

'Heb je Kate nog gezien?'

Jack slikte een mondvol koffie door voordat hij antwoordde. Zijn slapen begonnen te bonken.

'Nee. Hoezo?'

'Ik dacht dat ik jullie een tijdje terug samen zag.'

'We liepen elkaar min of meer tegen het lijf. Dat is alles.'

Jack kon niet precies zeggen waarom, maar het leek net of dat antwoord Luther teleurstelde. Luther merkte dat Jack hem aandachtig zat op te nemen, en begon te glimlachen.

'Jammer. Jij was nog de enige die me kon vertellen of het goed ging met mijn kleine meisje. Jij was mijn informatiekanaal, Jack.'

'Heb je ooit overwogen zelf met haar te gaan praten? Je zou het kunnen proberen. Het is al zo lang geleden.'

Luther wuifde die suggestie weg en begon weer uit het raam te staren.

Jack keek naar hem. Zijn gezicht was magerder dan vroeger en zijn ogen waren een beetje gezwollen. Er zaten meer rimpels op zijn voorhoofd en rondom zijn ogen dan Jack zich herinnerde. Maar het was vier jaar geleden geweest. Luther was nu op een leeftijd dat het leven zijn sporen begon na te laten en zijn veroudering met de dag duidelijker zichtbaar werd.

Hij betrapte zichzelf erop dat hij Luther recht in de ogen staarde. Die ogen hadden Jack altijd gefascineerd. Die diepgroene, grote ogen, als de ogen van een vrouw. Die vertrouwenwekkende blik, zoals je vaak bij piloten zag. Met die innerlijke rust die zich door niets liet verstoren. Jack had de blijdschap in die ogen gezien, toen Kate en hij hun verloving aankondigden. Maar vaak ook had hij verdriet in die ogen gezien. En nu, vlak onder de oppervlakte, zag Jack twee dingen die hij nooit eerder in Luthers ogen had gezien. Hij zag angst en haat. En hij wist niet welke van de twee hem meer verontrustte.

'Luther, zit je in de problemen?'

Luther trok zijn portefeuille en ondanks Jacks protesten betaalde hij de rekening.

'Laten we een stukje gaan lopen.'

Een taxi zette hen af op de Mall, waarna ze zwijgend naar een bankje tegenover Smithsonian Castle wandelden. De kille nachtlucht kwam hun tegemoet en Jack zette de kraag van zijn jas op. Hij ging op de bank zitten. Luther bleef staan en stak een sigaret op.

'Dat is nieuw.' Jack keek naar de rook die langzaam opsteeg in de heldere nachtlucht.

'Op mijn leeftijd maakt het geen donder meer uit.' Luther liet de lucifer vallen en schoof hem met zijn voet in een hoopje zand. Hij ging naast Jack zitten.

'Jack, ik wil je om een gunst vragen.'

'Oké.'

'Je weet nog niet waar het om gaat.' Luther stond weer op. 'Zullen we een stukje lopen? Mijn gewrichten worden zo stijf.'

Ze passeerden het Washington Monument en wandelden in de richting van het Capitool toen Luther de stilte verbrak.

'Ik zit in moeilijkheden, Jack. Het is nu nog niet zo erg, maar ik heb het gevoel dat dat zeer binnenkort gaat veranderen.' Luther keek hem niet aan. Hij staarde voor zich uit naar de enorme koepel van het Capitool, zonder hem eigenlijk te zien. 'Ik weet nog niet hoe de zaken zich zullen ontwikkelen, maar als dat gebeurt zoals ik verwacht, dan zal ik een advocaat nodig hebben. En ik wil jou, Jack. Ik wil niet zo'n mooiprater en ik wil ook geen amateur. Jij bent de beste strafpleiter die ik ooit heb ontmoet en ik heb er heel wat gezien, neem dat van mij aan.'

'Ik doe dat werk niet meer, Luther. Ik doe alleen nog maar papierwerk, zaken.' Op dat moment realiseerde Jack zich dat hij meer zakenman was dan advocaat, en die gedachte stemde hem niet vrolijk.

Luther scheen hem niet te horen. 'Het hoeft niet gratis. Ik zal je betalen. Maar ik wil iemand die ik kan vertrouwen. En jij bent de enige die ik vertrouw, Jack.' Luther bleef staan, draaide zich om naar de jonge man en wachtte op zijn antwoord.

'Luther, wil je me vertellen wat er aan de hand is?'

Luther schudde heftig zijn hoofd. 'Niet tenzij het niet anders kan. Dat zou jou of wie dan ook geen goed doen.' Hij staarde Jack met zo'n strakke blik aan dat deze zich ongemakkelijk begon te voelen.

'Ik moet je zeggen, Jack, als je als mijn advocaat wilt optreden, kan het nogal link worden.'

'Wat bedoel je?'

'Ik bedoel dat er slachtoffers kunnen vallen, Jack. Echte slachtoffers.'

Jack bleef staan. 'Als je dat soort jongens achter je broek aan hebt, kun je beter meteen een deal sluiten, immuniteit aanvragen en je laten opnemen in een getuigenbeschermingsprogramma. Dat doen zoveel mensen. Het is heel gewoon tegenwoordig.'

Luther begon luidkeels te lachen. Hij lachte totdat hij geen adem meer had, zich voorover moest buigen en het weinige wat hij in zijn maag had, uitkotste. Jack hielp hem overeind. Hij voelde dat de ledematen van de oude man trilden. Hij besefte niet dat Luther trilde van woede. Deze uitbarsting was zo ongewoon voor de man, dat Jack er kippevel van kreeg. Hij merkte dat hij transpireerde, hoewel hij zijn adem condenswolkjes zag vormen in de koude nachtlucht.

Luther herstelde zichzelf. Hij haalde diep adem en keek Jack met een enigszins beschaamde blik aan.

'Bedankt voor het advies, Jack. Stuur me maar een rekening. Ik moet gaan.'

'Gaan? Waar ga je verdomme naartoe? Ik wil weten wat er aan de hand is, Luther.'

'Als er iets met me gebeurt...'

'Godverdomme, Luther, ik begin een beetje moe te worden van dat geheimzinnige gelul.'

Luthers ogen vernauwden zich. Hij had zijn zelfvertrouwen weer terug en werd zelfs nijdig. 'Alles wat ik doe, doe ik met een reden, Jack. Als ik jou op dit moment niet het hele verhaal vertel, kun je van mij aannemen dat ik daar een verdomd goede reden voor heb. Misschien begrijp je er niets van, maar ik doe dat om je niet in gevaar te brengen. Ik zou je er helemaal niet bij betrekken als dat niet nodig was, maar ik wil alleen weten of je er zult zijn als ik je nodig heb. Want als dat niet zo is, dan kun je dit hele gesprek maar beter vergeten, en vergeten dat je me ooit gekend hebt.'

'Dat kun je niet serieus menen.'

'Ik ben zo serieus als de hel, Jack.'

De twee mannen keken elkaar enige tijd aan. De bomen achter Luthers hoofd waren bijna al hun bladeren al kwijt. Hun kale takken wezen naar de lucht, als donkere, versteende bliksemflitsen.

'Ik zal er zijn, Luther.' Luthers hand raakte even de zijne aan en het volgende moment was Luther Whitney in de duisternis verdwenen.

De taxi zette Jack af voor het appartementengebouw. Aan de overkant van de straat stond een telefooncel. Hij wachtte even om energie en moed te verzamelen voor wat hij nu ging doen.

'Hallo?' Haar stem klonk slaperig.

'Kate?'

Jack telde de seconden die ze nodig had om zijn stem te herkennen.

'Jezus, Jack, weet je wel hoe laat het is?'

'Kan ik naar je toe komen?'

'Nee, dat kun je niet. Ik dacht dat we alles al besproken hadden.'

Hij wachtte even om zijn teleurstelling te verwerken. 'Daar gaat het niet over. Het gaat over je vader.'

Haar langdurige zwijgen was moeilijk te interpreteren.

'Wat is er met hem?' Haar stem klonk niet zo koel als hij had verwacht.

'Hij zit in de problemen.'

'Nou en?' Haar vertrouwde koelheid was weer teruggekeerd. 'Je wilde verdomme toch niet beweren dat dat je verbaasde?'

'Ik bedoel serieuze problemen. Het is hem zojuist gelukt me de doodsschrik op het lijf te jagen zonder me echt iets te vertellen.'

'Jack, het is al laat, en waar mijn vader ook bij betrokken is...'

'Kate, hij was bang. Ik bedoel echt bang. Zo bang dat hij moest overgeven.'

Opnieuw bleef het enige tijd stil. Jack probeerde haar denkproces te volgen, terwijl zij nadacht over de man die ze beiden zo goed kenden. Luther Whitney bang? Dat sloeg nergens op. Het werk dat hij deed, kon alleen worden gedaan door iemand met stalen zenuwen. Hij was geen gewelddadig persoon, maar hij had zich zijn hele leven al in uiterst gevaarlijke situaties begeven.

'Waar ben je?' vroeg ze zakelijk.

'Ik sta aan de overkant van de straat.'

Jack keek omhoog en zag haar slanke gestalte voor het raam verschijnen. Ze keek naar buiten. Jack zwaaide naar haar.

De deur ging meteen open toen Jack klopte. Hij zag haar de keuken in lopen en hoorde hoe ze de fluitketel met water vulde en het gas aanstak. Jack bleef bij de voordeur staan, keek de kamer rond en voelde zich enigszins belachelijk.

Kate kwam de kamer weer in. Ze droeg een dikke badjas die tot op haar enkels viel. Ze liep op blote voeten. Jack betrapte zich erop dat hij naar haar voeten staarde. Ze volgde zijn blik en keek hem toen aan. Jack schrok ervan.

'Hoe gaat het met je enkel? Hij ziet er goed uit.' Hij glimlachte.

Ze fronste haar wenkbrauwen. 'Het is al laat, Jack,' zei ze kortaf. 'Wat is er met hem?'

Hij liep de kleine woonkamer in en ging zitten. Kate ging tegenover hem zitten.

'Een paar uur geleden belde hij me op. We hebben even wat gegeten in dat kleine eethuisje bij Eastern Market en toen zijn we een stukje gaan lopen. Hij vroeg me of hij een beroep op me kon doen; omdat hij in moeilijkheden zat, dat hij serieuze problemen had met mensen die hem ernstige schade konden toebrengen. Blijvende schade.'

De ketel begon te fluiten. Kate sprong op. Hij keek haar na en de aanblik van haar perfect gevormde billen onder haar badjas bracht herinneringen bij hem terug die hij op dit moment helemaal niet kon gebruiken.

'Wat wilde hij van je?' Ze nipte van haar thee. Jack liet zijn kopje staan waar het stond.

'Hij zei dat hij een advocaat nodig had. Dat hij misschien een advocaat nodig had. Het was ook mogelijk dat hij er geen nodig had. Hij wilde dat ik die advocaat zou zijn.'

Ze zette haar kopje neer. 'Is dat alles?'

'Vind je het niet genoeg?'

'Misschien voor een fatsoenlijk, eerlijk persoon, maar niet voor hem.'

'Mijn god, Kate, de man was doodsbang. Ik heb hem nog nooit bang gezien, jij wel?'

'Ik heb meer dan genoeg van hem gezien. Hij koos voor deze levensstijl en nu kan hij het blijkbaar niet meer aan.'

'Godallemachtig, hij is je vader.'

'Jack, daar hebben we het al vaak genoeg over gehad.' Ze maakte aanstalten om op te staan.

'En als er iets met hem gebeurt? Wat dan?'

Ze keek hem met een koele blik aan. 'Dan gebeurt het. Dat is mijn probleem niet.'

Jack stond op om te vertrekken. 'Mooi. Ik zal je wel laten horen hoe de begrafenis was. Alhoewel, wat kan jou dat schelen? Maar ik zal zorgen dat je een kopie van zijn overlijdensakte krijgt, voor in je plakboek.'

Hij had nooit geweten dat ze zo snel kon zijn, maar een week later voelde hij de klap nog. Het was net of iemand een bijtend zuur tegen zijn wang had gespoten, een vergelijking die toepasselijker was dan hij op dat moment besefte.

'Hoe durf je!' Met een woedende blik keek ze hem aan. Jack wreef over zijn wang.

Toen begon ze zo hard te huilen, dat de tranen op haar badjas terechtkwamen.

Rustig, en zo vriendelijk mogelijk zei hij: 'Ik ben de boodschapper maar, Kate. Het leven is te kort voor dit soort onzin. Dat heb ik altijd tegen Luther gezegd en dat zeg ik nu ook tegen jou. Ik ben allebei mijn ouders heel lang geleden kwijtgeraakt. Goed, je zult je redenen wel hebben om die man te haten, mij best. Dat is jouw zaak. Maar die oude man houdt van je en geeft om je, en ook al denk je dat hij je leven heeft verziekt, je zult die liefde toch moeten respecteren. Dat is mijn advies voor jou, doe ermee wat je wilt.'

Hij liep naar de deur, maar opnieuw was ze hem te snel af.

'Je weet niet waar je over praat.'

'Goed, ik weet er niets van. Ga maar weer naar bed. Ik weet zeker dat je met je brandschone geweten meteen in slaap zult vallen.'

Ze greep zijn jasje vast en gaf er zo'n harde ruk aan, dat hij omgevallen zou zijn als hij niet veertig kilo zwaarder dan zij was geweest.

'Ik was twee jaar toen hij voor de laatste keer de gevangenis in ging. Ik was negen toen hij eruit kwam. Heb je enig idee hoe een kind, wiens vader in de gevangenis zit, zich schaamt? Een klein kind dat een vader heeft die van andere mensen steelt? Als je op school moest vertellen wat je vader voor zijn beroep deed en het ene kind zei dat zijn vader dokter was en het andere zei dat zijn vader vrachtwagenchauffeur was? En als jij aan de beurt was, sloeg de juffrouw haar ogen neer en zei dat Katies vader een tijdje weg moest omdat hij iets heel slechts had gedaan, en ging ze door met het volgende kind. Hij was er nooit voor ons. Nooit! Mama was altijd zo ongerust, dat ze er ziek van werd. Maar ze bleef altijd in hem geloven, tot het bittere einde. Ze legde hem nooit een strobreed in de weg.'

'Uiteindelijk is ze van hem gescheiden, Kate,' herinnerde hij haar voorzichtig.

'Alleen omdat het de laatste kans was die ze nog had. En op het moment dat ze haar leven een beetje op orde had, ontdekte ze een knobbeltje in haar borst en een half jaar later was ze dood.'

Kate stond tegen de muur geleund. Ze zag er zo moe uit, dat hij bijna medelijden met haar kreeg. 'En weet je wat het rare was? Ze bleef gewoon van hem houden, ondanks alle ellende die hij haar had aangedaan.' Kate schudde haar hoofd, alsof ze zelf niet kon geloven wat ze zojuist had gezegd. Ze keek op naar Jack. Haar kin trilde een beetje.

'Maar dat geeft niet. Ik heb genoeg haat voor ons allebei.' Ze keek hem aan met een blik waarin zowel trots als rechtschapenheid te zien was.

Jack wist niet of het door zijn vermoeidheid kwam of door het feit dat wat hij nu ging zeggen, hem al jarenlang dwarszat. Al die jaren was hij getuige geweest van deze poppenkast. En alleen door haar schoonheid en opgewekte karakter, zijn beeld van perfectie, had hij het van zich af kunnen zetten.

'Is dat jouw idee van rechtvaardigheid, Kate? Genoeg haat tegenover genoeg liefde, zodat alles in evenwicht is?'

Ze deed een stap achteruit. 'Waar heb je het over?'

Jack deed een stap naar voren, terwijl Kate zich steeds verder liet terugdringen in de kleine kamer. 'Ik heb die verdomde klaagzang van jou zo vaak aangehoord, dat ik er doodziek van ben. Jij denkt dat je de perfecte verdediger bent van de gekwetsten en benadeelden. Niets is belangrijker dan dat. Jij niet, ik niet en ook je vader niet. Maar de enige reden waarom jij iedere hufter die je te pakken kunt krijgen, voor de rechtbank sleept, is omdat je vader jou gekwetst heeft. Elke keer dat jij iemand veroordeelt, steek je de oude man weer een mes in zijn hart.'

Haar hand vloog weer naar zijn gezicht. Jack ving hem op en bleef hem vasthouden. 'Je bent je hele volwassen leven al bezig om wraak te nemen op je vader. Voor al zijn fouten. Omdat hij je pijn heeft gedaan. Omdat hij er nooit voor je was.' Hij kneep zo hard in haar pols, dat ze begon te kreunen. 'Heb je er ooit bij stilgestaan dat jij er misschien ook nooit voor hem was?'

Jack liet haar pols los. Kate staarde hem aan met een uitdrukking die hij nooit eerder op haar gezicht had gezien.

'Begrijp je niet dat Luther nooit contact met je heeft gezocht, omdat hij zoveel van je houdt? Dat hij uit je leven is verdwenen, omdat hij weet dat jij het zo wilt? Zijn enige kind woont een paar kilometer bij hem vandaan en heeft alle banden met hem verbroken. Heb je er ooit over nagedacht hoe hij zich voelt? Of staat je haat dat niet toe?'

Ze gaf geen antwoord.

'Heb je je ooit afgevraagd waarom je moeder van hem hield? Of is jouw beeld van Luther Whitney zo verdomde verstoord, dat je niet kunt begrijpen waarom ze van hem hield?'

Hij pakte haar bij de schouders en schudde haar door elkaar. 'Staan jouw verdomde haatgevoelens je toe om ooit mededogen te voelen, Kate? Om ooit van iets of iemand te houden?'

Hij duwde haar weg. Ze wankelde achteruit, maar haar ogen bleven op zijn gezicht gericht.

Heel even aarzelde hij. 'De waarheid is, dame, dat jij hem niet verdient.' Hij wachtte een seconde en besloot er toen een eind aan te maken. 'Jij verdient niet dat iemand van je houdt.'

De woede die haar overviel, was zo hevig, dat haar hele gezicht verkrampte en ze haar kaken op elkaar klemde. Toen vloog ze hem schreeuwend aan. Haar vuisten hamerden tegen zijn borst en raakten hem enkele malen in het gezicht, maar hoewel de tranen over zijn wangen liepen, voelde hij haar klappen niet.

Haar aanval hield even plotseling op als hij begonnen was. Haar armen waren loodzwaar geworden. Ze greep de revers van zijn jasje vast, begon te snikken en zakte in elkaar op de vloer. De tranen stroomden over haar wangen en haar gesnik echode door de kleine kamer.

Jack tilde haar op en zette haar voorzichtig neer op de bank. Hij knielde naast haar neer en liet haar enige tijd uithuilen. Haar lichaam verkrampte en verslapte enkele keren achter elkaar. Jack voelde zich week worden en merkte dat het zweet in zijn handen stond. Ten slotte sloeg hij zijn armen om haar heen en drukte haar tegen zijn borst; haar slanke vingers grepen zich vast aan zijn jasje. Zo zaten ze geruime tijd samen te snikken.

Toen het over was, richtte ze zich langzaam op. Haar gezicht was rood en opgezet.

Jack ging een stukje achteruit.

Ze weigerde hem aan te kijken. 'Ga weg, Jack.'

'Kate?'

'Donder op!' Ze schreeuwde, maar tegelijkertijd klonk haar stem heel kwetsbaar. Ze bedekte haar gezicht met haar handen.

Jack stond op en vertrok. Beneden op straat draaide hij zich nog één keer om en keek naar boven. Hij zag haar bij het raam staan. Ze keek niet naar hem. Hij had geen idee waar ze naar keek. Waarschijnlijk wist ze het zelf niet. Hij bleef naar het raam kijken tot ze zich ervan afwendde. Even later ging het licht in haar appartement uit.

Jack droogde zijn ogen, draaide zich om en ging op weg naar huis, na een van de langste dagen die hij zich kon herinneren.

'Godverdomme! Hoe lang al?' Seth Frank stond naast de auto. Het was nog geen acht uur in de ochtend.

De jonge agent van de politie van Fairfax had geen idee van de betekenis van deze gebeurtenis en hij schrok van de uitbarsting van de inspecteur.

'We vonden haar een uur geleden. Een vroege jogger zag de auto staan en belde ons.'

Frank liep om de auto heen en keek door het raampje aan de passagierskant. Het gezicht had een vredige uitdrukking, heel anders dan het laatste lijk dat hij had gezien. Het lange haar was los en hing over de rand van de stoelzitting tot op de vloer. Wanda Broome zag eruit alsof ze sliep.

Drie uur later was het onderzoek voltooid. Er werden vier pillen gevonden op de stoelzitting. De autopsie zou bevestigen dat Wanda Broome was gestorven aan een enorme overdosis digitalis, van een recept van haar moeder, dat ze blijkbaar nooit had afgegeven. Ze was al twee uur dood toen haar lichaam werd aangetroffen in een auto op een verlaten, onverharde weg, die langs een middelgroot meer liep, net voorbij de staatsgrens, ongeveer twaalf kilometer van het huis van de Sullivans. Het enige tastbare bewijsstuk zat in een plastic zakje dat Frank meenam naar het hoofdbureau, nadat hij daarvoor toestemming had gekregen van de plaatselijke politie. De mededeling stond op een blaadje papier dat uit een notitieboekje was gescheurd. Het was het handschrift van een vrouw: vloeiend en rond. Wanda's laatste woorden waren een wanhopige smeekbede om vergeving, een schreeuw van schuldbesef in vier woorden.

Het spijt me zo.

Frank reed langs de snel afnemende begroeiing en het nevelige moeras, dat naast de bochtige weg lag. Hij had het verpest. Maar hij had de vrouw geen moment voor een potentiële zelfmoordkandidaat aangezien. Wanda Broome's verleden schilderde haar af als een overlever. Frank kon niet helpen dat hij medelijden met haar had, maar hij was tegelijkertijd woedend om de stommiteit die ze had begaan. Hij had haar een voorstel willen doen, een prachtig voorstel. Toen bedacht hij zich dat zijn instinct het op één punt bij het rechte eind had gehad. Wanda Broome was een heel loyaal persoon geweest. Loyaal ten opzichte van Christine Sullivan. Ze kon niet leven met het idee dat ze ongewild medeplichtig was aan haar dood. Een begrijpelijke, maar spijtige reactie. En met haar was Franks beste, vermoedelijk enige mogelijkheid om de dader te pakken te krijgen, ook verdwenen.

De herinnering aan Wanda Broome verflauwde, terwijl hij zich richtte op de vraag hoe hij de man, die nu de dood van twee vrouwen op zijn geweten had, voor de rechter moest zien te krijgen.

'Verdomme, Tarr, hadden we vandaag afgesproken?' Jack keek naar zijn cliënt, die in de receptieruimte van PS&L zat. De man leek er net zo misplaatst als een schurftige zwerfhond op een hondenshow.

'Half elf. Het is nu kwart over elf. Dus nu krijg ik de volgende drie kwartier zeker gratis? Trouwens, je ziet er vreselijk uit.'

Jack keek naar zijn gekreukelde pak en ging met zijn hand door zijn ongekamde haar. Zijn biologische klok stond nog steeds op Oekraïne-tijd en de slapeloze nacht had zijn verschijning geen goed gedaan.

'Geloof me, Tarr, ik zie er een stuk beter uit dan ik me voel.'

De mannen gaven elkaar een hand. Tarr had zich speciaal gekleed voor deze ontmoeting, wat inhield dat hij een spijkerbroek zonder gaten had aangetrokken en zelfs sokken droeg in zijn tennisschoenen. Zijn corduroy jack was een overblijfsel uit het begin van de jaren zeventig en zijn haar was zoals gebruikelijk één grote warboel van pieken en krullen.

'Hé, we kunnen het wel op een andere dag doen, Jack. Ik kan begrip opbrengen voor katers.'

'Niet nu je je helemaal hebt opgedoft. Kom mee. Maar ik moet nodig iets eten. Straks neem ik je mee uit lunchen en ik zal je er niets voor in rekening brengen.'

Toen de twee mannen de hal door liepen, slaakte Lucinda, die altijd haar uiterste best deed om het imago van de firma te bewaken, een zucht van verlichting. Ze had al verscheidene maten zien langslopen die hun afgrijzen bij de aanblik van Tarr Crimson niet konden verbergen. Er zouden deze week weer de nodige memo's verstuurd worden.

'Het spijt me, Tarr, ik heb het vreselijk druk gehad.' Jack gooide zijn over-jas over een stoel en nam met een mistroostige blik plaats achter de vijf-tien centimeter hoge stapel roze mededelingen op zijn bureau.

'Ik hoorde dat je het land uit was. Ik hoop naar een leuk land?'

'Nee. Hoe gaat het met de business?'

'Geweldig. Binnenkort kun je me een respectabele cliënt noemen. Dan kunnen je collega's me in de hal voorbijlopen zonder dat hun maag zich omdraait.'

'Laat ze de pest krijgen, Tarr. Je betaalt je rekeningen toch?'

'Liever een grote cliënt die een paar van jouw rekeningen betaalt dan een kleine die al hun rekeningen betaalt.'

Jack glimlachte. 'Je hebt ons helemaal door, is het niet?'

'Hé, man, als je één advocatenkantoor hebt gezien, heb je ze allemaal gezien.'

Jack opende Tarrs dossier en nam het snel door.

'Morgen hebben we de papieren voor je nieuwe dochteronderneming gereed, Delaware Incorporation, met verkoopbevoegdheid voor het hele district. Klopt dat?'

Tarr knikte.

'Hoe ben je van plan deze onderneming te financieren?'

Tarr haalde een blocnote te voorschijn. 'Ik heb een lijst van mogelijke kan-didaten. Dezelfde als de vorige keer. Dus nu krijg ik zeker korting?' zei hij glimlachend. Hij mocht Jack graag, maar zaken waren zaken.

'Ja, ditmaal zullen we de opleiding van die veel te dure en slecht geïnfor-meerde medewerkers niet doorberekenen.'

Ze begonnen allebei te lachen.

'Ik zal zo weinig mogelijk kosten opvoeren, Tarr, net als altijd. Trouwens, die nieuwe onderneming, wat is dat voor iets?'

'Ik heb een nieuwe technologie ontwikkeld voor surveillancewerk.'

Jack keek op van zijn aantekeningen. 'Surveillance? Is dat niet een beetje ongewoon voor iemand zoals jij?'

'Hé, je moet met de stroom mee zwemmen. De markt is slap. Maar als je een goede ondernemer bent en de ene markt droogt op, dan ga je naar andere mogelijkheden zoeken. Surveillance voor de privé-sector is altijd linke soep geweest. Maar met deze nieuwe ontwikkeling is *big brother* weer helemaal terug op het gebied van de wetshandhaving.'

'Wat een grappige opmerking voor iemand die in de jaren zestig in vrijwel alle grote steden in de Verenigde Staten in de bak is gegooid.'

'Hé, dat was voor een goede zaak. Maar we worden allemaal volwassen.'

'Hoe werkt het?'

'Op twee manieren. Ten eerste: satellieten op niet al te grote hoogte, die rechtstreeks verbonden zijn met ontvangstations van de politie. De secto-ren die ze in de gaten moeten houden, zijn erin geprogrammeerd. Als die vogels problemen signaleren, zenden ze meteen een signaal en informatie over de aard van het probleem naar het ontvangstation. Bespaart de politie veel tijd en werk. Ten tweede: het plaatsen van surveillance-apparatuur in militaire stijl: sensoren en mini-camera's boven op telefoonpalen en gebouwen, of onder de grond met oppervlaktesensoren. Hun exacte lokaties zullen natuurlijk geheim gehouden worden, maar ze zullen in elk geval de gebieden met de hoogste misdaadcijfers bestrijken. En als er iets gebeurt, wordt de cavalerie opgetrommeld.'

Jack schudde zijn hoofd. 'George Orwell zal zich omdraaien in zijn graf. Ik kan wel een paar burgerrechten bedenken die roet in het eten kunnen gooien.'

'Vertel mij wat. Maar het werkt wel.'

'Tot de slechteriken van plaats veranderen.'

'Een satelliet loop je er niet uit, Jack.'

Jack schudde zijn hoofd en richtte zijn aandacht weer op het dossier.

'Hé, hoe staat het met je trouwplannen?'

Jack keek op. 'Dat weet ik niet. Ik probeer me er zoveel mogelijk buiten te houden.'

Tarr begon te lachen. 'Shit, toen Julie en ik trouwden, hadden we daarvoor in totaal twintig dollar, inclusief de huwelijksreis. Voor tien dollar lieten we ons huwelijk inzegenen door een vredesrechter, met wat we over hadden, kochten we een kist bier, we reden op de Harley naar Miami en sliepen op het strand. We hadden een prima tijd.'

Jack glimlachte en schudde zijn hoofd. 'Ik vrees dat de Baldwins iets formelers in gedachten hebben. Maar eerlijk gezegd klinkt jouw manier me een stuk prettiger in de oren.'

Tarr keek hem met een vragende blik aan, en toen herinnerde hij zich plotseling iets. 'Hé, wat is er gebeurd met dat meisje met wie je uitging toen je de criminele elementen van deze maagdelijke staat nog verdedigde? Kate, is het niet?'

Jack keek naar het blad van zijn bureau. 'We besloten ieder onze eigen weg te gaan,' zei hij zacht.

'Goh, ik heb altijd gedacht dat jullie een leuk paar zouden vormen.'

Jack keek hem aan, bevochtigde zijn lippen en kneep even zijn ogen dicht voor hij antwoordde. 'Nou, soms kan schijn bedriegen.'

Tarr bestudeerde zijn gezicht. 'Zeker weten?'

'Zeker weten.'

Na de lunch deed Jack nog wat werk dat was blijven liggen, handelde de helft van zijn telefoontjes af en besloot de rest te laten liggen voor de volgende dag. Terwijl hij uit het raam keek, keerden zijn gedachten weer terug naar Luther Whitney. Waar deze bij betrokken was geraakt, kon Jack alleen maar raden. Wat hem het meest in de war had gebracht, was dat Luther een eenling was, zowel in het dagelijks leven als in zijn werk. Toen Jack nog als pro-deo-advocaat werkte, was hij Luthers eerdere veroordelingen eens nagegaan. Hij werkte altijd alleen. Zelfs in de gevallen dat hij alleen maar verhoord was en niet gearresteerd, was er geen enkele aanwijzing dat er meer dan één persoon bij betrokken was. Wie konden die andere personen dan zijn? Had Luther een heler belazerd? Maar Luther zat al veel te lang in het vak om zoiets doms te doen. Het was het niet waard. Was het zijn slachtoffer? Misschien konden ze niet bewijzen dat hij hen had bestolen en wilden ze wraak op hem nemen. Maar wie deed nu zoiets als er bij hem ingebroken was? Jack zou het kunnen begrijpen als er iemand gewond was geraakt of vermoord was, maar daartoe achtte hij Luther niet in staat.

Hij ging aan zijn kleine vergadertafel zitten en dacht even terug aan de gebeurtenissen van afgelopen nacht. Het was de pijnlijkste ervaring van zijn hele leven geweest, nog erger dan toen Kate hem had verlaten. Maar hij had gezegd wat hij moest zeggen.

Hij wreef zich in de ogen. Op dit punt in zijn leven kwamen de Whitney's niet echt gelegen. Maar hij had het Luther beloofd. Waarom had hij dat gedaan? Jack trok zijn das een stukje los. Op een zeker moment moest hij een grens trekken of de banden verbreken, al was het alleen maar voor zijn eigen emotionele rust. Plotseling hoopte hij dat hij de belofte die hij Luther had gedaan, nooit zou hoeven inlossen.

Jack liep zijn kantoor uit en schonk zich in het keukentje op de gang een glas bronwater in. Toen ging hij weer achter zijn bureau zitten en maakte zijn rekeningen voor de afgelopen maand af. De firma berekende Baldwin Enterprises ongeveer driehonderdduizend dollar per maand en de hoeveelheid werk nam nog steeds toe. Toen Jack er niet was, had Jennifer nog twee nieuwe zaken gestuurd die een leger juristen zeker een half jaar zouden bezighouden. Jack berekende snel zijn provisie en liet een zacht gefluit horen toen hij de uitkomst zag. Het ging bijna te gemakkelijk.

Tussen hem en Jennifer begon het steeds beter te gaan. Zijn gezonde verstand vertelde hem dat hij dat niet moest verknoeien. Het orgaan midden in zijn borstholte was daar niet zo zeker van, maar hij geloofde dat zijn verstand steeds meer vat op zijn leven kreeg. Het was niet zo dat hun relatie veranderd was. Maar wat hij van die relatie verwachtte, was wel veranderd. Was dat een compromis van zijn kant? Vermoedelijk wel. Maar wie zei dat je je staande kon houden in het leven zonder ooit een compromis te sluiten? Kate Whitney had dat geprobeerd en hij wist waartoe dat had geleid.

Hij belde Jennifers kantoor, maar ze was er niet. De hele dag weg. Hij keek op zijn horloge. Half zes. Als ze niet op reis was, ging Jennifer Baldwin zelden voor acht uur naar huis. Jack keek in zijn agenda. Ze was de hele week in de stad. Toen hij haar de vorige avond vanaf het vliegveld had gebeld, had ze ook niet opgenomen. Hij hoopte dat er niets gebeurd was.

Jack stond op het punt om weg te gaan en naar haar huis te rijden, toen Dan Kirksen zijn hoofd om de hoek van de deur stak.

'Heb je een minuutje?'

Jack aarzelde. De kleine man met zijn vlinderdas irriteerde hem, en hij wist precies waarom. Kirksen deed net of hij respect voor Jack had, maar hij zou hem als een stuk stront behandeld hebben als hij geen miljoenen aan zaken had binnengebracht. Bovendien was Jack ervan overtuigd dat Kirksen er verlangend naar uitkeek om hem ondanks dat feit ooit toch als een stuk stront te behandelen.

'Ik was net van plan om naar huis te gaan. Ik heb het de laatste tijd erg druk gehad.'

'Ik weet het.' Kirksen glimlachte. 'Iedereen op kantoor heeft het erover. Sandy mag wel oppassen, want Walter Sullivan is zeer te spreken over je.'

Jack moest ook glimlachen. Lord was de enige persoon aan wie Kirksen nog een grotere hekel had dan aan hem. Lord zou kwetsbaar zijn als hij Sullivan niet had. Jack kon dergelijke gedachten achter de brilleglazen van de leidinggevende maat zien langstrekken.

'Ik denk niet dat Sandy zich zorgen hoeft te maken.'

'Natuurlijk niet. Een paar minuten maar, Jack. Conferentiekamer nummer één.' Kirksen verdween weer net zo plotseling als hij verschenen was.

Wat had dit nu weer te betekenen, vroeg Jack zich af. Hij greep zijn jas en liep de gang op. Hij passeerde een paar medewerkers, die hem met veelbetekenende blikken aankeken, wat zijn verwarring alleen maar groter maakte.

De schuifdeuren van de conferentiekamer waren dicht, wat ongebruikelijk was, tenzij binnen iets belangrijks aan de hand was. Jack schoof een van de zware deuren opzij. De donkere ruimte lichtte plotseling op en Jack keek verbijsterd naar de groep mensen die hem stond op te wachten. Het spandoek tegen de achterwand verklaarde alles: HARTELIJK GEFELICITEERD, MAAT!

Lord had zich geposteerd bij de welvoorziene bar en de dure hapjes die daarnaast waren uitgestald. Jennifer was er ook, samen met haar vader en moeder.

'Ik ben zo trots op je, liefje.' Ze had al een paar drankjes op en de zachte glans van haar ogen beloofde dat er later die avond nog wel iets leuks te gebeuren stond.

'Nou, we kunnen je vader bedanken voor dit maatschap.'

'Nee, schat, als jij je werk niet goed deed, zou papa je als een baksteen laten vallen. Je hebt het zelf gedaan. Denk je dat Sandy Lord en Walter Sullivan snel tevreden zijn? Schat, jij hebt Walter Sullivan aangenaam verrast, verbijsterd zelfs, en er zijn niet veel advocaten die dat kunnen zeggen.'

Jack dronk zijn glas leeg en liet het compliment tot zich doordringen. Het klonk geloofwaardig. Hij had een grote slag geslagen met Sullivan, en Ransome Baldwin zou zijn zaken heus wel ergens anders onderbrengen als Jack geen goed werk had gedaan.

'Misschien heb je gelijk.'

'Natuurlijk heb ik gelijk, Jack. Als deze firma een rugby-team was, zou jij tot de meest veelbelovende speler van het jaar worden gekozen.' Jennifer pakte nog een drankje en liet haar arm om zijn middel glijden.

'Bovendien kun je je nu permitteren mij tegemoet te komen in de levens-

stijl waaraan ik in de loop der jaren gewend ben geraakt.' Ze grinnikte.
'In de loop der jaren? Die is goed! Vanaf je geboorte zul je bedoelen.' Ze kusten elkaar snel.
'Je kunt je beter onder je gasten begeven, beroemdheid.' Ze duwde hem weg en ging op zoek naar haar ouders.
Jack keek om zich heen. Iedereen in deze conferentiekamer was miljonair. Hij was veruit de armste van allemaal, maar wat vooruitzichten betreft kon niemand hem op dit moment overtreffen. Zijn basisinkomen was zojuist verviervoudigd. Met zijn bonussen zou hij dat bedrag jaarlijks gemakkelijk kunnen verdubbelen. Hij realiseerde zich dat hij in feite nu ook miljonair was. Wie had dat ooit gedacht? Amper vier jaar geleden had een miljoen dollar nog meer geld geleken dan op de hele planeet te vinden was.
Hij was geen jurist geworden voor het geld. Jarenlang had hij keihard gewerkt voor heel weinig geld. Maar nu had hij er recht op, nietwaar? Dit was immers de grote Amerikaanse droom? Waarom zat er dan iets in die droom dat je je schuldig voelde als hij uiteindelijk uitkwam?
Hij voelde dat er een zware arm om zijn schouders werd gelegd. Hij draaide zich om en zag dat Sandy Lord hem met bloeddoorlopen ogen aanstaarde.
'We hebben je verrast, hè? Of niet soms?'
Jack moest dat toegeven. Sandy's adem rook naar een mengsel van rosbief en sterke drank. Het herinnerde Jack aan hun eerste ontmoeting in de Fillmore, wat geen aangename herinnering was. Op subtiele wijze nam hij iets meer afstand van de beschonken medemaat.
'Kijk eens om je heen, Jack. Er is niemand hier, misschien alleen met uitzondering van ondergetekende, die niet graag in jouw schoenen zou staan.'
'Het heeft me een beetje overvallen. Het gaat allemaal zo snel.' Jack leek meer tegen zichzelf te praten dan tegen Lord.
'Ach wat, dit soort dingen gaat altijd snel. De enkeling die het geluk heeft de top te bereiken, doet dat in één keer. Onvoorspelbaar succes is precies wat het is, namelijk onvoorspelbaar. Dat maakt het juist zo verdomde bevredigend. Tussen twee haakjes, ik wilde je bedanken omdat je zo goed voor Walter hebt gezorgd.'
'Graag gedaan, Sandy. Ik mag die man wel.'
'O, ik geef zaterdag een klein borreltje bij mij thuis. Er komen een paar mensen aan wie ik je graag zou willen voorstellen. Probeer of je je uiterst aantrekkelijke wederhelft zover kunt krijgen om ook mee te komen. Misschien kan ze een paar marketing-opdrachten binnen slepen. Dat meisje is net zo'n ritselaar als haar vader.'

Jack schudde iedere maat in de conferentiekamer de hand, sommigen zelfs meer dan één keer. Tegen negen uur waren Jennifer en hij op weg naar huis in haar limousine van de zaak. Om een uur of één hadden ze al twee keer de liefde bedreven. Om half twee sliep Jennifer als een blok.
Jack niet.

Hij stond naar buiten te kijken naar de paar sneeuwvlokjes die langs het raam dwarrelden. Vroege winterdepressies hadden zich boven het gebied gevestigd, hoewel de neerslag nog niet van betekenis was geweest. Jacks gedachten waren echter niet bij het weer. Hij draaide zich om en keek naar Jennifer. Ze droeg een zijden nachtjapon en had zich tussen de satijnen lakens genesteld, op een bed dat net zo groot was als Jacks hele slaapkamer. Zijn blik ging omhoog, naar die oude, vertrouwde plafondschilderingen. Vlak voor Kerstmis zou hun nieuwe huis klaar zijn, maar die uiterst fatsoenlijke ouders van haar zouden nooit toestaan dat ze met elkaar sliepen voordat het huwelijk was voltrokken. Onder het streng toeziend oog van zijn verloofde werd het hele huis opnieuw geschilderd en behangen, alles afgestemd op hun smaak, zodat de sfeer en inrichting aansloot bij hun karakters, wat dat verdomme ook mocht betekenen. Jack bestudeerde de middeleeuwse gezichten op het plafond en merkte dat het net leek of ze hem uitlachten.

Hij was zojuist benoemd tot maat van een van de meest prestigieuze advocatenfirma's in Washington, had zich in de kijker gespeeld van enkelen van de invloedrijkste mensen ter wereld en iedereen was bereid hem te helpen om zijn carrière tot een nog groter succes te maken. Hij had het allemaal. Van de beeldschone prinses en de rijke oude schoonvader tot de strenge maar rechtvaardige leermeester en de vette bankrekening. Maar met een leger van machtige mensen achter zich en een leven vol onbegrensde mogelijkheden in het vooruitzicht, voelde hij zich die nacht eenzamer dan ooit. Ondanks al zijn verwoede pogingen keerden zijn gedachten steeds weer terug naar die bange en boze oude man en zijn emotioneel gestoorde dochter. Terwijl die twee door zijn hoofd spookten, keek hij stilletjes naar de sneeuwvlokken, net zo lang tot een zacht licht in de verte de nieuwe dag aankondigde.

De oude vrouw keek door de stoffige jaloezieën die het raam van de woonkamer afschermden en zag de zwarte sedan haar oprit oprijden. De reumatiek in haar opgezwollen knieën maakte alleen al opstaan erg moeilijk, om van rondlopen maar helemaal te zwijgen. Haar rug was vergroeid zodat ze voortdurend voorovergebogen liep, en van haar longen was na een vijftig jaar durend bombardement van teer en nicotine ook niet veel meer over. Ze naderde haar einde. Haar lichaam was haar zo lang mogelijk trouw gebleven en nu bleek dat het zelfs haar dochter had overleefd.

Ze betastte de brief in de zak van haar oude, roze duster die net niet lang genoeg was om haar dikke, rode enkels te bedekken. Ze wist dat ze vroeg of laat zouden komen opdraven. Nadat Wanda was teruggekomen van het politiebureau, wist ze dat het slechts een kwestie van tijd zou zijn totdat iets als dit zou gebeuren. De tranen sprongen in haar ogen toen ze terugdacht aan de laatste paar weken.

'Het was mijn schuld, mama.' Haar dochter had in het kleine keukentje gezeten waar ze als klein meisje haar moeder had geholpen met het bakken van koekjes en het wecken van tomaten en sperziebonen uit het strookje tuin achter het huis. Ze had die woorden keer op keer herhaald en was steeds meer voorovergebogen gaan zitten, terwijl haar lichaam schokte bij elk woord dat ze uitsprak. Edwina had geprobeerd haar dochter tot rede te brengen, maar ze was niet welbespraakt genoeg om de muur van schuld neer te halen waarmee de slanke vrouw, die haar leven was begonnen als een kleine, dikke baby met dik, donker haar en o-benen, zich had omringd. Ze had Wanda de brief laten zien, maar het had niets geholpen. Het lag buiten het vermogen van de oude vrouw om haar dochter te overtuigen.

Nu was ze weg en stond de politie voor de deur. En Edwina moest doen wat noodzakelijk was. Edwina Broome, eenentachtig jaar oud en zeer godvrezend, ging liegen tegen de politie, wat volgens haar het enige was wat ze kon doen.

'Het spijt me heel erg van uw dochter, mevrouw Broome.' Franks woorden klonken de oude vrouw oprecht in de oren. Een traantje gleed over haar rimpelige wang naar beneden.

Het briefje dat Wanda had achtergelaten, werd haar aangereikt, en ze bekeek het door een groot vergrootglas dat binnen handbereik op tafel lag. Ze keek naar het ernstige gezicht van de politieman tegenover haar. 'Ik kan me niet voorstellen wat ze dacht toen ze dit opschreef.'

'U weet dat er is ingebroken in het huis van de Sullivans? En dat Christine Sullivan door die inbreker vermoord is?'

'Ik heb het op televisie gezien, meteen nadat het gebeurd was. Ik vond het heel erg. Vreselijk.'

'Heeft uw dochter er ooit met u over gepraat?'

'Nou, natuurlijk deed ze dat. Ze was er helemaal overstuur van. Mevrouw Sullivan en zij konden het goed met elkaar vinden. Heel goed zelfs. Het heeft haar erg aangegrepen.'

'Waarom denkt u dat ze zichzelf van het leven heeft beroofd?'

'Als ik het u kon vertellen, meneer, zou ik dat doen.'

Ze liet dat dubbelzinnige statement net zo lang in de lucht hangen tot hij het blaadje papier weer opvouwde.

'Heeft uw dochter u ooit iets over haar werk verteld dat een licht op de moord zou kunnen werpen?'

'Nee. Ze had het erg naar haar zin op haar werk. Uit wat ze me vertelde, maakte ik op dat ze haar goed behandelden. En ze vond het erg leuk om in dat grote huis te wonen.'

'Mevrouw Broome, ik heb begrepen dat Wanda vroeger wat problemen met justitie heeft gehad.'

'Lang geleden, inspecteur, heel lang geleden. En sindsdien heeft ze een heel fatsoenlijk leven geleid.'

'Daar twijfel ik niet aan,' voegde Frank er snel aan toe. 'Heeft uw dochter de afgelopen paar maanden wel eens iemand meegenomen hiernaartoe? Iemand die u niet kende?'

Edwina schudde haar hoofd. Het was tenslotte de waarheid.

Frank zat haar enige tijd aandachtig op te nemen. De aan grauwe staar lijdende ogen keken recht in de zijne.

'Ik heb begrepen dat uw dochter het land uit was toen het incident plaatsvond?'

'Ze was met de Sullivans mee naar dat eiland. Ik hoorde dat ze elk jaar gingen.'

'Maar mevrouw Sullivan ging niet mee.'

'Ik neem aan van niet, inspecteur, als ze hier vermoord werd terwijl de anderen daar waren.'

Frank begon bijna te lachen. Deze oude dame was lang niet zo dom als ze het liet voorkomen. 'U hebt zeker geen idee waarom mevrouw Sullivan niet is meegegaan? Misschien heeft Wanda er iets over gezegd?'

Edwina schudde haar hoofd en aaide de zilvergrijze kat die op haar schoot was gesprongen.

'Nou, bedankt dat u met me wilde praten. Nogmaals, het spijt me heel erg van uw dochter.'

'Dank u, meneer. Het spijt mij ook, heel erg.'

Toen ze zich moeizaam oprichtte om hem uit te laten, viel de brief uit haar zak. Haar hart sloeg een slag over toen Frank zich bukte, de brief opraapte en die zonder ernaar te kijken aan haar teruggaf.

Ze zag hem achteruit de oprit afrijden. Langzaam liet ze zich weer in de stoel bij de kachel zakken en haalde het velletje papier uit de envelop.

Het was een handschrift dat ze heel goed kende: *Ik heb het niet gedaan. Maar je zou me nooit geloven als ik je vertelde wie het wel was.*

Voor Edwina Broome was dat alles wat ze hoefde te weten. Luther Whitney en zij waren al heel lang bevriend, en hij had alleen ingebroken in dat huis voor Wanda. Als de politie hem te pakken zou krijgen, zou dat niet gebeuren met haar hulp.

En ze zou doen wat hij haar in de brief gevraagd had. God wist dat dat het enige juiste was wat ze kon doen.

Seth Frank en Bill Burton gaven elkaar een hand en gingen zitten. Ze waren in Franks kantoor en de zon was nog maar net op.

'Ik waardeer het dat je me wilt ontvangen, Seth.'

'Het is tamelijk ongebruikelijk.'

'Verdomde ongebruikelijk, als je het mij vraagt.' Burton grinnikte. 'Vind je het erg als ik er een opsteek?'

'Mag ik met je meedoen?' Beide mannen haalden hun pakjes te voorschijn. Burton boog zich naar voren om Frank een vuurtje te geven en liet zich weer terugzakken op zijn stoel.

'Ik ben al heel lang bij de geheime dienst en dit is de eerste keer voor mij. Maar ik kan het begrijpen. Die oude Sullivan is een van de beste vrienden van de president. Hij heeft hem geholpen bij de start van zijn politieke carrière, als een echte mentor. Ze kennen elkaar al heel lang. Tussen jou en mij, ik denk dat de president alleen de indruk wil wekken dat we ons met de zaak bemoeien. We zijn absoluut niet van plan je voor de voeten te lopen.'

'Daar heb je trouwens het recht niet toe.'

'Precies, Seth, precies. Jezus, ik ben acht jaar bij de politie geweest. Ik weet wat er bij een onderzoek komt kijken. Het laatste waar je behoefte aan hebt, is iemand die je op de vingers kijkt.'

Franks ergernis begon af te nemen. Een ex-politieman die zich had opgewerkt tot agent bij de geheime dienst. In Franks ogen was dat ongeveer het maximaal haalbare. Deze knul was een echte carrièremaker.

'Dus wat stel je voor?'

'Ik zie mijn rol als een informatiekanaal naar de president. Als zich in de zaak een belangrijke ontwikkeling voordoet, bel je me op en dan licht ik vervolgens de president in. Als hij dan Walter Sullivan ziet, kan hij er iets intelligents over zeggen. Geloof me, het is niet alleen maar een rookgordijn. De president is oprecht bezorgd over deze zaak.' Burton glimlachte ingehouden.

'En geen bemoeienis van de federale politie? Geen kritiek achteraf?'

'Hoor eens, ik ben de FBI niet. Dit is geen zaak voor de federale politie. Je moet mij zien als een burgerlijke afgezant van een VIP. Niet veel meer dan een professionele boodschappenjongen.'

Frank liet zijn blik door zijn kantoor gaan terwijl hij de situatie tot zich door liet dringen. Burton volgde die blik en probeerde zich een zo goed mogelijk beeld van de man te vormen. Burton had veel rechercheurs gekend. De meesten hadden gemiddelde capaciteiten, die, gekoppeld aan een uitzonderlijk hoge werkdruk, resulteerden in een zeer laag arrestatiepercentage en een nog veel lager veroordelingspercentage. Hij had Seth Frank grondig gecheckt. Die knul zat vroeger bij de politie van New York en had een veroordelingslijst van een paar kilometer. Sinds hij naar Middleton County was gekomen, was geen enkele moord onopgelost gebleven. Niet één. Oké, het was hier tamelijk rustig, maar een oplossingspercentage van honderd procent bleef toch heel indrukwekkend. Al deze feiten stelden Burton enigszins gerust. Want hoewel de president hem had verzocht contact met de politie te onderhouden, zodat hij zijn belofte aan Sullivan kon inlossen, had Burton zijn eigen redenen om toegang te krijgen tot dat onderzoek.

'Als er snel iets gebeurt, kan het zijn dat ik je niet meteen kan inlichten.'

'Ik vraag niet om wonderen, Seth. Alleen maar een beetje informatie als dat je uitkomt. Dat is alles.' Burton stond op en drukte zijn sigaret uit. 'Afgesproken?'

'Ik zal mijn best doen, Bill.'

'Meer kan een mens niet van je verlangen. Dus, heb je al iets interessants ontdekt?'

Seth Frank haalde zijn schouders op. 'Misschien. Het kan niets zijn, dat weet je nooit. Je weet hoe dat gaat.'

'Vertel mij wat.' Burton maakte aanstalten om te vertrekken, maar hij draaide zich weer om. 'Hé, als er tijdens je onderzoek gerechtelijke obstakels uit de weg moeten worden geruimd, of als je toegang wilt tot databases of dat soort dingen, laat het me dan weten, dan zorg ik dat je verzoeken de hoogste prioriteit krijgen. Hier is mijn telefoonnummer.'

Frank pakte Burtons kaartje aan. 'Dat waardeer ik, Bill.'

Toen Frank twee uur later de hoorn van zijn telefoontoestel opnam, gebeurde er niets. Geen kiestoon, geen buitenlijn, niets. Het werd gemeld bij de storingsdienst.

Een uur later probeerde Seth Frank het opnieuw en de kiestoon was er weer. Het euvel was verholpen. De schakelkast zat altijd op slot, maar zelfs al had iemand er een blik in kunnen werpen, dan zou hij tussen alle kabels en andere apparatuur waar een leek de werking niet van kende, niets ongewoons hebben opgemerkt. Niet dat ze bij de politie gewend waren zich zorgen te maken over iemand die hun lijnen aftapte.

Bill Burtons communicatielijnen waren geopend, wijder geopend dan Seth Frank ooit zou durven dromen.

•15•

'Ik denk dat we een fout maken, Alan. Ik geloof dat we ons op de achtergrond moeten houden en niet moeten proberen het onderzoek over te nemen.' Russell stond naast het bureau van de president in de Oval Office. Richmond was bezig met een paar recente wetsvoorstellen voor de gezondheidszorg; een politiek moeras, waar hij met het oog op de komende verkiezingen niet in wilde wegzinken.

'Gloria, richt je op het verkiezingsprogramma, wil je?' Richmond had zijn gedachten niet bij zijn werk. Hij had een aanzienlijke voorsprong in de opiniepeilingen, maar het verbaasde hem dat die voorsprong niet nog groter was. Zijn concurrent, Henry Jacobs, was klein, niet bepaald aantrekkelijk en geen geweldig spreker. Zijn enige verdienste was dat hij zich de afgelopen dertig jaar had ingezet voor de armen en misdeelden. Voor de media was hij een regelrechte ramp en in deze tijd van audio-visuele wonderen waren het juiste uiterlijk en het vermogen om een goed verhaal af te steken van doorslaggevend belang. Jacobs was niet eens de beste van het uitermate zwakke groepje concurrenten waarvan de twee belangrijkste kandidaten al ten onder waren gegaan aan seksuele en andere schandaaltjes. Daarom vroeg Richmond zich af waarom zijn tweeëndertig procent voorsprong er geen vijftig waren.

Uiteindelijk draaide hij zich om en keek zijn stafchef aan.

'Luister, ik heb Sullivan beloofd dat ik erbovenop zou blijven zitten. Het hele verdomde land heeft gehoord dat ik hem dat beloofde en dat heeft me twaalf punten opgeleverd in de opiniepeilingen, waar jij en je goed geoliede herverkiezingsteam blijkbaar geen vat op hebben. Moet ik verdomme eerst ergens een oorlog beginnen om die peilingen te krijgen zoals ze behoren te zijn?'

'Alan, je hebt die verkiezing allang in de knip, dat weet je net zo goed als ik. Maar we moeten voorzichtig zijn. Die man loopt nog steeds vrij rond. Wat doen we als hij wordt gepakt?'

Geïrriteerd stond Richmond op. 'Hou toch op over die man! Als je nu eens even goed nadenkt, dan weet je dat ik die man zijn laatste restje geloofwaardigheid heb ontnomen, juist door me in die zaak te mengen. Als ik mijn interesse niet openbaar had gemaakt, zou het mogelijk zijn dan iemand van de pers tot de conclusie kwam dat de president op een of andere manier bij de dood van Christine Sullivan betrokken is geweest. Maar nu ik het hele land heb verteld dat ik boos ben en vastbesloten om die indringer voor het gerecht te slepen, zullen de mensen denken, als hij me beschuldigt, dat hij een of andere gek is die me op tv heeft gezien.'

Russell ging zitten. Het probleem was dat Richmond niet over alle feiten beschikte. Als hij van de briefopener wist, zou hij dan hetzelfde hebben gedaan? Als hij wist over het briefje en de foto die ze had ontvangen? Ze hield informatie voor haar baas achter, informatie die hen beiden volledig kon ruïneren.

Toen Gloria door de gang terugliep naar haar kantoor, merkte ze niet dat Bill Burton haar vanuit een deuropening stond na te kijken. De blik in zijn ogen was geen blik van genegenheid, bij lange na niet.

Stomme, stomme trut. Van waar hij stond, zou hij zo drie kogels in haar achterhoofd kunnen pompen. Zonder enige moeite. Zijn gesprek met Collin had alles opgehelderd. Als hij die nacht de politie had gebeld, zou dat problemen hebben gegeven, maar niet voor hem en Collin. De president en zijn stomme stafchef zouden de klappen hebben opgevangen. Die vrouw had hem er ingeluisd. En nu hing alles waarvoor hij zich in het zweet had gewerkt, waarvoor hij kogels had opgevangen, aan een zijden draadje.

Hij wist veel beter dan Russell wat hun te wachten stond. En het was die wetenschap die hem gisteravond tot een besluit had gebracht. Het was geen gemakkelijk besluit geweest, maar het was het enige wat hij kon nemen. Dat was de reden waarom hij Seth Frank had opgezocht; het was ook de reden waarom hij de telefoonlijn van de hoofdinspecteur had laten aftappen. Burton wist dat zijn plan vermoedelijk een schot in het duister was, maar ze bevonden zich nu eenmaal in een situatie die geen enkele zekerheid bood. Hij moest het doen met de kaarten die hij gekregen had en hopen dat Vrouwe Fortuna hem op een zeker moment zou toelachen.

Burton dacht aan de positie waarin de vrouw hem had gebracht en voelde zijn woede weer oplaaien. Haar stommiteit had hem gedwongen dat besluit te nemen. Het was het enige wat hij kon doen, als hij tenminste wilde voorkomen dat hij haar achterna zou rennen en haar nek zou breken. Maar hij beloofde zichzelf één ding: hij zou het leven van deze vrouw tot een ware hel maken. Hij zou haar losrukken uit de bescherming van haar machtspositie en haar dumpen op de mestvaalt van de realiteit. En hij zou er met volle teugen van genieten.

Gloria Russell keek in de spiegel of haar haar goed zat en controleerde haar lippenstift. Ze wist dat ze zich als een verliefde tiener gedroeg, maar Tim Collin had zoiets naïefs en tegelijkertijd toch zo mannelijks, dat het haar echt begon af te leiden van haar werk, iets wat haar nog nooit eerder was gebeurd. Maar het was een historisch gegeven dat mannen op machtsposities altijd wel in waren voor een avontuurtje. En aangezien ze geen fervent feministe was, schroomde ze niet haar mannelijke tegenhangers na te volgen. Zoals zij het zag, was het gewoon een van de voordelen van haar positie.

Terwijl ze haar jurk en ondergoed uittrok en zich hulde in haar meest doorschijnende negligé, bleef ze zichzelf voor ogen houden waarom ze de jongere man verleidde. Ze had hem nodig om twee redenen. Ten eerste wist hij van haar blunder met de briefopener en moest ze de absolute garantie hebben dat hij zijn mond erover hield, en ten tweede had ze hem nodig om dat bewijsstuk terug te krijgen. Bijzonder praktische redenen, die vanavond, net als alle vorige avonden, toch al gauw weer naar de achtergrond verdwenen.

Het grootste deel van haar leven was haar carrière op de eerste plaats gekomen. Toen ze als zestienjarige op de middelbare school zat en normale seksuele verlangens had, raakte Gloria Russell vervuld van het intense verlangen om ver uit te rijzen boven het levensdoel dat haar vader haar had gesteld. Ze had zich met zo'n inzet op haar toekomst geworpen, dat er twintig jaar waren verstreken voor ze merkte dat ze haar seksuele honger al die tijd genegeerd had. Tim Collin was voor haar op een zeer geschikt tijdstip gekomen. Ze maakte zich geen enkele illusie dat hun relatie ooit ergens toe zou leiden. Haar seksuele honger was niet groot genoeg om haar verlangen naar een partner van gelijk of hoger niveau volledig te temmen. Maar ze had Tim Collin nodig. Ze had hem nodig om de grote leemte in haar leven, waarvan ze zich pas onlangs bewust was geworden en die haar plotseling erg verontrustte, op te vullen.

Op dat moment was ze ervan overtuigd dat ze de man elke avond van de rest van haar leven zou kunnen neuken en dat ze nooit genoeg zou krijgen van de gevoelens die na elke vrijpartij door haar lichaam golfden. Haar gezonde verstand kon wel duizend redenen aandragen om ermee op te houden, maar voor het eerst in haar leven had haar lichaam daar geen enkele boodschap aan.

De klop op de deur kwam een beetje vroeg. Ze fatsoeneerde snel nog even haar haar, keek nog één keer in de spiegel of haar make-up in orde was, trok met onhandige bewegingen haar hooggehakte schoenen aan en liep haastig de gang in. Ze trok de voordeur open en schrok zo, dat het net leek of iemand een mes tussen haar borsten stak.

'Wat kom jij hier verdomme doen?'

Burton zette zijn voet tussen de deur en duwde hem met een van zijn kolossale handen verder open.

'We moeten praten.'

Onbewust keek Russell of de man met wie ze die avond de liefde zou bedrijven, niet achter hem stond.

Burton zag het. 'Sorry, chef, je vriendje komt niet vanavond.'

Ze probeerde de deur dicht te duwen, maar de honderdtwintig kilo zware Burton bewoog geen millimeter. Met achteloos gemak duwde hij de deur open, liep het huis binnen en gooide de deur achter zich dicht.

Hij stond in de hal en keek naar de stafchef die wanhopig probeerde te bedenken wat hij kwam doen en die tegelijkertijd de intieme delen van haar lichaam probeerde te bedekken. Ze slaagde in geen van beide.

'Donder op, Burton! Hoe durf je hier te komen binnenvallen? Daar zul je meer van horen.'

Burton wrong zich langs haar heen en liep de woonkamer in. 'We praten hier of we praten ergens anders. Je zegt het maar.' Ze liep hem achterna de woonkamer in.

'Waar heb je het verdomme over? Ik heb je gevraagd op te donderen. Je bent zeker je plaats in onze professionele hiërarchie vergeten, hè?'

Burton draaide zich om en keek haar aan. 'Ben je altijd zo gekleed als je de deur opendoet?' Hij begon Collins interesse voor haar te begrijpen. Het negligé slaagde er niet in de voluptueuze vormen van zijn stafchef te bedekken. Wie had dat ooit gedacht? Hij zou ondanks de vierentwintig jaar met dezelfde vrouw die hem vier kinderen had gebaard, zelfs opgewonden kunnen raken, als hij de halfnaakte vrouw tegenover hem niet zo intens had gehaat.

'Loop naar de hel, Burton!'

'Ik vrees dat we daar allemaal terecht zullen komen, dus waarom trek je niet wat kleren aan, dan praten we even met elkaar en vertrek ik weer. Want ik ga helemaal nergens heen voordat we hebben gepraat.'

'Besef je wel wat je doet? Ik kan je carrière ruïneren.'

'Precies!' Hij haalde de foto's uit zijn jaszak en gooide ze op tafel. Russell probeerde ze te negeren, maar pakte ze ten slotte toch op. Ze probeerde het plotselinge trillen van haar benen te verbergen door met haar hand op het tafelblad te steunen.

'Jij en Collin vormen een prachtig stel. Echt waar. Ik denk dat de media het met me eens zullen zijn. Het zou een interessant nieuws-item kunnen worden. STAFCHEF LAAT ZICH SUFNEUKEN DOOR JONGE AGENT VAN DE GEHEIME DIENST. Hoe vind je dat klinken? Misschien noemen ze het wel DE WIP VAN HET JAAR. Klinkt pakkend, vind je niet?'

Ze sloeg hem hard in het gezicht, harder dan ze ooit iemand had geslagen. Een felle pijnscheut trok door haar arm. Het leek wel of ze een stuk hout raakte. Burton greep haar pols vast en draaide hem om tot ze begon te kermen van de pijn.

'Luister goed, dame. Ik weet alles. De briefopener. Wie hem heeft. En wat belangrijker is, hoe hij eraan is gekomen. En nu die correspondentie tussen jou en ons smerige voyeurtje. Hoe je het ook wendt of keert, we zitten tot onze kruin in de problemen; en aangezien jij alles van begin af aan hebt verkloot, denk ik dat dit het juiste moment is dat iemand anders de leiding neemt. Dus je gaat nu meteen die hoerenkleren uittrekken en dan kom je weer terug. Als je wilt dat ik je nek red, dan doe je precies wat ik je opdraag. Heb je dat goed begrepen? Want als je dat niet doet, stel ik voor dat we een babbeltje met de president gaan houden. Zeg maar wat je wilt, chef!' Burton spuugde dat laatste woord uit met een kracht die tekenend was voor zijn absolute walging van haar.

Burton liet haar pols los maar torende nog steeds als een berg boven haar uit. Zijn enorme gestalte scheen Russells denkvermogen te blokkeren. Aarzelend wreef ze over haar arm en ze keek bijna timide naar hem op toen de uitzichtloosheid van de situatie waarin ze zich bevond, tot haar begon door te dringen.

Ze liep rechtstreeks naar de badkamer en gaf over. Het leek wel of ze dat tegenwoordig steeds vaker deed. Het koude water op haar gezicht maakte ten slotte een eind aan de golven van misselijkheid, waarna ze overeind kwam en langzaam naar haar slaapkamer liep.

Met een tollend hoofd trok ze een lange broek en een dikke trui aan. Haar negligé had ze op het bed gegooid, maar ze schaamde zich zo, dat ze er niet eens naar durfde te kijken. Haar droom over een nacht vol genot was met een beangstigende abruptheid uiteengespat. Ze verving haar rode pumps met naaldhakken door een paar platte, bruine schoenen.

Ze wreef over haar wangen om de bloedstroom weer op gang te krijgen en voelde zich alsof haar vader haar had betrapt terwijl een jongen zijn hand te diep in haar jurk stak. Die gebeurtenis had ooit echt plaatsgevonden en had er vermoedelijk toe bijgedragen dat ze zich geheel op haar carrière had geworpen, zo erg had ze zich op dat moment geschaamd. Haar vader had haar een hoer genoemd en haar zo'n pak slaag gegeven, dat ze een week lang niet naar school kon. Haar hele leven had ze gebeden dat ze zich nooit meer zo zou voelen als op dat moment. Tot vanavond was dat gebed verhoord.

Ze dwong zichzelf regelmatig adem te halen en toen ze de woonkamer weer binnenkwam, zag ze dat Burton zijn jasje had uitgetrokken en er een pot koffie op tafel stond. Ze keek naar Burtons schouderholster met zijn dodelijke inhoud.

'Melk en suiker?'

Het lukte haar hem aan te kijken. 'Graag.'

Hij schonk de koffie in; Russell ging tegenover hem zitten.

Ze staarde naar haar kopje. 'Hoeveel heeft Tim... heeft Collin je verteld?'

'Over jullie? Weinig. Daar is hij het type niet voor. Maar ik geloof dat hij smoorverliefd op je is. Je hebt hem flink in de war gemaakt. Mijn complimenten.'

Ze schoot omhoog uit haar stoel. 'Je begrijpt er niets van, is het wel?'

Burton bleef beangstigend kalm. 'Ik begrijp genoeg om te weten dat we aan de rand van een ravijn staan dat zo diep is, dat ik de bodem niet eens kan zien. Eerlijk gezegd kan het me geen barst schelen met wie je naar bed gaat. Daar kom ik niet voor.'

Russell ging weer zitten en dwong zichzelf een slokje koffie te nemen. Eindelijk begon haar maag weer enigszins tot rust te komen.

Burton boog zich naar haar toe en pakte heel voorzichtig haar arm vast.

'Hoor eens, mevrouw Russell. Ik zal eerlijk zijn. Ik ben niet naar je toe gekomen om je te vertellen hoe fantastisch ik je vind en dat ik je uit de puree zal halen, en jij hoeft ook niet te doen alsof je mij aardig vindt. Maar of je het leuk vindt of niet, we zitten er samen in. En de enige manier om eruit te komen, is door samen te werken. Dat is het voorstel wat ik je doe.'

Burton leunde weer achteruit en keek haar aan.

Russell zette haar kopje neer en depte haar lippen met een servet.

'Goed.'

Onmiddellijk boog Burton zich weer naar haar toe. 'Even voor de zekerheid: op die briefopener zitten nog steeds de vingerafdrukken van de president en van Christine Sullivan, en hun bloed. Klopt dat?'

'Ja.'

'Iedere openbare aanklager zou kwijlen van geluk als hij dat ding in handen had. We moeten hem terug zien te krijgen.'

'We kopen hem terug. Hij wil hem verkopen. De volgende keer dat hij contact opneemt, zal hij vertellen voor hoeveel.'

Burton maakte haar opnieuw aan het schrikken door een envelop op tafel te gooien.

'Die vent is heel gewiekst, maar op een zeker moment zal hij ons toch een droppingspunt moeten noemen.'

Russell haalde de brief uit de envelop en las hem. Het bericht was kort en geschreven in blokletters, net als de eerste keer.

COÖRDINATEN VOLGEN. ADVISEER VOORBEREIDINGEN VOOR FINANCIËLE ONDERSTEUNING. VOOR DERGELIJK BENIJDENSWAARDIG VOORWERP MINSTENS BEDRAG MET ZES NULLEN. ADVISEER GRONDIGE AFWEGING VAN MOGELIJKE CONSEQUENTIES. IN GEVAL VAN INTERESSE REAGEER VIA ADVERTENTIE IN WASHINGTON POST.

'Hij heeft wel een aparte schrijfstijl, vind je niet? Beknopt, maar we weten nu in elk geval wat hij wil.' Burton schonk zich nog een kop koffie in. Toen wierp hij Russell een tweede foto toe van het voorwerp dat ze zo wanhopig graag terug wilde hebben.

'Hij houdt wel van plagen, hè, mevrouw Russell?'

'Maar hij lijkt me tenminste bereid tot zakendoen.'

'We hebben het over een flink bedrag. Ben je daar op voorbereid?'

'Laat dat gedeelte maar aan mij over, Burton. Geld zal het probleem niet zijn.' Haar arrogantie was precies op tijd teruggekeerd.
'Nee, ik vermoed van niet,' stemde hij in. 'Trouwens, waarom heb je Collin dat verdomde ding niet laten schoonvegen?'
'Op die vraag hoef ik geen antwoord te geven.'
'Nee, dat hoef je niet, mevrouw de president.'
Russell en Burton zaten elkaar echt even glimlachend aan te kijken. Misschien had ze hem verkeerd beoordeeld. Burton was een lastpak, maar hij was ook bekwaam en voorzichtig. Ze besefte nu dat ze aan die kwaliteiten meer behoefte had dan aan Collins naïefheid, zelfs al ging die vergezeld van een jong, stevig lichaam.
'Er is nog een vraag die beantwoord moet worden, chef.'
'En die is?'
'Als het moment aanbreekt dat we die kerel moeten vermoorden, raak je dan weer in paniek?'
Russell verslikte zich in haar koffie en Burton moest haar letterlijk op de rug slaan tot ze weer enigszins normaal kon ademhalen.
'Ik geloof dat dat mijn vraag voldoende beantwoordt.'
'Hoe kom je er verdomme op dat we hem moeten vermoorden, Burton?'
'Je begrijpt er nog steeds niets van, hè? En je was vroeger nog wel een of andere briljante professor. Nou, die ivoren torens zijn ook niet meer wat ze geweest zijn. Of misschien moet jou een beetje gezond verstand worden bijgebracht. Ik zal het nog één keer uitleggen, op een manier dat zelfs jij het begrijpt. Deze kerel heeft gezien dat de president Christine Sullivan probeerde te vermoorden. Toen zag hij dat Sullivan de rollen probeerde om te draaien en dat Collin en ik onze plicht deden door haar dood te schieten voordat de president aan het mes werd geregen. Hij was een ooggetuige! Onthoud dat laatste woord goed. Voordat ik ontdekte dat jij dit kleine stukje bewijsmateriaal voor me achterhield, wist ik al zeker dat het gebeurd was met ons. Vroeg of laat zou die kerel zijn mond opendoen en dan zou de sneeuwbal gaan rollen. Want er waren nog steeds een paar zaken die wij niet kunnen verklaren, nietwaar? Maar er gebeurde niets en ik begon al te geloven dat we geluk hadden en die kerel te bang was om te voorschijn te komen. Maar nu ik heb ontdekt dat die kerel ons chanteert, vraag ik me af wat daarvan de betekenis is.'
Burton keek met een afwachtende blik naar Russell.
'Het betekent dat hij geld wil voor die briefopener. Wat zou het anders moeten betekenen, Burton?'
Burton schudde zijn hoofd. 'Nee, dat geloof ik niet. Ik denk dat hij een spelletje met ons speelt. Hij probeert ons in de war te brengen. De betekenis is dat we met een ooggetuige zitten die lef heeft. Je moet niet vergeten dat er een echte prof voor nodig was om het huis van de Sullivans binnen te komen. Dus we hebben te maken met iemand die zich niet zo gemakkelijk laat afschrikken.'
'Nou en? Als wij die briefopener terug hebben, zijn we toch uit de brand?'

Russell begon te vermoeden waar Burton naartoe wilde, maar het was haar nog steeds niet helemaal duidelijk.

'Tenzij hij nog meer foto's heeft die vandaag of morgen op de voorpagina van de *Washington Post* terecht kunnen komen. Met een vergroting ernaast van de afdruk van de handpalm van de president, gehaald van een briefopener die afkomstig is uit de slaapkamer van Christine Sullivan. Dat zal een mooie basis vormen voor een serie artikelen. Voldoende reden voor de kranten om te gaan rondsnuffelen. En als er ook maar iets wijst op een verband tussen de president en de moord op Christine Sullivan, zijn we er geweest. Natuurlijk, we kunnen beweren dat die vent gestoord is en dat die foto een knappe vervalsing is, en misschien komen we er zelfs mee weg. Maar dat een van die foto's op de voorpagina van de *Washington Post* terechtkomt, baart me niet half zoveel zorgen als ons andere probleem.'

'En dat is?' Russell zat voorovergebogen en praatte zachtjes, bijna fluisterend, alsof haar iets vreselijks begon te dagen.

'Je schijnt vergeten te zijn dat onze man die nacht alles heeft gezien. Alles. Hij weet hoe we gekleed waren, hoe we heten, hoe we de slaapkamer hebben schoongemaakt. Ik ben ervan overtuigd dat de politie daar nog steeds haar hoofd over breekt. Hij kan ze vertellen hoe laat we daar aankwamen en hoe laat we weer vertrokken. Hij kan ze vertellen dat ze de arm van de president moeten controleren op sporen van een steekwond. Hij kan ze vertellen hoe we een kogel uit de muur hebben gepeuterd en waar we stonden toen we schoten. Hij kan ze alles vertellen wat ze willen weten. En als hij dat doet, zullen ze eerst denken dat hij alles weet omdat hij er zelf was en hij de feitelijke dader was. Maar dan gaan die lui van de politie nadenken en komen ze tot de conclusie dat dit meer was dan een oneman-show. En ze gaan zich afvragen hoe hij al die andere feiten te weten is gekomen. Feiten, waarvan er enkele zijn die hij niet kan hebben verzonnen en die zij kunnen nagaan. En dan gaan ze nadenken over al die kleine details die nergens op slaan, maar die die vent kan verklaren.'

Russell stond op, liep naar de bar en schonk zichzelf een glas whisky in. Daarna schonk ze er nog een in voor Burton. Ze dacht na over wat hij zojuist had gezegd. De man had inderdaad alles gezien. Ook hoe zij seks bedreef met een bewusteloze president. Ze begon zich weer beroerd te voelen en probeerde aan iets anders te denken.

'Maar waarom zou hij zich bekendmaken nadat hij betaald is?'

'Wie zegt dat hij zich bekend zal maken? Weet je nog wat je die nacht zei? Hij kan het van een afstand doen. Wandelt gierend van de lach naar de bank en haalt ondertussen de regering-Richmond onderuit. Shit, hij kan het allemaal opschrijven en naar de politie faxen. Die zullen het moeten onderzoeken, en wie zegt dat ze niets zullen vinden? Als ze lichamelijk bewijsmateriaal in die slaapkamer vinden, een haarwortel, speeksel of sperma, hebben ze alleen maar een lichaam nodig om de combinatie te maken. Tot nu toe hadden ze nog geen reden om onze kant op te kijken, maar nu? Wie zal het weten? Als ze een DNA-test doen op Richmond, hangen we. Trouwens, als die vent niet te voorschijn komt, zijn we nog niet klaar. De inspecteur die deze zaak in handen heeft, is niet dom. Ik weet zeker dat hij vroeg of laat die hufter zal vinden. En iemand die levenslang of de doodstraf te wachten staat, praat tot hij een ons weegt, geloof mij maar. Dat heb ik al veel te vaak zien gebeuren.'

Russell kreeg het plotseling koud. Wat Burton zei, was heel goed mogelijk. De president had zo overtuigend geklonken. Geen van beiden had ooit aan dit scenario gedacht.

'Ik weet niet hoe jij erover denkt, maar ik heb geen zin om de rest van mijn leven achterom te kijken en te wachten tot ik in de kraag word gepakt.'

'Maar hoe vinden we hem?'

Burton genoot ervan dat de stafchef zonder tegen te stribbelen akkoord ging met zijn plan. De waarde van een mensenleven betekende blijkbaar niet veel voor deze vrouw, als haar eigen welzijn werd bedreigd. Hij had niets anders verwacht.

'Toen ik nog niets wist van die briefjes, dacht ik dat we geen enkele kans hadden. Maar nu hij ons chanteert, zal hij toch een keer zijn geld in ontvangst moeten nemen. En dan is hij kwetsbaar.'

'Hij zal wel een telefonische overboeking eisen. Als wat jij zegt waar is, is deze vogel veel te slim om op een vuilnisbelt naar een tas met geld te gaan zoeken. En we zullen pas weten waar de briefopener is, als hij allang verdwenen is.'

'Misschien wel, misschien niet. Laat mij dat maar regelen. Wat noodzakelijk is, is dat jij een beetje tijd rekt. Als hij de deal over twee dagen wil afhandelen, probeer jij er vier van te maken. Zorg dat het overtuigend is wat je in die advertentie in de *Washington Post* zet. Maar dat kan ik wel aan jou overlaten, is het niet, professor? Maar je moet zorgen dat ik wat meer tijd krijg.' Burton stond op.

Russell greep zijn arm vast. 'Wat ben je van plan?'

'Hoe minder je weet hoe beter. Maar ik hoop dat je wel begrijpt dat als de zaak aan het licht komt, we er allemaal aangaan, inclusief de president. Er is niets wat ik daaraan kan of wil doen. En wat mij betreft, verdienen jullie het, allebei.'

'Je maakt van je hart geen moordkuil, is het wel?'

'Daar heb ik nooit het nut van ingezien.' Hij trok zijn jas aan. 'Trouwens, je realiseert je toch wel dat Richmond Christine Sullivan lelijk had toegetakeld? Uit het autopsierapport bleek dat hij had geprobeerd haar nek fijn te knijpen.'

'Dat had ik begrepen. Is dat belangrijk?'

'Jij hebt zeker geen kinderen?'

Russell schudde haar hoofd.

'Ik heb er vier. Twee dochters, niet veel jonger dan Christine Sullivan. Als ouder denk je na over zulk soort dingen. Mensen van wie je houdt, die toegetakeld worden door hufters als hij. Ik wilde je alleen duidelijk maken wat voor soort man je baas is. Als hij ooit nog eens toenadering zoekt, kun je je misschien nog bedenken.'

Burton vertrok en Russell bleef achter in de woonkamer, nadenkend over haar geruïneerde leven. Burton stapte in zijn auto en nam even tijd om een sigaret op te steken. Hij had de afgelopen paar dagen veel nagedacht over de komende twintig jaar van zijn leven. De prijs die hij moest betalen om die jaren te behouden, was gestegen tot angstaanjagende hoogte. Was het dat waard? Was hij bereid die prijs te betalen? Hij kon naar de politie gaan en alles vertellen. Het zou natuurlijk afgelopen zijn met zijn carrière. De politie zou hem pakken op obstructie van de rechterlijke macht, medeplichtigheid aan moord, misschien een of andere tenlastelegging wegens doodslag voor het doodschieten van Christine Sullivan, en nog enkele andere kleine vergrijpen. Maar als je alles optelde, was het heel wat. Zelfs als hij een deal kon maken, zou hij toch voor een aanzienlijke tijd de bak ingaan. Maar dat zou hij wel kunnen verdragen. Hij zou ook het schandaal kunnen verdragen. Alle vuiligheid die de kranten zouden publiceren. Hij zou de geschiedenis ingaan als een misdadiger. Hij zou voor altijd in verband worden gebracht met de beruchte, corrupte Richmond-regering. En toch zou hij het kunnen verdragen, als het zover kwam. Waar de bikkelharde Bill Burton niet tegen kon, was de blik waarmee zijn kinderen hem zouden aankijken. Ze zouden hem nooit meer trots en bewonderend aankijken. Het absolute vertrouwen dat hun vader, deze boom van een kerel, een goed en fatsoenlijk mens was, zou voor altijd verdwenen zijn. En dat was iets wat zelfs hij niet zou kunnen verdragen. Dat waren de gedachten die door zijn hoofd hadden gespookt sinds zijn gesprek met Collin. Een deel van hem wenste dat hij het nooit had gevraagd. Dat hij die poging tot chantage nooit had ontdekt. Want dat had hem een mogelijkheid opgeleverd. En mogelijkheden gingen altijd gepaard met keuzes. Burton had uiteindelijk zijn keuze gemaakt. Maar hij was er niet trots op. Als alles volgens plan verliep, zou hij proberen te vergeten dat het ooit was gebeurd. En als zijn plan niet werkte? Nou, dan had hij pech gehad. Maar als hij eraan zou gaan, zouden de anderen dat ook.

Die gedachte bracht hem op een ander idee. Burton boog zich opzij, trok het dashboardkastje open en pakte er een mini-cassetterecorder en een handvol bandjes uit. Hij keek nog eens naar het huis en nam een laatste trek van zijn sigaret.

Burton zette zijn auto in de versnelling. Toen hij het huis van zijn chef passeerde, nam hij aan dat de lichten nog wel enige tijd aan zouden blijven.

•16•

Laurie Simon had net de hoop opgegeven dat ze hem zou vinden.

De buiten- en binnenkant van het busje waren uiterst zorgvuldig met poeder bestoven en afgezocht op vingerafdrukken. Ze had zelfs een speciale laserlamp van het hoofdbureau in Richmond laten komen, maar elke keer als ze een bruikbare afdruk vond, bleek die van iemand anders te zijn. Iemand die ze konden verantwoorden. Ze kende Pettis' vingerafdrukken praktisch uit het hoofd. Hij had de pech dat zijn vingertoppen alle bogen hadden en dat de compositie van de afdruk een heel opvallende was, met een klein littekentje op zijn duim, dat vele jaren geleden tot zijn arrestatie voor autodiefstal op grote schaal had geleid. Daders met littekens op hun vingertoppen waren de beste vrienden van identificatietechnici.

Budizinski's afdruk was één keer te voorschijn gekomen toen hij zijn vinger in een oplosmiddel had gestoken en vervolgens tegen een triplex plaat in de laadruimte van het busje had gedrukt; een perfecte afdruk, alsof ze hem er zelf zojuist had opgezet.

In totaal had ze drieënvijftig bruikbare afdrukken gevonden en ze was nog steeds op zoek naar de vierenvijftigste, die ene belangrijke. Ze zat midden in de laadruimte en liet haar blik door het interieur gaan. Ze was elke plek nagegaan waarop redelijkerwijs een afdruk verwacht kon worden. Ze had alle hoeken en gaten van het voertuig met de laserlamp beschenen en had geen idee waar ze nog meer kon kijken.

Voor de twintigste keer ging ze de handelingen na van mannen die een busje laden en erin rijden – de achteruitkijkspiegel was bijvoorbeeld een ideale plaats voor vingerafdrukken. Ze verschoof de schoonmaakmachines, tilde de flessen met reinigingsmiddel op, rolde de slangen uit en deed alle deuren open en dicht. De moeilijkheid van haar werk werd nog vergroot door het feit dat vingerafdrukken de neiging hebben na verloop van tijd te verdwijnen, wat afhing van het oppervlak waar ze op zaten en het omgevingsklimaat. In een warm en vochtig klimaat bleven ze het langst zitten, in een koud en droog klimaat het kortst.

Ze trok het dashboardkastje open en ging de inhoud nog eens na. Elk voorwerp was al geïnventariseerd en met poeder bestoven. Ze bladerde enigszins afwezig door het onderhoudsboekje. De paarse vlekken op het papier herinnerden haar eraan dat de voorraad ninhydrine op haar laboratorium aangevuld moest worden. De bladzijden waren nogal beduimeld, hoewel het busje in drie jaar diensttijd nauwelijks defecten had gekend.

Het bedrijf had zijn eigen technische dienst en hield er blijkbaar een goed onderhoudsprogramma op na.

Toen ze de bladzijden nakeek, viel haar iets op. Alle andere notities waren getekend door G. Henry en H. Thomas, beide medewerkers van Metro's technische dienst. Maar naast deze notitie stonden de initialen J.P., Jerome Pettis. De notitie vermeldde dat het busje een te laag oliepeil had gehad en er een paar deciliter aan was toegevoegd. Dat was allemaal absoluut niet interessant, behalve dat de datum die ernaast stond, de dag was dat het huis van de Sullivans was schoongemaakt.

Simons ademhaling versnelde iets toen ze uit het busje stapte. Ze deed de motorkap omhoog, keek enige tijd naar de motor en richtte vervolgens haar lamp erop. Binnen een minuut had ze het gevonden. De olieachtige afdruk van een duim, die haar toelachte vanaf de zijkant van het waterreservoir van de ruitesproeier. Het was de meest logische plaats om je hand neer te zetten als je je over de motor boog om bij de dop van het oliereservoir te komen. Eén blik was voldoende om te zien dat hij niet van Pettis was. En evenmin van een van de twee andere monteurs. Ze pakte de kaart met Budizinski's afdrukken erop. Ze was negenennegentig procent zeker dat de afdruk niet van hem was en bleek gelijk te hebben. Heel voorzichtig bestoof ze de afdruk met poeder, waarna ze hem oplichtte en een paar aantekeningen op een nieuwe kaart maakte. Meteen daarna rende ze naar Franks kantoor. Ze trof hem aan met zijn hoed op en zijn overjas aan, die hij even snel weer uittrok.

'Je neemt me in de maling.'

'Wil je Pettis bellen om hem te vragen of hij zich herinnert of Rogers die dag de olie heeft bijgevuld?'

Frank belde het schoonmaakbedrijf, maar Pettis was al naar huis. Zijn telefoon thuis werd niet opgenomen.

Simon stond naar de kaart te kijken alsof die het meest kostbare juweel op de hele wereld was. 'Laat maar. Ik zal hem checken in mijn archief. Ik ga de hele nacht door als dat nodig is. Anders moeten we naar Fairfax om hem in te voeren in de AVIS van de staatspolitie, want onze terminal is nog steeds buiten dienst. Ze doelde op het 'automatische vingerafdruk-identificatiesysteem' op het hoofdbureau in Richmond, waar latente afdrukken die op de plaats van een misdrijf waren aangetroffen, vergeleken konden worden met de afdrukken in de gecomputeriseerde databases van de staatspolitie.

Frank dacht even na. 'Ik heb een beter idee.'

'En dat is?'

Frank haalde een kaartje uit zijn zak, nam de telefoonhoorn op en draaide een nummer. 'Agent Bill Burton, alstublieft.'

Burton pikte Frank op en samen reden ze naar het Hoover Building van de FBI. Hoewel de meeste toeristen het gebouw log en lelijk vonden, kwamen ze er toch altijd naartoe als ze in Washington D.C. waren. In het Hoover

Building was het National Crime Information Center gevestigd, een gecomputeriseerd informatiesysteem van de FBI, dat bestaat uit veertien gecentraliseerde databases en twee subsystemen die 's werelds grootste verzameling gegevens van bekende criminelen bevatten. Het geautomatiseerde identificatiesysteem van de NCIC was de beste vriend van iedere politieman. Door de tientallen miljoenen afdrukken die in het archief zaten, namen Franks kansen op een voltreffer aanmerkelijk toe.

Nadat ze de afdruk hadden achtergelaten bij een technicus van de FBI, die duidelijke instructies had gekregen om deze opdracht een zo hoog mogelijke prioriteit te geven, bleven Burton en Frank achter op de gang, waar ze nerveus aan hun bekertjes koffie stonden te nippen.

'Dit zal wel een tijdje duren, Seth. De computer spuugt eerst een aantal kanshebbers uit. Maar uiteindelijk zullen de technici de identificatie handmatig moeten maken. Ik blijf hier wel rondhangen en zal je van de uitslag op de hoogte houden.'

Frank keek op zijn horloge. Zijn jongste dochter deed mee in een toneelstuk op school, dat over veertig minuten begon. Hoewel ze alleen maar de rol van een stuk groente speelde, was dit moment voor zijn kleine meisje het belangrijkste van haar hele leven.

'Weet je het zeker?'

'Laat het nummer achter waar ik je kan bereiken.'

Frank deed dat en haastte zich vervolgens naar buiten. De afdruk kon net zo goed niets zijn, van een pompbediende bijvoorbeeld, maar iets zei Frank dat dat niet het geval was. Christine Sullivan was al enige tijd dood. Koude sporen bleven meestal koud, zeker als het slachtoffer twee meter onder de grond lag. Maar dit koude spoor was plotseling gloeiend heet geworden, alhoewel nog moest blijken of het het juiste spoor was. Voorlopig wilde Frank alleen maar even genieten van de warmte. Hij glimlachte, en niet alleen bij de gedachte aan zijn vijf jaar oude dochter, die gekleed als een komkommer over het toneel rende.

Burton keek hem na en glimlachte om een heel andere reden.

De FBI gebruikte een gevoeligheids- en betrouwbaarheidsfactor van boven de negentig procent, wanneer er onderzoeksgegevens door het AVIS werden verwerkt. Er zouden niet meer dan twee mogelijkheden uit het systeem rollen, waarschijnlijk slechts één. Daarnaast had Burton een hogere prioriteit voor dit onderzoek toegezegd gekregen dan Frank wist. Alles bij elkaar genomen leverden deze factoren Burton tijdwinst op, waardevolle tijdwinst.

Later die avond staarde Burton naar een naam die hem totaal onbekend voorkwam.

Luther Albert Whitney
Geboortedatum: 5 augustus 1933.
Sofinummer: 179-82-1244.
Lengte: 1.70 meter.
Gewicht: 80 kilo.

Bijzondere kenmerken: litteken ± 5 cm op linker onderarm.

Met behulp van de Triple I-database (Interstate Identification Index) kon Burton een goed beeld schetsen van 's mans verleden. Het rapport vermeldde drie eerdere veroordelingen wegens inbraak. Whitney had een strafblad in drie andere staten. Hij had geruime tijd vastgezeten en de laatste keer dat hij vrijkwam, was in het midden van de jaren zeventig. Daarna niets meer. Tenminste, niets waar de autoriteiten vanaf wisten. Burton had zulk soort mannen eerder ontmoet. Het waren carrièremakers die op hun vakgebied alsmaar beter werden. Hij durfde te wedden dat Whitney ook zo'n type was.

Het enige vervelende was dat zijn laatste bekende adres zich in New York bevond en twintig jaar oud was.

Burton besloot te kiezen voor de eenvoudigste methode. Hij wandelde naar een telefooncel in de hal en zocht alle telefoonboeken van de omgeving bij elkaar. Eerst probeerde hij Washington D.C.; het verbaasde hem dat er geen enkele Whitney in stond. Toen probeerde hij Northern Virginia. Er stonden drie Luther Whitneys in vermeld. Zijn volgende telefoontje was naar de staatspolitie van Virginia, waar hij iemand kende van vroeger. Hij kreeg toegang tot de computer van de afdeling kentekenregistratie. Twee van de drie Luther Whitneys waren respectievelijk drieëntwintig en vijfentachtig jaar oud. Maar de Luther Whitney die op East Washington Avenue 1645 in Arlington woonde, was geboren op 5 augustus 1933, en zijn sofinummer, dat in Virginia hetzelfde is als dat van het rijbewijs, bevestigde dat hij de man was. Maar was hij Rogers? Burton haalde zijn notitieboekje te voorschijn. Frank was zo aardig geweest Burton inzage te geven in zijn onderzoeksdossier.

De telefoon ging drie keer over, toen nam Jerome Pettis op. Burton stelde zich zo vaag mogelijk voor als iemand van Franks bureau en stelde Pettis de vraag. Vijf seconden lang moest Burton zijn best doen om zijn zenuwen de baas te blijven, terwijl hij luisterde naar de oppervlakkige ademhaling van de man aan de andere kant van de lijn. Maar het antwoord was het wachten waard.

'Ja, verdomd, dat klopt. De motor liep bijna vast. Iemand had vergeten de dop van het oliereservoir aan te draaien. Ik liet het Rogers doen omdat hij het dichtst bij de jerrycan met olie zat die we altijd achter in de auto hebben staan.'

Burton bedankte hem en hing op. Hij keek op zijn horloge. Hij had nog wat tijd voordat hij Frank moest inlichten. Het was absoluut uitgesloten dat Luther Whitney zich na de moord in de buurt van zijn huis zou wagen. Burton wilde proberen een beter beeld van de man te krijgen en dat zou hem het snelste lukken als hij een beetje kon rondsnuffelen in het huis waar hij woonde. Voordat de politie dat deed. Misschien kon hij zelfs iets vinden waaruit bleek waar de man naartoe was. Zo snel als hij kon, liep hij terug naar zijn auto.

Het weer was weer omgeslagen. Het was koud en nat en het leek wel of Moeder Natuur een spelletje speelde met de machtigste stad op aarde. Meedogenloos zwiepten de ruitewissers heen en weer over de voorruit. Kate wist niet precies waarom ze hier was. In al die jaren was ze hier maar één keer geweest. En bij die gelegenheid was ze in de auto blijven zitten, terwijl Jack alleen naar binnen ging. Om Luther te vertellen dat zijn enige kind en hij zouden gaan trouwen. Jack had erop gestaan, hoewel ze had geprobeerd hem ervan te overtuigen dat het de man niets kon schelen. Blijkbaar kon hem dat wel. Hij was naar buiten gekomen en had vanaf de veranda glimlachend naar haar staan kijken. Uit de onhandige bewegingen van zijn lichaam was gebleken dat hij aarzelde of hij naar haar toe moest lopen of niet. Hij wilde haar feliciteren, maar in deze vreemde situatie wist hij niet hoe. Hij had Jacks hand geschud en hem op de rug geslagen, en toen had hij weer naar haar gekeken, alsof hij wachtte op een instemmende blik.

Ze had haar armen over elkaar geslagen en resoluut de andere kant op gekeken, net zo lang tot Jack weer was ingestapt. Toen ze wegreden, zag ze hem in de zijspiegel van de auto. Hij leek veel kleiner dan ze zich herinnerde, iel bijna. In haar gedachten zou haar vader altijd model staan voor alles in het leven wat zij vreesde en verachtte, een beeld dat zo dominant was, dat het alle ruimte opeiste en haar door zijn overweldigende onverzettelijkheid de adem benam. Het was duidelijk dat een dergelijk wezen niet bestond, maar ze weigerde dat toe te geven. Hoewel ze nooit meer met dat beeld geconfronteerd wilde worden, was ze niet in staat haar blik af te wenden. Terwijl de auto vaart maakte, bleven haar ogen gericht op het beeld van de man die haar het leven had geschonken, om vervolgens dat leven en dat van haar moeder weer met een nietsontziende beslistheid terug te pakken.

Toen de auto was weggereden, was hij haar blijven nakijken met een treurige, berustende blik die haar verbaasd had. Maar ze had die verbazing weggedrukt; het was zeker weer een van zijn trucjes om haar een schuldgevoel op te dringen. Ze weigerde botweg positieve beweegredenen toe te kennen aan alles wat hij ondernam. Hij was tenslotte een dief. Hij had geen enkel respect voor de wet. Een barbaar in een geciviliseerde maatschappij. In zijn hoofd en hart kon geen ruimte zijn voor oprechtheid. En toen waren ze de hoek om gereden en zijn beeld was verdwenen, alsof het aan een touwtje zat waaraan plotseling werd getrokken.

Kate reed de oprit op. In het huis was alles aardedonker. Het licht van haar koplampen weerkaatste op de auto die voor de hare geparkeerd stond en deed pijn aan haar ogen. Ze schakelde het licht uit, haalde een paar keer diep adem en stapte de koude, natte buitenlucht in.

Het had licht gesneeuwd en wat was blijven liggen, kraakte onder haar voeten toen ze zich een weg baande naar de voordeur. Het zag ernaar uit dat het vannacht glad zou worden. Ze legde haar ene hand tegen de zijkant van zijn auto om zichzelf tijdens het lopen een beetje te ondersteunen.

Hoewel ze niet verwachtte dat hij thuis zou zijn, had ze haar haar gewassen en geföhnd, een van haar mantelpakjes aangetrokken die ze normaliter alleen voor de rechtbank droeg, en zich zorgvuldiger opgemaakt dan ze gewend was. Zij was een geslaagde vrouw, op haar eigen manier, en als ze de kans kreeg om hem dat onder de neus te wrijven, zou ze dat niet laten. Ze wilde dat hij zich realiseerde dat ze zijn slechte opvoeding niet alleen had overleefd, maar dat ze zelfs een maatschappelijk geslaagde vrouw was.

De sleutel lag nog steeds op de plek waar hij volgens Jack al jaren lag. Het had haar altijd verbaasd dat een onverbeterlijke inbreker zijn eigen bezittingen zo slecht beschermde. Toen ze de sleutel in het slot stak en de deur voorzichtig openduwde, merkte ze niet de auto op die aan de overkant van de straat tot stilstand kwam, noch de chauffeur die haar aandachtig opnam en haar kentekennummer opschreef.

Er hing een bedompte lucht in het huis, zoals in huizen die lang geleden verlaten waren. Ze had zich wel eens afgevraagd hoe het huis er van binnen uit zou zien en dan stelde ze zich voor dat alles netjes en ordelijk zou zijn. Ze werd niet teleurgesteld.

Zonder het licht aan te doen, nam ze plaats in een stoel in de woonkamer. Ze realiseerde zich niet dat het haar vaders favoriete stoel was en dat hij onbewust hetzelfde had gedaan toen hij in haar appartement was.

De foto stond op de schoorsteenmantel. Hij moest nu bijna dertig jaar oud zijn. Kate, in haar moeders armen, was van top tot teen ingepakt. Hoewel ze van jongs af aan over een opmerkelijk dikke bos haar beschikte, was daar vrijwel niets van te zien; alleen vanonder haar roze mutsje staken een paar lokken van haar pikzwarte haar uit. Naast moeder en dochter stond haar vader, met zijn vriendelijke gezicht en een jagershoedje op, en Kate's kleine, gestrekte vingertjes in zijn gespierde hand.

Kate's moeder had tot aan haar dood dezelfde foto op haar kaptafel staan. Kate had hem weggegooid op de dag van de begrafenis, omdat ze de intimiteit tussen vader en dochter, die de foto liet zien, niet langer kon verdragen. Ze had hem weggegooid nadat haar vader naar het huis van haar moeder was gekomen en zij hem had ontvangen met een woedeuitbarsting die steeds heftiger werd, omdat het doelwit van haar woede niet reageerde. Hij deed niets terug; hij bleef daar alleen maar staan en liet haar woede over zich heen komen. En hoe stiller hij werd, des te bozer werd zij. Ze was hem aangevlogen en had hem met beide handen in het gezicht geslagen, totdat de anderen haar van hem hadden weggetrokken en haar onder bedwang hadden gehouden. En toen had haar vader alleen maar zijn hoed opgezet, de bloemen die hij had meegebracht op de tafel gelegd, en met een rood gezicht van haar klappen en vochtige ogen om een heel andere reden was hij naar buiten gelopen en had de deur zachtjes achter zich dichtgetrokken.

Pas nu, zittend in Luthers stoel, realiseerde ze zich dat haar vader die dag ook verdriet had gehad. Hij rouwde om de vrouw die hij waarschijnlijk een groot deel van zijn leven had liefgehad en die hem zeker had liefgehad. Ze voelde een brok in haar keel komen en haastte zich om dat gevoel met haar vingers weg te masseren.

Ze stond op en bewoog zich door het huis, behoedzaam elke kamer in glurend en dan weer achteruitlopend, terwijl ze steeds zenuwachtiger werd naarmate ze dieper doordrong in het domein van haar vader. De deur van zijn slaapkamer stond op een kier en het duurde even voordat ze hem open durfde te duwen. Ze ging de kamer binnen, nam het risico het licht aan te doen en toen haar ogen zich daaraan hadden aangepast, viel haar blik op het nachtkastje. Ze kwam wat dichterbij en ging op de rand van het bed zitten.

De verzameling foto's was eigenlijk een klein altaar voor haar. Hier werd haar hele leven verteld, vanaf haar geboorte. Elke avond als haar vader naar bed ging, was zij blijkbaar het laatste dat hij zag. Maar wat haar het meest aan het schrikken maakte, waren de foto's van latere periodes van haar leven. Haar diploma-uitreiking van de middelbare school en de universiteit. Hoewel haar vader absoluut niet was uitgenodigd voor deze gelegenheden, had hij ze wel vastgelegd. Het waren geen foto's waarop geposeerd werd. Ze liep of zwaaide naar iemand of stond gewoon, maar ze was zich in elk geval niet bewust van de aanwezigheid van een camera. Op een van de foto's kwam ze de trap van het gerechtshof van Alexandria af lopen. Haar eerste dag in de rechtbank. Ze was doodsbang geweest. Een onbelangrijk misdrijfje, een fröbelzaakje, maar de brede glimlach op haar gezicht was het bewijs van haar eerste grote overwinning.

Ze vroeg zich af hoe het mogelijk was dat ze hem nooit gezien had. En toen begon ze te twijfelen. Misschien had ze hem wel gezien maar wilde ze dat niet toegeven.

Haar eerste reactie was kwaadheid. Haar vader had haar bespioneerd. Bij al die speciale momenten van haar leven. Hij had ze geweld aangedaan door zijn ongewenste aanwezigheid.

Haar tweede reactie was iets subtieler. Toen ze dat merkte, stond ze abrupt op en vluchtte de kamer uit.

Dat was het moment waarop ze regelrecht in de armen liep van de grote man die in de deuropening stond.

'Nogmaals, mevrouw, het spijt me. Het was niet mijn bedoeling u te laten schrikken.'

'Niet de bedoeling? Nou, ik ben me verdomme doodgeschrokken.' Kate zat op de rand van het bed en probeerde haar zenuwen onder controle te krijgen, op te houden met beven, maar de kou in het huis hielp daar niet aan mee.

'Neem me niet kwalijk, maar waarom zou de geheime dienst geïnteresseerd zijn in mijn vader?'

Ze keek Bill Burton aan en in haar ogen was iets zichtbaar dat op angst leek. Tenminste, zo zag Burton het. Hij had haar subtiele lichaamsbewegingen geobserveerd terwijl ze in de slaapkamer zat en een snelle beoordeling gemaakt van haar mogelijke motieven, een vaardigheid die hij in de loop der jaren had ontwikkeld door talloze mensenmassa's af te speuren naar de één of twee echte gevaren die op de loer lagen. Vader en dochter, die van elkaar vervreemd waren geraakt. Uiteindelijk was ze op zoek naar hem gegaan. De zaken begonnen duidelijker te worden en zich te ontwikkelen op een manier die hem wel aanstond.

'Dat zijn we niet echt, mevrouw Whitney. Maar de politie van Middleton is dat in elk geval wel.'

'Middleton?'

'Ja, mevrouw. U zult vast wel iets gelezen hebben over de moord op Christine Sullivan.' Hij zweeg even en kreeg de reactie die hij had verwacht. Totale verbijstering.

'Denkt u dat mijn vader daar iets mee te maken heeft?' Burton vond dat een redelijke vraag en ze stelde hem op een niet bepaald vijandige toon. Hij dacht na over de betekenis daarvan met het oog op zijn plan dat vanaf het moment dat hij haar zag, gestalte begon te krijgen.

'De inspecteur die de zaak onderzoekt, denkt dat. Blijkbaar is uw vader onder een valse naam, als medewerker van een tapijtreinigingsbedrijf, kort voor de moord in het huis van de Sullivans geweest.'

Kate's adem stokte in haar keel. Haar vader als tapijtreiniger? Hij had natuurlijk rondgesnuffeld in het huis, om te kijken waar de zwakke plekken zaten, net als vroeger. Hij was geen haar veranderd. Maar moord?

'Ik kan niet geloven dat hij die vrouw heeft vermoord.'

'Juist, maar u kunt wel geloven dat hij geprobeerd heeft in dat huis in te breken, is het niet, mevrouw Whitney? Ik bedoel, het is niet de eerste keer, of de tweede?'

Kate keek naar haar handen. Ten slotte schudde ze haar hoofd.

'Mensen veranderen, mevrouw. Ik weet niet hoe goed uw relatie met hem de laatste tijd was,' Burton merkte een lichte, maar waarneembare verandering van haar gezichtsuitdrukking op, 'maar er zijn duidelijke bewijzen dat hij er op een of andere manier bij betrokken was. En de vrouw is dood. U hebt vast wel eens een veroordeling voor elkaar gekregen met minder bewijs dan dat.'

Kate keek hem argwanend aan. 'Hoe weet u dat over mij?'

'Ik zie een vrouw het huis binnensluipen van een man die wordt gezocht door de politie. Dan doe ik wat elke politieman zou doen: ik ga uw kentekennummer na. Uw reputatie is u vooruitgesneld, mevrouw Whitney. De staatspolitie slaat u zeer hoog aan.'

Ze keek de kamer rond. 'Hij is hier niet. Het lijkt erop dat hij hier al een hele tijd niet is geweest.'

'Ja, mevrouw, ik weet het. Weet u toevallig niet waar hij is? Heeft hij niet geprobeerd contact met u op te nemen of zoiets?'

Kate dacht aan Jack en zijn nachtelijke ontmoeting. 'Nee.' Het antwoord kwam snel, iets te snel naar Burtons zin.

'Het zou beter zijn als hij zichzelf aangaf, mevrouw Whitney. Er lopen veel schietgrage agenten rond.' Burton trok zijn wenkbrauwen op.

'Ik weet niet waar hij is, meneer Burton. Mijn vader en ik... hebben elkaar... al heel lang niet gezien.'

'Maar nu bent u hier en u wist waar de reservesleutel lag.'

'Dit is de eerste keer dat ik een voet in dit huis zet.' Haar stem klonk ineens een octaaf hoger.

Burton bestudeerde haar gezichtsuitdrukking en besloot dat ze de waarheid sprak.

'Bestaat er een manier waarop u met hem in contact kunt komen?'

'Hoezo? Ik wil hier echt niet bij betrokken raken, meneer Burton.'

'Nou, ik ben bang dat u dat al bent, tot op zekere hoogte. Het zou beter zijn als u meewerkte.'

Kate pakte haar tas en stond op.

'Luister, agent Burton, u kunt me niet dwingen. Daarvoor zit ik al te lang in het vak. Als de politie haar tijd wil verspillen door mij te ondervragen, dan sta ik in het telefoonboek. Onder de O van openbare aanklager. Tot ziens.' Ze liep naar de deur.

'Mevrouw Whitney?'

Ze draaide zich om, klaar voor meer verbaal gehakketak. Geheime dienst of niet, ze was niet van plan meer onzin te slikken van deze kerel.

'Als uw vader een misdaad heeft begaan, moet een jury uitmaken of hij schuldig is en of hij veroordeeld moet worden. Als hij onschuldig is, gaat hij vrijuit. Zo werkt het systeem nu eenmaal. U zou dat beter moeten weten dan ik.'

Kate wilde net antwoord geven toen haar blik weer op de foto's viel. Haar eerste dag in de rechtbank. Het leek wel een eeuw geleden, in meer opzichten dan ze zichzelf ooit zou toegeven. Die glimlach, de dromen waarmee iedereen begint, met perfectie en niets minder dan dat als enige uitgangspunt. Het was lang geleden geweest dat ze weer met beide benen op de grond was terechtgekomen, en dat was niet alleen door de zwaartekracht gebeurd.

De stekelige opmerking die ze had willen maken, was haar alweer ontschoten, verloren gegaan in de glimlach van een aantrekkelijke jonge vrouw die grootse plannen met haar leven heeft.

Bill Burton zag dat ze zich omdraaide en de kamer uit liep. Zijn blik ging naar de foto's en vervolgens weer naar de lege deuropening.

•17•

'Dat had je niet moeten doen, Bill. Je had me beloofd dat jullie je niet in het onderzoek zouden mengen. Godverdomme, ik had je zo de cel in kunnen smijten. Dat zal je baas leuk vinden.' Seth Frank smeet zijn bureaula dicht, stond op en bleef de grote man met een woedende blik aankijken.

Bill Burton stopte met ijsberen en ging zitten. Hij had wel verwacht dat hij de wind van voren zou krijgen.

'Je hebt gelijk, Seth. Maar Jezus, ik ben ook jarenlang politieman geweest. Jij was niet beschikbaar, en ik wilde alleen maar een kijkje nemen in dat huis, toen ik die vrouw naar binnen zag sluipen. Wat zou jij gedaan hebben?'

Frank antwoordde niet.

'Luister, Seth, je kunt me een douw geven, maar ik zal je één ding zeggen, vriend, deze vrouw is onze troefkaart. Met haar kunnen we die kerel te pakken krijgen.'

Seths boze gezicht ontspande zich een beetje; zijn woede begon af te nemen.

'Waar heb je het over?'

'Ze is zijn dochter, zijn bloedeigen dochter. Zijn enige kind. Luther Whitney is al drie keer gepakt. Het is een professionele schurk die in de loop der jaren blijkbaar steeds handiger is geworden. Ten slotte is zijn vrouw van hem gescheiden. Ze kon er niet meer tegen, snap je? En net toen ze haar leven een beetje op orde begon te krijgen, overleed ze aan borstkanker.'

Hij wachtte even.

Seth Frank was een en al aandacht. 'Ga door.'

'Kate Whitney is geschokt door de dood van haar moeder, waar ze haar vader de schuld van geeft. Ze is er zo kapot van, dat ze alle banden met hem verbreekt. Maar dat is niet het enige. Ze gaat zelfs rechten studeren, begint vervolgens als assistent openbare aanklager en al gauw heeft ze de reputatie een keiharde tante te zijn, zeker als het gaat om misdrijven op het gebied van inbraak, diefstal en beroving, waaraan ik nog kan toevoegen dat ze altijd maximumstraffen eist en die meestal nog krijgt ook.'

'Waar heb je in godsnaam al die informatie vandaan?'

'Een paar telefoontjes naar de juiste mensen. Mensen praten graag over de ellende van anderen, dan lijkt het net of hun eigen leven wat leuker is, hoewel dat meestal niet zo is.'

'En waar brengt deze familietragedie ons?'

'Seth, kijk naar de mogelijkheden. Dit meisje haat haar vader. Haat met een hoofdletter H.'

'Dus je denkt haar te gebruiken om hem te pakken te krijgen. Maar hoe doen we dat dan, als ze zo van elkaar vervreemd zijn?'

'Dat is een belangrijk punt. Kijk, alle haat en ellende komt alleen van haar kant. Niet van hem. Hij houdt van haar. Hij houdt meer van haar dan van wat ook ter wereld. Hij heeft verdomme in zijn slaapkamer zelfs een soort foto-altaar voor haar ingericht. Ik ben ervan overtuigd dat hij erin zal trappen.'

'Maar als ze bereid is mee te werken, en dat is nog maar de vraag, hoe komt ze dan in contact met hem? Hij gaat heus niet thuis naast de telefoon zitten wachten.'

'Nee, maar ik durf te wedden dat hij zijn antwoordapparaat afluistert. Je zou zijn huis eens moeten zien. Die vent is heel ordelijk, alles staat op de juiste plek en ik vermoed dat hij al zijn rekeningen vooruit betaalt. En hij weet niet dat wij hem op de hielen zitten. Tenminste, nog niet. Ik weet vrijwel zeker dat hij één of twee keer per dag zijn antwoordapparaat afluistert.'

'Dus zij spreekt een bericht in, regelt een ontmoeting en wij pakken hem?'

Burton stond weer op, schudde twee sigaretten uit zijn pakje en gooide er één naar Frank. Ze namen even de tijd om ze op te steken.

'Persoonlijk denk ik dat we een kans hebben. Tenzij jij een beter idee hebt.'

'We moeten haar nog steeds zover zien te krijgen, dat ze meewerkt. Uit wat jij vertelde, maak ik op dat ze niet al te bereidwillig is.'

'Ik denk dat jij met haar moet gaan praten. Zonder mij erbij. Misschien heb ik haar iets te hard aangepakt. Soms heb ik die neiging wel eens.'

Frank zette zijn hoed op, trok zijn jas aan en bleef toen staan.

'Hoor eens, het was niet mijn bedoeling je er zo van langs te geven.'

Burton grinnikte. 'Dat was het wel. Ik zou hetzelfde hebben gedaan als ik jou was.'

'Ik waardeer je hulp.'

'Graag gedaan.'

Seth liep naar de deur van zijn kantoor.

'Hé, Seth, zou jij deze oude ex-collega een plezier willen doen?'

'En dat is?'

'Mag ik erbij zijn als je hem oppakt? Ik wil zo graag zijn gezicht zien als je hem in de boeien sluit.'

'Afgesproken.'

Frank vertrok. Burton ging zitten, rookte zijn sigaret op en doofde hem in zijn nog halfvolle kop koffie.

Hij had Whitney's naam voor Seth Frank kunnen verzwijgen. Hij had hem kunnen vertellen dat de FBI geen bijpassende vingerafdruk had kunnen vinden. Maar het op die manier spelen, zou te link zijn. Als Frank er ooit achter kwam, en de inspecteur beschikte over voldoende kanalen om dat te doen, zou het definitief gebeurd zijn met Burton. Daarom kon hij zich beter tot de waarheid beperken. Bovendien was het noodzakelijk dat Frank op de hoogte was van Whitney's identiteit. Het was de opzet van Burtons plan dat de inspecteur de ex-veroordeelde op het spoor kwam. Hem vinden, ja, hem arresteren, nee.

Burton stond op en trok zijn jas aan. Arme Luther Whitney. Hij was op het verkeerde moment op de verkeerde plaats geweest, en hij had de verkeerde mensen ontmoet. Nou, als het juiste moment aanbrak, zou hij er weinig van merken. Hij zou het schot niet eens horen. Hij zou al dood zijn voordat zijn zintuigen een signaal naar zijn hersenen konden sturen. Jammer, maar helaas. Soms zat het mee en soms zat het tegen. Als hij nu alleen nog een manier kon bedenken om de president en zijn stafchef een loer te draaien, dan zou hij met tevredenheid kunnen terugkijken op deze werkdag. Maar hij was bang dat dat zelfs voor hem iets te hoog gegrepen was.

Voor het eerst sinds haar carrière als openbare aanklager had Kate zich ziek gemeld. Ze zat rechtop in haar bed met de kussens in haar rug en de dekens opgetrokken tot haar kin, en staarde door het raam naar buiten. Ze had al een paar keer geprobeerd uit bed te komen, maar elke keer zag ze het beeld van Bill Burton voor zich opdoemen, als een granieten rotsblok dat haar dreigde te verpletteren.

Ze liet zich weer dieper in het bed glijden en drukte haar rug tegen de zachte matras, terwijl ze zich probeerde voor te stellen dat ze in een warm bad lag, met haar hoofd net onder water, zodat ze noch kon horen noch duidelijk kon zien wat er om haar heen gebeurde.

Ze konden elk moment komen. Net zoals bij haar moeder was gebeurd. Al die jaren geleden. Mensen die hun huis binnendrongen en Kate's moeder bestookten met vragen die ze onmogelijk kon beantwoorden. Mensen die op zoek waren naar Luther.

Ze dacht aan Jacks uitbarsting van die nacht, enige tijd geleden. Ze kneep haar ogen dicht en probeerde zijn woorden uit haar hoofd te bannen.

Jack kon de klere krijgen.

Ze was doodmoe, vermoeider dan enige rechtszaak haar ooit had gemaakt. En hij had het haar aangedaan, net zoals hij het haar moeder had aangedaan. Hij had haar binnengehaald in een wereld waar ze niets mee te maken wilde hebben, die ze verachtte en die ze zou vernietigen als ze dat kon.

Snakkend naar adem kwam ze weer overeind. Haar handen vlogen naar haar keel en sloten zich er vast omheen, in een poging een nieuwe golf van paniek terug te dringen. Toen het gevoel wat afnam, draaide ze zich op haar zij en staarde naar de foto van haar moeder.

Haar vader was alles wat ze nog had. Ze schoot bijna in de lach. Luther Whitney was het enige familielid dat ze nog had. Godallemachtig.

Ze ging weer op haar rug liggen en wachtte. Wachtte op de klop op de deur. Van moeder tot dochter. Het was nu haar beurt.

Op dat moment, op nauwelijks tien minuten afstand, staarde Luther weer naar het oude krantebericht. Naast zijn elleboog stond een kop koffie koud te worden. Op de achtergrond klonk het gezoem van de kleine koelkast. De tv in de hoek van de kamer stond op CNN. Verder was het doodstil in de kamer.

Wanda Broome was een vriendin geweest. Een heel goede vriendin. Al vanaf het moment dat ze elkaar hadden ontmoet in een reclasseringshuis in Philadelphia, na Luthers laatste en Wanda's eerste en enige veroordeling. En nu was ze ook dood. Volgens het krantebericht had ze zichzelf het leven benomen; ze was voorover gezakt op de stoel van haar auto nadat ze een lading pillen had ingenomen.

Luther had al heel wat meegemaakt in zijn leven, maar zelfs bij hem kwam dit hard aan. Soms leek het wel of hij een nachtmerrie had, hoewel hij wist, elke keer als hij wakker werd en in de spiegel keek, als het koude water van zijn gezicht droop en hij er met de dag beroerder uit begon te zien, dat hij uit deze nachtmerrie niet zou ontwaken. Deze ging gewoon door.

Het wrange van Wanda's tragische dood was dat de inbraak bij de Sullivans haar idee was geweest. Een bijzonder slecht idee, achteraf gezien, maar wel een idee dat aan haar verrassend inventieve geest was ontsproten. Een idee waar ze niet van af te brengen was, ondanks alle waarschuwingen van Luther en haar moeder.

Ze hadden een plan gemaakt en hij had dat uitgevoerd. Zo eenvoudig was het geweest. En hij had het gewild. Het was een uitdaging geweest en uitdagingen in combinatie met bijzonder aantrekkelijke financiële vooruitzichten waren nu eenmaal moeilijk te weerstaan.

Hoe moest Wanda zich hebben gevoeld toen Christine Sullivan niet in dat vliegtuig was gestapt. Ze had Luther op geen enkele manier kunnen laten weten dat de kust helemaal niet zo veilig was als ze hadden aangenomen.

Ze was bevriend geweest met Christine Sullivan. En die vriendschap was absoluut oprecht geweest, van beide kanten. Voor Christine, die de genotzuchtige wereld van Walter Sullivan was binnengestapt, vormde Wanda de laatste band met de mensen van haar eigen milieu. Want in de wereld van Walter Sullivan was iedereen niet alleen beeldschoon, net als Christine Sullivan, maar ook nog ontwikkeld, beschaafd en voorzien van uitstekende relaties, allemaal eigenschappen die Christine Sullivan niet bezat en ook nooit zou bezitten. En het was vanwege die ontluikende vriendschap geweest dat Christine Sullivan Wanda dingen begon te vertellen die ze beter voor zich had kunnen houden. Ten slotte ook de lokatie en inhoud van de kluis achter de spiegeldeur.

Wanda was ervan overtuigd dat de Sullivans zo veel hadden, dat ze dat kleine beetje vast niet zouden missen. Dat de wereld zo niet in elkaar zat, wist Luther, en Wanda waarschijnlijk ook, maar dat was niet van belang. Op dat moment in elk geval niet.

Na een leven lang hard werken en weinig geld was Wanda gegaan voor de grote klapper. Net als Christine Sullivan had gedaan, terwijl ze zich geen van beiden hadden gerealiseerd hoe hoog de prijs voor zulk soort dingen in feite was.

Luther was naar Barbados gevlogen met de bedoeling Wanda te waarschuwen, maar ze was al vertrokken. Daarom had hij haar moeder een brief gestuurd. Edwina zou hem zeker aan haar laten zien. Maar zou ze hem geloofd hebben? En zelfs al had ze dat gedaan, dan toch was de dood van Christine Sullivan pure verspilling geweest. Zoals Wanda het zou zien, zou Christine Sullivans leven opgeofferd zijn aan haar hebzucht en verlangen naar dingen waar ze geen recht op had. Luther kon die gedachten bijna door het hoofd van zijn vriendin zien gaan, terwijl ze in haar auto stapte en naar die afgelegen plek reed, waar ze de dop van het flesje draaide en die pillen innam, om weg te zinken in een eeuwige bewusteloosheid.

En hij had niet eens aanwezig kunnen zijn bij haar begrafenis. Hij kon Edwina Broome niet opzoeken om haar te vertellen hoe het hem speet, zonder het risico te lopen dat hij haar bij zijn nachtmerrie betrok. Hij was net zo gehecht geweest aan Edwina als aan Wanda, in sommige opzichten zelfs meer. Edwina en hij hadden heel wat avonden besteed aan pogingen om Wanda haar plan uit het hoofd te praten, maar het hielp niets. Pas toen het hun duidelijk werd dat ze het toch zou doen, met of zonder Luthers hulp, had Edwina Luther gevraagd of hij op haar dochter wilde passen. Of hij ervoor wilde zorgen dat ze niet weer in de gevangenis terecht zou komen.

Uiteindelijk viel zijn blik op de rubriek Oproepen op de advertentiepagina en het kostte hem maar een paar seconden om de advertentie te vinden die hij zocht. Hij glimlachte niet toen hij hem las. Net als Bill Burton geloofde Luther niet dat Gloria Russell over enig gevoel van mededogen beschikte.

Hij hoopte dat ze dachten dat het hem alleen om geld te doen was. Hij haalde een velletje papier te voorschijn en begon te schrijven.

Collin parkeerde zijn auto in de straat. Een paar laatste bontgekleurde bladeren dwarrelden langzaam naar beneden en werden een stukje meegevoerd door een licht briesje. Hij droeg vrijetijdskleding: een spijkerbroek, een katoenen pullover en een leren jack. Er zat geen bobbel onder zijn oksel. Zijn haar was nog nat van de snelle douche die hij zojuist had genomen. Boven zijn instappers waren zijn blote enkels zichtbaar. Hij zag eruit alsof hij op weg was naar de universiteitsbibliotheek voor zijn avondstudie, of naar de kroeg voor een biertje na zijn wekelijkse American football-wedstrijd op zaterdagmiddag.

Naarmate hij dichter bij het huis kwam, begon hij steeds zenuwachtiger te worden. Het had hem verbaasd, haar telefoontje. Ze had normaal geklonken; in haar stem was geen spanning of teleurstelling hoorbaar. Burton had gezegd dat ze het gezien de omstandigheden redelijk goed had opgevat. Maar hij wist hoe bot Burton af en toe kon zijn en dat was de reden waarom hij zich zorgen maakte. Dat hij Burton bij haar op bezoek had laten gaan, was niet het slimste wat Collin ooit had gedaan. Maar de belangen waren zo ongelofelijk groot. Burton had hem dat doen inzien.

De deur ging meteen open na zijn klop; hij wandelde naar binnen. Hij deed de deur achter zich dicht, draaide zich om en daar stond ze. Glimlachend. Gekleed in een doorschijnend negligé dat te kort was en te strak zat op de prominente plekken. Ze ging op de tenen van haar blote voeten staan en kuste hem zachtjes op de lippen. Toen pakte ze zijn hand vast en nam hem mee naar de slaapkamer.

Ze gebaarde hem dat hij op bed moest gaan liggen. Ze kwam voor hem staan schoof de bandjes over haar schouders; het dunne kledingstukje gleed van haar lichaam. Vervolgens schoof ze haar slipje langs haar benen omlaag. Collin wilde overeind komen, maar ze duwde hem weer zachtjes naar beneden.

Ze klom boven op hem en liet haar vingers door zijn haar gaan. Toen liet ze haar hand langzaam naar beneden glijden tot ze bij zijn harde kruis kwam en door de stof van zijn spijkerbroek prikte met de nagel van haar wijsvinger. Collin schreeuwde het bijna uit, zo pijnlijk werd de druk van zijn erectie tegen de spijkerstof. Opnieuw probeerde hij haar beet te pakken, maar ze duwde hem weer achterover. Ze maakte zijn riem los, schoof zijn broek naar beneden en liet hem op de grond vallen. Toen bevrijdde ze zijn explosie van vlees van het laatste stukje textiel en zijn lid vloog als een raket overeind. Ze nam hem tussen haar benen en klemde hem vast tussen haar dijen.

Ze bracht haar mond naar de zijne en vervolgens tot vlak bij zijn oor.

'Tim, je wilt me, hè? Je moet dringend met me neuken, is het niet?'

Hij kreunde en greep haar billen vast, maar ze haalde snel zijn handen weg.

'Is het niet?'

'Ja.'

'Ik verlangde ook zo naar jou, die avond. En toen kwam hij.'

'Ik weet het. Het spijt me heel erg. We hadden gepraat en...'

'Ja, dat vertelde hij me. Ik weet ook dat je hem niets over ons hebt verteld. Dat je je als heer hebt gedragen.'

'Dat deel ging hem niets aan.'

'Dat klopt, Tim, het ging hem niets aan. En nu wil je met me neuken, is het niet?'

'Ja, Gloria. Jezus Christus, natuurlijk wil ik dat.'

'Zo erg dat het pijn doet.'

'Ik word er gek van, ik word er godverdomme stapelgek van.'

'Je bent zo lekker, Tim. Mijn god, wat ben je lekker.'

'Wacht maar, schat, wacht maar. Het wordt nog veel lekkerder.'

'Ik weet het, Tim. Het enige waaraan ik nog kan denken, is vrijen met jou. Dat weet je wel, hè?'

'Ja.' Collin had zo'n pijn dat zijn ogen vochtig werden.

Geamuseerd likte ze zijn tranen weg.

'En je weet zeker dat je me wilt? Dat weet je absoluut zeker?'
'Ja!'
Collin voelde het al voordat zijn hersenen het registreerden, als een koude windvlaag.
'Donder op.' De woorden werden langzaam uitgesproken, heel beheerst, alsof ze het een paar keer gerepeteerd had om de juiste toon en modulatie te vinden, en ze genoot van elke lettergreep. Ze klom van hem af, waarbij ze ervoor zorgde dat ze hard genoeg langs zijn erectie schoof om hem te doen snakken naar adem.
'Gloria?'
Zijn spijkerbroek trof hem midden in het gezicht. Toen hij hem had weggetrokken en overeind was gekomen, had ze zich al gehuld in een dikke, lange badjas. Hij zag de blik op haar gezicht en wenste dat hij zijn wapen bij zich had.
'Verdwijn uit mijn huis, Collin. Nu meteen.'
Hij kleedde zich snel aan, beschaamd omdat ze bleef toekijken terwijl hij dat deed. Ze liep hem achterna naar de voordeur en toen hij die had opengedaan en op de drempel stond, gaf ze hem plotseling een duw en gooide de deur achter hem dicht.
Hij keek nog even achterom en vroeg zich af of ze achter de deur stond te huilen of te lachen, of dat ze geen enkele emotie toonde. Hij had haar niet willen kwetsen. Het was duidelijk dat hij haar in verlegenheid had gebracht. Hij had het anders moeten aanpakken. Het stond vast dat ze hem met gelijke munt had terugbetaald, door hem zo op de rand van het genot te brengen, door hem te manipuleren alsof hij een of andere laboratoriumrat was, om vervolgens de deur voor zijn neus dicht te smijten.
Maar toen hij naar zijn auto liep, dacht hij terug aan die blik op haar gezicht en voelde zich diep in zijn hart opgelucht dat hun korte relatie voorbij was.

'Spoor die rekening op.' Burton zat tegenover de stafchef in haar kantoor. Hij nam een slok van zijn cola-light, maar had eigenlijk behoefte aan iets sterkers.
'Daar ben ik al mee bezig, Burton.' Russell legde de hoorn op het toestel en maakte haar oorbel weer vast.
Collin zat stilletjes in een hoek van het kantoor. De stafchef had nog niet laten blijken dat zijn aanwezigheid haar was opgevallen, hoewel hij twintig minuten geleden gelijk met Burton was binnengekomen. Hij verwachtte niet dat daar de komende uren veel aan zou veranderen.
'Wanneer wilde hij dat geld ook alweer hebben?' Burton keek haar aan.
'Als er voor sluitingstijd geen telefonische overboeking heeft plaatsgevonden op het opgegeven rekeningnummer, ziet onze toekomst er somber uit.' Haar blik schoot naar Collin en vervolgens weer naar Burton.
'Shit.' Burton stond op.
Russell keek hem uitdagend aan. 'Ik dacht dat jij dit zou regelen, Burton?'

207

Hij negeerde haar blik. 'Hoe wil hij de ruil laten plaatsvinden?'

'Zodra hij het geld heeft ontvangen, zal hij ons meedelen waar we het voorwerp kunnen vinden.'

'Dus we moeten hem vertrouwen?'

'Daar lijkt het wel op.'

'Hoe kan hij zeker weten dat je zijn brief hebt ontvangen?' Burton begon te ijsberen.

'Hij zat vanmorgen in mijn brievenbus. Mijn post wordt altijd 's middags bezorgd.'

Burton liet zich in een stoel vallen. 'Verdomme! Je brievenbus! Bedoel je dat hij voor je huis heeft gestaan?'

'Het lijkt me sterk dat hij dat bericht door iemand anders heeft laten bezorgen.'

'Hoe wist je dat je in je brievenbus moest kijken?'

'Het vlaggetje stond omhoog.' Russell begon bijna te glimlachen.

'Die kerel heeft lef, dat moet ik hem nageven, chef.'

'Blijkbaar meer dan jullie samen.' Ze zette die opmerking kracht bij door Collin een volle minuut aan te staren. Hij kromp ineen onder haar blik en sloeg uiteindelijk zijn ogen neer.

Burton zag het en glimlachte. Het gaf niet. Over een paar weken zou die jongen hem dankbaar zijn. Omdat hij hem had bevrijd uit het web van deze zwarte weduwe.

'Toch verbaast het me niet. Niet meer, tenminste. En jou?' Hij keek naar haar en vervolgens naar Collin.

Russell negeerde zijn opmerking. 'Als het geld niet wordt overgeboekt, kunnen we verwachten dat hij de zaak kort daarna op een of andere manier bekendmaakt. En wat gaan wij daar nu aan doen?'

De kalme houding van de stafchef was geen toneelspel. Ze had besloten dat ze genoeg had gehuild en was het zat om elke keer misselijk te worden als ze achteromkeek, en ze was genoeg gekwetst en had zich voldoende geschaamd voor de rest van haar leven. Ze zou wel zien wat er gebeurde; al het andere liet haar volkomen onverschillig. Het had haar verrast hoe prettig dat aanvoelde.

'Hoeveel wil hij?' vroeg Burton.

'Vijf miljoen,' antwoordde ze onbekommerd.

Burtons ogen werden groot. 'En je beschikt over zoveel geld? Waar haal je dat vandaan?'

'Dat is jouw zaak niet.'

'Weet de president het?' Burton stelde de vraag, maar wist het antwoord al.

'Nogmaals, dat is jouw zaak niet.'

Burton liet het erbij. Wat kon het hem eigenlijk schelen?

'Mij best. Nou, om terug te komen op je vraag, we zijn bezig er iets aan te doen. Als ik jou was, zou ik maar een manier bedenken om dat geld terug te halen. Vijf miljoen dollar geven aan iemand die niet lang meer te leven heeft, is zonde.'

'Je kunt niet vermoorden wat je niet kunt vinden,' pareerde Russell.
'Dat is waar, chef, heel waar.' Burton leunde achteruit in zijn stoel en dacht terug aan het gesprek dat hij de vorige dag met Seth Frank had gehad.

Ze had zich helemaal aangekleed toen ze de deur opendeed, want als ze haar badjas had gedragen, dacht ze, zou de ondervraging vast langer duren en zou ze er, bij elke vraag die op haar werd afgevuurd, steeds kwetsbaarder uitzien. En het laatste wat ze wilde, was er kwetsbaar uitzien, want dat was precies zoals ze zich voelde.
'Ik begrijp niet wat u van mij wilt.'
'Wat informatie, dat is alles, mevrouw Whitney. Ik heb begrepen dat u voor het gerechtshof werkt en u moet me geloven als ik u zeg dat ik het heel vervelend vind om u hiermee lastig te vallen, maar op dit moment is uw vader mijn belangrijkste verdachte in een zaak van het allergrootste belang.' Frank keek haar met een oprechte blik aan.
Ze zaten in haar kleine woonkamer. Frank had zijn notitieboekje te voorschijn gehaald. Kate zat rechtop op het randje van de bank en probeerde de indruk te wekken dat ze kalm was, hoewel ze voortdurend aan haar dunne schakelketting zat te frunniken; ze trok en draaide eraan en legde er zelfs knopen in.
'Uit wat u me verteld hebt, inspecteur, maak ik op dat u niet veel hebt. Als ik officier van justitie was en deze zaak voor mijn neus kreeg, zou ik denken dat ik niet eens genoeg had om een arrestatiebevel met een behoorlijke tenlastelegging uit te vaardigen.'
'Misschien wel, misschien niet.' Frank had gezien hoe ze met haar ketting speelde. Hij was hier niet echt om informatie te verzamelen. Vermoedelijk wist hij meer over haar vader dan zij. Maar hij moest haar heel voorzichtig in de val lokken, want dat was het, vond hij, een val. Voor iemand anders. Trouwens, zou het haar iets kunnen schelen? Voor zijn geweten was het een prettiger idee om aan te nemen dat het haar allemaal niets kon schelen.
'Maar ik zal u een paar interessante toevalligheden vertellen,' vervolgde hij. 'We hebben uw vaders vingerafdruk gevonden in een bestelwagen waarvan we zeker weten dat hij kort voor de moord bij het huis van de Sullivans stond. We weten ook dat uw vader kort voor de moord in dat huis is geweest, zelfs in de slaapkamer waar de moord is gepleegd. Daar hebben we twee ooggetuigen van. We hebben het feit dat hij een valse naam, een vals adres en een vals sofinummer heeft gebruikt bij zijn sollicitatie. En we hebben het feit dat hij plotseling van de aardbodem is verdwenen.'
Ze keek hem aan. 'Hij was eerder veroordeeld. Ik denk dat hij valse gegevens heeft verstrekt omdat hij bang was dat hij anders die baan niet zou krijgen. En u zei dat hij verdwenen was. Hebt u ooit de mogelijkheid overwogen dat hij gewoon op reis is? Zelfs ex-gedetineerden gaan weleens op vakantie.' Plotseling realiseerde ze zich dat ze haar vader zat te verdedigen,

een ongehoorde gedachte. Een felle pijnscheut trok door haar hoofd. Geërgerd wreef ze over haar slapen.

'Een andere interessante ontdekking was dat uw vader goed bevriend was met Wanda Broome, Christine Sullivans assistente en vertrouwelinge. Uw vader en Wanda Broome kenden elkaar van het reclasseringskantoor in Philadelphia. Blijkbaar hebben ze al die jaren contact gehouden. Ik durf te wedden dat Wanda wist van die kluis in de slaapkamer.'

'En?'

'Dus ik ben met Wanda Broome gaan praten. Het was duidelijk dat ze meer van de zaak wist dan ze losliet.'

'Waarom praat u dan niet met haar in plaats van met mij? Misschien heeft ze de moord zelf wel gepleegd.'

'Ze was op dat moment in het buitenland, dat kunnen wel honderd mensen bevestigen.' Frank nam even de tijd om zijn keel te schrapen. 'En ik kan niet meer met haar praten omdat ze zelfmoord heeft gepleegd. Ze liet een briefje achter waarop stond dat het haar speet.'

Kate stond op, liep naar het raam en stond enige tijd wezenloos naar buiten te staren. Ze voelde hoe het net werd dichtgetrokken.

Frank wachtte een paar minuten. Terwijl hij haar observeerde, vroeg hij zich af hoe ze zich voelde, nu ze hoorde hoe de bewijzen zich opstapelden tegen de man die haar had verwekt en haar vervolgens blijkbaar had verlaten. Zou ze nog van hem houden? De inspecteur hoopte van niet, beroepsmatig tenminste. Want als vader van drie kinderen vroeg hij zich af of dergelijke gevoelens ooit helemaal zouden verdwijnen, wat er ook gebeurde.

'Mevrouw Whitney, voelt u zich wel goed?'

Kate draaide zich langzaam weg van het raam. 'Kunnen we niet ergens heen gaan? Het is al lang geleden dat ik iets heb gegeten en ik heb niets in huis.'

Ze kwamen terecht in hetzelfde restaurant waar Jack en Luther elkaar hadden ontmoet. Hun bestelling werd opgediend, Frank begon te eten, maar Kate raakte haar bord niet aan.

Hij keek naar haar bord. 'U hebt het restaurant uitgekozen, dus ik neem aan dat u het eten hier lekker vindt. Ik wil me nergens mee bemoeien, maar u zou best wat extra pondjes kunnen gebruiken.'

Uiteindelijk keek Kate hem aan met een flauw glimlachje om haar mond. 'Dus u bent ook nog een gezondheidsdeskundige?'

'Ik heb drie dochters. De oudste is zeventien. Ze weegt nog geen veertig kilo en vindt zichzelf moddervet. Ze is bijna net zo lang als ik. Als ze niet zo'n gezond blosje op haar wangen had, zou je denken dat ze aan anorexia leed. En mijn vrouw, Jezus, die volgt altijd wel een of ander dieet. Ik bedoel, volgens mij ziet ze er fantastisch uit, maar er zal wel een ideaal figuur bestaan waar iedere vrouw naar streeft.'

'Iedere vrouw behalve ik.'

'Eet uw bord leeg. Dat is wat ik elke dag tegen mijn dochters zeg. Eet.'

Kate pakte haar vork en begon te eten. Het lukte haar de helft van haar maaltijd naar binnen te werken. Kate nam een slokje van haar thee en Frank deed zich te goed aan een grote mok koffie; en ze wisten allebei dat het gesprek uiteindelijk weer op Luther Whitney terecht zou komen.

'Als u denkt dat u genoeg hebt om hem op te pakken, waarom doet u dat dan niet?'

Frank schudde zijn hoofd en zette zijn koffie neer. 'U bent in zijn huis geweest. Hij is al een tijdje weg. Waarschijnlijk is hij hem gesmeerd meteen nadat het gebeurd is.'

'Als hij het heeft gedaan. Uw theorie is grotendeels gebaseerd op vermoedens, inspecteur.'

'Mag ik eerlijk tegen je zijn, Kate? Trouwens, mag ik je Kate noemen?'

Ze knikte.

Frank zette zijn ellebogen op de tafel en keek haar recht in de ogen. 'Waarom vind je het zo moeilijk te accepteren dat je vader die vrouw heeft doodgeschoten? Hij is al drie keer veroordeeld. Blijkbaar leeft hij zijn hele leven al op het randje. Hij is al meer dan tien keer opgepakt op verdenking van inbraken, maar toen konden ze hem niets maken. Hij is een professionele misdadiger. Je weet hoe ze zijn. Voor hen betekent een mensenleven geen bal!'

Kate dronk eerst haar thee op voordat ze antwoordde. Een professionele misdadiger? Natuurlijk was haar vader dat. Ze twijfelde er geen moment aan dat hij al die jaren was blijven inbreken. Blijkbaar zat het hem in het bloed. Als een drugsverslaafde. Ongeneeslijk.

'Hij doodt geen mensen,' zei ze zacht. 'Hij mag ze misschien bestelen, maar hij heeft nooit iemand kwaad gedaan. Zo zit hij gewoon niet in elkaar.'

Wat had Jack precies gezegd? Haar vader was bang. Zo doodsbang, dat hij moest overgeven. De politie had haar vader nooit bang kunnen maken. Maar als hij de vrouw nu wel had gedood? Misschien had hij geschoten in een reflexbeweging en ongewild een eind gemaakt aan Christine Sullivans leven. Allemaal in een fractie van een seconde. Geen tijd om na te denken. Alleen om te handelen. Om te voorkomen dat hij voorgoed de gevangenis in zou gaan. Verdomme! Het zou best kunnen. Als haar vader die vrouw had gedood, zou hij bang zijn, zo doodsbang, dat hij er misselijk van zou worden.

Ondanks al het verdriet dat hij haar had gedaan, herinnerde ze zich haar vader toch vooral als een vriendelijke, zachtaardige man. Hoe zijn grote handen haar kleine handjes vastpakten. Hij zei nooit veel tegen andere mensen, soms tot hun ergernis. Maar met haar praatte hij. Met haar, niet tegen haar. Op haar niveau, of soms zelfs daaronder, zoals volwassenen wel vaker doen. Hij praatte met haar over dingen waarin kleine meisjes geïnteresseerd waren. Over bloemen en vogels en de manier waarop de lucht plotseling van kleur kan veranderen. En over jurkjes en haarlinten en loszittende tanden, waar ze toen zo vaak last van had. Het waren korte, maar oprechte momenten tussen een vader en zijn dochter, momenten die wreed werden verstoord als hij plotseling weer voor een paar jaar in de

211

gevangenis verdween. Maar naarmate ze ouder werd, begonnen die gesprekken een naar bijsmaakje te krijgen, omdat het beroep van de man achter die grappige gezichten en die grote, zachte handen steeds meer het beeld begon te bepalen wat zij van Luther Whitney had.

Hoe kon ze beweren dat deze man nooit iemand zou kunnen doden?

Frank zag hoe ze een paar keer snel met haar ogen knipperde. Er kwam een barstje in haar overtuiging. Hij voelde het.

Frank deed nog een schep suiker in zijn koffie en speelde even met het lepeltje. 'Dus je beweert dat het onvoorstelbaar is dat je vader die vrouw heeft gedood? Ik dacht dat jullie geen contact meer met elkaar hadden?'

Kate schrok op uit haar overpeinzingen. 'Ik zeg niet dat het onvoorstelbaar is. Ik zeg alleen...' Ze bakte er niets van. Van de honderden getuigen die ze ooit had ondervraagd, had niemand het zo slecht gedaan als zij op dit moment.

Ze rommelde wat in haar tas en haalde er een pakje Benson & Hedges uit. Frank zag de sigaretten en zocht in zijn zakken naar zijn pakje Juicy Fruit.

Kate blies de rook van hem af en keek naar het pakje kauwgom. 'Probeert u ook te stoppen?' Heel even was er een sprankje vrolijkheid op haar gezicht te zien.

'Zonder veel succes. Wat wilde je zeggen?'

Langzaam blies ze de rook uit terwijl ze zichzelf dwong haar zenuwen de baas te blijven. 'Zoals ik al zei, heb ik mijn vader al in geen jaren gezien. We zijn niet bepaald dikke vrienden. Het is inderdaad mogelijk dat hij die vrouw heeft gedood. Alles is mogelijk. Maar dat werkt niet voor de rechtbank. Alleen bewijs werkt. Punt uit.'

'En wij werken aan een tenlastelegging.'

'U hebt geen tastbare bewijzen die hem in verband brengen met de plaats van de misdaad? Geen vingerafdrukken? Geen getuigen? Niets van dien aard?'

Frank aarzelde, maar antwoordde toch. 'Nee.'

'En hebt u al iets van de spullen die hij heeft gestolen, kunnen achterhalen?'

'Tot nu toe niet.'

'Heeft ballistiek iets kunnen vinden?'

'Negatief. Eén onbruikbare kogel en geen wapen.'

Kate leunde achteruit in haar stoel. Ze begon zich iets prettiger te voelen nu hun gesprek zich op de feitelijke kanten van de zaak concentreerde.

'Dat is alles?' Ze kneep haar ogen een stukje dicht.

Frank aarzelde even en haalde toen zijn schouders op. 'Ja, dat is alles.'

'Dan hebt u niets, inspecteur, helemaal niets!'

'Ik heb mijn intuïtie en die vertelt me dat Luther Whitney die nacht in dat huis was, in de slaapkamer. En waar hij nu is, wil ik graag weten.'

'Daar kan ik u niet bij helpen. Dat heb ik uw collega onlangs ook al verteld.'

'Maar je bent die avond naar zijn huis gegaan. Waarom?'

Kate haalde haar schouders op. Ze was vastbesloten hem niets over haar gesprek met Jack te vertellen. Of hield ze dan informatie achter? Misschien wel.

'Ik weet het niet.' Voor een deel was dat waar.

'Je komt op me over, Kate, als iemand die altijd weet waarom ze iets doet.' Opeens zag ze in gedachten Jacks gezicht voor zich. Nijdig verdreef ze dat beeld. 'U zou verbaasd zijn, inspecteur.'

Frank deed plechtig zijn notitieboekje dicht en leunde voorover.

'Ik heb echt je hulp nodig.'

'Waarvoor?'

'Dit is *off the record*, officieus, of hoe je het ook wilt noemen. Ik ben meer geïnteresseerd in resultaten dan in een volmaakte rechtsgang.'

'Wat grappig om zoiets te zeggen tegen iemand die voor het Openbaar Ministerie werkt.'

'Ik zeg niet dat ik het niet volgens de regels speel.' Ten slotte gaf Frank het op en hij haalde zijn sigaretten te voorschijn. 'Alles wat ik wil zeggen, is dat ik soms het toeval een handje moet helpen, oké?'

'Oké.'

'Hoewel ik op de hoogte ben van het feit dat jij niet zo dol bent op je vader, heb ik vernomen dat hij nog steeds heel veel om je geeft.'

'Wie heeft u dat verteld?'

'Jezus, ik ben een rechercheur. Is het waar of niet?'

'Dat weet ik niet.'

'Verdomme, Kate, speel geen spelletjes met me. Waar of niet?'

Woedend drukte ze haar sigaret uit. 'Waar! Bent u nou tevreden?'

'Nog niet helemaal, maar ik kom in de buurt. Ik heb een plan om deze kerel te pakken te krijgen en daar heb ik jouw hulp voor nodig.'

'Ik zie niet in hoe ik zou kunnen helpen.' Kate wist wat er zou volgen. Ze kon het zien in Franks ogen.

Het kostte hem tien minuten om haar zijn plan voor te leggen. Ze weigerde drie keer. Een half uur later zaten ze nog steeds aan het tafeltje.

Frank leunde eerst achteruit in zijn stoel en boog zich toen plotseling naar haar toe. 'Luister, Kate, als jij het niet doet, hebben we geen schijn van kans om die kerel te pakken te krijgen. Als het is zoals jij zegt, dan hebben we geen tenlastelegging en gaat hij vrijuit. Maar als hij het heeft gedaan en we kunnen dat bewijzen, dan ben jij wel de laatste persoon op de hele verdomde wereld om hem te laten lopen. Nou, als jij vindt dat ik dat verkeerd zie, rijd ik je terug naar je huis en vergeet dat ik je ooit gezien heb, en dan kan je oude heer gewoon doorgaan met stelen... en misschien moorden.' Hij keek haar recht in de ogen.

Haar mond ging open, maar er kwamen geen woorden uit. Haar blik dwaalde over zijn schouder, waar een wazig beeld uit het verleden opdoemde en toen plotseling weer verdween.

Met haar bijna dertig jaar was Kate allang niet meer het kleine meisje dat giechelde van de pret als haar vader haar in de lucht gooide en dat haar vader de belangrijke geheimen toevertrouwde die niemand anders mocht weten. Ze was nu volwassen en stond al een hele tijd op eigen benen. Bovendien was ze officier van justitie, een openbare aanklager die gezworen had de wet van de staat Virginia te handhaven. Het was haar taak ervoor te zorgen dat mensen die de wet overtraden, op gepaste wijze werden gestraft, ongeacht wie die mensen waren en met wie ze in relatie stonden.

En toen verscheen er een ander beeld in haar gedachten. Haar moeder die bij de deur zat te wachten, avond na avond, tot hij thuis zou komen. Die zich afvroeg of hem niets was overkomen. Die hem opzocht in de gevangenis, die lijstjes maakte van de dingen die ze met hem moest bespreken, die Kate haar mooiste jurkje aantrok voor die gelegenheden, die helemaal opgewonden raakte als de datum van zijn invrijheidstelling naderde. Alsof hij verdomme een of andere held was die de wereld van de ondergang had gered, in plaats van een ordinaire dief. Ze dacht terug aan Jacks woorden, die haar hard hadden geraakt. Hij had gezegd dat haar hele leven één grote leugen was. Hij verwachtte van haar dat ze sympathie voelde voor de man die haar in de steek had gelaten. Alsof Luther Whitney onrecht was aangedaan in plaats van Kate. Nou, Jack kon naar de hel lopen. Ze dankte God op haar blote knieën dat ze besloten had niet met hem te trouwen. Iemand die zulke afschuwelijke dingen tegen haar durfde te zeggen, verdiende haar niet, verdiende het niet om ooit gelukkig te worden. En wat Luther Whitney binnenkort te wachten stond, was gewoon zijn verdiende loon. Misschien had hij die vrouw niet vermoord. Maar misschien ook wel. Het was haar taak niet om dat vast te stellen. Het was haar taak om de gelegenheid te scheppen dat de mannen en vrouwen van een jury dat konden vaststellen. Haar vader hoorde in elk geval thuis in de gevangenis. Daar kon hij ten minste geen andere mensen kwetsen, niet nog meer levens ruïneren.

En het was na die gedachte dat ze instemde met het plan en haar hulp aanbood om haar vader uit te leveren aan de politie.

Frank voelde zich een beetje schuldig toen ze opstonden om te vertrekken. Hij was niet helemaal eerlijk geweest tegen Kate Whitney. Hij had zelfs ronduit tegen haar gelogen over het meest kritieke punt van de zaak, alleen maar om te weten te komen waar Luther Whitney uithing. Hij was op dit moment niet bepaald trots op zichzelf. Natuurlijk, gezagshandhavers moesten soms weleens liegen, net als iedereen. Maar dat maakte het niet gemakkelijker te accepteren, zeker niet als hij bedacht dat de betrokkene iemand was voor wie hij meteen veel respect had gevoeld en met wie hij nu erg te doen had.

•18•

Kate had die avond nog gebeld. Frank wilde geen tijd verspillen. De stem op het antwoordapparaat had haar aan het schrikken gemaakt. Het was voor het eerst sinds jaren dat ze die stem hoorde; rustig, efficiënt, afgemeten als de geoefende pas van een infanterist. Ze begon echt te beven toen de pieptoon klonk, en ze moest al haar wilskracht aanwenden om die paar woorden te zeggen die hem in de val moesten lokken. Ze bleef zichzelf voorhouden hoe slim hij kon zijn. Ze wilde hem ontmoeten, met hem praten. Zo gauw mogelijk. Ze vroeg zich af of de slimme oude vos onraad zou ruiken, maar toen dacht ze terug aan hun laatste ontmoeting en besefte dat hij dit nooit zou zien aankomen. Hij zou het kleine meisje dat hem ooit haar dierbaarste geheimen had toevertrouwd, nooit van verraad verdenken. Zelfs zij was daarvan overtuigd.

Er was nog geen uur verstreken toen de telefoon ging. Toen ze haar hand ernaar uitstak, wenste ze dat ze nooit op Franks verzoek was ingegaan. In een restaurant een plan smeden om een mogelijke moordenaar in de val te lokken was toch iets heel anders dan het daadwerkelijk deelnemen aan een vorm van bedrog die ertoe moest leiden dat je vader in handen van de autoriteiten viel.

'Katie?' Ze bespeurde de lichte trilling in zijn stem. En een sprankje ongeloof.

'Hallo, papa.' Ze was dankbaar dat die woorden vanzelf naar buiten kwamen. Ze leek op dat moment niet in staat ook maar de simpelste gedachte te formuleren.

Haar appartement was niet geschikt. Hij kon dat begrijpen. Te privé, te persoonlijk. Zijn huis, wist ze, was om andere redenen ongeschikt. Ze konden elkaar op neutraal terrein ontmoeten, stelde hij voor. Natuurlijk konden ze dat. Zij wilde met hem praten en hij zou zeker naar haar luisteren. Hij wilde niets liever dan naar haar luisteren.

Ze kwamen een tijdstip overeen, de volgende dag om vier uur, in een klein café in de buurt van haar kantoor. Op dat moment van de dag zou er vrijwel niemand zijn en konden ze rustig met elkaar praten. Hij zou zeker komen. Alleen de dood zou hem ervan kunnen weerhouden te komen, daar was ze van overtuigd.

Kate hing op, belde Frank en noemde hem de tijd en de plaats. Pas toen ze zichzelf dat hoorde doen, drong tot haar door wat ze zojuist had gedaan. Plotseling werd ze overspoeld met emoties die ze niet kon terugdringen. Ze liet de hoorn naast het toestel vallen en barstte in tranen uit. Haar lichaam begon zo heftig te schokken, dat ze van haar stoel op de grond gleed. Al haar spieren verkrampten en haar gesnik vulde het kleine appartement als een ballon die vol helium werd gepompt en elk moment kon exploderen.

Frank had even gewacht voordat hij de hoorn neerlegde en daar had hij nu spijt van. Hij riep in de hoorn, maar ze kon hem niet horen. Niet dat het veel verschil zou hebben gemaakt. Ze hoefde zich nergens voor te schamen, zich nergens schuldig over te voelen. Toen hij het uiteindelijk opgaf en de hoorn op het toestel legde, was er van zijn euforie omdat hij steeds dichter bij zijn doel kwam, weinig meer over.

Dus zijn vraag was beantwoord: ze hield nog steeds van hem. Voor inspecteur Frank was die wetenschap verontrustend maar controleerbaar. Maar voor Seth Frank, vader van drie kinderen, was dat feit voldoende om zijn ogen vochtig te maken. Plotseling had hij schoon genoeg van zijn werk.

Burton legde de hoorn op het toestel. Inspecteur Frank was zijn belofte nagekomen: Burton mocht aanwezig zijn bij de arrestatie.

Twee minuten later stond Burton in Russells kantoor.

'Ik wil niet weten hoe je het gaat doen.' Russell zag er bezorgd uit.

Burton glimlachte binnensmonds. Ze begon hem te knijpen, precies zoals hij had voorspeld. Het werk moest gedaan worden, maar zelf wilde ze haar handen er niet aan vuilmaken.

'Het enige wat je hoeft te doen, is de president vertellen waar het gaat gebeuren. En je moet er verdomde zeker van zijn dat hij Sullivan inlicht voordat het gebeurt. Dat moet hij doen.'

Russell keek hem verbaasd aan. 'Waarom?'

'Dat is mijn zaak. Dus denk erom, doe wat ik je heb gevraagd.' Hij was al vertrokken voordat ze kwaad op hem kon worden.

'Weet de politie zeker dat hij de juiste man is?' Er klonk een zweempje bezorgdheid door in de stem van de president, terwijl hij opkeek van zijn bureau.

Russell, die door het Oval Office ijsbeerde, bleef staan en keek hem aan.

'Nou, Alan, als hij niet de juiste man was, neem ik aan dat ze niet de moeite zouden nemen om hem te arresteren.'

'Ze hebben eerder fouten gemaakt, Gloria.'

'Dat spreek ik niet tegen. Maar ze zijn niet de enigen.'

De president sloot de ringband waarin hij had zitten lezen, stond op, liep naar het raam en liet zijn blik over de tuinen van het Witte Huis gaan.

'Dus de man zal gauw in hechtenis worden genomen?' Hij draaide zich om en keek Russell aan.

'Daar lijkt het op.'

'Wat mag dat dan wel betekenen?'

'Alleen dat de best voorbereide plannen soms mislukken.'

'Weet Burton ervan?'

'Burton heeft het allemaal georganiseerd.'

De president liep naar Russell toe en legde zijn hand op haar arm.

'Waar heb je het over?'

Russell gaf haar baas een kort verslag van de gebeurtenissen van de afgelopen paar dagen.

De president wreef over zijn kin. 'Wat is Burton van plan?' Hij stelde die vraag meer aan zichzelf dan aan Russell.

'Waarom piep je hem niet op, dan kun je het hem zelf vragen? Het enige waar hij absoluut op stond, was dat jij Sullivan inlichtte.'

'Sullivan? Waarom zou ik verdomme...' De president maakte zijn gedachte niet af. Hij belde naar Burton, maar er werd hem verteld dat Burton plotseling ziek was geworden en naar het ziekenhuis was.

De ogen van de president boorden zich in die van zijn stafchef. 'Gaat Burton doen wat ik denk dat hij gaat doen?'

'Het hangt ervan af wat je denkt.'

'Hou op met die spelletjes, Gloria. Je weet heus wel wat ik bedoel.'

'Als je bedoelt dat Burton ervoor gaat zorgen dat deze persoon nooit in hechtenis zal worden genomen, ja, die mogelijkheid heb ik overwogen.'

De president pakte de zware briefopener van zijn bureau, ging in zijn stoel zitten en begon uit het raam te staren. Russell huiverde bij de aanblik van de briefopener. Ze had de hare weggegooid.

'Alan? Wat wil je dat ik doe?' Ze staarde naar de achterkant van zijn hoofd. Hij was nu eenmaal de president en dus moest ze geduldig wachten tot hij antwoord gaf, ook al was ze liever om zijn bureau heen gelopen om hem eens flink door elkaar te schudden.

Ten slotte draaide hij zich om. De blik in zijn ogen was donker, koud en gebiedend. 'Niets. Ik wil dat je niets doet. Ik kan maar beter Sullivan bellen. Geef me de plaats en tijd nog eens?'

Russell dacht hetzelfde als ze eerder had gedaan, toen ze het politiedossier doorlas. Mooie vriend ben jij.

De president nam de hoorn van het toestel, maar Russell strekte zich uit en legde haar hand op de zijne. 'Alan, in het rapport staat dat Christine Sullivan kneuzingen op haar kaak had en bijna gewurgd is.'

De president keek niet op. 'O, echt waar?'

'Wat is er precies gebeurd in die slaapkamer, Alan?'

'Nou, het weinige dat ik me herinner, is dat ze het een stuk harder wilde spelen dan ik. Die sporen van wurging op haar hals?' Hij wachtte even en legde de hoorn terug op het toestel. 'Laat ik het zo zeggen, Gloria. Christy was nogal een liefhebster van perverse seks. Zelfs van seksuele verwurging. Je weet wel, mensen die opgewonden raken als ze naar adem snakken en dan klaarkomen.'

'Ik heb erover gehoord, Alan. Ik wist alleen niet dat jij je ook met zulk soort dingen bezighield.' Haar stem klonk scherp.

De president schrok op. 'Denk aan je plaats, Russell. Ik hoef jou of wie dan ook geen verantwoording af te leggen voor mijn daden.'

Ze deed snel een stap achteruit. 'Natuurlijk. Het spijt me, meneer de president.'

Richmonds gezicht ontspande zich, hij stond op en spreidde verontschuldigend zijn armen. 'Ik deed het voor Christy, Gloria. Wat kan ik zeggen? Vrouwen hebben soms een vreemde invloed op mannen. En ik ben daar zeker niet ongevoelig voor.'

'Waarom probeerde ze je dan te vermoorden?'

'Zoals ik al zei, wilde zij het een stuk harder spelen dan ik. Ze was stomdronken en wist niet goed meer wat ze deed. Ik vind het heel erg, maar die dingen gebeuren nu eenmaal.'

Gloria keek langs hem heen het raam uit. De ontmoeting met Christine Sullivan was niet zomaar 'gebeurd'. De planning van dat rendez-vous had bijna net zoveel tijd gekost als de voorbereidingen voor een flinke partijbijeenkomst. Ze schudde haar hoofd toen de gebeurtenissen van die nacht weer in haar naar boven kwamen.

De president kwam achter haar staan, pakte haar schouders vast en draaide haar om.

'Het was voor ons allemaal een afschuwelijke ervaring, Gloria. Het was absoluut niet mijn bedoeling dat Christy zou sterven. Dat was wel het laatste dat ik wilde. Ik ging naar dat huis voor een rustige, romantische avond met een beeldschone vrouw. Mijn god, ik ben geen monster.' Een ontwapenende glimlach verscheen op zijn gezicht.

'Dat weet ik, Alan. Alleen, al die vrouwen, al die keren. Er moest een keer iets gebeuren. Iets ergs.'

De president haalde zijn schouders op. 'Nou, ik ben niet de eerste man op deze post die zich aan zulk soort activiteiten overgeeft, noch zal ik de laatste zijn.' Hij nam haar kin in zijn hand. 'Je kent de eisen die mijn positie aan me stelt, Gloria, beter dan wie dan ook. Je kunt mijn werk niet vergelijken met dat van anderen.'

'Ik realiseer me heel goed dat de druk enorm is, Alan.'

'Dat klopt. Het is een baan die meer eist van een mens dan waartoe hij eigenlijk in staat is. De enige manier om je van die druk te bevrijden, is door je af en toe terug te trekken. Hoe ik met die druk omga, is belangrijk omdat dat bepaalt hoe goed ik de mensen kan dienen die mij hebben gekozen, die mij hun vertrouwen hebben geschonken.'

Hij liep weer naar zijn bureau. 'Trouwens, genieten van het gezelschap van mooie vrouwen is een tamelijk onschuldige manier om met die stress om te gaan.'

Gloria staarde met een woedende blik naar zijn rug. Hij verwachtte toch niet van haar, juist van haar, dat zij zich liet imponeren door dit retorische, patriottische gelul?

'Voor Christine Sullivan was het in elk geval niet zo onschuldig,' flapte ze eruit.

Richmond draaide zich om naar haar; zijn glimlach was verdwenen. 'Ik wil hier echt niet langer over praten, Gloria. Gebeurd is gebeurd, en nu gaan

we ons weer met de toekomst bezighouden. Begrepen?'
Ze knikte formeel en liep het kantoor uit.

De president pakte de telefoon weer op. Hij zou zijn goede vriend Walter Sullivan alle noodzakelijke details van de komende arrestatie geven. Hij glimlachte ingehouden terwijl hij belde. Het leek erop alsof het niet lang meer zou duren. Ze waren er bijna. Hij kon op Burton rekenen. Erop rekenen dat hij het juiste zou doen. Voor hen allemaal.

Luther keek op zijn horloge. Eén uur. Hij douchte, poetste zijn tanden en knipte de baard bij die hij sinds kort droeg. Hij ging met zijn vingers door zijn haar totdat het zat zoals hij wilde. Zijn gezicht zag er vandaag beter uit. Kate's telefoontje had wonderen verricht. Koesterend had hij de telefoonhoorn tegen zijn oor gehouden en keer op keer het bandje van zijn antwoordapparaat afgespeeld, alleen maar om haar stem te horen, om te luisteren naar de woorden die hij nooit meer had verwacht. Hij had het aangedurfd om de stad in te gaan en een broek, een jasje en een paar mooie leren schoenen te kopen. Even had hij een stropdas overwogen, maar hij verwierp dat idee.

Luther trok zijn nieuwe jasje aan. Het zat prettig. Zijn broek was iets te ruim; hij was magerder geworden. Hij zou meer moeten eten. Hij kon zelfs beginnen met Kate uit te nodigen voor een vroeg dineetje. Als ze dat zou willen. Daar moest hij goed aan denken; hij mocht haar niet te veel onder druk zetten.

Jack! Het moest Jack geweest zijn. Hij had haar vast over hun ontmoeting verteld. Dat haar vader in de problemen zat. Dat was het verband. Natuurlijk! Wat dom dat hij dat niet meteen had ingezien. Maar wat betekende het? Dat ze nog steeds om hem gaf? Hij voelde een lichte huivering, die in zijn hals begon en bij zijn knieën eindigde. Na al die jaren? Hij vloekte binnensmonds. Wat een verdomd slecht moment! Maar hij had zijn besluit genomen en niets zou daar nu nog verandering in brengen. Zelfs zijn kleine meisje niet. Er was iets vreselijks gebeurd dat rechtgezet moest worden.

Luther was ervan overtuigd dat Richmond niets wist van zijn briefwisseling met Russell. Russells enige hoop was dat ze zonder dat iemand het te weten kwam het voorwerp van Luther kon terugkopen, om er vervolgens voor te zorgen dat niemand het ooit nog onder ogen kreeg. Hem afkopen in de hoop dat hij zou verdwijnen en de wereld nooit iets te weten zou komen. Luther wist al dat het geld gearriveerd was op de rekening die hij had opgegeven. Dat zou hun eerste verrassing zijn.

De tweede verrassing echter die hij in petto had, zou ervoor zorgen dat ze niet eens meer zouden denken aan het geld. En het leuke was dat Richmond het nooit zou zien aankomen. Luther betwijfelde ernstig of de president echt de gevangenis in zou gaan. Maar als dit niet voldeed aan de criteria voor een politiek misdrijf, wat deed dat dan wel? Hiermee vergeleken was Watergate een derderangs kwajongensstreek. Hij vroeg zich af wat er met veroordeelde presidenten gebeurde. Van hem mochten ze eeuwig branden in de hel.

Luther haalde de brief uit zijn zak. Hij zou het zo regelen dat ze hem zou ontvangen precies op het moment dat ze zijn laatste instructies verwachtte. De afrekening. Ze zou haar afrekening krijgen. Dat zouden ze allemaal. Het was het waard, want hij zou haar laten kermen, zoals hij haar al eens eerder had zien doen.

Hoe vaak hij het ook geprobeerd had, hij had het nooit uit zijn geheugen kunnen wissen: het beeld van die copulerende vrouw in de nabijheid van een lijk dat nog warm was, alsof de dode vrouw een hoop afval was, waar ze zich niets van aan hoefde te trekken. En dan Richmond. Die dronken, lallende klootzak! Weer maakte het beeld Luther woedend. Hij klemde zijn tanden op elkaar, maar toen begon hij plotseling te glimlachen.

Elk voorstel dat Jack hem deed, zou hij accepteren: twintig jaar, tien jaar, tien dagen. Het kon hem niets meer schelen. De president en zijn hele club konden de klere krijgen. Heel Washington kon de klere krijgen; hij zou ze met de grond gelijk maken.

Maar eerst zou hij wat tijd doorbrengen met zijn kleine meisje. Wat daarna gebeurde, interesseerde hem niet echt. Toen Luther naar het bed liep, verstijfde zijn lichaam plotseling. Iets anders was hem zojuist te binnen geschoten. Iets wat pijn deed, maar wat hij kon begrijpen. Hij ging op de rand van het bed zitten, pakte het glas van het nachtkastje en nam een slokje water. Als het waar was, kon hij het haar dan kwalijk nemen? Hij ging op zijn rug liggen en bedacht dat dingen die te mooi leken om waar te zijn, dat meestal ook waren. Verdiende hij iets beters van haar kant? Het antwoord was duidelijk: nee, dat deed hij niet.

Toen de telefonische overboeking de districtsbank bereikte, werd er automatisch een procedure in werking gezet die het hele bedrag in delen van één miljoen dollar onmiddellijk overboekte naar vijf andere banken in de omgeving. Daarna werd de procedure in omgekeerde volgorde herhaald, zodat het hele bedrag uiteindelijk op een rekening van een zesde bank terechtkwam.

Russell, die probeerde na te gaan waar de geldstroom eindigde, zou snel genoeg merken wat er was gebeurd. En daar zou ze niet blij mee zijn. Ze zou nog minder blij zijn met het volgende bericht dat ze zou ontvangen.

Café Alonzo was ongeveer een jaar geleden geopend. Zoals de meeste cafés had het een klein terras met een paar tafeltjes en kleurige parasols, dat van het trottoir was afgeschermd door een zwarte metalen reling van een meter hoog. De koffie was goed en de bakkerij was erg populair bij het ochtend- en lunchpubliek. Om vijf voor vier zat er maar één persoon op het terras. Het was fris buiten; de parasols waren dicht en leken nog het meest op enorme, taps toelopende bossen limonaderietjes.

Het café bevond zich op de begane grond van een modern kantoorgebouw. Twee verdiepingen hoger hing een steiger. Drie glaszetters waren bezig een gebroken ruit te vervangen. De hele buitenkant van het gebouw bestond uit panelen van spiegelglas, die een goed beeld gaven van het tegenoverliggende gebied. De panelen waren loodzwaar en zelfs de potige mannen hadden moeite met het gewicht en de grootte.

Kate trok haar jas strakker om zich heen en nam een slokje koffie. De namiddagzon was nog warm, maar ze begon al te zakken. De schaduwen die over de tafeltjes vielen, werden steeds langer. Toen ze haar ogen dichtkneep tegen de zon die vlak boven de daken hing van het rijtje verwaarloosde huizen schuin tegenover het café, voelde ze dat ze een beetje geïrriteerd waren. De huizen zouden gesloopt worden om plaats te maken voor de voortschrijdende renovatie van de wijk. Kate zag niet dat van een van de huizen het raam op de bovenste verdieping openstond. Van het huis ernaast waren twee ramen stukgeslagen. De voordeur van het derde huis was geforceerd. Kate keek op haar horloge. Ze zat hier al bijna twintig minuten. Omdat ze gewend was aan het hectische tempo van het Openbaar Ministerie, had de dag eindeloos lang geduurd. Ze twijfelde er geen moment aan dat zich in de directe omgeving tientallen politiemensen schuilhielden, om toe te slaan als hij naar haar toe liep. Toen dacht ze erover na. Zouden ze nog een kans krijgen om iets tegen elkaar te zeggen? Wat zou ze verdomme moeten zeggen. Hallo, papa, je bent er ingetuind? Ze wreef over haar wangen en wachtte. Hij zou er precies om vier uur zijn. En het was te laat om daar nog iets aan te veranderen. Te laat voor wat dan ook, verdomme. Maar ze wist dat wat ze deed goed was, ondanks het schuldgevoel dat ze had, ondanks het feit dat ze was ingestort nadat ze de inspecteur had gebeld. Boos kneep ze haar handen tot vuisten. Ze stond op het punt om haar vader uit te leveren aan de politie, en dat had hij verdiend, punt uit. Ze wilde nu alleen nog maar dat het voorbij was.

Het beviel McCarty niet. Helemaal niet. Hij was gewend zijn doelwit te volgen, soms wekenlang, totdat hij het gedragspatroon van het slachtoffer beter kende dan het slachtoffer zelf. Dat maakte de aanslag een stuk gemakkelijker. Hij besteedde ook altijd veel tijd aan het uitstippelen van de vluchtroute en was gewend rekening te houden met de slechtst denkbare scenario's. Bij deze opdracht had hij geen van deze privileges. Sullivans bericht was kort maar krachtig geweest. De man had hem al een paar miljoen aan voorschotten betaald en na voltooiing van de opdracht zou hij nog twee miljoen krijgen. Hij was ruimschoots beloond, maar nu was het moment aangebroken om daar iets voor terug te doen. Behalve bij zijn eerste aanslag, jaren geleden, kon McCarty zich niet herinneren ooit zo nerveus te zijn geweest. Dat de hele buurt krioelde van de politiemensen, maakte dat er niet beter op.

Maar hij bleef zichzelf voorhouden dat alles goed zou komen. Hij had de korte tijd die hem beschikbaar stond, goed gebruikt. Na Sullivans telefoontje was hij meteen de omgeving gaan verkennen. Het rijtje huizen was hem meteen opgevallen. In feite was het de enige logische plek. Hij was hier al sinds vier uur vanmorgen. De achterdeur van het huis kwam uit op een steeg. Zijn huurauto stond om de hoek geparkeerd. Vanaf het moment dat hij het schot had gelost, zou het hem exact vijftien seconden kosten om zijn geweer te laten vallen, de trap af te rennen, naar buiten te gaan en in zijn auto te springen. Hij zou al kilometers ver weg zijn voordat de politie in de gaten had wat er was gebeurd. Over drie kwartier zou er een vliegtuig opstijgen van een privé-vliegveldje vijftien kilometer ten noorden van Washington. De bestemming was New York City en er zou maar één passagier in zitten. Over iets meer dan vier uur zou McCarty aan boord gaan van een Concorde die rechtstreeks naar Londen vloog.

Voor de tiende keer controleerde hij zijn geweer en telescoopvizier en werktuiglijk veegde hij een stofje van de loop. Een geluiddemper zou leuk zijn geweest, maar hij had er nooit een kunnen vinden die geschikt was voor een geweer, zeker niet als dat was geladen met supersonische munitie, zoals het zijne. Hij moest gebruik maken van de verwarring die na het schot zou ontstaan, om zijn vlucht te maskeren. Hij keek naar de overkant van de straat en vervolgens op zijn horloge. Het was bijna tijd.

McCarty, die toch een zeer ervaren huurmoordenaar was, had onmogelijk kunnen weten dat er op dat moment nog een geweer op zijn doelwit was gericht. En achter dat geweer bevond zich iemand met ogen die net zo scherp, zo niet scherper waren dan de zijne.

Tim Collin was ooit benoemd tot scherpschutter van het korps mariniers. Zijn korpscommandant had in zijn beoordeling geschreven dat Collin de beste schutter was die hij ooit had meegemaakt. De drager van dit compliment keek op dit moment door zijn telescoopvizier en ontspande zich vervolgens. Collin wierp een blik door het interieur van de bestelwagen waarin hij zich bevond. Vanaf de straathoek recht tegenover het café, waar hij geparkeerd stond, had hij een goed zicht op zijn doelwit. Hij keek nog een keer door zijn telescoop en zag Kate Whitney even in het dradenkruis verschijnen. Collin draaide het zijraam een stukje naar beneden. Hij bevond zich in de schaduw van de gebouwen die achter hem stonden. Niemand zou in de gaten hebben waar hij mee bezig was. Het was ook een voordeel dat hij wist dat Seth Frank en een aantal leden van de staatspolitie rechts van het café waren gestationeerd en de anderen zich ophielden in de hal van het kantoorgebouw waarin het café was gelegen. Meerdere auto's zonder merktekens hadden hun positie ingenomen in de directe omgeving. Als Whitney het op een lopen zou zetten, zou hij niet ver komen. Maar Collin was ervan overtuigd dat de man geen kans zou krijgen om te vluchten.

Na het schot zou Collin snel het geweer demonteren en in de bestelwagen verstoppen. Hij zou met zijn handwapen en politiepenning te voorschijn komen en zich bij de anderen voegen om hun te vragen wat er in hemelsnaam was gebeurd. Niemand zou op het idee komen om een bestelwagen van de geheime dienst te controleren op het wapen of de schutter die zojuist hun doelwit te grazen had genomen.

Burtons plan had de jonge agent heel redelijk in de oren geklonken. Collin had niets tegen Luther Whitney, maar er stond hier meer op het spel dan het leven van een zesenzestigjarige beroepscrimineel. Veel meer. Het doden van de oude man zou niet iets zijn wat Collin met plezier zou doen; hij zou zelfs zijn best doen het zo snel mogelijk te vergeten als het eenmaal was gebeurd. Maar ja, het leven was hard. Hij werd betaald om zijn werk te doen en had zelfs gezworen dat werk te doen, onder alle omstandigheden. Overtrad hij de wet? Technisch gezien beging hij een moord. Technisch gezien. Maar in werkelijkheid deed hij gewoon wat moest worden gedaan. De president wist ervan, Gloria Russell wist ervan, en zijn baas, een man die hij meer respecteerde dan wie ook ter wereld, had het hem opgedragen. Collins training stond hem niet toe die orders te negeren. Bovendien had de oude man ingebroken in dat huis. Hij zou zeker twintig jaar krijgen. En twintig jaar zou hij nooit halen. Wie wilde er nu in de gevangenis zitten op zijn tachtigste? In feite bespaarde Collin hem een hoop ellende. Als hij zelf in die situatie had gezeten, zou hij ook voor de kogel kiezen.

Collin keek omhoog naar de glaszetters op de hangsteiger, die moeite hadden het paneel rechtop te krijgen. Een van hen trok aan een touw dat naar een takel liep en heel langzaam kwam het paneel omhoog.

Kate zat al enige tijd naar haar handen te kijken, maar toen ze opkeek, zag ze hem ineens.

Hij bewoog zich soepel over het trottoir. De gleufhoed, sjaal en zonnebril onttrokken zijn gelaatstrekken grotendeels aan het gezicht, maar zijn manier van lopen was onmiskenbaar. Toen ze nog jong was, had ze altijd net zo willen lopen als haar vader, zo moeiteloos, zo vol zelfvertrouwen. Ze wilde opstaan, maar bedacht zich. Frank had niet gezegd op welk moment hij in actie zou komen, maar ze nam aan dat hij niet erg lang zou wachten. Luther bleef voor het café staan en keek haar aan. Hij was al meer dan tien jaar niet zo dicht bij zijn dochter geweest en nu het zover was, voelde hij zich een beetje onzeker over wat hij moest doen. Ze bemerkte zijn aarzeling en dwong zichzelf te glimlachen. Onmiddellijk kwam hij naar haar tafel en ging zitten, met zijn rug naar de straat. Ondanks de kilte zette hij zijn hoed af en stopte zijn zonnebril in zijn jaszak.

McCarty tuurde door zijn telescoopvizier. Het staalgrijze haar kwam in beeld, zijn vinger zette de veiligheidspal om en gleed vervolgens naar de trekker.

Op nauwelijks honderd meter afstand observeerde Collin de bewegingen van het tweetal. Hij was niet zo gehaast als McCarty, want hij had het voordeel dat hij wist op welk moment de politie in actie zou komen.

McCarty's vinger kromde zich om de trekker. Een minuut geleden had hij nog één of twee keer naar de werklieden op de steiger gekeken, maar toen had hij hen uit zijn hoofd gezet. Het was de tweede fout die hij in zijn hele carrière maakte.

Plotseling werd het touw strak getrokken. Het spiegelpaneel schoot omhoog en het oppervlak draaide in McCarty's richting. Het zwakke, rode licht van de ondergaande zon viel direct op het oppervlak en werd recht in McCarty's ogen weerkaatst. Een korte pijnscheut raakte zijn pupil, ongewild schokte zijn hand en het geweer ging af. Vloekend wierp hij het op de grond en met vijf seconden voorsprong op zijn schema bereikte hij de achterdeur.

De kogel raakte de paal van de parasol, ketste af en boorde zich in het betonnen trottoir. Kate en Luther lieten zich vallen, waarbij de vader instinctief zijn dochter afschermde. Twee seconden later hadden Seth Frank en een dozijn geüniformeerde agenten met getrokken wapens een halve cirkel om het tweetal gevormd; ze stonden met de rug naar hen toe en speurden alle hoeken en gaten van de straat af.

'Sluit deze hele klote-omgeving af,' schreeuwde Frank naar de brigadier die orders in zijn walkie-talkie stond te blaffen. De geüniformeerde agenten verspreidden zich en de onopvallende auto's kwamen aanrijden.

De glaszetters stonden te kijken naar wat zich onder hen afspeelde, zich totaal onbewust van de cruciale rol die ze in het gebeuren hadden gespeeld.

Luther werd overeind getrokken en in de handboeien gesloten, waarna het hele gezelschap zich de hal van het kantoorgebouw in haastte. Een opgewonden Seth Frank staarde de man heel even met een tevreden blik aan en vervolgens las hij hem zijn rechten voor. Luther keek naar zijn dochter. Eerst durfde Kate hem niet aan te kijken, maar toen besloot ze dat hij daar op zijn minst recht op had. Wat hij zei deed haar meer pijn dan al het andere waarop ze zich had voorbereid.

'Is alles goed met je, Katie?'

Ze knikte terwijl haar tranen begonnen te stromen, maar deze keer kon ze ondanks de ijzeren greep waarmee ze haar keel dichtkneep, niet voorkomen dat ze op de grond druppelden.

Bill Burton stond bij de hoofdingang van het kantoorgebouw. Toen een verbijsterde Collin binnenkwam, leek het er even op of Burton hem wilde aanvliegen. Totdat Collin hem iets in het oor fluisterde.

Het sierde Burton dat hij de informatie razendsnel verwerkte en binnen enkele seconden tot de juiste conclusie kwam. Die verdomde Sullivan had een huurmoordenaar ingeschakeld. De oude man had dàt gedaan waarvoor Burton hem valselijk had willen laten opdraaien.

De sluwe miljardair steeg een puntje in Burtons achting.

Burton liep naar Frank.

Frank keek hem aan. 'Enig idee wat dat te betekenen had?'

'Misschien,' antwoordde Burton.

Burton draaide zich om. Voor het eerst stonden Luther Whitney en hij oog in oog met elkaar. Bij Luther kwamen meteen weer de herinneringen aan die bewuste nacht naar boven, maar hij bleef rustig, onaangedaan.

Burton moest daar wel bewondering voor hebben. Maar het vormde tegelijkertijd ook een grote bron van ongerustheid voor hem. Whitney was duidelijk niet erg van slag vanwege het feit dat hij gearresteerd was. De blik in zijn ogen vertelde Burton – die aan letterlijk duizenden arrestaties had deelgenomen, waarbij het meestal ging om volwassenen die op zulke momenten huilden als kleine kinderen – alles wat hij weten moest. Die kerel was al die tijd al van plan geweest naar de politie te stappen. Met welke bedoeling wist Burton niet en dat kon hem ook niet echt schelen.

Burton bleef naar Luther kijken, terwijl Frank in gesprek was met zijn mannen. Toen ging Burtons blik naar het zielige hoopje in de hoek van de hal. Luther had al geprobeerd zich los te rukken en naar haar toe te rennen, maar dat werd hem verhinderd. Een agente deed onhandige pogingen om Kate tot bedaren te brengen, maar veel succes had ze niet. Tranen zochten zich een weg over het gerimpelde gezicht van de oude man bij de aanblik van het schokkende lichaam van zijn kleine meisje.

Toen Luther merkte dat Burton naast hem stond, keek hij hem woedend aan, totdat Burton de blik van de oude man weer terug naar Kate leidde. Maar één seconde later kruisten hun blikken elkaar opnieuw. Burton trok zijn wenkbrauwen op en liet ze weer zakken met een beslistheid die heel bedreigend overkwam. Burton had in zijn carrière oog in oog gestaan met de zwaarste criminelen die het land te bieden had en zijn verschijning kon soms uiterst bedreigend zijn, maar de absolute oprechtheid op het gezicht van de man tegenover hem deden de koude rillingen over zijn rug lopen. Luther Whitney was geen schooier, dat zag je meteen. En hij was niet dom ook. Toch begon de betonnen muur, die Luthers zenuwen afschermde, al een beetje af te brokkelen. En toen werden de brokstukken steeds groter; ze vielen op de grond en rolden naar de snikkende vrouw in de hoek van de hal.

Burton draaide zich om en liep de deur uit.

•19•

Gloria Russell zat in haar woonkamer en hield het briefje in haar trillende hand. Ze keek op de klok. Het was precies op tijd gekomen, per koerier; een oudere man met een tulband in een gedeukte Subaru. Op het portier stond het logo van Metro Rush Couriers. Ze had verwacht eindelijk de sleutel in handen te krijgen die een eind zou maken aan de nachtmerries waardoor ze de afgelopen maanden was geteisterd. Alle risico's die ze had genomen.

De wind huilde in de schoorsteen. In de open haard brandde een gezellig houtvuur. Het huis was kraakhelder dank zij de inspanningen van Mary, haar part-time hulp die zojuist was vertrokken. Russell werd om acht uur bij senator Miles verwacht voor het diner. Miles was erg belangrijk voor haar eigen politieke toekomst en hij begon de laatste tijd de juiste geluiden te produceren. De zaken begonnen weer de goede kant op te gaan. Eindelijk waren de kansen gekeerd, na al die afschuwelijke, vernederende momenten. En nu? En nu?

Ze las het briefje nog eens. Een vloedgolf van ongeloof overspoelde haar en dreigde haar mee te slepen naar de zeebodem.

BEDANKT VOOR DE FINANCIËLE BIJDRAGE. ZE WORDT ZEER GEWAARDEERD. EVENALS HET EXTRA STUK TOUW DAT JE ME HEBT GEGEVEN OM JOU OP TE KNOPEN. HET VOORWERP WAAR WE HET OVER HADDEN, IS NIET LANGER TE KOOP. IK HEB NOG EENS NAGEDACHT EN BEN TOT DE CONCLUSIE GEKOMEN DAT DE POLITIE HET WAARSCHIJNLIJK NODIG ZAL HEBBEN VOOR DE RECHTSZAAK. O, EN TUSSEN TWEE HAAKJES, JE KUNT DE POT OP!!

Ze zat wezenloos voor zich uit te kijken. Extra stuk touw? Ze kon amper nadenken. Ze besloot Burton te bellen, maar realiseerde zich meteen dat hij er niet zou zijn. Toen schoot het haar te binnen. Ze rende naar de tv. Het journaal van zes uur was net begonnen. Bij een spectaculaire operatie door de gezamenlijke korpsen van het Middleton County Police Department en de Alexandria City Police was men erin geslaagd een verdachte te arresteren in verband met de moord op Christine Sullivan. Er was een schot gelost door een onbekende schutter. Aangenomen werd dat de verdachte het doelwit was.

Russell keek naar beelden van het politiebureau van Middleton. Ze zag Luther Whitney de treden van het politiebureau op lopen. Hij liep met geheven hoofd, keek recht vooruit en deed geen enkele moeite zijn gezicht te verbergen. Hij was veel ouder dan ze zich had voorgesteld. Hij zag eruit als het hoofd van een basisschool. Dus dit was de man die had gezien dat zij... Het kwam geen moment in haar op dat Luther gearresteerd was voor iets wat hij niet had gedaan. Niet dat die wetenschap ertoe zou leiden dat ze er iets aan zou doen. Toen de camera opzij draaide, zag ze Bill Burton staan, met Collin achter hem; ze luisterden naar inspecteur Seth Frank, die een persverklaring aflegde.

Die verdomde, incompetente hufters! Hij was gearresteerd. Hij was godverdomme gearresteerd en zij zat hier met een briefje met de mededeling dat deze kerel hen allemaal aan de schandpaal zou nagelen. Ze had op Burton en Collin gerekend, de president had op hen gerekend, en ze hadden gefaald, vreselijk gefaald. Ze kon nauwelijks geloven dat Burton daar zo rustig kon staan, terwijl hun hele wereld instortte, implodeerde als een plotseling dovende ster. Ze stonden allemaal op het punt om in menselijke 'zwarte gaten' te veranderen.

Haar volgende gedachte verraste zelfs haar. Ze rende naar de badkamer, trok het medicijnkastje open en greep het eerste flesje dat ze zag staan.

Hoeveel pillen zouden genoeg zijn? Tien? Honderd?

Ze probeerde de dop los te draaien, maar haar handen beefden zo, dat ze het niet voor elkaar kreeg. Ze probeerde het nog eens. De dop schoot los en de pillen vielen in de wastafel. Ze schepte er een handvol uit, maar stopte toen. Vanaf de spiegel staarde haar gezicht haar aan. Voor het eerst realiseerde ze zich hoe oud ze was geworden, hoe ze was afgetakeld in die paar laatste maanden. Haar ogen stonden flets, haar wangen waren ingevallen en haar haar zag eruit alsof het met de minuut grijzer werd.

Ze keek naar de groene pillen in haar hand. Ze kon het niet. Haar hele wereld stortte voor haar ogen ineen, maar toch kon ze het niet. Ze spoelde de pillen weg en deed het licht uit. Vanuit haar slaapkamer belde ze het kantoor van de senator. Door ziekte was ze helaas niet in staat te komen. Ze was net op bed gaan liggen toen er op de voordeur werd geklopt. Eerst leek het op een ver tromgeroffel. Zouden ze een arrestatiebevel hebben? Wat had ze in huis dat belastend voor haar was? Het briefje! Ze trok het uit haar zak en gooide het in de open haard. Het houtvuur begon even iets feller te branden, terwijl Russell haar jurk gladstreek, haar pumps aantrok en de kamer uit liep.

Voor de tweede keer voelde ze een pijnsteek in haar borst toen ze Burton voor de deur zag staan. Zonder een woord te zeggen liep hij haar voorbij, gooide zijn jas op de bank en liep regelrecht naar de drankkast.

Ze gooide de voordeur met een klap dicht.

'Goed werk, Burton. Geniaal. Je hebt alles fantastisch geregeld. Waar is je hulpje? Naar de oogarts zeker?'

Burton ging zitten met zijn glas in zijn hand. 'Hou je kop en luister.'

Normaliter zou ze woedend worden als hij zoiets zei, maar door de toon van zijn stem bleef ze doodstil. Ze zag dat hij zijn schouderholster droeg. Plotseling realiseerde ze zich dat ze omringd werd door mensen die wapens droegen. Ze schenen overal te zijn. En er werd nu ook geschoten. Ze bevond zich te midden van uiterst gevaarlijke lieden. Ze ging zitten en keek hem aan.

'Collin heeft niet geschoten.'

'Maar...'

'Maar iemand anders wel. Ik weet dat.' Hij dronk zijn glas half leeg. Russell dacht erover om ook iets voor zichzelf in te schenken, maar besloot dat toch niet te doen.

Burton keek haar aan. 'Walter Sullivan. De vuile schoft. Ik heb hem onderschat. Richmond heeft het hem verteld, is het niet?'

Russell knikte. 'Jij denkt dat Sullivan erachter zat?'

'Jezus Christus! Wie anders? Hij denkt dat die kerel zijn vrouw heeft vermoord. Hij heeft geld genoeg om de beste huurmoordenaars ter wereld in te huren en hij was de enige die precies wist waar het zou gebeuren.' Hij keek haar met een verachtelijke blik aan en schudde zijn hoofd. 'Speel geen stommetje, dame. Daar hebben we geen tijd voor.'

Burton stond op en begon door de kamer te ijsberen.

Russell dacht terug aan wat ze op tv had gezien. 'Maar de man is gearresteerd. Hij zal de politie alles vertellen. Ik dacht dat zij al voor de deur stonden.'

Burton bleef staan. 'Die kerel vertelt de politie helemaal niets. Tenminste, voorlopig niet.'

'Waar heb je het over?'

'Ik heb het over een man die alles zal doen om te voorkomen dat zijn kleine meisje iets overkomt.'

'Je... je hebt hem bedreigd?'

'Ik heb hem mijn standpunt duidelijk gemaakt.'

'Hoe weet je dat?'

'Ogen liegen niet, dame. Hij kent het klappen van de zweep. Als hij praat, kan hij zijn dochter wel vergeten.'

'Je... je zou toch niet echt...'

Burton bukte zich, greep zijn stafchef beet en tilde haar moeiteloos van de grond totdat ze vrij in de lucht hing met haar ogen op dezelfde hoogte als de zijne.

'Ik vermoord iedereen die een rechtstreekse bedreiging voor mij vormt, heb je dat goed begrepen?' Hij gooide haar terug in haar stoel.

Met grote ogen en een gezicht waaruit al het bloed was weggetrokken, staarde ze hem aan.

Burtons gezicht was paars van woede. 'Jij bent degene die me er ingeluisd heeft. Ik wilde van begin af aan de politie bellen. Ik deed mijn werk. Misschien heb ik die vrouw wel gedood, maar geen enkele jury ter wereld zou me schuldig bevonden hebben. Maar jij hebt me erin geluld, dame, met al je wereldrampgeouwehoer en je zogenaamde bezorgdheid om de president, en ik was zo stom erin te trappen. En op dit moment ben ik nog één stap verwijderd van een gevangenisstraf van twintig jaar, en daar ben ik niet blij mee. Als je dat niet kunt begrijpen, ben je knap stom.'

Een paar minuten lang zaten ze zonder een woord te zeggen tegenover elkaar. Russell kon het niet opbrengen Burton te vertellen over het briefje dat ze had ontvangen. Wat voor zin zou het hebben? Hij had Whitney's ware motieven allang doorgrond. Het was niet eens ondenkbaar dat hij zijn wapen zou trekken en haar ter plekke zou neerschieten. De gedachte om zo dicht bij een gewelddadige dood te zijn, deed haar bloed bijna bevriezen.

Vermoeid leunde Russell achteruit in haar stoel. Op de achtergrond tikte een klok de laatste resterende seconden van haar leven weg.

'Weet je zeker dat hij niets zal zeggen?' Ze keek Burton aan.

'Ik weet niets zeker.'

'Maar je zei...'

'Ik zei dat die kerel alles zal doen om te voorkomen dat zijn kleine meisje iets overkomt. Maar deze jongen is slim. Als hij die dreiging wegneemt, dan zullen we de komende twintig jaar elke ochtend naar de bodem van een stapelbed liggen kijken.'

'Maar hoe kan hij die dreiging wegnemen?'
'Als ik dat wist, zou ik me niet zo veel zorgen maken. Maar ik durf je te verzekeren dat hij op dit moment in zijn cel ligt te bedenken hoe hij dat moet aanpakken.'
'Wat kunnen we doen?'
Hij pakte zijn jas en trok haar overeind. 'Kom op, het is tijd om met Richmond te praten.'

Jack bladerde zijn aantekeningen door en liet zijn blik langs de personen om de conferentietafel gaan. Zijn transactieteam bestond uit vier assistenten, drie juridische medewerkers en twee maten. Iedereen op het kantoor had gehoord over Jacks meesterzet met Sullivan en sindsdien werd hij bekeken met een mengsel van bewondering, respect en een beetje angst.
'Sam, jij coördineert de verkoop van de ruwe grondstoffen vanuit Kiev. Onze man daar is een echte ritselaar die veel risico's neemt. Hou een oogje op hem, maar laat hem zijn gang gaan.'
Sam, die al tien jaar maat was, klikte zijn attachékoffertje dicht. 'Komt voor elkaar.'
'Ben, ik heb je rapporten over de lobby gelezen. Ik ben het met je eens. Ik denk dat we Buitenlandse Betrekkingen flink onder druk moeten zetten, want het kan geen kwaad als ze aan onze kant staan.' Jack sloeg een ander dossier open.
'We hebben ongeveer een maand om deze operatie op de rails te krijgen. Onze grootste zorg is de wankele politieke status van de Oekraïne. Als we willen toeslaan, zal dat vrij snel moeten gebeuren. Het laatste waar we op zitten te wachten, is dat Rusland onze cliënt annexeert. Nu zou ik graag een paar minuten willen wijden aan...'
De deur ging open en Jacks secretaresse stak haar hoofd om de hoek. Ze keek bezorgd.
'Het spijt me vreselijk dat ik u moet storen.'
'Geeft niet, Martha, wat is er?'
'Telefoon.'
'Ik heb Lucinda verteld dat ik niet gestoord wilde worden, tenzij het een noodgeval is. Ik bel morgen wel terug.'
'Ik geloof dat dit een noodgeval zou kunnen zijn.'
Jack draaide zich om in zijn stoel. 'Wie is het?'
'Ze zei dat ze Kate Whitney heette.'
Vijf minuten later zat Jack in zijn auto; een splinternieuwe, koperkleurige Lexus 300. Allerlei gedachten vlogen door zijn hoofd. Kate was bijna hysterisch geweest. Het enige wat hij had begrepen was dat Luther gearresteerd was. Waarvoor wist hij niet.

De deur ging meteen open toen Jack klopte; Kate stortte zich in zijn armen. Het duurde een paar minuten voordat ze haar ademhaling weer enigszins onder controle had.

'Kate, wat is er? Waar is Luther? Waar wordt hij van beschuldigd?'

Ze keek hem aan. Haar gezicht was zo schraal en opgezet dat het wel leek of ze een pak slaag had gekregen.

Toen ze ten slotte het woord uit haar mond kreeg, bleef Jack verbijsterd zitten.

'Moord?' Hij liet zijn blik door de kamer gaan maar werd zo door zijn gedachten in beslag genomen, dat hij vrijwel niets zag. 'Dat is onmogelijk. Wie zou hij verdomme vermoord moeten hebben?'

Kate ging rechtop zitten en duwde haar haar uit haar gezicht. Ze keek hem recht in de ogen. Deze keer kwam haar antwoord meteen. De woorden waren glashelder en troffen hem als een mokerslag.

'Christine Sullivan.'

Een moment lang bleef Jack als versteend zitten, maar toen schoot hij als een raket omhoog uit zijn stoel. Hij keek haar aan, wilde iets zeggen en merkte dat hij dat niet kon. Hij liep naar het raam, trok het open en liet de koude buitenlucht in zijn gezicht waaien. Zijn maag produceerde puur zoutzuur dat steeg tot in zijn slokdarm en hij was nauwelijks in staat het terug te dringen. Heel langzaam verdween het slappe gevoel uit zijn benen. Hij deed het raam dicht en ging naast haar zitten.

'Wat is er gebeurd, Kate?'

Met een tissue wreef ze haar ogen droog. Haar haar was één grote warboel. Ze had haar overjas nog aan. Haar schoenen lagen naast haar stoel, waar ze ze had uitgeschopt. Ze deed haar uiterste best om zich enigszins te herstellen. Uiteindelijk veegde ze een haarlok weg van haar mond en keek hem aan.

De woorden kwamen in korte salvo's uit haar mond rollen. 'De politie heeft hem opgepakt. Ze... ze denken dat hij heeft ingebroken. In het Sullivan-huis. Er behoorde niemand te zijn. Maar Christine Sullivan was er.' Ze wachtte even en haalde diep adem. 'Ze denken dat Luther haar heeft vermoord.' Toen ze die laatste woorden had uitgesproken, gingen haar ogen dicht, alsof haar oogleden zo zwaar waren, dat ze vanzelf naar beneden zakten. Langzaam schudde ze haar hoofd. Haar voorhoofd zat vol rimpels, alsof de bonzende hoofdpijn haar huid deed samentrekken.

'Dat is belachelijk, Kate. Luther zou nooit iemand vermoorden.'

'Ik weet het niet, Jack, ik weet niet meer wat ik moet denken.'

Jack stond op en trok zijn jas uit. Hij haalde zijn hand door zijn haar en probeerde na te denken. Toen keek hij haar aan.

'Hoe ben je erachter gekomen? Hoe hebben ze hem in godsnaam te pakken gekregen?'

Er ging een schok door Kate's lichaam. De pijn was zo hevig, dat deze bijna zichtbaar boven haar hing, om vervolgens weer terug te keren in haar lichaam. Ze pakte een nieuwe tissue en veegde haar ogen droog. Het duurde zo lang voordat ze haar hoofd centimeter voor centimeter naar hem toe had gedraaid, dat ze wel een stokoude oma leek. Haar ogen waren nog steeds gesloten en haar ademhaling werd onderbroken door gesnik, alsof de lucht gevangen zat en moeite moest doen om te ontsnappen.

Ten slotte deed ze haar ogen open. Haar lippen bewogen, maar er kwamen nog geen woorden uit haar mond. Toen lukte het haar om ze uit te spreken; langzaam en nadrukkelijk, alsof ze zichzelf dwong de verschrikkelijke betekenis ervan zo goed mogelijk tot zich door te laten dringen.
'Ik heb hem in de val gelokt.'

Luther, gekleed in een oranje gevangenisoveral, zat in dezelfde naargeestige ondervragingskamer waarin Wanda Broome enige tijd geleden had gezeten. Seth Frank zat tegenover hem en nam hem aandachtig op. Luther keek recht voor zich uit. Hij leek nauwelijks aangeslagen. De man zat over iets na te denken.
Er kwamen nog twee mannen de kamer binnen. De ene had een cassetterecorder bij zich, die hij exact in het midden van het tafelblad zette. Hij zette het apparaat aan.
'Rookt u?' Frank haalde zijn sigaretten te voorschijn. Luther pakte een sigaret en even later zaten beide mannen dunne rookpluimen naar het plafond te blazen.
Voor de volledigheid las Frank Luther nogmaals zijn rechten voor. Hij kon zich in deze zaak geen procedurefouten permitteren.
'Dus u begrijpt uw rechten?'
Luther maakte een vaag wuifgebaar met zijn sigaret.
De man was niet wat Frank zich van hem had voorgesteld. Hij had een aanzienlijk strafblad. Drie eerdere veroordelingen, maar de afgelopen twintig jaar was hij brandschoon. Dat hoefde niets te betekenen. Maar geen geweldplegingen, geen enkele vorm van lichamelijk geweld. Ook dat hoefde niets te betekenen. Toch was er iets met die man.
'Ik heb een ja of nee nodig op die vraag.'
'Ja.'
'Oké. U begrijpt dat u bent gearresteerd in verband met de moord op Christine Sullivan?'
'Ja.'
'En u weet zeker dat u afziet van uw recht op een advocaat? Wij kunnen voor een advocaat zorgen, of u kunt uw eigen advocaat bellen.'
'Ik weet het zeker.'
'U begrijpt ook dat u niet verplicht bent een verklaring af te leggen voor de politie? En dat elke verklaring die u aflegt, tegen u gebruikt kan worden?'
'Dat heb ik begrepen.'
Franks jarenlange ervaring had hem geleerd dat snelle bekentenissen een ramp konden worden voor een openbare aanklager. Zelfs een vrijwillig afgelegde bekentenis kon door de verdediging onderuitgehaald worden, met als gevolg dat aan al het bewijs dat op die bekentenis gebaseerd was, een luchtje kwam te zitten, en dat dat bewijs dus als onaanvaardbaar werd beschouwd. De dader kon je rechtstreeks naar het lijk leiden en de volgende dag fluitend de rechtszaal uit lopen. Zijn advocaat zou je glimlachend aankijken en ondertussen hopen dat hij zijn cliënt nooit meer terug zou

zien. Maar Frank had zijn zaak. Wat Luther eraan toevoegde, was alleen maar een extraatje.

Hij richtte zijn aandacht weer op zijn gevangene. 'Dan zou ik u een paar vragen willen stellen. Oké?'

'Mij best.'

Frank las de datum en het tijdstip van de dag voor en vroeg Luther wat zijn volledige naam was. Verder kwamen ze niet. De deur ging open en een geüniformeerde agent boog zich naar binnen.

'Zijn advocaat is er.'

Frank keek Luther aan en zette de cassetterecorder uit.

'Welke advocaat?'

Voordat Luther kon antwoorden, had Jack de agent al opzij geduwd en stond hij midden in de kamer.

'Jack Graham. Ik ben de advocaat van de verdachte. Haal die cassetterecorder hier weg. Ik wil mijn cliënt onder vier ogen spreken. Nu meteen, heren.'

Luther staarde hem aan. 'Jack,' zei hij scherp.

'Houd je mond, Luther.' Jack keek de politiemannen aan. 'Nu meteen!'

De mannen begonnen de kamer uit te lopen. Frank en Jack keken elkaar even recht in de ogen, en toen werd de deur dichtgedaan. Jack zette zijn koffertje op de tafel, maar hij ging niet zitten.

'Wil je me vertellen wat er verdomme aan de hand is?'

'Jack, je moet je er niet mee bemoeien. Ik meen het.'

'Jij bent naar me toe gekomen. Ik moest je beloven dat ik er voor je zou zijn. Nou, hier ben ik dan.'

'Fijn. Je hebt woord gehouden. Dan kun je nu vertrekken.'

'Mij best, maar wat ga jij dan doen?'

'Dat is jouw zaak niet.'

Jack boog zich voorover en bracht zijn gezicht heel dicht bij dat van Luther. 'Wat ga je doen?'

Voor het eerst verhief Luther zijn stem. 'Ik beken schuld! Ik heb het gedaan.'

'Je hebt haar vermoord?'

Luther wendde zijn blik af.

'Heb jij Christine Sullivan vermoord?' Luther antwoordde niet. Jack greep hem bij de schouders en schudde hem door elkaar.

'Heb je haar vermoord?'

'Ja.'

Jack bestudeerde Luthers gezicht enige tijd en pakte toen zijn koffertje op. 'Ik treed op als jouw advocaat, of je het leuk vindt of niet. En totdat ik heb ontdekt waarom je tegen me zit te liegen, zeg je geen woord tegen de politie. Als je dat wel doet, laat ik je ontoerekeningsvatbaar verklaren.'

'Jack, ik waardeer wat je doet, maar...'

'Luister, Luther, Kate heeft me verteld wat er is gebeurd, wat ze heeft gedaan en waarom. Maar ik zal je één ding zeggen: als jij hiervoor opdraait, zal jouw kleine meisje daar nooit meer van herstellen. Hoor je me?'

Luther maakte de zin in zijn gedachten die hij wilde zeggen, nooit af. Plotseling voelde hij zich alsof hij in een reageerbuis zat. Hij hoorde Jack niet eens weggaan. Hij bleef doodstil zitten en staarde recht voor zich uit. Voor een van de eerste keren in zijn leven had hij absoluut geen idee wat hij moest doen.

Jack liep op het groepje mannen toe dat in de gang stond te wachten.
'Wie heeft hier de leiding?'
Frank keek hem aan. 'Ik. Hoofdinspecteur Seth Frank.'
'Fijn, hoofdinspecteur. Voor zover u het nog niet wist, mijn cliënt ziet niet langer af van zijn recht op een advocaat en het is u niet toegestaan buiten mijn aanwezigheid met hem te praten. Is dat duidelijk?'
Frank kruiste zijn armen voor zijn borst. 'Oké.'
'Wie is de procureur die dit behandelt?'
'Assistent openbare aanklager George Gorelick.'
'Ik neem aan dat u een tenlastelegging hebt?'
Frank boog zich naar hem toe. 'De kamer van inbeschuldigingstelling heeft me vorige week een akte van beschuldiging verstrekt.'
Jack trok zijn jas aan. 'Dat zal best.'
'Borg kunt u wel vergeten, ik neem aan dat u dat weet?'
'Nou, van wat ik gehoord heb, geloof ik dat het beter voor hem is dat hij een tijdje bij jullie blijft. Wilt u voor mij een oogje op hem houden?'
Jack gaf Frank zijn kaartje en liep vervolgens doelbewust de gang in. Door die laatste opmerking verdween de glimlach van Franks lippen. Hij keek naar het kaartje, toen naar de ondervragingskamer en ten slotte naar de snel weglopende strafpleiter.

•20•

Ze had gedoucht en andere kleren aangetrokken. Haar natte haar was strak naar achteren gekamd en hing los tot op haar schouders. Ze droeg een dikke blauwe V-halspullover met een wit T-shirt eronder. Haar gebleekte spijkerbroek hing losjes om haar smalle heupen. Haar slanke voeten waren in dikke wollen sokken gehuld. Jack keek hoe die voeten haar sierlijke gestalte door de kamer transporteerden. Ze had zich enigszins hersteld van haar inzinking eerder op die dag. Maar de ontzetting was nog steeds zichtbaar in haar ogen. Het leek of ze die probeerde te bestrijden met lichamelijke activiteit.
Jack zat met een glas bronwater in zijn hand achterovergeleund in een

233

stoel. Zijn schouders waren zo hard als een plank. Alsof ze dat aanvoelde, stopte Kate met ijsberen en begon zijn nek te masseren.

'Hij had me niet verteld dat hij een tenlastelegging had. Hij zei dat ze Luther alleen wilden inrekenen om hem te ondervragen.' Kate's stem klonk boos.

'Dus ze hebben je niet de hele waarheid verteld. Sinds wanneer wordt er van de politie verwacht dat ze de hele waarheid vertelt?'

'Ik merk dat je weer als een strafpleiter begint te denken.'

Ze nam zijn nek en schouders stevig onder handen en Jack vond het heerlijk. Als ze zich vooroverboog om zijn spierknopen weg te masseren, raakte haar natte haar af en toe zijn gezicht. Hij deed zijn ogen dicht. De radio liet Billy Joels *River of Dreams* horen. Wat was zijn droom eigenlijk? Jack vroeg het zich af. Zijn levensdoel leek om hem heen te dansen, als vlekjes zonlicht die je vroeger als kind altijd probeerde te pakken te krijgen.

'Hoe gaat het met hem?' Kate's vraag bracht hem terug tot de werkelijkheid. Hij dronk de rest van zijn bronwater op.

'Hij is verward, opgefokt, nerveus. Allemaal dingen die ik nooit van hem gedacht had. Trouwens, ze hebben het geweer gevonden. In een kamer op de bovenste verdieping van een van die oude huizen tegenover het café waar jullie hadden afgesproken. Degene die geschoten heeft, is natuurlijk allang verdwenen. Dat staat wel vast. Verdomme, volgens mij kan het de politie niet eens iets schelen.'

'Wanneer wordt hij in staat van beschuldiging gesteld?'

'Overmorgen om tien uur.' Hij boog zijn hoofd achteruit en pakte haar hand vast. 'Ze gaan voor moord met voorbedachten rade, Kate.'

Ze stopte met masseren en wreef nerveus haar tintelende handen over elkaar.

'Dat is gelul. Moord in combinatie met inbraak is een ernstig misdrijf, maar hooguit doodslag. Zeg maar tegen de procureur dat hij de statuten moet nakijken.'

'Hé, dat hoor ik te zeggen, is het niet?' Hij probeerde haar aan het lachen te maken, maar slaagde daar niet in. 'De lezing van het Openbaar Ministerie is dat hij inbrak in dat huis en tijdens die inbraak betrapt werd. Met de bewijzen van het fysieke geweld, de verwurging, het slaan en de twee schoten in het hoofd willen ze de inbraak en de moord proberen te splitsen. Ze geloven dat ze de moord op die manier kunnen presenteren als een wrede, verderfelijke daad. En ze hebben de verdwijning van Sullivans juwelen. Moord in combinatie met een gewapende overval is goed voor moord met voorbedachten rade.'

Kate ging zitten en wreef over haar dijbenen. Ze droeg geen make-up, maar ze was altijd een vrouw geweest die dat niet nodig had. De spanning waaraan ze blootstond, was echter zichtbaar in en rondom haar ogen en aan de stand van haar schouders.

'Wat weet je van Gorelick? Hij is de procureur in deze zaak.' Jack stopte een ijsblokje in zijn mond.

'Gorelick is een pompeuze, dweepzieke, arrogante klootzak, en een dijk van een aanklager.'

'Leuk is dat.' Jack stond op uit zijn stoel en ging naast Kate zitten. Hij nam haar voet met de bezeerde enkel in zijn handen en begon hem zachtjes te masseren. Kate leunde achteruit op de bank en legde haar hoofd op de rugleuning. Zo was het altijd geweest tussen hen, heel ontspannen, alleen maar genietend van elkaars gezelschap, alsof de afgelopen vier jaar er nooit waren geweest.

'Frank vertelde me dat ze niet eens voldoende bewijs hadden voor een arrestatiebevel, laat staan voor een tenlastelegging. Ik begrijp het niet, Jack.'

Jack trok haar sokken uit, nam haar voeten in beide handen en voelde de dunne, tere botten. 'De politie heeft een anonieme tip gekregen over de kentekenplaat van een auto die gezien is in de buurt van het huis van de Sullivans op wat vermoedelijk de nacht van de moord was. De auto is later die nacht teruggevonden op een parkeerterrein in Washington D.C.'

'Dus die tip was fout?'

'Nee. Luther heeft me wel eens verteld hoe gemakkelijk het was om een auto van dat parkeerterrein te stelen. Je deed je klus en dan zette je hem weer terug.'

Kate keek hem niet aan; ze lag naar het plafond te kijken.

'Leuke gesprekjes hadden jullie vroeger.' De bekende afkeuring was weer hoorbaar in haar stem.

'Kom nou, Kate.'

'Het spijt me.' Haar stem klonk weer vermoeid

'Ze hebben de vloerkleden onderzocht. Er zijn vezels van de vloerbedekking van Sullivans slaapkamer gevonden. Wat ook werd aangetroffen, is een aardemengsel van een heel bijzondere samenstelling. Het bleek exact dezelfde te zijn als het aardemengsel dat door Sullivans tuinman wordt gebruikt in het maïsveld naast het huis. Het mengsel wordt speciaal gemaakt voor Sullivan; grond van exact dezelfde samenstelling vind je nergens anders. Ik heb met Gorelick gepraat. Hij heeft er veel vertrouwen in, dat kan ik je zeggen. Ik heb de dossiers nog niet. Morgen zal ik een verzoek tot inzage van de belastende stukken indienen.'

'Voorlopig hebben ze nog niets dat naar mijn vader leidt.'

'Ze hebben een huiszoekingsbevel voor Luthers huis en auto gekregen. In de vloermat van de auto hebben ze hetzelfde aardemengsel aangetroffen. En ook op het vloerkleed in de woonkamer.'

Langzaam gingen Kate's ogen open. 'Hij is in dat huis geweest om die verdomde vloerbedekking te reinigen. Daar kan hij die vezels opgepikt hebben.'

'En daarna is hij een stukje gaan rennen door het maïsveld? Kom nou.'

'Het kan in huis terechtgekomen zijn door iemand anders en toen is hij erin gaan staan.'

'Dat heb ik ook overwogen, maar er is nog iets.'

Ze ging rechtop zitten. 'En dat is?'

'Afgezien van de vezels en de aarde hebben ze ook nog een schoonmaak-middel op petroleumbasis gevonden. De politie heeft bij haar onderzoek sporen ervan aangetroffen in de vloerbedekking van de slaapkamer. Ze denken dat de dader heeft geprobeerd bloedspatten te verwijderen, zijn bloed. Ik weet zeker dat ze een handvol getuigen hebben die bereid zijn te zweren dat dat schoonmaakmiddel nooit gebruikt is voordat de vloerbe-dekking werd gereinigd. Daarom kan Luther het alleen hebben opgepikt als hij ná het reinigen van de vloerbedekking in dat huis is geweest. En daar heb je je verband.'

Kate liet zich weer achterovervallen.

'Bovendien hebben ze het hotel gevonden waar Luther zich schuilhield. Ze troffen er een vals paspoort aan en via dit paspoort hebben ze ontdekt dat Luther naar Barbados is geweest. Twee dagen na de moord is hij naar Texas gevlogen, vervolgens naar Miami en toen naar het eiland. Blijkbaar heeft hij daar ongeveer een maand gezeten. Dat lijkt op een vluchtende verdachte, is het niet? Ze hebben een beëdigde verklaring van een plaatse-lijke taxichauffeur die Luther naar Sullivans vakantiehuis heeft gereden. Luther maakte een toespeling dat hij in Sullivans huis in Virginia was geweest. Daar komt nog bij dat ze getuigen hebben die zullen verklaren dat Luther en Wanda Broome voor de moord verscheidene malen samen zijn gezien. Eén vrouw, een goede vriendin van Wanda, zal verklaren dat Wanda haar heeft verteld dat ze dringend geld nodig had. En dat Christine Sullivan haar heeft verteld over de kluis. Wat aantoont dat Wanda Broome gelogen heeft tegen de politie.'

'Nu begrijp ik waarom Gorelick zo scheutig is met zijn informatie. Maar het blijft allemaal indirect bewijs.'

'Nee, Kate, dit is het perfecte voorbeeld van een zaak zonder direct bewijs dat Luther rechtstreeks in verband brengt met de misdaad, maar met vol-doende indirect bewijs om de jury te laten denken: kom nou, neem je moeder in de maling, je hebt het gedaan, vuile schoft. Ik zal protesteren waar ik kan, maar ze hebben heel wat materiaal om ons mee om de oren te slaan. En als het Gorelick lukt om je vaders eerdere veroordelingen ter sprake te brengen, zullen we het moeilijk krijgen.'

'Die zijn veel te oud. Ze zouden de jury bevooroordelen, meer dan dat ze iets zouden bewijzen. De rechter zal ze nooit toestaan.' Ze klonk overtuig-der dan dat ze zich voelde. Hoe kon ze trouwens onder deze omstandighe-den nog ergens zeker van zijn?

De telefoon ging over. Kate wilde opnemen, maar aarzelde. 'Weet iemand dat jij hier bent?'

Jack schudde zijn hoofd.

Ze nam op. 'Hallo?'

De stem klonk zakelijk en professioneel. 'Mevrouw Whitney? Met Bob Gavin van de *Washington Post*. Mag ik u een paar vragen stellen over uw vader? Ik zou u graag persoonlijk ontmoeten als dat geregeld kan worden.'

'Wat wilt u?'

'Kom nou, mevrouw Whitney. Uw vader is voorpaginanieuws. En u bent openbare aanklager. Daar zit een dijk van een verhaal in, als u het mij vraagt.'

Kate hing op. Jack keek haar aan.

'Wat was dat?'

'Een journalist.'

'Jezus, die zijn er snel bij.'

Ze kwam weer naast hem zitten. Haar vermoeidheid was zo duidelijk zichtbaar, dat hij ervan schrok. Hij schoof naar haar toe en pakte haar hand vast.

Plotseling nam ze zijn gezicht in haar handen en draaide het naar het hare. Ze keek bang. 'Jack, jij kunt deze zaak niet op je nemen.'

'Ik zou niet weten waarom niet. Ik ben actief lid van de advocatenorde van Virginia. Ik heb al zes moordzaken gedaan en ik heb uitstekende kwalificaties.'

'Dat bedoel ik niet. Ik weet dat je uitstekende kwalificaties hebt. Maar Patton, Shaw & Lord doet geen strafzaken.'

'Nou en? Dan is dit een mooi moment om ermee te beginnen.'

'Jack, wees nu serieus. Sullivan is een van hun belangrijkste cliënten. Jij hebt voor hem gewerkt. Ik heb erover gelezen in de *Legal Times*.'

'Er is geen sprake van tegenstrijdige belangen. In mijn advocaat-cliëntrelatie met Sullivan ben ik niets te weten gekomen dat bruikbaar is in deze zaak. Trouwens, Sullivan staat hier niet terecht. Het is de staat versus ons.'

'Jack, ze zullen je deze zaak niet laten doen.'

'Mij best. Dan neem ik ontslag en begin ik voor mezelf.'

'Dat kun je niet doen. Het gaat nu net zo goed met je. Dat kun je niet weggooien. Niet hiervoor.'

'Voor wat dan wel? Ik kan namelijk op dit moment niets bedenken dat belangrijker is. Ik weet dat jouw vader die vrouw niet heeft afgetuigd, om vervolgens ijskoud de kop van haar romp te knallen. Hij is vermoedelijk naar dat huis gegaan om er in te breken, maar hij heeft niemand vermoord, dat weet ik zeker. En zal ik je nog eens iets anders vertellen? Ik weet vrijwel zeker dat hij weet wie haar heeft vermoord, en daarom is hij doodsbang. Hij heeft iets gezien in dat huis, Kate. Hij heeft iemand gezien.'

Kate liet langzaam haar adem ontsnappen terwijl ze de betekenis van die woorden tot zich liet doordringen.

Jack zuchtte en keek naar zijn voeten.

Hij stond op en trok zijn jas aan. Plagend stak hij zijn vinger achter de band van haar spijkerbroek. 'Wanneer heb jij voor het laatst behoorlijk gegeten?'

'Dat kan ik me niet meer herinneren.'

'Maar ik kan me nog wel herinneren dat jij er een paar jaar geleden in die spijkerbroek bijzonder aangenaam uitzag.'

Deze keer lachte ze niet. 'Bedankt.'

'Het is nog niet te laat om daar iets aan te doen.'

Ze liet haar blik door haar appartement gaan, maar wist eigenlijk niet met welke bedoeling.

'Wat had je in gedachten?'

'Spareribs, salade en iets sterkers dan cola. Hoe klinkt dat?'

Ze aarzelde geen moment. 'Ik pak even mijn jas.'

Jack hield het portier van de Lexus voor haar open. Hij zag hoe ze elk detail van de luxe auto vol bewondering bekeek.

'Ik heb je advies opgevolgd. Ik vond dat ik maar eens wat van mijn zuur-verdiende geld moest uitgeven.' Hij was net ingestapt toen er voor het raampje aan de passagierskant een hoofd verscheen.

De man droeg een slappe vilthoed en hij had een korte, grijze baard en een dun snorretje. Zijn bruine overjas was tot bovenaan dichtgeknoopt. In de ene hand had hij een kleine cassetterecorder en in de andere een perskaart.

'Bob Gavin, mevrouw Whitney. Ik had u gebeld, maar ik geloof dat we werden afgesneden.'

Toen keek hij naar Jack. Zijn wenkbrauwen gingen omhoog. 'U bent Jack Graham, Luther Whitney's advocaat. Ik heb u gezien op het politiebureau.'

'Gefeliciteerd, meneer Gavin, dan hebt u blijkbaar goede ogen en een erg ontwapenende glimlach. Tot ziens.'

Gavin hield zich vast aan de auto. 'Wacht. Kom nou, één minuutje maar. Het publiek heeft recht op informatie over deze zaak.'

Jack wilde iets zeggen, maar Kate was hem voor.

'Die zullen ze krijgen, meneer Gavin. Maar daar zijn openbare rechtszittin-gen voor. Ik weet zeker dat u een plaatsje op de eerste rij krijgt. Dag.'

De Lexus trok op. Even twijfelde Gavin of hij naar zijn eigen auto moest ren-nen, maar hij besloot dat niet te doen. Met zijn vierenzestig jaar waren hij en zijn weke, misbruikte lichaam zeer kansvolle kandidaten voor een hartaan-val. Het spel was nog maar net begonnen. Vroeg of laat zou hij ze wel te pak-ken krijgen. Hij zette de kraag van zijn jas op tegen de wind en wandelde weg.

Het was bijna middernacht toen de Lexus voor Kate's appartementenge-bouw tot stilstand kwam.

'Weet je echt zeker dat je dit wilt doen, Jack?'

'Ach, ik heb die plafondschilderingen nooit echt mooi gevonden, Kate.'

'Wat?'

'Niets. Ga slapen. We zullen het allebei nog hard nodig hebben.'

Ze wilde het portier openen, maar aarzelde toen. Ze draaide zich om, keek hem aan en veegde nerveus haar haar achter haar oor. Deze keer was er geen pijn te zien in haar ogen. Het was iets anders, maar Jack kon niet pre-cies zeggen wat. Opluchting misschien?

'Jack, de dingen die je op die avond zei...'

Hij slikte en kneep in het stuur. Hij had zich al afgevraagd wanneer ze er-over zou beginnen. 'Kate, daar heb ik nog eens over nagedacht.'

Ze legde haar vingertoppen op zijn mond. 'Je had gelijk, Jack. Op meerdere punten.'

238

Hij keek haar na tot ze bij de voordeur was; toen reed hij weg.

Toen hij thuiskwam, bleek dat het bandje van zijn antwoordapparaat tot het eind toe vol met berichten stond. Het indicatorlampje knipperde zo fel, dat het een constante rode gloed door de kamer wierp. Jack besloot het enige zinnige te doen dat hij op dat moment kon bedenken: net te doen of hij niet thuis was. Hij trok de stekker van de telefoon uit de muur, deed alle lichten uit en kroop in bed.
Hij probeerde te slapen, maar dat was niet zo makkelijk.
Tegenover Kate had hij zich zo zelfverzekerd gedragen. Maar wie nam hij nu eigenlijk in de maling? Deze zaak op zich nemen, op eigen houtje, zonder met iemand van PS&L te overleggen, stond ongeveer gelijk aan professionele zelfmoord. Maar wat zou praten voor zin hebben gehad? Hij wist wat het antwoord zou zijn. Als ze voor de keus stonden, zouden zijn mede-associés liever hun vette polsen doorsnijden dan Luther Whitney als cliënt aannemen.
Maar hij was advocaat en Luther had er een nodig. Belangrijke beslissingen als deze waren nooit eenvoudig, dus daarom deed hij zijn uiterste best om de zaken zo zwart-wit mogelijk te houden. Goed. Fout. Wettig. Onwettig. Dat was niet makkelijk voor een advocaat die erin was getraind om in alles de grijstinten te ontdekken. Een advocaat, wiens positie werd bepaald door de grootte van zijn cliënt, en in hoeverre deze bereid was kwartjes in de meter te blijven stoppen.
Nou, Jack had zijn beslissing genomen. Een oude vriend vocht voor zijn leven en had hem om hulp gevraagd. Het kon Jack niets schelen dat deze cliënt plotseling opvallend onwillig was geworden. Verdachten van ernstige misdaden waren in het begin zelden bereid tot medewerking. Maar Luther had hem om hulp gevraagd en die zou hij verdomme krijgen ook. In die beslissing was geen enkele grijstint meer te ontdekken. Er was nu geen weg meer terug.

•21•

Dan Kirksen sloeg de *Washington Post* open en bracht zijn glas sinaasappelsap naar zijn mond. Het kwam niet verder dan halverwege. Het was Gavin gelukt een artikel over de Sullivan-zaak te schrijven, waarin Jack Graham, de onlangs benoemde maat van Patton, Shaw & Lord, werd genoemd als verdediger van de verdachte. Kirksen belde meteen naar Jacks huis. Er werd niet opgenomen. Hij kleedde zich aan, liet zijn auto voorrijden en om acht uur liep hij de ontvangsthal van zijn kantoor binnen. Hij liep langs Jacks oude kantoor, waar nog steeds enkele stapels dozen met papieren en persoonlijke bezittingen stonden. Jacks nieuwe kantoor was verderop in de gang, naast dat van Lord. Een prachtig kantoor van zeven bij zeven meter, met een kleine bar, antieke meubelen en een weids uitzicht over de stad. Mooier dan het zijne, bedacht Kirksen afgunstig.

De bureaustoel stond met de rugleuning naar de deur gekeerd. Kirksen nam niet de moeite om te kloppen. Hij stoof het kantoor binnen en gooide de krant op het bureau.

Jack draaide zich langzaam om en wierp een blik op de krant.

'Nou, ze hebben tenminste de naam van de firma juist gespeld. Fantastische publiciteit. Dit kan ons veel nieuwe cliënten opleveren.'

Kirksen ging zitten zonder zijn ogen van Jack af te wenden. Hij sprak langzaam en nadrukkelijk, alsof hij het tegen een kind had. 'Ben je waanzinnig geworden? Wij doen geen rechtbankzaken voor criminelen. We doen helemaal geen strafzaken.'

'Nou, dat is niet helemaal juist. We deden ze niet, maar nu doen we ze wel.'

Jack glimlachte en keek Kirksen recht in de ogen. Vier miljoen versus zeshonderdduizend, knul. Dus houd je gemak, idioot.

'Jack, misschien ben je nog niet helemaal op de hoogte van de procedure die hier wordt gevolgd voordat een nieuwe zaak wordt aangenomen. Ik zal zorgen dat mijn secretaresse je van de gangbare regels voorziet. Ik vertrouw erop dat je in de tussentijd alle noodzakelijke stappen zult nemen om jezelf en deze firma onmiddellijk terug te trekken uit deze zaak. Alvast bedankt.'

Met een laatdunkende uitdrukking op zijn gezicht stond Kirksen op om te vertrekken. Jack stond ook op.

'Luister, Dan. Ik heb deze zaak aangenomen en ik houd hem. En het kan me geen barst schelen wat jij en het beleid van de firma daarvan vinden. Doe de deur achter je dicht als je weggaat.' Kirksen draaide zich langzaam om en keek Jack aan met zijn doordringende bruine ogen.

'Wees voorzichtig, Jack. Ik ben leidinggevend maat van deze firma.'

'Dat weet ik, Dan. Daarom heb ik er alle vertrouwen in dat je weet hoe je godverdomme een deur achter je reet moet dichttrekken!'

Zonder een woord te zeggen draaide Kirksen zich om, liep het kantoor uit en deed de deur achter zich dicht.

Het gebonk in Jacks hoofd werd eindelijk iets minder. Hij ging weer aan het werk. Hij was bijna klaar met zijn papieren. Die moest hij eerst in orde maken, voordat ze misschien zouden proberen hem tegen te houden. Hij printte de documenten uit, zette zijn handtekening eronder en belde zelf een koerier. Toen hij dat had gedaan, leunde hij achteruit in zijn stoel. Het was negen uur. Hij moest weg, want hij had om tien uur een afspraak met Luther. Jack werd overspoeld met vragen die hij zijn cliënt wilde stellen. En toen dacht hij terug aan die nacht. Die kille nacht op de Mall. De blik in

Luthers ogen. Jack kon zijn vragen wel stellen, hij hoopte alleen dat hij klaar was voor de antwoorden.

Hij trok zijn jas aan en binnen een paar minuten was hij met zijn auto op weg naar de gevangenis van Middleton County.

Volgens de grondwet van de staat Virginia en zijn statuten met betrekking tot strafprocedures, moet het Openbaar Ministerie een verdachte op de hoogte houden van alle ontlastende bewijzen. Gebeurde dat niet, dan was dat voor een assistent openbare aanklager een uitstekende manier om een eind te maken aan zijn of haar carrière, om nog maar te zwijgen van de mogelijkheid dat de veroordeling ongeldig werd verklaard en de verdachte vrijuit ging.

Het waren met name deze regels die Seth Frank een flinke hoofdpijn bezorgden. Hij zat in zijn kantoor en dacht na over de gevangene die op nog geen minuut afstand van hem alleen in zijn cel zat. Over zijn rustige, schijnbaar onverstoorbare manier van doen maakte Frank zich geen zorgen. Hij had meer verdachten gearresteerd die eruitzagen alsof ze zo uit een kerkkoor kwamen stappen, om vervolgens voor de grap een bijl in iemands schedel te zetten. Gorelick had zijn zaak aardig voor elkaar. Heel systematisch had hij een koffer vol kleine, beschuldigende feiten verzameld, waaruit hij voor een jury een mooie, stevige stropdas kon weven om Luther Whitney aan op te hangen. Ook daarover maakte Frank zich geen zorgen.

Wat Frank wel dwarszat, waren al die kleine dingen waar hij geen raad mee wist. De wonden. Twee wapens. Een kogel die uit de muur was gepeuterd. De plaats van het delict zo schoon als een operatiekamer. Het feit dat de man eerst naar Barbados was gegaan en toen was teruggekomen. Luther Whitney was een prof. Frank had het grootste deel van de afgelopen vier dagen besteed aan het zoveel mogelijk te weten komen over Luther Francis Whitney. Hij had een pracht van een inbraak gepleegd die afgezien van dat ene probleempje vermoedelijk onopgelost zou blijven. Een buit van een paar miljoen, de politie zit met de handen in het haar, hij is het land al uit, en dan komt die eikel terug. Professionals deden zoiets niet. Frank zou het begrepen hebben als hij op verzoek van zijn dochter was teruggekomen. Maar hij had de luchtvaartmaatschappijen gecheckt en ontdekt dat Luther Whitney, lang voordat Frank zijn plan met Kate had gesmeed, onder een valse naam was teruggevlogen naar de Verenigde Staten.

En dan het volgende: moest hij nu echt geloven dat Luther Whitney één enkele reden had om Christine Sullivans vagina te controleren? Bovendien had iemand geprobeerd hem te vermoorden. Dit was een van de eerste keren dat Frank met meer vragen zat nadat hij zijn verdachte had gearresteerd dan vóór de arrestatie.

Hij zocht in de zak van zijn jasje naar een sigaret. Zijn kauwgomperiode lag alweer ver achter hem. Volgend jaar zou hij het nog eens proberen. Toen hij weer opkeek, stond Bill Burton voor zijn bureau.

'Je begrijpt, Seth, dat ik niets kan bewijzen. Maar ik vertel je alleen hoe ik denk dat het gebeurd is.'

'En je weet zeker dat de president het aan Sullivan heeft verteld?'

Burton knikte en speelde met een kopje dat op Franks bureau stond. 'Ik heb zojuist een bespreking met hem gehad. Ik ben bang dat ik hem had moeten vertellen het stil te houden. Het spijt me, Seth.'

'Tja, hij is de president, Bill. Wilde je hem vertellen wat hij moet doen?'

Burton haalde zijn schouders op. 'Nou, wat denk je?'

'Het zou kunnen. Maar ik kan je wel vertellen dat ik het er niet bij laat zitten. Als Sullivan erachter zat, neem ik hem ook te grazen. Het kan me niet schelen wat zijn beweegredenen waren. Dat schot had iedereen kunnen treffen.'

'Nou, als Sullivan het heeft opgezet zoals ik vermoed, zul je niet veel vinden. Ik durf te wedden dat de schutter al op een of ander eiland in de Stille Oceaan zit, met een nieuw gezicht en honderd mensen die zweren dat hij nog nooit in de States is geweest.'

Frank stopte met schrijven. Burton observeerde hem.

'Heb je iets uit Whitney gekregen?'

'Niks! Zijn advocaat heeft hem opgedragen zijn mond te houden.'

'Wie is dat?' vroeg Burton quasi-ongeïnteresseerd.

'Jack Graham. Werkte vroeger als pro-deo-advocaat. Nu is hij maat bij een of ander prestigieus advocatenkantoor. Hij is op dit moment bij Whitney.'

'Is hij goed?'

Frank boog een plastic roerstokje in een driehoek. 'Hij weet wat hij doet.'

Burton stond op om te vertrekken. 'Wanneer wordt hij in staat van beschuldiging gesteld?'

'Tien uur morgenochtend.'

'Breng je Whitney erheen?'

'Ja. Wilde je mee, Bill?'

Burton bedekte zijn oren met zijn handen. 'Ik wil er niets meer over horen.'

'Hoezo?'

'Ik wil niet dat er weer iets uitlekt naar Sullivan, daarom.'

'Denk je dat ze het opnieuw zullen proberen?'

'Het enige wat ik weet, is dat ik die vraag niet kan beantwoorden. En jij ook niet. Maar ik zou maar wat extra voorzorgsmaatregelen nemen, als ik jou was.'

Frank keek hem aandachtig aan.

'Let goed op onze man, Seth. Hij heeft een afspraak op de dodenkamer in Greensville.'

Burton vertrok.

Frank bleef nog een paar minuten achter zijn bureau zitten. Wat Burton zei, was zo gek nog niet. Misschien zouden ze het opnieuw proberen. Hij pakte de hoorn van het toestel, draaide een nummer, sprak enkele minuten en hing weer op. Hij had alle voorzorgsmaatregelen voor Luthers transport genomen die hij kon bedenken. Deze keer was Frank vol vertrouwen dat er niets zou uitlekken.

Jack liet Luther achter in de ondervragingskamer en wandelde door de gang naar de koffieautomaat. Voor hem stond een grote man met een mooi pak en een elegante gestalte. De man draaide zich net om toen Jack hem passeerde. Ze botsten tegen elkaar.
'Sorry.'
Jack masseerde zijn schouder, die in botsing was gekomen met het geholsterde wapen van de man.
'Laat maar zitten.'
'Jack Graham, is het niet?'
'Hangt ervan af wie het vraagt.' Jack nam de man op. Als hij een wapen droeg, was hij vast geen journalist. Hij leek meer op een politieman. Hij zag het aan de manier waarop hij zijn handen hield, klaar om op elk willekeurig moment in actie te komen. En de manier waarop zijn ogen je observeerden, zonder de indruk te wekken dat ze dat deden.
'Bill Burton, geheime dienst.'
De mannen gaven elkaar een hand.
'Ik fungeer bij deze zaak min of meer als oortelefoon voor de president.'
Jacks ogen bleven op Burtons gezicht gericht. 'O ja, de persconferentie. Nou, ik neem aan dat je baas dolblij was vanochtend.'
'Dat zou hij zijn als de rest van de wereld niet zo'n godvergeven klerezooi was. Maar die cliënt van jou, volgens mij is hij alleen schuldig als de rechtbank dat zegt.'
'Zo is het maar net. Wil je niet in mijn jury komen zitten?'
Burton grinnikte. 'Succes. Leuk je te ontmoeten.'
'Wederzijds.'

Jack zette twee bekertjes koffie op tafel en keek Luther aan. Toen ging hij zitten en keek naar zijn lege notitieblok.
'Luther, als je niets zegt, zal ik alles zelf moeten verzinnen.'
Luther nam een slokje koffie en keek door het getraliede venster naar de kale eik die naast het politiebureau stond. Grote, natte sneeuwvlokken zweefden langs het venster. Het kwik daalde en de straten waren nu al een zooitje.
'Er valt niets te zeggen, Jack. Maak maar een deal voor me, dan bespaar je iedereen de moeite van een proces.'
'Misschien begrijp je het niet, Luther. Dit is hun deal. Ze binden je vast op een tafel, steken een slangetje in je arm, pompen je vol met een of ander smerig vergif en doen net of je een scheikundig experiment bent. Hoewel, ik geloof dat de gemeenschap de veroordeelde één keuzemogelijkheid kan aanbieden. Je kunt je hersenen laten stoven in de elektrische stoel. Dat is hun deal.'
Jack stond op en keek uit het raam. Heel even dacht hij aan een vredige

avond bij een knapperend houtvuur in de enorme villa, met een grote voortuin vol kleine Jacks en Jennifers. Hij slikte, schudde zijn hoofd om dat beeld kwijt te raken en keek weer naar Luther.

'Hoor je wat ik zeg?'

'Ja.' Voor het eerst keek Luther Jack recht in de ogen.

'Luther, wil je me alsjeblieft vertellen wat er is gebeurd? Misschien was je in dat huis, misschien heb je die kluis gekraakt, maar je maakt mij niet wijs dat jij iets te maken had met de dood van die vrouw. Ik ken je, Luther.'

Luther glimlachte. 'Is dat zo, Jack? Dat is mooi, want misschien kun jij me een dezer dagen dan vertellen wie ik ben.'

Jack gooide zijn notitieblok in zijn koffertje en klikte het dicht. 'Ik ga pleiten voor niet schuldig. Misschien vind je je verstand terug voordat we de rechtszaal in gaan.' Hij wachtte even en voegde er zachtjes aan toe: 'Ik hoop dat je dat doet.'

Hij stond op om te vertrekken, maar toen voelde hij Luthers hand op zijn schouder. Jack draaide zich om en zag weer die angst op Luthers gezicht.

'Jack.' Luther slikte moeizaam; zijn tong leek ineens twee keer zo groot. 'Als ik het kon, zou ik het je vertellen. Maar dat zou jou noch Kate noch iemand anders enig goed doen. Het spijt me.'

'Kate? Waar heb je het over?'

'Tot ziens, Jack.' Luther draaide zich om en begon weer uit het raam te staren.

Hoofdschuddend keek Jack naar zijn vriend en klopte toen op de deur voor de bewaker.

De dikke, zachte sneeuwvlokken waren veranderd in keiharde hagelstenen die tegen de brede ramen sloegen alsof er handenvol grind tegenaan werden geworpen. Kirksen had geen aandacht voor het weer; hij zat strak naar Lord te kijken. Het strikje van de leidinggevende maat zat een beetje scheef. Hij zag het in de reflectie van de ruit en trok het nijdig recht. Zijn hoge voorhoofd was rood van woede en verontwaardiging. Hij zou die schoft wel krijgen. Niemand sprak op zo'n toon tegen hem.

Sandy Lord staarde naar de donkere gebouwen die het silhouet van de stad vormden. In zijn rechterhand smeulde een sigaar. Hij had zijn jasje uitgetrokken en zijn immens dikke buik raakte de ruit. Zijn rode bretels staken duidelijk af tegen zijn gesteven witte overhemd met gemonogrammeerde manchetten. Al zijn aandacht was gericht op een figuur op straat die wanhopig achter een taxi aan rende.

'Hij ondermijnt de relatie die deze firma, die jij met Walter Sullivan hebt. Wat moet Walter niet gedacht hebben toen hij vanmorgen de krant las. Zijn eigen firma, zijn eigen advocaat die deze persoon vertegenwoordigt. Mijn god!'

Lord hoorde maar een gedeelte van de klaagzang van de kleine man. Hij had nu al een paar dagen niets van Sullivan gehoord. Telefoontjes naar zijn kantoor en huis waren onbeantwoord gebleven. Niemand scheen te weten waar hij was. Dat was niets voor zijn oude vriend, die gewend was nauwe contacten te onderhouden met het kleine elitegroepje waar Sandy Lord al jarenlang deel van uitmaakte.

'Ik stel voor, Sandy, dat we onmiddellijk maatregelen nemen tegen Graham. We kunnen dit niet op zijn beloop laten. Het zou een vreselijk precedent scheppen. Het kan me niet schelen dat hij Baldwin als cliënt heeft. Baldwin en Sullivan kennen elkaar. Baldwin zal ook wel razend zijn over deze betreurenswaardige toestand. We kunnen een vergadering van het leidinggevend comité beleggen voor vanavond. Ik denk niet dat het veel tijd zal kosten om tot een conclusie te komen. Want...'

Uiteindelijk stak Lord een hand op om een einde aan Kirksens gezeur te maken.

'Ik regel het wel.'

'Maar Sandy, als leidinggevend maat geloof ik dat...'

Lord draaide zich om. De rode ogen aan weerszijden van zijn grote, knolvormige neus boorden zich recht in Kirksens tengere gestalte.

'Ik zei dat ik het zou regelen.'

Lord draaide zich weer naar het raam en keek naar buiten. Kirksens gekwetste trots kon hem geen barst schelen. Waar Lord zich wel zorgen over maakte, was het feit dat iemand een moordaanslag had gepleegd op de man die verdacht werd van de moord op Christine Sullivan. En dat niemand Walter Sullivan kon bereiken.

Jack parkeerde zijn auto, keek naar de overkant van de straat en kneep zijn ogen dicht. Dat hielp niets, want het beeld van de speciale nummerplaten leek op zijn netvlies gegrift. Hij sprong uit zijn auto en zonder acht te slaan op het verkeer stak hij de gladde straat over.

Hij stak zijn sleutel in het slot, haalde nog een keer diep adem en opende de deur.

Ze zat in de kleine stoel bij de tv. Ze droeg een kort, zwart rokje, zwarte schoenen met naaldhakken en zwarte kousen met een patroontje. Haar witte blouse stond bovenaan open en haar smaragden halsketting bracht wat kleur in het kleine kamertje. Op het laken dat Jacks versleten sofa bedekte, had ze heel zorgvuldig haar lange bontmantel gedrapeerd. Ze tikte met haar nagels tegen het tv-scherm toen hij binnenkwam. Ze keek hem aan, maar zei niets. Haar volle, robijnrode lippen vormden een strakke lijn.

'Hallo, Jenn.'

'Je bent de afgelopen vierentwintig uur een zeer bezig baasje geweest, Jack.' Ze glimlachte niet en bleef met haar nagels tegen het tv-scherm tikken.

'Ach, er moet brood op de plank komen, je weet hoe dat gaat.'

Hij trok zijn jas uit, maakte zijn das los en liep naar de keuken voor een biertje. Hij kwam de kamer weer in en ging tegenover haar op de bank zitten.

'Hé, ik heb vandaag een nieuwe zaak aangenomen.'
Ze haalde de *Washington Post* uit haar tas en wierp hem Jack toe.
'Ik weet het.'
Hij keek naar de krantekoppen.
'Je kantoor zal niet toestaan dat je het doet.'
'Dat is dan jammer, want ik ben al begonnen.'
'Je weet best wat ik bedoel. Wat bezielt je in godsnaam?'
'Jenn, ik ken die man, oké? Ik ken hem, hij is een vriend van me. Ik geloof niet dat hij die vrouw heeft vermoord en daarom ga ik hem verdedigen. Advocaten doen dat soort dingen nu eenmaal.'
Ze leunde naar voren. 'Het gaat om Walter Sullivan, Jack. Denk toch na over wat je doet.'
'Ik weet dat het om Walter Sullivan gaat, Jenn. Wat wil je daarmee zeggen? Luther Whitney verdient geen goede verdediger omdat iemand zegt dat hij Walter Sullivans vrouw heeft vermoord? Neem me niet kwalijk, maar wie bepaalt dat?'
'Walter Sullivan is je cliënt.'
'Luther Whitney is mijn vriend en ik ken hem al veel langer dan ik Walter Sullivan ken.'
'Jack, de man die je verdedigt, is een ordinaire crimineel. Hij heeft zijn halve leven in de gevangenis doorgebracht.'
'Toevallig heeft hij al meer dan twintig jaar niet in de gevangenis gezeten.'
'Hij is een veroordeelde misdadiger.'
'Maar hij is nooit veroordeeld voor moord.'
'Jack, er zijn in deze stad meer advocaten dan criminelen. Waarom kan een andere advocaat hem niet verdedigen?'
Jack keek naar zijn biertje. 'Wil jij er ook een?'
'Geef antwoord op mijn vraag.'
Jack stond op en smeet zijn bierflesje tegen de muur.
'Omdat hij het godverdomme aan mij heeft gevraagd!'
Jennifer keek hem aan. De angstige blik in haar ogen was alweer verdwenen voordat de glasscherven de grond raakten. Ze pakte haar bontmantel en trok hem aan.
'Je maakt een grote fout en ik hoop dat je je verstand terugvindt voordat je onherstelbare schade aanricht. Mijn vader kreeg bijna een hartinfarct toen hij dat artikel las.'
Jack legde zijn hand op haar schouder, draaide haar om en zei heel kalm: 'Jenn, dit is iets wat ik moet doen. Ik had gehoopt dat je me erbij zou steunen.'
'Jack, je kunt beter ophouden met bier drinken en eens goed nadenken over hoe je de rest van je leven wilt doorbrengen.'
Toen ze de deur achter zich had dichtgetrokken, liet Jack zich ertegenaan vallen en bleef net zo lang over zijn gezicht wrijven tot hij dacht dat zijn huid zou loslaten onder de druk die zijn vingers uitoefenden.
Door het kleine, vieze raam in de voorkamer zag hij haar auto met de spe-

ciale nummerplaten in de sneeuwbui verdwijnen. Hij ging zitten en bekeek de krantekoppen nog eens.

Luther wilde een deal maken, maar er viel niets te dealen. Alles was klaar voor de rechtszaak, en de belangstelling was enorm. Het tv-nieuws had al een gedetailleerde analyse van de zaak gegeven; Luthers foto moest gezien zijn door honderden miljoenen mensen. Er waren al diverse enquêtes gehouden over Luthers schuld of onschuld en in allemaal stond hij ver achter. En Gorelick was in zijn knollentuin, want dit was een zaak die hem over een paar jaar de post van procureur-generaal zou kunnen opleveren. En in Virginia deden procureurs-generaal vaak – en met succes – een gooi naar het gouverneurschap.

Gorelick was klein en kalend, had een harde stem en was zo dodelijk als een ratelslang. Hij paste smerige tactieken toe en bij zijn gevoel voor ethiek konden vraagtekens worden gezet, kortom, hij wachtte gewoon op zijn kans om je een mes in de rug te steken. Dat was George Gorelick. Jack wist dat hij nog een lange weg had te gaan.

En Luther wilde niet praten. Hij was bang. En wat had Kate te maken met die angst? Morgen zou Jack de rechtszaal in wandelen om niet schuldig te bepleiten terwijl hij absoluut geen idee had hoe hij Luthers onschuld moest bewijzen. Maar de staat moest de bewijzen leveren. Het probleem was dat ze net genoeg hadden om hen te grazen te nemen. Jack zou af en toe een graantje kunnen meepikken, maar hij had een drievoudig veroordeelde als cliënt, zelfs al vermeldde het rapport dat hij de afgelopen twee decennia brandschoon was gebleven. Maar dat zou de staat weinig kunnen schelen. Waarom zou het? Deze man zorgde voor een perfect einde aan een tragische geschiedenis. De volmaakte kandidaat voor de drie-slag-is-uit-regel. Drie keer in de fout en je leven is voorbij, met in de hoofdrol Luther Whitney.

Jack smeet de krant door de kamer en ruimde de glasscherven en de plas bier op. Hij masseerde zijn nek, voelde zijn verslapte armspieren en ging in de slaapkamer zijn sportkleren aantrekken.

Het was maar tien minuten rijden naar de sportschool van de YMCA. Tot zijn verrassing vond Jack een parkeerplaats voor de deur en hij zette zijn auto er neer. De zwarte sedan achter hem had minder geluk. De chauffeur moest een paar keer om het blok heen rijden, totdat hij ten slotte aan de overkant van de straat een plekje vond.

De chauffeur veegde het zijraampje aan de passagierskant schoon en keek naar de voorgevel van de YMCA. Toen nam hij een besluit, stapte uit zijn auto en liep de treden van het gebouw op. Hij keek even achterom naar de glanzende Lexus en wandelde langzaam het gebouw binnen.

Na drie sets halters tillen was Jack drijfnat van het zweet. Hij ging op een bank zitten uitrusten terwijl een groep jongens met de schijnbaar onuitputtelijke energie van de jeugd heen en weer rende door de gymzaal. Kreunend ving Jack de bal op die een van de lange, zwarte jongens, gekleed in een wijde sportbroek, een hemd en opvallend grote sportschoenen hem toewierp. Jack gooide de bal terug.

'Sorry, jongens, ik heb het gehad.'

'Hé, man, ben je moe?'

'Nee, alleen maar oud.'

Jack stond op, wreef over de pijnlijke spieren in zijn dijbenen en ging op weg naar buiten.

Hij wilde net de deur openduwen, toen hij een hand op zijn schouder voelde.

Jack reed. Hij keek opzij naar zijn nieuwe passagier.

Seth Frank bekeek vol bewondering het interieur. 'Ik heb geweldige dingen over deze auto's gehoord. Hoeveel heeft hij je gekost, als ik het vragen mag?'

'Negenenveertig vijfhonderd, alles erop en eraan.'

'Christus, dat verdien ik niet eens in een jaar.'

'Dat deed ik tot voor kort ook niet.'

'Pro-deo-advocaten verdienden niet veel, heb ik gehoord.'

'Dat heb je goed gehoord.'

Beide mannen zwegen. Frank wist dat hij meer regels overtrad dan er vermoedelijk bestonden en Jack wist dat ook.

Ten slotte keek Jack hem aan. 'Hoor eens, inspecteur, ik neem aan dat je niet naar me toe bent gekomen om over mijn smaak op het gebied van auto's te praten. Wat wil je van me?'

'Gorelick heeft een winnende zaak tegen je cliënt.'

'Misschien wel, misschien niet. Maar ik gooi de handdoek niet in de ring, als je dat soms denkt.'

'Ga je niet schuldig pleiten?'

'Nee, ik rijd met hem naar Jarrat County om hem persoonlijk met die troep te injecteren. Volgende vraag.'

Frank glimlachte. 'Oké, dat had ik verdiend. Ik denk dat we eens met elkaar moeten praten. Er zitten een paar dingen in deze zaak waarmee ik geen raad weet. Of dat in het voor- of nadeel van je cliënt is, weet ik niet. Ben je bereid te luisteren?'

'Oké, als je maar niet denkt dat ik daar informatie tegenoverstel.'

'Ik ken een tent waar je een boterzachte gehaktschotel kunt eten en waar ook de koffie redelijk is.'

'Is het een beetje uit de buurt? Want ik geloof niet dat het uniform van een hulpsheriff je goed zal staan.'

Frank keek hem aan en grinnikte. 'Volgende vraag.'

Jack glimlachte moeizaam en reed toen naar huis om zich om te kleden.

Jack bestelde een tweede kop koffie terwijl Frank nog met zijn eerste zat te spelen. De gehaktschotel was voortreffelijk geweest en het eethuis lag zo afgelegen, dat Jack niet eens wist waar ze waren. Het vredige zuiden van Maryland, dacht hij. Hij liet zijn blik langs de weinige andere klanten van het rustieke eethuis gaan. Niemand had enige belangstelling voor hen. Hij wendde zich weer tot zijn tafelgenoot.

Frank zat hem met een geamuseerde blik op te nemen. 'Ik heb begrepen dat Kate Whitney en jij vroeger iets met elkaar hebben gehad.'

'Heeft ze je dat verteld?'

'Nee. Ze was vandaag op het politiebureau, een paar minuten nadat jij was vertrokken. Haar vader wilde haar niet zien. Ik heb een tijdje met haar zitten praten. Heb haar verteld dat het me speet dat de zaken zo zijn gelopen.' Franks ogen begonnen even te glanzen en toen vervolgde hij: 'Ik had het niet moeten doen, Jack. Haar gebruiken om haar vader te pakken te krijgen. Dat verdient niemand.'

'Het werkte. Voor sommige mensen zou dat voldoende zijn.'

'Ja. Nou, in elk geval kwam het gesprek op jou terecht. Ik ben nog niet zo oud dat een bepaalde schittering in de ogen van een vrouw me niet meer opvalt.'

De serveerster bracht Jacks koffie. Hij nam een slokje. Beide mannen zaten enige tijd door het raam naar buiten te kijken. Het was eindelijk opgehouden met sneeuwen en de hele wereld leek bedekt te zijn met een zachte, witte deken.

'Luister, Jack, ik weet dat de zaak tegen Luther Whitney helemaal steunt op indirect bewijs. Maar dat heeft meer mensen achter de tralies gebracht.'

'Dat zal ik niet tegenspreken.'

'De waarheid is, Jack, dat er een heleboel dingen zijn waar geen bal van klopt.'

Jack zette zijn koffie neer en boog zich een stukje naar voren.

'Ik luister.'

Frank keek om zich heen en vervolgens weer naar Jack. 'Ik weet dat ik risico's neem door dit te doen, maar ik ben geen politieman geworden om mensen naar de gevangenis te sturen voor misdaden die ze niet hebben gepleegd; en de ware schuldigen vrij te laten rondlopen.'

'Wat klopt er niet?'

'Je zult het zelf wel zien als je morgenochtend de rapporten krijgt, maar het feit is dat ik ervan overtuigd ben dat Luther Whitney wel heeft ingebroken in dat huis, maar niet Christine Sullivan heeft vermoord. Maar...'

'Maar je denkt dat hij heeft gezien wie het heeft gedaan.'

Frank leunde achteruit op zijn stoel en staarde Jack aan. 'Sinds wanneer denk je dat?'

'Nog niet zo lang. Heb je enig idee hoe het wel is gegaan?'

'Ik denk dat je man bijna is betrapt toen hij met zijn hand in de koektrommel zat en dat hij zich toen in die koektrommel heeft verstopt.'

Jack keek hem verbaasd aan. Frank vertelde hem snel over de kluis, het feitelijke bewijsmateriaal en zijn eigen twijfels.

'Dus Luther zit al die tijd in de kluis en ziet mevrouw Sullivan samen met iemand. Dan gebeurt er iets en zij wordt doodgeschoten. En dan ziet Luther dat die persoon alle sporen uitwist.'

'Ik denk dat het zo is gebeurd, Jack.'

'Dus hij kan niet naar de politie gaan, want dan wordt hij zelf gepakt.'

'Dat verklaart een heleboel.'

'Behalve wie het heeft gedaan.'

'De enige voor de hand liggende verdachte is haar echtgenoot en ik geloof niet dat hij het heeft gedaan.'

Jack dacht terug aan Walter Sullivan. 'Akkoord. Wie ligt er dan niet zo voor de hand?'

'Degene die ze ontmoette die nacht.'

'Uit wat je me hebt verteld over het seksleven van het slachtoffer maak ik op dat er dus een paar miljoen mogelijke verdachten zijn.'

'Ik heb niet gezegd dat het eenvoudig zou zijn.'

'Nou, ik heb het vermoeden dat het niet zomaar iemand is.'

'Waarom denk je dat?'

Jack nam een slok koffie en keek naar het stuk appeltaart dat voor hem stond. 'Kijk, inspecteur...'

'Zeg maar Seth.'

'Oké, Seth, ik begeef me op een gevaarlijk terrein. Ik ken jouw positie en ik waardeer de informatie die je me geeft, maar...'

'Maar je weet niet helemaal zeker of je me kunt vertrouwen en je wilt niets zeggen dat je cliënt zou kunnen benadelen.'

'Zoiets.'

'Klinkt niet onredelijk.'

Ze betaalden en vertrokken. Tijdens de terugrit was het weer zo hard gaan sneeuwen, dat de ruitewissers het zwaar te verduren hadden.

Jack keek naar Frank, die recht voor zich uit staarde, in gedachten of misschien wachtend tot Jack iets zou zeggen.

'Oké, ik neem het risico. Veel heb ik niet te verliezen, is het wel?'

Frank bleef recht voor zich uit kijken. 'Volgens mij niet.'

'Laten we nu even aannemen dat Luther in dat huis was en zag dat de vrouw werd vermoord.'

Frank keek naar Jack; er was opluchting te zien op zijn gezicht.

'Oké.'

'Je moet Luther kennen, weten hoe hij denkt, om te kunnen begrijpen hoe hij op zoiets zou reageren. Hij is een van de meest onwankelbare personen die ik ooit heb ontmoet. Ik weet dat zijn strafblad een andere indruk wekt, maar hij is absoluut betrouwbaar. Als ik kinderen had en ik moest ze aan iemand toevertrouwen, dan zou ik daar Luther voor kiezen, omdat ik dan zeker zou weten dat ze absoluut niets zou overkomen zolang hij ze in de gaten hield. Hij is ongelofelijk vaardig. Niets ontgaat hem en hij is op alles voorbereid.'

'Behalve dat zijn eigen dochter hem in de val lokt.'

'Goed, behalve dat. Dat had hij nooit kunnen voorzien. In geen miljoen jaar.'

'Maar ik ken het soort man over wie je het hebt, Jack. Het is dat ze de gewoonte hebben zich andermans spullen toe te eigenen, maar sommige van de kerels die ik in de kraag heb gepakt, waren de meest eerzame lieden die ik ooit heb ontmoet.'

'En als Luther had gezien hoe deze vrouw werd vermoord, had hij heus wel een manier bedacht om de dader uit te leveren aan de politie, dat verzeker ik je. Hij zou het er nooit bij laten zitten. Dat zou hij nooit doen!' Met een grimmige blik staarde Jack door de voorruit.

'Behalve?'

Jack draaide zijn hoofd naar Frank. 'Behalve als hij daar een verdomd goede reden voor heeft. Misschien kent hij die persoon of heeft hij over hem gehoord.'

'Je bedoelt het soort persoon waarvan de mensen nooit zouden geloven dat hij zoiets zou doen, zodat Luther denkt dat het zinloos is?'

'Er is nog iets, Seth.' Jack reed de hoek om en stopte voor de YMCA. 'Voordat dit gebeurde, heb ik Luther nog nooit bang gezien. En nu is hij bang. Doodsbang zelfs. Zo bang dat hij bereid is de schuld van alles op zich te nemen. En ik weet niet waarom. Godallemachtig, hij is zelfs het land uit gevlucht.'

'En weer teruggekomen.'

'Ja, wat ik nog steeds niet begrijp. Trouwens, heb je daar een datum van?'

Frank sloeg zijn notitieboekje open. '23 oktober.'

'Dus wat is er verdomme gebeurd nadat Christine Sullivan was vermoord en vóór 23 oktober dat hem deed besluiten terug te komen?'

Frank schudde zijn hoofd. 'Dat kan van alles zijn.'

'Nee, het was één ding en als we erachter kunnen komen wat dat was, zijn we misschien in staat de hele zaak op te lossen.'

Frank stak zijn notitieboekje weg en streek afwezig met zijn hand over het dashboard.

Jack zette zijn auto in de parkeerstand en leunde achteruit in zijn stoel.

'En hij is niet alleen bang voor zichzelf. Hij is ook bang voor Kate.'

Frank keek verbaasd. 'Denk je dat iemand Kate heeft bedreigd?'

Jack schudde zijn hoofd. 'Nee. Dan zou ze het me hebben verteld. Ik denk dat iemand Luther op een of andere manier heeft duidelijk gemaakt dat hij zijn mond moet houden of anders...'

'Denk je dat het dezelfde mensen zijn die geprobeerd hebben hem te vermoorden?'

'Misschien. Ik weet het niet.'

'Verdomme, dit is nog een grotere klerezooi dan twee maanden geleden, en toen vond ik het al de grootste rotzooi die ik ooit had meegemaakt. Je moet Luther aan het praten zien te krijgen. Als hij ons de naam kan noemen van degene die Christine Sullivan heeft vermoord, zal ik een proeftijd en gemeenschapsdienst voorstellen in ruil voor zijn medewerking, dan hoeft hij de gevangenis niet in. Shit, misschien laat Sullivan hem de buit wel houden als we de echte dader te pakken krijgen.'

'Voorstellen?'

'Laat ik het anders zeggen. Ik zal het Gorelick persoonlijk door zijn strot rammen. Is dat beter?' Frank stak zijn hand uit.

Jack pakte hem aan. 'Goed genoeg.'

Frank stapte uit de auto en stak zijn hoofd weer naar binnen. 'Voor wat het je waard is, wat mij betreft heeft dit gesprek nooit plaatsgevonden en alles wat je tegen me hebt gezegd blijft onder ons, zonder uitzonderingen. Zelfs in de getuigenbank. Ik meen het.'

'Bedankt, Seth.'

Seth Frank wandelde naar zijn auto terwijl de Lexus wegreed en de hoek om verdween.

Hij wist precies wat voor soort man Luther Whitney was. Wat had die man dan zo bang gemaakt?

•22•

Het was half acht in de ochtend toen Jack het parkeerterrein van het politiebureau van Middleton op reed. De lucht was helder en het was bitter koud. Tussen enkele met sneeuw bedekte politieauto's stond een zwarte sedan waarvan de koude motorkap Jack vertelde dat Seth Frank graag vroeg begon.

Luther zag er anders uit vandaag: zijn oranje gevangeniskleding was vervangen door een bruin, tweedelig pak en zijn gestreepte das was zakelijk en onopvallend. Met zijn dikke, grijze, netjes geknipte haar en zijn nog licht gebruinde huid van zijn verblijf op Barbados had hij een verzekerings-agent kunnen zijn, of een oudere associé van een advocatenkantoor. Sommige advocaten bewaarden die nette burgerkleding voor het feitelijke proces, waar de juryleden dan konden zien dat de verdachte in feite niet zo'n slecht mens was, maar dat hij alleen verkeerd werd begrepen. Jack had erop gestaan dat Luther vanaf het begin zijn pak droeg. Dat was geen spelletje; hij vond gewoon dat Luther het niet verdiende om in fluorescerend oranje tentoongesteld te worden. Hij mocht dan een misdadiger zijn, maar hij was niet van het soort dat je een mes tussen de ribben stak of zijn tanden in je keel zette, omdat je gezicht hun niet aanstond. Dat soort jongens verdiende het om in oranje overalls rond te lopen, al was het alleen maar om voortdurend te weten op welke plek ze zich ten opzichte van de anderen bevonden.

Jack nam deze keer niet de moeite zijn koffertje open te doen. Wat er te gebeuren stond, was hem bekend. Luthers tenlastelegging zou hem worden voorgelezen. De rechter zou hem vragen of hij begreep waarvan hij werd beschuldigd en dan zou Jack niet schuldig pleiten. Vervolgens zou de rechter Luther langdurig aan de tand voelen om zich ervan te overtuigen dat deze begreep wat schuld ontkennen inhield en hem vragen of hij tevreden was over zijn juridische vertegenwoordiger. Het enige probleem was dat Jack het niet voor onmogelijk hield dat Luther de rechter zou zeggen dat zijn juridische vertegenwoordiger naar de hel kon lopen en dat hijzelf schuld zou bekennen. En wie weet? Misschien zou de rechter het wel accepteren. Maar hij zou ongetwijfeld alles exact volgens het boekje doen, want bij een moord met voorbedachten rade was één enkel procedurefoutje al voldoende om in hoger beroep te gaan. En beroepszaken hadden de neiging eeuwig te duren. Dus Jack zou zijn kansen moeten benutten.

Met een beetje geluk zou het hele gebeuren vijf minuten in beslag nemen. Dan zou de datum van het proces worden vastgesteld en kon de echte pret beginnen.

Aangezien het Openbaar Ministerie een tenlastelegging tegen Luther had, zou hem geen preliminaire hoorzitting worden toegestaan. Niet dat dat Jack veel goed gedaan zou hebben, maar hij had dan wel de kans om te kijken hoe sterk de eisende partij stond en te weten welke getuigen hij aan een kruisverhoor kon onderwerpen, hoewel districtsrechters de verdediging meestal niet toestonden een hoorzitting te gebruiken om er hun voordeel mee te doen.

Jack had de aanklacht ook kunnen accepteren, maar hij had zich voorgenomen dat ze van hem niets cadeau zouden krijgen. En hij wilde Luther in het gerechtshof hebben, waar iedereen hem kon zien en iedereen zou horen dat Jack luid en duidelijk niet schuldig pleitte. En dan zou hij Gorelick te grazen nemen met een verzoek tot verwijzing naar een ander arrondissement en deze zaak met een noodgang weghalen uit Middleton County. Met een beetje geluk zou Gorelick vervangen worden door een andere openbare aanklager en kon de aanstaande procureur-generaal zijn politieke toekomst voorlopig wel op de waakvlam zetten. Dan zou hij Luther aan het praten zien te krijgen. Kate zou beschermd worden. Luther zou hem uiteindelijk zijn verhaal vertellen en Jack zou de zaak van de eeuw winnen.

Jack keek naar Luther. 'Je ziet er goed uit.'

Luthers mondhoeken krulden op, meer in een grijns dan in een glimlach.

'Kate wil je zien voor de zitting.'

Het antwoord schoot uit Luthers mond. 'Nee!'

'Waarom niet? Mijn god, Luther, je probeert al jaren de relatie te herstellen. Nu is ze eindelijk bereid te komen en klap jij helemaal dicht. Verdomme, soms begrijp ik je niet.'

'Ik wil niet dat ze bij me in de buurt komt.'

'Luister, ze heeft spijt van wat ze heeft gedaan. Ze is er kapot van. Geloof me.'

Luther draaide zijn hoofd om. 'Denkt ze dat ik kwaad op haar ben?'

Jack ging zitten. Eindelijk had hij Luthers volledige aandacht. Dit had hij eerder moeten proberen.

'Natuurlijk denkt ze dat. Waarom zou je haar anders niet willen zien?'

Luther keek naar het kale, houten tafelblad en schudde geërgerd zijn hoofd.

'Zeg haar dat ik niet kwaad op haar ben. Wat ze heeft gedaan, was juist. Zeg haar dat.'

'Waarom doe je dat zelf niet?'

Plotseling stond Luther op; hij begon door de kamer te lopen. Vlak voor Jack bleef hij staan.

'Er zijn hier te veel ogen op haar gericht, hoor je? Begrijp je me? Als iemand haar ziet met mij, dan zou die persoon kunnen denken dat ze dingen weet die ze niet weet. En geloof me, dat is niet goed.'

'Over wie heb je het?'

Luther ging weer zitten. 'Zeg haar alleen wat ik je zojuist vertelde. En zeg haar dat ik van haar houd. Dat heb ik altijd gedaan en dat zal ik altijd blijven doen. Zeg haar dat, Jack. Wat er ook gebeurt.'

'Dus die persoon zou ook kunnen denken dat je mij dingen hebt verteld, ook al is dat niet zo?'

'Ik heb je gezegd deze zaak niet aan te nemen, Jack, maar jij wilde niet luisteren.'

Jack haalde zijn schouders op, klikte zijn koffertje open en haalde er een exemplaar van de *Washington Post* uit. 'Bekijk de voorpagina eens.'

Luther deed het. Toen smeet hij woedend de krant tegen de muur. 'De vuile schoft! De verdomde klootzak!' De woorden schoten als messen uit de mond van de oude man.

De deur van de kamer vloog open en een potige bewaker stak zijn hoofd naar binnen; hij had zijn wapenstok al in de hand. Jack gebaarde dat alles in orde was en terwijl zijn blik op Luther gericht bleef, trok de man zich weer langzaam terug.

Jack stond op en pakte de krant op. Bij het artikel op de voorpagina stond een foto van Luther, genomen voor het politiebureau. De kop was in vette, acht centimeter hoge letters die normaliter alleen werden gebruikt als de Skins de Super Bowl hadden gewonnen: VERDACHTE SULLIVAN-MOORD VANDAAG IN STAAT VAN BESCHULDIGING GESTELD. Jack bekeek de overige artikelen op de voorpagina. Meer doden in de voormalige Sovjet-Unie, waar de etnische zuiveringen nog steeds doorgingen. Het ministerie van Defensie bereidde zich voor op de zoveelste financiële aderlating. Jacks blik gleed over een artikel waarin president Alan Richmond weer een korting op de sociale uitkeringen aankondigde, en een foto van hem in een kinderopvanghuis in het arme zuidoosten van Washington D.C., maar Jack besteedde er geen aandacht aan.

Het glimlachende gezicht trof Luther als een mokerslag. Met arme, zwarte babytjes poseren, zodat de hele wereld het kon zien. Smerige, leugenachtige rotschoft. De vuist raakte Christine Sullivan keer op keer op keer. Het bloed vloog door de lucht. Verdomde hoer. Kutwijf. De handen die haar probeerden te wurgen, probeerden het leven uit haar te wringen, zonder erbij na te denken. Een leven nemen, dat had hij gedaan. Baby's kussen en vrouwen vermoorden.

'Luther? Luther?' Jack legde zijn hand op Luthers schouder. Het lichaam van de oude man trilde als een motor die dringend moet worden afgesteld, het dreigde uiteen te spatten, niet langer in staat binnen zijn snel afbrokkelende omhulsel te blijven. Heel even vroeg Jack zich af of Luther de vrouw had gedood, of zijn oude vriend misschien over de schreef was gegaan. Deze angst verdween toen Luther zich omdraaide en hem aankeek. Zijn kalmte was teruggekeerd en zijn ogen stonden weer helder.

'Zeg haar alleen wat ik je heb gezegd, Jack. En laten we deze zaak afhandelen.'

Het gerechtshof van Middleton was heel lang het middelpunt van het district geweest. Met een leeftijd van honderdvijfennegentig jaar had het de Britten in de oorlog van 1812 overleefd, en de yankees en geconfedereerden in de oorlog van de noordelijke agressoren of de Burgeroorlog, afhankelijk van welke kant van de Mason-Dixicon degene die je het vroeg afkomstig was. Een kostbare renovatie in 1947 had het nieuw leven ingeblazen en de brave burgers van de stad waren ervan overtuigd dat hun achterkleinkinderen er nog gebruik van zouden maken, hopelijk alleen om een verkeersboete te betalen of een trouwvergunning aan te vragen.

Waar het vroeger alleen had gestaan aan het einde van de tweebaansweg die het zakendistrict van Middleton doorsneed, moest het nu de ruimte delen met antiekwinkels, restaurants, een groentewinkel, een enorm pension en een servicestation dat geheel uit bakstenen bestond en gebouwd was volgens de architectonische normen van die tijd. Op loopafstand lag een rijtje kantoren, waar de eenvoudige naamborden van enkele plattelandsadvocaten statig deinden in de wind.

Hoewel het er gewoonlijk heel rustig was – behalve op vrijdag, als het civiele en strafrechtelijke hof uitspraak deed – bood het gerechtshof van Middleton nu een aanblik waardoor de voorvaderen van de stad zich zouden omdraaien in hun graf. Op het eerste gezicht leek het er bijna op dat de rebellen en de blauwjassen waren teruggekeerd om het voor eens en voor altijd uit te vechten.

Zes trucks van tv-stations waarvan de namen in grote letters op de witte zijkanten stonden, waren recht voor het gerechtshof geparkeerd. Hun zendmasten wezen al naar de hemel. Een mensenmassa van tien rijen dik stond te duwen en te dringen tegen een muur van sheriffs, geassisteerd door de agenten van de staatspolitie van Virginia, die de menigte reporters gewapend met microfoons, blocnotes en pennen nors en zwijgend op een afstand hielden.

Gelukkig had het gerechtshof een zij-ingang die op dat moment werd afgeschermd door een halve cirkel van agenten met schilden en geweren. Hier zou het busje met Luther arriveren. Hoewel het jammer was dat het gerechtshof niet over een inpandige garage beschikte, vond de politie toch dat zij de zaken goed onder controle had. Luther zou hooguit enkele seconden zichtbaar zijn.

Aan de overkant van de straat patrouilleerden gewapende agenten die voortdurend de omgeving afzochten naar een schittering van metaal of een raam dat niet open hoorde te staan.

Jack keek door het kleine raam van de rechtszaal naar buiten. De rechtszaal was zo groot als een schouwburgzaal en had een met houtsnijwerk versierde rechterstoel die tweeënhalve meter hoog en vijf meter breed was. Aan weerszijden van de bank namen de Amerikaanse vlag en de vlag van de staat Virginia prominente plaatsen in. Een gerechtsdeurwaarder zat achter een klein tafeltje dat eenzaam voor de rechterstoel stond, als een roeibootje voor een oceaanstomer.

Jack keek op zijn horloge, hield door het raam de beveiligingstroepen in de gaten en liet zijn blik vervolgens over de oprukkende nieuwsmedia gaan. Voor een strafpleiter konden verslaggevers zowel de beste vrienden als de ergste nachtmerrie zijn. Er hing veel af van wat verslaggevers over een bepaalde verdachte en een bepaalde misdaad dachten. Een goede verslaggever schreeuwde moord en brand over zijn of haar eigen objectiviteit, terwijl hij of zij er tegelijkertijd geen been in zag lang voordat het vonnis was uitgesproken, een cliënt in zijn of haar artikelen in de stront te trappen. Vrouwelijke journalisten hadden de neiging verdachten van verkrachting harder aan te pakken, hoewel ze de indruk probeerden te vermijden dat ze het opnamen voor de slachtoffers. Om soortgelijke redenen schenen hun mannelijke collega's mishandelde vrouwen die eindelijk hadden teruggeslagen, te ontzien. Luther had dat geluk niet. Een ex-veroordeelde die rijke, jonge vrouwen vermoordde, zou door alle woordkunstenaars meedogenloos worden aangepakt, ongeacht hun sekse.

Jack had al tientallen telefoontjes gehad van produktiemaatschappijen uit Los Angeles, die Luthers verhaal wilden kopen. Voordat de man zelfs maar een verklaring had afgelegd. Ze wilden zijn verhaal en waren bereid ervoor te betalen. Goed te betalen. Jack wilde best akkoord gaan, maar op één voorwaarde. Alles wat de man jullie vertelt, geef je aan mij door, want op dit moment, beste kerel, heb ik helemaal niets. Nul komma nul.

Hij keek naar de overkant van de straat. De gewapende bewakers stelden hem enigszins gerust. Hoewel er de vorige keer ook overal politie was geweest toen er op Luther was geschoten. Maar deze keer was de politie ten minste op alles voorbereid. Ze hadden de situatie redelijk onder controle. Maar op één ding hadden ze niet gerekend, en dat ene ding kwam nu door de straat aanrijden.

Jack draaide zijn hoofd om toen het leger van verslaggevers en belangstellenden zich en masse omdraaide en naar de optocht van auto's begon te rennen. Jack dacht dat het Walter Sullivan was, totdat hij de motoragenten en de busjes van de geheime dienst zag, gevolgd door een limousine met twee Amerikaanse vlaggetjes voorop.

Het leger dat deze man op de been had gebracht, was nog groter dan de troepen die voor Luthers beveiliging moesten zorgen.

Hij zag Richmond uit het voertuig stappen. Hij werd gevolgd door de agent met wie Jack onlangs had gesproken. Burton. Zo heette hij. Een linke jongen. Iemand om rekening mee te houden. Burtons ogen zochten de omgeving af als radarstralen. Zijn handen waren maar een paar centimeter van zijn baas verwijderd, klaar om hem op elk willekeurig moment naar beneden te trekken. Twee busjes van de geheime dienst werden aan de overkant van de straat geparkeerd, een derde kwam tot stilstand in een steegje tegenover het gerechtshof. Jacks blik ging weer naar de president.

Een geïmproviseerd podium werd opgezet en Richmond begon zijn eigen kleine persconferentie, terwijl de camera's klikten en vijftig volwassen mensen met journalistieke opleidingen zich duwend en trekkend langs hun buurman probeerden te werken. De gewone, verstandiger burgers hielden zich wat meer op de achtergrond. Enkelen hadden videocamera's waarmee ze dit voor hen zo bijzondere moment vastlegden.

Jack draaide zich om naar de gerechtsdeurwaarder naast hem, een zwarte boom van een kerel.

'Ik werk hier al zevenentwintig jaar en ik heb die man hier nooit eerder gezien. Nu is hij hier in één jaar tijd al twee keer geweest. Stel je voor.'

Jack glimlachte naar hem. 'Nou, als uw vriend tien miljoen in uw verkiezingscampagne had gestoken, zou u hier vermoedelijk ook zijn.'

'Ik heet Samuel, Samuel Long.'

'Aangenaam, Samuel, Jack Graham.'

'Je hebt een paar grote jongens als tegenstanders.'

'Dat geeft niet, ik heb een grote knuppel meegebracht.'

'Je zult hem nodig hebben, Jack. Ik hoop dat je hem met lood hebt gevuld.'

'Nou, wat denk je, Samuel? Heeft mijn man kans op een eerlijk proces?'

'Als je me dat een jaar of drie geleden had gevraagd, zou ik ja hebben gezegd, absoluut.' Hij keek door het raam naar de mensenmassa. 'Als je het me vandaag vraagt, weet ik het antwoord niet. Het maakt niet uit voor welk hof je staat. Het hooggerechtshof, het civiele hof, wat dan ook. De dingen veranderen. Niet alleen de rechtbanken. Alles. Iedereen. De hele verdomde wereld verandert en ik weet het gewoon niet meer.'

Ze keken allebei weer naar buiten.

De deur van de rechtszaal ging open en Kate kwam binnen. Instinctief keek Jack achterom. Ze droeg vandaag niet haar rechtbank-outfit maar een zwarte plooirok met een smalle, zwarte ceintuur en een eenvoudige blouse die tot bovenaan was dichtgeknoopt. Ze had haar haar achterover geborsteld. Haar wangen waren roze van de kou en haar jas hing over haar arm. Ze gingen aan een besprekingstafel zitten. Samuel trok zich discreet terug.

'Het is bijna tijd, Kate.'

'Ik weet het.'

'Luister, Kate, zoals ik je al zei toen ik je opbelde, het is niet dat hij je niet wil zien, maar hij is bang. Hij is bang voor jou. De man houdt meer van je dan van wat ook ter wereld.'

'Jack, als hij niet praat, weet je wat er gaat gebeuren.'
'Misschien, maar ik heb een paar aanwijzingen waar ik wat mee kan. De zaak van het Openbaar Ministerie is lang niet zo waterdicht als iedereen schijnt te denken.'
'Hoe weet je dat?'
'Vertrouw me maar. Heb je de president nog gezien?'
'Hoe had ik hem kunnen missen? Het kwam mij wel goed uit. Niemand besteedde enige aandacht aan me toen ik hier aankwam.'
'Hij weet werkelijk iedereen tot muurbloempje te reduceren.'
'Is Luther er al?'
'Hij komt zo.'
Kate opende haar tas en zocht naar haar pakje kauwgom. Glimlachend duwde Jack haar trillende hand opzij en haalde het voor haar te voorschijn.
'Kan ik dan niet ten minste per telefoon met hem praten?'
'Ik zal zien wat ik kan doen.'
Beiden leunden achteruit op hun stoelen en wachtten. Jacks hand gleed over de hare terwijl ze allebei staarden naar de indrukwekkende rechterstoel, vanwaar het over enkele minuten zou beginnen. Maar voorlopig konden ze alleen maar wachten. Samen.

Het witte busje kwam de hoek om, passeerde de halve cirkel van politieagenten en kwam dicht bij de buitendeur tot stilstand. Seth Frank zette zijn auto vlak achter het busje en stapte uit; hij had een walkie-talkie in zijn hand. Twee agenten stapten uit het busje en observeerden de situatie. Het leek goed te gaan. De hele menigte bevond zich aan de voorkant, waar ze de president stonden aan te gapen. De agent die de leiding had, draaide zich om en knikte naar een derde man in het busje. Een paar seconden later verscheen Luther Whitney. Zijn handen en voeten waren geboeid en over zijn pak droeg hij een donkere regenjas. Zijn voeten raakten de grond en tussen twee agenten in begon hij naar de deur van het gerechtshof te lopen.
Op dat moment kwam de menigte de hoek om. Ze liepen de president achterna, die doelbewust over het trottoir in de richting van zijn limousine liep. Toen hij de zijkant van het gerechtshof passeerde, keek hij op. Alsof hij zijn aanwezigheid voelde, keek Luther, die tot dan toe strak naar de grond had gekeken, ook op. Heel even keken ze elkaar recht in de ogen. Voordat hij wist wat er gebeurde, ontsnapten de woorden aan Luthers lippen.
'Smerige schoft.' Hij zei het zacht, maar beide agenten hoorden iets terwijl ze omkeken naar de president, die hen op nauwelijks dertig meter afstand voorbijliep. Ze waren verrast. En toen waren hun gedachten nog maar op één ding gericht.
Luthers knieën knikten. Eerst dachten beide agenten dat hij het hen moeilijk probeerde te maken, maar toen zagen ze het bloed over de zijkant van

zijn gezicht stromen. Een van de agenten schreeuwde iets onverstaanbaars terwijl hij Luthers arm vastgreep. Een andere trok zijn pistool en zwaaide het in wijde bogen in de richting waar het schot vandaan leek te komen. Wat in de paar minuten daarna gebeurde, werd door de meeste aanwezigen als in een soort droomtoestand ervaren. Het geluid van het schot ging voor een deel verloren in het gegil van de menigte. Maar de agenten van de geheime dienst hoorden het wel. Binnen een seconde had Burton Richmond plat op de grond. Twintig in donkere pakken geklede agenten met automatische wapens vormden een menselijk schild om hen heen.

Seth Frank zag hoe het busje van de geheime dienst het steegje uit reed en weer tot stilstand kwam tussen de president en de hysterisch geworden menigte. Er sprong een agent uit die zwaaiend met een machinegeweer en schreeuwend in een walkie-talkie de situatie overzag.

Frank gaf zijn mannen opdracht elke vierkante meter van de omgeving onder schot te houden. Alle openingen werden afgeschermd en alle gebouwen werden doorzocht. Binnen enkele minuten zouden de extra troepen arriveren, maar op een of andere manier wist Frank dat het al te laat was.

Even later zat Frank naast Luther gehurkt. Met een blik vol ongeloof keek hij naar het bloed dat in de sneeuw druppelde, waar het samen met de gesmolten sneeuw walgelijke rode plasjes vormde. Een ambulance was gebeld en zou er binnen een paar minuten zijn. Maar Frank wist dat het ook voor ambulances te laat was. Alle kleur was al uit Luthers gezicht weggetrokken, de blik in zijn ogen was leeg en zijn handen waren tot vuisten gebald. Luther Whitney had twee nieuwe gaten in zijn hoofd. Een van de kogels had zich in de zijkant van het busje geboord nadat hij Luthers hoofd had verlaten. De schutter had het zekere voor het onzekere genomen.

Frank sloot de ogen van de man en keek toen om zich heen. De president werd overeind geholpen en in de limousine gewerkt. Binnen een paar seconden waren de limousine en de busjes verdwenen. Verslaggevers begonnen op te rukken, maar Frank gaf zijn mannen een teken zodat de verslaggevers op een muur stootten van woedende, zich doodschamende agenten die hun wapenstokken al hadden getrokken en hoopten dat iemand hun een aanleiding zou geven zich eens flink af te reageren.

Seth Frank keek neer op het lichaam. Ondanks de kou trok hij zijn jasje uit en legde dat over Luthers gezicht en bovenlichaam.

Meteen toen het geschreeuw was begonnen, was Jack naar het raam gerend. Zijn hart klopte als een bezetene en plotseling was zijn voorhoofd drijfnat van het zweet.

'Blijf hier, Kate.' Hij keek naar haar. Ze zat als verlamd, en op haar gezicht was te zien dat ze het feit, waarvan Jack tegen beter weten in hoopte dat het niet waar was, al had aanvaard.

Samuel was weer uit zijn kamertje te voorschijn gekomen.

'Wat is er in godsnaam aan de hand?'

'Samuel, hou een oogje op haar, alsjeblieft.'

Samuel knikte en Jack rende de rechtszaal uit.

Buiten liepen meer gewapende mannen rond dan Jack ooit bij elkaar had gezien. Hij rende naar de zijkant van het gerechtshof en had bijna een dreun op zijn hoofd gehad van een honderdvijfentwintig kilo zware motoragent die met zijn wapenstok liep te zwaaien, toen Seth Frank schreeuwde dat hij hem door moest laten.

Jack naderde. Hij voelde zich verdoofd. Elke stap die hij in de dik opeengepakte sneeuw deed, leek een maand te duren. Alle ogen waren op hem gericht. De ineengezakte figuur onder het jasje; het bloed dat in de ooit zo maagdelijk witte sneeuw druppelde; de verbijsterde en tegelijkertijd zo gepijnigde uitdrukking op het gezicht van hoofdinspecteur Seth Frank. Aan elk van deze dingen zou hij terugdenken tijdens zijn vele slapeloze nachten, misschien wel voor de rest van zijn leven.

Toen hij uiteindelijk neerknielde naast zijn vriend en het jasje wilde wegtrekken, stopte hij. Hij draaide zijn hoofd om en keek in de richting van waar hij zojuist gekomen was. De menigte verslaggevers week uiteen. Zelfs de muur van agenten opende zich net voldoende om haar door te laten.

Kate stond daar enige tijd, zonder jas, bibberend in de wind die tussen de gebouwen door waaide. Ze keek recht voor zich uit. De blik in haar ogen was zo strak, dat ze zowel alles als niets leek te registreren. Jack wilde opstaan en haar tegemoet lopen, maar zijn benen hadden de kracht niet. Het was nog maar een paar minuten geleden dat hij zich opmaakte om de strijd aan te gaan, dat hij woedend was op zijn cliënt, die niet wilde meewerken, en nu leek elke kruimel energie uit zijn wezen te zijn verdwenen. Hij was misselijk, maar wist dat als hij zou proberen over te geven, er absoluut niets te voorschijn zou komen.

Met Franks hulp kwam hij overeind en op onvaste benen liep hij naar haar toe. Voor het eerst in hun leven deden de nieuwsgierige verslaggevers geen pogingen om hun vragen te stellen. De fotografen vergaten schijnbaar hun exclusieve platen te maken. Toen Kate neerknielde naast haar vader en haar hand op zijn bewegingloze schouder legde, was het doodstil. Alleen de wind en het gehuil van de naderende ambulance waren hoorbaar. Een paar minuten lang stond de wereld stil voor het gerechtsgebouw van Middleton.

Terwijl de limousine hem terugreed naar de stad, streek Alan Richmond zijn das glad en schonk zich een glaasje frisdrank in. Zijn gedachten waren al bij de krantekoppen van morgen. De belangrijkste actualiteitenprogramma's zouden kwijlend op hem zitten wachten, en hij zou er gebruik van maken. Verder zou hij zijn normale dagschema aanhouden. Hun president als rots in de branding. De kogels vlogen hem om de oren, maar hij gaf geen krimp; hij ging gewoon door met het regeren van zijn land, als leider van zijn volk. Hij zag de opiniepeilingen al voor zich. Dit moest ten minste goed zijn voor tien punten. Over twee vliegen in één klap gesproken. En het was allemaal zo eenvoudig geweest. Wanneer zou hij weer eens geconfronteerd worden met een èchte uitdaging?

De limousine naderde de stadsgrenzen van Washington D.C. en Burton observeerde de man tegenover hem. Luther Whitney was zojuist doorboord met de meest dodelijke munitie waarmee Collin zijn geweer had kunnen laden en meneer zat daar rustig een glaasje gemberbier te drinken. Burton voelde zich misselijk worden. Het was nog steeds niet voorbij. Hij was ervan overtuigd dat hij deze hele toestand nooit van zijn leven zou kunnen vergeten, maar misschien zou hij ten minste de rest van zijn leven als een vrij man kunnen doorbrengen. Een man wiens kinderen respect voor hem hadden, zelfs al had hij geen enkel respect meer voor zichzelf.

Hij bleef naar de president kijken en het kwam hem voor dat de hufter trots op zichzelf was. Hij had zulk soort kalmte te midden van extreem, gecalculeerd geweld eerder meegemaakt. Geen enkele wroeging, terwijl er zojuist een mensenleven was opgeofferd. In plaats daarvan een golf van euforie, van triomf. Burton dacht terug aan de plekken op Christine Sullivans hals. Aan de verbrijzelde kaak. Aan de vreselijke geluiden die hij vanachter andere slaapkamerdeuren had horen opklinken. De man van het volk.

Burton dacht terug aan de bespreking met Richmond, waarbij hij zijn baas van alle feiten op de hoogte had gesteld. Afgezien van het wanhopige gekronkel van Russell was het geen aangename ervaring geweest.

Richmond had hen stuk voor stuk aangestaard. Burton en Russell zaten naast elkaar. Collin leunde naast de deur tegen de muur. Ze waren samengekomen in een van de privé-vertrekken van de presidentiële familie, in een deel van het Witte Huis dat het kijkgrage publiek nooit te zien kreeg. De rest van de presidentiële familie genoot van een korte vakantie. Dat was op dat moment de beste oplossing. Want het belangrijkste lid van de familie was in een niet al te beste stemming.

Eindelijk werd de president volledig op de hoogte gesteld van alle feiten, waarvan de meest opvallende een briefopener vol belastend bewijsmateriaal was, die in handen was gekomen van hun onverschrokken, misdadige ooggetuige. Het bloed in de aderen van de president bevroor bijna, toen Burton het hem vertelde. De woorden hadden de mond van de agent nog maar net verlaten, of de president draaide zijn hoofd met een ruk naar Russell.

Toen Collin hem vertelde over Russells instructies om het lemmet en handvat niet schoon te vegen, stond de president op en boog zich over zijn stafchef, die zichzelf zo hard tegen de rugleuning van haar stoel duwde, dat ze wel deel leek uit te maken van de bekleding. De blik in zijn ogen was zo beangstigend, dat ze ten slotte haar handen voor haar ogen sloeg. De mouwen van haar blouse waren drijfnat van de transpiratie en haar mond was kurkdroog.

Russell had op dat moment geen woord kunnen uitbrengen, als ze dat had gewild. Maar wat kon ze zeggen?

Richmond was weer gaan zitten. Hij kauwde langzaam de ijsblokjes van zijn cocktail fijn en begon ten slotte uit het raam te staren. Hij was nog steeds gekleed in een apepakje van een of ander publiek optreden, maar hij had zijn das losgemaakt. Hij staarde nog steeds zonder iets te zien naar buiten toen hij begon te praten.

'Hoe lang, Burton?'

Burton had naar de vloer zitten staren, maar keek nu op. 'Wie weet? Misschien nooit.'

'Je weet wel beter. Ik wil je professionele inschatting.'

'Hij heeft nu een advocaat. Er komt een moment dat hij zijn mond opendoet.'

'Hebben we enig idee waar *het* is?'

Burton zat ongemakkelijk te handenwringen. 'Nee, meneer. De politie heeft zijn huis en zijn auto doorzocht. Als ze de briefopener hadden gevonden, zou ik het gehoord hebben.'

'Maar ze weten dat *het* uit het huis is verdwenen?'

Burton knikte. 'De politie kent de betekenis ervan. Als het ding ergens opduikt, weten ze wat ze ermee moeten doen.'

De president stond op en liet zijn vingertoppen over een verzameling foeilelijke gotische, kristallen voorwerpen gaan, die stond uitgestald op een van de tafels. Ernaast stonden de foto's van zijn gezin. Hij herkende hen amper. Het enige wat hij op hun gezichten zag, was de gloed van zijn regering. Zijn gezicht leek rood te worden door de onzichtbare vuurzee. De geschiedenis liep het gevaar herschreven te worden, allemaal vanwege een kleine supermarktsnol en een overambitieuze, ongelooflijk stomme stafchef.

'Enig idee wie Sullivan heeft ingehuurd?'

Het was opnieuw Burton die antwoordde. Russell had niet langer de leiding. En Collin was er alleen om te doen wat hem werd opgedragen. 'Het zal een van die twintig à dertig peperdure huurmoordenaars zijn. Maar wie het ook is, hij is allang verdwenen.'

'Maar je hebt je goede vriend de inspecteur op een dwaalspoor gebracht?'

'Hij weet dat u Walter Sullivan per ongeluk de plaats en het tijdstip hebt verteld. Die kerel is slim genoeg om daar zijn conclusies uit te trekken.'

Plotseling pakte de president een van de kristallen voorwerpen van de tafel en slingerde het tegen de muur, waar het in duizenden stukjes uiteenspatte. Er straalde zo'n haat en woede van zijn gezicht, dat zelfs Burton ervan huiverde. 'Verdomme, als hij niet had gemist, zou het perfect geweest zijn.'

Russell keek naar talloze kleine stukjes kristal op de vloerbedekking. Daar lag haar leven. Al die jaren van studie en keihard werken, honderd uur per week. Met dit als resultaat.

'De politie zal Sullivan in het oog blijven houden. Ik heb ervoor gezorgd dat de inspecteur die deze zaak behandelt, op de hoogte is van Sullivans mogelijke betrokkenheid,' zei Burton. 'Maar zelfs al is hij de meest voor de hand liggende verdachte, hij zal alles ontkennen. En ze zullen niet in staat zijn iets te bewijzen. Ik vraag me af in welke positie dat ons plaatst, meneer.'

Richmond wandelde heen en weer door de kamer. Hij zag eruit of hij zich voorbereidde op een redevoering of een ontmoeting met een groep padvinders uit het Midwesten, maar in werkelijkheid dacht hij na over de mogelijkheid iemand te vermoorden op een manier dat er geen enkele verdenking op hem kwam te liggen.

'Wat als hij het opnieuw probeerde? En met succes deze keer?'

Burton keek verbaasd. 'Hoe oefenen wij invloed uit op wat Sullivan doet?'

'Door het zelf te doen.'

De eerstvolgende minuten zei niemand iets. Russell keek verbijsterd naar haar baas. Haar hele leven was zojuist al in een hel veranderd en nu werd er van haar verlangd dat ze deelnam aan een samenzwering tot moord. Sinds dit allemaal was begonnen, hadden haar zenuwen het zwaar te verduren gehad. Ze was er absoluut van overtuigd dat de situatie niet nog slechter kon worden. En wat dat betreft, had ze het absoluut aan het verkeerde eind.

Ten slotte gaf Burton zijn mening. 'Ik vraag me af of de politie zou geloven dat Sullivan zo gek zou zijn. Hij weet heus wel dat de politie hem verdenkt, maar niets kan bewijzen. Als wij Whitney koud maken, ben ik er niet zo zeker van dat ze Sullivans kant op zullen kijken.'

De president stopte met wandelen. Hij stond recht voor Burton. 'Laat de politie zelf maar tot die conclusie komen, als ze dat tenminste ooit doet.'

De waarheid was dat Richmond Walter Sullivan niet langer nodig had om op het Witte Huis te blijven. Daar ging het om. En wat misschien nog belangrijker was, het was de perfecte manier om zich te onttrekken aan zijn verplichting Sullivans Oekraïne-deal te steunen ten koste van Rusland, een besluit waarvan de gevolgen steeds onzekerder begonnen te worden. Als Sullivan zelfs maar in verband werd gebracht met de dood van de moordenaar van zijn vrouw, was het afgelopen met zijn zaken op mondiaal niveau. Dan zou Richmond zijn steun heel discreet kunnen terugtrekken, en iedereen die meetelde, zou begrip kunnen opbrengen voor die stille terugtocht.

'Alan, wil je Sullivan laten opdraaien voor een moord?' Het waren de eerste woorden die Russell sprak. Ze was niet in staat haar totale verbijstering te verbergen. Hij keek haar aan met onverholen minachting.

'Alan, denk na over wat je zegt. We hebben het over Walter Sullivan, niet over een of andere derderangs boef waar niemand een bal om geeft.'

Richmond glimlachte. Haar domheid amuseerde hem. Ze had zo intelligent geleken, zo ongelofelijk vaardig, toen hij haar voor het eerst op sleeptouw nam. Hij had het mis gehad. Haar mogelijkheden waren uiterst beperkt.

De president deed een paar ruwe inschattingen. Sullivan had hooguit twintig procent kans dat hij voor de moord moest opdraaien. Onder soortgelijke omstandigheden zou Richmond de kans wagen. Sullivan was een grote jongen; hij kon voor zichzelf zorgen. En als hij pech had? Nou, dan waren er nog altijd gevangenissen. Hij keek Burton aan.

'Burton, begrijp *jij* me?'

Burton antwoordde niet. De president zei scherp: 'Je was al eerder bereid de man te doden, Burton. En voor zover ik weet, is de inzet niet veranderd. Ik vermoed zelfs dat deze verhoogd is. Voor ons allemaal.' Richmond wachtte even en herhaalde toen zijn vraag. 'Begrijp je me, Burton?'

Ten slotte keek Burton op. 'Ik begrijp het,' zei hij zacht.

De daaropvolgende twee uur werkten ze hun plannen uit. Toen de twee agenten en Russell opstonden om te vertrekken, keek de president Russell aan.

'Vertel me eens, Gloria, wat is er met het geld gebeurd?'

Russell keek hem recht in de ogen. 'Het is anoniem geschonken aan het Amerikaanse Rode Kruis. Ik heb begrepen dat het de grootste schenking was die ze ooit hebben ontvangen.'

De deur ging dicht en de president glimlachte. Leuke uitsmijter, Whitney. Geniet er maar van zolang dat nog kan, jij onbetekenende kleine worm.

•23•

Hij nam plaats in zijn stoel met een boek, maar kwam er niet toe het open te slaan. Walter Sullivans gedachten gingen terug. Terug naar de gebeurtenissen die ongrijpbaarder waren en moeilijker met zijn persoon verbonden konden worden dan wat ook ter wereld. Hij had een man ingehuurd om een moord te plegen. Om iemand te doden die werd verdacht van de moord op zijn vrouw. Het was mislukt. Een feit waarvoor Sullivan in stilte dankbaar was. Want zijn verdriet was voldoende gezakt om hem te doen inzien dat het verkeerd was wat hij had gedaan. Een beschaafde samenleving moest zich aan bepaalde regels houden, anders was het afgelopen met die beschaving. En hoe pijnlijk alles ook voor hem was geweest, hij was nog steeds een beschaafd man. Hij zou zich aan de regels houden.

Het was op dat moment dat hij weer naar de krant keek. Hoewel deze enkele dagen oud was, bleef de tekst van de voorpagina hardnekkig door zijn hoofd spoken. De vette, zwarte letters van de krantekoppen staken duidelijk af tegen de witte achtergrond van de pagina. Toen hij ernaar keek, begon zich in de uithoeken van zijn geest een lichte verdenking te kristalliseren. Walter Sullivan was niet alleen miljardair, hij beschikte ook over een briljant waarnemingsvermogen. Hij was iemand die zowel de grote lijnen als alle details zag.

Luther Whitney was dood. De politie had geen verdachten. Sullivan had de mogelijkheden overwogen. McCarty was op de betreffende dag in Hongkong geweest. De man had Sullivans laatste instructies inderdaad opgevolgd. Walter Sullivan had zijn jacht afgeblazen. Maar in zijn plaats had iemand anders de jacht geopend. En afgezien van zijn falende huurmoordenaar was Walter Sullivan de enige die dat wist.

Hij keek op zijn antieke vestzakhorloge. Het was nog geen zeven uur in de ochtend en hij was al vier uur op. De vierentwintig uur die een dag te bieden had, betekenden nog maar weinig voor hem. Hoe ouder hij werd, hoe onbelangrijker het begrip tijd voor hem werd. Hij kon net zo goed om vier uur 's morgens klaarwakker in een vliegtuig boven de Stille Oceaan vliegen als twee uur 's middags midden in zijn nachtrust van die dag zitten.

Er waren talloze feiten die hij tegen elkaar afwoog, en zijn hersenen werkten razendsnel. Een hersenscan tijdens zijn laatste medische controle had aangetoond dat zijn geest nog steeds over dezelfde scherpte en souplesse beschikte als die van een twintigjarige. En die briljante geest werkte zich nu door een berg vermoedens, waaruit hij ten slotte een paar onmiskenbare feiten destilleerde, om tot een conclusie te komen die zelfs hèm verbaasde.

Hij pakte de hoorn van zijn telefoontoestel en terwijl hij zijn blik langs de glanzende kersehouten lambrizeringen van zijn werkkamer liet gaan, draaide hij een nummer.

Hij werd onmiddellijk doorverbonden met Seth Frank. Hoewel hij tot nog toe weinig onder de indruk was geweest van de kwaliteiten van de politieman, had hij toch met tegenzin moeten toegeven dat het hem was gelukt Luther Whitney te arresteren. Maar nu?

'Meneer Sullivan, ja meneer, wat kan ik voor u doen?'

Sullivan schraapte zijn keel. Zijn stem had een nederige ondertoon die zeer in strijd was met de toon die hij gewoonlijk bezigde. Het viel ook Frank op.

'Ik had een vraag in verband met de informatie die ik u eerder heb gegeven over Christy's... eh... Christine's plotselinge vertrek, toen we op weg waren naar het vliegveld voor onze trip naar Barbados.'

Frank ging rechtop in zijn stoel zitten. 'Hebt u zich nog iets herinnerd?'

'Eigenlijk wilde ik verifiëren of ik u een reden had opgegeven waarom ze besloot niet mee te gaan.'

'Ik ben bang dat ik u niet begrijp.'

'Tja, ik neem aan dat mijn leeftijd me parten speelt. Ik ben bang dat mijn botten niet het enige zijn dat aan slijtage onderhevig is, hoewel ik er minder moeite mee heb mezelf dat toe te geven dan iemand anders, inspecteur. Kortom, ik dacht dat ik u had verteld dat ze ziek was geworden en daarom terug naar huis was gegaan. Ik bedoel, ik dacht dat ik u dat toen had verteld.'

Seth nam even tijd om zijn dossier na te kijken, hoewel hij eigenlijk al zeker was van het antwoord. 'U hebt me verteld dat ze geen reden heeft gegeven, meneer Sullivan. Alleen dat ze niet meeging en dat u niet verder hebt aangedrongen.'

'Ach. Nou, dan weet ik genoeg. Dank u, inspecteur.'

Frank stond op. Hij tilde met één hand zijn koffiekop op, maar zette hem weer neer. 'Een ogenblikje, meneer Sullivan. Waarom denkt u dat u me had verteld dat uw vrouw ziek was? Was ze ziek?'

Sullivan wachtte even voordat hij antwoordde. 'Nee, inspecteur Frank. Ze was zelfs opmerkelijk gezond. Om uw eerste vraag te beantwoorden, eerlijk gezegd dacht ik dat ik u iets anders had verteld. Want afgezien van de incidentele leemten in mijn geheugen geloof ik dat ik de afgelopen paar maanden heb geprobeerd mezelf ervan te overtuigen dat Christine is achtergebleven om een of andere reden. Welke dan ook.'

'Meneer?'

'Om tegenover mezelf te rechtvaardigen wat er met haar is gebeurd. Om het niet alleen maar een verdomd toeval te laten zijn. Ik geloof niet in het lot, inspecteur. In mijn ogen heeft alles een reden. Ik neem aan dat ik mezelf wilde overtuigen van het feit dat het achterblijven van Christine ook een reden had.'

'O.'

'Als de dwaasheid van een oude man u onnodige verwarring heeft bezorgd, bied ik u daarvoor mijn verontschuldigingen aan.'

'Niet in het minst, meneer Sullivan.'

Frank had opgehangen en betrapte zichzelf erop dat hij al minstens vijf minuten naar de muur stond te staren. Wat had dat in godsnaam allemaal te betekenen?

Hij had Burtons advies opgevolgd en een discreet onderzoek ingesteld naar de mogelijkheid dat Sullivan een huurmoordenaar had ingeschakeld om te voorkomen dat de verdachte van de moord op zijn vrouw ooit terecht zou staan. Dat onderzoek verliep heel traag, want ze moesten heel omzichtig te werk gaan. Frank moest aan zijn carrière denken. Hij had een gezin te onderhouden. En mannen als Walter Sullivan beschikten over een leger uiterst invloedrijke vrienden in regeringskringen, die het leven van de inspecteur tot een regelrechte hel konden maken.

De dag nadat de kogel een eind had gemaakt aan Luther Whitney's leven, had Seth Frank onmiddellijk een onderzoek ingesteld naar de verblijfplaats van Sullivan op die dag, hoewel hij geen seconde geloofde dat de oude man zelf de trekker had overgehaald van het kanon dat Luther Whitney naar het hiernamaals had gejaagd. Maar iemand inhuren om een moord te plegen was een bijzonder ernstige misdaad, en hoewel de inspecteur misschien wel begrip kon opbrengen voor de beweegredenen van de miljardair, bleef het een feit dat hij waarschijnlijk de verkeerde had laten doodschieten. Dit laatste gesprek met Sullivan had hem geen enkel nieuw antwoord opgeleverd, alleen maar meer nieuwe vragen.

Seth Frank ging zitten en vroeg zich even af of het hem ooit zou lukken deze nachtmerrie van een zaak op te lossen.

Een half uur later belde Sullivan naar een lokaal tv-station waarvan hij toevallig meer dan de helft van de aandelen bezat. Zijn verzoek was eenvoudig en duidelijk. Een uur later werd er een pakje bezorgd. Nadat een van zijn personeelsleden hem het rechthoekige pakje had gegeven, werkte hij haar de kamer uit, draaide de deur achter haar op slot, liep naar een nis in de wand en drukte op een knopje. Het kleine paneel schoof geluidloos naar beneden en onthulde een zeer geavanceerd cassettedeck. Achter de rest van de wand bevond zich het peperdure audio-visuele 'huistheater' dat Christine Sullivan op een dag in een tijdschrift had gezien en dat ze gewoonweg moest hebben, hoewel haar smaak op het gebied van video niet veel verder ging dan porno en *soaps*, welke geen van beide recht deden aan dit wonder van elektronica.

Sullivan haalde voorzichtig het papier van de audiocassette en deed hem in de recorder; het deurtje ging automatisch dicht en de band begon te draaien. Sullivan luisterde enige tijd. Toen hij de woorden hoorde, onthulde zijn gezicht geen enkele emotie. Wat hij hoorde, had hij verwacht. Hij had ronduit gelogen tegen de inspecteur. Zijn geheugen was namelijk uitstekend. Was zijn gezichtsvermogen maar half zo goed. Want hij was inderdaad een blinde idioot geweest. De emotie die uiteindelijk doordrong tot zijn ondoorgrondelijke gelaatstrekken en het diepe grijs van zijn onderzoekende ogen was woede. Woede zoals hij sinds lang niet had gevoeld. Zelfs niet bij Christy's dood. Een kolkende woede die alleen ontladen kon worden door actie. En Sullivan was er heilig van overtuigd dat je eerste salvo meteen je laatste moest zijn, want dat betekende òf dat je hen te pakken had òf zij jou te pakken hadden, en het was niet zijn gewoonte te verliezen.

De begrafenis vond plaats in besloten kring, die naast de priester uit slechts drie personen bestond. Ze hadden het strikt geheim gehouden om te voorkomen dat ze opnieuw belaagd zouden worden door legers journalisten. Luthers kist was dicht. Door de schotwonden in zijn hoofd bood zijn gezicht niet de aanblik die dierbaren graag als herinnering met zich meedroegen.

De achtergrond van de overledene en zijn doodsoorzaak hadden geen enkele invloed gehad op de priester, en de dienst was gepast eerbiedig. De rit naar het nabijgelegen kerkhof was kort, net als de lijkstoet. Jack en Kate reden er samen heen; achter hen reed Seth Frank. Hij was achter in de kerk blijven zitten, want hij voelde zich uiterst ongemakkelijk. Jack had hem de hand geschud, maar Kate had gedaan alsof ze hem niet zag.

Jack stond tegen zijn auto geleund en keek naar Kate, die op een metalen klapstoeltje naast de kuil zat waarin haar vader zojuist te ruste was gelegd. Jack keek om zich heen. Op deze begraafplaats waren geen indrukwekkende herdenkingsmonumenten te zien. Slechts enkele grafstenen staken uit de grond omhoog en de ene was nog verwaarloosder en eenvoudiger dan de andere; donkere, rechthoekige stukken steen met een naam en de data van geboorte en overlijden. Op een enkele stond 'Rust in Vrede' te lezen, maar op het merendeel stond geen enkele afscheidsgroet.

Jack keek weer naar Kate en hij zag Seth Frank haar kant op lopen, maar blijkbaar bedacht de inspecteur zich en kwam vervolgens naar de Lexus wandelen.

Frank zette zijn zonnebril af. 'Mooie dienst.'

Jack haalde zijn schouders op. 'Er is weinig moois aan vermoord worden.' Hoewel hij lang niet zo kwaad op hem was als Kate, had hij Frank toch niet helemaal vergeven dat hij Luther Whitney op die manier had laten sterven.

Frank zweeg, bestudeerde de lak van de sedan, haalde een sigaret te voorschijn en bedacht zich toen. Hij stak zijn handen weer in zijn zakken.

Hij had Luther Whitney's autopsie bijgewoond. De wonddiameter was enorm geweest. De schokgolven hadden zich straalsgewijs vanuit de kogelbaan verspreid, met zo'n kracht dat minstens tweederde van de hersenmassa van de man letterlijk uit elkaar was gerukt. En dat was geen wonder. De kogel die ze uit de stoel van het politiebusje hadden gepeuterd, was een van de grootste die Frank ooit had gezien. Een .460 Magnum die zich met een snelheid van drieduizend kilometer per uur en een kracht van vierduizend kilo per vierkante millimeter in Whitney's hoofd had geboord. Het was alsof iemand een vliegtuig op het hoofd van de arme man had laten vallen. En het was tijdens zijn dienst gebeurd, in feite vlak voor zijn neus. Dat zou hij nooit vergeten.

Frank liet zijn blik over het groene terrein gaan, de laatste rustplaats van meer dan twintigduizend dierbare overledenen. Jack leunde tegen zijn auto en volgde Franks blik.

'Al aanwijzingen?'

De inspecteur wroette met de neus van zijn schoen in het grind. 'Een paar. Maar geen ervan leidt ergens naartoe.'

Ze gingen allebei rechtop staan toen Kate een klein boeketje bloemen op de berg aarde legde en overeind kwam. Ze bleef daar voor zich uit staan staren. De wind was gaan liggen en hoewel het koud was, was de warmte van het felle zonlicht voelbaar.

Jack knoopte zijn jas dicht. 'En wat nu? Zaak gesloten? Niemand zou het je kwalijk nemen.'

Frank glimlachte en besloot ten slotte toch een sigaret op te steken. 'Om de dooie dood niet.'

'Wat ben je dan van plan?'

Kate draaide zich om en kwam naar de auto toe lopen. Seth Frank zette zijn hoed op en haalde zijn autosleutels uit zijn jaszak.

'Gewoon, ik ga de moordenaar zoeken.'

'Kate, ik weet hoe je je voelt, maar je moet me geloven. Hij nam je niets kwalijk. Zoals je al zei, ben je er tegen je zin in bij betrokken geraakt. Jij hebt hier niet om gevraagd. Luther begreep dat.'

Ze zaten in Jacks auto en waren op weg naar de stad. De zon stond vlak boven de horizon en zakte snel. Ze waren bijna twee uur in Jacks auto op de begraafplaats blijven staan omdat Kate niet weg wilde. Misschien dacht ze dat als ze lang genoeg wachtten, hij uit zijn graf zou klimmen en met hen mee zou gaan.

Ze draaide het raam een stukje open. Vochtige koude lucht die de voorbode leek van de zoveelste storm, stroomde naar binnen en verdreef de nieuwe geur van de auto.

'Inspecteur Frank geeft de zaak niet op, Kate. Hij blijft zoeken naar Luthers moordenaar.'

Het duurde even voor ze hem aankeek. 'Het kan me geen barst schelen wat hij gaat doen.' Ze raakte haar neus aan die rood en opgezwollen was en vreselijk pijn deed.

'Kom nou, Kate. Die man wilde heus niet dat Luther werd doodgeschoten.'

'O, is dat zo? Een zaak vol gaten, die om zeep wordt geholpen voordat ze voor de rechtbank komt, waardoor alle betrokkenen, inclusief de dienstdoende inspecteur, eruitzien als volslagen idioten. In plaats daarvan zitten we met een dode en een afgesloten zaak. En wat was onze meesterspeurder nu van plan?'

Jack stopte voor een rood licht en leunde achteruit in zijn stoel. Hij wist dat Frank open kaart met hem speelde, maar daar zou hij Kate in geen honderd jaar van kunnen overtuigen.

Het licht sprong op groen en Jack trok op. Hij keek op zijn horloge. Hij moest terug naar kantoor, tenminste, als hij zijn baan nog had.

'Kate, het lijkt me niet goed dat je nu alleen bent. Wat zou je ervan zeggen als ik een paar dagen bij je kwam logeren? Jij zet 's morgens koffie en ik zorg voor het eten. Afgesproken?'

Hij had een luid en duidelijk NEE verwacht en zat al na te denken over hoe hij haar moest overtuigen.

'Meen je dat?'

Jack draaide zijn hoofd en zag dat ze hem met wijd open, dikke ogen aankeek. Elke zenuw in haar lichaam stond op het punt te gaan gillen. Hij dacht terug aan de gebeurtenissen die tot deze tragedie hadden geleid en realiseerde zich plotseling dat hij in feite geen idee had van het immense schuldgevoel en de pijn die ze ervoer. Hij schrok ervan, meer nog dan van het geluid van het schot, toen ze hand in hand in de rechtszaal zaten en hij al wist dat Luther dood was voordat hij haar hand had losgelaten.

'Ik meen het.'

Die nacht had hij zichzelf op de bank geïnstalleerd. De deken was opgetrokken tot zijn nek en vormde zijn beschutting tegen de tocht die hem op borsthoogte vanuit een onzichtbare kier in het venster tegemoet kwam.

Toen hoorde hij de deur knarsen en zag haar de slaapkamer uit komen. Ze droeg dezelfde badjas als enkele weken geleden en ze had haar haar in een strak knotje opgestoken. Haar gezicht zag er schoon en fris uit en op haar wangen herinnerde slechts een lichtroze glans aan haar inwendige pijn.
'Heb je iets nodig?'
'Nee, ik lig prima. Deze bank is veel comfortabeler dan ik dacht. Ik heb nog steeds de oude bank uit ons appartement in Charlottesville. Ik geloof niet dat er nog veel veren in zitten. Volgens mij zijn ze allemaal gesprongen.'
Ze glimlachte niet, maar ze kwam wel naast hem zitten.
Toen ze nog samenwoonden, ging ze elke avond in bad. Als ze dan naast hem in bed kroop, rook ze zo lekker, dat hij er bijna waanzinnig van werd. Als de adem van een pasgeboren baby, zo volmaakt natuurlijk rook ze. En dan hield ze zich een poosje van de domme, totdat hij uitgeput boven op haar lag en zij uitgesproken boosaardig naar hem glimlachte en hem streelde en hij na enkele minuten honderd procent zeker wist dat vrouwen de wereld regeerden.
Hij voelde zijn instincten ontwaken toen ze haar hoofd tegen zijn schouder legde. Maar haar vermoeidheid en totale apathie deden zijn primitieve driften weer verdwijnen en bezorgden hem een licht schuldgevoel.
'Ik denk niet dat ik erg leuk gezelschap zal zijn.'
Had ze aangevoeld wat hij voelde? Hoe was dat mogelijk? Ze moest met haar gedachten, gevoelens en emoties minstens een miljoen kilometer verwijderd zijn van deze plaats.
'We hadden niet afgesproken dat je me zou entertainen, Kate. Ik kan wel voor mezelf zorgen.'
'Ik waardeer het echt dat je dit doet.'
'Ik zou op dit moment niets belangrijkers kunnen bedenken.' Ze gaf hem een kneepje in zijn hand. Toen ze opstond, gleden de panden van haar badjas opzij, waarbij meer zichtbaar werd dan alleen haar lange slanke benen, en Jack was blij dat ze die nacht in een andere kamer zou slapen. Tot in de vroege ochtend lag hij te te woelen en liepen de gedachten die door zijn hoofd spookten, uiteen van geharnaste ridders op witte paarden tot eenzame, idealistische advocaten die moederziel alleen sliepen.
Op de derde avond had hij zich opnieuw op de bank geïnstalleerd. En net als de voorgaande avonden was Kate uit haar slaapkamer gekomen; het zachte gepiep van de deur zorgde ervoor dat Jack het tijdschrift dat hij aan het lezen was, neerlegde. Maar deze keer kwam ze niet naast hem op de bank zitten. Toen hij uiteindelijk zijn hoofd omdraaide, zag hij dat ze naar hem stond te kijken. Ze zag er vanavond niet apathisch uit. En ze had vanavond ook haar badjas niet aan.
Ze draaide zich om en liep haar slaapkamer weer in. De deur bleef open.
In eerste instantie deed hij niets. Maar toen stond hij op, liep naar de deur en gluurde naar binnen. In het donker kon hij de vorm van haar lichaam op het bed onderscheiden. Het laken lag aan het voeteneinde van het bed. Hij keek naar de contouren van haar lichaam, dat hem ooit net zo ver-

trouwd was geweest als dat van hemzelf. Ze lag naar hem te kijken. Hij kon maar net de ovale vorm van haar ogen onderscheiden. Ze stak haar hand niet naar hem uit, maar hij herinnerde zich dat ze dat nooit had gedaan.

'Weet je het zeker?' Hij voelde zich verplicht het te vragen. Hij wilde geen gekwetste gevoelens de volgende morgen, geen gedeukte, verwarde emoties.

Als antwoord richtte ze zich op en trok hem naar het bed. De matras was stevig en warm op de plek waar ze gelegen had. In een mum van tijd was hij net zo naakt als zij. Instinctief gleden zijn vingers naar haar halvemaanvormige moedervlek en vervolgens naar haar mond, die nu de zijne raakte. Haar ogen bleven open en deze keer, voor het eerst sinds lange tijd, waren ze niet dik meer en zag hij geen tranen, alleen maar de blik die hem zo vertrouwd was, en die hij voor altijd bij zich wilde houden. Langzaam sloeg hij zijn armen om haar heen.

Het huis van Walter Sullivan had al heel wat hooggeplaatste gasten mogen ontvangen, maar zelfs vergeleken met die bezoeken was het een bijzondere avond.

Alan Richmond hief zijn wijnglas en bracht een korte maar welsprekende toost uit op zijn gastheer. De andere vier zorgvuldig geselecteerde echtparen klonken hun glazen tegen elkaar. De *First Lady*, die er stralend uitzag in haar eenvoudige zwarte jurk, glimlachte naar de miljardair. Haar asblonde haar omlijstte een mooi gevormd gezicht, dat opvallend weinig had geleden onder de druk van de afgelopen jaren en dat het altijd erg goed deed op krantefoto's. Hoewel ze gewend was in de nabijheid te verkeren van schatrijke, superintelligente personen met verfijnde manieren, had ze net als de meeste andere mensen nog steeds veel ontzag voor Walter Sullivan en lieden als hij, al was het alleen maar omdat ze op deze planeet zo zeldzaam waren.

Officieel was Sullivan nog steeds in de rouw, maar desondanks had hij vanavond een opvallend sociabele bui. Tijdens de koffie in de ruime bibliotheek liep de conversatie uiteen van het internationale zakenleven en de laatste manoeuvres van de Federale Handelskamer tot aan de kansen van de Skins tegen de Forty-niners de komende zondag en de verkiezingen van volgend jaar. Er was niemand in het gezelschap die dacht dat Alan Richmond een andere baan zou moeten zoeken nadat de stemmen waren geteld.

Behalve één persoon.

Bij het afscheid liep de president naar Walter Sullivan toe en omhelsde hem. Sullivan beantwoordde de vriendelijke woorden van de president met een glimlach. Plotseling verloor de oude man zijn evenwicht, maar door de beide armen van de president vast te grijpen kon hij zich nog net overeind houden.

Nadat de gasten waren vertrokken, rookte Sullivan een sigaar in zijn kleine studeerkamer. Hij stond bij het raam en keek naar de lichtjes van de presidentiële colonne die snel uit beeld verdween. Ondanks alles moest Sullivan glimlachen. De aanblik van de lichte schrik in de ogen van de president toen Sullivan zijn onderarmen vastgreep, was voor de oude man een bijzonder triomfantelijk moment. Het was een schot in het duister, maar zelfs in het duister kon je soms raak schieten. Inspecteur Frank was tegenover de miljardair heel openhartig geweest over zijn theorieën over deze zaak. De theorie die Walter Sullivan vooral interesseerde, was dat zijn vrouw de moordenaar met de briefopener een wond had toegebracht, vermoedelijk aan zijn arm of been. Het mes had misschien dieper gesneden dan de politie dacht. Mogelijk waren er enkele zenuwen beschadigd, want een oppervlakkige wond zou al meer dan genoeg tijd hebben gehad om te genezen.

Sullivan deed het licht uit en liep langzaam zijn studeerkamer uit. President Alan Richmond had zeker een lichte pijn gevoeld toen Sullivan zijn onderarmen vastgreep. Maar net als bij een hartaanval werd die lichte pijn vaak gevolgd door een veel heviger pijn. Er verscheen een brede glimlach op Sullivans gezicht toen hij zijn mogelijkheden overwoog.

Vanaf de top van het heuveltje staarde Walter Sullivan naar het kleine houten huis met het tinnen dak. Hij trok zijn sjaal over zijn oren en ondersteunde zijn verzwakte benen met een dikke wandelstok. In deze tijd van het jaar was het bitter koud in de heuvels van zuidwest Virginia. Het weerbericht had sneeuw beloofd, en niet zo weinig ook.

Hij daalde de heuvel af over de keihard bevroren bodem. Het huis bevond zich in een uitstekende staat dank zij zijn onbeperkte financiële mogelijkheden en een diepgeworteld gevoel van nostalgie, dat steeds sterker werd naarmate hij zelf op het punt stond deel te gaan uitmaken van het verleden. Woodrow Wilson zat in het Witte Huis en de hele wereld was betrokken bij de Eerste Wereldoorlog, toen Walter Patrick Sullivan ter wereld kwam met de hulp van een vroedvrouw en het grimmige doorzettingsvermogen van zijn moeder Millie, die al haar drie vorige kinderen had verloren, waarvan twee meteen bij de geboorte.

Zijn vader, een mijnwerker – in die tijd leek iedereen in dit deel van Virginia een vader te hebben die mijnwerker was – had geleefd tot zijn zoons twaalfde verjaardag en was toen plotseling overleden aan een hele reeks ziekten die het gevolg waren van zijn stoflongen en te weinig rust. Jarenlang had de toekomstige miljardair zijn vader aan het eind van de middag doodmoe en met een gezicht zo zwart als de vacht van hun labrador het huis zien binnenstrompelen en zien neerstorten op het kleine bed in de achterkamer. Te moe om te eten of te spelen met de kleine jongen, die elke dag vergeefs hoopte op een beetje aandacht van de man wiens algehele uitputting zo pijnlijk was om te zien.

Zijn moeder had lang genoeg geleefd om mee te maken dat haar zoon een van de rijkste mannen ter wereld werd, en haar plichtsgetrouwe kind had alles in het werk gesteld om ervoor te zorgen dat het haar in de laatste jaren van haar leven aan niets ontbrak. Als een eerbetoon aan zijn overleden vader had hij de mijn die hem het leven had gekost, opgekocht. Voor vijf miljoen in contanten. Hij had elke mijnwerker een bonus van vijftigduizend dollar gegeven en vervolgens had hij de mijn gesloten; een gebeurtenis die veel belangstelling had getrokken.

Hij deed de deur open en ging naar binnen. De gashaard in de woonkamer zorgde voor voldoende warmte, zodat hij geen brandhout nodig had. In de bijkeuken stond voldoende voedsel voor de komende zes maanden. Hij kon hier volledig in zijn eigen onderhoud voorzien. Hij had nog nooit iemand toegestaan hem hier op te zoeken. Dit was altijd zijn wijkplaats geweest. Alle anderen die het recht hadden hier te zijn, waren dood. Hier was hij alleen en zo wilde hij het ook.

Hij had een eenvoudige maaltijd bereid en die in alle rust verorberd, terwijl hij met een melancholische blik uit het raam staarde naar een groepje kale iepen die nog net zichtbaar waren in het afnemende licht; de takken zwaaiden naar hem met langzame, ritmische bewegingen.

Het interieur van het huis was niet in de oude staat teruggebracht. Hij was hier wel geboren, maar hij had hier te midden van armoede die nooit voorbij leek te gaan, geen gelukkige jeugd gehad. De noodzaak om die armoede te bestrijden was in deze periode ontstaan en had Sullivan in het begin van zijn carrière grote diensten bewezen, omdat het hem had opgeladen met een doorzettingsvermogen waarvoor menig obstakel had moeten wijken.

Hij waste de borden af en liep de kleine kamer in die ooit de slaapkamer van zijn ouders was geweest. Nu stonden er een comfortabele fauteuil, een tafel, en langs de wanden enkele boekenkasten die plaats boden aan een bijzonder exclusieve verzameling leesmateriaal. In de hoek stond een klein ledikant, want de kamer deed voor Sullivan ook dienst als slaapkamer.

Sullivan pakte de moderne draadloze telefoon op die op tafel lag. Hij toetste een nummer in dat slechts een handvol mensen kende. Vanaf de andere kant van de lijn klonk een stem. Sullivan moest even wachten en toen klonk er een andere stem uit het apparaat.

'Grote goedheid, Walter, ik weet dat je er vreemde uren op na houdt, maar je zou echt eens moeten proberen iets rustiger aan te doen. Waar ben je?'

'Op mijn leeftijd kun je niet rustiger aan doen. Als je dat doet, kom je nooit meer op tempo. Ik explodeer liever als een komeet van werklust dan dat ik uitga als een nachtkaars. Ik hoop dat ik je niet stoor bij iets belangrijks?'

'Niets dat niet kan wachten. Ik begin steeds beter te worden in het bestrijden van wereldproblemen. Kan ik iets voor je doen?'

Sullivan nam even tijd om de kleine cassetterecorder in te schakelen. Je kon nooit weten.

'Ik heb maar één vraag, Alan.' Sullivan wachtte even. Hij betrapte zichzelf erop dat hij dit leuk vond. Maar toen zag hij Christy's gezicht in het lijkenhuis weer voor zich en zijn gezicht betrok.

'En die is?'

'Waarom heb je zo lang gewacht met het doodschieten van die man?'

In de stilte die volgde, kon Sullivan de ademhaling van zijn gesprekspartner horen. Het sprak in Alan Richmonds voordeel dat hij niet begon te hyperventileren; zijn ademhaling bleef vrijwel normaal. Sullivan was onder de indruk, maar ook een beetje teleurgesteld.

'Wat zeg je?'

'Als je man had gemist, zou je nu een afspraak met je advocaat moeten maken om je verdediging voor te bereiden tegen een aanklacht van een politiek misdrijf. Je moet toegeven dat je veel risico hebt genomen.'

'Walter, is alles goed met je? Is er iets gebeurd? Waar ben je?'

Sullivan hield de hoorn even een stukje van zijn oor af. De telefoon had een ingebouwde scrambler, zodat ze onmogelijk konden ontdekken waarvandaan hij belde. Als ze op dit moment probeerden zijn lokatie te bepalen – en hij wist vrijwel zeker dat ze dat deden – zouden ze stuiten op meer dan tien lokaties die geen van alle in de buurt waren van de plek waar hij zich bevond. Het apparaat had hem vijftigduizend dollar gekost. Maar ja, het was maar geld. Er verscheen weer een glimlach op zijn gezicht. Hij kon zo lang praten als hij wilde.

'In feite heb ik me sinds lang niet zo goed gevoeld.'

'Walter, ik kan je niet volgen. Wie is er vermoord?'

'Weet je, ik was helemaal niet zo verbaasd toen Christy niet meeging naar Barbados. Ik dacht eerlijk gezegd dat ze wilde achterblijven om wat te rotzooien met een paar jongemannen die ze afgelopen zomer aan de haak had geslagen. Het was zo grappig toen ze zei dat ze zich niet goed voelde. Ik herinner me nog dat we in de limousine zaten en ik me probeerde voor te stellen wat haar excuus zou zijn. Ze was niet zo vindingrijk, het arme kind. Haar gehoest klonk ronduit pathetisch. Ik neem aan dat ze vroeger op school altijd hetzelfde excuus gebruikte als ze haar huiswerk niet af had, dat de hond het had opgegeten.'

'Walter...'

'Het vreemde was dat toen de politie mij vroeg waarom ze niet was meegegaan, ik me plotseling realiseerde dat ik hun niet kon vertellen dat Christy ziekte had voorgewend. Misschien weet je nog dat er in die periode geruchten over affaires in de kranten stonden. Ik wist dat als ik verklaarde dat ze zich niet goed voelde, de rioolpers dat zou koppelen aan het feit dat ze niet was meegegaan naar Barbados en ze misschien wel zouden schrijven dat ze zwanger was van een andere man, ook al toonde de autopsie het tegendeel aan. Mensen geloven graag in het slechtste van de mens, als het maar sappig is, Alan, jij begrijpt dat wel. Als jij wordt aangeklaagd vanwege een politiek misdrijf, zullen ze ook het slechtste geloven. En dat verdien je.'

'Walter, wil je me alsjeblieft vertellen waar je bent? Het is duidelijk dat er iets mis met je is.'

'Zal ik het bandje voor je afspelen, Alan? Van die persconferentie waarin jij die uiterst bewogen woorden tot me sprak dat er soms dingen gebeuren die geen enkele reden hebben. Het was heel aardig van je om dat te zeg-

gen. Een persoonlijk gesprek tussen twee oude vrienden, dat is vastgelegd door elk tv- en radiostation uit de wijde omgeving. Jij vertelde me dat als Christy niet ziek was geworden, ze niet vermoord zou zijn, Alan. Als ze met me was meegegaan naar Barbados, zou ze vandaag nog in leven zijn geweest. Ik was de enige aan wie Christy had verteld dat ze ziek was, Alan. Ik heb het zelfs nooit tegen de politie gezegd. Dus hoe wist jij dat?'
'Dat moet jij me hebben verteld.'
'Ik heb je voor die persconferentie ontmoet, noch gesproken. Dat is gemakkelijk na te gaan. Mijn dagelijkse activiteiten worden per minuut bijgehouden. Als president moeten jouw bezigheden en afspraken ook vrijwel altijd bekend zijn. Ik zeg vrijwel altijd, want in de nacht dat Christy werd vermoord, was je zeker niet bij een van je bekende vriendinnen. Je was namelijk in mijn huis, om nog preciezer te zijn, in mijn slaapkamer. Tijdens de persconferentie werden we voortdurend omringd door tientallen mensen. Alles wat we tegen elkaar hebben gezegd, staat ergens op band. Je hebt het niet van mij gehoord.'
'Walter, ik heb echt geen zin om dit gesprek voort te zetten. Vertel me alsjeblieft waar je bent. Ik wil je hier doorheen helpen.'
'Christy was er nooit echt goed in de zaken scherp te zien. Ze was er vast trots op dat ze me om de tuin had geleid. Dat heeft ze zeker tegen jou gezegd, is het niet? Hoe ze die oude man van haar voor de gek hield? Want het staat vast dat mijn overleden vrouw de enige persoon op de hele wereld was die jou kan hebben verteld dat ze heeft gedaan of ze ziek was. En jij was zo onvoorzichtig om die woorden tegen mij te gebruiken. Ik begrijp niet dat ik zo veel tijd nodig heb gehad om de waarheid te achterhalen. Ik neem aan dat ik zo in beslag werd genomen door het zoeken naar Christy's moordenaar, dat ik die inbreker-theorie klakkeloos heb aangenomen. Misschien was het wel onbewuste zelfontkenning. Want ik ben niet zo onnozel dat ik nooit heb gemerkt wat Christy voor je voelde. Ze heeft ook nooit moeite gedaan het voor me te verbergen. Maar ik neem aan dat ik niet wilde geloven dat jij me zoiets zou aandoen. Kortom, dat dacht ik. Ik had beter van het slechtste van de mens kunnen uitgaan, dan zou ik nu niet zo teleurgesteld zijn. Maar ja, beter laat dan nooit.'
'Walter, waarom heb je me gebeld?'
Sullivans stem werd zachter, maar verloor niets van haar kracht en intensiteit. 'Omdat ik, smerige schoft, degene wilde zijn die jou vertelde hoe jouw toekomst eruit zal zien. Die zal bestaan uit advocaten en rechtbanken en meer publieke belangstelling dan je zelfs als president ooit voor mogelijk hebt gehouden. Omdat ik niet wil dat je volledig verrast bent als straks de politie voor je deur staat. En wat het belangrijkste is, ik wil dat je precies weet aan wie je dit te danken hebt.'
De spanning werd hoorbaar in de stem van de president. 'Walter, als je wilt dat ik je help, zal ik dat doen. Maar ik ben de president van de Verenigde Staten. En hoewel je een van mijn beste vrienden bent, kan ik dit soort beschuldigingen niet tolereren, ook van jou niet.'

'Goed zo, Alan. Heel goed. Je houdt er natuurlijk rekening mee dat ik dit gesprek opneem. Niet dat het veel uitmaakt.' Sullivan wachtte even voor hij verderging. 'Je was mijn protégé, Alan. Ik heb je alles geleerd wat ik wist, en je leerde goed. Goed genoeg om nu de hoogste post van het land te bekleden. Gelukkig zal het ravijn waarin je terecht zal komen, ook het diepste zijn.'

'Walter, je hebt erg onder druk gestaan. Voor de laatste keer, zorg dat je hulp krijgt.'

'Wat grappig, Alan, dat is exact het advies dat ik jou wil geven.'

Sullivan legde de telefoon neer en schakelde de bandrecorder uit. Zijn hart bonkte als een bezetene. Hij legde een hand op zijn borst en dwong zichzelf tot rust. Dit was niet het moment om een hartinfarct te krijgen. Hij wilde erbij zijn als Richmond voor schut ging.

Hij keek uit het raam en liet zijn blik vervolgens door de kamer gaan. Zijn kleine wijkplaats. In deze zelfde kamer was zijn vader overleden. Op een of andere manier stelde deze gedachte hem gerust.

Hij leunde achteruit in zijn stoel en sloot zijn ogen. Morgenochtend zou hij de politie bellen. Hij zou Frank alles vertellen en hem het bandje geven. Daarna zou hij rustig afwachten. Zelfs al werd Richmond niet veroordeeld, zijn carrière was in elk geval voorbij. Wat betekende dat de man zo goed als dood was, zowel beroepsmatig als geestelijk en gevoelsmatig. Wat maakte het uit dat zijn fysieke karkas overbleef? Dat was zelfs nog beter. Sullivan glimlachte. Hij had gezworen dat hij de dood van zijn vrouw zou wreken, en dat had hij gedaan.

Het was het plotselinge gevoel dat zijn hand omhoogging waardoor hij zijn ogen opende. En toen werd zijn hand gesloten om een koud, hard voorwerp. Pas toen hij de loop tegen de zijkant van zijn hoofd voelde, was hij in staat te reageren. Maar toen was het al te laat.

De president zat bij de telefoon en keek op zijn horloge. Het zou nu wel voorbij zijn. De lessen van Sullivan waren goed geweest. Te goed, zoals nu bleek voor zijn leraar. Hij was er vrijwel zeker van geweest dat Sullivan hem zou inlichten voordat hij de schuld van de president aan de wereld bekend zou maken. Dat had het relatief eenvoudig gemaakt. Richmond stond op en liep de trap naar zijn privé-vertrekken op. De gedachte aan een dode Walter Sullivan had hem al eerder beziggehouden. Het was niet efficiënt en produktief om een mogelijke vijand te negeren. Dat hield je alleen maar van een volgende uitdaging af. Ook dat had Sullivan hem geleerd.

In het halfduister zat Collin naar het huis te staren. Hij had het schot gehoord, maar hij kon zijn ogen niet losmaken van het verlichte raam.

Een paar seconden later stapte Bill Burton in. Burton had zichzelf nog nooit zo veracht als nu. Hij walgde van zichzelf en van iedereen in zijn omgeving. Hij kon zijn collega niet eens aankijken. Twee getrainde en toegewijde agenten van de geheime dienst, die jonge vrouwen en oude mannen vermoordden. Fraai was dat.

Tijdens de terugrit zat Burton achterovergeleund in zijn stoel. Het was eindelijk voorbij. Drie doden, als hij Christine Sullivan meerekende. En waarom zou hij haar niet meerekenen? Met haar was deze hele nachtmerrie immers begonnen.

Burton keek naar zijn hand. Hij kon zich nauwelijks voorstellen dat hij zojuist Sullivans hand had vastgepakt, deze om de kolf van een pistool had gevouwen, zijn vinger naar achteren had getrokken en zo het leven van de man had beëindigd. Met zijn andere hand had Burton de cassetterecorder met het bandje weggegrist. Deze zat nu in zijn jaszak en zou straks de vuilverbrander in gaan.

Toen hij Sullivans telefoongesprek met Seth Frank afluisterde, had hij geen idee waar de man naartoe wilde met Christine Sullivans zogenaamde ziekte. Maar toen hij die informatie aan de president had doorgegeven, was Richmonds gezicht een tint grijzer geworden en had hij enkele minuten uit het raam staan staren. Vervolgens had hij de media-afdeling van het Witte Huis gebeld. Een paar minuten later hadden ze samen geluisterd naar de opname van de eerste persconferentie voor het gerechtshof van Middleton. Zijn troostende woorden voor zijn oude vriend over de grilligheid van het leven; hoe Christine Sullivan nog steeds in leven had kunnen zijn als ze niet ziek was geworden; vergetend dat Christine Sullivan hem dat had verteld op de dag van haar dood. Een feit dat bewezen kon worden, en een feit dat hen allemaal de das om kon doen.

Burton was neergezonken op zijn stoel. Hij staarde zijn baas aan die zwijgend naar het bandje zat te kijken, alsof hij het kon wissen als hij er maar lang genoeg naar keek. Burton schudde ongelovig zijn hoofd. In de val gelopen door zijn eigen sentimentele geklets, als een echte politicus.

'Wat doen we nu, baas? Een run naar het vliegveld?' Burton bestudeerde de vloerbedekking en wist niet meer of hij het meende of als grapje bedoelde. Hij was niet meer in staat normaal na te denken.

Toen hij opkeek, zag hij dat de president hem aankeek. 'Afgezien van onszelf is Walter Sullivan de enige levende persoon die van deze informatie op de hoogte is.'

Burton stond op en keek de president recht in de ogen. 'Het is niet mijn taak om mensen om zeep te helpen alleen omdat u het me opdraagt.'

De president bleef Burton strak aankijken. 'Walter Sullivan vormt nu een rechtstreekse bedreiging voor ons. Hij speelt een spelletje met ons en daar houd ik niet van. Jij wel?'

'Daar heeft hij een verdomd goede reden voor, is het niet?'

Richmond pakte een pen van zijn bureau en rolde hem tussen zijn vingers. 'Als Sullivan praat, zijn we alles kwijt. Alles.' De president knipte met zijn vingers. 'Weg. Zomaar. En ik zal alles doen om dat te voorkomen. Want als het eenmaal zover is, zijn we er allemaal geweest.'

Burton liet zich in zijn stoel vallen en had plotseling een brandend gevoel in zijn buik. 'Hoe weet u dat hij niet al heeft gepraat?'

'Omdat ik Walter ken,' zei de president nuchter. 'Hij zal het op zijn manier aanpakken. En dat zal tamelijk spectaculair zijn. Maar tegelijkertijd behoedzaam. Hij is geen man die overhaaste besluiten neemt. Maar als hij iets onderneemt, heeft dat altijd snel resultaat.'

'Geweldig.' Burton legde zijn hoofd in zijn handen en zijn geest werkte sneller dan hij voor mogelijk had gehouden. Jaren van training hadden hem uitgerust met een bijna vanzelfsprekend vermogen om informatie meteen te verwerken en binnen één milliseconde, voordat iemand anders iets kon doen, tot handelen over te gaan. Maar op dit moment was zijn geest een modderpoel, dik en troebel, als koffie van gisteren. Niets was duidelijk. Hij keek op.

'Maar hem vermoorden?'

'Ik kan je garanderen dat Walter Sullivan op dit moment zit te bedenken hoe hij ons te grazen kan nemen. En voor dat soort acties kan ik weinig sympathie opbrengen.'

De president leunde achteruit in zijn stoel. 'Kortom, deze man heeft besloten de strijd met ons aan te binden. En iedereen is verantwoordelijk voor de consequenties van zijn beslissingen. Walter Sullivan weet dat beter dan ieder ander.' De ogen van de president boorden zich weer in die van Burton. 'De vraag is of wij bereid zijn terug te vechten.'

Het antwoord was snel gekomen, maar niet gemakkelijk. Collin en Burton hadden zich de afgelopen drie dagen beziggehouden met het volgen van Walter Sullivan. Toen een auto hem ver van de bewoonde wereld had afgezet, kon Burton zijn geluk niet geloven, maar hij ervoer tegelijkertijd een diep gevoel van treurigheid, want zijn doelwit had geen schijn van kans.

Nu waren zowel de echtgenoot als de echtgenote geëlimineerd. Terwijl ze haastig terugreden naar de hoofdstad, wreef Burton onbewust over zijn hand in een poging het vuil dat uit elk kloofje te voorschijn leek te komen, weg te vegen. Waar hij echt de koude rillingen van kreeg, was het besef dat hij het gevoel over wat hij had gedaan, nooit meer zou kwijtraken. Het zou hem de rest van zijn leven vierentwintig uur per dag blijven achtervolgen. Hij had zijn leven geruild tegen dat van een ander. Opnieuw. Als hij helemaal eerlijk tegen zichzelf was, was hij gewoon een slappeling. Zijn ruggegraat, die tot voor kort van massief staal was geweest, was veranderd in slap rubber. Het leven had hem de ultieme uitdaging geboden en hij had gefaald.

Hij perste zijn vingertoppen in de armleuning en staarde door het zijraam de duisternis in.

•24•

De dood van Walter Sullivan, waarvan werd aangenomen dat het zelfmoord was, schokte niet alleen de financiële wereld. De begrafenis werd
bijgewoond door vooraanstaande personen van over de hele wereld. In
een plechtige, groots opgezette dienst in Washingtons St. Matthews Ca-
thedral werd de man geëerd door een zestal sprekers. De beroemdste van
deze zes weidde ruim twintig minuten uit over de geweldige man die Walter Sullivan was geweest, en over de grote druk waaraan hij had blootge-
staan en hoe mensen die onder grote druk staan soms dingen doen die ze
anders nooit zouden overwegen. Toen Alan Richmond zijn lofrede beëindigde, was er geen wang meer droog in de kathedraal en de tranen die over
zijn eigen gezicht liepen, leken net echt. Hij was altijd al onder de indruk
geweest van zijn eigen oratorische vaardigheden.
De lange begrafenisstoet verliet de kathedraal en eindigde drieënhalf uur
later bij het kleine huisje waar Walter Sullivans leven was begonnen en
geëindigd. Terwijl de limousines elkaar verdrongen op de smalle, met
sneeuw bedekte weg, werd Walter Sullivan op de kleine heuvel, waar het
uitzicht over de vallei ronduit beeldschoon was, naast zijn ouders begra-
ven.
Terwijl de kist met aarde werd bedekt en de vrienden van Walter Sullivan
zich opmaakten om terug te keren naar de wereld der levenden, bestudeerde Seth Frank hun gezichten. Hij zag de president teruglopen naar zijn
limousine. Bill Burton zag hem, leek even verbaasd en knikte toen. Frank
knikte terug.
Toen iedereen verdwenen was, richtte Frank zijn aandacht weer op het
kleine huisje. Het was afgezet met geel politielint en werd bewaakt door
twee agenten in uniform.
Frank liep ernaartoe, liet zijn penning zien en ging het huisje binnen.
Het leek het toppunt van ironie dat een van de rijkste mannen ter wereld
juist dit huisje had uitgekozen om te sterven. Walter Sullivan was het
levende voorbeeld geweest van de schooljongen uit het arme gezin, die
zich helemaal op eigen kracht, met veel moed en doorzettingsvermogen
naar de absolute top had gewerkt. Net als iedereen had Frank veel bewondering voor de man.
Hij keek weer naar de stoel waarin het lichaam was aangetroffen; het
wapen lag ernaast op de vloer. Het pistool was tegen Sullivans linkerslaap
gedrukt. De grote, rafelige, stervormige wond aan de rechterkant toonde
aan dat de kogel dwars door zijn hoofd was gegaan. Het pistool was links

van hem op de vloer gevallen. Door de contactwond en de aanwezigheid van kruitsporen op de hand van het slachtoffer was de plaatselijke politie ervan overtuigd dat het ging om zelfmoord. De feiten waren onmiskenbaar. Een treurende Walter Sullivan had wraak genomen op de moordenaar van zijn vrouw en had vervolgens zijn eigen leven beëindigd. Zijn naaste medewerkers hadden bevestigd dat Sullivan al een paar dagen onbereikbaar was, wat hoogst ongebruikelijk voor hem was. Hij bezocht dit huisje zelden, en als hij dat deed, was er altijd wel iemand op de hoogte van zijn verblijfplaats. In de krant die naast het lichaam was aangetroffen werd de dood van de mogelijke moordenaar van zijn vrouw bevestigd. Alles wees erop dat de man een eind aan zijn leven had gemaakt.

Wat Frank dwarszat, was één klein feitje, waarover hij met niemand had gesproken. Hij had Walter Sullivan ontmoet. Sullivan had een overdrachtsformulier getekend voor de persoonlijke bezittingen van zijn echtgenote. En Sullivan had dat formulier getekend met zijn rechterhand.

Op zichzelf hoefde dat niets te betekenen. Sullivan kon meerdere redenen hebben gehad om het pistool in zijn linkerhand te houden. Zijn vingerafdrukken op het wapen waren zo duidelijk als wat. Misschien iets te duidelijk, vond Frank.

En dan de uiterlijke kenmerken van het wapen. Het was niet te achterhalen; de serienummers waren zo vakkundig verwijderd, dat ze zelfs met een microscoop niet zichtbaar gemaakt konden worden. Een absoluut anoniem wapen. Het soort dat je verwacht op de plaats van een moord aan te treffen. Maar waarom zou Walter Sullivan zich zorgen maken over de mogelijke kenmerken van een wapen waarmee hij zichzelf van het leven beroofde? Het antwoord was: daar zou hij zich geen zorgen over maken. Maar ook dit feit hoefde niets te betekenen. Degene die Sullivan het wapen had verkocht, kon het illegaal verkregen hebben, hoewel Virginia op het gebied van de verkoop van handwapens een van de soepeler staten was, tot ongenoegen van de politiedepartementen van het noordoostelijke deel van het land.

Frank beëindigde zijn onderzoek en liep naar buiten. Er lag nog steeds een dikke laag sneeuw. Sullivan was al dood geweest voordat de zware sneeuwbui begon, dat had de autopsie bevestigd. Het was een geluk geweest dat zijn naaste medewerkers de ligging van het huis kenden en naar hem op zoek waren gegaan. Zodoende werd het lichaam ontdekt binnen ongeveer twaalf uur nadat de dood was ingetreden.

Nee, de sneeuw zou Frank niet verder helpen. Het huisje lag zo afgelegen, dat er niet eens iemand was om aan te vragen of hij op de avond van Sullivans dood iets verdachts had gezien.

Zijn collega van de plaatselijke politie stapte uit zijn auto en kwam naar Frank toe lopen. De man had een map met papieren bij zich. Frank en hij praatten enkele minuten en toen bedankte Frank hem, stapte in zijn auto en reed weg.

Het autopsierapport bevestigde dat Walter Sullivan tussen elf uur 's avonds en één uur 's nachts was overleden. Maar om tien over twaalf had Sullivan iemand opgebeld.

Het was onrustbarend stil in de gangen van PS&L. De kenmerken van een goedlopende advocatenfirma zijn rinkelende telefoons, zoemende faxen, bewegende monden en klikkende toetsenborden. Ondanks de vele directe telefoonlijnen waarover de firma beschikte, was Lucinda gewend ongeveer acht telefoontjes per minuut te krijgen. Maar vandaag zat ze ontspannen in de *Vogue* te bladeren. Van de meeste kantoren waren de deuren dicht om de heftige, vaak emotionele discussies die het merendeel van de aanwezige advocaten voerde, binnenskamers te houden.

De deur van Sandy Lords kantoor was niet alleen dicht, maar zat ook op slot. De weinige maten die zo onverstandig waren aan te kloppen, werden door hem meteen getrakteerd op een reeks verwensingen en obsceniteiten.

Lord zat achter zijn bureau. Hij had zijn schoenen uitgetrokken en zijn voeten lagen op het gepolijste werkblad. Hij was ongeschoren, had zijn das afgedaan, zijn boord losgeknoopt en naast hem stond een bijna lege whiskyfles. Sandy Lords ogen waren bloeddoorlopen. In de kathedraal had hij met die ogen langdurig strak naar de glanzende koperen doodkist zitten staren, terwijl hij zich voelde alsof zijn eigen lichaam naast dat van Sullivan lag.

Jaren geleden had Lord Sullivan als cliënt binnengebracht en met hulp van een twaalftal specialisten van PS&L had hij diens juridische zaken gestroomlijnd. Hij was verantwoordelijk voor de cultivering van een loyale raad van bestuur, die garant stond voor de wereldwijde representatie van Sullivans gigantische concern, met de bedoeling dat PS&L in het algemeen en Lord in het bijzonder daar tot in de verre toekomst hun bijdrage aan zouden leveren. Want het leven ging door. De PS&L-trein denderde gewoon verder, zolang de locomotief maar van brandstof werd voorzien. Maar er had een onverwachte ontwikkeling plaatsgevonden.

Dat Sullivan was overleden, konden de financiële markten nog wel begrijpen. Maar wat de zakenwereld en investeerders niet konden accepteren, was het feit dat de man de hand aan zichzelf had geslagen, gekoppeld aan de steeds sterker wordende geruchten dat Sullivan de mogelijke moordenaar van zijn vrouw had laten doodschieten, wat hem er min of meer toe had gebracht een kogel in zijn eigen hersens te pompen. De financiële markt wist zich geen raad met dit soort onthullingen. En een verwarde financiële markt – waren economen van mening – reageerde vaak abrupt en onvoorspelbaar. De economen kregen gelijk. De aandelen van Sullivan Enterprises, het grootste pakket dat de Newyorkse aandelenmarkt de afgelopen tien jaar had verhandeld, waren, nadat zijn lichaam was gevonden, eenenzestig procent in waarde gedaald.

Aangezien de aandelen werden verkocht voor precies vier dollar onder de boekwaarde, had het niet lang geduurd of de aasgieren cirkelden al rond.

Het vriendelijke aanbod van Centrus Corps werd op Lords advies geweigerd door de raad van bestuur, maar met overgrote meerderheid geaccepteerd door de aandeelhouders, die nerveus hadden toegezien hoe hun investeringen in één nacht in rook opgingen. Centrus' kantoor, Rhoads, Director & Minor, was een van de grootste kantoren van de Verenigde Staten en zeer bedreven op alle mogelijke terreinen van juridische expertise.

De uitkomst was duidelijk. PS&L zou niet langer nodig zijn. Zijn grootste cliënt, goed voor meer dan twintig miljoen dollar per jaar, bijna een derde van zijn totale jaarinkomen, zou verdwijnen. De cv's vlogen de deur al uit. Talloze juristen probeerden al deals te sluiten met Rhoads, Director & Minor, op grond van hun bekendheid met Sullivans zaken, wat het kantoor langdurige en kostbare inwerkperiodes bespaarde. Twintig procent van de tot dan toe loyale PS&L-advocaten had zijn ontslag al ingediend, en er waren nog geen aanwijzingen dat het tij snel zou keren.

Lords hand gleed langzaam over het werkblad van zijn bureau naar de whiskyfles. Hij zette hem aan zijn mond en dronk hem leeg. Hij draaide zich om, keek naar het halfduister van de wintermorgen en kon het niet laten te glimlachen.

Voor hem was er geen plaats bij RD&M, en dus was het uiteindelijk toch gebeurd: Lord was kwetsbaar. De afgelopen tien jaar had hij met alarmerende regelmaat cliënten in het stof zien bijten nadat ze van de ene minuut op de andere van papieren miljardairs in arme zwervers waren veranderd. Hij had echter nooit gedacht dat zijn eigen val, als hij die ooit zou maken, zo beangstigend snel en diep zou zijn.

Dat was het probleem met giganten van acht cijfers als cliënt.

Ze vergden al zijn tijd en aandacht. Oudere cliënten droogden op en stierven. Nieuwe cliënten werden niet aangetrokken. Zijn eigen apathie had zich tegen hem gekeerd.

Lord maakte een snelle berekening. In de afgelopen twintig jaar had hij ongeveer dertig miljoen netto verdiend. Jammer genoeg was het hem niet alleen gelukt om die dertig miljoen uit te geven, maar zelfs nog veel meer. In de loop der jaren was hij eigenaar geweest van talloze luxueuze huizen, waaronder een vakantiehuis in Hilton Head en een geheim liefdesnest in New York, waar hij zijn getrouwde prooi mee naartoe nam. Luxe auto's, verscheidene collecties die een man met smaak en geld behoorde te hebben, een kleine maar zeer uitgelezen wijnkelder, zelfs zijn eigen helikopter; hij had het allemaal gehad, maar drie scheidingen, waarbij bij geen van alle sprake was van minnelijke schikkingen, hadden flinke gaten geslagen in zijn bezit.

Op dit moment had hij nog maar één huis, dat weliswaar rechtstreeks van de fotopagina's van de *Architectural Digest* afkomstig leek, maar waarvan de hypotheek dienovereenkomstig was. En het was een feit dat hij gewoon over weinig contant geld beschikte. Liquide middelen had hij niet meer. Bij PS&L vrat je op wat je geschoten had, en de maten van PS&L waren niet gewend wild na te jagen. Dat was de reden waarom Lords maandelijkse opbrengst veel groter was dan die van de anderen. Dat inkomen zou nu nog nauwelijks genoeg zijn om de uitgaven van zijn creditcards te dekken; zijn maandelijkse rekening bij American Express alleen al liep meestal op tot bedragen van vijf cijfers.

Hij richtte zijn razendsnel werkende grijze cellen even op de cliënten die hij naast Sullivan had. Een ruwe schatting leverde hem op zijn hoogst een half miljoen dollar aan juridische zaken op, als hij ze uitmolk, en daar hield hij niet van. Hij had er de energie niet meer voor en het was een werkwijze die hij ontgroeid was. Tenminste, zo stonden de zaken totdat die goede oude Walter ondanks al zijn miljarden besloot dat het leven hem niets meer te bieden had. Jezus Christus. Allemaal vanwege die kleine rothoer. Vijfhonderdduizend! Dat was zelfs nog minder dan die griezel van een Kirksen. Lord huiverde bij die vergelijking.

Hij draaide zich om in zijn stoel en keek naar het schilderij aan de wand aan het andere eind van zijn kantoor. De ruwe penseelstreek van de vrij onbekende negentiende-eeuwse kunstenaar deed hem opnieuw glimlachen. Er restte hem nog één mogelijkheid. Hoewel zijn grootste cliënt zijn leven totaal overhoop had gegooid, kreeg de dikke, geslepen zakenman weer een beetje hoop. Hij toetste een nummer in op zijn telefoon.

Fred Martin duwde het wagentje met een flinke vaart door de gang. Het was pas zijn derde werkdag en de eerste keer dat hij de advocaten van het kantoor hun post bezorgde, dus Martin was erop gebrand zijn taak snel en foutloos te verrichten. Hij was een van de tien loopjongens van het kantoor en hij wist dat de anderen erop aasden zijn taak over te nemen. Met als enige wapenfeit zijn graad in geschiedenis van Georgetown University had hij vier maanden lang door de stad gezworven op zoek naar werk om zijn avondstudie rechten te betalen. En wat was een betere plek om zijn carrière te beginnen dan het meest prestigieuze kantoor in Washington D.C.? Zijn tientallen sollicitaties hadden hem ervan overtuigd dat het nooit te vroeg was om contacten te leggen die hem in zijn toekomstige carrière van nut zouden kunnen zijn.

Hij raadpleegde zijn lijst met namen van advocaten en de nummers van hun kantoren. Martin had de lijst van zijn bureau in zijn kleine kamertje gepakt, niet wetende dat de bijgewerkte versie onder een vijfduizend pagina's tellend dossier van een multinationale transactie lag, dat hij die middag moest indexeren en binden.

Hij sloeg de hoek om, stopte en keek naar de gesloten deur. Iedereen had vandaag zijn deur dicht. Met het pakje van Federal Express in zijn hand keek hij op de lijst en vergeleek de naam met het slordige handschrift op het etiket van het pakje. De namen klopten. Hij keek naar de lege naamplaathouder naast de deur en zijn wenkbrauwen gingen omhoog.

Martin klopte, wachtte even, klopte nog eens en deed toen de deur open.

Hij liet zijn blik door het kantoor gaan. Het was een zooitje. De vloer was bezaaid met kartonnen dozen en al het meubilair was van zijn plaats gehaald. Het werkblad van het bureau lag vol papieren. Martins eerste gedachte was contact opnemen met zijn chef. Misschien was er sprake van een vergissing. Hij keek op zijn horloge en zag dat hij al tien minuten te laat was. Hij pakte de telefoon en draaide het nummer van zijn chef. Geen antwoord. Toen zag hij de foto van de vrouw op het bureau staan. Ze was groot, had roodbruin haar en droeg zeer kostbare kleding. Dit moest het kantoor van de man zijn. Vermoedelijk had hij het net betrokken. Want wie zou nu een foto van zo'n kanjer achterlaten? Met die overtuiging legde Fred Martin het pakje op de zitting van de stoel achter het bureau, waar het zeker gevonden zou worden. Hij liep het kantoor uit en trok de deur achter zich dicht.

'Het spijt me van Walter, Sandy. Ik meen het.' Jack keek door het raam naar de skyline van de stad. Een appartement op de bovenste verdieping in het uiterste noordwesten van de stad. Het moest een kapitaal hebben gekost, net als de inrichting ervan. Overal waar Jack keek zag hij originele schilderijen, beeldhouwwerken en met zacht leer beklede meubelen. Maar ja, er waren niet veel Sandy Lords op de wereld en die moesten toch ergens wonen.

Lord zat bij het vuur dat aangenaam knetterde in de open haard. Zijn omvangrijke lijf was gehuld in een wijde kamerjas met Paisley-motief en zijn blote voeten staken in lederen slippers. Een koude regen sloeg tegen de vele grote ruiten. Jack schoof dichter naar het vuur en realiseerde zich dat zijn gedachten net zo onrustig waren als de vlammen. Een gloeiend stukje hout raakte het marmer, vlamde op en doofde toen. Jack hield zijn glas met beide handen vast en keek naar zijn collega.

Het telefoontje was niet geheel onverwachts gekomen. 'We moeten praten, Jack. Hoe eerder hoe liever. Niet op kantoor.'

Toen hij aankwam, had Lords bejaarde bediende zijn jas en handschoenen aangepakt en zich teruggetrokken in een ander deel van het huis.

De twee mannen zaten in Lords bibliotheek met mahoniehouten lambrizeringen, een luxueus, mannelijk verblijf waar Jack enigszins jaloers op was. Even verscheen het beeld van het grote, bakstenen huis in zijn gedachten. Het had een bibliotheek die veel op deze leek. Met moeite richtte hij zijn blik weer op Lords rug.

'Ik zit in de puree, Jack.' Het waren de eerste woorden die Lord zei en Jack moest erom glimlachen. Hij had altijd bewondering gehad voor Lords openhartigheid. Maar hij hield zichzelf in. De toon van Lords stem dwong een zeker respect af.

'De firma redt het wel, Sandy. Veel meer zullen we niet kwijtraken. Misschien moeten we wat ruimte onderverhuren, dat is alles.'

Ten slotte stond Lord op en liep rechtstreeks naar de welvoorziene bar in de hoek. Hij schonk zijn whiskyglas tot de rand toe vol en sloeg het in één moeiteloze beweging achterover.

'Neem me niet kwalijk, Jack, maar misschien ben ik niet helemaal duidelijk. De firma heeft een klap gehad, maar niet zo'n klap om van tegen het canvas te gaan. Je hebt gelijk, Patton & Shaw zullen het wel overleven. Maar waar het mij om gaat, is of Patton, Shaw & Lord het zullen overleven.'

Lord strompelde door de kamer en liet zich uitgeput op de barokke lederen bank vallen. Jack keek naar de rij koperen sierspijkers langs de randen van het zware meubelstuk. Hij nipte van zijn drankje en observeerde Lords vermoeide gezicht. Hij had zijn ogen dichtgeknepen tot nauwelijks zichtbare spleetjes.

'Jij bent de belangrijkste man van de firma, Sandy. Dat zie ik niet veranderen, zelfs niet nadat je cliëntenbestand een opdonder heeft gehad.'

Een gekreun klonk op van Lords horizontale rustplaats.

'Een opdonder? Een verdomde atoombom, Jack, boven op mijn kop. De beste zwaargewicht van de wereld had me niet harder kunnen raken. Ik ben uitgeteld. De aasgieren cirkelen al rond en Lord is het hoofdgerecht; het gevulde everzwijn met een appel in zijn bek.'

'Kirksen?'

'Kirksen, Packard, Mullins en die lul van een Townsend. En zo kan ik nog wel even doorgaan, Jack, tot ik alle maten van de firma heb gehad. Ik heb, dat moet ik toegeven, een zeer ongebruikelijke relatie met mijn medematen, namelijk gebaseerd op wederzijdse haat.'

'Maar niet met Graham, Sandy. Niet met Graham.'

Lord kwam langzaam overeind en steunend op een van zijn dikke armen keek hij Jack aan.

Jack vroeg zich af waarom hij de man zo graag mocht. Vermoedelijk lag het antwoord in die lunch bij Fillmore van een paar maanden geleden. Geen gelul. Een openhartig gesprek waarvan de stekende woorden je maag deden samenballen en je hersenen antwoorden lieten formuleren die je normaliter nooit zou durven geven. En nu zat de man in de problemen. Jack had de middelen om hem in bescherming te nemen. Of misschien had hij ze; zijn relatie met de Baldwins was op dit moment verre van ideaal te noemen.

'Sandy, als ze je te grazen willen nemen, zullen ze eerst langs mij moeten.' Zo, hij had het gezegd. En hij meende het. Het was tenslotte Lord die hem de kans had gegeven om zich met de grote jongens te meten. Hij had hem meteen in het diepe gegooid. Maar was er een betere manier om te weten te komen of je het aankon of niet? Die ervaring was ook iets waard.

'We zouden allebei wel eens in heel woelig water terecht kunnen komen, Jack.'

'Ik kan goed zwemmen, Sandy. Bovendien moet je dit niet alleen als vriendendienst zien. Je bent een investering van de firma waarvan ik maat ben. Je bent een *rainmaker* van de bovenste plank. Je zit nu even in de put, maar daar kom je weer uit. Ik zet er vijfhonderd dollar op dat je binnen een jaar weer op de eerste plaats staat. Ik ben niet van plan een topper als jij ten onder te laten gaan.'

'Ik zal dit nooit vergeten, Jack.'

'En ik zal ervoor zorgen dat je dat niet doet.'

Toen Jack vertrokken was, pakte Lord de fles om zich nog een drankje in te schenken, maar hij bedacht zich. Hij keek naar zijn trillende handen en zette langzaam de fles weer neer. Hij bereikte nog net de bank voordat zijn knieën het begaven. De spiegel in landelijke stijl boven de open haard weerkaatste zijn spiegelbeeld. Het was twintig jaar geleden geweest dat er tranen over zijn getekende gezicht hadden gelopen. Dat was toen zijn moeder overleed. Maar de afgelopen dagen waren ze al een paar keer te voorschijn gekomen. Hij had gehuild om zijn vriend Walter Sullivan. Jarenlang had Lord zichzelf voorgehouden dat de man niets méér voor hem betekende dan een dikke, maandelijkse salarischeque. De prijs van dat zelfbedrog moest hij betalen tijdens Sullivans rouwdienst, waar hij zo hard moest huilen, dat hij gedwongen was te vertrekken voordat de eigenlijke begrafenis plaatsvond.

Nu wreef hij alweer het zoute vocht van zijn bolle wangen. Die verdomde jonge blaaskaak. Lord had alles tot in de details gepland. Zijn plan was volmaakt geweest. Hij had zich op alle mogelijke reacties voorbereid, behalve op degene die hij had gekregen. Hij had de jonge man onderschat. Lord had aangenomen dat Jack hetzelfde zou doen als hij zou hebben gedaan, namelijk zo veel mogelijk voordeel putten uit de enorme gunst die hij hem bewees.

Het was niet alleen zijn schuldgevoel dat aan hem knaagde. Het was vooral schaamte. Hij realiseerde zich dat, toen hij diep inademde omdat hij werd overvallen door een gevoel van misselijkheid en hij zich diep voorover boog boven het dikke, rulle tapijt. Schaamte. Ook dat was een gevoel dat hij lang niet had gehad. Toen het kokhalzen ophield en hij nogmaals naar zijn straalbezopen gezicht in de spiegel keek, beloofde hij zichzelf dat hij Jack niet teleur zou stellen. Dat hij zich weer zou terugknokken naar de top. En Jack niet zou vergeten.

•25•

Zelfs in zijn wildste fantasieën had Frank nooit gedacht dat hij hier ooit zou zitten. In deze kamer. Hij keek om zich heen en stelde vast dat de ruimte inderdaad ovaal van vorm was. Het meubilair was solide en conservatief, met hier en daar een kleuraccent en een streepje, en een paar dure sportschoenen netjes op een plank, om aan te geven dat de gebruiker van deze kamer nog lang niet aan zijn pensioen toe was. Frank slikte een brok in zijn keel weg en dwong zichzelf rustig adem te halen. Hij was een ervaren politieman en dit was gewoon een routinegesprek zoals hij er al duizenden had gevoerd. Hij borduurde gewoon voort op een spoor, dat was alles. Binnen een paar minuten zou hij weer buiten staan.

Maar toen herinnerde hij zichzelf er weer aan dat de persoon die hij ging ondervragen, de huidige president van de Verenigde Staten was. Terwijl een nieuwe schokgolf van nervositeit door zijn lichaam trok, ging de deur open. Frank stond snel op, draaide zich om en staarde enige tijd naar de uitgestoken hand, totdat zijn hersenen deze ten slotte registreerden en hij langzaam de zijne uitstak.

'Fijn dat u hiernaartoe wilde komen, hoofdinspecteur.'

'Geen enkele moeite, meneer. Ik bedoel, u hebt vast betere dingen te doen dan in het drukke verkeer te zitten. Hoewel, ik neem aan dat u zelden in verkeersopstoppingen zit, is het wel, meneer de president?'

Richmond nam plaats achter zijn bureau en gebaarde Frank dat hij ook moest gaan zitten. Een onverstoorbare Bill Burton, die Frank tot dat moment nog niet had gezien, knikte naar de politieman en deed de deur van het kantoor dicht.

'Ik ben bang dat mijn routes van tevoren worden uitgestippeld. Ik geef toe dat ik nooit in verkeersopstoppingen terechtkom, maar dat gaat wel ten koste van de spontaniteit.' De president grinnikte en Frank merkte dat zijn mond zich automatisch in een glimlach plooide.

De president boog zich naar Frank toe en keek hem recht in de ogen. Hij sloeg zijn handen ineen, fronste zijn wenkbrauwen en van het ene moment op het andere veranderde zijn gezichtsuitdrukking van vriendelijk naar uiterst serieus.

'Ik wilde je bedanken, Seth.' Hij keek even naar Burton. 'Bill heeft me verteld hoe hulpvaardig je bent geweest bij het onderzoek naar de moord op Christine Sullivan. Dat waardeer ik zeer, Seth. De meeste beambten zouden minder bereidwillig zijn geweest, of ze hadden er een mediacircus van gemaakt om zichzelf in de kijker te spelen. Ik had jou hoger ingeschat en mijn verwachtingen zijn uitgekomen. Nogmaals bedankt.'

Frank zat te glunderen alsof hij zojuist zijn eerste zwemdiploma had gehaald.

'Het is vreselijk, weet je? Zeg me eens, heb je enig verband kunnen ontdekken tussen Walters zelfmoord en de aanslag op die misdadiger?'

Frank schudde de herinneringen uit zijn hoofd en richtte zijn zelfverzekerde blik op de regelmatige gelaatstrekken van de president.

'Kom nou, inspecteur. Ik kan je vertellen dat heel Washington, zowel de overheid als de beroepsbevolking, zich ernstig verzet tegen het idee dat Walter Sullivan een huurmoordenaar zou hebben ingeschakeld om de dood van zijn vrouw te wreken, om vervolgens een eind aan zijn eigen leven te maken. Je kunt dat soort geruchten niet tegenhouden. Nu zou ik graag willen weten of je onderzoek iets heeft opgeleverd waaruit blijkt dat Walter inderdaad iemand heeft ingeschakeld om de moordenaar van zijn vrouw te doden.'

'Ik ben bang dat ik daar niets over kan zeggen, meneer. Ik hoop dat u het begrijpt, maar het politieonderzoek gaat nog steeds door.'

'Maak je geen zorgen, inspecteur. Ik zal je niet voor de voeten lopen. Maar ik kan je wel vertellen dat dit een bijzonder moeilijke periode voor me is. Te bedenken dat Walter Sullivan een eind zou maken aan zijn eigen leven. Een van de meest briljante en vindingrijke mensen van zijn tijd, van elke tijd.'

'Dat heb ik meer mensen horen zeggen.'

'Maar tussen jou en mij, als je Walter net zo goed kende als ik, zou je merken dat het niet helemaal ondenkbaar is dat hij zorgvuldige, daadwerkelijke maatregelen had genomen om met de moordenaar van zijn vrouw... af te rekenen.'

'Vermoedelijke moordenaar, meneer de president. Onschuldig totdat zijn schuld bewezen is.'

De president keek naar Burton. 'Maar ik had begrepen dat je een ijzersterke zaak tegen hem had.'

Seth Frank krabde aan zijn oor. 'Sommige strafpleiters zijn gek op ijzersterke zaken, meneer. Ziet u, als je maar genoeg water op dat ijzer spuit, begint het vanzelf te roesten en voor je het weet, zit het vol gaten.'

'En zijn advocaat was zo iemand?'

'Meer dan dat. Ik ben geen gokker, maar ik zou mezelf niet meer dan veertig procent kans geven om een zuivere veroordeling te krijgen. Er stond ons een zware strijd te wachten.'

De president leunde achteruit terwijl hij deze informatie tot zich liet doordringen; toen keek hij Frank weer aan.

Het duurde even voordat Frank de afwachtende blik van de man tegenover hem opmerkte. Hij sloeg zijn notitieboekje open en zijn hartslag bedaarde toen hij zijn vertrouwde slordige handschrift zag.

'U beseft dat het vlak voor zijn dood was toen Walter Sullivan u hier opbelde?'

'Ik weet dat ik met hem heb gesproken. Nee, ik was me niet bewust dat het vlak voor zijn dood was.'

'Het heeft me een beetje verbaasd dat u niet eerder met deze informatie naar buiten bent gekomen.'

Het gezicht van de president betrok. 'Ik weet het. Eerlijk gezegd heeft het mijzelf ook een beetje verbaasd. Ik denk dat ik Walter, of tenminste zijn nagedachtenis, probeerde te beschermen tegen nog meer leed. Hoewel ik wist dat de politie uiteindelijk zou ontdekken dat dat gesprek had plaatsgevonden. Het spijt me, inspecteur.'

'Ik zou graag willen weten waar dat telefoongesprek over ging.'

'Wil je iets drinken, Seth?'

'Graag. Ik zou wel een kop koffie lusten.'

Onmiddellijk pakte Burton een telefoon in de hoek van het kantoor en een minuut later werd een zilveren blad binnengebracht.

De dampend hete koffie werd ingeschonken. De president keek op zijn horloge en merkte toen dat Frank hem aanstaarde.

'Het spijt me, Seth. Ik ben me bewust van het belang van je bezoek. Over een paar minuten echter heb ik een lunch met een delegatie van het Congres en ik moet je bekennen dat ik daar weinig zin in heb. Het mag misschien vreemd klinken, maar ik ben niet bepaald dol op politici.'

'Ik begrijp het. Dit hoeft niet lang te duren. Wat was het doel van zijn telefoontje?'

De president leunde achteruit in zijn stoel alsof hij even tijd nodig had om zijn gedachten te ordenen. 'Ik zou het omschrijven als een wanhoopsdaad. Hij was duidelijk niet zichzelf. Hij klonk onevenwichtig, verward. Een paar keer zei hij een tijdlang niets. Helemaal niet de Walter Sullivan die ik ken.'

'Waar had hij het over?'

'Van alles en nog wat. Soms mompelde hij maar wat. Hij praatte over Christine's dood. En over de man die jij had gearresteerd. Hoe hij hem haatte, omdat hij zijn leven had verwoest. Het was vreselijk om aan te horen.'

'Wat antwoordde u hem?'

'Nou, ik bleef hem vragen waar hij was. Ik wilde hem vinden en zorgen dat hij hulp kreeg. Maar hij wilde het niet zeggen. Ik weet niet eens zeker of hij wel iets hoorde van wat ik zei, zo radeloos klonk hij.'

'Achtte u hem op dat moment in staat tot zelfmoord, meneer?'

'Ik ben geen psychiater, inspecteur, maar als ik als weldenkend mens een oordeel zou moeten geven over zijn mentale toestand, ja, dan zou ik Walter Sullivan die nacht zeker in staat achten tot zelfmoord. Het was een van de weinige momenten dat ik me tijdens mijn presidentschap volkomen machteloos voelde. Eerlijk gezegd, ik was na dat gesprek niet eens bijzonder verbaasd toen ik hoorde dat hij dood was.' Richmond wierp een korte blik op Burtons onbewogen gezicht en keek vervolgens weer naar de inspecteur. 'Dat was ook de reden waarom ik je vroeg of je hebt kunnen ontdekken of er iets van waarheid school in de geruchten dat Walter iets te maken had met de aanslag op die man. Ik moet toegeven dat die gedachte me na Walters telefoontje zeker heeft beziggehouden.'

Frank keek naar Burton. 'Ik neem aan dat je geen opname hebt van dat gesprek? Ik weet dat sommige gesprekken worden opgenomen.'

De president antwoordde. 'Sullivan belde me op mijn privé-lijn, inspecteur. Dat is een beveiligde lijn en het is niet toegestaan daar opnames van te maken.'

'Ik begrijp het. Gaf hij tegenover u rechtstreeks aan dat hij betrokken was bij de dood van Luther Whitney?'

'Nee, niet rechtstreeks. Het was duidelijk dat hij niet helder kon nadenken. Maar indirect, door de woede die hij voelde, nou, ik zeg niet graag zulke dingen over iemand die dood is, maar het was mij vrij duidelijk dat hij de man had laten ombrengen. Ik heb natuurlijk geen bewijzen, maar toch was dat de indruk die ik had.'

Frank schudde zijn hoofd. 'Het moet een heel onplezierig gesprek geweest zijn.'

'Ja, dat was het zeker. Maar, inspecteur, ik ben bang dat mijn plicht me roept.'

Frank negeerde het. 'Waarom denkt u dat hij u heeft gebeld, meneer? Het was al erg laat.'

De president ging weer zitten en wierp nogmaals een korte blik op Burton. 'Walter was een van mijn beste vrienden. Hij hield er vreemde uren op na, maar dat doe ik ook zo vaak. Het was voor hem niet ongebruikelijk om me midden in de nacht op te bellen. Ik had de afgelopen paar maanden nauwelijks iets van hem gehoord. Zoals je weet, had zijn privé-leven een flinke opdonder gehad. Maar Walter was het soort man dat in stilte leed. En nu, Seth, zul je me echt moeten excuseren.'

'Ik blijf het gewoon vreemd vinden dat van alle mensen die hij had kunnen bellen, hij juist u belt. Er was een grote kans dat u niet eens thuis was. Ik bedoel dat u als president er een tamelijk druk programma op na houdt. Daarom vraag ik me af wat hij op dat moment dacht.'

De president leunde achteruit, zette zijn vingertoppen tegen elkaar en bestudeerde het plafond. Die politieman speelt een spelletje met me om me te laten zien hoe slim hij is. Hij keek Frank weer aan en glimlachte. 'Als ik gedachten kon lezen, zou ik geen opiniepeilingen nodig hebben.'

Frank glimlachte. 'Ik denk niet dat je een paragnost hoeft te zijn om te weten dat u nog eens vier jaar in die stoel zult zitten, meneer.'

'Dat waardeer ik, inspecteur. Het enige wat ik je kan zeggen, is dat Walter mij heeft gebeld. Als hij van plan was zelfmoord te plegen, wie had hij dan moeten bellen? Hij had geen contact meer met zijn familie sinds zijn huwelijk met Christine. Hij had veel kennissen in de zakenwereld, maar weinig echte vrienden. Walter en ik kennen elkaar al heel lang en ik beschouwde hem min of meer als mijn vader. Zoals je weet, heb ik het onderzoek naar de dood van zijn vrouw op de voet gevolgd. Als we dat bij elkaar optellen, zou dat misschien kunnen verklaren waarom hij met mij wilde praten, zeker als hij overwoog een eind aan zijn leven te maken. Echt, dat is alles wat ik weet. Het spijt me dat ik je niet meer tot hulp kan zijn.'

De deur ging open. Frank had niet gezien dat de president even daarvoor op een knopje onder het werkblad van zijn bureau had gedrukt.

De president keek naar zijn secretaresse. 'Ik kom eraan, Lois. Inspecteur, als ik nog iets voor je kan doen, laat het dan aan Bill weten. Alsjeblieft.'

Frank deed zijn notitieboekje dicht en stond op. 'Dank u, meneer.'

Richmond staarde naar de deuropening toen Frank was vertrokken.

'Hoe heette die advocaat van Whitney, Burton?'

Burton dacht even na. 'Graham. Jack Graham.'

'Klinkt bekend.'

'Hij werkt voor Patton, Shaw & Lord. Hij is maat daar.'

Zonder iets te zien, bleef de president de agent aanstaren.

'Wat is er?'

'Ik weet het niet.' Richmond opende met een sleutel een van zijn bureauladen en haalde een notitieboekje te voorschijn waarin hij alle belangrijke feiten van zijn buitenechtelijke relaties had genoteerd. 'Je moet niet uit het oog verliezen, Burton, dat een zeer belangrijk belastend bewijsstuk, waarvoor we vijf miljoen dollar hebben betaald, nog steeds niet boven water is gekomen.'

De president bladerde zijn notitieboekje door. Talloze personen waren tot op zekere hoogte bij dit kleine treurspel betrokken. Als Whitney de briefopener aan zijn advocaat had gegeven en hem verslag had gedaan van wat er gebeurd was, dan zou de hele wereld het allang weten. Richmond dacht terug aan de huldiging van Ransome Baldwin in het Witte Huis. Graham hield zich niet van de domme. Het was duidelijk dat hij de briefopener niet had. Maar wie had hem dan wel, als Whitney hem tenminste aan iemand had gegeven?

Toen zijn hersenen alle informatie in nette blokjes hadden geordend en alle mogelijke scenario's de revue hadden laten passeren, bleef er één naam over, die de president plotseling in keurige blokletters voor de geest stond. Iemand met wie niemand rekening had gehouden.

Edwina Broome.

Jack droeg de zak met eten van de afhaalchinees in de ene hand, zijn attachékoffer in de andere, en het lukte hem de huissleutel uit zijn zak te wurmen. Voordat hij hem in het slot kon steken, ging de deur open.

Jack keek verbaasd. 'Ik had je nog niet thuis verwacht.'

'Je had geen eten hoeven halen. Ik had zelf iets kunnen klaarmaken.'

Jack ging naar binnen, zette zijn attachékoffer op de koffietafel en liep de keuken in. Kate keek hem na.

'Hé, jij werkt ook de hele dag. Waarom zou je dan ook nog moeten koken?'

'Veel vrouwen doen dat elke dag, Jack. Kijk maar eens om je heen.'

Hij kwam de keuken weer uit. 'Dat bestrijd ik niet. Wil je *go lo yuk* of *mo go gai pan*? Ik heb ook loempia's meegebracht.'

'Geef maar wat. Ik heb niet veel honger.'

Jack verdween en kwam terug met twee volgeladen borden.

'Weet je, als je niet meer eet, waai je nog eens weg. Ik heb nu al het gevoel dat ik je broekzakken met grind moet vullen.'

Hij ging met gekruiste benen naast haar op de grond zitten. Ze zat met haar eten te spelen, terwijl Jack het zijne naar binnen schrokte.

'Hoe was het op je werk? Je had best nog een paar dagen vrij kunnen nemen. Je vergt veel te veel van jezelf.'

'Dat moet jij nodig zeggen.' Ze pakte een loempia, maar legde hem weer terug.

Jack legde zijn vork neer en keek haar aan.

'Goed, ik luister.'

Kate kwam overeind, ging op de bank zitten en begon met haar halsketting te spelen. Ze was nog steeds gekleed in haar rechtbank-outfit en zag er afgemat uit, als een geknakte bloem in de wind.

'Ik denk veel na over wat ik Luther heb aangedaan.'

'Kate...'

'Laat me uitpraten, Jack.' Haar woorden troffen hem als een zweepslag. Toen leek ze zich weer iets te ontspannen. Op rustige toon vervolgde ze: 'Ik ben tot de conclusie gekomen dat ik er nooit overheen zal komen, dus ik kan het feit net zo goed accepteren. Er zijn waarschijnlijk meerdere redenen om te rechtvaardigen wat ik heb gedaan. Maar er is één reden waarom het absoluut fout was. Hij was mijn vader. Dat mag zwak klinken, maar dat zou voldoende reden moeten zijn.' Ze draaide net zo lang aan haar ketting totdat deze alleen nog maar uit knopen leek te bestaan. 'Door jurist te worden, tenminste het soort jurist dat ik ben, ben ik iemand geworden die ik eigenlijk niet zo aardig vind. En dat is geen prettig idee als je de dertig nadert.'

Jack pakte haar trillende hand vast. Ze trok hem niet terug. Hij voelde het bloed kloppen in haar aderen.

'Daarom geloof ik dat ik toe ben aan een radicale verandering. Van mijn carrière, mijn leven, alles.'

'Waar heb je het over?' Hij stond op en ging naast haar zitten. Zijn hartslag versnelde toen het tot hem door begon te dringen welke kant het gesprek op ging.

'Ik wil geen openbare aanklager meer zijn, Jack. Ik wil zelfs geen jurist meer zijn. Vanmorgen heb ik mijn ontslag ingediend. Ik moet toegeven dat ze nogal schrokken. Ze vroegen me er nog eens over na te denken. Ik heb gezegd dat ik dat al had gedaan. Mijn besluit staat vast.'

De verbijstering klonk door in Jacks stem. 'Je hebt je ontslag genomen? Jezus, Kate, je hebt al je energie in je carrière gestopt. Dat kun je niet zomaar weggooien.'

Kate stond op, liep naar het raam en begon naar buiten te staren.

'Dat is het juist, Jack. Ik gooi niets weg. Mijn herinneringen aan de afgelopen vier jaar zijn één aaneenschakeling van griezelfilms. Dat is bepaald niet wat ik in gedachten had, toen ik rechten ging studeren en discussies voerde over de principes van het recht.'

'Doe jezelf niet te kort. De straten zijn een stuk veiliger geworden door wat jij hebt gedaan.'

Ze draaide zich om en keek hem aan. 'Ik kan niet langer tegen de stroom in zwemmen. Ik ben al lang geleden de zee in gespoeld. Ik kan de kustlijn niet eens meer zien.'

'Maar wat ben je van plan te gaan doen? Je bent een jurist.'

'Nee, je hebt het mis. Ik ben maar een klein deel van mijn leven jurist geweest. Mijn leven van voor die tijd vond ik een stuk prettiger.' Ze wachtte even, kruiste haar armen voor haar borst en staarde hem aan. 'Dat heb jij me duidelijk gemaakt, Jack. Ik ben jurist geworden om wraak te nemen op mijn vader. Drie jaar rechtenstudie en vier jaar als aanklager is een tamelijk hoge prijs.' Ze slaakte een diepe zucht, wankelde even maar herstelde zich toen weer. 'Trouwens, ik geloof dat ik wel genoeg wraak op hem heb genomen.'

'Kate, het was jouw fout niet.' Zijn mond verstrakte toen ze zich van hem afwendde.

Haar volgende woorden raakten hem hard.

'Ik ga weg, Jack. Ik weet nog niet precies waarheen. Ik heb wat geld gespaard. Het zuidwesten lijkt me wel wat. Of misschien Colorado. Ik wil iets geheel anders dan Washington. Misschien is dat een begin.'

'Weg.' Jack zei het woord meer tegen zichzelf dan tegen haar. 'Weg.' Hij herhaalde het woord, alsof hij het op die manier kon laten verdwijnen, of om het een betekenis te geven die minder pijnlijk was dan hij op dat moment ervoer.

Ze keek naar haar handen. 'Er is niets dat me hier houdt, Jack.'

Hij keek haar aan en voelde zijn woedende reactie eerder dan dat hij haar hoorde.

'Ben je verdomme gek geworden! Hoe durf je dat te zeggen?'

Uiteindelijk keek ze hem aan. Hij kon de brok in haar keel bijna zien, toen ze antwoordde: 'Ik denk dat je beter kunt gaan.'

Jack zat achter zijn bureau, apathisch starend naar de berg werk en de stapel berichten die voor hem lagen en zich afvragend of zijn leven nog beroerder kon worden. Op dat moment kwam Dan Kirksen zijn kantoor binnenwandelen. Jack begon inwendig te kreunen.

'Dan, ik heb echt geen...'

'Je was vanmorgen niet bij de vergadering van de maatschap.'

'Niemand heeft me verteld dat er een vergadering was.'

'Er is een memo rondgestuurd, maar jij schijnt er de laatste tijd nogal vreemde werktijden op na te houden.' Met een afkeurende blik keek hij naar de papieren op Jacks bureau. Zijn eigen bureau was altijd leeg; meer een bewijs van de kleine hoeveelheid juridisch werk die hij deed dan van iets anders.

'Ik ben er nu toch?'

'Ik heb begrepen dat Sandy en jij een ontmoeting hebben gehad bij hem thuis.'

Jack keek hem doordringend aan. 'Je hebt ook nergens privacy tegenwoordig.'

Kirksen bloosde van woede. 'Maatschapszaken behoren met alle maten besproken te worden. We hebben geen behoefte aan pressiegroepjes binnen de firma. We hebben al genoeg te lijden onder interne verdeeldheid.'

Jack begon bijna luidkeels te lachen. Dan Kirksen, de ongekroonde koning van de afscheidingsbewegingen.

'Ik denk dat we het ergste hebben gehad.'

'O ja, Jack? Denk je dat werkelijk?' sneerde Kirksen. 'Ik wist niet dat jij zo veel ervaring had in dat soort zaken.'

'Nou, als het je zo dwarszit, Dan, waarom vertrek je dan niet?'

Meteen verdween de gemene grijns van het gezicht van de kleine man. 'Ik werk al bijna twintig jaar voor deze firma.'

'Dan wordt het tijd voor een verandering. Het zal je goed doen.'

Kirksen ging zitten, zette zijn bril af en begon de glazen schoon te poetsen. 'Een welgemeend advies, Jack. Zet je geld niet op Sandy. Als je dat doet, maak je een grote fout. Hij is uitgerangeerd.'

'Bedankt voor de goede raad.'

'Ik meen het, Jack. Breng je eigen positie niet in gevaar met een zinloze poging om hem te redden, hoe goed je het ook bedoelt.'

'Mijn positie? Je bedoelt zeker de positie van de Baldwins, is het niet?'

'Het zijn jouw cliënten... nog wel tenminste.'

'Ben je een overname aan het voorbereiden? Ik wens je veel geluk. Dat hou je geen minuut vol.'

Kirksen stond op. 'Niets is eeuwig, Jack. Sandy Lord weet dat net zo goed als iedereen. Wie wind zaait, zal storm oogsten. Je kunt al je schepen wel achter je verbranden, maar dan moet je er wel voor zorgen dat er niemand van je bemanning is achtergebleven.'

Jack kwam achter zijn bureau vandaan en boog zich over Kirksen heen. 'Was je als kleine jongen al zo, Dan, of ben je in een hyena veranderd toen je al volwassen was?'

Kirksen lachte en stond op om te vertrekken. 'Zoals ik al zei, niets is eeuwig. Relaties met cliënten blijven kwetsbaar. Ik zal je een voorbeeld geven. Jouw relatie met de Baldwins is voornamelijk gebaseerd op je toekomstplannen met Jennifer Ryce Baldwin. Als mevrouw Baldwin nu eens ontdekte dat jij al een paar nachten niet thuis bent geweest, maar hebt gelogeerd bij een zekere jongedame, dan zal ze minder snel geneigd zijn jou haar juridische zaken toe te vertrouwen, en je vrouw te worden.'

Het gebeurde razendsnel. Kirksen stond met zijn rug tegen de muur en Jacks gezicht was zo dicht bij het zijne, dat zijn brilleglazen besloegen.

'Doe geen domme dingen, Jack. Je mag hier wel een zekere status hebben, maar het maatschap zal nooit accepteren dat een jonge maat een oudere aftuigt. We hanteren hier bij PS&L nog steeds enkele omgangsregels.'

'Waag het niet je ooit nog eens op die manier in mijn privé-leven te mengen, Kirksen. Waag het niet.' Moeiteloos gooide Jack hem tegen de deur en vervolgens liep hij weer terug naar zijn bureau.

Kirksen streek zijn overhemd glad en grijnsde. Wat waren ze toch gemakkelijk te manipuleren. Die grote, knappe mannen. Zo sterk als ezels en weinig intelligenter. Zo geraffineerd als een baksteen.

'Weet je, Jack, het wordt tijd dat je beseft in wat voor wereld je terechtgekomen bent. Om een of andere reden schijn je een onvoorwaardelijk vertrouwen te hebben in Sandy Lord. Maar heeft hij je bijvoorbeeld de waarheid verteld over Barry Alvis? Heeft hij dat, Jack?'

Jack draaide zich langzaam om en staarde de man wezenloos aan.

'Welk excuus heeft hij gebruikt? De permanente medewerker? Geen *rainmaker*-kwaliteiten? Of heeft hij je verteld dat Alvis een grote zaak had verprutst?'

Jack bleef hem aankijken.

Kirksen begon triomfantelijk te glimlachen.

'Eén telefoontje, Jack. De dochter belt op en klaagt dat meneer Alvis haar en haar vader overlast heeft bezorgd. En Barry Alvis verdwijnt. Zo wordt het spel hier gespeeld, Jack. En misschien bevalt dat spel je niet. In dat geval zal niemand je tegenhouden als jij wilt vertrekken.'

Kirksen had al geruime tijd over zijn strategie nagedacht. Nu Sullivan weg was, kon hij Baldwin beloven dat zijn juridische werk de hoogste prioriteit van de firma zou krijgen, en Kirksen beschikte nog steeds over een legertje van de allerbeste advocaten van de stad. En vier miljoen dollar aan juridische zaken, tezamen met het werk dat hij al had, zouden hem tot de grootste *rainmaker* van de firma maken. Eindelijk zou Kirksen de top bereiken en de plaats innemen van de man die geruisloos in het ravijn zou donderen.

De leidinggevend maat glimlachte naar Jack. 'Misschien mag je me niet, Jack, maar ik vertel je wel de waarheid. Je bent nu een grote jongen, dus het is aan jou om je conclusies te trekken.'

Kirksen vertrok en deed de deur achter zich dicht.

Jack bleef nog even staan; toen liet hij zich in zijn stoel vallen. Hij boog zich voorover, veegde met een paar snelle, wilde armbewegingen de papieren opzij en legde zijn hoofd op het werkblad van zijn bureau.

•26•

Seth Frank keek naar de oude man. Hij was klein, had een zacht vilten pet op zijn hoofd, was gekleed in een corduroy broek, een dikke trui en sneeuwlaarzen, en het was duidelijk dat hij zich zowel ongemakkelijk als vreselijk opgewonden voelde omdat hij in een politiebureau was. In zijn hand had hij een rechthoekig voorwerp dat in bruin pakpapier was gewikkeld.

'Ik ben bang dat ik u niet begrijp, meneer Flanders.'

'Ziet u, ik was daar. Die dag, bij het gerechtsgebouw. U weet wel, toen die man werd doodgeschoten. Ik wilde gewoon zien waar al die drukte om werd gemaakt. Ik woon hier mijn hele leven al, maar zo'n spektakel had ik nog nooit meegemaakt, dat kan ik u wel vertellen.'

'Dat kan ik me voorstellen,' zei Frank droog.

'In elk geval, ik had mijn nieuwe videocamera bij me, een prachtig apparaat, met een beeldzoeker en zo. Alleen maar vasthouden, kijken en filmen. Geweldige kwaliteit. Toen zei mijn vrouw dat ik hiernaartoe moest gaan.'

'Dat is heel fijn, meneer Flanders. En wat is het doel van uw bezoek?'
Frank keek hem afwachtend aan.

Flanders scheen het te begrijpen. 'O, het spijt me, inspecteur. Ik sta hier
maar te bazelen. Dat doe ik wel vaker, vraag het maar aan mijn vrouw.
Vorig jaar ben ik gepensioneerd. Op mijn werk praatte ik nooit veel. Ik
stond aan de montageband in een autofabriek. Nu vind ik praten leuk.
Luisteren ook. Ik breng veel tijd door in dat kleine café tegenover de bank.
Goeie koffie en echte theegebakjes, niet van die halfvette rommel.'

Frank begon geïrriteerd te raken.

'Nou, ik ben hiernaartoe gekomen om u dit te laten zien,' vervolgde Flanders snel. 'Om het aan u te geven, in feite. Ik heb natuurlijk ook een kopie
voor mezelf bewaard.' Hij gaf Frank het pakje.

Frank haalde het pakpapier eraf en keek naar de videocassette.

Flanders zette zijn pet af en onthulde een kaal hoofd met alleen rondom
zijn oren enkele katoenachtige plukjes haar. Opgewonden vervolgde hij:
'Zoals ik al zei, heb ik een paar echt goede shots. Van de president onder
andere en van het moment dat die kerel werd neergeschoten. Alles staat
erop. Ik volgde de president, ziet u. En die leidde me rechtstreeks naar het
vuurwerk.'

Frank staarde de man aan.

'Alles staat erop, inspecteur. Voor wat het waard is.' Hij keek op zijn horloge. 'O, ik moet gaan. Anders ben ik te laat voor mijn lunch. Dat vindt mijn
vrouw niet prettig.' Hij draaide zich om en wilde vertrekken. Seth Frank
zat naar de videocassette te staren.

'O, inspecteur. Nog één ding.'

'Ja?'

'Als er iets belangrijks op die band staat, denkt u dan dat ze mijn naam zullen noemen als ze erover schrijven?'

Frank schudde vertwijfeld zijn hoofd. 'Erover schrijven?'

De oude man keek hem met een opgewonden blik aan. 'Ja. U weet wel, de
historici. Ze zouden het de Flanders-band kunnen noemen, of zoiets. Misschien de Flanders-video. U weet wel, zoals toen.'

Frank wreef wezenloos over zijn slapen. 'Toen?'

'Ja, inspecteur. U weet wel, net als Zapruder met Kennedy.'

Eindelijk begreep Frank waar de man op doelde. 'Ik zal het ze zeker laten
weten, meneer Flanders. Voor de zekerheid. Voor het nageslacht.'

'Zo mag ik het horen.' Breed glimlachend richtte Flanders zijn wijsvinger
op hem. 'Het nageslacht, dat klinkt goed. Prettige dag nog, inspecteur.'

'Alan?'

Afwezig gebaarde Richmond Russell binnen te komen en vervolgens richtte hij zijn aandacht weer op het notitieboekje dat voor hem lag. Toen hij
klaar was deed hij het boekje dicht en keek met een uitdrukkingsloze blik
op naar zijn stafchef. Russell aarzelde. Nerveus handenwringend stond ze
naar de vloerbedekking te kijken. Toen haastte ze zich door de kamer en

in plaats van te gaan zitten liet ze zich bijna in een van de stoelen vallen.

'Ik weet niet goed wat ik moet zeggen, Alan. Ik besef dat mijn gedrag onvergeeflijk was, absoluut ongepast. Als ik me tijdelijk ontoerekeningsvatbaar kon laten verklaren, zou ik dat doen.'

'Dus je bent niet van plan het goed te praten door mij ervan te overtuigen dat het allemaal in mijn eigen belang was?' Richmond leunde achteruit in zijn stoel, terwijl zijn blik op Russell gericht bleef.

'Nee, dat ben ik niet. Ik ben hier om mijn ontslag in te dienen.'

De president glimlachte. 'Misschien heb ik je onderschat, Gloria.'

Hij stond op, kwam achter zijn bureau vandaan, ging op de punt van zijn werkblad zitten en keek haar aan. 'In tegenstelling tot wat jij denkt, was je gedrag juist bijzonder gepast. Als ik in jouw positie was geweest, had ik precies hetzelfde gedaan.'

Ze keek naar hem op. De verbijstering was van haar gezicht af te lezen.

'Begrijp me niet verkeerd. Ik verwacht loyaliteit, Gloria, net als iedere leider. Ik verwacht echter niet van mensen dat ze zich anders gedragen dan ze zijn, namelijk menselijke wezens, met al hun bijbehorende zwakten en overlevingsdrang. We zijn tenslotte maar dieren. Ik heb deze positie bereikt door nooit uit het oog te verliezen dat de allerbelangrijkste persoon op de hele wereld ikzelf ben. Onder alle omstandigheden, ondanks alle tegenslagen heb ik dat simpele feit nooit, nooit uit het oog verloren. Wat jij die nacht hebt gedaan, bewijst dat jij die opvatting deelt.'

'Je weet wat ik van plan was?'

'Natuurlijk weet ik dat. Gloria, ik veroordeel je niet omdat je hebt geprobeerd zoveel mogelijk eigen voordeel te putten uit een zekere situatie. Mijn god, dat is de basis waarop dit land en met name deze stad is gebouwd.'

'Maar toen Burton je vertelde...'

Richmond stak zijn hand op. 'Ik geef toe dat ik die avond werd beheerst door bepaalde emoties. Een gevoel van verraad vooral. Maar naderhand ben ik tot de conclusie gekomen dat wat jij hebt gedaan geen bewijs was van zwakte, maar juist van kracht, van karakter.'

Russell probeerde te begrijpen waar dit gesprek naartoe ging. 'Mag ik daaruit opmaken dat je mijn ontslag niet wilt?'

De president boog zich naar haar toe en pakte haar hand vast. 'Ik kan me niet herinneren dat je dat woord hebt genoemd, Gloria. Ik kan me niet voorstellen dat we onze relatie zouden verbreken nu we elkaar zo goed hebben leren kennen. Zullen we het zo maar laten?'

Russell stond op om te vertrekken. De president ging weer achter zijn bureau zitten.

'O, Gloria, ik heb een paar dingen die ik vanavond met je wil bespreken. Mijn gezin is de stad uit. Dus misschien kunnen we in mijn privé-vertrekken werken.'

Russell draaide zich om en keek hem aan.

'Het zou wel eens laat kunnen worden, Gloria. Je kunt beter wat extra kleren meebrengen.' De president glimlachte niet en zijn starende blik sneed dwars door haar heen. Toen ging hij weer verder met zijn werk.

Russells hand trilde toen ze de deur achter zich dichtdeed.

Jack klopte zo hard op de deur, dat zijn knokkels er pijn van deden.

De huishoudster opende de deur, maar Jack was haar al voorbijgelopen voordat ze een woord kon uitbrengen.

Jennifer Baldwin kwam net de trap af lopen, die met een bocht in de marmeren hal eindigde. Ze droeg een van haar vele, kostbare avondjurken. Haar haar viel over haar schouders en omlijstte een aanzienlijk decolleté. Ze glimlachte niet.

'Jack, wat kom je doen?'

'Ik wil met je praten.'

'Jack, ik heb een afspraak. Het zal moeten wachten.'

'Nee!' Hij greep haar hand vast, keek om zich heen, trok de twee gebeeldhouwde deuren van de bibliotheek open en duwde haar naar binnen.

Ze rukte haar hand los. 'Ben je gek geworden, Jack?'

Hij liet zijn blik door de bibliotheek gaan, langs de enorme boekenkasten met planken vol eerste drukken in goud op snee. Waarschijnlijk stonden ze er alleen maar om indruk te maken en waren ze nog nooit door iemand opengeslagen. Allemaal show.

'Ik wil dat je één simpele vraag beantwoordt en dan vertrek ik weer.'

'Jack...'

'Eén vraag. En dan ga ik weer weg.'

Ze keek hem argwanend aan en sloeg haar armen over elkaar. 'En die is?'

'Heb je wel of niet mijn kantoor gebeld om ze te zeggen dat ze Barry Alvis moesten ontslaan, omdat hij me die avond dat we in het Witte Huis waren, heeft laten werken?'

'Wie heeft je dat verteld?'

'Geef antwoord op mijn vraag, Jenn.'

'Jack, waarom is dat zo belangrijk voor je?'

'Nou, heb je hem laten ontslaan of niet?'

'Jack, ik wil dat je daar niet meer over nadenkt en dat je je eens gaat bezighouden met onze toekomst. Als we...'

'Geef verdomme antwoord op mijn vraag!'

Ze ontplofte. 'Ja! Ja, ik heb die kleine etter laten ontslaan. Nou en? Hij verdiende het. Hij behandelde je als een ondergeschikte. Hij was niets. Hij speelde met vuur en heeft zijn vingers gebrand, en ik heb geen greintje medelijden met hem.' Ze keek hem aan, in haar ogen was geen spoor van spijt te zien.

Toen Jack het antwoord had gekregen dat hij had verwacht, ging hij in een stoel zitten en staarde naar het grote bureau aan de andere kant van de bibliotheek. De hoge rugleuning van de leren bureaustoel stond naar hem toe gekeerd. Hij keek naar de originele olieverfschilderijen die de wanden opsierden, de hoge ramen met de perfect geplooide draperieën die vermoedelijk meer hadden gekost dan hij zelfs maar zou kunnen raden, de houten sierlijsten langs de wanden en de talloze bronzen en marmeren beelden. Naar het verdomde plafond met de zoveelste parade van middeleeuwse figuren. De wereld van de Baldwins. Nou, daar moesten ze maar blijven. Hij kneep zijn ogen dicht.

Jennifer gooide haar haar achterover en keek hem met een angstige blik aan. Ze aarzelde even, maar toen liep ze naar Jack toe, knielde naast hem neer en legde haar hand op zijn schouder. De geur van haar geparfumeerde lichaam bedwelmde hem. Ze begon zachtjes te praten, vlak bij zijn gezicht. Haar adem kriebelde in zijn oor.

'Jack, ik heb je al eerder gezegd, dit soort gedrag past niet bij je. Nu die belachelijke moordzaak achter de rug is, kunnen we weer doorgaan met ons eigen leven. Ons huis is bijna klaar. Het wordt fantastisch, echt waar. En we moeten onze trouwplannen nog verwezenlijken. Schat, vanaf nu wordt alles weer normaal.' Ze streelde zijn gezicht en draaide het naar zich toe. Ze keek hem aan met de zwoelste slaapkamerblik die ze ooit in haar ogen had gehad en toen kuste ze hem langdurig en heftig. Uiteindelijk maakte ze haar lippen los van de zijne en keek hem diep in de ogen. Maar ze zag niet wat ze had verwacht.

'Je hebt gelijk, Jenn. Die belachelijke moordzaak is voorbij. Een man die ik respecteerde en om wie ik heel veel gaf, is voor zijn kop geknald. Zaak gesloten. Tijd om verder te gaan. We moeten tenslotte aan onze toekomst werken.'

'Je weet best wat ik bedoel. Ten eerste had je je nooit met die zaak moeten inlaten. Het was jouw probleem niet. Als je je ogen eens opende, zou je beseffen dat het allemaal beneden je niveau lag.'

'En het kwam jou ook wat ongelegen, is het niet?'

Abrupt stond Jack op. Hij zag er vermoeider uit dan ooit.

'Het ga je goed, Jenn. Ik had kunnen zeggen "Tot ziens", maar eerlijk gezegd zie ik dat niet gebeuren.' Hij liep weg.

Jennifer liep hem achterna en pakte hem bij zijn mouw. 'Jack, zou je me alsjeblieft willen vertellen wat ik heb gedaan dat zo afschuwelijk was?'

Hij aarzelde en draaide zich toen om.

'Het feit dat je dat aan mij moet vragen. Jezus Christus!' Verbijsterd schudde hij zijn hoofd. 'Je hebt iemands leven verwoest, Jenn. Het leven van een man die je niet eens kende. En waarom? Omdat hij mij iets had aangedaan wat jou ongelegen kwam. Daarom maakte je een eind aan een carrière van ruim tien jaar. Met één telefoontje. Je hebt geen moment nagedacht over de gevolgen die het voor hem en zijn gezin zou hebben. Hij had wel een pistool tegen zijn kop kunnen zetten, zijn vrouw had wel van hem kunnen scheiden, weet jij veel? Maar wat kon jou dat schelen? Daar heb je nog geen seconde over nagedacht. Waar het op neerkomt, is dat ik nooit van iemand zal kunnen houden, me voor mijn leven aan iemand zal kunnen binden, die zulke dingen doet. Als je dat niet kunt begrijpen en je werkelijk vindt dat je niets verkeerds hebt gedaan, dan is dat voor mij alleen maar een extra reden om nu afscheid van je te nemen. We kunnen net zo goed de onoverbrugbare verschillen vóór het huwelijk uit de weg ruimen. Dat bespaart iedereen een hoop tijd en narigheid.'

Hij legde zijn hand op de deurkruk en glimlachte. 'Iedereen die ik ken, zal denken dat ik gek ben omdat ik dit doe. Ze zullen me zeggen dat je de perfecte vrouw voor me bent: intelligent, rijk, beeldschoon; en dat ben je ook allemaal, Jenn. Ze zullen zeggen dat we samen een perfect leven hadden kunnen hebben. We hadden alles. Hoe konden we niet gelukkig worden? Maar waar het om gaat, is dat ik jou niet gelukkig zou kunnen maken, want ik geef niet om de dingen waar jij om geeft. Ik geef niet om juridische zaken van een paar miljoen, om huizen met het formaat van appartementengebouwen en om auto's die een heel jaarsalaris kosten. Ik heb een hekel aan dit huis, ik heb een hekel aan jouw manier van leven en ik heb een hekel aan je vrienden en kennissen. Waar het in feite op neerkomt: ik heb een hekel aan jou. Op dit moment ben ik waarschijnlijk de enige man op aarde die dat zal zeggen. Maar ik ben een heel eenvoudige jongen, Jenn, en het enige wat ik nooit doe, is liegen. En laten we eerlijk zijn, binnen een paar dagen wordt je deur platgelopen door tientallen mannen die beter bij je zullen passen dan Jack Graham. Je zult heus niet alleen blijven.'

Hij bekeek haar en voelde een bittere pijn toen hij de totale verbijstering op haar gezicht zag.

'En voor wat het je waard is, ik zal iedereen die het me vraagt, vertellen dat jij mij hebt gedumpt. Kon niet voldoen aan het niveau van de Baldwins. Onwaardig. Vaarwel, Jenn.'

Vijf minuten nadat hij was vertrokken, stond ze er nog steeds. Een hele serie emoties vocht om ruimte op haar gezicht, maar uiteindelijk won geen ervan. Ten slotte liep ze de bibliotheek uit. Het geluid van haar naaldhakken op de marmeren vloer hield op toen ze de met dik tapijt beklede trap in de hal bereikte.

Het bleef nog enkele minuten stil in de bibliotheek. Toen werd de bureaustoel omgedraaid en keek Ransome Baldwin naar de deuropening waardoor zijn dochter zojuist was vertrokken.

Jack keek door het kijkgaatje in de deur, min of meer verwachtend Jennifer daar te zien staan met een jachtgeweer. Zijn wenkbrauwen gingen omhoog toen hij zag wie het was.

Seth Frank kwam binnen, deed zijn jas uit en wierp een waarderende blik door Jacks kleine, rommelige appartement.

'Tjonge, dit doet me denken aan een eerdere periode van mijn leven.'

'Laat me raden. Delta House, 1975. Jij was vice-voorzitter afdeling barzaken.'

Frank grinnikte. 'Je zit dichter bij de waarheid dan ik durf toe te geven. Geniet ervan zolang je kunt, beste vriend. Ik wil je niet op ideeën brengen, maar als je getrouwd bent, is het afgelopen met deze manier van leven.'

'Dan moet ik die kans maar benutten.'

Jack verdween de keuken in en kwam terug met zes blikjes Sam Adams. Beiden namen plaats in een stoel met een blikje bier.

'Zit de aanstaande bruidegom in de problemen, meneer de strafpleiter?'

'Een één op de schaal van één tot tien, of een tien, afhankelijk van welke kant je het bekijkt.'

'Waarom denk ik dat het niet die Baldwin-dame is die jou zo van streek heeft gemaakt?'

'Hou je nooit op met speurneus te zijn?'

'Niet als ik dat kan voorkomen. Wil je erover praten?'

Jack schudde zijn hoofd. 'Misschien kom ik je daar nog wel eens mee vervelen, maar vanavond niet.'

Frank haalde zijn schouders op. 'Geef maar een seintje, dan zal ik bier meebrengen.'

Jack merkte het pakje op Franks schoot op. 'Een cadeautje?'

Frank haalde de videoband te voorschijn. 'Ik neem aan dat je ergens in deze puinhoop een videorecorder hebt staan?'

Frank duwde de cassette in de recorder en keek Jack aan.

'Jack, wat je te zien krijgt, is absoluut niet geschikt voor alle leeftijden. Ik zeg het je liever van tevoren, alles staat erop, ook wat er met Luther is gebeurd. Denk je dat je het aankunt?'

Jack zweeg even. 'Denk je dat we iets zullen zien waaruit blijkt wie het gedaan heeft?'

'Dat hoop ik. Jij kende hem veel beter dan ik. Misschien zie jij iets wat mij niet is opgevallen.'

'Dan ben ik er klaar voor.'

Hoewel hij gewaarschuwd was, had Jack dit niet verwacht. Frank observeerde hem aandachtig toen het moment naderde. Toen het schot klonk, zag hij Jack met grote ogen van afgrijzen achteruitdeinzen.

Frank zette de band stil. 'Ik had je gewaarschuwd.'

Jack zat onderuitgezakt in zijn stoel. Zijn ademhaling was onregelmatig en zijn voorhoofd was klam. Er trok een huivering door zijn lichaam, maar langzaam herstelde hij zich weer. Hij veegde zijn voorhoofd af.

'Jezus Christus!'

Flanders vergelijking met de Kennedy-beelden was niet overdreven geweest. 'Als je wilt, stoppen we, Jack.'

Jacks lippen vormden een strakke lijn. 'Geen sprake van!'

Hij spoelde de band weer terug. Ze hadden de beelden nu al meer dan tien keer bekeken, maar de aanblik van het letterlijk uiteenspattende hoofd van zijn vriend werd er niet minder erg van. Wat wel gebeurde, was dat Jack, naarmate hij de beelden vaker zag, steeds woedender werd.

Frank schudde zijn hoofd. 'Weet je, het is jammer dat onze man niet de andere kant op filmde. Misschien hadden we een glimp van de schutter kunnen opvangen. Maar dat zou weer te gemakkelijk zijn. Hé, heb je koffie in huis? Ik kan nooit goed nadenken zonder cafeïne.'

301

'In de keuken staat koffie die nog redelijk vers is. Neem voor mij ook een kop mee. De kopjes staan op het aanrecht.'

Toen Frank terugkeerde met twee dampende koppen koffie, had Jack de band teruggespoeld naar de zich duidelijk manifesterende Alan Richmond, die op het geïmproviseerde podium voor het gerechtsgebouw zijn toespraak hield.

'Die man is één brok energie.'

Frank keek naar het tv-scherm. 'Ik heb hem een keer ontmoet.'

'Ja? Ik ook. Toen ik door mijn aanstaande huwelijk nog was uitverkoren tot de wereld van de rijken en de beroemdheden.'

'Wat vind je van die man?'

Jack nam een slok koffie, stak zijn hand uit naar een zak kaascrackers op de zitting van de bank en hield hem Frank voor, die er een uit pakte. Met een opvallend gemak had de inspecteur zich aangepast aan het ongestructureerde vrijgezellenbestaan.

'Ik weet het niet,' zei Jack. 'Ik bedoel, hij is de president. Ik heb altijd alleen aan hem gedacht als "de president". Wat vind jij van hem?'

'Slim. Heel slim. Een soort slimheid die je heel behoedzaam maakt en waarmee je niet de strijd aanbindt tenzij je heel zeker bent van je zaak.'

'Het is maar goed dat hij aan de kant van de Amerikanen staat.'

'Ja.' Frank keek weer naar het scherm. 'Nou, is je iets opgevallen?'

Jack drukte op een knop van de afstandsbediening. 'Eén ding. Kijk hier eens naar.' Met snelle, hoekige bewegingen verplaatsten de personages zich over het scherm, als de acteurs van een stomme film.

'Let op.'

Op het scherm verscheen Luther Whitney, die uit het busje stapte. Hij keek naar de grond en het was duidelijk te zien dat de boeien hem hinderden bij het lopen. Plotseling schoof er een groep mensen in beeld, voorafgegaan door de president. Luther werd voor een deel aan het zicht onttrokken. Jack zette het beeld stil.

'Kijk.'

Afwezig bestudeerde Frank het scherm, onderwijl kaascrackers etend en koffie drinkend. Hij schudde zijn hoofd.

Jack keek hem aan. 'Let op Luthers gezicht. Het is nog net zichtbaar tussen die twee agenten in uniform. Blijf op zijn gezicht letten.'

Frank boog zich naar voren tot zijn neus bijna het scherm raakte. Plotseling deinsde hij met wijdopen ogen achteruit.

'Verdomme, het lijkt wel of hij iets zegt.'

'Nee, het lijkt wel of hij iets tegen iemand zegt.'

Frank keek Jack aan. 'Je bedoelt dat hij iemand heeft herkend? De schutter misschien?'

'Ik neem aan dat hij in een dergelijke situatie geen babbeltje over het weer maakt met een of andere onbekende.'

Frank draaide zijn hoofd weer naar het scherm en bestudeerde het aandachtig. Ten slotte schudde hij zijn hoofd. 'Ik denk dat we hier wat speciale talenten op moeten loslaten.' Hij stond op. 'Kom mee.'

Jack pakte zijn jas. 'Waar gaan we heen?'

Frank keek hem glimlachend aan terwijl hij de band terugspoelde en vervolgens zijn hoed opzette.

'Nou, ten eerste trakteer ik ons op een etentje. Ik ben getrouwd, en ik ben ook ouder en dikker dan jij; wat inhoudt dat een paar kaascrackers als avondeten voor mij niet genoeg is. Daarna gaan we naar het politiebureau. Daar is iemand aan wie ik je wil voorstellen.'

Twee uur later kwamen Seth Frank en Jack met een stevige maaltijd en een stuk pecantaart in hun buik het politiebureau van Middleton binnenwandelen. Laura Simon was in het lab; ze had de apparatuur al opgesteld.

Nadat ze aan Jack was voorgesteld, stopte Laura de videocassette in de recorder. Het één meter twintig brede scherm in de hoek van het lab lichtte op en de beelden kwamen tot leven. Frank spoelde door naar het bewuste fragment.

'Daar.' Jack wees. 'Precies daar.'

Frank zette het beeld stil.

Laura ging achter haar computer zitten en voerde een aantal commando's in. Op het scherm werd Luthers gezicht omlijnd, waarna het steeds sterker werd vergroot, als een ballon die werd opgeblazen. Dit proces ging door tot Luthers gezicht het hele scherm vulde.

'Veel groter dan dit kan ik het niet krijgen.' Laura draaide zich om op haar stoel en knikte naar Frank. Hij drukte op een knopje van de afstandsbediening en opnieuw kwam het beeld tot leven.

Het geluid was slecht: gegil en geschreeuw, verkeerslawaai en het rumoer van honderden mensen zorgden ervoor dat dat wat Luther zei, onverstaanbaar was. Ze keken hoe zijn lippen bewogen.

'Hij is kwaad. Wat hij ook zegt, het zal niet veel moois zijn.' Frank haalde zijn sigaretten te voorschijn, kreeg door Simon een boze blik toegeworpen en stak het pakje weer in zijn zak.

'Kan een van jullie liplezen?' Ze keek de mannen een voor een aan.

Jack staarde naar het scherm. Verdomme, wat zei Luther? De uitdrukking op zijn gezicht. Jack had die al eens eerder gezien, maar hij wist niet meer wanneer. Het was nog niet zo lang geleden, dat wist hij zeker.

'Zie jij iets wat wij niet zien?' Jack draaide zijn hoofd om en zag dat Frank hem aanstaarde.

Jack schudde zijn hoofd en wreef over zijn gezicht. 'Ik weet het niet. Er is wel iets, maar ik kan het niet plaatsen.'

Frank knikte naar Simon, die de apparatuur uitzette. Hij stond op en rekte zich uit. 'Nou, slaap er maar een nachtje over. Als je iets te binnen schiet, laat het me weten. Bedankt voor je komst, Laurie.'

De twee mannen wandelden samen naar buiten. Frank wierp een blik op Jack en legde een hand op zijn schouder. 'Jezus, je bent zo gespannen, dat je elk moment kunt exploderen.'

'Vind je het gek? Ik heb net mijn aanstaande echtgenote de laan uit gestuurd; de vrouw met wie ik wil trouwen, heeft me gevraagd uit haar leven te verdwijnen; en ik ben er vrijwel zeker van dat ik morgenochtend geen baan meer heb. O, dat vergat ik nog: iemand die me zeer dierbaar was, is vermoord, en vermoedelijk zullen we nooit ontdekken wie de dader is. Christus, mijn leven had er niet perfecter uit kunnen zien, is het wel?'

'Nou, misschien wordt het tijd dat je een beetje geluk krijgt.'

Jack draaide het portier van de Lexus van het slot. 'Ja. Hé, als je iemand weet die een praktisch nieuwe auto wil kopen, laat het me dan weten?'

Frank keek Jack aan met pretlichtjes in zijn ogen. 'Sorry, ik ken niemand die zich zo'n auto kan veroorloven.'

Jack glimlachte. 'Nee, ik ook niet.'

Jack keek op zijn dashboardklokje. Het was bijna middernacht. De terugrit voerde hem langs de kantoren van Patton, Shaw & Lord. Hij keek naar de donkere kantoorgebouwen, draaide aan zijn stuur en reed de garage in. Hij stak zijn pasje in de sleuf, zwaaide naar de beveiligingscamera boven de deur en een paar minuten later was hij met de lift op weg naar boven.

Hij wist niet precies waarom hij hier was. Het was duidelijk dat zijn dagen bij PS&L geteld waren. Nu hij Baldwin niet meer als cliënt had, zou Kirksen hem snel de deur uit werken. Hij had een beetje medelijden met Lord. Jack had de man bescherming beloofd. Maar hij was niet van plan om alleen met Jennifer Baldwin te trouwen om Lords gigantische maandsalaris veilig te stellen. Bovendien had de man tegen hem gelogen over het vertrek van Barry Alvis. Maar met Lord zou het wel goed komen. Jack had een heilig vertrouwen in de vindingrijkheid van de man. Verscheidene firma's zouden staan popelen om hem in dienst te nemen. Lords toekomst zag er in elk geval beter uit dan die van Jack.

De liftdeuren schoven open en Jack stapte de receptie van PS&L binnen. De wandlampen wierpen een flauw schijnsel door de receptie, wat hem een onbehaaglijk gevoel zou hebben gegeven als hij niet zo in beslag werd genomen door zijn gedachten. Hij liep de gang door naar zijn kantoor, stopte even bij het keukentje en schonk zich een glas cola in. Zelfs midden in de nacht waren er meestal wel een paar mensen op kantoor die zich te barsten werkten om een of andere onmogelijke deadline te halen. Maar vannacht was het overal ijzig stil.

Jack deed het licht in zijn kantoor aan en sloot de deur. Hij liet zijn blik door het domein gaan dat zijn maatschap hem had opgeleverd. Zijn koninkrijk, al was het nog maar voor één dag. Het was indrukwekkend. Het meubilair was smaakvol en kostbaar en de vloerbedekking en wand- bekleding ronduit luxueus. Hij keek naar zijn rij diploma's aan de wand. Voor sommige had hij keihard gewerkt, maar er hingen er ook een paar die je gewoon kreeg omdat je nu eenmaal advocaat was. Hij zag dat de overal rondzwervende papieren waren opgeruimd, het werk van de nauwgezette, soms overijverige schoonmaakploeg, die gewend was aan de slordigheid van advocaten en de totale wanorde die soms in hun kantoren heerste.

Hij ging zitten en leunde achteruit in zijn stoel. Het zachte leer van zijn bureaustoel voelde comfortabeler aan dan zijn bed. Hij stelde zich voor hoe Jennifer met haar vader praatte. Ransome Baldwins gezicht was vast rood van woede en hij zou Jacks gedrag tegenover zijn lieve, kleine meisje opvatten als een onvergeeflijke belediging. Morgenochtend zou de man de telefoon pakken en dan was het gedaan met Jacks carrière als bedrijfsjurist.

En het kon hem allemaal geen barst schelen. Hij had er alleen spijt van dat hij het niet eerder had gedaan. Hopelijk zou PD hem terugnemen. Daar hoorde hij immers thuis. Niemand zou hem dat verhinderen. Nee, zijn echte problemen waren pas begonnen, toen hij iemand probeerde te zijn die hij niet was. Die fout zou hij niet nog eens maken.

Zijn aandacht verschoof naar Kate. Waar zou ze heen gaan? Meende ze het toen ze zei dat ze haar baan had opgezegd? Jack zag haar fatalistische gezichtsuitdrukking voor zich en kwam tot de conclusie dat ze het meende. Hij had haar weer gesmeekt, net als vier jaar geleden. Haar gesmeekt niet weg te gaan, niet opnieuw uit zijn leven te verdwijnen. Maar er was iets waar hij niet doorheen kon breken. Of dat het enorme schuldgevoel was dat ze met zich meedroeg, wist hij niet. Misschien hield ze gewoon niet van hem. Had hij die mogelijkheid ooit serieus overwogen? Nee, dat had hij niet. Nog nooit. Het mogelijke antwoord maakte hem doodsbang. Maar wat deed het er nog toe?

Luther was dood en Kate ging weg. Zijn leven was eigenlijk niets veranderd, afgezien van alle recente gebeurtenissen. De Whitney's waren eindelijk voorgoed uit zijn leven verdwenen.

Hij keek naar de stapel roze berichten op zijn bureau. Allemaal routinewerk. Toen sloeg hij op een knop van zijn telefoon om zijn antwoordapparaat af te luisteren, wat hij al een paar dagen niet had gedaan. De cliënten van PS&L konden kiezen tussen het achterlaten van geschreven berichten en het inspreken van hun wensen op het antwoordapparaat. De veeleisender cliënten maakten altijd liever gebruik van de laatste methode. Dan hoefden ze tenminste niet te wachten met je de huid vol te schelden.

Er waren twee berichten van Tarr Crimson. Hij moest een andere advocaat zien te vinden voor Tarr. PS&L was toch te duur voor hem. Er waren verscheidene berichten die verband hielden met Baldwin-zaken. Juist. Die moesten maar wachten op de volgende advocaat op wie Jennifer Baldwin haar oog zou laten vallen. Het laatste bericht deed hem opschrikken. Het was de stem van een vrouw. Bedeesd, aarzelend; een oudere vrouw die er hoorbaar moeite mee had een antwoordapparaat in te spreken. Jack speelde het bericht nog eens af.

'Meneer Graham, u kent me niet. Mijn naam is Edwina Broome. Ik was een vriendin van Luther Whitney.'

Broome? Die naam klonk hem bekend in de oren.

Ze vervolgde: 'Luther had me verteld dat als hem iets zou overkomen, ik een paar dagen moest wachten en u dan een pakje moest toesturen. Hij had me verteld dat ik het niet open mocht maken. Dat heb ik ook niet gedaan. Hij zei dat het zoiets was als de doos van Pandora. Als ik erin keek, zou me een ongeluk kunnen overkomen. God hebbe zijn ziel, maar hij was zo'n goed mens, Luther. Ik had nog nooit van u gehoord, niet dat dat ertoe doet. Maar het leek me verstandig u even te bellen om te controleren of u het pakje hebt ontvangen. Ik heb nog nooit op die manier iets verstuurd, begrijpt u? Spoedbestelling, zo noemden ze het. Ik dacht dat ik het goed had gedaan, maar ik weet het niet zeker. Als u het niet hebt ontvangen, belt u me dan alstublieft. Luther zei dat het erg belangrijk was. En Luther zei nooit iets wat niet waar was.'

Jack luisterde naar het telefoonnummer en schreef het op. Hij controleerde het tijdstip van het telefoontje. Gisterochtend. Snel zocht hij zijn kantoor door. Er was nergens een pakje te bekennen. Hij rende de gang door naar de werkplek van zijn secretaresse. Ook daar lag geen pakje. Hij liep weer terug naar zijn kantoor. Mijn god, een pakje van Luther. Edwina Broome? Hij haalde zijn hand door zijn haar, krabde zich op het hoofd en dwong zichzelf na te denken. Plotseling herkende hij de naam. De moeder van de vrouw die zelfmoord had gepleegd. Frank had hem over haar verteld. Luthers medeplichtige.

Jack draaide het nummer. Het duurde een eeuw voordat er werd opgenomen.

'H-hallo?' De stem klonk slaperig en ver weg.

'Mevrouw Broome? U spreekt met Jack Graham. Het spijt me dat ik u zo laat bel.'

'Meneer Graham?' De stem klonk niet langer slaperig, maar helder en vol aandacht. Jack kon haar bijna voor zich zien, rechtop zittend in haar bed, plukkend aan haar nachthemd en angstig starend naar de telefoonhoorn.

'Het spijt me, maar ik heb zojuist uw bericht gekregen. Ik heb geen pakje ontvangen, mevrouw Broome. Wanneer hebt u het verstuurd?'

'Laat me even nadenken.' Jack kon haar moeizaam horen ademhalen. 'Vijf dagen geleden, als ik vandaag meereken.'

Jack dacht koortsachtig na. 'Hebt u de bon met het nummer erop?'

'Die man heeft me een stuk papier gegeven. Ik zal het even moeten opzoeken.'

'Ik wacht wel.'

Hij trommelde met zijn vingers op het werkblad van zijn bureau, om te voorkomen dat zijn gedachten op hol sloegen. Hou vol, Jack. Beheers jezelf.

'Hier heb ik het, meneer Graham.'

'Noemt u me alstublieft Jack. Hebt u het met Federal Express verstuurd?'

'Ja, dat klopt.'

'Goed, wat is het slipnummer?'

'Pardon?'

'Sorry, ik bedoel het nummer in de rechterbovenhoek van de bon. Het moet een hele reeks cijfers zijn.'

'O, ja.' Ze gaf hem het nummer. Jack schreef het op en las het voor de zekerheid nog een keer op.

'Jack, is het erg belangrijk? Ik bedoel in verband met Luthers dood en zo?'

'Bent u door iemand gebeld, iemand die u niet kent? Afgezien van mij?'

'Nee.'

'Nou, als dat gebeurt, dan moet u Seth Frank van het politiebureau van Middleton bellen.'

'Ik ken hem.'

'Hij is een prima kerel, mevrouw Broome. U kunt hem vertrouwen.'

'Goed, Jack.'

Hij hing op en belde Federal Express. Hij kon het toetsenbord van de computer aan de andere kant van de lijn horen klikken.

De stem van de vrouw klonk zakelijk en bondig. 'Ja, meneer Graham, het is afgeleverd op het kantoor van Patton, Shaw & Lord op donderdagmorgen 10.02 uur en er is voor getekend door een zekere mevrouw Lucinda Alvarez.'

'Dank u. Dan zal het hier wel ergens zijn,' zei hij verward en wilde ophangen.

'Zijn er soms problemen geweest met de aflevering van dat pakje, meneer Graham?'

Die vraag verbaasde Jack. 'Problemen? Nee, hoezo?'

'Nou, ik zie op het afleveringsstaatje dat we eerder op de dag al een keer zijn gebeld door iemand die vragen stelde over dat pakje.'

Jack voelde al zijn spieren verkrampen. 'Eerder vandaag? Hoe laat?'

'Half zeven vanavond.'

'Heeft die persoon zijn naam genoemd?'

'Tja, dat is het vreemde. Volgens mijn gegevens maakte die persoon zichzelf ook bekend als Jack Graham.' Uit de toon van haar stem bleek dat ze ernstig twijfelde aan Jacks ware identiteit.

Jack voelde elk deel van zijn lichaam verkillen.

Langzaam legde hij de hoorn op de haak. Er was dus nog iemand geïnteresseerd in dat pakje, wat de inhoud ook was. Iemand die wist dat hij het zou ontvangen. Zijn handen trilden toen hij de hoorn weer van het toestel pakte. Snel draaide hij het nummer van Seth Frank, maar de hoofdinspecteur was al naar huis. De persoon die hem te woord stond, wilde Franks privé-nummer niet geven en Jack had dat nummer thuis laten liggen. Hij vloekte binnensmonds. Een snel telefoontje naar inlichtingen leverde niets op: het was een geheim nummer.

Jack leunde achteruit in zijn stoel en merkte dat zijn ademhaling versneld was. Plotseling kreeg hij het gevoel of zijn hart dwars door zijn overhemd uit zijn borst wilde springen. Hij had zichzelf altijd beschouwd als iemand die beschikte over meer dan gemiddelde moed. Nu was hij daar niet meer zo zeker van.

Hij dwong zichzelf goed na te denken. Het pakje was afgeleverd. Lucinda had ervoor getekend. De werkwijze van PS&L was heel nauwgezet, want voor advocatenfirma's was post van vitaal belang. Alle spoedzendingen zouden in de postkamer terechtkomen en door de bodes met de dagelijkse post worden rondgedeeld. Ze brachten de post rond met een wagentje. Iedereen wist waar Jacks kantoor was. En zelfs al wisten ze dat niet, dan waren er lijsten die regelmatig werden bijgewerkt. Dus zolang ze de juiste lijst hadden...

Jack vloog naar de deur, gooide hem open en stormde de gang in. Wat hem geheel ontging, was dat om de hoek, aan de andere kant van zijn kantoor, juist het licht werd aangedaan in Sandy Lords kantoor.

Jack deed het licht aan en wierp een snelle blik door het kantoor. Verwoed zocht hij het werkblad van zijn oude bureau af, trok de bureaustoel erachter vandaan en wilde net gaan zitten toen zijn blik op het pakje viel. Jack pakte het op. Instinctief keek hij om zich heen, zag dat de jaloezieën voor de ramen openstonden en haastte zich vervolgens ernaartoe om ze te sluiten.

Hij las het etiket op het pakje. Van Edwina Broome aan Jack Graham. Dit was het. Het was een doosje, maar het woog niet veel. Een doosje in een doos, dat had ze gezegd. Hij begon het open te maken, maar stopte toen. Ze wisten dat het pakje hier was bezorgd. Ze? Hij had geen idee wie ze waren. Als ze wisten dat het pakje hier was – en dat wisten ze, want ze hadden er enkele uren geleden over opgebeld – wat zouden ze dan doen? Als de inhoud zo belangrijk was en ze hadden het al geopend, dan mocht hij aannemen dat ze alles al wisten. Maar nu dat blijkbaar niet was gebeurd, wat zouden ze dan doen?

Met het pakje stevig onder zijn arm geklemd rende Jack de gang door naar zijn kantoor. Hij trok zijn jas aan, griste zijn autosleutels van zijn bureau, waarbij hij bijna zijn nog halfvolle glas cola omstootte, en wilde net zijn kantoor uit lopen, toen hij abrupt bleef staan.

Een geluid. Hij kon niet horen waar het vandaan kwam; het geluid leek zachtjes door de gang te weerkaatsen, als water dat door een tunnel stroomt. Het was niet de lift. Hij wist zeker dat hij de lift zou hebben gehoord. Maar was dat zo? Het was een groot gebouw. En het geluid dat de lift maakte, was zo alledaags, dat het nog maar de vraag was of hij het zou herkennen. Bovendien had hij zitten telefoneren en had al zijn aandacht op het gesprek gericht. Kortom, hij kon het niet zeker weten. Het was ook mogelijk dat het gewoon een van de advocaten van de firma was, die nog wat kwam werken of iets kwam ophalen, hoewel zijn instinct hem zei dat die conclusie onjuist was. Maar dit was een beveiligd gebouw. Waar weer tegenover stond dat een openbaar gebouw nooit honderd procent veilig kon zijn. Zonder geluid te maken deed hij de deur van zijn kantoor dicht.

Daar was het weer. Hij spitste zijn oren om de richting te bepalen, maar slaagde daar niet in. Wie het ook waren, ze bewogen zich langzaam en zo geruisloos mogelijk. Iemand die hier werkte, zou dat nooit doen. Hij drukte zich tegen de muur en deed het licht uit. Na een paar seconden deed hij heel voorzichtig de deur open.

Jack gluurde om de hoek. De gang was leeg. Maar voor hoelang? Hij zat duidelijk met een strategisch probleem. Het kantoorgebouw was zo ingedeeld, dat als hij de gang in liep, hij min of meer verplicht was die richting aan te houden. Bovendien stond er in de gangen helemaal niets dat hem enige dekking bood of waarachter hij zich zou kunnen verschuilen. Als zijn belager hem tegemoetkwam, zou hij geen schijn van kans hebben.

Een praktische gedachte trof hem; hij liet zijn blik door zijn donkere kantoor gaan. Zijn ogen vielen op een zware, granieten presse-papier, een van de vele snuisterijen die hij had gekregen toen hij tot maat werd benoemd. Als hij hem op de juiste manier gebruikte, zou hij er heel wat schade mee kunnen aanrichten. En Jack wist dat hij daartoe in staat was. Hij was niet van plan het hun gemakkelijk te maken. Die fatalistische benadering hielp hem tot een besluit te komen; hij wachtte nog een paar seconden voordat hij zich de gang in waagde. Degene die hem zocht, zou waarschijnlijk alle kantoren moeten doorzoeken om het zijne te vinden.

Jack maakte zich zo klein mogelijk toen hij bij een hoek kwam. Het zou hem nu wel goed uitkomen als het gebouw helemaal donker was geweest. Hij haalde diep adem en gluurde om de hoek. De kust was veilig, tenminste, op dit moment. Hij dacht koortsachtig na. Als er sprake was van meer dan één belager, dan zouden ze zich vermoedelijk opsplitsen om de zoektijd te halveren. Zouden ze eigenlijk weten dat hij in het gebouw was? Misschien waren ze hem hiernaartoe gevolgd. Die gedachte vond hij bijzonder verontrustend. Het was zelfs mogelijk dat ze allebei van één kant kwamen en hem op dit moment aan het insluiten waren.

De geluiden kwamen dichterbij. Hij kon ten minste één paar voetstappen onderscheiden. Zijn gehoor was nu in de hoogste staat van paraatheid. Hij kon de ademhaling van zijn belager bijna horen, of hij dacht dat hij dat kon. Hij moest nu een keuze maken. Toen viel zijn oog op iets tegen de muur, iets wat naar hem glansde: het brandalarm.

Hij wilde het juist op een lopen zetten toen hij aan de andere kant van de gang een voet om de hoek zag komen. Jack drukte zich tegen de muur en wachtte niet tot de rest van het lichaam de voet achterna zou komen; zo snel als hij kon, rende hij de andere kant op. Hij sloeg een hoek om, liep nog een stuk gang door, kwam bij een deur en rukte hem open. Het luide geknars trof zijn oren als een explosie.

Hij hoorde het geluid van rennende voeten.

'Verdomme!' Jack sloeg de deur achter zich dicht en stortte zich de trap af.

De man stormde de hoek om. Zijn gezicht werd bedekt door een zwarte bivakmuts. In zijn rechterhand had hij een pistool.

De deur van een kantoor ging open en Sandy Lord, in zijn onderhemd en met zijn broek op zijn knieën, strompelde de gang op en kwam ongelukkig in botsing met de man. Beiden sloegen hard tegen de grond. Lords zwaaiende handen vlogen onwillekeurig naar de bivakmuts en trokken hem af. Lord rolde zich op zijn knieën en streek met een hand langs zijn bloedende neus.

'Wat is hier verdomme aan de hand? Wie ben jij?' Woedend keek Lord de man recht in de ogen. Toen zag hij het pistool en verstijfde.

Hoofdschuddend en met een ongelovige en tegelijkertijd verachtende blik keek Tim Collin de man aan. Nu had hij geen andere keuze meer. Hij richtte zijn pistool.

'Jezus Christus! Nee, alsjeblieft!' kreunde Lord en deinsde achteruit.

Het pistool ging af en bloed spoot uit het midden van Lords onderhemd. Lord snakte nog één keer naar adem, maar toen werden zijn ogen glazig en viel hij achterover tegen de deur. Die zwaaide open en onthulde het vrijwel naakte lichaam van Lords jonge vriendin, die geschokt naar de dode advocaat staarde. Collin vloekte binnensmonds. Hij keek haar aan. Ze wist wat haar te wachten stond. Hij zag het aan de doodsbange blik in haar ogen.

Op het verkeerde moment op de verkeerde plaats. Het spijt me, dame.

Zijn pistool ging een tweede keer af en de inslag van de kogel wierp haar slanke lijf achteruit de kamer in. Ze zakte door haar benen, balde haar vuisten en even later lag ze wezenloos naar het plafond te staren; haar avondje plezier was abrupt veranderd in haar laatste avond op aarde.

Bill Burton rende naar zijn knielende partner toe en bekeek het slagveld met een blik van afgrijzen, die echter snel plaats maakte voor woede.

'Ben je nu helemaal gek geworden?' blafte hij hem toe.

'Ze hadden mijn gezicht gezien. Wat had ik verdomme anders moeten doen? Ze laten beloven dat ze niets zouden zeggen? Ik ben niet achterlijk!' De zenuwen van beide mannen stonden op het punt het te begeven. Collin kneep hard in de kolf van zijn wapen.

'Waar is hij? Was het Graham?' vroeg Burton op gebiedende toon.

'Ik denk het. Hij is hem gesmeerd via de brandtrap.'

'Dus hij is gevlogen.'

Collin keek hem aan en stond op. 'Nog niet. Ik heb geen twee mensen koud gemaakt opdat hij kon ontsnappen.' Hij wilde weglopen, maar Burton greep zijn mouw vast.

'Geef me je wapen, Tim.'

'Godverdomme, Bill, ben je gek geworden?'

Burton schudde zijn hoofd, haalde zijn eigen wapen te voorschijn en gaf het aan hem. Hij nam Collins wapen.

'Ga hem nu maar pakken. Dan zal ik proberen de schade hier een beetje te herstellen.'

Collin rende naar de deur en verdween toen de brandtrap af.

Burton keek naar de twee lijken. Hij herkende Sandy Lord en zoog sissend lucht in zijn longen. 'Verdomme. Verdomme,' zei hij weer. Hij draaide zich om en liep snel terug naar Jacks kantoor. Hij was zijn rennende partner achternagegaan en had het kantoor net gevonden toen het eerste schot klonk. Hij opende de deur en deed het licht aan. Snel doorzocht hij het interieur. Die kerel had het pakje meegenomen, dat was duidelijk. Shit, ze waren er zo dichtbij geweest. Wie had nu kunnen denken dat hij zo laat nog hier zou zijn? Dit was een zwart gat dat alsmaar dieper werd.

Hij liet zijn blik nog eens over de voorwerpen in de kamer gaan. Ten slotte kwam zijn blik tot rust op het bureau. Binnen een paar seconden had hij zijn plan bedacht. Eindelijk zouden ze misschien eens geluk hebben. Hij liep naar het bureau toe.

Jack bereikte de begane grond en gaf een ruk aan de deurknop. Er zat geen beweging in. Zijn hart zonk in zijn schoenen. Ze hadden brandoefeningen gehouden en alle deuren hadden op slot gezeten. De directie beweerde dat het probleem was opgelost. Juist! Alleen nu kon hun fout hem zijn leven kosten. En het was geen vuurzee die zijn leven bedreigde.

Hij keek langs de trap naar boven. Ze naderden snel, nu ze niet langer stil hoefden te zijn. Jack stormde de trap naar de eerste verdieping weer op, deed een schietgebedje voordat hij met zijn bezwete hand de deurknop vastpakte en slaakte een zucht van verlichting toen de deur openzwaaide. Hij sloeg een hoek om, kwam bij de liften en drukte op de knop. Hij keek achterom, rende naar de volgende hoek en ging op zijn hurken uit het zicht zitten.

Kom op! Hij hoorde de lift omhoogkomen. Maar toen kwam er een afschuwelijke gedachte bij hem op. Degene die hem volgde zou in de lift kunnen zitten. Misschien had hij voorzien wat Jack van plan was en wilde hij hem op deze manier schaakmat zetten.

De lift stopte. Op het moment dat de deuren openschoven, hoorde Jack de deur van de brandtrap tegen de muur slaan. Hij nam een duik naar de lift, gleed tussen de deuren door en kwam tot stilstand tegen de achterwand van de liftkooi. Hij kroop overeind en sloeg op de knop voor de garage.

Jack wist onmiddellijk dat hij niet alleen was. Hij hoorde de enigszins versnelde ademhaling, zag in een flits iets zwarts en toen het wapen. Hij haalde uit met de presse-papier en wierp zichzelf in de hoek van de liftkooi. Hij hoorde een pijnlijk gekreun en eindelijk schoven de deuren dicht.

Jack rende door de donkere ondergrondse parkeergarage, vond zijn auto en even later was hij de automatische deuren gepasseerd. Hij trapte het gaspedaal in en de auto schoot de straat in. Jack keek achterom. Niets. Hij bekeek zichzelf in de achteruitkijkspiegel. Zijn gezicht was drijfnat van het zweet. Zijn hele lichaam was zo gespannen als een veer. Hij masseerde zijn rechterschouder, waarmee hij met een klap tegen de achterwand van de liftkooi terechtgekomen was. Jezus, dat scheelde weinig. Zo weinig.

Tijdens het rijden vroeg hij zich af waar hij naartoe kon gaan. Ze wisten wie hij was en schenen alles van hem te weten. Het was duidelijk dat hij niet naar huis kon gaan. Maar waar moest hij dan naartoe? Naar de politie? Nee. Niet voordat hij wist wie hem achternazat. Wie in staat was geweest Luther te vermoorden ondanks de aanwezigheid van een hele politiemacht. Wie steeds scheen te weten wat de politie wist. Vannacht zou hij zich ergens in de stad verbergen. Hij had zijn creditcards bij zich. En morgenochtend zou hij meteen contact opnemen met Frank. Dan zou alles goed komen. Hij keek naar het pakje. Straks zou hij weten wat hem bijna het leven had gekost.

Russell lag onder de lakens. Richmond had zojuist boven op haar zijn hoogtepunt bereikt. Zonder een woord te zeggen was hij van haar af geklommen en de kamer uit gelopen. De wens die ze zo lang had gekoesterd, was op brute wijze in vervulling gegaan. Ze wreef over haar polsen, die hij ruw had vastgepakt. Ze zag de blauwe plekken en voelde dat ze een beetje waren opgezwollen. Haar borsten deden pijn van zijn harde geknijp. Ze dacht terug aan Burtons waarschuwing. Christine Sullivan was ook mishandeld, voordat ze was doodgeschoten.

Langzaam bewoog ze haar hoofd voor- en achteruit en het kostte haar moeite haar tranen te bedwingen. Ze had het zo graag gewild; de liefde bedrijven met Alan Richmond. Ze had zich voorgesteld dat het heel romantisch zou zijn, heel idyllisch. Twee intelligente, machtige, dynamische mensen. Het perfecte paar. Het had zo fantastisch kunnen zijn. En toen bracht het beeld van de man haar weer met een schok terug tot de werkelijkheid. Hij had op haar liggen beuken, en op zijn gezicht waren nauwelijks méér emoties te zien dan wanneer hij alleen op het toilet had zitten masturberen met de laatste *Penthouse.* Hij had haar niet eens gekust, zelfs geen woord gezegd. Op het moment dat ze de slaapkamer was binnengegaan, had hij haar gewoon de kleren van het lijf gerukt, zijn harde lid in haar gestoken en was even later weer vertrokken. Het had nog geen tien minuten geduurd. En nu was ze weer alleen. Stafchef! Stafhoer was een betere benaming.

Ze had het wel uit willen schreeuwen. Ik heb je geneukt! Vuile schoft! Ik heb je die nacht in die slaapkamer geneukt en daar kun je geen barst aan veranderen, smerige klootzak!

Het kussen was nat van haar tranen en ze vervloekte zichzelf omdat ze ingestort was en alweer huilde. Ze was zo overtuigd geweest van haar capaciteiten, zo zeker dat ze hem onder controle zou krijgen. Mijn god, wat had ze zich vergist. De man had mensen laten vermoorden. Walter Sullivan. Walter Sullivan was gedood, vermoord, met medeweten van hem, met de goedkeuring van de president van de Verenigde Staten. Toen Richmond het haar vertelde, kon ze het niet geloven. Hij zei dat hij haar volledig op de hoogte wilde houden. Juist. Volledig onder druk, daar leek het meer op. Ze had geen idee van wat hij nu weer van plan was. Godzijdank had ze niet langer de leiding in deze zaak.

Russell ging rechtop in bed zitten en trok haar gescheurde nachtgewaad over haar bevende lichaam. Even werd ze weer met schaamte vervuld. Natuurlijk, vanaf dit moment was ze zijn privé-hoer. En zijn tegenprestatie daarvoor was zijn onuitgesproken belofte dat hij haar carrière en haar leven niet zou verwoesten. Maar was dat alles? Was dat ècht alles?

Ze trok de deken om zich heen en liet haar blik door de donkere kamer gaan. Ze was een medeplichtige. Maar ze was ook nog iets anders. Ze was een ooggetuige. Luther Whitney was ook ooggetuige geweest. En nu was hij dood. En Richmond had zonder blikken of blozen opdracht gegeven een van zijn oudste, dierbaarste vrienden te executeren. Als hij daartoe in staat was, wat was haar leven dan waard? Het antwoord op die vraag was beangstigend duidelijk.

Ze beet in haar hand tot die pijn begon te doen. Ze keek naar de deur waar-doorheen hij zojuist verdwenen was. Was hij in die kamer? Zat hij in het donker te luisteren en te bedenken wat hij met haar moest doen? IJskoude rillingen van angst namen bezit van haar en gingen niet meer weg. Ze zat in de val. Voor het eerst in haar leven zag ze geen uitweg meer. Ze was niet eens zeker of ze het wel zou overleven.

Jack liet het pakje op het bed vallen, trok zijn jas uit, keek door het raam van zijn hotelkamer naar buiten en ging toen zitten. Hij was er vrijwel zeker van dat ze hem niet waren gevolgd. Hij had het gebouw zo snel ver-laten. Op het laatste moment had hij eraan gedacht zijn auto ergens te dumpen. Hij had geen idee wie hem achternazat, maar hij was ervan over-tuigd dat ze slim genoeg waren om zijn auto op te sporen.

Hij keek op zijn horloge. Nog geen kwartier geleden had een taxi hem bij het hotel afgezet. Het was een onopvallend etablissement, een goedkoop hotel waar toeristen verbleven die door de stad zwierven om hun honger naar de geschiedenis van het land te stillen en vervolgens weer naar huis te gaan. Het lag nogal afgelegen, en dat was precies wat Jack graag wilde.

Hij keek naar het pakje en besloot dat hij lang genoeg had gewacht. Een paar seconden later had hij het geopend en staarde hij naar het voorwerp in het plastic zakje.

Een mes? Hij bekeek het nog eens van dichtbij. Nee, het was een briefope-ner, van een ouderwetse soort. Hij pakte het zakje bij de hoeken vast en bestudeerde het voorwerp aandachtig. Aangezien hij geen geoefende forensisch specialist was, zag hij niet dat de donkere vlekken op het handvat en lemmet in werkelijkheid oud, opgedroogd bloed waren. Hij zag ook niet dat er een paar vingerafdrukken op het lederen handvat zaten.

Voorzichtig legde hij het zakje neer; hij leunde achteruit in zijn stoel. Dit had iets te maken met de moord op de vrouw. Dat was zeker. Maar wat? Hij keek nog eens naar het voorwerp. Dit was duidelijk een belangrijk bewijsstuk. Het was niet het feitelijke moordwapen, want Christine Sulli-van was doodgeschoten. Maar blijkbaar vond Luther het van doorslagge-vend belang.

Met een ruk schoot Jack overeind. Omdat het de moordenaar van Christi-ne Sullivan identificeerde! Hij greep het zakje vast, hield het tegen het licht en bestudeerde het voorwerp centimeter voor centimeter. Nu kon hij ze vaag onderscheiden, de kringen van zwarte draadjes. Vingerafdrukken. De vingerafdrukken van de onbekende stonden erop. Jack bekeek het lemmet van dichtbij. Bloed. Op het handvat ook. Het moest bloed zijn. Wat had Frank gezegd? Hij probeerde het zich te herinneren. Mogelijk had Christine Sullivan haar aanvaller verwond. Aan een arm of een been. Met een briefopener. Tenminste, dat was een van de theorieën die de hoofdinspecteur met Jack had gedeeld. Wat Jack in zijn hand hield, leek deze hypothese te bevestigen.

Hij deed het plastic zakje weer voorzichtig in het doosje en schoof dat onder zijn bed.

Hij liep naar het raam en keek weer naar buiten. De wind was toegenomen. Het raam rammelde in zijn sponningen.

Had Luther het hem maar verteld, had hij hem maar in vertrouwen genomen. Maar hij was bang voor Kate. Hoe hadden ze Luther duidelijk gemaakt dat Kate in gevaar was?

Jacks gedachten gingen terug. Luther had geen enkel bericht ontvangen toen hij in de gevangenis zat, daar was Jack zeker van. Maar wat dan? Was iemand gewoon naar Luther toe gelopen en had hij hem ronduit gezegd: als je praat, sterft je dochter? Hoe wisten ze eigenlijk dat hij een dochter had? De twee waren al jarenlang niet bij elkaar in dezelfde kamer geweest.

Jack ging op het bed liggen en sloot zijn ogen. Nee, hij vergiste zich. Er had zich één moment voorgedaan waarop rechtstreeks contact mogelijk was geweest. De dag dat Luther werd gearresteerd. Dat was het enige moment waarop vader en dochter samen waren. Het was mogelijk dat iemand, zonder een woord te zeggen, het Luther had duidelijk gemaakt, alleen maar met een blik, verder niets. Jack had strafzaken gehad die werden geseponeerd omdat getuigen te bang waren om een verklaring af te leggen. Niemand had ooit iets tegen hen gezegd. Het was pure intimidatie, zonder dat er een woord werd gezegd. Een geruisloze terreur, wat niets nieuws was.

Dus wie was daar geweest die dat had kunnen doen? Die het bericht had overgebracht dat Luther deed besluiten zijn mond stijf dicht te houden? Voor zover Jack wist, waren de enige personen die erbij aanwezig waren, mensen van de politie. Tenzij het de persoon was die op Luther had geschoten. Maar hoe kon die persoon gewoon naar Luther toe wandelen en oogcontact met hem maken zonder argwaan te wekken?

Jacks ogen schoten open.

Tenzij die persoon een politieman was. Zijn eerste gedachte trof hem als een stomp in zijn maag.

Seth Frank.

Hij verwierp die gedachte onmiddellijk. Die had geen enkel motief. Hij kon zich onmogelijk voorstellen dat de hoofdinspecteur en Christine Sullivan een rendez-vous met elkaar hadden gehad, en daar was toch sprake van, was het niet? Christine Sullivans minnaar had haar vermoord en Luther had alles gezien. Het kon Seth Frank niet zijn. Hij bad tot God dat het Seth Frank niet was, want hij rekende erop dat de man hem uit deze puinhoop kon halen. Maar wat als Jack hem morgenochtend het voorwerp overhandigde waarnaar hij al die tijd wanhopig op zoek was geweest? Het was mogelijk dat hij het had laten vallen toen hij de kamer uit liep, waarna Luther uit zijn schuilplaats te voorschijn was gekomen, het had opgeraapt en was gevlucht. Dat was mogelijk. En de plaats van het delict was zo schoon geweest, dat er een prof achter moest zitten. Een vakman. Een ervaren inspecteur moordzaken die precies wist hoe hij de sporen van een moord moest uitwissen.

Jack schudde zijn hoofd. Nee! Verdomme! Nee! Hij moest in iets geloven, in iemand. Het moest iets anders zijn. Iemand anders. Dat moest wel. Hij was gewoon moe. Zijn deductiepogingen werden steeds belachelijker. Seth Frank was geen moordenaar.

Hij sloot zijn ogen weer. Voorlopig was hij veilig, nam hij aan. Maar morgen zou er weer een nieuwe strijd losbarsten. Een paar minuten later viel hij in een onrustige slaap.

De dag begon helder en koud; de zware, stilstaande lucht was door de storm van de afgelopen nacht weggeblazen.

Jack was al op; hij had in zijn kleren geslapen en dat was te zien. Hij waste zijn gezicht in de kleine badkamer, bracht zijn haar enigszins in model, deed het licht uit en liep de slaapkamer weer in. Hij ging op de rand van het bed zitten en keek op zijn horloge. Frank zou er nog niet zijn, maar het zou niet lang meer duren. Hij pakte het doosje onder het bed vandaan en legde het naast zich neer. Het was net of hij naast een tijdbom zat.

Hij zette de kleine kleuren-tv aan die in de hoek van de kamer stond. Het vroege ochtendnieuws was al begonnen. Het parmantige blondje, zonder twijfel gesteund door aanzienlijke hoeveelheden cafeïne en hopend dat ze ooit de sprong naar prime time zou kunnen maken, las de hoofdpunten van het nieuws voor.

Jack verwachtte de gebruikelijke ellende die hun van diverse plekken op de wereld zou worden voorgeschoteld. Het Midden-Oosten was ten minste goed voor één minuut per ochtend. Misschien was er weer een aardbeving geweest in Zuid-Californië. De president lag weer eens in de clinch met het Congres.

Maar deze morgen was er maar één onderwerp. Jack boog zich voorover toen de beelden van een zeer bekend gebouw over het scherm flitsten.

Patton, Shaw & Lord. De receptie van PS&L. Wat zei die vrouw? Er waren doden gevallen? Sandy Lord was vermoord? Neergeschoten in zijn eigen kantoor? Jack wankelde door de kamer en zette het geluid harder. Met stijgende verbazing keek hij naar de twee brancards die het gebouw uit geduwd werden. In de rechterbovenhoek van het scherm verscheen een foto van Sandy Lord. Er volgde een korte samenvatting van zijn indrukwekkende carrière. Maar hij was dood, onmiskenbaar dood. Iemand had hem in zijn eigen kantoor doodgeschoten.

Jack liet zich weer op zijn bed vallen. Was Sandy er gisteravond geweest?

Maar wie was die andere persoon dan? Die andere onder dat laken? Hij wist het niet. Dat kon hij niet weten. Maar hij geloofde wel dat hij wist wat er gebeurd was. De man die hem achternazat, de man met het pistool. Op een of andere manier moest Lord hem zijn tegengekomen. Ze hadden een kuil gegraven voor Jack, maar Lord viel erin.

Hij zette de tv uit, liep weer naar de badkamer en liet koud water over zijn gezicht stromen. Zijn handen trilden en zijn keel was kurkdroog. Hij kon niet geloven dat dit allemaal gebeurde. Het ging zo snel. Het was niet zijn fout geweest, maar Jack kon het niet helpen dat hij zich enorm schuldig voelde over de dood van zijn associé. Schuldig, zoals Kate zich had gevoeld. Een bijzonder drukkend gevoel.

Hij griste de hoorn van het telefoontoestel en draaide een nummer.

Seth Frank was al bijna een uur op zijn kantoor. Een collega van de moordbrigade van Washington D.C. had hem getipt dat er twee mensen waren vermoord in een advocatenkantoor. Frank had geen idee of deze moorden verband hielden met de Sullivan-zaak. Maar ze hadden één gemeenschappelijk kenmerk. Een gemeenschappelijk kenmerk dat hem een stekende hoofdpijn bezorgde, en het was pas zeven uur in de ochtend.

Zijn directe lijn rinkelde. Hij nam op en fronste ongelovig zijn wenkbrauwen.

'Jack, waar hang jij verdomme uit?'

In de stem van de hoofdinspecteur klonk een harde ondertoon door die Jack niet had verwacht.

'Ook goeiemorgen.'

'Jack, weet je wat er gebeurd is?'

'Ik zag het zojuist op het nieuws. Seth, ik was gisteravond daar. Ze zaten mij achterna. Ik weet niet precies hoe het is gegaan, maar ik denk dat Sandy ze is tegengekomen en dat ze hem toen vermoord hebben.'

'Wie? Wie hebben hem vermoord?'

'Dat weet ik niet! Ik was op kantoor, toen ik een geluid hoorde. Voor ik het wist, werd ik door iemand met een pistool achternagezeten door het gebouw en het is me maar net gelukt heelhuids te ontsnappen. Heeft de politie al mogelijke verdachten?'

Frank haalde diep adem. Het verhaal klonk zo onwaarschijnlijk. Hij geloofde Jack, vertrouwde hem. Maar van wie kon hij tegenwoordig honderd procent zeker zijn?

'Seth? Seth?'

Frank beet op zijn nagel en dacht koortsachtig na. Er konden twee totaal verschillende dingen gebeuren, en dat was afhankelijk van wat hij nu zou doen. Even gingen zijn gedachten terug naar Kate Whitney. De val die hij had gezet voor haar en haar vader. Daar was hij nog steeds niet overheen. Hij mocht dan wel een politieman zijn, hij was tegelijkertijd ook altijd een mens geweest. Hij hoopte van harte dat er nog wat menselijk fatsoen in hem was achtergebleven.

316

'Jack, de politie heeft een mogelijke verdachte, een zeer voor de hand liggende verdachte zelfs.'

'Goed, en wie is dat?'

Frank wachtte even en zei toen: 'Dat ben jij, Jack. Jij bent de meest voor de hand liggende verdachte. Jij bent de man naar wie het hele districtskorps op dit moment op zoek is.'

De telefoonhoorn gleed langzaam uit Jacks hand. Het leek net of de bloedstroom in zijn lichaam tot stilstand kwam.

'Jack? Verdomme, Jack, praat tegen me.' De woorden van de inspecteur gingen verloren.

Jack keek uit het raam. Buiten waren ze naar hem op zoek. De mensen die hem wilden vermoorden en de mensen die hem wilden arresteren op verdenking van moord.

'Jack!'

Ten slotte lukte het Jack iets te zeggen. 'Ik heb niemand vermoord, Seth.'

De woorden werden uitgesproken alsof ze uit een afvoerpijp druppelden en op het punt stonden om te worden weggespoeld.

Frank hoorde wat hij zo graag had willen horen. Het was niet de betekenis van de woorden. Schuldige mensen logen bijna altijd. Maar het was de toon waarop ze werden uitgesproken. Wanhoop, ongeloof en afgrijzen, allemaal samengebald in één klank.

'Ik geloof je, Jack,' zei Frank zachtjes.

'Wat is er verdomme aan de hand, Seth?'

'Ik heb gehoord dat de politie videobeelden van je heeft, van toen je rond middernacht de garage van het kantoor binnenreed. Blijkbaar waren Lord en een vriendin van hem al eerder gearriveerd.'

'Ik heb ze niet gezien.'

'Nou, dat hoeft ook niet per se.' Hij schudde zijn hoofd en vervolgde: 'Het schijnt dat ze niet volledig gekleed waren, vooral de vrouw niet. Ik geloof dat ze net klaar waren toen ze werden neergeschoten.'

'Mijn god!'

'En ze hebben je ook op video terwijl je met een rotgang de garage uit rijdt, kort nadat de moord werd gepleegd.'

'En het wapen? Hebben ze een wapen gevonden?'

'Ja. In een vuilcontainer in de garage.'

'En?'

'En jouw vingerafdrukken zaten op het wapen. Alleen de jouwe. Nadat de politie van Washington D.C. je op video had gezien, hebben ze je vingerafdrukken opgevraagd bij de Orde van Advocaten in Virginia. Een overeenkomst van negentig procent, werd me verteld.'

Jack zakte onderuit in zijn stoel.

'Ik heb geen enkel wapen aangeraakt, Seth. Iemand probeerde me te vermoorden en ik ben gevlucht. Ik heb die kerel geraakt met een pressepapier van mijn bureau. Dat is alles wat ik weet.' Hij wachtte even. 'Wat moet ik nu doen?'

Frank wist dat die vraag zou komen. Eerlijk gezegd wist hij niet wat hij moest antwoorden. In feite was hij in gesprek met iemand die werd gezocht voor moord. Als politieman in dienst van de overheid zou hem duidelijk voor ogen moeten staan wat hij moest doen, alleen was dat niet zo.

'Ik weet niet waar je bent, maar ik wil dat je daar blijft. Ik ga dit uitzoeken. Maar denk erom, wat er ook gebeurt, ga nergens naartoe. Bel me over drie uur terug. Afgesproken?'

Jack hing op en dacht na over het gebeuren. De politie zocht hem voor een dubbele moord. Zijn vingerafdrukken zaten op een wapen dat hij nooit had aangeraakt. Hij werd gezocht door justitie. Jack begon wezenloos te glimlachen, maar verstijfde toen. Een voortvluchtige. En hij had zojuist een telefoongesprek gevoerd met een politieman. Frank had hem niet gevraagd waar hij was. Maar ze konden het gesprek traceren. Dat hadden ze makkelijk kunnen doen. Alleen zou Frank dat niet doen. Maar toen dacht Jack weer aan Kate.

Politiemannen vertelden nooit de hele waarheid. De inspecteur had Kate er ingeluisd en vervolgens had hij daar spijt van gekregen. Tenminste, dat zei hij.

Buiten klonk een sirene en Jacks hart sloeg een slag over. Hij rende naar het raam en keek naar buiten, maar de patrouillewagen reed door en het zwaailicht verdween uit het zicht.

Misschien zouden ze komen. Misschien waren ze op dit moment wel onderweg naar hem. Hij pakte zijn jas en trok hem aan. Toen ging zijn blik naar het bed.

Het doosje.

Hij had Frank niet eens iets verteld over dat verdomde doosje. Gister-avond was het nog de ontdekking van de eeuw geweest en nu was het alweer naar de tweede plaats verhuisd.

'Heb je daar in de rimboe niet genoeg te doen?' Graig Miller was al sinds mensenheugenis inspecteur moordzaken in Washington D.C. Hij had een fors postuur, dik, golvend zwart haar en een gezicht dat zijn voorliefde voor de betere merken whisky verraadde. Frank kende hem al jaren. Hun relatie was gebaseerd op vriendschap en de gezamenlijke overtuiging dat moordenaars altijd moesten worden gestraft.

'Ik heb het niet te druk om je af en toe eens op te zoeken en te kijken of je al wat speurderskwaliteiten hebt ontwikkeld,' antwoordde Frank met een gemene grijns op zijn gezicht.

Miller glimlachte. Ze zaten in Jacks kantoor. De technische ploeg had zojuist haar onderzoek afgerond.

Frank liet zijn blik door het ruime interieur gaan. Jacks leven had de afge-lopen dagen een ingrijpende verandering ondergaan, dacht hij bij zichzelf.

Miller keek hem nadenkend aan. 'Die Graham, die was toch betrokken bij de Sullivan-zaak, is het niet?'

Frank knikte. 'Advocaat van de verdachte.'

'Dat klopt! Jezus, dat is een hele ommekeer. Van strafpleiter tot toekomstige gedaagde.' Miller glimlachte.

'Wie heeft de lijken gevonden?'

'De schoonmaakster. Ze komt altijd 's morgens om een uur of vier.'

'En? Heb je met dat grote hoofd van je al een motief kunnen bedenken?' Miller nam zijn vriend aandachtig op. 'Kom nou. Het is pas acht uur in de ochtend. Je wilde me toch niet wijsmaken dat je helemaal vanuit de rimboe hiernaartoe bent gereden om met mij een beetje van gedachten te wisselen? Wat is er aan de hand?'

Frank haalde zijn schouders op. 'Ik weet het niet. Ik heb die jongen tijdens de zaak leren kennen. Ik schrok me dood toen ik zijn gezicht in het ochtendnieuws zag. Het zit me gewoon niet lekker.'

Miller bleef hem enkele seconden aandachtig aankijken, maar besloot toen er niet op door te gaan.

'Het motief, zo lijkt het, is vrij duidelijk. Walter Sullivan was de belangrijkste cliënt van het slachtoffer. Dan komt deze Graham-knul en zonder het met iemand van de firma te bespreken neemt hij de verdediging van de verdachte van de moord op Sullivans vrouw op zich. Blijkbaar valt dat niet goed bij Lord. Het schijnt dat de twee elkaar hebben ontmoet in Lords huis. Misschien probeerden ze de zaak recht te zetten, maar misschien hebben ze alles alleen maar erger gemaakt.'

'Hoe kom je aan al deze informatie?'

'Van de leidinggevende maat van de firma.' Miller bladerde door zijn notitieboekje. 'Daniel J. Kirksen. Hij was erg scheutig met zijn achtergrondinformatie.'

'Maar hoe brengt dat ons bij Graham, die dat kantoor binnenwandelt en twee mensen doodschiet?'

'Ik zei niet dat het vooropgezet was. De tijdmelding op de video laat duidelijk zien dat het slachtoffer er al een paar uur was voordat Graham kwam opdagen.'

'Dus?'

'Dus die twee zijn niet op de hoogte van elkaars aanwezigheid, of misschien zag Graham licht branden in Lords kantoor toen hij langsreed. Het is aan de straatkant, dus je kunt makkelijk zien of er iemand is.'

'Ja, behalve dat de man met zijn vriendin aan het rotzooien was. Ik neem aan dat ze dat niet voor het raam doen, zodat de hele stad het kan zien.'

'Kom nou, Lord was niet bepaald in topconditie, dus ik betwijfel of ze onafgebroken bezig waren. Het is wel zo, dat het licht in zijn kantoor brandde toen ze werden gevonden. Hoe dan ook, per ongeluk of niet, de twee lopen elkaar tegen het lijf. De ruzie laait weer op en escaleert. Misschien worden er bedreigingen geuit en dan bang! Verblind door woede. Het is mogelijk dat het Lords pistool was. Er ontstaat een worsteling. Graham neemt de oude man het wapen af. Er worden schoten gelost. De vrouw ziet het allemaal, dus zij moet er ook aan geloven. Alles voorbij binnen een paar seconden.'

Frank schudde zijn hoofd. 'Het spijt me dat ik het zeggen moet, Graig, maar dat klinkt vreselijk vergezocht.'

'O ja? Nou, we hebben duidelijke opnames van het moment waarop hij de garage uit komt stuiven. Ik heb ze zelf gezien, Seth. Zijn gezicht is zo wit als een laken, dat kan ik je wel vertellen.'

'Hoe komt het dat de bewaking niet naar boven is gegaan om de zaak te checken?'

Miller lachte. 'Bewaking? Shit, die lui kijken de helft van de tijd niet eens naar de monitors. Ze maken back-ups van de opnames en je hebt geluk als ze af en toe eens een steekproef nemen. Laat me je vertellen dat het helemaal niet zo moeilijk is om buiten kantooruren zo'n gebouw binnen te dringen.'

'Dus misschien heeft iemand dat gedaan.'

Miller schudde zijn hoofd en grinnikte. 'Dat denk ik niet, Seth. Dat is jouw probleem. Jij zoekt naar een gecompliceerd antwoord terwijl de meest simpele verklaring vlak voor je neus ligt.'

'En waar kwam dat wapen dan op mysterieuze wijze vandaan?'

'Er zijn genoeg mensen die een wapen in hun bureaula hebben liggen.'

'Genoeg? Hoeveel is genoeg, Graig?'

'Je zou verbaasd zijn, Seth.'

'Ja, misschien wel!' pareerde Frank.

Miller leek verbaasd. 'Waarom zit het je zo dwars?'

Frank keek zijn vriend niet aan. Zijn blik bleef op het bureaublad gericht.

'Ik weet het niet. Zoals ik al zei, heb ik die jongen leren kennen. Hij leek me het type niet. Dus zijn vingerafdrukken zaten op het wapen?'

'Twee perfecte afdrukken. Rechterduim en -wijsvinger. Ik heb ze zelden mooier gezien.'

Iets in de woorden van zijn vriend deed Frank opschrikken. Hij keek naar het werkblad van het bureau. Het glanzende oppervlak lag vol stof. De kleine waterkring was duidelijk zichtbaar.

'En waar is het glas?'

'Pardon?'

Frank wees naar de kring. 'Het glas dat die kring heeft achtergelaten. Waar is het?'

Miller haalde zijn schouders op en begon te grinniken. 'Ik heb de vaatwasser in de keuken niet gecontroleerd, als je dat soms bedoelt. Ga je gang.'

Miller vertrok om rapport uit te brengen. Frank maakte van de gelegenheid gebruik om het bureaublad nog eens van dichtbij te bekijken. In het midden was een plek waar minder stof lag dan eromheen. Daar had iets gelegen. Vierkant van vorm, acht bij acht centimeter. De presse-papier. Frank glimlachte.

Een paar minuten later liep Frank de gang door. De vingerafdrukken op het wapen waren perfect. Iets te perfect. Frank had het wapen gezien en het politierapport gelezen. Een .44 waarvan de serienummers waren verwijderd, ontraceerbaar. Net als het wapen dat naast Walter Sullivan was aangetroffen.

Frank beloonde zichzelf met een glimlach. Het was juist geweest wat hij had gedaan, of liever gezegd: wat hij had nagelaten.
Jack Graham had hem de waarheid verteld. Hij had niemand vermoord.

'Weet je, Burton, ik begin er een beetje moe van te worden om zoveel tijd en aandacht aan deze zaak te besteden. Ik moet ook nog een land regeren, voor het geval je dat vergeten was.' Richmond zat in een fauteuil voor de open haard in het Oval Office. Hij had zijn ogen gesloten en zijn vingers vormden een perfecte driehoek.
Voordat Burton kon reageren, vervolgde de president: 'In plaats van ons het voorwerp terug te bezorgen, is het je gelukt die clowns van moordzaken twee extra lijken te bezorgen, terwijl Whitney's advocaat nog vrij rondloopt met het bewijsstuk dat ons allemaal de das om kan doen. Ik ben echt verheugd over dat resultaat.'
'Graham gaat heus niet naar de politie, tenzij hij een liefhebber is van gevangenisvoer, en de rest van zijn leven afspraakjes wil met grote, behaarde kerels.' Burton staarde de president aan, die onbeweeglijk bleef zitten. De vuiligheid waarin hij, Burton, terecht was gekomen om hun nek te redden, terwijl deze mooiprater veilig buiten schot bleef. En nu werd hij nog bekritiseerd ook. Alsof de ervaren agent van de geheime dienst het leuk vond om nog twee onschuldige mensen te zien sterven.
'Gefeliciteerd. Wat dat betreft heb je gelijk. Het geeft blijk van je vermogen om snel na te denken. Maar ik geloof niet dat die oplossing lang standhoudt. Als de politie Graham oppakt, zal hij zeker met die briefopener op de proppen komen, als hij die heeft.'
'Maar ik heb voor wat extra tijd gezorgd.'
De president stond op en greep Burtons massieve schouders vast. 'En die tijd ga je gebruiken om Jack Graham op te sporen en hem ervan te overtuigen dat elke actie die hij tegen ons onderneemt, zijn eigen belangen wel eens zouden kunnen schaden.'
'Wilt u dat ik hem dat zeg voordat ik een kogel door zijn kop jaag of daarna?'
De president grijnsde. 'Dat laat ik aan jouw professionele oordeel over.' Hij draaide zich om naar zijn bureau.
Burton staarde naar de rug van de president. Heel even stelde hij zich voor hoe het zou zijn om hèm een kogel onder in zijn nek te pompen. Om voor eens en voor altijd een eind te maken aan deze rotzooi. Als iemand het verdiende, was deze smeerlap het wel.
'Heb je enig idee waar hij kan zijn, Burton?'
Burton schudde zijn hoofd. 'Nee, maar ik beschik over een heel betrouwbare bron.' Hij zei niets over Jacks telefoontje naar Seth Frank van die morgen. Vroeg of laat zou Jack de inspecteur vertellen waar hij was. En dan zou Burton in actie komen.
Burton haalde diep adem. Als je van zenuwslopende uitdagingen hield, had je het niet beter kunnen treffen. Het was de negende inning, de thuisploeg stond één punt voor, er waren twee man uit, één man op de honken

en een 'volle bak' voor de slagman. Zou Burton een vrije loop krijgen of zou iedereen ademloos toekijken hoe hij de bal over het hek liet verdwijnen? Burton liep het Oval Office uit en hoopte op het laatste.

Seth Frank zat achter zijn bureau. Hij staarde naar de klok en wachtte. Op het moment dat de secondewijzer de twaalf passeerde, begon zijn telefoon te rinkelen.

Jack stond in een telefooncel. Hij dankte God dat het buiten zo koud was. Met zijn zware parka met capuchon, die hij die morgen had gekocht, viel hij nauwelijks op tussen de andere mensen die zich op straat hadden gewaagd. Desondanks had hij nog steeds de indruk dat iedereen naar hem liep te kijken.

Frank hoorde het rumoer op de achtergrond. 'Waar ben je? Ik had je verdomme gezegd dat je moest blijven waar je was.'

Jack reageerde niet meteen.

'Jack?'

'Luister, Seth, ik voel er weinig voor om voor schietschijf te spelen. En ik bevind me niet in een positie waarin ik me kan veroorloven iemand volledig te vertrouwen. Begrijp je dat?'

Eerst wilde Frank protesteren, maar toen leunde hij achteruit in zijn stoel. Die knul had gelijk, helemaal gelijk.

'Dat klinkt redelijk. Wil je horen hoe ze je in de val hebben gelokt?'

'Ik luister.'

'Er stond een glas op je bureau. Je had blijkbaar iets gedronken. Herinner je je dat?'

'Ja, cola. Nou en?'

'Nou, degene die jou achternazat, liep Lord en zijn vriendin tegen het lijf, zoals je zei, en daarom moesten ze worden doodgeschoten. Jij was ontsnapt. Ze wisten dat de videocamera in de parkeergarage je zou opnemen kort nadat de twee waren vermoord. Ze haalden je vingerafdrukken van het glas en brachten ze over op het wapen.'

'Kan dat?'

'Zeker weten, als je weet wat je doet en over de juiste spullen beschikt. Ik vermoed dat ze die in een van de voorraadkamers op jouw kantoor hebben gevonden. Als we het glas hadden, konden we bewijzen dat de afdrukken een vervalsing waren. Net zoals de afdrukken van de ene persoon verschillen van de ander, kunnen jouw afdrukken op het pistool nooit in elk detail overeenkomen met die op het glas. Dat heeft met de hoeveelheid druk per vierkante millimeter en zo te maken.'

'Trapt de politie van Washington D.C. in die verklaring?'

Frank schoot bijna in de lach. 'Daar zou ik maar niet op rekenen, Jack. Dat zou ik echt niet doen. Het enige wat ze willen, is jou oppakken. De rest laten ze aan anderen over.'

'Fantastisch. En nu?'

'Laten we bij het begin beginnen. Waarom zaten ze je eigenlijk achterna?'

Jack kon zich wel voor zijn hoofd slaan. Hij keek naar het doosje in zijn hand.

'Ik heb een speciale bestelling van iemand ontvangen. Edwina Broome. Ik denk dat je een gat in de lucht springt als je dit ziet.'

Seth stond op en wenste bijna dat hij het door de telefoonlijn kon vastpakken. 'Wat is het?'

Jack vertelde het hem.

Frank dacht na. Bloed en vingerafdrukken. Simon zou het druk krijgen. 'Ik kan naar je toe komen, waar en op welk tijdstip dan ook.'

Jack dacht koortsachtig na. Vreemd genoeg leken openbaar toegankelijke plaatsen nog gevaarlijker dan niet-toegankelijke. 'Wat dacht je van het Farragut West-metrostation, uitgang 18th Street, vanavond om een uur of elf?'

Frank schreef de informatie op. 'Ik zal er zijn.'

Jack hing op. Hij zou zorgen dat hij ruim voor de afgesproken tijd op het metrostation was. Voor het geval dat. Als hij ook maar iets verdachts zag, zou hij er meteen vandoor gaan en ergens onderduiken. Hij keek in zijn portemonnee; er zat niet veel meer in. En zijn creditcards waren voorlopig onbruikbaar. Hij kon wat opnemen bij een aantal verschillende ATM-geldautomaten. Dat zou hem een paar honderd dollar opleveren. Dat moest genoeg zijn, voor een poosje.

Jack stapte de telefooncel uit en liet zijn blik over de menigte gaan. Rond Union Train Station heerste de gebruikelijke drukte. Niemand scheen enige belangstelling voor hem te hebben. Jack verstijfde. Twee geüniformeerde agenten kwamen zijn kant op lopen. Jack stapte de telefooncel weer in en wachtte tot ze gepasseerd waren.

Hij kocht een paar hamburgers en een zak friet op het plein en hield vervolgens een taxi aan. Tijdens de rit door de stad had Jack even tijd om zijn mogelijkheden te overzien. Als hij Frank de briefopener eenmaal had gegeven, zouden zijn problemen dan echt voorbij zijn? Het was aannemelijk dat het bloed en de vingerafdrukken hoorden bij de persoon die die nacht in het huis van de Sullivans was. Maar toen begon Jack weer als strafpleiter te denken. En die strafpleiter in hem vertelde hem dat er duidelijk zichtbare, bijna onoverkomelijke obstakels lagen op de weg naar zo'n voor de hand liggende oplossing.

Ten eerste was het mogelijk dat het materiële bewijs niet van doorslaggevende waarde was. Misschien kon er geen vergelijking worden gemaakt, omdat de vingerafdrukken en DNA-gegevens van die persoon in geen enkel bestand zaten. Opnieuw dacht Jack terug aan de blik op Luthers gezicht die nacht op de Mall. Het was een belangrijk persoon, iemand die iedereen kende. En dat was een ander probleem. Als je tegen een dergelijk persoon een beschuldiging uitte, moest je verdomd zeker van je zaak zijn, anders werd deze zo van tafel geveegd.

Ten tweede zou het een gigantisch probleem worden om met zekerheid de eigenaar van het voorwerp aan te kunnen wijzen. Konden ze eigenlijk wel bewijzen dat de briefopener uit Sullivans huis afkomstig was? Sullivan was dood; de huishoudelijke staf wist het misschien niet zeker. Aangenomen mocht worden dat Christine Sullivan het voorwerp in handen had gehad. Misschien was het voor korte tijd in bezit van de moordenaar geweest. Luther had het meerdere maanden in bezit gehad. Nu had Jack het en hopelijk kon hij het binnenkort aan Seth Frank geven. Ten slotte werd het Jack duidelijk.

De bewijskracht van de briefopener was nul-komma-nul. Zelfs al konden ze een vergelijking maken, dan zou een competente strafpleiter die zeker als ontoelaatbaar afdoen. Shit, waarschijnlijk zouden ze er niet eens een tenlastelegging op kunnen baseren. Onrechtmatig verkregen bewijs was geen bewijs.

Jack stopte met eten en leunde achteruit op de smoezelige, met vinyl beklede achterbank. Hij keek naar buiten en zag dat het grauwe schemerlicht perfect aansloot bij zijn gemoedstoestand.

Maar kom! Ze hadden geprobeerd het terug te krijgen! Ze hadden er twee mensen voor vermoord. Ze waren bereid geweest Jack te vermoorden om het ding weer in handen te krijgen. Het moest belangrijk voor hen zijn, heel belangrijk. De juridische waarde mocht dan twijfelachtig zijn, waarde had het ding zeker. En iets wat waarde had, kon geëxploiteerd worden. Misschien had hij een kans.

Het was tien uur toen Jack met de roltrap afdaalde in het Farragut West-metrostation. Als halteplaats op de oranje en blauwe metroroutes was Farragut West overdag een heel druk station vanwege zijn ligging in het zakelijke centrum van Washington, met zijn talloze advocaten- en administratiekantoren, handelsmaatschappijen en bedrijfskantoren. Om tien uur 's avonds echter was het vrijwel geheel uitgestorven.

Jack stapte van de roltrap en speurde de omgeving af. De ondergrondse metrostations waren in feite enorme tunnels met gewelfde plafonds met honingraatvormige tegels en perrons die uit vijfhoekige stenen bestonden. In het midden van de brede hal met sigarettenreclames en kaartjesautomaten langs de wanden stond een glazen kiosk met tourniquets aan weerszijden ervan. Naast twee telefooncellen hing een enorme plattegrond tegen de wand, met metrolijnen in diverse kleuren en informatie over vertrektijden en tarieven.

In de glazen kiosk leunde een verveelde metrobeambte achteruit in zijn stoel. Jack wierp een blik om zich heen en keek naar de klok boven op de kiosk. Toen keek hij weer achterom en verstijfde. Een agent in uniform kwam de roltrap af. Jack draaide zich zo onopvallend mogelijk om, liep dicht langs de wand naar de telefooncellen en ging erachter staan. Hij wachtte tot zijn ademhaling weer enigszins regelmatig was en gluurde voorzichtig om de hoek. De agent liep naar de kaartjesautomaat, knikte naar de man in de kiosk en bleef enige tijd naar de ingang van de stationshal staan kijken. Jack trok zich weer terug; hij zou wachten. Die kerel zou zo meteen wel weggaan; hij moest wel.

De tijd verstreek. Een harde stem onderbrak Jacks gedachten. Een man kwam de roltrap af, zo te zien een dakloze. Hij was gekleed in vodden en droeg een dikke deken over zijn ene schouder. Zijn baard en haar waren smerig en zaten vol klitten. Zijn gezicht was verweerd en opgezet. Het was koud buiten. De warme metrostations waren voor hen altijd een geliefde plek, totdat ze weer werden weggejaagd. De ijzeren hekken boven aan de roltrappen dienden dat soort mensen weg te houden.

Jack keek om zich heen. De politieagent was verdwenen. Misschien controleerde hij de perrons of stond hij een praatje te maken met de man in de kiosk. Jack keek in die richting en zag dat die man ook verdwenen was.

Hij keek weer naar de dakloze, die in een hoek was gaan zitten en zijn schamele bezittingen telde. De man wreef zijn handen hard tegen elkaar om de bloedstroom in zijn getergde ledematen weer wat op gang te krijgen.

Plotseling werd Jack getroffen door een knagend schuldgevoel. De hoeveelheid zwervers in de binnenstad was verbijsterend. Een vrijgevige wandelaar had aan één huizenblok genoeg om al zijn kleingeld weg te geven. Jack had het meer dan eens gedaan.

Hij keek nogmaals om zich heen. Niemand te zien. De volgende trein zou pas over ongeveer een kwartier het station binnenrijden. Hij kwam achter de telefooncel vandaan en keek nu recht naar de dakloze. De man scheen hem niet te zien; zijn aandacht was gericht op zijn eigen kleine wereldje dat ver van de werkelijkheid stond. Maar toen bedacht Jack zich dat zijn eigen werkelijkheid ook niet bepaald normaal was, en dat in feite ook nooit geweest was. Zowel hij als de deerniswekkende voddenbaal tegenover hem waren hevig verwikkeld in hun eigen persoonlijke strijd. En voor hen beiden lag de dood op de loer en die kon op elk willekeurig moment toeslaan. Alleen zou Jacks heengaan waarschijnlijk wat gewelddadiger en abrupter plaatsvinden. Maar misschien was dat wel te verkiezen boven de tergend langzame dood die de man te wachten stond.

Hij schudde zijn hoofd. Dit soort gedachten kon hij nu niet gebruiken. Als hij dit wilde overleven, moest hij zijn aandacht erbij houden en blijven geloven dat hij de machten die tegen hem samenbalden, zou kunnen weerstaan.

Jack deed een paar passen vooruit, maar bleef toen staan. Het bloed leek in zijn aderen te bevriezen; deze plotselinge metabolische verandering gaf hem een licht gevoel in zijn hoofd.

De dakloze man droeg nieuwe schoenen. Bruine, leren schoenen met zachte rubberzolen. Vermoedelijk kostten ze meer dan honderdvijftig dollar. Ze staken af tegen zijn smerige kleren als een vlag op een modderschuit.

De man zat nu ook naar hem te kijken. Zijn ogen waren strak op Jacks gezicht gericht. Ze kwamen hem bekend voor. Ondanks de diepe rimpels, het vette haar en de schrale wangen had Jack die ogen eerder gezien, hij wist het zeker. De man begon overeind te komen. Hij scheen ineens over meer energie te beschikken dan toen hij zojuist het station binnenkwam. In paniek keek Jack om zich heen. De hal was zo verlaten als een graftombe. Zijn graftombe. Hij draaide zijn hoofd weer om. De man kwam al zijn kant op lopen. Jack deinsde terug en klemde het doosje tegen zijn borst. Hij dacht terug aan hoe hij op het nippertje uit die lift was ontsnapt. Het pistool. Het pistool zou nu wel gauw te voorschijn komen. En op hem worden gericht.

Jack liep achteruit door de tunnel in de richting van de kiosk. De hand van de man verdween onder zijn jas, een versleten zak vol gaten, waar bij elke stap lappen stof vanaf leken te vallen. Jack keek om zich heen. Hij hoorde naderende voetstappen. Hij keek weer naar de man en vroeg zich af of hij ervandoor moest gaan of niet. Toen zag hij hem.

Jack schreeuwde het bijna uit van opluchting.

De agent kwam de hoek om lopen. Jack rende naar hem toe, achteruit wijzend naar de dakloze man, die doodstil midden in de tunnel bleef staan.

'Die man. Hij is geen dakloze. Hij is een bedrieger.' Hij dacht even aan de mogelijkheid dat de agent hem zou herkennen, hoewel de gezichtsuitdrukking van de jonge man daar niet op wees.

'Wat?' De agent keek Jack verbijsterd aan.

'Kijk naar zijn schoenen.' Jack realiseerde zich wel dat hij onzin uitkraamde, maar zou dat veel beter worden als hij hem het hele verhaal vertelde?

De agent keek de tunnel in, zag de dakloze man staan en trok zijn gezicht in een grimas. In zijn verwarring viel hij weer terug op zijn gebruikelijke houding.

'Heeft hij u lastiggevallen, meneer?'

Jack aarzelde en zei toen: 'Ja.'

'Hé!' riep de agent naar de man.

Jack keek hoe de agent naar hem toe rende. De dakloze draaide zich om en ging ervandoor. Hij kwam bij de roltrap naar boven, maar die was buiten dienst. Hij draaide zich om, rende de tunnel weer in, sloeg een hoek om en verdween, met de agent vlak achter zich.

Nu was Jack weer alleen. Hij keek achterom naar de kiosk. De metroman was niet meer teruggekomen.

Jack rukte zijn hoofd opzij. Hij had iets gehoord. Een schreeuw, iemand die pijn had, uit de richting die de twee mannen op waren gegaan. Jack begon te lopen. Plotseling kwam de agent de hoek weer om; hij was een beetje buiten adem. Hij keek Jack aan en met een langzame armbeweging gebaarde hij hem dichterbij te komen. De jonge man zag er aangeslagen uit, alsof hij iets had gezien of gedaan wat hem met walging vervulde.

Jack haastte zich naar hem toe.

De agent snakte naar adem. 'Grote genade! Ik weet niet wat hier verdomme aan de hand is, vriend.' Hij snakte opnieuw naar adem en zette een hand tegen de muur om zijn evenwicht te bewaren.

'Hebt u hem te pakken gekregen?'

De agent knikte. 'U had gelijk.'

'Wat is er gebeurd?'

'Gaat u zelf maar kijken. Ik moet dit eerst melden.' De agent strekte zich en stak een waarschuwende wijsvinger naar Jack uit. 'Maar u blijft hier. Ik ga dit niet allemaal in mijn eentje uitleggen, en volgens mij weet u er veel meer van dan u laat blijken. Dus u blijft hier. Begrepen?'

Jack knikte snel en de agent haastte zich weg. Jack liep de hoek om. Wachten. De agent had hem gezegd dat hij moest wachten. Wachten tot zij hem zouden arresteren. Hij had nu de kans ervandoor te gaan. Maar hij kon het niet. Hij moest weten wie het was. Hij kende die kerel. Hij moest het weten.

Jack tuurde de tunnel in. Deze werd alleen door het personeel van de metro gebruikt. Verderop in de tunnel, in het halfduister, lag een hoop kleren. Jack spande zich in om het duidelijker te zien in het flauwe licht. Toen hij dichterbij kwam, zag hij dat het inderdaad de dakloze man was. Een moment lang durfde Jack zich niet te bewegen. Hij wou dat de politie kwam opdraven. Het was zo stil, zo donker. De hoop kleren bewoog niet. Jack hoorde geen ademhaling. Was de man dood? Had de agent hem moeten doden?

Ten slotte kwam Jack naar voren. Hij knielde naast de man neer. Wat een kunstige vermomming. Jack liet zijn hand even door het vettige haar gaan. Zelfs de zurige lucht die straatzwervers meestal verspreiden, was authentiek. Op dat moment zag Jack het bloed dat langs de zijkant van het hoofd van de man naar beneden druppelde. Hij trok het haar opzij. Er zat een snee in zijn hoofd, een diepe. Dat was het geluid dat hij had gehoord. Er was een worsteling geweest en de agent had hem op het hoofd geslagen. Het was voorbij. Ze hadden geprobeerd Jack in de val te lokken en waren er zelf in getrapt. Hij wilde de pruik en andere attributen van de vermomming verwijderen om te zien wie zijn belager was. Maar dat zou moeten wachten. Misschien was het goed dat de politie er nu bij betrokken was. Hij zou het risico nemen en de briefopener aan de politie geven.

Hij stond op, draaide zich om en zag hoe de agent snel door de tunnel naar hem toe kwam lopen. Jack schudde zijn hoofd. Wat een verrassing stond de jonge man te wachten. Let goed op, want dit is de dag van je leven, knul.

Jack liep op de agent toe, maar bleef staan toen deze met een soepele beweging zijn 9-mm uit zijn holster trok.

De agent staarde hem aan. 'Meneer Graham?'

Jack haalde zijn schouders op en glimlachte. Hij was eindelijk herkend. 'Hoogstpersoonlijk,' zei hij en hield het doosje omhoog. 'Ik heb iets voor u.'

'Dat weet ik, Jack. En dat is precies wat ik hebben wil.'

Tim Collin zag de glimlach van Jacks gezicht verdwijnen. Zijn vinger kromde zich om de trekker terwijl hij op Jack toe liep.

Seth Frank voelde zijn hartslag versnellen toen hij in de buurt van het station kwam. Eindelijk zou hij het krijgen. Hij stelde zich voor hoe Laurie

Simon zich als een hongerige wolf op het bewijsstuk zou werpen. Frank was er bijna honderd procent zeker van dat hij een voltreffer zou scoren in een of andere database, waar dan ook. En dan zou de zaak openbarsten als een ei dat van het Empire State Building wordt gegooid. En eindelijk zouden al zijn vragen, al zijn brandende, brandende vragen worden beantwoord.

Jack keek naar het gezicht tegenover hem en nam elk detail in zich op. Niet dat het hem veel goed zou doen. Zijn blik verschoof naar de gekreukelde hoop kleren op de grond, naar de nieuwe schoenen aan de levenloze voeten. Voor het eerst in zijn hele leven had de arme man vermoedelijk een paar nieuwe schoenen aan zijn voeten en nu kon hij er niet meer van genieten.

Jack keek weer naar Collin en zei nijdig: 'Hij is dood. Je hebt hem vermoord.'

'Geef me het doosje, Jack.'

'Wie ben je, verdomme?'

'Dat is niet echt van belang, is het wel?' Collin opende een foedraal aan zijn riem, haalde er een geluiddemper uit en schroefde die snel op zijn pistool.

Jack zag hoe de loop weer op zijn borst werd gericht. Hij dacht terug aan de insluipers die Lord en de vrouw hadden gedood. Morgen zou zijn dood in de krant besproken worden. En die van de dakloze man. Twee insluipers van gisteravond. Natuurlijk zouden ze het er zo uit laten zien dat Jack de schuld kreeg van de dood van die arme, ongelukkige straatzwerver. Jack Graham, van maat bij PS&L tot meervoudig moordenaar.

'Voor mij is het van belang.'

'Wat kan mij dat schelen?' Collin deed een stap naar voren en plaatste beide handen om de kolf van zijn wapen.

'Val dood! Hier!' Jack gooide het doosje naar Collins hoofd, op hetzelfde moment dat de doffe knal klonk. De kogel rukte een hoek van het doosje af en boorde zich vervolgens in de betonnen muur. Op dat moment wierp Jack zich naar voren. Collin was een flinke, gespierde kerel, maar dat was Jack ook. En ze waren ongeveer even groot. Jack plantte zijn schouder precies in het middenrif van de man en voelde hoe hij alle lucht uit zijn lichaam perste. Onbewust herinnerde hij zich zijn worsteltechnieken van lang geleden. Hij greep de man beet en smeet hem keihard tegen het beton. Tegen de tijd dat Collin weer overeind was gekomen, was Jack al om de hoek verdwenen.

Collin raapte zijn pistool en het doosje op. Hij wachtte even tot zijn duizeligheid iets afnam. Zijn hoofd deed pijn van de klap tegen de stenen vloer. Hij ging op zijn knieën zitten en probeerde zijn evenwicht terug te vinden. Jack was allang verdwenen, maar hij had het tenminste. Eindelijk had hij het. Collins vingers sloten zich om het doosje.

Jack stormde langs de kiosk, sprong over de tourniquets, rende de roltrap af en het perron op. Hij was zich er vaag van bewust dat de mensen hem aanstaarden. Zijn capuchon was van zijn hoofd gegleden. Zijn gezicht was voor iedereen duidelijk zichtbaar. Achter hem hoorde hij iemand schreeuwen. De man van de kiosk. Maar Jack bleef rennen tot hij bij de uitgang van het station aan 17th Street kwam. Hij vermoedde dat Collin niet alleen was. En het laatste waar hij behoefte aan had, was iemand die de achtervolging zou inzetten. Maar hij betwijfelde of ze beide uitgangen zouden bewaken. Vermoedelijk gingen ze ervan uit dat hij het station niet op eigen kracht zou verlaten. Zijn schouder deed pijn van de stoot, zijn adem kwam hortend en stotend naar buiten en de koude buitenlucht deed pijn aan zijn longen. Jack was al twee straten van het station verwijderd toen hij vaart minderde. Hij trok zijn jas strak om zich heen. En toen herinnerde hij het zich. Hij keek naar zijn lege handen. Het doosje! Hij was dat verdomde doosje vergeten. Jack zocht steun tegen de donkere ruit van een verlaten McDonald's.

Verderop in de straat zag hij de koplampen van een auto naderen. Jack wendde zijn hoofd af en sloeg snel een hoek om.

Een paar minuten later zat hij in een bus. Hij wist niet waar naartoe.

De auto reed door L-Street en draaide 19th Street in. Seth Frank reed door tot Eye Street en sloeg toen 18th Street in. Hij parkeerde op een hoek tegenover het metrostation, stapte uit zijn auto en liep de roltrap af.

Vanaf de overkant van de straat, verborgen tussen een paar vuilnisbakken, puin van een ingrijpend stadsvernieuwingsproject en een metalen afrastering, keek Bill Burton hem na. Binnensmonds vloekend trapte hij zijn sigaret uit, keek de straat door en liep snel naar de roltrap.

Frank stapte de roltrap af, wierp een snelle blik om zich heen en keek op zijn horloge. Hij was niet zo vroeg als hij van plan was geweest. Zijn blik viel op een hoop rommel tegen de muur. Vervolgens ging zijn blik naar de onbemande kiosk. Er was verder niemand in de hal. Het was stil. Te stil. Onmiddellijk begonnen Franks onraadsensoren te knipperen. Met een geoefende beweging trok hij zijn wapen. Zijn oren vingen een geluid op. Het kwam van rechts. Hij liep snel de hal door, weg van de tourniquets. Aan het eind wachtte hem een donkere tunnel. Frank gluurde om de hoek, maar zag eerst niets. Toen zijn ogen zich enigszins aan het weinige licht hadden aangepast, zag hij twee dingen. Het ene bewoog, het andere niet.

Frank zag dat de man langzaam overeind kwam. Het was niet Jack. De man droeg een uniform, had een pistool in de ene hand en een doosje in de andere. Franks vingers spanden zich om de kolf van zijn eigen wapen, maar zijn ogen bleven gericht op het wapen van de ander. Heel behoedzaam bewoog hij zich naar voren. Het was lang geleden dat hij dit had gedaan. Beelden van zijn vrouw en zijn drie dochters kwamen hem voor de geest, maar hij dwong ze terug. Hij moest zich nu concentreren.

Ten slotte was hij dichtbij genoeg. Hij hoopte vurig dat zijn gejaagde ademhaling hem niet zou verraden en richtte zijn pistool op de brede rug voor hem.

'Geen beweging! Politie.'

De man bewoog zich inderdaad niet meer.

'Leg dat pistool neer, kolf eerst. Als ik je vinger in de buurt van de trekker zie, schiet ik een gat in je achterhoofd. Doe het. Nu!'

Heel langzaam zakte het pistool naar de grond. Frank zag hoe het centimeter voor centimeter daalde. Toen werd het beeld ineens vaag. Zijn hoofd bonkte, hij wankelde en sloeg tegen de grond.

Toen hij dat geluid hoorde, draaide Collin langzaam zijn hoofd om en zag Bill Burton staan. Hij had zijn pistool bij de loop vast en keek naar Frank.

'Kom, Tim, we gaan.'

Trillend kwam Collin overeind, hij keek naar de bewusteloze inspecteur en zette de loop van zijn pistool tegen Franks hoofd. Burtons grote hand hield hem tegen.

'Hij is een politieman. We vermoorden geen collega's. We vermoorden helemaal niemand meer, Tim.' Burton staarde zijn partner aan. Verontrustende gedachten schoten door zijn hoofd bij het zien van de kalme acceptatie waarmee de jongere man zijn nieuwe rol van gewetenloze moordenaar had aanvaard.

Collin haalde zijn schouders op en stopte zijn pistool weg.

Burton pakte het doosje aan en zijn blik ging van de inspecteur naar het andere hoopje menselijke ellende. Walgend schudde hij zijn hoofd waarna hij een verwijtende blik op zijn partner wierp.

Enkele minuten nadat ze vertrokken waren, liet Seth Frank een luid gekreun horen, hij probeerde op te staan maar verloor opnieuw het bewustzijn.

•27•

Kate lag in bed, maar ze kon absoluut niet slapen. Het plafond van haar slaapkamer was veranderd in een projectiescherm waarop beelden werden vertoond waarvan het ene nog beangstigender was dan het andere. Ze keek naar het kleine klokje op het nachtkastje. Drie uur in de ochtend. Het gordijn voor het slaapkamerraam was niet helemaal dicht, zodat ze een streep inktzwarte duisternis kon zien. Ze hoorde de regen op de vensterbank spetteren. Normaliter een geruststellend geluid, maar op dit moment maakte dat het aanhoudende gebonk in haar hoofd alleen maar erger.

Toen de telefoon rinkelde, deed ze in eerste instantie niets. Haar ledematen leken te zwaar om op wat dan ook te reageren, alsof in alle vier gelijktijdig de bloedcirculatie was opgehouden. Heel even vreesde ze dat ze een hartinfarct had. Eindelijk, toen de telefoon vijf keer was overgegaan, lukte het haar de hoorn van het toestel te tillen.

'Hallo?' Haar stem trilde. Ze was nog maar één stap van haar ondergang verwijderd; al haar zenuwen waren murw.

'Kate, ik heb hulp nodig.'

Vier uur later zaten ze voor het raam van de kleine lunchroom in Founders Park, de plek waar ze elkaar weer voor het eerst hadden ontmoet nadat ze jaren daarvoor uit elkaar waren gegaan. Het weer was verslechterd: het sneeuwde zo hard, dat autorijden vrijwel onmogelijk was en lopen alleen iets voor de zeer roekelozen.

Jack keek haar aan. Hij had de capuchon van zijn parka afgedaan, maar zijn skimuts, een baard van drie dagen en een grote zonnebril hadden zijn uiterlijk zodanig veranderd, dat Kate twee keer moest kijken voor ze hem herkende.

'Weet je zeker dat je niet bent gevolgd?' vroeg hij bezorgd. Een kop dampende koffie benam haar voor een deel het zicht, maar desondanks kon ze de spanning van zijn gezicht aflezen. Het was duidelijk dat hij op de rand van een zenuwinstorting stond.

'Ik heb gedaan wat je zei. De metro, twee taxi's en een bus. Als ze me door dit weer zijn gevolgd, zijn ze niet menselijk.'

Jack zette zijn koffie neer. 'Te oordelen naar wat ik heb gezien, zijn ze dat misschien ook niet.'

Toen hij Kate opbelde, had hij haar niet de naam gezegd van de plek waar hij haar wilde ontmoeten. Hij ging ervan uit dat nu iedereen die hem kende, werd afgeluisterd. Hij had het gehad over de 'bekende' plaats, erop vertrouwend dat Kate hem zou begrijpen, en dat had ze gedaan. Hij keek uit het raam. Elk passerend gezicht was een potentiële bedreiging. Hij schoof een exemplaar van de *Washington Post* naar haar toe. De voorpagina was duidelijk genoeg. Jack had getrild van woede toen hij hem las.

Seth Frank lag in het George Washington University Hospital met een hersenschudding; zijn toestand was stabiel. De dakloze man, tot nu toe nog niet geïdentificeerd, was minder gelukkig geweest. En het kolkende middelpunt van het verhaal werd gevormd door Jack Graham, de eenmansmisdaadgolf. Ze keek hem aan nadat ze het verhaal had gelezen.

'We kunnen hier niet te lang blijven.' Hij keek haar in de ogen, dronk zijn koffie op en stond op.

Een taxi zette hen af bij Jacks motel in een buitenwijk van Old Town Alexandria. Hij keek naar links, naar rechts en achterom terwijl ze naar zijn kamer liepen. Nadat hij de deur op slot had gedaan en had afgegrendeld, zette hij zijn skimuts en zonnebril af.

'Mijn god, Jack, het spijt me zo, dat je hierbij betrokken bent geraakt.' Ze trilde; hij kon haar werkelijk zien trillen vanaf de andere kant van de kamer. Hij liep naar haar toe, sloeg zijn armen om haar heen en hield haar net zo lang vast tot ze zich weer een beetje ontspande. Hij keek haar aan.

'Ik heb mezelf erbij betrokken. En nu moet ik mezelf weer onttrekken.' Hij forceerde een glimlach op zijn gezicht, maar dat nam haar angst niet weg; de afschuwelijke dreiging dat hij haar vader achterna zou gaan.

'Ik heb meer dan tien berichten achtergelaten op je antwoordapparaat.'

'Ik heb geen kans gehad om ze af te luisteren, Kate.' In het daaropvolgende halfuur bracht hij haar op de hoogte van alle gebeurtenissen van de afgelopen dagen. In haar ogen was de afschuw zichtbaar die met elke nieuwe onthulling verder toenam.

'Mijn god!'

Beiden zwegen enige tijd.

'Jack, heb je enig idee wie hierachter zit?'

Jack schudde zijn hoofd terwijl een zacht gekreun aan zijn lippen ontsnapte. 'Ik heb een heleboel vage vermoedens die door mijn hoofd spoken, maar tot nu toe heb ik er nog geen lijn in kunnen ontdekken. Ik hoop dat daar snel verandering in komt. Anders is het te laat.'

De beslistheid waarmee hij die laatste woorden uitsprak, trof haar als een klap in het gezicht. Hij zag het in haar ogen. De mededeling was duidelijk. Hij kon zich vermommen, hij kon alle mogelijke voorzorgen nemen als hij zich verplaatste en hij kon al zijn vindingrijkheid in de strijd werpen, maar uiteindelijk zouden ze hem toch vinden. Was het de politie niet, dan waren het wel degenen die hem wilden vermoorden. Het was alleen maar een kwestie van tijd.

'Maar ze hebben nu toch terug waarnaar ze op zoek waren?' Haar stem stierf weg. Ze keek hem aan; de blik in haar ogen was bijna smekend.

Hij ging op zijn rug op het bed liggen en strekte zijn ledematen. Ze voelden zo vermoeid aan, dat ze niet langer bij hem leken te horen.

'Ja, Kate. Maar in feite word ik daar niet veel wijzer van, is het wel?' Hij ging rechtop zitten en liet zijn blik door de kamer gaan. Er hing een afbeelding van Jezus Christus aan de wand. Hij kon op dit moment wel wat hulp van boven gebruiken. Een klein wonder zou voldoende zijn.

'Maar je hebt niemand vermoord, Jack. Frank wist dat al. De politie van Washington zal dat uiteindelijk ook ontdekken.'

'O ja? Frank kent me, Kate. Hij kent me en toch ben ik nog steeds die twijfel niet vergeten die ik toen in zijn stem hoorde. Hij weet van de vingerafdrukken op het glas, maar er is geen bewijs dat iemand ze van het glas op het wapen heeft overgebracht. Aan de andere kant hebben ze glasheldere bewijzen dat ik twee mensen heb vermoord. Drie, als je die van gisteravond meetelt. Mijn advocaat zal me aanraden schuld te bekennen, in de hoop dat ik twintig jaar tot levenslang zal krijgen met de mogelijkheid tot strafvermindering. Ik zou het mezelf zelfs aanraden. Als ik terechtsta, heb ik geen schijn van kans. Alleen maar een hoop speculaties in een poging Luther met Walter Sullivan in verband te brengen, en voor de rest is het één groot komplot van, dat zul je moeten toegeven, bovenmenselijke proporties. De rechter zal me midden in mijn gezicht uitlachen. De jury zal het nooit te horen krijgen, want in feite is er helemaal niets om naar te luisteren.'

Hij stond op en leunde tegen de muur, met zijn handen in zijn broekzakken. Hij keek haar niet aan. Zijn toekomstperspectief, zowel op korte als op lange termijn, zag er weinig rooskleurig uit.

'Ik zal als een oude man in de gevangenis sterven, Kate. Als ik tenminste oud word, wat op zich de grote vraag is.'

Ze ging op de rand van het bed zitten en legde haar handen in haar schoot. Een diepe zucht bleef halverwege haar keel steken toen de absolute uitzichtloosheid van de situatie haar duidelijk werd.

Seth Frank opende zijn ogen. In eerste instantie zag hij niets. Wat zijn hersenen registreerden, leek nog het meest op een groot, wit schilderslinnen waar iemand honderden liters zwarte, witte en grijze verf over had uitgegoten en tot een bevreemdende, kleverige warboel had gemengd. Na een paar beangstigende minuten was hij in staat de contouren van een ziekenhuiskamer te herkennen, met veel chroom en blinkend witte vlakken met scherpe hoeken. Toen hij rechtop wilde gaan zitten, werd er een hand op zijn schouder gelegd.

'Nee nee, inspecteur, niet zo snel.'

Frank keek op en zag het gezicht van Laurie Simon. Ze glimlachte, maar dat nam niet weg dat er rondom haar ogen rimpeltjes van bezorgdheid zichtbaar waren. Ze slaakte een duidelijk hoorbare zucht van opluchting.

'Je vrouw is net weg om voor de kinderen te zorgen. Ze is de hele nacht hier geweest. Ik zei haar nog dat je vast zou bijkomen als ze net weg was.'

'Waar ben ik?'

'George Washington Hospital. Als het je bedoeling was je schedel te laten inslaan, heb je ten minste een plek in de buurt van het ziekenhuis uitgekozen.' Simon had zich over het bed gebogen zodat Frank zijn hoofd niet om hoefde te draaien. Hij staarde haar aan.

'Seth, herinner je je wat er gebeurd is?'

Frank dacht terug aan de vorige avond. Alhoewel, was het wel de vorige?

'Wat voor dag is het?'

'Donderdag.'

'Dus het is gisteravond gebeurd?'

'Om een uur of elf. Tenminste, toen vonden ze je. En die andere man.'

'Andere man?' Met een ruk draaide Frank zijn hoofd opzij. Er trok een pijnscheut door zijn nek.

'Rustig aan, Seth.' Simon nam even tijd om een kussen tegen de zijkant van Franks hoofd te schuiven.

'Er was nog een man. Een dakloze. Ze hebben hem nog niet geïdentificeerd. Hij heeft ook een klap op zijn achterhoofd gekregen. Waarschijnlijk was hij meteen dood. Jij hebt geluk gehad.'

Frank betastte voorzichtig zijn bonzende slapen. Hij voelde zich helemaal niet zo gelukkig.

'Nog iemand?'

'Wat?'

'Hebben ze nog iemand gevonden?'

'O. Nee, maar dit zul je niet geloven. Herinner je je die advocaat nog met wie we samen naar die videoband hebben gekeken?'

Frank verstijfde. 'Ja, Jack Graham.'

'Precies. Die kerel vermoordt eerst twee mensen op het kantoor waar hij werkt en vervolgens wordt hij gesignaleerd als hij het metrostation uit rent kort nadat jij en die andere man in elkaar waren geramd. Die vent is een wandelende nachtmerrie. En hij zag er toch uit als een brave burger.'

'Hebben ze hem al gevonden? Jack? Is het zeker dat hij is ontsnapt?'

Laurie keek hem met een vragende blik aan. 'Hij is uit het metrostation ontsnapt, als je dat bedoelt. Maar ze krijgen hem heus wel te pakken.' Ze keek uit het raam en stak haar hand uit naar haar tas. 'De politie van Washington wil met je praten zo gauw je daartoe in staat bent.'

'Ik ben bang dat ik ze niet veel verder kan helpen. Ik herinner me praktisch niets, Laurie.'

'Tijdelijk geheugenverlies. Het komt wel weer terug.'

Ze trok haar jasje aan. 'Ik moet gaan. Er moet iemand voor de veiligheid van de rijke, beroemde inwoners van Middleton County zorgen terwijl jij hier schaapjes ligt te tellen.' Ze glimlachte. 'Als je hier maar geen gewoonte van maakt, Seth. We waren echt bezorgd dat we misschien een nieuwe inspecteur moesten aantrekken.'

'Waar vind je nu iemand die zo aardig is als ik?'

Laurie lachte. 'Over ongeveer een uur is je vrouw terug. Je moet trouwens toch rusten.' Ze draaide zich naar de deur, maar bleef toen staan.

'Tussen twee haakjes, Seth, wat deed je eigenlijk om die tijd op het Farragut West-station?'

Frank antwoordde niet meteen. Hij leed niet aan geheugenverlies. De gebeurtenissen van de afgelopen avond stonden hem nog glashelder voor de geest.

'Seth?'

'Ik weet het niet, Laurie.' Hij kneep zijn ogen dicht en opende ze weer. 'Ik weet het echt niet.'

'Maak je geen zorgen, het komt wel terug. In de tussentijd kunnen ze Graham opsporen. Waarschijnlijk zal dan alles duidelijk worden.'

Frank ging niet slapen toen Simon vertrokken was. Jack liep nog vrij rond. In eerste instantie had hij misschien gedacht dat Frank hem in de val had gelokt, maar als Jack de krant had gelezen, zou hij weten dat de inspecteur domweg in de val was gelopen die voor de advocaat was opgezet.

Maar ze hadden de briefopener nu. Dat was wat in het doosje zat. Dat wist hij zeker. Maar wat waren hun kansen om deze mensen veroordeeld te krijgen nu ze de briefopener niet hadden?

Frank probeerde opnieuw overeind te komen. Er zat een infuus in zijn arm. De druk op zijn hersens zorgde ervoor dat hij onmiddellijk weer ging liggen. Hij moest hier weg zien te komen. En hij moest Jack zien te bereiken. Op dit moment had hij geen flauw idee hoe hij een van beide kon verwezenlijken.

'Je zei dat je mijn hulp nodig had? Wat kan ik doen?' Kate keek Jack recht in de ogen. In haar blik was geen enkele twijfel of terughoudendheid zichtbaar. Jack zat naast haar op het bed. Hij zag er bezorgd uit. 'Ik zit me ernstig af te vragen of ik jou wel hierbij moet betrekken. Ik betwijfel zelfs of ik je wel had moeten bellen.'

'Jack, de afgelopen vier jaar was ik voortdurend omringd door verkrachters, gewapende overvallers en moordenaars.'

'Dat weet ik. Maar je wist tenminste wie ze waren. In dit geval kan het iedereen zijn. Er worden links en rechts mensen vermoord, Kate. Erger dan dit kan bijna niet.'

'Ik ga niet weg tenzij je je door mij laat helpen.'

Jack aarzelde en wendde zijn blik af.

'Jack, als ik je niet mag helpen, geef ik je aan. Dan kun je je hele verhaal aan de politie vertellen.'

Hij keek haar aan. 'Je zou het nog doen ook, hè?'

'Daar kun je op rekenen. Ik breek alle regels door hier met jou te zitten. Als je je door mij laat helpen, dan vergeet ik dat ik je vandaag heb gezien. Maar als je dat niet doet...'

Het was die blik in haar ogen waardoor hij zich ondanks alle afgrijselijke mogelijkheden die hij tegen elkaar afwoog, op een of andere manier trots voelde om hier op dit moment naast haar te zitten.

'Goed. Je moet voor mij het contact met Seth onderhouden. Afgezien van jou is hij de enige die ik kan vertrouwen.'

'Maar je bent het pakje kwijtgeraakt. Wat kan hij dan nog doen?' Kate kon haar afkeer van de politieman niet verbergen.

Jack stond op en begon door de kamer te ijsberen. Ten slotte bleef hij staan en keek haar aan. 'Je weet dat je vader een controle-freak was? Dat hij altijd een reserveplan had?'

'Dat herinner ik me,' antwoordde ze droog.

'Nou, op die eigenschap gok ik.'

'Wat bedoel je?'

'Ik gok erop dat Luther deze keer ook een reserveplan heeft gemaakt.'

Ze staarde hem met open mond aan.

'Mevrouw Broome?'

De deur ging iets verder open en Edwina Broome gluurde om de hoek. 'Ja?'

'Mijn naam is Kate Whitney. Luther Whitney was mijn vader.'

Kate ontspande zich toen ze een glimlach op het gezicht van de oude vrouw zag verschijnen.

'Ik dacht al dat ik je eerder had gezien. Luther heeft me vaak foto's van je laten zien. Je bent nog mooier dan op de foto's.'

'Dank u wel.'

Edwina rukte de deur open. 'Wat sta ik nu te kletsen. Je zult het wel koud hebben. Kom alsjeblieft binnen.'

Edwina ging haar voor naar de kleine woonkamer. Op verscheidene meubelstukken lagen katten te slapen; Kate telde er drie.

'Ik heb net thee gezet. Heb je trek in een kopje?'

Kate aarzelde. De tijd drong. Toen liet ze haar blik door de kleine woonkamer gaan. In de hoek stond een oude, gehavende piano met een dikke laag stof erop. Kate zag de verzwakte ogen van de vrouw; het genoegen van het pianospel was voor haar ook niet meer weggelegd. Haar echtgenoot was overleden en haar enige dochter had zelfmoord gepleegd. Ze zou vast niet veel bezoek krijgen.

'Graag, dank u.'

Beide vrouwen namen plaats in een oude, maar comfortabele fauteuil. Kate nipte van haar sterke thee en eindelijk begon ze zich een beetje te ontspannen. Ze streek haar haar uit haar gezicht, keek op naar de oude vrouw en merkte dat deze haar met een treurige blik aanstaarde.

'Het spijt me heel erg van je vader, Kate. Echt waar. Ik weet dat jullie bepaalde meningsverschillen hadden, maar Luther was een goed mens. Een beter mens ben ik nog niet tegengekomen.'

Kate merkte dat er een warm gevoel door haar lichaam trok. 'Dank u. Wat dat betreft, hebben we allebei het nodige te verwerken gekregen.'

Edwina's blik dwaalde naar de kleine tafel naast het raam. Kate volgde haar blik. Met een groot aantal foto's van Wanda Broome in gelukkiger tijden was een kleine gedenkplaats ingericht. Ze leek veel op haar moeder.

Een gedenkplaats. Met een schok dacht Kate terug aan haar vaders foto's waarop alle belangrijke momenten van haar leven waren vastgelegd.

'Ja, zeg dat wel.' Edwina keek haar weer aan.

Kate zette haar kopje neer. 'Mevrouw Broome, het spijt me dat ik zo met de deur in huis val, maar eerlijk gezegd heb ik niet veel tijd.'

Afwachtend boog de oude vrouw zich naar voren. 'Dit gaat over Luthers dood en die van mijn dochter, is het niet?'

Kate was verbaasd. 'Waarom denkt u dat?'

Edwina boog zich nog een stukje naar voren en liet haar stem dalen tot fluistervolume. 'Omdat ik weet dat Luther mevrouw Sullivan niet heeft vermoord. Ik weet het zeker, alsof ik het met eigen ogen heb gezien.'

Kate leek in verwarring gebracht. 'Hebt u enig idee wie...'

Edwina zat al met haar hoofd te schudden. 'Nee. Nee, dat heb ik niet.'

'Nou, hoe weet u dan zo zeker dat mijn vader het niet heeft gedaan?'

Nu aarzelde ze zichtbaar. Edwina leunde achteruit in haar stoel en deed haar ogen dicht. Toen ze ze uiteindelijk weer opende, had Kate zich geen millimeter bewogen.

'Jij bent Luthers dochter en ik vind dat je de waarheid moet weten.' Ze wachtte even, nam een slokje van haar thee, bette haar lippen met een servet en leunde vervolgens weer achteruit in haar stoel. Een zwarte Pers sprong op haar schoot en viel onmiddellijk in slaap. 'Ik weet veel over je vader. Over zijn verleden, om het zo maar te zeggen. Hij en Wanda hadden elkaar leren kennen. Ze was lang geleden in moeilijkheden geraakt en Luther heeft haar toen geholpen. Hij heeft ervoor gezorgd dat ze weer op het rechte pad kwam en weer een fatsoenlijk leven ging leiden. Daar zal ik hem altijd dankbaar voor blijven. Hij was er altijd als Wanda of ik iets nodig hadden. De waarheid, Kate, is dat jouw vader die avond niet in dat huis zou zijn geweest als hij dat niet voor Wanda had gedaan.'

In de daaropvolgende minuten vertelde Edwina het hele verhaal. Toen ze klaar was, zat Kate achterovergeleund in haar stoel en merkte ze dat ze al een hele tijd haar adem had ingehouden. Kate liet haar adem ontsnappen met een harde zucht die door de kamer leek te echoën.

Edwina zei niets, maar bleef de jonge vrouw met haar grote, treurige ogen aankijken. Ten slotte boog ze zich naar voren en legde haar gerimpelde hand op Kate's knie.

'Luther hield van je, kind. Meer dan van wat ook ter wereld.'

'Ik besef dat ik...'

Edwina schudde langzaam haar hoofd. 'Hij heeft je nooit kwalijk genomen hoe je over hem dacht. Hij vond zelfs dat je het recht had om dat te denken.'

'Zei hij dat?'

'Hij was zo trots op je, dat je jurist was en zo. Hij zei altijd tegen me: "Mijn dochter is jurist en een verdomd goede ook. Waar het haar om gaat, is dat er recht geschiedt, en ze heeft gelijk, volkomen gelijk."'

Kate's hoofd begon te tollen. Ze voelde emoties waar ze op dit moment geen raad mee wist. Ze masseerde haar nek en nam even tijd om naar buiten te kijken. Een zwarte sedan draaide de straat in en verdween vervolgens. Snel draaide ze zich weer om naar Edwina.

'Mevrouw Broome, ik waardeer het erg dat u me dit hebt verteld. Maar ik ben naar u toe gekomen met een speciale reden. Ik heb uw hulp nodig.'

'Ik zal doen wat ik kan.'

'Mijn vader heeft u een pakje gestuurd.'

'Ja. En ik heb het naar meneer Graham gestuurd, zoals Luther me had gevraagd.'

'Ja, dat weet ik. Jack heeft het pakje ontvangen. Maar iemand heeft het van hem gestolen. Nu vroegen we ons af of mijn vader u nòg iets heeft gestuurd, iets dat ons zou kunnen helpen?'

Edwina's ogen stonden niet langer treurig, maar begonnen een krachtige intensiteit uit te stralen. Ze keek over Kate's schouder.

'Achter je, Kate, in de pianokruk. In het gezangboek aan de linkerkant.'

Kate klapte de zitting omhoog en haalde het gezangboek eruit. Tussen de bladzijden zat een envelop. Ze keek ernaar.

'Luther was de meest consciëntieuze man die ik ooit heb ontmoet. Hij zei dat als er iets mis ging met het versturen van dat pakje, ik dit naar meneer Graham moest sturen. Ik wilde dat net doen, toen ik al die berichten over hem in de krant las. Heb ik het juist als ik denk dat meneer Graham al die dingen waarvan hij wordt beschuldigd, niet heeft gedaan?'

Kate knikte. 'Ik wou dat iedereen er zo over dacht.'

337

Kate begon de envelop open te maken.

Ze schrok op van Edwina's scherpe stem. 'Niet doen, Kate. Je vader zei dat alleen meneer Graham mocht zien wat erin zat. Hij alleen. Ik denk dat we hem maar beter op zijn woord kunnen geloven.'

Kate aarzelde, bedwong haar natuurlijke nieuwsgierigheid en deed de envelop weer dicht.

'Heeft hij u nog meer verteld? Of hij wist wie Christine Sullivan had vermoord?'

'Hij wist het.'

Kate keek haar recht in de ogen. 'Maar hij heeft niet gezegd wie?'

Edwina schudde krachtig haar hoofd. 'Hij zei wel iets anders.'

'Wat was dat?'

'Hij zei dat als hij mij vertelde wie het had gedaan, ik hem niet zou geloven.'

Kate leunde achteruit en dacht enige tijd koortsachtig na.

'Wat kan hij daarmee bedoeld hebben?'

'Nou, het verbaasde me, dat kan ik je wel zeggen.'

'Waarom? Waarom verbaasde het u?'

'Omdat Luther altijd volkomen eerlijk en oprecht was. Ik zou alles geloven wat hij mij vertelde. Ik zou het blindelings van hem aannemen.'

'Dus wat hij heeft gezien, wie hij heeft gezien, moet iemand geweest zijn van wie niemand het zou geloven. Zelfs u niet.'

'Precies. Dat was precies wat ik toen dacht.'

Kate stond op om te vertrekken. 'Bedankt, mevrouw Broome.'

'Alsjeblieft, noem me Edwina. Misschien een vreemde naam, maar zo heet ik nu eenmaal.'

Kate glimlachte. 'Als dit allemaal voorbij is, Edwina, zou ik graag nog eens terugkomen, als je dat goed vindt. Om wat langer over dit soort dingen te praten.'

'Ik zou niets liever willen. Oud zijn heeft zijn goede en slechte kanten. Maar oud en eenzaam zijn heeft alleen maar slechte.'

Kate trok haar jas aan en liep naar de deur. Ze stopte de envelop goed weg in haar tas.

'Dat zou het zoeken moeten vereenvoudigen, is het niet, Kate?'

Kate draaide zich om. 'Wat?'

'Iemand van wie niemand het zou geloven. Dat kunnen er nooit veel zijn, lijkt mij.'

De bewakingsbeambte van het ziekenhuis was een grote, forse kerel, en hij voelde zich zo opgelaten als de hel.

'Ik weet niet wat er gebeurd is. Ik ben hooguit twee à drie minuten weg geweest.'

'Je had je post helemaal niet mogen verlaten, Monroe.' De tengere supervisor stond in Monroe's gezicht te schreeuwen terwijl de grote man hevig zweette.

'Zoals ik al zei, die vrouw vroeg of ik haar even met een tas wilde helpen, dus dat heb ik gedaan.'
'Welke vrouw?'
'Gewoon een vrouw. Jong, aantrekkelijk, goed gekleed.'
Nijdig wendde de supervisor zich af.

'Doet het pijn?' Kate keek naar de man naast zich; uit haar gezichtsuitdrukking en de toon van haar stem bleek weinig medegevoel. Ze zaten in Kate's auto die zich al vijf blokken van het ziekenhuis had verwijderd.
Voorzichtig betastte Frank het verband om zijn hoofd. 'Laat me niet lachen. Mijn dochter van zes slaat harder.' Hij liet zijn blik door het interieur van de auto gaan. 'Heb je een sigaret voor me? Je mag tegenwoordig verdomme niet eens roken in een ziekenhuis.'
Kate graaide in haar tas en gaf hem een geopend pakje aan.
Hij stak een sigaret op en keek haar aan door de rookwolk die hij uitblies.
'Trouwens, dat was knap werk met die bewaker. Je moet actrice worden.'
'Mooi. Ik ben net toe aan een carrièreverandering.'
'Hoe is het met onze jongen?'
'Hij is veilig. Voorlopig. Laten we proberen dat zo te houden.' Ze sloeg een hoek om en keek Frank doordringend aan.
'Weet je, het was niet bepaald mijn bedoeling om je vader vlak voor mijn ogen dood te laten schieten.'
'Dat zei Jack ook al.'
'Maar je gelooft hem niet?'
'Maakt het iets uit wat ik geloof?'
'Zeker. Het maakt mij uit, Kate.'
Ze stopte voor een rood stoplicht. 'Goed. Laat ik het zo zeggen. Ik sluit de mogelijkheid niet uit dat je niet wilde dat het gebeurde. Is dat goed genoeg?'
'Nee, maar voorlopig zal ik het ermee moeten doen.'

Jack liep de hoek om en probeerde zich te ontspannen. Eindelijk was het stormfront over de hoofdstad getrokken, maar hoewel de striemend koude regen was opgehouden, stond de thermometer nog steeds rond het vriespunt en had de wind nog een laatste wraakactie in petto. Jack blies op zijn stijve vingers en wreef in zijn vermoeide ogen. Een stukje maan stond tegen een inktzwarte hemel en verspreidde een zacht licht. Jack liet zijn blik over de omgeving gaan. Het gebouw aan de overkant van de straat was donker en verlaten. Het gebouw waar hij voor stond, had zijn deuren ook al lang geleden gesloten. Een enkele voorbijganger trotseerde het slechte weer, maar het merendeel van de tijd stond Jack alleen. Ten slotte ging hij in het portaal van het gebouw staan wachten.
Drie straten verderop kwam een roestige taxi de hoek om en stopte. Het achterportier ging open en een paar halfhoge hakken raakten het trottoir. De taxi reed meteen weer weg en even later was het weer doodstil op

straat. Kate trok haar jas om zich heen en begon te lopen. Toen ze langs het volgende huizenblok liep, kwam er nog een auto de hoek om, die haar met lage snelheid en gedoofde lichten achterna begon te rijden. Kate's gedachten waren zo gericht op de weg die voor haar lag, dat ze niet achterom keek.

Jack zag haar de hoek om komen. Voordat hij in beweging kwam, speurde hij de straat in alle richtingen af, een gewoonte die hij recentelijk had ontwikkeld en die hij binnenkort niet meer nodig hoopte te hebben. Hij liep haar snel tegemoet. De straat was uitgestorven. Noch Kate noch Jack zag de neus van de sedan die langs het gebouw op de hoek schoof. De chauffeur stelde scherp op de twee met een nachtkijker waarvan de postordercatalogus beweerde dat het het laatste snufje op het gebied van Sovjet-technologie was. En hoewel die voormalige communisten er geen idee van hadden hoe ze een democratische, kapitalistische samenleving op poten moesten zetten, wisten ze meestal wel hoe ze militaire apparatuur moesten maken.

'Jezus, je bent bevroren. Hoe lang sta je al te wachten?' Kate had Jacks hand beetgepakt en voelde hoe de ijzige kou zich door haar eigen lichaam verspreidde.

'Langer dan nodig was. Ik werd gek op die motelkamer. Ik moest gewoon naar buiten. Ik zal een waardeloze gevangene zijn. Nou?'

Kate maakte haar tas open. Ze had Jack gebeld vanuit een telefooncel. Ze had hem niet verteld wat ze had, alleen maar dàt ze iets had. Jack was het met Edwina Broome eens geweest dat als er risico's genomen moesten worden, hij ze zou nemen. Kate had al genoeg gedaan.

Jack pakte de envelop aan. Het was niet zo moeilijk om te raden wat erin zat. Foto's.

Dank je, Luther, je stelt me niet teleur.

'Alles in orde met je?' Jack bekeek haar aandachtig.

'Ik red me wel.'

'Waar is Seth?'

'In de buurt. Hij brengt me straks naar huis.'

Ze staarden elkaar aan. Jack wist dat het beter was dat ze weg zou gaan. Misschien kon ze een tijdje het land uit, tot dit allemaal voorbij was of hij voor moord was veroordeeld. In dat laatste geval zou ze toch ergens anders opnieuw moeten beginnen.

Maar hij wilde niet dat ze wegging.

'Dank je.' Het klonk vrij belachelijk, alsof ze zojuist een kop koffie voor hem had ingeschonken of zijn kleren bij de stomerij had opgehaald.

'Jack, wat ga je nu doen?'

'Ik weet het nog niet precies. Maar er wordt aan gewerkt. Als ze me te grazen willen nemen, zullen ze er wel voor moeten vechten.'

'Ja, maar je weet niet eens tegen wie je moet vechten. Het is niet eerlijk.'

'Wie zei dat het er eerlijk toe moest gaan?'

Hij glimlachte naar haar. De wind blies een paar kranten door de straat.

'Je kunt beter gaan. Het is hier niet veilig.'
'Ik heb mijn spuitbus met pepergas bij me.'
'Goed zo, meisje.'
Ze wilde weglopen, maar greep toen opeens zijn arm vast.
'Jack, wees alsjeblieft voorzichtig.'
'Ik ben altijd voorzichtig. Ik ben advocaat. Voorzichtigheid is gesneden koek voor mij.'
'Jack, ik maak geen grapje.'
Hij haalde zijn schouders op. 'Ik weet het. Ik beloof je dat ik zo voorzichtig mogelijk zal zijn.' Jack deed een stap naar Kate toe en zette zijn capuchon af.
De nachtkijker werd op Jacks gezicht gericht en zakte toen. Trillende vingers toetsten een nummer in op de autotelefoon.
De twee omhelsden elkaar. Jack wilde haar dolgraag kussen, maar daar leenden de omstandigheden zich niet voor, zodat hij zijn lippen zacht tegen haar hals liet rusten. Toen ze elkaar weer hadden losgelaten, stonden er tranen in Kate's ogen. Jack draaide zich om en haastte zich weg.

Toen Kate terugliep door de straat, merkte ze de auto niet op voordat deze plotseling een U-bocht maakte en half op de stoep voor haar tot stilstand kwam. Ze deinsde achteruit toen het portier aan de chauffeurskant openvloog. Op de achtergrond waren de eerste sirenes al hoorbaar die allemaal haar kant op kwamen. Jacks kant. Instinctief keek ze achterom. Van Jack was niets meer te bekennen. Toen ze zich weer omdraaide, keek ze in een paar zelfvoldane ogen onder dikke, borstelige wenkbrauwen.
'Ik wist wel dat onze wegen elkaar nog eens zouden kruisen, mevrouw Whitney.'
Kate staarde de man aan, maar ze herkende hem niet.
Hij leek teleurgesteld. 'Bob Gavin. Van de *Washington Post*.'
Ze keek naar zijn auto. Ze had hem eerder gezien. Toen hij het huis van Edwina Broome voorbijreed.
'Je bent me gevolgd.'
'Ja, dat klopt. Ik wist dat je me uiteindelijk bij Graham zou brengen.'
'Politie?' Met een ruk draaide ze haar hoofd om toen een patrouillewagen met gillende sirene door de straat naar hen toe kwam rijden. 'Jij hebt ze gebeld?'
Gavin knikte glimlachend. Hij was blijkbaar erg ingenomen met zichzelf.
'Voordat de politie hier is, kunnen we nog een deal sluiten. Jij geeft me een exclusief interview. Je geeft mij alle vuiligheid over Jack Graham en ik verander mijn verhaal zo, dat jij eruit te voorschijn komt als een onschuldige die er ongewild bij betrokken is geraakt, in plaats van een medeplichtige.'
Kate staarde de man aan. De woede binnen in haar, al een maand lang gevoed door alle achtereenvolgende afgrijselijke gebeurtenissen, bereikte een punt waarop ze elk moment tot uitbarsting kon komen. En Bob Gavin bevond zich precies in het epicentrum.

Gavin keek achterom naar de naderende patrouillewagen. Verderop verschenen nog twee patrouillewagens die eveneens hun kant op kwamen.
'Kom nou, Kate,' drong hij aan. 'Je hebt niet veel tijd meer. Jij blijft uit de gevangenis en ik krijg eindelijk mijn langverwachte Pulitzer-prijs en mijn vijftien minuten roem. Wat zal het zijn?'
Ze verbeet zich, maar toen kwam haar antwoord zo volmaakt kalm over haar lippen, dat het wel leek of ze het een maand lang gerepeteerd had. 'Pijn, meneer Gavin. Vijftien minuten pijn.' Terwijl hij haar onbegrijpend aanstaarde, haalde ze de kleine spuitbus uit haar tas, richtte hem op zijn ogen en drukte op de knop. Tegen de tijd dat de politie arriveerde, lag Bob Gavin met zijn handen voor zijn gezicht op het trottoir, waar hij vergeefs probeerde zijn ogen, tegelijk met een paar duizend peperdeeltjes, uit zijn hoofd te rukken.

Bij het horen van de eerste sirene was Jack een zijstraat in gerend.
Hij sloop langs de gevel van een gebouw en probeerde op adem te komen. Zijn longen deden pijn en zijn gezicht gloeide van de kou. De verlatenheid van de omgeving had zich nu ineens tegen hem gekeerd. Hij kon zich blijven verplaatsen, maar hij besefte heel goed dat hij net een zwarte mier op een vel wit papier was. De kakofonie van sirenes was nu zo hevig, dat hij niet eens meer kon bepalen uit welke richting het geluid kwam.
In werkelijkheid kwam het geluid uit alle richtingen. En ze kwamen steeds dichterbij. Hij rende hard naar de volgende hoek, bleef staan en gluurde eromheen. De aanblik was niet bemoedigend. Hij zag dat de politie bezig was aan het eind van de straat een blokkade op te richten. Hun strategie was duidelijk. Ze wisten waar hij zich ongeveer bevond. Ze legden gewoon een kordon om dat gebied en rukten dan systematisch op naar het midden. Ze hadden tijd en manschappen genoeg en hij had geen van beide.
Het enige wat hij wel had, was zijn bekendheid met de omgeving waarin hij zich bevond. Veel van zijn PD-cliënten kwamen hiervandaan. Zij droomden niet van schoolopleidingen, rechtenstudies, goede banen, liefhebbende familieleden en doorzonwoningen in een buitenwijk, maar hoe ze wat geld konden verdienen met de verkoop van drugs, hoe ze konden overleven, dag voor dag. Overleving. Het was een sterke, menselijke drang. Jack hoopte dat hij sterk genoeg zou zijn.
Toen hij het steegje in rende, had hij geen idee van wat hij tegen zou komen, hoewel het slechte weer de meeste plaatselijke criminelen wel binnenshuis hield. Hij schoot bijna in de lach. Zijn voormalige collega's van Patton, Shaw & Lord zouden zich hier in elk geval niet wagen, zelfs al hadden ze de beschikking over een leger gewapende soldaten om hen te begeleiden. Voor hen had hij net zo goed een wandeling over de planeet Pluto kunnen maken.
Met een sprong werkte hij zich over een met een ketting afgesloten hek en hij was bij zijn landing maar even uit balans. Toen hij zijn hand tegen de

verweerde, bakstenen muur zette om zich te ondersteunen, hoorde hij twee geluiden: zijn eigen gejaagde ademhaling en het geluid van rennende voeten. Meerdere paren. Hij was gezien. Ze waren hem aan het insluiten. Straks zouden de K-9's in de strijd worden geworpen, en die viervoetige politieambtenaren liep hij er niet uit. Als een raket stoof hij het steegje uit en stak de straat over naar Indiana Avenue.

Jack was weer een zijstraat in gerend toen een auto hem met piepende banden tegemoet reed. Zelfs als hij zich omdraaide en in de tegenovergestelde richting wegrende, zou hij weer door een andere groep achtervolgers worden opgewacht. Het was nu alleen nog een kwestie van tijd. Hij stak zijn hand in zijn jaszak en voelde de envelop. Wat kon hij ermee doen? Hij vertrouwde niemand meer. Officieel behoorde er bij zijn arrestatie een lijst van zijn bezittingen gemaakt te worden, die werd ondertekend door de dienstdoende politiefunctionaris, maar daar had Jack op dit ogenblik geen enkel vertrouwen in. Mensen die in staat waren te midden van honderden politiemensen iemand dood te schieten en vervolgens spoorloos te verdwijnen, zouden het heus wel voor elkaar krijgen om wat persoonlijke bezittingen van een arrestant uit een politiebureau in Washington D.C. te ontvreemden. En wat hij in zijn zak had, was zijn laatste kans. In Washington paste men de doodstraf niet toe, maar levenslang zonder kans op strafvermindering was niet veel beter. In sommige opzichten was het zelfs een stuk erger.

Tussen twee gebouwen gleed hij uit over een bevroren plas, hij struikelde over een paar vuilnisbakken en sloeg hard tegen de grond. Hij richtte zijn bovenlichaam op en wrijvend over zijn elleboog rolde hij min of meer de zijstraat in. Er trok een brandende pijn door zijn arm en er zat een losheid in zijn kniegewricht die hij nooit eerder had gevoeld. Toen hij uitgerold was, richtte hij zich moeizaam op en bleef vervolgens doodstil zitten.

De koplampen van de auto kwamen recht op hem af. Het blauwe zwaailicht deed pijn aan zijn ogen en de voorbumper kwam op nog geen vijf centimeter van zijn hoofd tot stilstand. Hij liet zich achterovervallen op het asfalt. Hij was te moe om zich nog te bewegen.

Het portier van de auto vloog open. Jack keek op en was verbaasd. Het was het portier aan de passagierskant. Toen vloog het portier aan de bestuurderskant open. Grote handen werden onder zijn oksels gestoken.

'Godverdomme, Jack, kom nou overeind.'

Jack keek op en zag het gezicht van Seth Frank.

•28•

Bill Burton stak zijn hoofd om de hoek van de deur van het verblijf van de geheime dienst. Aan een van de bureaus zat Tim Collin over een rapport gebogen.

'Ga je mee, Tim?'

Collin keek op met een vragende blik.

Burton zei zacht: 'Ze hebben hem ingesloten in de buurt van het gerechtsgebouw. Ik wil erbij zijn. Voor het geval dat.'

De sedan vloog door de straat. Het blauwe zwaailicht dwong het onvoorwaardelijke respect af van automobilisten die gewoon waren zich absoluut niets van andere weggebruikers aan te trekken.

'Waar is Kate?' Jack lag op de achterbank met een deken over zich heen.

'Waarschijnlijk worden haar op dit moment haar rechten voorgelezen. Vervolgens wordt ze in hechtenis genomen op grond van medeplichtigheid.'

Jack kwam met een ruk overeind. 'We moeten terug, Seth. Ik geef mezelf aan. Dan laten ze haar gaan.'

'Ja, dat zal best.'

'Ik meen het, Seth.' Jack had zich over de passagiersstoel gebogen.

'Ik meen het ook, Jack. Als jij teruggaat en jezelf aangeeft, zal dat Kate niet helpen en is jouw laatste kans om deze zaak tot een goed einde te brengen voorgoed verkeken.'

'Maar Kate...'

'Ik zorg wel voor Kate. Ik heb al een oude kameraad in Washington D.C. gebeld. Hij wacht haar op. Hij is oké.'

Jack liet zich weer achterovervallen op de achterbank. 'Shit.'

Frank draaide het raampje open, trok het zwaailicht van het dak en gooide het op de stoel naast hem.

'Wat is er in godsnaam gebeurd?'

Frank keek in zijn achteruitkijkspiegel. 'Dat vraag ik me ook af. Het enige wat ik kan verzinnen, is dat Kate werd gevolgd. Ik hield me op in de omgeving. We zouden elkaar ontmoeten bij het Convention Center nadat ze jou de envelop had gegeven. Ik hoorde op mijn politieradio dat je gezien was. Ik volgde de klopjacht op de radio en probeerde me voor te stellen waar je naartoe zou gaan. Ik had geluk. Toen ik je die steeg uit zag stuiven, kon ik mijn ogen niet geloven. Ik had je verdomme bijna overreden. Hoe ben je er trouwens lichamelijk aan toe?'

'Beter dan ooit. Ik zou dit soort onzin een paar keer per jaar moeten doen, om in vorm te blijven. Dan kan ik meedoen aan de Olympische Spelen voor voortvluchtige verdachten.'

Frank grinnikte. 'Je leeft nog, beste vriend. Het had erger gekund. Nou, wat heb je voor moois gekregen?'

Jack vloekte binnensmonds. Zijn vlucht had hem zo in beslag genomen, dat hij nog niet eens had gekeken. Hij haalde de envelop te voorschijn.

'Heb je een beetje licht?'

Frank knipte de binnenverlichting aan.

Jack bekeek de foto's.

Frank keek in zijn achteruitkijkspiegel. 'Nou, wat hebben we?'

'Foto's. Van de briefopener, het mes, of hoe je dat verdomde ding ook wil noemen.'

'Tjonge. Ik ben niet echt verrast. Kun je er iets op zien?'

Jack bestudeerde de foto's bij het zwakke licht. 'Niet veel. Maar jullie hebben vast wel een of ander apparaat om dat zichtbaar te maken.'

Frank slaakte een zucht. 'Ik zal er geen doekjes om winden, Jack, maar als we alleen maar die foto's hebben, komen we niet veel verder. Zelfs al zou het ons lukken om iets zichtbaar te maken dat op een vingerafdruk lijkt, hoe moeten we dan aantonen van wie die afkomstig is? En je kunt geen DNA-test doen op gefotografeerd bloed, niet dat ik weet tenminste.'

'Dat weet ik ook wel. Ik heb in die vier jaar als strafpleiter niet uit mijn neus staan eten.'

Seth minderde vaart. Ze reden over Pennsylvania Avenue, waar meer verkeer was. 'Nou, wat is jouw mening dan?'

Jack haalde zijn hand door zijn haar, drukte zijn vingers in zijn been totdat de pijn in zijn knie wat afnam en ging vervolgens weer op de achterbank liggen. 'Degene die hier achter zit, wilde die briefopener echt heel graag terug hebben. Graag genoeg om jou, mij en ieder ander die in de weg staat, om zeep te helpen. We hebben het over paranoia in optima forma.'

'Wat aansluit bij jouw theorie dat het hier gaat om een zeer belangrijk persoon, die veel te verliezen heeft. Dus? Ze hebben het ding nu terug. In welke positie brengt dat ons, Jack?'

'Luther heeft deze foto's niet alleen gemaakt voor het geval er iets met het oorspronkelijke voorwerp gebeurt.'

'Wat bedoel je daarmee?'

'Hij keerde terug naar de Verenigde Staten, weet je nog, Seth? We hebben nooit kunnen ontdekken waarom.'

Frank stopte voor een rood stoplicht. Hij draaide zich om.

'Juist. Hij kwam terug. En jij denkt dat je weet waarom?'

Voorzichtig kwam Jack een stukje overeind op de achterbank, maar hij zorgde ervoor dat zijn hoofd onder het portierraam bleef. 'Ik denk het. Herinner je je dat ik je vertelde dat Luther niet het soort man was om zoiets als dit op zijn beloop te laten? Als hij er iets aan kon doen?'

'Maar hij ging eerst het land uit.'

'Dat weet ik. Misschien was dat zijn oorspronkelijke plan. Misschien is hij dat al die tijd van plan geweest, als de kraak volgens plan was verlopen. Maar iets deed hem van gedachten veranderen en hij kwam terug. En hij had deze foto's.' Jack spreidde ze uit als een waaier.

Het stoplicht sprong op groen en Frank trok op.

'Ik snap het niet, Jack. Als hij die kerel te grazen wilde nemen, waarom stuurde hij die foto's dan niet naar de politie?'

'Ik vermoed dat hij dat in eerste instantie ook van plan was. Maar hij zei tegen Edwina Broome dat als hij haar zou vertellen wie hij had gezien, zij hem niet zou geloven. Als zelfs zij, zijn beste vriendin, hem niet zou geloven, en als je in aanmerking neemt dat hij zijn inbraak zou moeten bekennen voordat hij iemand zou kunnen overtuigen, dan dacht hij waarschijnlijk dat zijn geloofwaardigheid nul-komma-nul was.'

'Oké, dus hij zat met een geloofwaardigheidsprobleem. Maar wat is de functie van de foto's?'

'Laten we aannemen dat je een rechtstreekse ruil doet. Contant geld voor een bepaald voorwerp. Wat is dan het moeilijkste onderdeel?'

Franks antwoord kwam onmiddellijk. 'De afrekening. Hoe krijg je je geld zonder gepakt of vermoord te worden. Naderhand kun je ze laten weten waar ze het voorwerp kunnen vinden. Het ophalen van het geld, daar gaat het om. Daarom is het aantal ontvoeringen zo gedaald.'

'Hoe zou jij het doen?'

Frank dacht even na. 'Aangezien we het hebben over geld van mensen die niet van plan zijn de politie in te schakelen, zou ik voor de snelle methode gaan. Zo min mogelijk risico's nemen, waardoor je meer tijd hebt om te vluchten.'

'En hoe doe je dat?'

'TO. Telefonische overboekingen. Toen ik nog in New York werkte, ben ik betrokken geweest bij een verduisteringszaak bij een bank. Die kerel deed alles via de afdeling telefonische overboekingen van zijn eigen bank. Je hebt geen idee hoeveel dollars er per dag langs die weg van eigenaar veranderen. En je zult zeker niet geloven hoeveel er onderweg zoekraakt. Een slimme boef pakt hier een bundeltje en daar een bundeltje en tegen de tijd dat ze hem door hebben, is hij allang verdwenen. Je geeft je overboekingsinstructies en het geld wordt overgeboekt. Het vergt maar een paar minuten. Dat is een stuk prettiger dan in een park vuilnisbakken overhoop halen terwijl je het risico loopt dat iemand een blauwe boon in je achterhoofd plant.'

'Maar het lijkt me aannemelijk dat de verzender in staat is de overboeking te traceren.'

'Natuurlijk. Je moet de bank noemen waar het geld naartoe gaat, het ABA-routenummer, je moet een rekening bij die bank hebben, al dat soort onzin.'

'Dus, als we ervan uitgaan dat de verzender slim genoeg is, dan kan hij de overboeking traceren. En dan?'

'Dan kunnen ze de geldstroom volgen. Misschien zijn ze zelfs in staat wat informatie over die rekening in te winnen. Hoewel niemand natuurlijk zo dom is om zijn eigen naam of sofinummer te gebruiken. Bovendien zal een echte slimmerik als Whitney de bank vermoedelijk verdere instructies hebben gegeven. Komt het geld eenmaal aan bij de eerste bank, dan wordt het meteen overgeboekt naar een tweede, vervolgens naar een derde, ga zo maar door. Op een bepaald moment is het niet meer te traceren. Het is tenslotte geld. Onmiddellijk beschikbare fondsen.'

'Dat klinkt redelijk. Ik durf te wedden dat Luther het op die manier heeft gedaan.'

Frank stak voorzichtig zijn vinger onder het verband en krabde aan zijn hoofd. Hij had zijn hoed over het verband heen getrokken en het geheel voelde uiterst oncomfortabel aan. 'Maar wat ik niet kan begrijpen, is waarom hij dat allemaal heeft gedaan. Na de Sullivan-kraak had hij dat geld niet nodig. Hij had gewoon weg kunnen blijven. Uiteindelijk zou de hele zaak overwaaien. Na een tijdje zouden ze aannemen dat hij niet meer actief was en denken: jij laat ons met rust, dus wij laten jou met rust.'

'Je hebt gelijk. Dat had hij kunnen doen. Niet meer actief. Gepensioneerd. Maar hij kwam wel terug. Sterker nog, hij kwam terug om de persoon te chanteren die hij Christine Sullivan had zien vermoorden. En als we aannemen dat hij het niet voor het geld deed, waarom deed hij het dan wel?'

De inspecteur dacht enige tijd na. 'Om ze te laten zweten. Om ze te laten merken dat hij er was. Met het bewijs dat hun einde kon betekenen.'

'Maar bewijs waarvan hij niet zeker wist of het voldoende was.'

'Omdat de dader zo'n hoge pief is.'

'Juist. Wat zou jij doen in die situatie?'

Frank stopte langs de stoeprand en trok de handrem aan. Hij draaide zich om. 'Ik zou proberen ze op een andere manier te pakken. Dat zou ik doen.'

'Hoe? Terwijl je iemand chanteert?'

Uiteindelijk gooide Frank zijn handen in de lucht. 'Ik geef het op.'

'Je zei toch dat de verzender die telefonische overboeking kan traceren?'

'Ja. Nou en?'

'Nou, wat dacht je van het omgekeerde? Van de ontvanger terug naar de verzender?'

'Godallemachtig! Wat stom!' Frank vergat even dat hij een hersenschudding had en sloeg zichzelf tegen het voorhoofd. 'Whitney gaf ons een spoor dat de andere kant op gaat. De verzender denkt al die tijd dat ze een kat-en-muis-spelletje met Whitney aan het spelen zijn. Zij zijn de kat en hij is de muis. Dus ze denken dat hij onderduikt en zijn vlucht voorbereidt.'

'Maar ze weten niet dat Luther intussen de rollen heeft omgedraaid, zodat hij nu de kat is en zij de muizen.'

'Want uiteindelijk zou dat spoor ons naar de daders hebben geleid, hoeveel rookgordijnen ze ook hadden opgetrokken, als ze daar überhaupt de moeite voor hadden genomen. Elke telefonische overboeking in dit land loopt via Federal Reserve. Als je het referentienummer van die boeking van Federal of de bank die het bedrag heeft verzonden, te pakken kunt krijgen, heb je iets waarmee je aan de slag kunt. Zelfs al nam Whitney niet de moeite het spoor terug te volgen, het feit dat hij geld had ontvangen, een bepaald bedrag, is al belastend genoeg. Als hij de politie die informatie zou geven en de naam van de verzender, en ze zouden het nagaan...'

Jack maakte Franks gedachte af. 'En plotseling wordt het onwaarschijnlijke zeer waarschijnlijk. Telefonische overboekingen liegen niet. Er werd geld verzonden. Als het veel geld was, en daar ben ik van overtuigd, kunnen ze dat nooit verantwoorden. Dat begint verdomd veel op doorslaggevend bewijs te lijken. Hij nam ze te grazen met hun eigen afkoopsom.'

'Ik zat zojuist nog iets anders te bedenken. Als Whitney dit soort maatregelen had genomen, dan moet hij van plan zijn geweest uiteindelijk naar de politie te stappen. Hij zou gewoon naar binnen wandelen om zichzelf en zijn bewijs aan te bieden.'

Jack knikte. 'Daarom had hij mij nodig. Helaas waren ze snel genoeg om Kate te gebruiken om hem zijn mond te laten houden. Later gebruikten ze een kogel om dat te bereiken.'

'Dus hij was van plan zichzelf aan te geven.'

'Zeker weten.'

Frank wreef over zijn wang. 'Weet je wat ik denk?'

Jack antwoordde onmiddellijk. 'Dat hij wist wat hem te wachten stond.'

De twee mannen zaten elkaar enige tijd aan te kijken.

Frank was de eerste die iets zei; de woorden kwamen zacht, bijna fluisterend over zijn lippen. 'Hij wist dat zijn ontmoeting met Kate een val was. En hij ging toch. En ik dacht nog wel dat ik zo verdomde slim was.'

'Waarschijnlijk dacht hij dat het zijn laatste kans was om haar nog eens te zien.'

'Verdomme. Ik weet dat die man een misdadiger was, maar ik moet je bekennen dat ik steeds meer respect voor hem begin te krijgen.'

'Ik weet wat je bedoelt.'

Frank zette de auto weer in de versnelling en reed weg.

'Oké. Maar nogmaals, waar brengt al die wijsheid ons?'

Jack schudde zijn hoofd en ging weer liggen. 'Dat weet ik niet.'

'Ik bedoel, zolang we geen idee hebben om wie het gaat, kunnen we weinig doen.'

Jack veerde weer overeind. 'Maar we hebben aanwijzingen.' Hij leunde achteruit, alsof die uitbarsting hem al zijn energie had gekost. 'Ik kan er alleen niets mee.'

Een paar minuten lang reden de mannen zwijgend verder.

'Jack, ik weet dat het raar klinkt uit de mond van een politieman, maar je zou kunnen overwegen ervandoor te gaan. Je hebt vast wel wat geld gespaard. Misschien moet jij met vervroegd pensioen.'

'En Kate aan haar lot overlaten? Wat staat haar te wachten als we die lui niet te pakken krijgen? Tien tot vijftien jaar voor medeplichtigheid? Geen denken aan, Seth, in geen miljoen jaar. Ik laat me nog liever op de stoel zetten voordat ik dat laat gebeuren.'

'Je hebt gelijk. Sorry dat ik erover begon.'

Frank keek in de achteruitkijkspiegel naar Jack, toen de auto naast hem plotseling vlak voor zijn neus een U-bocht maakte. Frank ging op zijn remmen staan, de auto slipte weg en kwam met een daverende klap tegen de stoeprand tot stilstand. De kentekenplaat van Kansas op de auto die bijna een botsing had veroorzaakt, verdween snel uit zicht.

'Stomme toeristen! Verdomde klootzakken!' Franks handen zaten om het stuur geklemd terwijl zijn adem hortend en stotend naar buiten kwam. De veiligheidsriem had zijn werk gedaan, maar was diep in zijn huid gedrongen. Zijn gewonde hoofd bonsde.

'VERDOMDE KLOOTZAK!' schreeuwde Frank nogmaals tegen niemand in het bijzonder. Toen herinnerde hij zich zijn passagier en keek bezorgd achterom.

'Jack, Jack, alles in orde met je?'

Jack had zijn gezicht tegen het raam van het achterportier gedrukt. Hij was bij bewustzijn, hij zat zelfs vol aandacht naar iets te staren.

'Jack?' Frank maakte zijn veiligheidsriem los en greep Jack bij de schouder. 'Alles in orde? Jack!'

Jack keek naar Frank en vervolgens weer naar buiten. Frank vroeg zich af of zijn vriend door de klap zijn verstand had verloren. Automatisch begon hij Jacks hoofd op verwondingen te onderzoeken, totdat Jack hem tegenhield en uit het raam wees. Frank keek naar buiten.

Zelfs zijn geharde zenuwen kregen een opdonder. Het Witte Huis vulde zijn hele blikveld.

Jacks gedachten raakten in een stroomversnelling. Het beeld van de president die zijn arm terugtrok toen Jennifer Baldwin hem een hand wilde geven, omdat hij last zou hebben van een tennisarm. Alleen werd zijn pijn veroorzaakt door een zekere briefopener waarmee deze hele krankzinnige geschiedenis was begonnen. De overdreven belangstelling die de president en de geheime dienst hadden getoond voor de moord op Christine Sullivan. Alan Richmonds plotselinge verschijning toen Luther in staat van beschuldiging zou worden gesteld. 'Hij leidde me rechtstreeks naar het vuurwerk.' Dat had de man die de video-opnames had gemaakt, tegen Frank gezegd. 'Hij leidde me rechtstreeks naar het vuurwerk.' Dat verklaarde ook de moordenaars die te midden van een heel leger politieambtenaren hun slag konden slaan, om daarna ongehinderd weg te wandelen. Wie kon een agent van de geheime dienst ervan weerhouden de president te beschermen? Niemand. Geen wonder dat Luther ervan overtuigd was dat niemand hem zou geloven. De president van de Verenigde Staten.

En er had een opvallende gebeurtenis plaatsgevonden vlak voordat Luther was teruggekeerd naar de Verenigde Staten. Alan Richmond had een persconferentie gehouden waarin hij het volk vertelde hoe ellendig hij zich voelde door de tragische dood van Christine Sullivan. Waarschijnlijk ging hij met de vrouw van zijn goede vriend Walter Sullivan naar bed en was zij op een of andere manier vermoord; en deze slijmbal haalde zijn politieke gewin door te laten zien wat een geweldige, medelevende vriend hij was, een man die de misdaad hard zou aanpakken. Het optreden was een flinke krachttoer geweest, maar voor honderd procent gelogen. En het was wereldwijd uitgezonden. Wat zou Luther hebben gedacht toen hij het zag? Jack vermoedde dat hij het wist. Daarom was Luther teruggekomen. Om de rekening te vereffenen.

Deze openbaring was niet bepaald Jacks verdienste, hoewel de verschillende onderdeeltjes al weken door zijn hoofd zweefden, in afwachting van die ene katalysator.

Jack keek nog eens naar die katalysator.

In het licht van de koplampen zag hij Tim Collin naar de kleine verkeersopstopping kijken, maar met al dat licht van wachtende auto's in zijn gezicht zou hij hem vast niet herkennen. Collin haalde zijn schouders op en draaide het raampje van de zwarte sedan weer dicht. Bill Burton zette het zwaailicht op het dak van de auto, zette de sirene aan, reed snel de poort van het Witte Huis uit en sloeg af in de richting van het hooggerechtshof, op zoek naar Jack.

Met een grimmige glimlach om zijn mond keek Jack Seth Frank aan. De woorden die uit Luthers mond kwamen, vlak voordat zijn leven eindigde. Eindelijk herinnerde Jack zich wanneer hij ze eerder had gehoord. De krant die in de gevangenis tegen de muur werd gesmeten. De glimlachende president op de voorpagina.

Voor het gerechtsgebouw had hij de man recht in de ogen gekeken. Die zelfde woorden kwamen toen over zijn lippen, met al de woede en al het venijn waarover de oude man beschikte.

'Smerige schoft,' zei Jack dreigend.

Alan Richmond stond bij het raam en vroeg zich af of het zijn noodlot was dat hij door incompetente lieden werd omringd. Gloria Russell zat apathisch in een stoel tegenover hem. Hij was een zestal keren met de vrouw naar bed geweest en had nu alle belangstelling voor haar verloren. Als het juiste moment zich voordeed, zou hij haar lozen. Hij zou ervoor zorgen dat zijn volgende kabinet uit competentere mensen werd samengesteld. Ondergeschikten, die hem in staat zouden stellen zijn persoonlijke stempel op het land te drukken. Hij was immers geen president geworden om zich met details bezig te houden.

'Ik zie dat we geen centimeter zijn gestegen in de opiniepeilingen.' Hij keek haar niet aan en wist al wat ze zou antwoorden.

'Maakt het nu echt zoveel uit of je met zestig of zeventig procent wint?'

Met een ruk draaide hij zich om. 'Ja,' siste hij. 'Ja, dat maakt verdomde veel uit.'

Ze beet op haar lip en hield zich in. 'Ik zal er harder tegenaan gaan, Alan. Misschien kunnen we onze grote slag slaan bij het kiescollege.'

'Daar zouden we op zijn minst toe in staat moeten zijn, Gloria.'
Ze sloeg haar ogen neer. Na de verkiezingen zou ze op reis gaan. Naar de andere kant van de wereld. Waar ze niemand kende en waar niemand haar kende. Een frisse start. Dat was wat ze nodig had. Dan zou alles weer goed komen.
'Nou, we hebben tenminste ons kleine probleempje opgelost.' Hij stond haar aan te kijken, met zijn handen achter zijn rug. Groot, slank, perfect gekleed en gekapt. Hij zag eruit als de gezagvoerder van een onoverwinnelijke armada. Alleen had de geschiedenis al eens eerder bewezen dat onoverwinnelijke armada's kwetsbaarder waren dan men zich kon voorstellen.
'Je hebt het laten verdwijnen?'
'Nee, Gloria, het ligt in mijn bureaula. Wil je het zien? Misschien kun je het voor een tweede keer inpikken.' Zijn verachting voor haar was zo duidelijk voelbaar, dat ze de dringende behoefte kreeg om haar gesprek met hem te beëindigen. Ze stond op.
'Nog iets anders van je dienst?'
Hij schudde zijn hoofd en draaide zich weer naar het raam. Ze had net haar hand op de deurknop gelegd, toen ze deze voelde omdraaien en de deur werd opengeduwd.
'We hebben een probleem.' Bill Burton keek hen allebei aan.

'Wat wil hij?' De president keek naar de foto die Burton hem had gegeven. Burtons antwoord kwam onmiddellijk. 'Daar zegt het briefje niets over. Maar die knul heeft de politie op zijn nek, dus ik neem aan dat hij om geld zit te springen.'
De president keek Russell doordringend aan. 'Het verbaast me zeer dat Jack Graham wist dat hij die foto hiernaartoe moest sturen.'
Burton merkte de blik van de president op. Hoewel hij geen enkele behoefte had om het voor Russell op te nemen, was dit niet het geschikte moment om de situatie verkeerd in te schatten.
'Het is mogelijk dat Whitney het hem heeft verteld,' zei Burton.
'Als dat zo is, dan heeft hij wel heel lang gewacht met ons het vuur na aan de schenen te leggen,' kaatste de president terug.
'Misschien heeft Whitney het hem niet rechtstreeks verteld. Het kan zijn dat Graham het zelf heeft uitgedacht. Door de stukjes van de puzzel in elkaar te passen.'
De president gooide de foto op zijn bureau. Russell wendde snel haar blik af. Alleen de aanblik van de briefopener was al voldoende om haar de stuipen op het lijf te jagen.
'Burton, hoe schadelijk kan dit voor ons zijn?' De president staarde hem enige tijd aan, alsof hij in de gedachtenwereld van de agent probeerde door te dringen.
Burton ging zitten en wreef met de binnenkant van zijn hand langs zijn kaak. 'Daar heb ik over nagedacht. Het is mogelijk dat Graham zich aan strohalmen vastklampt. Hij zit zelf ook in de puree. En zijn vriendin zit op

dit moment stoom af te blazen in de cel. Ik hou het erop dat hij radeloos is. Dan krijgt hij plotseling een idee, telt twee en twee bij elkaar op, besluit de gok te wagen en stuurt ons dit, in de hoop dat wij het belangrijk genoeg vinden om zijn prijs te betalen, wat die ook mag zijn.'

De president stond op en speelde met zijn koffiekopje. 'Is er een manier om hem op te sporen? Snel?'

'Manieren zijn er altijd. Hoe snel weet ik niet.'

'En als we zijn bericht gewoon negeren?'

'Misschien doet hij niets, gaat hij ervandoor en wacht hij gewoon zijn kansen af.'

'Maar dan worden we weer geconfronteerd met de mogelijkheid dat de politie hem te pakken krijgt...'

Burton maakte de zin af. 'En hij uit de school klapt. Ja, dat is mogelijk. Heel goed mogelijk.'

De president pakte de foto weer op. 'Met alleen dit om zijn verhaal te onderbouwen.' Er verscheen een ongelovige uitdrukking op zijn gezicht. 'Waarom zouden we ons druk maken?'

'Het is niet de belastende waarde van het voorwerp op de foto die me dwarszit.'

'Wat jou dwarszit, zijn Grahams verdachtmakingen in combinatie met de ideeën of aanwijzingen die de politie uit deze foto kan distilleren, waardoor ze ons vragen gaan stellen die ons in een zeer onaangename positie kunnen brengen.'

'Ja, zoiets. U moet wel bedenken dat het de verdachtmakingen zijn die u de das om kunnen doen. Uw herverkiezing staat voor de deur. Vermoedelijk ziet hij dat als zijn troefkaart. Een slechte pers kan op dit moment fataal voor u zijn.'

De president dacht enige tijd na. Niets en niemand zou zijn herverkiezing in de weg staan. 'Hem betalen heeft geen zin, Burton. Dat weet je net zo goed als ik. Zolang Graham er is, betekent hij een gevaar voor ons.' Richmond keek naar Russell, die hem de hele tijd met haar handen in haar schoot zwijgend aan had zitten kijken. Zijn ogen boorden zich in de hare. Wat was ze toch zwak.

De president ging achter zijn bureau zitten en begon door wat papieren te bladeren. 'Doe het, Burton,' zei hij op onverzettelijke toon. 'Zo gauw mogelijk.'

Frank keek naar de klok aan de muur, deed de deur van zijn kantoor dicht en liep naar de telefoon. Zijn hoofd deed nog steeds zeer, maar de dokter had hem beloofd dat hij volledig zou herstellen.

De telefoon werd opgenomen. 'D.C. Executive Inn.'

'Kamer 233, alstublieft.'

'Een ogenblikje.'

Seconden verstreken en Frank begon zich al zorgen te maken. Jack behoorde op zijn kamer te zijn.

'Hallo?'

'Ik ben het.'

'Hoe is het?'

'Beter dan met jou, denk ik.'

'En Kate?'

'Vrij op borgtocht. Ze hebben haar laten gaan op mijn verantwoording.'

'Ze zal je wel dankbaar zijn.'

'Dat was niet het woord dat ze gebruikte. Luister eens, het wordt tijd om knopen door te hakken. Wat ga je doen?'

'Daar zit ik nog over na te denken.'

'Het is alleen een kwestie van tijd, Jack, voordat ze je vinden. Mijn nek staat hier ook op het spel. Neem een goede raad van me aan en smeer hem. Je zit kostbare tijd te verspillen.'

'Maar Kate...'

'Kom nou, Jack. Het enige wat ze hebben, is de verklaring van één man die haar een exclusief interview probeerde af te persen. Het is zijn woord tegen het hare. Niemand anders heeft je gezien. Die beschuldiging stelt geen barst voor. Die veegt ze zo van tafel. Ik heb al met de assistent openbare aanklager gepraat. Hij denkt er serieus over om de hele zaak te seponeren.'

'Ik weet het niet.'

'Godverdomme, Jack. Kate staat er een stuk beter voor dan jij, dus het wordt tijd om aan je eigen toekomst te denken. Je moet maken dat je wegkomt. Ik ben niet de enige die dat zegt. Kate zegt het ook.'

'Kate?'

'Ik heb haar vandaag gesproken. We zijn het niet vaak eens, maar daarover wel.'

Jack slaakte een diepe zucht en ontspande zich. 'Oké, maar waar moet ik heen en hoe kom ik daar?'

'Om negen uur zit mijn dienst erop. Om tien uur ben ik bij je. Zorg dat je koffers gepakt zijn. Ik zorg voor de rest. En in de tussentijd houd je je gedeisd.'

Frank hing op en haalde diep adem. De risico's die hij nam; hij wilde er liever niet aan denken.

Jack keek op zijn horloge en vervolgens naar zijn reistas op het bed. Hij zou niet veel bagage meenemen op zijn vlucht. Zijn blik ging naar de tv in de hoek van de kamer, maar hij wist dat geen enkel programma hem zou kunnen boeien. Plotseling had hij dorst. Hij haalde wat kleingeld uit zijn broekzak, opende de deur en gluurde om de hoek. De frisdrankautomaat stond maar een klein stukje verderop in de gang. Hij zette zijn honkbalpet en zonnebril op en liep de gang op. Hij hoorde de deur van het trappenhuis aan het andere eind van de gang niet opengaan. Hij had ook vergeten de deur van zijn kamer op slot te draaien.

Toen hij zijn kamer weer binnenging, merkte hij tot zijn schrik dat het licht uit was. Hij had het aan gelaten. Toen hij zijn hand uitstak naar de lichtschakelaar, viel de deur met een klap achter hem dicht en werd hij op het bed gegooid. Snel draaide hij zich om en toen zijn ogen zich hadden aangepast aan het licht, verschenen er twee mannen in beeld. Ze droegen deze keer geen maskers, wat geen goed teken was.

Jack sprong overeind, maar twee zwaar kaliber wapens weerhielden hem van verdere acties. Hij ging weer zitten en bestudeerde de gezichten van de twee mannen.

'Dat is ook toevallig. Ik heb met jullie allebei al eens kennisgemaakt, apart weliswaar.' Hij wees naar Collin. 'Jij probeerde mijn kop van mijn romp te knallen.' Hij wendde zich tot Burton. 'En jij probeerde me een rad voor ogen te draaien. En je had nog succes ook. Burton, is het niet? Bill Burton. Ik heb altijd goed namen kunnen onthouden.' Hij draaide zich weer naar Collin. 'Maar wij zijn nooit aan elkaar voorgesteld, is het wel?'

Collin keek naar Burton en vervolgens weer naar Jack. 'Agent Tim Collin, geheime dienst. Je hebt een aardige tackle in huis, Jack. Zeker veel football gespeeld op school?'

'Ja, nu herkent mijn schouder je ook weer.'

Burton kwam naast Jack op het bed zitten.

Jack keek hem aan. 'Ik dacht dat ik mijn sporen vrij goed had uitgewist. Het verbaast me een beetje dat jullie me hebben gevonden.'

Burton keek naar het plafond. 'Een klein vogeltje heeft het ons ingefluisterd, Jack.'

Jack liet zijn blik naar Collin gaan en vervolgens weer naar Burton. 'Hoor eens, ik stond net op het punt om de stad uit te gaan en ik was niet van plan ooit nog terug te komen. Dus ik geloof niet dat het noodzakelijk is dat jullie me aan jullie lijst van slachtoffers toevoegen.'

Burton keek naar de tas op het bed, stond op en stak zijn wapen weer in de holster. Toen greep hij Jack vast, trok hem omhoog en gooide hem tegen de muur. Tegen de tijd dat de geroutineerde agent met hem klaar was, had hij geen enkele gevechtstechniek onbenut gelaten. De daaropvolgende tien minuten besteedde Burton aan een minutieus onderzoek van de kamer naar afluisterapparatuur en andere belangwekkende voorwerpen, en ten slotte doorzocht hij Jacks reistas. Hij haalde de foto's eruit en bekeek ze.

Burton wierp Jack een tevreden glimlach toe en stak de foto's in zijn binnenzak. 'Het spijt me, maar in onze beroepsgroep is paranoia een onmisbare karaktertrek.' Hij ging weer zitten. 'Wat ik graag zou willen weten, Jack, is waarom jij die foto naar de president hebt gestuurd.'

Jack haalde zijn schouders op. 'Nou, aangezien mijn leven hier voorbij schijnt te zijn, dacht ik dat je baas misschien een bijdrage wilde leveren aan mijn afscheidscollecte. Ik ben ook tevreden met een telefonische overboeking, net zoals jullie toen bij Luther hebben gedaan.'

Collin gromde, schudde zijn hoofd en grinnikte. 'Het spijt me, Jack, maar zo zit de wereld niet in elkaar. Ik ben bang dat je een andere oplossing voor je probleem moet zien te vinden.'

'Ja, misschien kan ik beter een voorbeeld aan jullie nemen,' pareerde Jack. 'Heb je een probleem, ruim het uit de weg.'

Collins glimlach verdween. Zijn ogen glansden duister toen hij de advocaat aankeek.

Burton stond op en begon door de kamer te ijsberen. Hij pakte een sigaret, vouwde hem dubbel en stak hem weer in zijn zak. Hij draaide zich weer om naar Jack en zei heel rustig: 'Je had beter meteen de stad uit kunnen gaan, Jack. Misschien had je het gered.'

'Niet met jullie twee achter me aan.'

Burton haalde zijn schouders op. 'Je weet nooit.'

'Hoe weet je dat ik niet een van de foto's aan de politie heb gegeven?'

Burton haalde de foto's te voorschijn en keek ernaar. 'Polaroid-camera. De film wordt verkocht in pakjes van tien. Whitney stuurde er twee naar Russell. Jij stuurde er één naar de president. En er zijn er nog zeven over. Sorry, Jack. Leuk geprobeerd.'

'Misschien heb ik Seth Frank verteld wat ik te weten ben gekomen.'

Burton schudde zijn hoofd. 'Als dat zo was, had mijn kleine vogeltje het me verteld. Maar als je aan dat punt wilt vasthouden, dan wachten we gewoon tot de inspecteur zich komt aansluiten bij ons gezelschap.'

Jack sprong overeind van het bed en wierp zich in de richting van de deur. Op het moment dat hij deze bereikte, raakte een ijzeren vuist hem loeihard in de nieren. Jack zakte in elkaar op de vloer. Even later werd hij weer overeind getrokken en op het bed gegooid.

Kreunend lag Jack languit op het bed en hij vocht tegen de misselijkheid die de klap had veroorzaakt. Toen de pijn wat afnam en hij weer normaal kon ademhalen, ging hij rechtop zitten.

Collin boog zich naar hem toe en zei: 'Nu staan we gelijk, Jack.'

Ten slotte keek Jack op. Zijn ogen vonden Burtons gezicht. Jack schudde zijn hoofd; het ongeloof straalde van zijn gezicht.

Burton keek Jack aandachtig aan en zei: 'Wat is er?'

'Ik dacht dat jullie aan de kant van de wet stonden,' zei Jack zacht.

Burton zei enige tijd niets.

Collins blik ging naar de vloer en bleef daar.

Toen Burton ten slotte antwoordde, klonk zijn stem hees, alsof zijn strottehoofd plotseling werd dichtgeknepen. 'Ik ook, Jack, ik ook.' Hij wachtte even, slikte moeizaam en vervolgde: 'Ik heb niet om deze problemen gevraagd. Als Richmond zijn lul in zijn broek had gehouden, was dit allemaal nooit gebeurd. Maar het gebeurde wel. En wij mochten de rommel opruimen.'

Burton stond op en keek op zijn horloge. 'Het spijt me, Jack. Echt waar. Waarschijnlijk vind je dat belachelijk, maar zo voel ik me.'

Hij keek Collin aan en knikte. Collin gebaarde Jack dat hij op het bed moest gaan liggen.

'Ik hoop dat de president waardeert wat jullie voor hem doen,' zei Jack verbitterd.

Burton forceerde een glimlach. 'Laten we zeggen dat hij op de hoogte is, Jack.'

Langzaam ging Jack liggen; hij keek naar de loop die zijn gezicht steeds dichter naderde. Hij kon het metaal ruiken. Hij zag de rook en de kogel die sneller naar buiten kwam dan het menselijk oog kon volgen, al voor zich.

Op dat moment klonk er een harde dreun tegen de kamerdeur. Met een ruk draaide Collin zich om. Bij de tweede dreun vloog de deur uit zijn voegen en een zestal geüniformeerde agenten kwam met getrokken wapens de kamer in stuiven.

'Geen beweging! Iedereen blijft doodstil staan. Wapens op de vloer. Nu!'

Collin en Burton legden snel hun wapens op de vloer. Jack ging weer liggen en sloot zijn ogen. Hij drukte zijn handen tegen zijn borst, in de vrees dat zijn hart naar buiten zou komen.

Burton keek naar de mannen in het blauw. 'Wij zijn agenten van de Amerikaanse geheime dienst. Onze legitimatiebewijzen zitten in onze rechterbinnenzakken. We hebben deze man opgespoord. Hij heeft bedreigingen geuit tegen de president. We stonden net op het punt om hem te arresteren.'

Behoedzaam haalden de agenten de legitimatiebewijzen te voorschijn en ze bekeken ze aandachtig. Twee andere agenten trokken Jack ruw overeind. De ene begon hem zijn rechten voor te lezen en de andere klikte de handboeien om zijn polsen.

De legitimatiebewijzen werden teruggegeven.

'Nou, agent Burton, ik ben bang dat u zult moeten wachten tot wij klaar zijn met meneer Graham. Moord weegt zwaarder dan het bedreigen van de president. Ik vrees dat het heel lang kan duren, tenzij deze knaap negen levens heeft.'

De agent keek naar Jack en vervolgens naar de reistas op het bed. 'U had hem moeten smeren toen u de kans had, Graham. Vroeg of laat hadden we u toch gevonden.' Hij gaf zijn mannen een teken dat ze Jack naar buiten moesten brengen.

Zijn blik ging weer terug naar de verbijsterde agenten en er verscheen een brede glimlach op zijn gezicht. 'We kregen een tip dat hij hier was. De meeste tips zijn geen bal waard. Maar deze wel. En misschien levert hij me de promotie op waar ik al jaren naar uitkijk. Nog een prettige dag, heren. Doe de president de groeten van me,' zei hij en liep de kamer uit.

Burton keek naar Collin en haalde de foto's uit zijn binnenzak. Nu had Graham niets meer. Hij kon de politie alles vertellen wat zij hem zojuist hadden verteld, maar dan zouden ze hem meteen afvoeren naar een psychiatrische inrichting. De arme stumper. Een kogel was beter geweest dan wat hem nu te wachten stond. De twee agenten pakten hun wapens op en vertrokken.

Het was stil in de kamer. Tien minuten later werd de deur van de aangrenzende kamer heel voorzichtig geopend. Een man sloop de gang op en ging

Jacks kamer in. De tv in de hoek werd omgedraaid en de achterkant werd ervan afgeschroefd. Het apparaat zag er opvallend echt uit, maar was honderd procent nep. Zijn handen verdwenen in het apparaat en kwamen even later weer te voorschijn met een videocamera. De kabel werd weer door het gaatje in de muur geduwd, totdat hij uit zicht verdween.

De man liep weer naar de aangrenzende kamer. De videorecorder stond op een tafel bij de muur. Hij trok de kabel uit de muur, rolde hem op en stopte hem in een tas. Vervolgens drukte hij op een knop van de videoreorder en de cassette gleed naar buiten.

Tien minuten later liep de man met de zware rugzak de voordeur van de Executive Inn uit. Hij sloeg linksaf en liep het parkeerterrein op, waar aan het eind een auto met draaiende motor stond. Tarr Crimson passeerde de auto en met een achteloos gebaar gooide hij de videocassette door het open raampje op de voorstoel. Vervolgens wandelde hij naar zijn 1200 cc Harley Davidson, zijn dierbaarste bezit, startte hem en reed met donderend geraas weg. Het opzetten van het videosysteem was kinderspel geweest. Geluidgestuurde camera. Recorder die aansloeg als de camera ging lopen. Doodgewone VHS-tape. Hij wist niet wat erop stond, maar het moest verdomde belangrijk zijn. Jack had hem een jaar lang gratis juridische bijstand beloofd, als hij het deed. Terwijl hij over de snelweg stoof, glimlachte Tarr toen hij terugdacht aan hun laatste ontmoeting waarbij de advocaat zich zo laatdunkend had uitgelaten over de hedendaagse beveiligingstechnologie.

Op de parkeerplaats kwam de auto in beweging; één hand aan het stuur, de andere beschermend om de videocassette. Seth Frank draaide de snelweg op. Hij was niet zo'n filmliefhebber, maar dit was er één die hij dolgraag wilde zien.

Bill Burton zat in de kleine, gezellige slaapkamer die hij al zo lang met zijn vrouw deelde. Vier fantastische kinderen; al vierentwintig jaar samen. Ontelbare keren hadden zijn vrouw en hij de liefde bedreven. Hoe vaak had hij niet in die oude schommelstoel bij het raam gezeten om alvorens hij aan zijn vroege dienst begon, een van zijn kinderen de fles te geven, zodat zijn dodelijk vermoeide vrouw nog een paar minuten langer kon slapen.

Het waren goede jaren geweest. Hij had nooit veel geld verdiend, maar dat scheen er weinig toe te doen. Nadat hun jongste naar de middelbare school was gegaan, had zijn vrouw haar verpleegstersopleiding afgemaakt. Het extra inkomen was leuk geweest, maar het was nog leuker om iemand die zich zo lang voor hun gezin had opgeofferd, nu eens iets voor zichzelf te zien doen. Al met al was het een prima leven geweest. Een leuk huis in een rustige, schilderachtige buurt, nog steeds veilig voor de immer oprukkende geweldsgolven om hen heen. Er zouden altijd slechte mensen blijven. En er zouden altijd mensen zoals hij zijn om hen te bestrijden. Althans, mensen zoals hij vroeger was.

357

Hij keek door het raam van de dakkapel naar buiten. Vandaag was zijn vrije dag. In zijn spijkerbroek, zijn felrode flanellen shirt en zijn Timberline-laarzen kon hij gemakkelijk voor houthakker doorgaan. Zijn vrouw was de auto aan het uitladen. Vandaag was boodschappendag. Al twintig jaar lang dezelfde dag. Vol bewondering keek hij naar haar figuur terwijl ze zich vooroverboog om de zakken uit de auto te halen. Zijn twee dochters hielpen haar. Chris was vijftien, en Sidney van negentien, met haar lange benen, was hard op weg om een echte schoonheid te worden. Ze was tweedejaars op Johns Hopkins en wilde medicijnen gaan studeren. Zijn andere twee dochters waren het huis al uit en ze deden het goed. Af en toe belden ze hun oude vader op om hem advies te vragen bij het kopen van een auto of een huis. Lange-termijnbeslissingen. En hij genoot er elke seconde van. Zijn vrouw en hij hadden vier homeruns geslagen en dat was een goed gevoel.

Hij ging achter het kleine bureau in de hoek zitten, trok een la open en haalde er een doos uit. Hij tilde het deksel op en pakte er vijf cassettebandjes uit die hij op het bureaublad legde, naast de brief die hij die morgen had geschreven. De naam op de envelop was in grote, duidelijke blokletters geschreven: SETH FRANK. Shit, hij was het de man schuldig.

Buiten klonk gelach. Hij liep weer naar het raam en zag dat Sidney en Chris gewikkeld waren in een pittig sneeuwbalgevecht, met zijn vrouw Sherry als middelpunt. Er werd hard gelachen en het gevecht liep zo uit de hand, dat ze ten slotte alle drie in de hoop sneeuw naast de oprijlaan lagen te spartelen.

Hij wendde zich af van het raam en deed iets wat hij nog nooit van zijn leven had gedaan. Zelfs niet in de tien jaar dat hij bij de politie was, toen hij met stervende baby's in zijn armen had gestaan, die bijna doodgeslagen waren door degenen die hen moesten beschermen en liefhebben, en hij dagelijks werd geconfronteerd met het allerslechtste in de mens. De tranen smaakten zout. Hij nam niet de moeite ze weg te vegen. Ze bleven over zijn wangen stromen. Het zou niet lang meer duren voor zijn vrouw en dochters binnenkwamen. Ze zouden vanavond uit eten gaan, want de ironie wilde dat het vandaag Bill Burtons vijfenveertigste verjaardag was.

Hij boog zich over het bureau en met een snelle beweging trok hij zijn revolver uit de holster. Er vloog een sneeuwbal tegen de ruit. Ze wilden dat hun vader mee kwam doen.

Het spijt me. Ik hou van jullie. Ik wou dat ik bij jullie kon zijn. Ik heb spijt van alles wat ik heb gedaan. Vergeef jullie vader alsjeblieft.

Voordat zijn zenuwen het begaven, duwde hij de loop van de .357 zo diep mogelijk in zijn mond. De koude, dikke loop raakte zijn tandvlees, dat begon te bloeden.

Bill Burton had alles gedaan om er zeker van te zijn dat niemand ooit achter de waarheid zou komen. Hij had misdaden begaan; hij had een onschuldig mens gedood en was betrokken geweest bij vijf andere moorden. En nu al die afgrijselijke gebeurtenissen achter hem schenen te liggen, na maanden van walging en verachting om wat hij was geworden, en na een slapeloze nacht naast de vrouw die hij al meer dan twee decennia innig liefhad, was Bill Burton tot het besef gekomen dat hij nooit zou kunnen accepteren wat hij had gedaan, noch dat hij met die wetenschap kon leven.

Zo simpel was het in feite. Onbewogen had hij executies bijgewoond van mannen die minder erge misdaden hadden begaan dan hij. Hij had zich altijd afgevraagd hoe het zou zijn om die laatste paar meters af te leggen, om op de stoel of een brancard te worden vastgebonden, wetende dat dit het einde was. Zijn moment was aangebroken. Nu zou hij het te weten komen.

Het was een feit dat zijn leven zonder zelfrespect, zonder zijn trots, niets waard was. En de nooit aflatende liefde van zijn vrouw en dochters kon dat niet verhelpen, dat maakte alles juist nog erger. Want de ontvanger van die liefde, van dat respect, wist dat hij die niet verdiende.

Hij keek naar het stapeltje cassettebandjes, zijn verzekeringspolis. En nu zouden ze zijn erfenis worden, zijn eigen bizarre grafschrift. Maar er zou ten minste iets goeds uit voortkomen. Godzijdank.

Zijn lippen krulden zich in een nauwelijks waarneembare glimlach. De geheime dienst. Nou, sommige geheimen zouden nu niet lang meer stand-houden. Hij dacht even aan Alan Richmond en zijn ogen begonnen te glin-steren. Ik hoop dat je levenslang krijgt en honderd jaar wordt, klootzak.

Zijn vinger kromde zich om de trekker.

Een tweede sneeuwbal trof het raam. Hij kon hun stemmen horen. Toen hij dacht aan wat hij achterliet, begon hij opnieuw te huilen. 'Godverdom-me.' Het woord was nauwelijks te verstaan, maar de schuld en de wan-hoop die erin doorklonken, waren onmiskenbaar.

Het spijt me. Alsjeblieft, haat me niet. O, God, haat me niet.

Toen het schot klonk, stopte het spel abrupt en drie paar ogen werden tegelijkertijd op het huis gericht. Binnen een minuut waren ze binnen. En nog geen minuut later begon het gegil. De rustige buurt was niet meer.

•29•

De klop op de deur kwam onverwacht. President Alan Richmond was in een onplezierig gesprek met de leden van zijn kabinet gewikkeld. De pers had de laatste tijd Richmonds binnenlandse politiek gehekeld, en Rich-mond wilde weten waarom. Niet dat de feitelijke politieke kanten van de zaak hem bijzonder interesseerden, maar hij maakte zich wel zorgen over het beeld dat er op deze manier van hem ontstond. Want daar ging het tenslotte om in de hedendaagse politiek: beeldvorming.

'Wie zijn het, verdomme?' De president keek boos naar zijn secretaresse. 'Wie het ook zijn, ze staan niet op de lijst voor vandaag.' Hij liet zijn blik rond de tafel gaan. Shit, zijn stafchef had vandaag niet eens de moeite genomen om op haar werk te verschijnen. Misschien was ze toch zo verstandig geweest om een pot pillen leeg te eten. Op korte termijn zou dat hem schaden, maar hij had al een indrukwekkend verhaal uitgewerkt om haar zelfmoord te verklaren. Bovendien had ze op één punt gelijk gehad: hij lag zo ver voor in de opiniepeilingen, dat het niemand veel zou kunnen schelen.

De secretaresse kwam bedeesd de vergaderzaal binnenlopen. Haar groeiende schaamte was duidelijk zichtbaar. 'Het is een grote groep mannen, meneer de president. Meneer Bayliss van de FBI, verscheidene heren van de politie en een heer uit Virginia, die zijn naam niet wilde zeggen.'

'De politie? Zeg maar dat ze weg moeten gaan en een verzoek moeten indienen voor een afspraak met mij. En zeg tegen Bayliss dat hij mij vanavond opbelt. Als ik zijn nominatie voor directeur er niet had doorgedrukt, zou hij nu ergens op een of ander godverlaten bureau zitten wegkwijnen. Zeg hem maar dat ik dit soort gebrek aan respect niet tolereer.'

'Ze dringen nogal aan, meneer.'

De president werd rood van woede en stond op. 'Laat ze opdonderen. Zie je niet dat ik bezig ben, idioot?'

De vrouw trok zich haastig terug. Maar voordat ze de deur bereikte, ging deze open. Vier agenten van de geheime dienst, onder wie Johnson en Varney, kwamen de vergaderzaal binnen, gevolgd door een afvaardiging van de politie van Washington D.C., onder leiding van hoofdcommissaris Nathan Brimmer, en FBI-directeur Bayliss, een korte, gedrongen man in een double-breasted pak, met een gezicht dat witter was dan het gebouw waarin hij zich bevond. De rij werd gesloten door Seth Frank, die met zijn ene hand de deur zachtjes achter zich dichtdeed en in de andere een plat, bruin attachékoffertje droeg. Richmond staarde hen een voor een aan en ten slotte viel zijn blik op de inspecteur moordzaken.

'Hoofdinspecteur... Frank, als ik me niet vergis? Voor het geval u het nog niet wist, u verstoort een vertrouwelijke kabinetsvergadering. Ik zal u moeten verzoeken te vertrekken.' Hij keek de vier agenten van de geheime dienst aan, trok zijn wenkbrauwen op en knikte in de richting van de deur. De vier staarden terug; ze bleven staan waar ze stonden.

Frank kwam naar voren. Heel rustig haalde hij een blad papier uit de binnenzak van zijn jas, hij vouwde het open en gaf het aan de president. Richmond keek ernaar terwijl de leden van zijn kabinet hem met groeiende verbijstering aanstaarden. Uiteindelijk keek Richmond de inspecteur weer aan.

'Is dit soms een grap?'

'Dit is een kopie van een arrestatiebevel waarin u moord met voorbedachten rade in de staat Virginia ten laste wordt gelegd. Hoofdcommissaris Brimmer hier heeft een soortgelijk arrestatiebevel waarin u van medeplichtigheid aan meervoudige moord wordt beschuldigd in het district Washington. Dat wil zeggen, als de federale politie met u klaar is.'

De president keek naar Brimmer, die zijn blik beantwoordde met een ernstig hoofdknikje. Er was een ijskoude blik in de ogen van de hoofdcommissaris, die precies weergaf hoe hij over de president dacht.

'Ik ben de president van de Verenigde Staten. U kunt mij helemaal niets aanbieden, tenzij het koffie is. En donder nou op.' De president draaide zich om en wilde teruglopen naar zijn stoel.

'Technisch gezien kunt u zowel gelijk als ongelijk hebben. In feite maakt het me niet zoveel uit. Als de procedure voor vervolging wegens politiek misdrijf echter in werking treedt, bent u niet langer president Alan Richmond, maar gewoon Alan Richmond. En als dat gebeurt, kom ik weer terug. Reken daar maar op.'

De president draaide zich weer om; al het bloed was uit zijn gezicht weggetrokken. 'Vervolging wegens politiek misdrijf?'

Frank deed een paar passen naar voren, tot hij oog in oog met de man stond. Normaliter zou dit een onmiddellijke actie van de agenten van de geheime dienst tot gevolg hebben. Nu echter bleven ze doodstil staan. Het was hun onmogelijk aan te zien dat ze inwendig kookten van woede door het verlies van hun gerespecteerde collega. Johnson en Varney waren pisnijdig; ze voelden zich ernstig gedupeerd omdat ze bij de gebeurtenissen van die nacht in het Sullivan-huis betrokken waren geraakt. En de man die ze van alles de schuld gaven, stond op dit moment vlak voor hen ineen te schrompelen.

'Laten we er geen doekjes om winden,' zei Frank. 'We hebben Tim Collin en Gloria Russell al in hechtenis genomen. Ze hebben beiden afgezien van hun recht op een advocaat en gedetailleerde verklaringen afgelegd over het hele gebeuren, met inbegrip van de moorden op Christine Sullivan, Luther Whitney en Walter Sullivan, plus de twee moorden op het kantoor van Patton, Shaw & Lord. Ik geloof dat ze allebei al een deal met het Openbaar Ministerie hebben gesloten. Die zijn trouwens alleen geïnteresseerd in u. Voor een openbare aanklager die graag carrière wil maken, is dit echt een zaak om van te watertanden, dat kan ik u wel vertellen.'

De president wankelde een stap achteruit, maar herstelde zich vervolgens weer.

Frank opende zijn attachékoffertje en haalde er een videoband en vijf geluidscassettes uit. 'Ik weet zeker dat uw raadsman deze graag zal willen zien. Het zijn opnames van agent Burton en agent Collin, terwijl ze Jack Graham proberen te vermoorden. Op de geluidscassettes staan alle gesprekken waarbij u aanwezig was en waarin de plannen voor de diverse misdaden werden gesmeed. Meer dan zes uur bewijsmateriaal, meneer de president. Er zijn al kopieën gestuurd naar Capitol Hill, de FBI, de CIA, de *Washington Post*, het adviescollege van het Witte Huis en aan iedereen die ik verder nog kon bedenken. Al het materiaal is honderd procent authentiek. Er zit ook een opname bij die Walter Sullivan heeft gemaakt van het telefoongesprek dat hij met u had vlak voordat hij werd vermoord. De opname komt niet bepaald overeen met de versie die u mij gaf. Bill Burton verdient een groot compliment. In zijn briefje zei hij dat hij zijn verzekeringspolis wilde verzilveren.'

'En waar is Burton?' De stem van de president ziedde van woede.

'Hij is vanmorgen om half elf op weg naar Fairfax Hospital overleden. Hij heeft zichzelf een kogel door het hoofd geschoten.'

Richmond haalde het maar net naar zijn stoel. Niemand bood aan hem te helpen. Hij keek op naar Frank.

'Nog meer?'

'Ja. Burton heeft nog iets achtergelaten. Het is een machtiging. Voor de komende verkiezingen. Tot mijn spijt moet ik u mededelen dat hij niet op u heeft gestemd.'

Een voor een stonden de kabinetsleden op en liepen de zaal uit. In verband gebracht worden met deze persoon stond gelijk aan politieke zelfmoord. De politiemannen en agenten van de geheime dienst vertrokken eveneens. De enige die achterbleef, was de president, die wezenloos naar de muur staarde.

Seth Frank stak zijn hoofd nog even om de hoek van de deur.

'Nou, tot gauw dan, zal ik maar zeggen.' Hij trok zachtjes de deur achter zich dicht.

•Epiloog•

De seizoenen van Washington volgden hun gebruikelijke patroon en na vijf à zes lentedagen met aanvaardbare temperaturen en een luchtvochtigheid van minder dan vijftig procent vloog de thermometer omhoog en steeg de luchtvochtigheid zodanig, dat je in een mum van tijd drijfnat was als je buiten liep. Tegen de tijd dat het juli werd, hadden de inwoners van Washington de grenzen van hun aanpassingsvermogen bereikt. De lucht was zo zwaar, dat ze bijna niet in te ademen was, en geen enkele beweging was traag genoeg om een uitbarsting van transpiratie te voorkomen. Maar tussen al deze ellende was er af en toe een avond die niet verpest werd door plotselinge, felle onweersbuien met talloze bliksemflitsen die zich met oorverdovend lawaai in de aarde boorden. Dan stond er een koel briesje, rook de lucht zoet en was de hemel helder. Vanavond was het zo'n avond.

Jack zat bij het zwembad op het dak van het gebouw waar hij woonde. Zijn gespierde, bruine benen met door de zon gekrulde haartjes staken onder zijn kakikleurige korte broek uit. Hij was slanker dan enige maanden geleden; al zijn 'kantoorvet' had hij weggetraind. Goedgevormde spierbundels waren zichtbaar onder het dunne katoen van zijn T-shirt. Zijn haar was kort en zijn gezicht was net zo bruin als zijn benen. Het water kabbelde om zijn blote voeten. Jack keek naar de lucht en ademde diep in. Drie uur geleden was het hier stampvol geweest. Tientallen kantoorslaven hadden hun bleke, vlezige lichamen in het warme water geworpen in de hoop op een beetje verfrissing. Nu was Jack alleen. Hij had nog geen zin om naar bed te gaan. Hij zou de volgende morgen ook niet wakker schrikken van een rinkelende wekker.

Met een licht gepiep ging de deur van het dakterras open. Jack draaide zich om en zag een man in slecht passend beige zomerkostuum vol kreukels. De man droeg een bruine papieren zak.

'De conciërge vertelde me dat je terug was.' Seth Frank glimlachte. 'Heb je bezwaar tegen een beetje gezelschap?'

'Niet als er in die zak zit wat ik denk dat erin zit.'

Frank ging in een terrasstoel zitten en gooide Jack een biertje toe. Ze klonken de blikjes tegen elkaar en namen allebei een flinke teug.

Frank keek om zich heen. 'En? Hoe was het? Waar je ook was?'

'Niet slecht. Het was goed om even weg te zijn. Maar het is ook fijn om weer thuis te komen.'

'Dit lijkt me een lekker plekje om na te denken.'

'Rond zeven uur is het altijd een paar uur erg druk. De rest van de tijd is het meestal net zoals nu.'

Frank keek smachtend naar het water en trok vervolgens zijn schoenen uit. 'Mag ik?'

'Ga je gang.'

Frank rolde zijn broekspijpen op, propte zijn sokken in zijn schoenen, ging naast Jack zitten en liet zijn melkwitte benen tot aan zijn knieën in het water zakken.

'Jezus, dat is lekker. Plattelandsrechercheurs met drie dochters en een salaris als het mijne komen zelden in zwembaden.'

'Ik had zoiets gehoord.'

Frank masseerde zijn kuiten en bekeek zijn vriend wat beter. 'Hé, dat zwerversbestaan heeft je goed gedaan. Misschien wil je straks niets anders meer.'

'Daar heb ik al over nagedacht. Het idee begint me met de dag meer aan te staan.'

Franks blik ging naar de envelop die naast Jack lag.

'Belangrijk?' Hij wees ernaar.

Jack haalde de brief uit de envelop en las hem nog eens vluchtig door. 'Ransome Baldwin. Herinner je je hem nog?'

Frank knikte. 'Wat? Sleept hij je voor de rechter omdat je zijn schatje hebt gedumpt?'

Jack schudde zijn hoofd en glimlachte. Hij dronk zijn biertje op, stak zijn hand in de zak en haalde er een nieuwe uit. Hij gaf Frank er ook een.

'Wie weet. Die kerel beweert dat ik te goed was voor Jennifer. Tenminste, voorlopig. Hij vindt dat ze eerst een beetje volwassen moet worden. Hij heeft haar voor een jaar met een of andere missionarisopdracht naar de Baldwin Charitable Foundation gestuurd. Hij zegt dat als ik ooit iets nodig heb, ik het hem moet laten weten. Jezus, hij zegt zelfs dat hij bewondering en respect voor me heeft.'

Frank nam een slok bier. 'Shit, mooier kan het bijna niet.'

'Toch wel, Seth. Baldwin heeft Barry Alvis tot zijn persoonlijke juridische adviseur benoemd. Alvis was de man die Jenn bij PS&L had laten ontslaan. Toen is Alvis rechtstreeks Dan Kirksens kantoor binnengewandeld en heeft die hele account bij hem weggehaald. Ik geloof dat Kirksen het laatst is gesignaleerd op het dak van een heel hoog gebouw.'

'Ik heb gelezen dat de firma zijn deuren heeft gesloten.'

'Alle goede juristen konden meteen ergens anders aan de slag. De slechte kunnen zich misschien laten omscholen. Het kantoor is alweer verhuurd. De hele firma verdwenen, zonder een spoor achter te laten.'

'Tja, iets soortgelijks is met de dinosaurussen gebeurd. Maar met die advocatentypes zoals jullie duurt het allemaal wat langer.' Hij gaf Jack een stomp op zijn arm.

Jack lachte. 'Bedankt dat je me komt opvrolijken, Seth.'

'Shit, dat had ik niet graag willen missen.'

Jack keek hem aan en zijn gezicht betrok. 'Nou, wat is er gebeurd?'

'Je wilt me toch niet vertellen dat je al die tijd geen kranten hebt gelezen?'

'Al maanden niet. Nadat ik achtervolgd ben door journalisten, talkshow-presentatoren, groepen zelfstandige juristen, filmproducers en God weet wie nog meer, wilde ik helemaal niets meer weten. Ik heb meer dan tien keer mijn telefoonnummer veranderd, maar die ploerten wisten het steeds weer te ontdekken. Daarom waren de afgelopen twee maanden zo heerlijk. Niemand wist wie ik was.'

Frank nam even tijd om zijn gedachten te ordenen. 'Nou, laten we eens kijken. Collin beriep zich op samenspanning, maar werd van een dubbele tweedegraads moord beschuldigd, plus obstructie van de rechtsgang en nog een zestal andere misdrijven. Dat was wat hem in Washington D.C. ten laste werd gelegd. Ik denk dat de rechter medelijden met hem had. Collin was een boerenzoon uit Kansas, daarna marinier en vervolgens agent van de geheime dienst. Hij volgde gewoon bevelen op. Dat had hij het grootste deel van zijn leven gedaan. Ik bedoel, als de president je iets beveelt, dan doe je dat. Hij kreeg twintig jaar tot levenslang, maar hij heeft een volledige verklaring afgelegd. Misschien heeft het hem geholpen. Ik denk dat hij voor zijn vijftigste verjaardag wel weer op vrije voeten is. Het Openbaar Ministerie besloot hem niet te vervolgen in ruil voor zijn medewerking in de zaak tegen Richmond.'

'En Russell?'

Frank verslikte zich bijna in zijn bier. 'Jezus, wat heeft die vrouw haar hart uitgestort. Het moet een fortuin hebben gekost om dat allemaal te notuleren. Ze begon te praten en hield gewoon niet meer op. Zij heeft de beste deal van allemaal. Geen gevangenisstraf. Duizend uur dienstverlening en tien jaar voorwaardelijk. Voor samenzwering tot moord, verdomme! Kun je dat geloven? Maar volgens mij heeft ze een flinke mentale opdonder gehad. Het gerechtshof heeft haar laten onderzoeken door een psychiater. Ik denk dat ze een paar jaar in een inrichting zal moeten doorbrengen voordat ze weer buiten mag spelen. Maar ik moet je wel vertellen dat Richmond haar mishandeld heeft, zowel geestelijk als lichamelijk. Levensgevaarlijke spelletjes heeft hij met haar gespeeld. Jezus, als de helft van wat ze verteld heeft, waar is...'

'En Richmond?'

'Waar heb je gezeten, Jack? Op Mars? Het proces van de eeuw en jij slaapt erdoorheen.'

'Iemand moest dat doen.'

'Hij heeft zich tot het eind toe verdedigd, dat moet ik hem nageven. Het moet hem elke cent gekost hebben die hij had. Maar zijn zogenaamde bekentenis heeft hem geen goed gedaan. Hij was zo verdomde arrogant en hij loog alsof het gedrukt stond. De telefonische overboeking leidde rechtstreeks naar het Witte Huis. Russell had het geld van een paar andere rekeningen bijeengeschraapt, maar ze maakte een fout door de vijf miljoen op één rekening te storten voordat ze deze overboekte. Ik vermoed dat ze bang was dat Luther naar de politie zou stappen als hij het hele bedrag niet in één keer ontving. Zijn opzet slaagde, ook al heeft hij dat zelf niet meer meegemaakt. Richmond had er geen antwoord op, net zo min als op een groot aantal andere vragen. Tijdens het kruisverhoor werd hij aan stukken gescheurd. Hij heeft geen enkel middel onbenut gelaten, maar het hielp hem allemaal geen barst, de smerige schoft. Een ziek en levensgevaarlijk heerschap, als je het mij vraagt.'

'En hij had de nucleaire codes. Prettig idee. Nou, wat heeft hij gekregen?'

Frank staarde enige tijd naar de rimpels in het water voordat hij antwoordde. 'Hij heeft de doodstraf gekregen, Jack.'

Jack staarde hem aan. 'Gelul. Hoe hebben ze dat voor elkaar gekregen?'

'Uit rechtstechnisch oogpunt was het nogal riskant. Ze hebben hem opdracht tot moord ten laste gelegd. Dat is het enige wetsartikel waarop de uitvoeringsregel niet van toepassing is.'

'Hoe hebben ze dat verdomme hard kunnen maken?'

'Volgens hun redenatie waren Burton en Collin betaalde ondergeschikten die verplicht waren te doen wat de president hun opdroeg. Hij gaf hun de opdracht die moorden te plegen. Net als mafia-huurmoordenaars die op de loonlijst staan. Ik weet het, het is riskant, maar de rechter accepteerde het en de jury besliste conform de eis.'

'Jezus Christus!'

'Hé, dat die kerel president was, betekent nog niet dat hij een andere behandeling verdient dan gewone mensen. Shit, eigenlijk zouden we niet eens verbaasd moeten zijn over wat er gebeurd is. Weet je wat voor eisen er worden gesteld aan iemand die president wil worden? Abnormaal hoge eisen. In het begin zijn ze meestal nog redelijk normaal, maar al gauw hebben ze hun ziel al zo vaak aan de duivel verkocht en al zo veel mensen tegen zich in het harnas gejaagd, dat ze absoluut niet meer te vergelijken zijn met mensen zoals jij en ik, in de verste verte niet.'

Frank staarde naar de bodem van het zwembad, maar ten slotte schrok hij op. 'Maar ze zullen hem nooit executeren.'

'Waarom niet?'

'Zijn advocaten zullen in hoger beroep gaan, de ACLU zal bezwaar aantekenen, net als alle andere tegenstanders van de doodstraf, en van over de hele wereld zullen gratieverzoeken worden ingediend. De populariteit van de man is tot het absolute nulpunt gedaald, maar hij heeft nog steeds enkele invloedrijke vrienden. Die vinden heus wel ergens een fout in de stukken. De bevolking mag dan wel positief staan tegenover de veroordeling van die slijmbal, maar ik vraag me af of de Verenigde Staten ook werkelijk een man mogen executeren die ze zelf tot president hebben gekozen. Vanuit het oogpunt van de wereldopinie lijkt het me ook geen goede zaak. Het geeft zelfs mij een onbehaaglijk gevoel, ook al ben ik van mening dat die klootzak het verdient.'

Jack schepte met zijn handen wat water op en liet dat over zijn armen lopen. Hij staarde de nacht in.

Frank keek Jack met een opgewekte blik aan. 'Niet dat dit alles niets posi-tiefs heeft opgeleverd. Shit, Fairfax wil me tot districtshoofd benoemen. Ik heb aanbiedingen gehad van meer dan tien steden om hun hoofdcom-missaris te worden. De hoofdaanklager in de Richmond-zaak zal bij de komende verkiezingen vrijwel zeker tot procureur-generaal worden geko-zen.'

De inspecteur nam nog een slok bier. 'En hoe zit het met jou, Jack? Jij bent degene die de man ten val heeft gebracht. Burton en de president in de val lokken was jouw idee. Man, ik dacht dat ik gek werd toen ik ontdekte dat mijn telefoon werd afgetapt. Maar je had wel gelijk. Nou, wat ben jij met dit alles opgeschoten?'

Jack keek zijn vriend aan. 'Ik leef nog,' zei hij nuchter. 'Ik vertegenwoordig geen rijke patsers meer bij PS&L en ik trouw niet met Jennifer Baldwin. Dat vind ik al meer dan genoeg.'

Frank bestudeerde de blauwe aderen op zijn kuiten. 'Heb je nog iets van Kate gehoord?'

Jack nam nog een slok bier voordat hij antwoordde. 'Ze is in Atlanta. Ten-minste, daar was ze toen ze me de laatste keer schreef.'

'Blijft ze daar?'

Jack haalde zijn schouders op. 'Ze weet het nog niet. Uit haar brief werd het ook niet echt duidelijk.' Jack wachtte even. 'Luther heeft haar zijn huis nagelaten.'

'Het zou me verbazen als ze er ging wonen. Met al die pijnlijke herinnerin-gen en zo.'

'Luther heeft het weer van zijn vader geërfd. Die heeft het gewoon gekocht en keurig afbetaald. Luther kende zijn dochter. Ik denk dat hij haar iets wilde... geven. Een thuis is niet slecht voor een nieuw begin.'

'O ja? Voor een thuis zijn er twee nodig, als je het mij vraagt. En dan poep-luiers en kindergebrabbel om alles compleet te maken. Shit, Jack, jullie zijn voor elkaar voorbestemd, daar ben ik van overtuigd.'

'Ik weet niet of dat veel uitmaakt, Seth.' Hij veegde de waterdruppels van zijn armen. 'Ze heeft veel doorgemaakt. Te veel misschien. En bij al die slechte zaken was ik in zekere zin betrokken. Ik kan haar echt niet kwalijk nemen dat ze dat wilde ontvluchten. Om met een schone lei te beginnen.'

'Jij was het probleem niet, Jack. De echte problemen zaten in alles wat om jullie heen gebeurde.'

Jack keek naar een helikopter die langzaam zijn weg zocht door de lucht. 'Ik word er een beetje moe van om steeds degene te zijn die de eerste stap doet, Seth. Begrijp je wat ik bedoel?'

'Ik geloof het wel.'

Frank keek op zijn horloge. Jack zag het. 'Moet je ergens naartoe?'

'Ik zat te denken dat we misschien wel trek hadden in iets sterkers dan bier. Ik ken een leuk tentje bij Dullas. Spare-ribs zo lang als je arm, maïs-kolven van een kilo en tequila tot de zon opkomt. En een paar lang niet onaantrekkelijke serveersters, als dat je aanspreekt, hoewel ik als getrouwde man alleen van een afstand zal toekijken hoe jij jezelf volkomen belachelijk maakt. Dan nemen we een taxi omdat we allebei straalbezopen zijn en kun je bij mij op de bank slapen. Wat denk je ervan?'

Jack grinnikte. 'Mag ik dat van je te goed houden? Maar het klinkt heel aantrekkelijk.'

'Weet je het zeker?'

'Ik weet het zeker, Seth. Bedankt.'

'Geen dank.' Frank stond op, rolde zijn broekspijpen naar beneden en ging voorover zitten om zijn sokken en schoenen aan te trekken.

'Hé, wat dacht je ervan om zaterdag naar mijn huis te komen? We gaan barbecuen: hamburgers, hotdogs, patat, de hele mikmak. En ik heb kaartjes voor Camden Yards.'

'Daar houd ik je aan!'

Frank stond op en liep naar de deur. Hij keek nog een keer achterom. 'Hé, Jack, denk niet te veel na, oké? Soms is dat niet goed voor een mens.'

Jack stak zijn blikje omhoog. 'Bedankt voor het bier, Seth.'

Toen Frank was vertrokken, ging Jack op zijn rug op de bassinrand naar de hemel liggen staren, waarin meer sterren stonden dan hij kon tellen. Hij was in de afgelopen maanden meer dan eens wakker geschrokken uit de meest bizarre dromen, om een minuut later tot het besef te komen dat wat hij had gedroomd, hem werkelijk was overkomen. Dat was geen prettig gevoel. En het versterkte alleen maar de gevoelens van onzekerheid die hij op deze leeftijd al lang overwonnen had willen hebben.

Een anderhalf uur durend ritje in zuidelijke richting over het platteland was de beste manier om aan die onzekerheid een eind te maken. Dat zou hem waarschijnlijk het antwoord opleveren op de vraag of Kate Whitney zou terugkomen of niet. Maar het enige wat hij op dit moment zeker wist, was dat hij haar niet achterna kon blijven lopen. Deze keer moest zij het initiatief nemen om weer in zijn leven terug te keren. Jacks afwachtende houding kwam niet voort uit verbitterdheid. Kate moest zelf tot die beslissing komen. Ze moest zelf haar toekomst bepalen en met wie ze die wilde delen. De emotionele trauma's die ze ten opzichte van haar vader had gehad, waren naar de achtergrond verdwenen door het allesoverheersende schuldgevoel en verdriet dat zijn dood had veroorzaakt. Ze had een hoop om over na te denken. En ze had hem duidelijk gemaakt dat het iets was wat ze alleen moest doen. Waarschijnlijk had ze gelijk.

Jack trok zijn T-shirt uit en liet zich in het water glijden. Met krachtige armbewegingen zwom hij drie baantjes in een flink tempo, waarna hij zich weer op de betegelde bassinrand hees. Hij pakte zijn handdoek en sloeg hem om zijn schouders. De nachtlucht was koel, en elke waterdruppel op zijn huid voelde aan als een mini-airconditioner. Hij keek weer omhoog. Geen plafondschildering te zien. Maar ook geen Kate.

Hij stond net op het punt om naar zijn appartement te gaan om te gaan slapen, toen hij de deur van het dakterras weer piepend hoorde opengaan. Frank was zeker iets vergeten. Hij keek achterom. De daaropvolgende seconden was hij niet in staat zich te bewegen. Hij zat daar alleen maar met die handdoek om zijn schouders geslagen en durfde geen geluid te maken. Wat er gebeurde, was misschien niet echt. Weer een droom die zou vervagen bij het licht van de eerste zonnestralen. Terwijl het water van zijn lichaam droop, stond hij langzaam op en liep naar de deur.

Beneden op straat bleef Seth Frank nog even naast zijn auto staan. Hij genoot van de simpele schoonheid van de avond en snoof de lucht op die eerder deed denken aan een frisse lente dan aan een bloedhete zomer. Het zou nog niet zo laat zijn als hij thuiskwam. Misschien had mevrouw Frank wel zin om samen met hem naar de plaatselijke Dairy Queen te gaan. Alleen zij, met z'n tweeën. Hij had goede berichten gehoord over hun caramel-ijsjes. Dat zou een prima besluit van de dag zijn. Hij stapte in zijn auto en startte.

Als vader van drie kinderen wist Seth Frank wat een prachtig en kostbaar bezit het leven was. Als hoofdinspecteur van de afdeling moordzaken wist hij echter ook hoe dat kostbare bezit je op brute wijze afgenomen kon worden. Hij wierp nog een laatste blik naar het dak van het appartementengebouw en glimlachte. Maar dat was juist het mooie van het leven, dacht hij. Vandaag mocht alles er misschien niet zo rooskleurig uitzien, maar morgen kreeg je weer een nieuwe kans om er wat van te maken.

David Baldacci

Op eigen gezag

Western Airlines vlucht 3223 van Washington naar Los Angeles
vertrekt volgens schema. Aan boord bevinden zich
honderdvierenzeventig passagiers en zeven bemanningsleden.
Zodra het vliegtuig op hoogte is, begint het cabinepersoneel met
de normale werkzaamheden. Totdat een flits ter hoogte van de
rechtervleugel een einde maakt aan de dagelijkse routine: meer
dan de helft van de vleugel scheurt los en de machine stort neer.
Geen van de inzittenden overleeft de ramp.

Advocate Sidney Archer heeft een zware taak op zich genomen:
als juridisch adviseur van Triton, het grootste technologiebedrijf
van de wereld, is ze verantwoordelijk voor de fusie van deze
gigant met het concern CyberCom.
Op het moment dat ze in een moeizaam overleg is met Tritons
directie, bereikt haar het verschrikkelijke bericht: haar echtgenoot
Jason bevond zich aan boord van het neergestorte toestel.

Alsof Sidney door deze tragedie nog niet genoeg getroffen is,
wordt zij in *no time* geconfronteerd met de ene zware
beschuldiging na de andere: Jason, zelf ook werknemer van
Triton, zou zich hebben beziggehouden met bedrijfsspionage.
En de verschrikkelijke crash zou het tragische resultaat zijn van
een uit de hand gelopen sabotagepoging... Sidney heeft echter een
heel speciale reden om hier het hare van te denken. Vastbesloten
de naam van Json van alle blaam te zuiveren, stelt zij haar eigen
leven in de waagschaal...

ISBN 90 229 8313 7

Lees ook van A.W. Bruna Uitgevers B.V.

John Grisham

De rainmaker

Rudy Baylor staat aan de vooravond van een carrière als advocaat. Maar helaas, Brodnax & Speer, het advocatenkantoor waar hij direct na zijn studie had kunnen beginnen, wordt overgenomen en alle employés komen op straat te staan. Rudy is zijn baan alweer kwijt. En in Memphis, waar de straten zijn geplaveid met advocaten, is dit geen rooskleurig vooruitzicht.

Rudy ziet zich gedwongen tot een vernederende gang langs alle mogelijke advocatenkantoren. Hij is tot steeds grotere concessies bereid, als hij maar aan de slag kan. Ten slotte brengt hij en einde raad zijn dagen door in poliklinieken en op Eerste-Hulpposten in de hoop een zaak voor zijn eigen miezerige kantoortje te pakken te krijgen. Rudy is diep gezonken.

Totdat een van die zaakjes een heuse Zaak blijkt te zijn. Rudy ziet kans een gigantische levensverzekeringsmaatschappij voor het gerecht te dagen, met een schadeclaim van maar liefst 10 miljoen dollar. Rudy Baylor, het groentje, ziet zich in de rechtszaal geplaatst tegenover een leger geslepen topadvocaten...

ISBN 90 229 8226 2

Lees ook van A.W. Bruna Uitgevers B.V.

John Grisham

Advocaat van de duivel

Zonder het te weten wordt Mitchell McDeere, briljant rechtenstudent van arme ouders, al geruime tijd in de gaten gehouden.

Zodra hij afstudeert, biedt het prestigieuze juristenkantoor Bendine, Lambert & Locke hem niet alleen een zeer aantrekkelijke baan aan, maar het overlaadt de net getrouwde Mitchell ook nog eens met een vorstelijk salaris, een schitterende auto, een prachtig huis met een zeer lage hypotheek en talrijke bonussen. Niets laat het kantoor onbeproefd om het de uitverkoren niuewe werknemer naar de zin te maken.

Er moet natuurlijk wel wat tegenover staan: absolute loyaliteit, een negentigurige werkweek en haast onhaalbare resultaten.

Na verloop van tijd begint Mitchell zich ongemakkelijk te voelen in het strakke keurslijf van zijn werkgever.

Wat gaat er schuil achter de respectabele façade van het kantoor en wat speelt zich af op de ontoegankelijke bovenste verdieping? Als Mitchell dan ook nog ontdekt dat geen enkele medewerker ooit de zaak verlaten heeft - tenzij horizontaal -, zien Mitchell en zijn inmiddels wanhopige vrouw Abby maar één manier om hun vrijheid terug te krijgen...

ISBN 90 229 8140 1

Lees ook van A.W. Bruna Uitgevers B.V.

John Grisham

Achter gesloten deuren

Aanvankelijk lijkt het toeval. Met niet meer dan twee uur tijdsverschil overlijden twee belangrijke rechters van het Amerikaanse Hooggerechtshof. Abe Rosenberg was al 91 jaar oud en ernstig ziek, maar de veel jongere Jensen was kerngezond. 'Moord', zo luidt de onweerlegbare conclusie van de FBI, maar men legt geen direct verband tussen beide zaken.
De beeldschone en niet minder briljante rechtenstudente Derby Shaw ziet echter wel een verband. Hoe gevaarlijk dicht zij bij de onthullende waarheid komt, wordt pas duidelijk wanneer zij zelf ternauwernood aan een moordaanslag ontkomt.
Samen met de al even geïntrigeerde journalist Gray Graham stelt Derby op haar eigen manier een onderzoek in. Ze stuiten op een overstelpende hoeveelheid feiten en... één naam.

ISBN 90 229 8168 1

Lees ook van A.W. Bruna Uitgevers B.V.

John Grisham

De cliënt

De elfjarige Mark Sway en zijn broertje Ricky trekken op zekere dag het veld in om stiekem sigaretjes te roken. Daar zijn zij getuige van de dramatische zelfmoord van Jerome Clifford, een louche advocaat uit New Orleans, die aan de vooravond stond van een van zijn grootste zaken.

Mark waarschuwt telefonisch de politie, maar die vertrouwt zijn verhaal niet. Als Mark onder druk wordt gezet, neemt hij zijn toevlucht tot Reggie Love, een vrouwelijke advocaat. Alleen aan haar vertelt hij wat hij die gedenkwaardige dag echt zag en hoorde en waarom Ricky in shock is geraakt en nog steeds in coma ligt…

De afschuwelijke waarheid kan men slechts vermoeden wanneer Marks leven wordt bedreigd.

ISBN 90 229 8101 0

John Grisham

De jury

Vlak buiten het plattelandsstadje Clanton in de zuidelijke
Amerikaanse staat Mississippi vindt een afschuwelijk misdrijf
plaats.
Het tienjarige negermeisje Tonya Hailey wordt ontvoerd,
mishandeld en meerdere malen verkracht door twee blanke
jongens.
Ternauwernood overleeft ze het drama, maar haar leven is
voorgoed verwoest.
Tot grote opluchting van zowel de zwarte als de blanke bevolking
worden de daders snel gepakt. Maar Tonya's hevig
geëmotioneerde vader heeft weinig vertrouwen in de justitie en
neemt het recht in eigen hand. Hij vermoordt de twee verkrachters
van zijn dochtertje.
De rollen zijn nu omgedraaid. Het is nu Hailey die terecht moet
staan. De aanklager en de rechter zijn blank; de verdachte is
zwart.
Jake Brigance, verdediger van 'kleine' criminelen als winkeldieven
en dronken automobilisten, neemt de verdediging op zich. Zijn
opponent is een zeer ervaren aanklager die de hele zaak wil
gebruiken als publiciteitsstunt.
Maar alles draait om de mening van de jury...

ISBN 90 229 8103 7

John Grisham

Het vonnis

Sam Cayhall, een fanatiek lid van de Ku-Klux-Klan, is
veroordeeld voor de moord op twee joodse kinderen. Zijn dagen
zijn letterlijk geteld: in de gevangenis van Mississippi wacht hij
op de doodstraf, die hij al jarenlang met behulp van juristen heeft
weten uit te stellen. Sinds een jaar wijst hij alle juridische bijstand
af. Hij besluit zelf een beroep aan te tekenen tegen het
doodvonnis.
Dan dient Adam Hall, een net afgestudeerde advocaat, zich bij
hem aan. Hij blijkt geheel op de hoogte te zijn van Sams zaak.
Hoewel Adam walgt van Sams racistische denkbeelden, denkt hij
de man toch te kunnen vrijpleiten...

ISBN 90 229 8200 9